suhrkamp nova

Angelika Felenda

HERBSTSTURM

Kriminalroman

Suhrkamp

Erste Auflage 2018
suhrkamp taschenbuch 4923
© Suhrkamp Verlag 2018
Suhrkamp Taschenbuch Verlag
Alle Rechte vorbehalten, insbesondere das der Übersetzung,
des öffentlichen Vortrags sowie der Übertragung
durch Rundfunk und Fernsehen, auch einzelner Teile.
Kein Teil des Werkes darf in irgendeiner Form
(durch Fotografie, Mikrofilm oder andere Verfahren)
ohne schriftliche Genehmigung des Verlages reproduziert
oder unter Verwendung elektronischer Systeme
verarbeitet, vervielfältigt oder verbreitet werden.
Druck und Bindung: CPI – Ebner & Spiegel, Ulm
Umschlagfoto: George Marks/Retrofile/Getty Images
Umschlaggestaltung:
Designbüro Lübbeke, Naumann, Thoben, Köln
Printed in Germany
ISBN 978-3-518-46923-1

HERBSTSTURM

»... bis in den späten Nachmittag hinein, wo ich diese Zeilen schreibe, tobt buchstäblich eine donnernde Schlacht. Ein ganzes Fliegergeschwader kreuzt über München, das Feuer lenkend, selber beschossen, Leuchtkugeln abwerfend; bald ferner, bald näher, aber immerfort krachen Minen und Granaten, daß die Häuser beben, ein Sturzregen aus Maschinengewehren folgt den Einschlägen, Infanteriefeuer knattert dazwischen. Und dabei marschieren, fahren, reiten immer neue Truppen mit Minenwerfern, Geschützen, Fouragewagen, Feldküchen durch die Ludwigstraße, bisweilen mit Musik, und am Siegestor hält eine Sanitätskolonne, und in alle Straßen verteilen sich starke Patrouillen und Abteilungen verschiedner Waffen, und an allen Ecken, wo man gedeckt ist und doch Ausblick hat, drängt sich das Publikum, häufig das Opernglas in der Hand.«

Victor Klemperer über das Einrücken der Truppen
bei der Zerschlagung der Räterepublik in München
Anfang Mai 1919.

Victor Klemperer, *Man möchte immer weinen und lachen in einem*

Prolog

Sich mittags zu verabreden, war nicht mehr möglich. Mittags hatte so gut wie keiner mehr Zeit. Da musste man zur Bank. Denn zwischen halb eins und eins wurden die neuen Kurse verkündet.

Sepp blickte aus dem Fenster seiner Kanzlei auf die täglich wiederkehrende Prozession hinab, die über den Odeonsplatz in Richtung Zentrum marschierte. Herren in feinem Zwirn und Damen in schicken Mänteln, Männer in Arbeitskluft und Frauen mit Umschlagtüchern. Das Spekulationsfieber hatte alle gepackt, egal ob Hausbesitzer oder Beamter, ob Künstler, Buchhalterin oder Chauffeur. Alle hetzten und hasteten vorbei, um schnell noch eine Order zu platzieren, um irgendwelche Papiere abzustoßen oder sich neue zu sichern, immer getrieben von der Hoffnung, der angeblich bombensichere Tipp eines Börsenkenners bringe den ersehnten Profit. Keiner der rastlos Dahineilenden fand einen Augenblick Muße, um diesen Herbsttag zu genießen, keiner blieb stehen und hielt das Gesicht in die Sonne oder warf einen Blick in den seidenblauen Himmel.

Von hier oben sahen die Berge wie zum Greifen nah aus, was natürlich nur eine optische Täuschung war, die immer dann eintrat, wenn der Föhn die Luft klärte und so die Fernsicht verbesserte. Das Gehirn gaukelte einem aber vor, die Alpen seien tatsächlich näher gerückt. Sepp drehte sich um und blickte auf das Bündel Geldscheine auf seinem Schreibtisch, das sein Mandant als Anzahlung zurückgelassen hatte. Warum nur, dachte er, funktionierte der Trick in dem Fall nicht? Warum gaukelte ihm angesichts der Tausendmarkscheine sein Gehirn nicht vor, er sei reich und müsse sich keine Sorgen machen. Aber das Räderwerk in seinem Kopf funktionierte mit gnadenloser Präzision und rechnete aus, dass er an dem Prozess nichts mehr verdienen würde. Er würde seine Rechnung stellen, und die Mandanten hätten keine Eile mit dem Bezahlen, denn dank der immer schneller Fahrt aufnehmenden Inflation wäre die Summe ein paar Wochen später nur noch den Bruchteil dessen wert, was er gefordert hatte. Wenn er nicht ein paar Ausländer als Mandanten hätte, die seine Honorare in Devisen zahlten, müsste er seine Angestellten entlassen und sein Glück ebenfalls an der Börse versuchen.

Doch so weit war es noch nicht. Der Dollar stand zwar bei über viertausend Mark, aber mit den Fällen seiner Schweizer und amerikanischen Klienten würde er noch eine Weile durchhalten. Im Übrigen hatte er jetzt Mittagspause, vielleicht blieb ihm sogar noch Zeit für ein paar Schritte durch den Hofgarten.

»Ich geh dann mal kurz weg«, rief er durch die angelehnte Tür zu seiner Sekretärin hinüber und griff nach seinem Mantel an der Garderobe.

»Das ist jetzt vielleicht schlecht«, antwortete Fräulein Kupfmüller.

»Wieso?«

Die Miene seiner Sekretärin, die gleich darauf in seinem Büro erschien, beantwortete die Frage. Sie sah ihn schuldbewusst an, wie immer, wenn sie zwischen zwei Termine noch einen dritten gequetscht oder gleich seine Mittagszeit verplant hatte. Meistens ging es um irgendwelche Leute in »ausweglosen Situationen«, die sie beschwatzt und an ihr Mitleid appelliert hatten, weil sie angeblich sonst nirgendwo Hilfe fanden. Nicht zuletzt deswegen, weil sie fast durchweg über keinerlei Mittel verfügten, um einen Anwalt zu bezahlen.

»Das ist mir wirklich unangenehm, Herr Dr. Leitner.« Sie nestelte an der Brosche an ihrer hochgeschlossenen Bluse und strich über den langen dunklen Rock. Von ihrem Äußeren hätte kaum jemand auf ein weiches Herz geschlossen. Sie erinnerte eher an den Typ strenge Gouvernante, die sich nicht so leicht einwickeln ließ.

»Aber verstehen Sie. Die arme Frau ist schon mehrmals da gewesen, und ich hab's einfach nicht über mich gebracht, sie nochmal wegzuschicken. Und in der nächsten Woche sind wir ja auch schon voll.«

»Also das passt mir jetzt wirklich gar nicht, Fräulein Kupfmüller«, sagte Sepp und schlüpfte in seinen Mantel. »Ich brauch schließlich auch mal eine Stunde, um auszuspannen.«

Aber sie ließ nicht locker. »Später hat jemand abgesagt. Ihre Pause würde sich ja bloß verschieben, und man müsste der Frau nicht erklären, dass sie nochmal …«

Widerstrebend nahm Sepp die Visitenkarte, die sie ihm beharrlich entgegenstreckte. *Maria Alexandrowna Kusnezowa* las er. »Eine Russin?«

»Ja, aus St. Petersburg. Ursprünglich. Sie lebt aber schon seit zwei Jahren in München. Und spricht fließend deutsch. Weil sie in Riga geboren ist. Eine Deutschbaltin, verstehen Sie.«

»Aha.« Sepp blickte wieder auf die Visitenkarte. Mit den russischen Emigranten in der Stadt hatte er noch nie zu tun gehabt. Wahrscheinlich, weil es sich fast ausschließlich um Angehörige der ehemaligen zaristischen Oberschicht handelte, um Adlige, hohe Beamte und Militärs, die sich kaum an einen Anwalt wandten, der politisch eher dem linken Spektrum zuzurechnen war. »Und hat sie Ihnen auch erzählt, was sie will?«

»Nichts Genaues. Aber sie wirkt ziemlich verzweifelt. Und ich hab den Eindruck«, die Sekretärin senkte die Stimme und beugte sich näher, »dass ihr irgendwas peinlich ist. Worum es geht, will sie nur Ihnen persönlich sagen. Wenn Sie mich fragen, handelt es sich um was Familiäres.«

»Ist das wieder eine Ihrer Ahnungen, die Sie Ihrem untrüglichen Instinkt zuschreiben?«

Fräulein Kupfmüller richtete sich auf und rückte die Brille zurecht. »Ich hab mich selten getäuscht. Nach so vielen Jahren in meinem Beruf merkt man, was im Busch ist. Da hat man ein Gespür.«

»Hat sie denn angedeutet, wie sie ausgerechnet auf mich gekommen ist?«

Die Sekretärin zuckte die Achseln. »Das hab ich nicht aus ihr rausgekriegt.«

Sepp sah noch einmal durch das offene Fenster in den strahlenden Himmel hinaus, zögerte kurz und zog seinen Mantel wieder aus. »Na dann, in Gottes Namen«, sagte er schließlich. »Dann seh ich eben mal nach ihr.« Er ging den Gang zum Wartezimmer hinunter.

Durch die Tür sah er eine sehr ausladende und sehr winterlich gekleidete Gestalt am Tisch in der Mitte des Raums, die in ihrer Handtasche wühlte. Als er eintrat, zuckte sie zusammen und drehte sich ruckartig um. Vom Gesicht der Frau war nicht viel zu erkennen, weil sie einen altmodischen, breitrandigen Hut trug, der Stirn und Augen verdeckte. Man sah nur einen leicht nach unten gebogenen Mund und Wangenpartien, die bleich und etwas teigig wirkten.

»Frau Kusnezowa?«

Sie nickte, nahm ihre Tasche und machte einen Schritt auf ihn zu. Als Sepp ihr die Hand schütteln wollte, streckte sie die ihre so aus, als erwarte sie einen Handkuss. Er erwischte nur ihre Fingerspitzen, die sie ihm schnell wieder entzog.

Sepp ließ sich nicht irritieren von der verunglückten Begrüßung. »Darf ich Sie in mein Büro bitten, Frau Kusnezowa?«

»Danke, dass Sie mich empfangen«, sagte sie mit heiserer Stimme. »Und nennen Sie mich Maria Alexandrowna.«

Sepp unterdrückte ein Grinsen, weil er sich einen Moment lang vorkam, als redete er mit einer Figur aus einem russischen Roman. Dazu passte auch die Aufmachung der Dame: Trotz der milden Temperaturen trug sie einen fast bodenlangen Mantel aus glattem Fell und um die Schultern eine breite Silberfuchsstola, als ginge es auf eine Schlittenfahrt.

»Möchten Sie vielleicht ablegen?«, fragte Sepp, als er in seinem Büro auf den Stuhl vor seinem Schreibtisch deutete.

Maria Alexandrowa schien zu überlegen, warf aber nur die Stola über die Lehne, bevor sie sich niederließ. Dann zog sie eine lange Nadel aus dem mit schwarzen Kreppbändern verzierten Ungetüm auf ihrem Kopf, setzte den Hut ab und legte ihn auf den Tisch. Mit einer raschen Bewegung befestigte sie ein paar graue Strähnen, die ihrer straffen Knotenfrisur entkommen waren, und sah ihn mit verblüffend blauen Augen an. Sie muss einmal schön gewesen sein, dachte Sepp, bevor ihr Gesicht so aufgedunsen und ihr Körper so aus der Form gegangen war. Gleichzeitig vermittelte sie den Eindruck, als wären nicht Genuss und Wohlleben der Grund für die Leibesfülle. Er tippte eher auf Kummer und Sorgen.

»Nun, was führt Sie zu mir?«, fragte er und nahm ebenfalls Platz.

Sie zerrte ein Taschentuch aus dem Ärmel, tupfte winzige Schweißperlen von der Oberlippe und holte Luft. »Ich brauche Hilfe«, begann sie. »Ich habe meinen Mann und mein Land verloren. Und jetzt sieht es so aus, als würde ich auch noch das Kostbarste verlieren, was ich je besessen habe.« Sie schluchzte trocken auf. »Meine Tochter.«

»Was ist mit Ihrer Tochter?«

»Sie ist verschwunden.«

»Seit wann?«

»Seit vier Tagen.«

Sepp wartete, während sie sich die Augen abtupfte. »Meine Tochter wollte nach Baden-Baden«, fuhr sie nach einer Weile fort. »Um eine Freundin zu besuchen. Aber sie ist nie angekommen, niemand hat etwas gehört oder gesehen von ihr. Ich habe überall nachgefragt, überall angerufen. Aber nichts.«

»Tja, ich weiß nicht recht, Frau … ähm … Maria Alexandrowna.« Sepp schüttelte den Kopf. Er musste seiner Sekretärin unbedingt einbläuen, dass er keinen ihrer »Schützlinge« mehr vorließ, wenn sie nicht Auskunft gaben, in welcher Angelegenheit sie Rat suchten. »Ich bin Anwalt, verstehen Sie.

Ich glaube, ich bin die falsche Adresse für Ihren Fall. Sie sollten sich vielleicht besser an die Polizei wenden und eine Vermisstenanzeige aufgeben.«

»Bei der Polizei? Da war ich doch bereits!«, rief sie.

»Ja, und?«

»Der Beamte hat mir erklärt, dass ich abwarten solle, dass vier Tage kein Zeitraum sei, bei dem man sich Sorgen machen müsse. Meine Tochter sei achtundzwanzig, eine erwachsene Person … Die Polizei«, sie spuckte das Wort förmlich aus und rang nach Atem. »Die Polizei tut gar nichts!«

Sepp goss aus der Karaffe auf dem Schreibtisch ein Glas Wasser ein und schob es ihr hinüber. Sie trank einen Schluck, behielt das Glas in der Hand und sah ihn mit der Miene einer Tragödin an, die am Nationaltheater die Medea gab. Hoffentlich neigte sie nicht zu entsprechenden Ausbrüchen, dachte er besorgt.

»Ich verstehe natürlich Ihre Beunruhigung«, begann er vorsichtig. »Ich will es Ihnen mal so erklären. Die Polizei geht vermutlich davon aus, dass Ihre Tochter irgendwohin gefahren sein könnte, ohne sich bei Ihnen abzumelden. Vielleicht zu Verwandten oder zu Freunden. Ich meine, ich kenne die Gepflogenheiten Ihrer Tochter nicht, aber junge Frauen führen heute oft ein etwas«, er machte eine vage Geste, »ein etwas unabhängigeres Leben, als es für ihre Mütter noch üblich war.«

»Was wollen Sie damit sagen?«, fragte sie empört und stellte das Glas ab. Die steile Falte zwischen ihren Augen vertiefte sich.

»Ich wollte nur …«

»Was glauben Sie denn, wer wir sind?«, unterbrach sie ihn. »Mein Mann war Minister im Zarenreich! Meine Tochter fährt nicht *irgendwohin*. Wie hört sich denn das an? Als wäre sie ein Dienstmädchen, das mit dem Chauffeur durchbrennt. Oder Tänzerin beim Varieté!«

Sepp beobachtete, wie sie den Kragen ihres Mantels zurückschlug und nach einem silbernen Kreuz um ihren Hals griff. Ihr Körper schien zu beben vor Entrüstung. Offenbar hatte er einen Nerv getroffen.

»Bitte missverstehen Sie mich nicht, ich wollte nur darauf hinweisen ...«

Aber sie ging gar nicht ein auf seine Worte, sondern riss die Handtasche in ihrem Schoß auf, kramte hektisch darin herum und förderte ein Bündel Fotografien zutage. Sepp machte ein paar abwehrende Handbewegungen, aber sie ließ sich nicht aufhalten und begann, die Bilder auf dem Schreibtisch auszubreiten.

»Sehen Sie her, das war unser Haus in Zarskoje Selo«, verkündete sie. »Das ist ein Vorort von St. Petersburg. Dort befindet sich auch der Sommersitz der Zarenfamilie. Und das ist meine Tochter.« Sie klopfte mit dem Zeigefinger auf eines der Fotos. »Beim Spiel mit den Zarentöchtern.«

Sepp schnaufte auf. »Also wissen Sie, Frau ... Maria ...«

Als sie erneut auf das Bild klopfte und ihn mit starren Pupillen fixierte, warf er schließlich doch einen Blick auf die Fotos. Sie zeigten einen Garten, im Hintergrund die Terrasse eines großen Anwesens, im Vordergrund eine Gruppe von kleinen Mädchen in weißen Kleidern. Manche vergnügten sich auf einer Schaukel, andere rannten Hunden hinterher. Ob es sich dabei um die Töchter des Zaren handelte, ließ sich nicht sagen. Es war ihm auch ziemlich egal. Doch darauf kam es auch nicht an. Die Frau wollte ihm einfach demonstrieren, dass sie vor der Revolution in ihrem Land zu den Spitzen der Gesellschaft gehört und großes Ansehen genossen hatte. Und daraus sollte sich wohl ableiten, dass ihre Tochter über einen untadeligen Ruf verfügte.

»Und diese beiden wurden letztes Jahr in Bad Reichenhall aufgenommen.« Sie schob ihm zwei weitere Fotos hin. Auf einem sah man eine junge Frau in modischem Kleid auf einer Parkbank sitzen, auf dem anderen stand sie neben einem Herrn vor einem Hoteleingang. Die Fotos waren ziemlich klein, aber so viel ließ sich erkennen, dass diese junge Frau ausnehmend hübsch war.

»Letztes Jahr, sagen Sie? Im Frühjahr 21? Auf dem monarchistischen Kongress?«

Sepp erinnerte sich gut, weil die Tagung große Aufmerksamkeit in der Presse gefunden hatte. Allerdings wurde der Versuch der russischen Monarchisten, sich neu zu organisieren und ihre Spaltungen zu überwinden, nicht durchweg wohlwollend aufgenommen. Mit Ausnahme der rechten und nationalistischen Blätter fanden die meisten, dass die Zaristen ihre Träume von der Wiederherstellung des alten Regimes endgültig begraben sollten.

Maria Alexandrowna nickte nur kurz auf seine Frage und reichte ihm ein weiteres Bild. Diesmal eine postkartengroße Porträtaufnahme der jungen Frau, die er schon von den Reichenhaller Fotos kannte. Hier sah man deutlich, dass sie nicht bloß hübsch, sondern eine wahre Schönheit war. Ein zartes Gesicht mit hohen Wangenknochen von dunklem Haar umrahmt. Eine Haut so glatt und schimmernd wie Biskuitporzellan, die Augen hell, wie die ihrer Mutter. Der aufgeworfene Mund jedoch, den sie nicht von ihrer Mutter hatte, schien auf einen gewissen Eigensinn hinzudeuten. Die ordnet sich nicht brav unter, schoss ihm durch den Kopf. Die wartete nicht in München, bis in Russland die alten Eliten wieder die Oberhand gewonnen hatten. Die war sicher längst an der Côte d'Azur oder sonst einem Badeort, wo sich die reichen Emigranten vergnügten und wo man ihre exquisiten Reize zu schätzen wusste. Ganz ähnliche Gedanken mochten dem Beamten bei der Vermissтenstelle gekommen sein. Er legte das Foto neben die anderen auf den Tisch. Sein Gegenüber sah in erwartungsvoll an.

»Ja nun, was soll ich sagen, Maria Alexandrowna ... Ich weiß einfach nicht, wie ich Ihnen helfen könnte.«

»Aber Sie haben doch schon in vielen aussichtslosen Fällen geholfen.«

»Das mag ja sein, aber als *Anwalt*, als *juristischer* Beistand, wenn Sie verstehen, was ich meine.«

»Ich kann bezahlen«, erwiderte sie unvermittelt und zog eine kleine viereckige Schatulle aus der Handtasche. Sie klappte den Deckel hoch. Ein goldener Ring mit einem blauen Stein blitzte im Sonnenlicht. Dann griff sie erneut in die Tasche und legte einen Zwanzigdollarschein neben den Schmuck.

»Ich bitte Sie, es ist doch keine Frage von Geld«, sagte Sepp und klappte die Schatulle wieder zu. »Aber ich betreibe nun mal keine Vermisstenstelle und suche keine Leute, die verschwunden sind. Ich kann Ihnen nur raten, sich nochmals an die Polizei zu wenden, vielleicht mit einiger Unterstützung. Sie haben doch gute Kontakte.« Er deutete auf die Fotos aus Reichenhall. »Sie kennen doch Leute, die über Einfluss verfügen und gute Beziehungen zu den hiesigen Behörden pflegen. Das würde Ihrer Sache sicher Nachdruck verleihen.«

Maria Alexandrowna blickte eine Weile nicht auf. Ein resigniertes Lächeln huschte über ihr Gesicht.

»Wie sind Sie denn überhaupt auf meine Kanzlei gekommen?«, fragte Sepp.

Sie antwortete nicht gleich. »Ach ... Jemand hat Sie empfohlen«, sagte sie schließlich.

»Darf ich fragen, wer das war?«

»Jemand in einem Lokal.«

»In einem Lokal?«

»Ja. In einem Café. Im Café Iris.«

»In der Schraudolphstraße?«

Den Besitzer hatte er vor einiger Zeit in einer Erbschaftsangelegenheit vertreten. Und jetzt erinnerte er sich, dass der damals russische Emigranten erwähnt hatte, die sein Etablissement als Treffpunkt nutzten, weil die meisten in Pensionen in der Umgebung wohnten.

»Also im Café Iris?«, fragte er noch einmal.

Maria Alexandrowna nickte nur, ließ sich jedoch zu keinen näheren Erklärungen herab. Sepp sah die Frau an, die seinen Blick nicht erwiderte. Wenn sie sich an einen Kaffeehausbetreiber wenden musste, um Rat und Hilfe zu bekommen, war es mit ihren guten Beziehungen in der russischen Kolonie nicht weit her. Oder wollte sie in diesen Kreisen nichts verlauten lassen vom Verschwinden ihrer Tochter? Die ganze Sache war einigermaßen mysteriös.

Maria Alexandrowna nahm das Schmuckkästchen und steckte es wieder in die Tasche. »Ich verstehe«, sagte sie. »Sie wollen den Ring nicht. Aber das hier …« Sie deutete auf den Geldschein. »Das war nur als Anzahlung gedacht. Und die kann ich erhöhen. Falls Sie Mittel brauchen, um Leute zu engagieren für die Suche nach meiner Tochter.« Damit zog sie einen Hundertdollarschein heraus, den sie ebenfalls auf den Tisch legte. »Und wenn Sie meine Anna finden …« Sie machte eine Pause und sah ihn eindringlich an. »Wenn Sie meine Tochter finden, biete ich Ihnen ein Erfolgshonorar von dreihundert Dollar.«

Sepp lehnte sich zurück und starrte auf das Geld. Mit über vierhundert Dollar wäre seine Kanzlei auf Monate saniert. Er müsste sich nicht mehr sorgen, wie er seine Miete und seine Angestellten bezahlte. Er müsste nicht mehr ständig rechnen, wie viel die Inflation ihm von den Honoraren wegfraß, bevor sie auf seinem Konto landeten. Selbst Extraausgaben wie die Reparatur seines Autos wären kein Problem mehr. Kurzum, es war ein Angebot, das er nicht ausschlagen konnte.

»Wenn ich Hilfskräfte einsetzen könnte«, begann er zögernd, »sähe die Sache natürlich günstiger aus …«

Maria Alexandrowna nickte. »Engagieren Sie so viele, wie Sie brauchen. Sie haben doch sicher entsprechende Personen an der Hand?«

Sepp überlegte einen Moment. Dann stand er auf, ging zur

Garderobe und durchsuchte die Taschen seines Mantels. »Ah«, sagte er und hielt eine Karte hoch. »Ich kenne tatsächlich jemanden, der genau der richtige Mann für uns wäre. Er war früher Offizier in der kaiserlichen Armee und betreibt jetzt eine Detektei.«

Der Ausdruck »kaiserliche Armee« schien eine magische Wirkung auf Maria Alexandrowna auszuüben. Ihre Miene hellte sich schlagartig auf. »Ich wusste doch, dass Sie mir helfen können!«, sagte sie und schlug sich auf die Brust.

»Ich kann Ihnen natürlich nichts versprechen.« Sepp ging zum Schreibtisch zurück und notierte sich die Telefonnummer auf der Karte, bevor er sie über den Tisch schob. »Ich setze mich sofort mit dem Mann in Verbindung, und er sucht Sie so schnell wie möglich auf. Dieses Foto Ihrer Tochter«, er zeigte auf die postkartengroße Aufnahme, »würde ich gern behalten. Sie bekommen es natürlich wieder zurück.«

Wie neu belebt erhob sich Maria Alexandrowna, nahm ihren Hut vom Tisch und griff nach der Karte. Sepp reichte ihr die Stola und begleitete sie zur Tür. Dort blieb sie stehen und drückte seine Hand. »Ich danke Ihnen«, sagte sie. »Ich danke Ihnen von Herzen.«

Mit etwas zwiespältigen Gefühlen ging Sepp zu seinem Schreibtisch zurück. Vielleicht hätte er der Frau nicht solche Hoffnungen machen dürfen. Schließlich kannte er diesen Detektiv so gut wie gar nicht. Der Mann hatte ihn angesprochen, weil er am Tresen eines Lokals mitbekommen hatte, dass Sepp Rechtsanwalt war. Er sei ehemaliger Offizier, hatte er erklärt, und versuche, sich eine neue Existenz aufzubauen. Möglicherweise könnte er einem Anwalt einmal von Nutzen sein. Man könne ja nie wissen. Sepp hatte die Karte schließlich nur genommen, weil er den Menschen rasch loswerden wollte.

Als er sich setzte, sah er wieder auf das Geld. Wenn er diesem Detektiv sagte, dass ihm Dollars winkten, würde der sich mächtig ins Zeug legen und nicht lockerlassen. Wann käme der schon an einen Auftrag, der in Devisen bezahlt wurde? Aber zuerst müsste er sich den Mann natürlich ansehen. Dass er früher einmal Offizier gewesen war, bedeutete für Sepp keinen Vertrauensvorschuss. Eher im Gegenteil. Andererseits konnte man davon ausgehen, dass dieser Mensch über ein Auftreten und Benehmen verfügte, das man bei anderen Vertretern seiner Zunft nicht voraussetzen durfte. Jedenfalls wüsste er sich in den Kreisen von Maria Alexandrowna zu bewegen, ohne gleich als windiger Schnüffler abgetan zu werden.

Sepps Blick fiel wieder auf das Foto der schönen Tochter. Wenn ihr nun wirklich etwas zugestoßen war, dachte er plötzlich. Wenn sich seine Vermutung, dass sie sich an irgendwelchen mondänen Orten herumtrieb, nur den Vorurteilen verdankte, die er bestimmten Russen gegenüber hegte. Weil er einfach keine Sympathien aufbrachte für Leute, die ein reaktionäres System verklärten und eine Unrechtsherrschaft zurückwünschten.

Sepp trat ans Fenster und sah auf den sonnigen Platz hinab. Vielleicht müsste er doch irgendwann die Polizei einschalten? Und was wäre dann mit seinem »Erfolgshonorar«? Das könnte er dann in den Wind schreiben. Wie ließe sich das verhindern? Er ging eine Weile auf und ab. Dann kam ihm eine Idee. Er griff zum Telefon.

1

Reitmeyer legte die Akte auf den Schreibtisch und sah sein Gegenüber an. Es gab nicht viele, die es schafften, für einen längeren Zeitraum derart dreist zu lügen, ohne sich irgendwann in Widersprüche zu verwickeln und einzuknicken. Doch in der Unschuldsmiene des Mannes zuckte kein Muskel, sein Blick irrte nie ab, nie fuhr er sich nervös durchs Haar oder machte andere fahrige Gesten. Er war ein zäher Hund, das musste man ihm lassen.

»Sie bleiben also dabei, dass Sie nichts gesehen oder gehört haben? Absolut gar nichts?«

»Gar nix, Herr Kommissär«, erwiderte er ungerührt. »Ich weiß überhaupt nicht, wie die Person auf so was kommt.«

»Also nochmal. Bei der *Person* handelt es sich um die Dolmetscherin der hiesigen französischen Gesandtschaft, und sie hat Anzeige erstattet, weil sie vom Trittbrett Ihrer Straßenbahn gestoßen wurde. Dabei hat sie sich einen Bruch des Fußgelenks und eine Gehirnerschütterung zugezogen. Vorausgegangen sei eine Rangelei im Innern des Wagens, bei der ihr Mantel und ihre Tasche beschädigt wurden. Ich finde es schon sehr merkwürdig, dass Sie als Schaffner in diesem Wagen davon nichts mitbekommen haben wollen.«

Der Schaffner zuckte die Achseln und machte eine Handbewegung, als wollte er bedeuten, dass er sehr gern behilflich wäre, wenn er denn könnte. »Tja, tut mir leid, Herr Kommissär.«

»Und Sie?« Reitmeyer wandte sich an den Mann, der neben dem Schaffner vor seinem Schreibtisch saß. »Sie waren doch der Fahrer dieser Tram. Ist Ihnen auch rein ›gar nix‹ aufgefallen?«

Der Mann wand sich ein bisschen und rutschte unbehaglich auf seinem Stuhl herum. Offensichtlich war er nicht so abgebrüht wie sein Kollege, und blanke Lügen gingen ihm weniger leicht über die Lippen. »Also ich …«, begann er und verstummte wieder.

»Ich höre«, sagte Reitmeyer und klopfte ungeduldig mit seinem Stift auf die Tischplatte.

»Da is … da is …«, begann der Mann wieder und wich Reitmeyers Blick aus. Wie jemand, der ein randvolles Glas nicht verschütten wollte, bemühte er sich angestrengt, seine Gesichtszüge unter Kontrolle zu halten. »Da is … immer viel los … in meiner Linie zum Marienplatz«, presste er schließlich heraus. »Viel Trubel.«

»Aber wenn Fahrgäste zwei Frauen angreifen, angeblich deshalb, weil sie sich auf Französisch unterhalten haben, und eine dieser Frauen vom Trittbrett gestoßen wird, dann lässt sich das doch nicht als der übliche ›Trubel‹ beschreiben.«

»Fran… französisch …?«, stammelte der Fahrer, inzwischen hochrot im Gesicht.

»Wir können kein Französisch«, sagte der Schaffner.

»Jetzt reicht's mir aber!«, rief Reitmeyer und warf den Stift auf die Schreibtischplatte. »Sie meinen wohl, Sie könnten mich für dumm verkaufen. Schließlich gibt's noch die Aussage von der anderen Frau. Und es haben ja noch weitere Personen in dieser Tram gesessen!«

Das spöttisch überlegene Grinsen, das sich der Schaffner jetzt doch nicht mehr verkneifen konnte, bestätigte nur, was Reitmeyer schon wusste: Die anderen Fahrgäste würden ebenfalls nichts gesehen oder gehört haben. Wie immer, wenn es zu Pöbeleien oder zu tätlichen Angriffen auf Mitarbeiter der französischen Gesandtschaft kam. Ihnen schlug überall nur blanker Hass entgegen, und alle waren sich einig, dass sie so schnell wie möglich aus der Stadt verschwinden sollten. Sie wurden nicht bedient in den Geschäften, bekamen keine Plätze in Restaurants und keine Karten für Kinos und Theater. Und der Gesandte selbst konnte von Glück sagen, dass ihm in einem Nebenzimmer der Vier Jahreszeiten, fernab der anderen Gäste, überhaupt Essen serviert wurde. Notwendige Einkäufe für die Franzosen erledigte ein Münchener, wie man hörte, der ihnen auch seinen Wagen zur Verfügung stellte, weil sie sich mit einem französischen Kennzeichen nicht durch die Stadt zu fahren trauten.

»Können wir jetzt gehen, Herr Kommissär?«, fragte der Schaffner.

Reitmeyer nickte bloß und machte eine ärgerliche Handbewegung in Richtung Tür. Der Trambahnfahrer wischte schnell hinaus, der Schaffner ließ sich Zeit und wünschte übertrieben höflich einen guten Tag. »Auf Wiedersehen sag ich lieber nicht«, erklärte er dem Polizeiassistenten Brunner, der gerade zur Tür hereinkam.

Brunner blieb stehen und sah den beiden kopfschüttelnd nach. »Das waren doch die zwei, die von den Franzosenweibern angezeigt worden sind?« Er humpelte herein und pflanzte sich vor Reitmeyers Schreibtisch auf. »Das ist schon eine unverschämte Frechheit, was die sich trauen.«

»Die Trambahner?«

»Naa. Die Franzosen! Als hätt man nicht schon genug Scherereien mit dem Pack. Ihre Gesandtschaft muss man Tag und Nacht bewachen, obwohl uns überall das Personal fehlt. Zum Dank dafür zeigen's dann unsere Mitbürger an. Wieso die überhaupt so eine Gesandtschaft bei uns aufmachen dürfen, das tät mich schon mal interessieren.«

Warum die Franzosen auch in München und nicht nur in der Hauptstadt eine Vertretung eröffnen durften, hatte Reitmeyer ihm gestern schon erklärt. Jetzt erneut den Versailler Vertrag zu erwähnen, der Frankreich dieses Recht gewährte, würde dem Mann bloß wieder eine Steilvorlage für seine Schimpftiraden über den »Schandvertrag« liefern, den diese »bolschewistischen Verbrecher« in Berlin unterschrieben hätten. Das Ganze endete dann meistens damit, dass bald mal einer kommen müsse, um diesen »Saustall« aufzuräumen. Auf eine weitere Portion von »Volkes Stimme« konnte Reitmeyer jetzt aber gut verzichten.

»Wo ist der Rattler?«, fragte er stattdessen.

»In der Spurensicherung«, antwortete sein Kollege Steiger, der ebenfalls ins Büro gekommen war. »Wie meistens. Ich find nicht, dass das so weitergeht.«

»Ja, selbstherrlich war der Rattler immer schon«, sagte Brunner. »So einem hätt man schon beizeiten mal die Flügel stutzen müssen. Soll ich ihn herbeordern?«

»Nein, ich geh selber rüber«, sagte Reitmeyer.

So ging es tatsächlich nicht mehr weiter, dachte Reitmeyer auf dem Weg durchs Präsidium. Die Sonderregelung, die man für ihren ehemaligen Polizeischüler getroffen hatte, funktionierte schlecht bis gar nicht. Nachdem er letztes Jahr, wie erwartet, seine Prüfung mit Auszeichnung bestanden hatte, hätte er eigentlich mit dem Streifendienst beginnen müssen. Was allerdings nur eingeschränkt möglich war, weil er nach einer Gasvergiftung an der Front an einem Lungenschaden litt. Dennoch hatte er im Frühjahr unbedingt an einem Einsatz teilnehmen wollen, bei dem von irgendwelchen rechten Randalierern eine Polizeikette gesprengt worden war. Im Lauf des anschließenden Gerangels hatte er dann so schwere Schläge abbekommen, dass er zwei Wochen lang das Bett hüten musste. Danach wurde beschlossen, ihn überhaupt nicht mehr draußen, sondern nur noch im Innendienst einzusetzen. Er sollte je zur Hälfte in Reitmeyers Kommissariat und in der Spurensicherung arbeiten. Doch ganz wie Reitmeyer befürchtet hatte, sah er ihn selten bei sich im Büro. Und es war anzunehmen, dass Rattler seinem Schöpfer für die Schläge dankte, die ihn so unvermutet in sein persönliches Paradies befördert hatten. In die Abteilung, die er am meisten bewunderte und die von Anfang an sein Traumziel gewesen war: die Spurensicherung. Wo nach

»wissenschaftlichen« Methoden gearbeitet wurde und wo ihm
kein Mensch genervt den Mund verbot, wenn er des Langen
und Breiten seine Erkenntnisse aus Polizeihandbüchern und
kriminaltechnischen Schriften zum Besten gab. Im Gegenteil.
Kofler, sein Chef, unterstützte die Wissbegier des jungen Kriminalisten, ließ sich auf endlose Diskussionen über Artikel in
Fachzeitschriften ein, lobte sein Engagement und rühmte seine Intelligenz. »Der ist ein heller Kopf«, sagte er immer, von
dem sich mancher im Präsidium eine Scheibe abschneiden
könnte.

Als Reitmeyer die Tür zu Koflers Büro öffnete, standen der
Leiter der Spurensicherung und Rattler an einem Tisch und
bemerkten gar nicht, dass er eingetreten war. Gemeinsam waren sie über ein Foto gebeugt, und Rattler deutete mit einem
Stift auf eine Stelle des Bildes.

»Wenn man Genaueres wüsst über die Eiablage von
Schmeißfliegen in den Körperöffnungen der Leichen und
über die anschließende Metamorphose dieser Insekten, dann
könnt man auch Näheres über den Todeszeitpunkt rauskriegen«, sagte er. »Ich hab gelesen, dass schon vor längerer Zeit
ein französischer Biologe solche Untersuchungen gemacht hat,
aber …«

»Ich störe ja nur ungern …«, sagte Reitmeyer sarkastisch.

Rattler fuhr herum. »Ah, Herr Kommissär. Gerad wollt'
ich zu Ihnen, weil der Bericht von der Gerichtsmedizin fertig
ist. Ich hab ihn gleich heut früh abgeholt.«

»Und warum hast du ihn dann nicht gleich zu mir gebracht?«

»Weil ich den Rattler gebraucht hab«, sagte Kofler. »An
der Maximiliansbrücke hat es einen tödlichen Unfall gegeben.
Ein Motorradfahrer ist von der Straße abgekommen und auf
das Kiesbett runtergestürzt. Wir mussten versuchen, den Un-
fallhergang zu rekonstruieren.«

»Ich hätt den Rattler auch gebraucht. Schließlich war abgemacht, dass er zur Hälfte bei mir arbeitet, aber ich krieg ihn praktisch nie zu Gesicht.«

»Das war jetzt bloß eine Ausnahme, Herr Kommissär«, versicherte Rattler mit Blick auf Kofler, der zustimmend nickte. »Und ich hab auch vorgearbeitet, was die Leiche angeht, die wir letzte Woche an der Isar gefunden haben.« Er deutete auf das Foto auf dem Tisch.

»Was heißt ›vorgearbeitet‹?«

»Tja, Sie ham doch gesagt, dass wir uns in den umliegenden Gaststätten und Lokalen umhören sollten, die Beamten vom Mariahilfplatz-Revier und ich. Ob jemand den Mann kennt. Aber das war schwierig, weil wir ihn ja bloß beschreiben konnten. Ich meine, die Fotografien sind kein schöner Anblick. Die kann man schlecht herzeigen, weil dann die Leut ja gleich schreiend davonlaufen würden. Die kann man auch für einen Aushang im Revier nicht benutzen, wegen den Maden, dem Tierfraß und so ...«

»Und herrichten für ein neues Foto«, sagte Kofler, »kannst den auch nicht mehr.«

»Ja, und?«

»Deshalb hab ich eine Zeichnung von dem Mann gemacht, verstehen S', Herr Kommissär. Da tun sich die Leut viel leichter, als wenn ich sag, der war eins fünfundsiebzig, siebzig Kilo und braune Haar. Da fällt doch keinem was ein, das ruft doch keine Erinnerung wach. Und mit der Zeichnung geh ich am Abend nochmal in die Lokale. Vielleicht ergibt sich dann ja was.«

»Der Bub ist halt ein heller Kopf«, sagte Kofler.

Reitmeyer fand eher, dass man es wieder mit einer von Rattlers üblichen Finten zu tun hatte. Wenn er mit einem Donnerwetter rechnen durfte, verblüffte er mit einem Einfall, den man nur loben konnte. Und ein »Bub« war er längst auch nicht mehr, obwohl das schmächtige Bürschchen wahrscheinlich von keinem auf über zwanzig geschätzt worden wäre.

Sein Kollege Steiger meinte neulich, es müsse an den langen Lazarettaufenthalten liegen, dass er noch immer wie ein Schüler aussah. Die hätten einen Stillstand bewirkt, weil er sich damals praktisch eine »Auszeit vom Leben« habe nehmen müssen.

»Kann ich die Zeichnung sehen?«

»Morgen, Herr Kommissär. Morgen bring ich sie Ihnen mit.«

»Und was sagt der Bericht von der Gerichtsmedizin?«

Rattlers Gesicht leuchtete auf. »Der Herr Professor Riedl hat alle meine Annahmen voll bestätigt. Über den Zeitpunkt des Todes lässt sich bloß sagen, dass er etwa achtundvierzig Stunden vor Auffinden der Leiche eingetreten sein muss, weil die Totenstarre vollkommen aufgelöst war und die Livores, die Totenflecken, sich nicht mehr wegdrücken lassen. Er könnte aber auch schon länger dort gelegen haben. Das ist ja das Problem dabei. Gerad hab ich zum Herrn Kofler gesagt, dass man die Sache mit den Schmeißfliegen …«

»Sonst noch was?«

»Ja, und das betrifft die Schusswunde am Kopf. Die zeigt die typische Erscheinung für einen aufgesetzten Schuss. Und es gibt keinerlei Anzeichen für eine Gegenwehr. Also kann man davon ausgehen, dass das Opfer den Täter gekannt hat.«

»Oder wenn er ihn nicht gekannt hat«, sagte Kofler, »hat er von der Person zumindest nichts Böses erwartet.«

»Aber der Mann muss den Täter doch gekannt haben, wenn er mit ihm bis zum Wasserrand der Isar gegangen ist, wo man die Leiche gefunden hat. Von irgendwelchen Schleifspuren war am Körper nichts zu sehen.«

Kofler zuckte die Achseln.

»Und dann gibt's noch diese metallene Marke mit dem brüllenden Löwenkopf und den am Rand eingestanzten Doppellöchern, die wir in der Tasche des Toten gefunden haben.« Rattler schlug den Bericht auf und zeigte auf ein Bild. »Die hat der Professor Riedl auf Anhieb erkannt. Das sei das Abzeichen vom Freikorps Epp. Die Löcher hätten zum Annähen am Ärmel gedient.«

Reitmeyer sah auf den Löwenkopf mit dem aufgerissenen Maul. Wie viele Mitglieder hatte dieses Freikorps gehabt? Tausend? Zudem trug der Tote das Abzeichen nicht am Ärmel, sondern in der Tasche. Vielleicht war er gar kein Epp-Mann gewesen und hatte das Ding bloß gefunden oder war sonst irgendwie daran gekommen.

»Da wünsch ich euch viel Glück bei den Ermittlungen«, sagte Kofler, als hätte er Reitmeyers Gedanken gelesen. »Die Freikorps gibt's nicht mehr, bis auf den Teil, der von der Reichswehr übernommen worden ist. Aber zu dem hat der sicher nicht gehört. Der hat's nicht weit gebracht, wenn ich mir seine Kleider anschau. Die wirken nicht bloß ramponiert von der Liegezeit im Freien, die waren vorher schon ziemlich schäbig.«

»Zur Identifikation«, verkündete Rattler, »versprech ich mir einiges von meiner Zeichnung.«

»Und in der Zwischenzeit kommst du jetzt mit, bei mir wartet andere Arbeit auf dich.«

Rattler warf einen hilfesuchenden Blick zu Kofler hinüber.

»Das ist jetzt vielleicht nicht so günstig«, sagte Kofler. »Wir müssten noch das Motorrad von dem Verunglückten untersuchen. Da könnt ich ihm gleich beibringen, wie man da vorgeht, verstehen S'. Und dafür«, er hob die Hand und wehrte Reitmeyers Versuch eines Einspruchs ab, »dafür können Sie ihn morgen dann den ganzen Tag haben.«

»Also so geht das nicht, Kollege Kofler. Wir brauchen klare Verhältnisse, wann der Rattler bei Ihnen und wann er bei uns ist. Wie soll ich denn sonst planen und die Aufgaben verteilen?«

»Da bin ich ganz Ihrer Meinung«, erwiderte Kofler. »Wär's Ihnen lieber, wenn wir einen wöchentlichen Turnus vereinbaren würden?«

fee vor sich. »Tut mir leid, dass ich deine heilige Mittagspause störe«, sagte er. »Aber sonst hätte ich dich gar nicht erwischt.«

»Ah, Sepp«, sagte Sebastian und blickte auf die Uhr an der Wand. »Schade, dass du so spät kommst, weil ich in zehn Minuten schon wieder gehen muss.«

»Dann komm ich am besten gleich zur Sache. Ich hab dir doch neulich erzählt, dass es seit einigen Monaten nicht ganz einfach ist mit meiner Kanzlei. Finanziell, meine ich. Jetzt ist mir eine Tätigkeit angeboten worden, die eigentlich nicht direkt juristischer Natur ist. Eine Frau hat sich an mich gewandt, die ihre Tochter sucht. Eine Vermisstenanzeige wurde bislang nicht angenommen, weil man vier Tage Abwesenheit bei einer erwachsenen Person für keine ausreichende Zeitspanne hält. Aber die Mutter macht sich ernsthafte Sorgen und hat mich gebeten, die Suche zu übernehmen.«

»Und hast du dich darauf eingelassen?«

»Da ich Hilfskräfte einstellen kann, ja. Jedenfalls scheint Geld kein Problem zu sein. Mir wurde eine großzügige Anzahlung geleistet. In Devisen.«

»Aha.«

»Jetzt wollte ich dich fragen, ob du mir bei eventuell auftretenden Fragen behilflich sein kannst. Und da die Bezahlung nicht schlecht ist, könnten wir …«

»Die Beute teilen?«, unterbrach ihn sein Freund. »Hast du das gemeint?«

»Also …«

»Sepp, das geht nicht. Das wäre Korruption.«

»Ich weiß nicht, ob man da gleich die ganz großen Begriffe auspacken muss. Du verschaffst dir doch keine persönlichen Vorteile.«

»Wie würdest du das sonst nennen, wenn ich mein Wissen als Polizist gegen Geld verkaufe?«

»Es ist mir zwar unangenehm, aber vielleicht sollte ich dich mal daran erinnern, wie oft ich dir schon geholfen habe. Und dabei bist du nicht so pingelig gewesen, wenn ein paar Regeln übertreten wurden.«

»Und dafür bin ich dir auch dankbar. Aber versteh doch, in meinem Fall ist das was anderes. Ich kämpfe die ganze Zeit dafür, dass in meiner Behörde die Regeln befolgt werden …«

»Obwohl sich nicht mal deine Vorgesetzten daran halten?«, fragte Sepp erregt. »Oder wie nennst du es, wenn man wie dein letzter Präsident Mördern und Verbrechern falsche Pässe ausstellt, damit sie sich ins Ausland absetzen können?«

»Deswegen muss ich noch lange nicht anfangen, mich selber so zu verhalten. Jedenfalls kann ich nicht gegen Geld für dich tätig werden.«

»Und ohne Geld?«

Reitmeyer lachte. »Ganz allgemein kann ich dir natürlich mit Hinweisen und Rat zur Seite stehen. Aber ich kann dir nichts weitergeben, wenn mir das als Polizist verboten ist. Inhalt von Polizeiakten und dergleichen.«

Sepp merkte, dass es seinem Freund unangenehm war, ihn abzuweisen.

Reitmeyer legte die Hand auf seinen Arm. »Versteh doch, Sepp. Ich helfe dir, wo ich kann. Aber im Rahmen meiner Befugnisse.«

»Na schön«, sagte Sepp. »Ich hab ja gewusst, dass du ein korrekter Staatsdiener bist.«

»Das klingt jetzt nicht unbedingt nach einem Lob.«

»Versteh mich halt auch. Ich bräuchte eben unter Umständen ein paar Informationen, die dich nicht gleich in große Bredouille bringen würden.«

Reitmeyer stand auf und klopfte ihm auf die Schulter. »Wir werden sehen, Sepp. Jetzt fang halt erst mal an mit deiner Suche.«

Sie gingen zusammen hinaus. Als sie sich verabschiedeten, fragte Sepp noch, ob Reitmeyer Caroline in letzter Zeit gesehen habe. Er begleite sie demnächst in den Salon Bruckmann, erwiderte Reitmeyer. »Nicht ganz freiwillig«, fügte er hinzu. »Aber ich konnte es ihr nicht abschlagen.«

»Zu den Bruckmanns?«, fragte Sepp. »Neuerdings hört man, dass die Dame des Hauses Adolf Hitler unter ihre Fittiche genommen hat.«

Sebastian seufzte. »Caroline war seit Jahren nicht mehr dort. Aber Elsa Bruckmann hat sie persönlich eingeladen, weil sie an Lukas erinnern will, der früher oft in ihrem Haus gespielt hat.«

»Heute würde er das ganz bestimmt nicht mehr tun.«

3

Reitmeyer hörte die Stimme des Mannes schon von Weitem, als er am nächsten Morgen die Löwengrube entlangfuhr. Ruppertus, der Wanderprediger, hatte wieder Stellung vor dem Präsidium bezogen. »Blut, Blut muss fließen«, brüllte er. »In allen Rinnsteinen wird das Blut sich stauen. Dann haben wir bald Metzelsuppe! Ein Schlachtfest, bei dem die Schweine in Menschengestalt abgeschlachtet werden!«

Vom Eingang in der Löwengrube hatten sich bereits zwei Wachleute in Richtung Ettstraße in Bewegung gesetzt. Reitmeyer trat in die Pedale, um den Propheten zu warnen, bevor er wieder festgenommen wurde. »Hau ab, Mann!«, rief er und deutete nach hinten.

Der magere Mensch mit den langen Haaren und dem fusseligen Bart sah ihn mit aufgerissenen Augen an und zögerte kurz. Dann packte er die Zeitschriften vom Boden, schürzte die härene Kutte und rannte in Richtung Neuhauser Straße davon. Die Polizisten erwischten ihn nicht mehr und gestikulierten ihm wütend nach.

»Der soll sich hier bloß nicht mehr blicken lassen«, sagte einer der beiden, als sie bei Reitmeyer angekommen waren. »An jedem Straßeneck schreit neuerdings so ein Messias rum. *Erlösen* wollen sie uns von dem Niedergang, die Tagediebe. Die sollen sich mal waschen und was arbeiten!«

Reitmeyer nickte bloß und stellte sein Fahrrad ab. Auf eine Diskussion über Kohlrabi-Apostel und sonstige »Inflationsheilige« ließ er sich jedenfalls nicht ein. Wozu auch? Nachdem die Revolutionäre erschossen waren oder im Zuchthaus saßen, schlug jetzt die Stunde der religiös angehauchten Weltverbesserer, der spirituellen Anarchisten. Das Ziel sei die Herrschaft der Seele über die Materie, hatte ihm Ruppertus erklärt, die »Überwindung der Gier und des verderbten Fleisches«. Gegen die Wurstsemmel, die Reitmeyer ihm manchmal schenkte, hatte er jedoch nichts einzuwenden.

Reitmeyer eilte zu seinem Büro hinauf, wo Rattler bereits an der Tür auf ihn wartete. Steiger saß an seinem Schreibtisch und hielt ein Blatt hoch. »Also, das musst du dir mal anschauen«, sagte er. »Das ist unglaublich.«

»Ist das die Zeichnung von dem Toten?«

Rattler nickte. »Wie versprochen.«

Reitmeyer nahm das Blatt, das ihm Steiger reichte. »Das hast du gemacht?«, fragte er verblüfft.

»Na ja.« Rattler trat von einem Bein aufs andere. »Sagen wir mal so, ich hab mir helfen lassen von meinem Freund Lothar. Der hat Zeichenunterricht gehabt und sich sogar mal überlegt, ob er Grafiker werden soll. Aber dann hat er Ökonomie studiert, weil ihn genau wie mich das Wissenschaftliche doch mehr interessiert hat.«

»Also der schaut einen an wie ein Lebendiger«, sagte Steiger kopfschüttelnd.

Reitmeyer blickte wieder auf das Bild. »Wirklich hervorragend«, sagte er. »Dein Freund ist ja ein echter Künstler. Und? Hat's auch was gebracht?«

»Noch nicht. In den Lokalen in der Au hat den Toten niemand gekannt. Aber wir könnten ja ein Foto von der Zeichnung machen lassen und Abzüge in die Reviere hängen.«

»Gute Idee. Genauso machen wir's. Und wenn sich nicht gleich darauf jemand meldet, gehst du mit dem Bild ins alte Kriegsministerium rüber. Vielleicht erkennt ihn jemand von den ehemaligen Freikorpsleuten.«

»Da wär noch was anderes«, sagte Rattler und deutete auf Reitmeyers Schreibtisch. »Die Akte hab ich vom Herrn Kofler mitgebracht. Es geht um den Unfall an der Maximiliansbrücke. Bei der Untersuchung des Motorrads hat sich herausgestellt, dass es wahrscheinlich doch kein Unfall gewesen ist.«

»Sondern?«

»Der Vorderreifen von dem Motorrad war auf eine Art zerfetzt, dass das nicht bei dem Sturz passiert sein kann. Das hat von einem Schuss herrühren müssen, meint der Herr Kofler. Und tatsächlich hat er das Projektil dann auch gefunden in dem Reifen. Und das ist jetzt interessant. Es ist der gleiche Typ wie bei dem Opfer an der Isar. Der Herr Kofler hat sich mit einem Spezialisten unterhalten, und der meint, die könnten von einem Nagant-Revolver stammen. Den haben die Offiziere der zaristischen Armee benutzt.«

»Dann wären die zwei von einem zaristischen Offizier attackiert worden?«, fragte Steiger. »Das klingt ja ziemlich abenteuerlich.«

»Das muss kein echter Russe gewesen sein«, sagte Rattler. »An der Ostfront sind doch Tausende Russen in Gefangenschaft gekommen. Gut möglich, dass der Revolver so in deutsche Hände geraten ist. Aber für uns ist doch nur interessant, dass bei den zwei Opfern höchstwahrscheinlich die gleiche Waffe benutzt worden ist. Weil die Patronen von dem Nagant besonders sind. Einen Anhang über die Waffe und die Munition schreibt der Herr Kofler noch.«

»Das ist tatsächlich interessant. Hat der Fahrer denn Papiere dabeigehabt?«

»Nein. Wenn er eine Brieftasche gehabt hat, ist die vielleicht rausgefallen bei dem Sturz, und jemand, der vor uns am Unfallort war, hat sie geklaut. Ich hab die ganze Umgebung abgesucht und bloß ein Notizbuch gefunden. Aber das ist ziemlich unbrauchbar, weil die Seiten durch die Nässe zusammengeklebt sind und die Tintenschrift völlig verlaufen ist.«

»Na dann musst du eben über das Kennzeichen den Halter feststellen.«

»Ist schon passiert«, sagte Rattler und zog einen Zettel aus der Tasche. »Norbert Hofbauer. Sckellstraße 3. Die Schlüssel zu seiner Wohnung hab ich auch. Die waren in der Hosentasche.«

Reitmeyer setzte sich und blätterte die Akte durch. »Also gut. Wenn das kein Unfall war, dann muss der Tote in die Gerichtsmedizin. Steiger, veranlass das doch. Und am Nachmittag schauen wir uns seine Wohnung an. Bestell uns einen Wagen für zwei Uhr.«

Reitmeyer sah an dem Haus hinauf. Es war ein großes, dreistöckiges Mietshaus, ein eher vornehmes Gebäude im Stil der Neorenaissance, ganz ähnlich wie die anderen Häuser in der nur einseitig bebauten Straße entlang des Isarhochufers. Von einem oberen Stockwerk aus hätte man einen schönen Blick über den Fluss und auf die Stadt hinab. Ein Blick aufs Klingelschild jedoch besagte, dass Hofbauer nicht in der Beletage, sondern im Erdgeschoss gewohnt hatte. Reitmeyer klingelte. Als niemand öffnete, zog Rattler den Schlüssel heraus und sperrte auf. Reitmeyer und Steiger folgten ihm hinein.

Im Innern war es ziemlich dunkel, weil durch die Fenster im Treppenhaus nur wenig Licht in den Eingangsbereich fiel. Sie stiegen ein paar Steinstufen hinauf und überprüften alle Türen, bis sie im hinteren Teil des Hochparterres die gesuchte Wohnung fanden. *Hofbauer* stand handschriftlich auf einem Zettel, der zwischen den noch deutlich sichtbaren Umrissen eines früheren Namensschilds klebte. Anscheinend war er erst vor Kurzem eingezogen. Rattler klingelte noch einmal. Als sich wieder nichts rührte, schloss er die Wohnungstür auf.

Sie standen in einem engen Gang und blickten in eine spärlich möblierte Küche, die neben Herd und Spüle nur einen Tisch und einen Hocker enthielt. Auf einem Wandbord standen Gläser und ein paar Tassen, in einer Kiste auf dem Boden waren etwas Besteck und Kochgeschirr. Steiger öffnete die Tür zum Raum daneben. Es war das Wohn- oder Arbeitszimmer. Ein großer, ziemlich abgeschabter Schreibtisch stand vor dem Fenster, an einer Wand ein altes Kanapee mit einem Couchtisch und einem Sessel. Durch eine Schiebetür gelangte man ins Schlafzimmer, das ebenfalls nur das Nötigste enthielt. Ein Bett, einen Schrank, eine kleine Kommode und einen Stuhl. »Recht übersichtlich das Ganze«, sagte Rattler. »Wenigstens brauchen wir nicht lang, um alles zu durchsuchen.«

Reitmeyer lief durch die Zimmer und riss die Fenster auf. »Ich lass jetzt erst mal frische Luft in diese modrige Bude. Wie's aussieht, hat der die Wohnung vom Vormieter übernommen, ohne zu streichen oder sonst irgendwas zu machen.« Er deutete auf die Umrisse, die von Bildern an den Wänden zurückgeblieben waren. »Und dieser Teppich hier«, er hob den Bodenbelag mit der Schuhspitze an, »stammt auch noch vom Vormieter. Mitsamt dem Staub vergangener Generationen.«

»Ja, wohlhabend war dieser Hofbauer nicht«, sagte Steiger und nahm eines der Fotos vom Schreibtisch. »Und wenn es sich hier um den Hausherrn handelt, dann war er Offizier.«

Reitmeyer zog eine Schublade des Schreibtischs auf. »Hier ist sein Militärpass. Da steht's. Norbert Hofbauer, geboren am 3.7.1884 in Ingolstadt. Oberleutnant im 1. Königlich Bayerischen Leibregiment. Verwundetenabzeichen in Schwarz. Eisernes Kreuz 2. Klasse.« Reitmeyer schloss die Schublade und zog die mittlere auf. Er tastete darin herum und förderte schließlich einen Handschuh zutage. Als er ihn ausschüttelte, fiel ein Ring heraus.

»Der sieht wertvoll aus«, fand Steiger, als er ihn aufhob.

Reitmeyer öffnete die Seitentüren des Schreibtischs. »Es gibt überhaupt keine Unterlagen«, sagte er »Rein gar nix. Was hat dieser Mensch getan? Als hätt er hier gar nicht gewohnt. Hast du was gefunden?«, rief er zu Rattler ins Schlafzimmer hinüber, der dort den Schrank durchsuchte.

»Praktisch nix. Das hier war in einer Jackentasche.« Er reichte Reitmeyer einen Zettel. »Das ist eine Rechnung über Kaffee und Kuchen im Hotel Kaiserin Elisabeth in Feldafing am Starnberger See. Vom 8. Oktober. Und hinten drauf ist eine Adresse notiert. Theresienstraße 15. Kein Namen.«

»Ist das alles?«, fragte Reitmeyer. »Auch in der Kommode nichts?«

»Bloß das hier noch«, sagte Rattler und zeigte eine Porträtaufnahme von einer Frau. »Die hat in der Brusttasche von einem Jackett gesteckt.«

Steiger nahm das Bild. »Wer das wohl ist?«, fragte er, bevor er es an Reitmeyer weiterreichte. »Sehr hübsch. Seine Frau? Seine Freundin?«

»Kaum«, meinte Rattler. »Glauben Sie wirklich, dass sich so eine Frau mit einem einlässt, der in so einer Bruchbude mit lauter altem Gerümpel haust? Die hat doch andere Chancen.«

»Vielleicht kannten sie sich ja noch aus der Zeit, als er ein fescher Offizier beim Leibregiment war?«, sagte Reitmeyer. »Damals hat eine Uniform noch gereicht.«

Steiger ließ den Blick durch den Raum schweifen. »Schon ein Abstieg«, meinte er. »Für einen ehemaligen Leiber.«

»Wir sollten mal den Hausmeister fragen, ob der was weiß«, sagte Reitmeyer. »Rattler, geh doch mal runter ins Souterrain und hol den Mann her.«

Während Rattler die Wohnung verließ, überprüfte Reitmeyer die restlichen Schubladen, die alle leer waren. Dann stellte er sich ans offene Fenster. »Die Vorhänge sind ja noch älter, als das Kaiserreich geworden ist.« Er schob die linke Stoffbahn zurück. »Und voller Mottenfraß.«

Steiger nahm das andere Foto vom Schreibtisch und hielt es ins Licht. »Da steht er bei einer Maschinengewehreinheit. Für mich sieht das aus, als wär's in München bei der Niederschlagung der Räterepublik aufgenommen worden. Im Mai 19.«

»Schon möglich«, sagte Reitmeyer. »Pack alles ein. Den Ring und die Bilder. Die sehen wir uns im Präsidium genauer an. Brunner ist schließlich Experte für die Rätezeit.«

»Und was er nicht weiß, müssen wir über Reichswehrleute im alten Kriegsministerium rauskriegen. Die sind aber meist nicht besonders auskunftsfreudig«, fügte Steiger hinzu. »Noch dazu, wenn's um einen Mordanschlag geht.«

Reitmeyer schwieg und schaute zum Fenster hinaus. Nicht auskunftsfreudig war noch milde ausgedrückt, dachte er. In Kreisen der Militärs, der ehemaligen Freikorpskämpfer oder der Mitglieder rechter Verbände stieß die Polizei immer nur auf eine Mauer aus ehernem Schweigen. Oder die Oberen seiner Behörde steckten mit diesem Volk ohnehin unter einer Decke. Und die Lage hatte sich nicht verbessert seit letztem Jahr. Die Einwohnerwehr, der große paramilitärische Verband, hatte zwar auf Druck der Siegermächte aufgelöst werden müssen, und Kahr, der Ministerpräsident, war aus Protest dagegen zurückgetreten, aber verschwunden waren die Mitglieder dieser Organisation natürlich nicht. Sie gründeten unter anderen Namen einfach neue Verbände. Ohne die Unterstützung von Kahrs Regierung hatten die neuen Verbände allerdings erhebliche Mühe, sich zu finanzieren, und die Begeisterung für die monarchistischen Ziele einer konservativen Regierung ließ bei einigen Offizieren erheblich nach. Sie verfolgten jetzt andere Pläne, wenn auch keineswegs einträchtig. Ständig hörte man von Spaltungen und Zerwürfnissen innerhalb der Rechten, einzelne Gruppen strebten immer radikalere Ziele an, und es verging kein Tag, an dem nicht Gerüchte von einem unmittelbar bevorstehenden Putsch durch die Stadt schwirrten. Falls dieser Hofbauer und das Opfer von der Isar in irgendeine dieser Machenschaften verwickelt gewesen sein sollten, falls sie zwischen die Fronten rivalisierender Gruppen geraten und als »Verräter« liquidiert worden waren, stünde ein Kriminaler mit seinen Ermittlungen auf verlorenem Posten.

Reitmeyer drehte sich um, als Rattler wieder hereinkam. »Ist der Hausmeister nicht da?«

»Doch, schon. Aber er muss gerad weg und kommt morgen Vormittag ins Präsidium. Er hat allerdings bestätigt, was wir uns schon gedacht haben. Der Hofbauer hat vor drei Wochen die Wohnung von einem alten Mann übernommen, der zu seiner Tochter nach Freising gezogen ist. Der hat ihm auch ein paar von seinen Möbeln dagelassen. Woher die beiden sich gekannt haben, weiß der Hausmeister nicht. Er weiß auch sonst nicht viel, weil der Hofbauer angeblich kein besonders gesprächiger Mensch gewesen ist. Er erinnert sich bloß noch, dass er bei seinem Einzug gesagt hat, dass er jetzt da wohnt, wo er bei der Befreiung von München gekämpft hat. Bei der Sicherung des Ostufers der Isar durch das Freikorps Oberland.«

»Komisch«, sagte Steiger. »Die sind doch fast alle von der Reichswehr übernommen worden, er aber anscheinend nicht.«

»Tja«, sagte Reitmeyer. »Das hätte uns viel Arbeit erspart, wenn wir sein Umfeld hätten klarer eingrenzen können.«

Steiger sah sich noch einmal um. »Ich find, wir hätten dann alles. Wir können gehen. Die Fotografien vom Schreibtisch hab ich eingesteckt.«

»Rattler, wir gehen«, rief Reitmeyer ins Schlafzimmer, aus dem ein schabendes Geräusch herübertönte. Er ging hinüber und sah den jungen Kollegen vor dem Schrank knien, den er von der Wand wegzurücken versuchte. »Was machst du denn da?«, fragte er.

»Da schauen S' her, Herr Kommissär. Da sind Kratzspuren am Boden, die mir erst jetzt aufgefallen sind. Der Schrank ist verschoben worden.«

»Das ist doch nix Besonderes bei einem Einzug«, sagte Steiger.

»Vielleicht nicht. Aber Nachschauen ist besser«, erwiderte Rattler und zerrte, hochrot im Gesicht, erneut an dem schweren Möbel.

»Ja, dann schauen wir halt nach. Aber lass dir halt helfen. Du sollst dich doch nicht so anstrengen mit deiner Lunge«, sagte Reitmeyer und schob den Schrank mit einem Ruck nach vorn.

»Ich hab meine Taschenlampe dabei«, sagte Rattler. Er

zwängte sich in den Spalt und leuchtete die Rückseite des Schranks ab. »Da hängt was!«, rief er.

»Dann nimm's ab.«

Mit einem großen braunen Umschlag, den er triumphierend in die Höhe hielt, zwängte sich Rattler wieder aus dem Spalt heraus. »Ich hab's mir doch gedacht!«

Reitmeyer nahm ihm den Umschlag ab und machte ihn auf. »Da ist Geld drin.« Er ging zum Schreibtisch hinüber und legte die Scheine auf den Tisch. »Das sind fünfhundert Dollar«, sagte er verblüfft. »Ein Vermögen.«

Sie starrten auf die Banknoten.

»Wo der das herhat?«, sagte Steiger. »Legal ist das nicht erworben, wenn er's hinterm Schrank versteckt hat.«

»Er muss Angst gehabt haben, dass jemand bei ihm einbricht. Also sind möglicherweise noch andere hinter dem Geld her«, sagte Rattler.

Reitmeyer schob die Dollars wieder in den Umschlag und steckte ihn ein. »Jetzt müssen wir erst mal rauskriegen, was dieser Hofbauer überhaupt so getrieben hat.« Er warf noch einmal einen Blick durch die Wohnung. »Könnt es noch weitere Verstecke geben?«

Rattler schüttelte den Kopf. »Ich glaub nicht. Ich hab alles genau durchsucht. Ich denk, wir sind fertig hier.«

Reitmeyer machte die Fenster wieder zu. »Wir könnten die Nachbarn ja mal fragen, ob die was mitbekommen haben«, sagte er und folgte den beiden nach draußen. Rattler sperrte ab, und Reitmeyer und Steiger klingelten an den Nachbarstüren. Aber niemand öffnete.

Gerade als sie das Haus verlassen wollten, ging plötzlich eine Tür auf, an der Steiger vergeblich geklingelt hatte. »Wollten Sie zu mir?«

Eine ältere Frau, ganz in Schwarz gekleidet, hantierte nervös mit einer Nadel, die sie in ihren Hut steckte. »Ich hab nicht gleich aufmachen können. Ich muss zu einer Beerdigung, verstehen S', und hab mich gerad umgezogen. Was gibt's denn?«

Steiger zeigte seine Marke. »Ihr Nachbar, der Herr Hofbauer, ist tödlich verunglückt. Haben Sie den Herrn gekannt?«

»Was?«, sagte die Frau und legte die Hand auf die Brust. »Ja, wie ist denn das passiert? Mit seinem Motorrad?«

Steiger nickte.

Die Frau schüttelte den Kopf. »Ja so was.«

»Der Herr Hofbauer hat ja noch nicht lang hier gewohnt«, sagte Reitmeyer. »Haben Sie denn mal gesprochen mit ihm?«

»Ja, so richtig unterhalten hab ich mich nicht mit ihm. Man hat sich halt gegrüßt. Aber mein Sohn, der hat öfter mit ihm gesprochen, weil er sich für das Motorrad interessiert hat. So sind's halt die jungen Burschen. Die interessieren sich für alles, was schnell fährt.«

»Und hat Ihr Sohn irgendwas erzählt über ihn?«

Sie überlegte einen Moment. »Ich weiß nicht mehr. Dass er sich einen neuen Beruf aufbauen will, glaub ich. Er war ja früher beim Militär. Aber entschuldigen S', ich hab's eilig. Ich müsst' schon längst fort sein.« Sie zog die Tür hinter sich zu.

»Wir wollen Sie nicht aufhalten«, sagte Reitmeyer und ging mit ihr die Treppe hinunter. »Wissen Sie zufällig, was er sich aufbauen wollte?«

»Ich weiß ja nicht, ob das stimmt. Aber ich glaub, mein Sohn hat g'sagt, er ist Detektiv.«

4

Sepp machte Platz, um zwei Dienstmänner vorbeizulassen, die einen großen, schmalen Karton durch den Eingang des Vier Jahreszeiten transportierten. Es handelte sich offensichtlich um ein Gemälde, was bei genauerem Hinsehen ein Aufkleber der Kunsthandlung Goltz auch bestätigte. Sepp folgte den beiden zur Rezeption, wo sie das Bild neben ganzen Stapeln von Kisten und Schachteln abstellten. Hölzl, der Portier, wie immer makellos gekleidet und mit perfekt gestutztem Bart, stand hinter der Theke und studierte irgendwelche Papiere, bevor er einen Zettel quittierte, den ihm die beiden Männer reichten.

»Betreiben Sie jetzt eine Spedition?«, fragte Sepp lachend.

Der Portier blickte auf. »Ja, fast könnt man's meinen. Aber das sind alles die Einkäufe von unseren Gästen. Es wird jeden Tag mehr, wie mir scheint«, sagte er. »Was führt Sie zu uns, Herr Dr. Leitner? Sind Sie verabredet?«

»Nein, heut nicht. Ich hätt Sie gern kurz gesprochen.«

»Ja ...« Hölzl deutete auf eine Gruppe in Wanderkleidung, die auf die Rezeption zusteuerte. »Es dauert ein paar Minuten. Bei dem schönen Wetter wollen alle in die Berge. Nehmen Sie doch einen Moment Platz. Soll ich Ihnen was bringen lassen?«

»Nein, nein, danke.« Sepp ließ sich im Sessel einer Sitzgruppe nieder und beobachtete, wie Hölzl die ausländischen Gäste bediente. Er breitete Karten aus und erklärte Routen, dann verteilte er Broschüren und begutachtete die Ausrüstung einer Dame. Alles mit vollendeten Manieren und in dem fließenden Englisch, das er in seiner Jugend in einem großen Londoner Hotel gelernt hatte. Er war genau so, wie man sich den Portier eines ersten Hauses vorstellte: kompetent, weltläufig und diskret. Er konnte alles beschaffen und wusste alles. Vor allem kannte er jeden, soweit es die Oberschicht oder die Spitzen der Gesellschaft anbelangte. Und mit diesem Wissen hatte er Sepp schon mehrmals gedient, wenn er Informationen über bestimmte Personen brauchte. Sie kannten sich schon lange und schätzten und vertrauten einander.

Sepp sah sich gezwungen, selbst tätig zu werden, da er von dem Privatdetektiv schon länger nichts mehr gehört hatte und ihn auch nicht erreichte. Eigentlich hatte der Mann einen intelligenten und verlässlichen Eindruck auf ihn gemacht. Und die Aussicht auf ein paar Devisen hatte ihn zudem angespornt. Doch wenn er sich so verhielt, würde wohl nichts werden aus dem Geschäft.

Die Wandergruppe machte sich inzwischen auf den Weg nach draußen und stieg in einen wartenden Wagen. Hölzl kam hinter der Rezeption hervor und räumte noch ein paar Kisten beiseite, bevor er zu Sepp hinüberging. »Tja, der Dollar macht's möglich«, sagte er. »Gestern hat mir einer unserer Gäste ein Tafelbesteck aus Sterlingsilber gezeigt und meinte, das habe ihn den Gegenwert von ein paar Flaschen Whisky gekostet.«

»Wenigstens florieren Ihr Hotel und die Kunst- und Antiquitätenläden.«

Hölzl lächelte vage. »Ehrlich gesagt, mach ich mir manchmal Sorgen, dass es zu Übergriffen auf unsere ausländischen Touristen kommt. Diejenigen, die nicht von ihnen profitieren, sind ihnen nicht gerade wohlgesinnt. Wie die Heuschrecken würden sie bei uns einfallen und alles kahlfressen, schreiben bestimmte Blätter.«

»Ja, mit dem alten weltoffenen München ist's vorbei. Jetzt sucht man das Heil in der Abschottung. Alles Fremde ist plötzlich suspekt.«

Hölzl nickte. »Wie das alles weitergehen soll?«, sagte er und strich sich übers Gesicht. »Aber Sie wollten mich sprechen. Worum geht's denn?«

Sepp griff in die Brusttasche seines Jacketts und zog einen Umschlag heraus. »Ich wollte Ihnen etwas zeigen. Könnten Sie vielleicht unauffällig einen Blick darauf werfen und mir sagen, ob Sie die Person kennen?«

Hölzl blickte sich um, bevor er den Umschlag nahm, dann zog er vorsichtig die Fotografie heraus, die darin steckte. Doch schon als er das Bild nur halb herausgezogen hatte, schob er es wieder hinein. »Tut mir leid, ich kenne die Dame nicht«, sagte er und reichte Sepp den Umschlag zurück.

Sepp sah den Portier an. Hölzl machte den Eindruck, als hätte er ihm eine heiße Kartoffel in die Hand gedrückt.

»Tja, schade«, sagte Sepp leichthin. »Ich bin halt davon ausgegangen, dass sie schon einmal in Ihrem Hotel gewesen ist. Bei einer Veranstaltung oder einer Einladung. Und da es sich um eine außergewöhnlich schöne Frau handelt, übersieht man sie nicht so leicht.«

Hölzl fühlte sich sichtlich unwohl. »Warum interessieren Sie sich denn für die Dame?«, fragte er schließlich.

»Nicht aus privaten Gründen, wie Sie vielleicht meinen. Ich persönlich möchte ihr nicht nahetreten, falls Sie das befürchten.«

»Das … das habe ich keineswegs damit ausdrücken wollen, Herr Dr. Leitner«, sagte Hölzl erschrocken. »Bitte entschuldigen Sie meine Frage.«

»Nein, nein, ist schon gut. Die Mutter der Dame war bei mir in der Kanzlei und hat behauptet, ihre Tochter sei verschwunden. Da die Polizei nicht tätig wurde, hat sie gehofft, ich könnte ihr helfen. Aber wo soll man anfangen«, sagte er und beobachtete das Mienenspiel des Portiers, der nicht vorhandene Fusseln vom Ärmel seines Jacketts zupfte. »Es erschien mir zumindest nicht abwegig, bei Ihnen nachzufragen. Die Dame ist ja nicht nur schön, sondern auch sehr elegant. Sie hätte sehr wohl an einer der vielen Gesellschaften in Ihrem Haus teilnehmen können.«

»Sie haben natürlich recht, Herr Dr. Leitner. Bei uns finden viele Gesellschaften statt, mit sehr hochrangigen Persönlichkeiten aus Wirtschaft und Politik. Aber ich merke mir nicht alle Damen, die manchmal in Begleitung eines Herrn bei uns auftauchen.«

»Dann könnte es also sein, dass sie in Begleitung hier war?«, hakte Sepp sofort ein. »Vielleicht sogar in wechselnder?«

Hölzl entging natürlich nicht, auf welches Glatteis er sich begeben hatte. »Das habe ich nur ganz allgemein gemeint«, versicherte er. Ein grashalmfeines Lächeln huschte über sein Gesicht. »*Solche* Damen verkehren bei uns nicht. Wir sind ein sehr konservatives Haus. Im Übrigen gibt es noch andere große Hotels in der Stadt. Den Bayerischen Hof etwa ...«

Jetzt will er ablenken, dachte Sepp. Aber so leicht würde er ihn nicht davonkommen lassen. »Ach, ich bitte Sie, Herr Hölzl, Sie sind doch schließlich in der Welt herumgekommen und kennen sich aus. Sie wissen doch, dass sich kein Hotel gegen solche Damen schützen kann. Vorausgesetzt, man sieht ihnen nicht sofort an, um welchen Typus es sich handelt. Aber ich verstehe natürlich Ihre Zurückhaltung. Wenn Herrn in Begleitung zu Ihnen kommen, hochrangige Persönlichkeiten, sind Sie selbstverständlich bemüht, die Privatsphäre dieser Herrschaften zu schützen.«

Der Portier wirkte inzwischen, als hätte er in eine saure Frucht gebissen.

»Im Übrigen gehe ich überhaupt nicht davon aus, dass es sich bei der Dame auf dem Foto um eine Person handelt, die in *wechselnder* Begleitung unterwegs ist. Ich kenne die Frau persönlich gar nicht. Es geht um das Leid einer Mutter«, Sepp machte eine kleine Pause, ohne den Portier aus den Augen zu lassen, »die in großer Sorge um ihre Tochter ist. Vielleicht ist ihr etwas zugestoßen. Vielleicht braucht sie Hilfe. Das können Sie sich doch vorstellen. Sie haben doch auch eine Tochter.«

Hölzl trat einen Schritt näher, und Sepp war sich fast sicher, dass sein Appell gewirkt hatte. Aber im nächsten Moment hatte sich der Portier anders entschieden. Als wäre ein Vorhang gefallen, wurde seine Miene mit einem Mal undurchdringlich, und er verbarg sich hinter seiner üblichen Maske untadeliger Höflichkeit. »Glauben Sie mir, es tut mir unendlich leid, Herr Dr. Leitner«, sagte er in dem Tonfall, den die Angestellten der sogenannten »ersten Häuser« gewohnheitsmäßig anschlugen. »Aber ich kann leider nichts für Sie tun.«

Sepp steckte den Umschlag in die Innentasche seiner Jacke. Es hatte keinen Zweck, weiter nachzubohren. Der Portier hatte dichtgemacht. Das Geheimnis der schönen Russin würde er nicht lüften.

»Ach übrigens«, sagte Hölzl unvermittelt. »Nächste Woche findet bei uns eine Verkostung von Weinen statt. Sehr edle Tropfen, das versichere ich Ihnen. Hätten Sie vielleicht Interesse? Ich könnte Ihnen eine Einladung schicken.«

Sepp musste lächeln. Hölzl wollte gut Wetter machen, nachdem er ihn so abgewiesen hatte. »Vielen Dank«, erwiderte er. »Aber ich bin im Moment sehr eingespannt. Trotzdem, sehr freundlich.«

Sie gingen gemeinsam zur Rezeption zurück. »Also nochmals vielen Dank, Herr Hölzl, dass Sie sich die Zeit genommen haben.« Er schüttelte ihm die Hand.

Hölzl trat wieder hinter die Theke. Er wirkte bedrückt, weil er seinem alten Bekannten nicht behilflich sein konnte. Vielleicht war es ihm auch peinlich, weil er wusste, dass ihm die Lüge nicht abgenommen worden war. Sepp hob noch einmal grüßend die Hand. »Also dann, bis zum nächsten Mal.«

Hölzl drehte sich zu dem Regal hinter ihm um, und Sepp glaubte einen Moment lang, er wollte nach einer Zeitschrift greifen, die dort lag. Aber dann schien er sich zu besinnen. Er nickte ihm nur noch einmal zu, bevor er sich einem Gast zuwandte, der ihn nach einer Zugverbindung fragte.

5

Reitmeyer hatte sich nicht getäuscht. Brunner war tatsächlich Experte, wenn es um die Zeit der Räterepublik in München ging. Nachdem er ihm das Foto von der Maschinengewehreinheit gezeigt hatte, war er sofort in sein Büro hinübergehumpelt und kurz darauf mit einem ganzen Packen Postkartenbilder zurückgekommen, die er auf Reitmeyers Schreibtisch ausbreitete.

»Da schauen S' her«, verkündete er und rieb sich ausgiebig das Knie.

Steiger verdrehte die Augen und schnaufte auf. Wie Reitmeyer wusste, ärgerte es seinen Kollegen unglaublich, dass der Polizeiassistent in letzter Zeit den Eindruck erwecken wollte, als stamme seine Verletzung von der Front, obwohl ihm ein ausschlagendes Pferd das Knie zertrümmert hatte. Und das bei einer Demonstration lange vor dem Krieg. Steiger, der eine Hand verloren hatte und mit einer ledernen Prothese auskommen musste, empfand es als absolut unerträglich, wenn der »elende Etappenhengst« versuchte, sich den Nimbus des Frontkämpfers zu geben. Das solle er »anderswo« machen, schimpfte er, nicht vor ihnen, sie wüssten schließlich Bescheid. Am ärgerlichsten war natürlich, dass Brunner sich vollkommen verständnislos gab, als er von Steiger darauf angesprochen wurde. Jedenfalls änderte er nichts an seinem Verhalten.

»Da schauen S' her«, wiederholte Brunner und klopfte auf eine seiner Postkarten. »Ich hab fast das gleiche Bild. Das ist das Freikorps Oberland. Eindeutig. An der Maximiliansbrücke. Die hab ich im Mai 19 selber g'sehen!«

Rattler beugte sich über den Schreibtisch. »Dann stimmt es also, was der Hausmeister gesagt hat.«

»Und da!« Brunner hielt ein anderes Bild hoch. »Da sind die Oberländer bei der Verhaftung von Rotarmisten.«

Reitmeyer blickte auf ein Foto, wo eine Gruppe von Männern mit erhobenen Händen von Soldaten abgeführt wurde.

»Die sind wertvoll«, sagte Brunner und zückte eine Reihe ähnlicher Bilder. »Weil kurze Zeit später verboten worden ist, dass die Fotografen Postkarten verkaufen, wo Rotarmisten drauf sind. Also wo man sieht, wie man die z'sammtreibt und so.«

»Wieso?«, fragte Rattler.

»Vielleicht weil's widerlich ist, dass man Leute noch vor die Kamera zerrt, bevor sie erschossen werden«, sagte Reitmeyer mit Blick auf ein Bild, das einen bereits übel zugerichteten jungen Mann mit erhobenen Händen zeigte, hinter dem Freikorps-Soldaten mit erhobenen Waffen standen.

»Na, na«, widersprach Brunner. »Ich glaub eher, dass niemand Mitleid kriegen sollt' mit dene Ganoven.«

»Dann haben Sie ja illegales Material, Herr Brunner«, sagte Rattler feixend.

»Schmarrn! Der Besitz ist nicht verboten, bloß der Vertrieb. Und ich verkauf meine Bilder ja nicht. Ich sammel die doch.«

»Ich denke, wir haben jetzt, was wir brauchen«, sagte Reitmeyer entschieden und schob die Postkarten zusammen. »Wir wissen jetzt sicher, dass Hofbauer mit den Oberländern gekämpft hat. Danke, Brunner. Sie können Ihre Bilder wieder mitnehmen.«

»Aber da hätt ich noch ein paar sehr interessante …«

»Nein, nein, wir haben jetzt andere Arbeit als Bilder anschauen. Was wolltest du vorher über den Ring sagen, Rattler?«

Rattler nahm das Schmuckstück vom Tisch. »Den hab ich mal genauer untersucht. Der ist zwar echt Gold, was die Punze bestätigt, aber der Stein ist nicht echt.«

»Woher willst 'n du das wissen?«, fragte Steiger.

»Weil mir der Herr Kofler eine prima Lupe geliehen hat«, sagte Rattler. »Und weil man in dem Stein feine Luftbläschen sehen kann. Das gibt's bloß bei Glas, aber nicht bei einem echten Stein. Sie können das gern von einem Juwelier überprüfen lassen. Der wird Ihnen allerdings auch nichts anderes sagen. Das ist kein Saphir.«

»Und woher weißt du das?«

»Aus einem Buch über Mineralien.«

»Wir brauchen keinen Juwelier«, sagte Reitmeyer. »Für uns ist im Moment völlig unerheblich, ob der Stein echt ist oder nicht. Aber interessant. Wer setzt einen Glasstein in einen echten Goldring? Da steckt doch wahrscheinlich ein Betrug dahinter.«

»Find ich allerdings auch.« Rattlers Augen leuchteten auf. »Also ich hab mal einen Roman gelesen, da hat ein Sohn die Juwelen der Mutter …«

»Du brauchst uns nicht den Roman nacherzählen«, unterbrach ihn Reitmeyer. »Wir haben's auch so kapiert.«

»Dass der Hofbauer vielleicht ein ganz linker Finger ist?«, fragte Rattler beleidigt.

»Genauso gut könnte er reingelegt worden sein.«

»Dann war er kein richtiger Detektiv. Überhaupt stell ich mir ein Detektivbüro anders vor. Das müsst' man doch ganz anders aufziehen. Noch dazu bei der Konkurrenz heutzutag. Ich hab gelesen, dass es neuerdings an die achtzehntausend Detektive geben soll in Deutschland. Aber es wär ja schon unwahrscheinlich, wenn bloß ein Prozent davon über die Fähigkeiten eines Sherlock Holmes verfügen würde …«

»Das ist doch jetzt vollkommen wurscht«, unterbrach ihn Steiger. »Wer weiß, was der diesem Nachbarssohn überhaupt erzählt hat.«

»Stimmt«, sagte Reitmeyer. »Wir halten uns jetzt erst mal an diese Adresse in der Theresienstraße. Vielleicht bringt uns das schneller voran, als wenn wir bei ehemaligen Kameraden in der Reichswehr nachfragen. Und wenn er sich die Adresse notiert hat, muss er ja irgendwen kennen in dem Haus.«

Dies schien aber nicht der Fall zu sein, wie Reitmeyer und Rattler feststellen mussten, als sie am frühen Abend die Bewohner des Hauses befragten. Niemand hatte je von Norbert Hofbauer gehört, und auch ein Foto des Mannes, das sie den Leuten zeigten, sagte ihnen nichts. Etwas entmutigt, versuchten sie es schließlich noch einmal in der Pension Modern im ersten Stock, wo ihnen beim ersten Mal erklärt worden war, sie sollten ein bisschen später wiederkommen, weil im Moment niemand Zeit für sie habe.

Das Gedränge vor dem Empfang gleich neben der Tür hatte sich inzwischen aufgelöst, aber immer noch herrschte reges Treiben in der großen Diele. Offenbar reisten gerade Gäste ab, und eine Reihe neuer war angekommen. Hausdiener schleppten Gepäck herein, Dienstmädchen rannten mit Wäsche herum und in dem Stimmengewirr hörte man viel Russisch. Reitmeyer und Rattler wurden in einen Raum gebeten, der als Aufenthalts- oder Lesezimmer diente, wie die Bücherregale an den Wänden und die vielen Zeitungen und Illustrierten auf einem großen Tisch zeigten. Rattler ließ sich sofort nieder und begann in den Zeitschriften zu blättern, Reitmeyer stand an der verglasten Tür und blickte in die Diele hinaus. »Also wenn jetzt nicht gleich jemand kommt«, sagte er ungeduldig, »dann kommen wir morgen wieder. Ich kann nicht ewig warten, ich hab eine Verabredung um halb acht.«

Rattler gab keine Antwort und blickte nicht auf, weil er bereits vollkommen vertieft in seine Lektüre war. Reitmeyer ging ein paarmal auf und ab, dann riss er die Tür auf und marschierte zum Empfangstresen hinüber. »Hören Sie«, sagte er zu dem Mann, der irgendwelche Zettel zusammenheftete, »wir haben nicht endlos Zeit. Es geht schließlich nur um eine Auskunft ...«

»Ja, ja, sicher«, unterbrach ihn der Mann. »Es war nur gerad so ein Durcheinander ... entschuldigen Sie. Was wollten Sie denn wissen?«

Reitmeyer zeigte das Foto von Hofbauer und fragte, ob er den Mann kenne.

Der Pensionswirt schüttelte den Kopf. »Nein, den kenne ich nicht. Den hab ich noch nie gesehen.«

»Der Mann soll Detektiv gewesen sein. Sagt Ihnen das vielleicht etwas?«

Der Pensionswirt sah Reitmeyer irritiert an. »Ein Detektiv? Ich hab noch nie was mit einem Detektiv zu tun gehabt.«

Reitmeyer trat beiseite, weil ein Dienstmädchen mit einem Stapel Wäsche auf dem Arm zu einer Kammer neben dem Empfangstresen durchgehen wollte. »Ein Detektiv?«, fragte sie und warf einen Blick auf das Foto.

»Kennst du den?«, fragte der Pensionswirt.

»Nein … aber die Frau Kusnezowa hat gesagt, dass sie jetzt einen Detektiv hat.«

»Die hat einen Detektiv?«, sagte der Pensionswirt verblüfft. »Warum?«

»Na, wegen der Anna. Ihrer Tochter. Die ist doch verschwunden.«

»Könnte ich mit dieser Frau Kusnezowa sprechen?«, fragte Reitmeyer.

Das Dienstmädchen legte den Wäschestapel ab und sah ihren Chef an. Der zuckte die Achseln. »Dann seh ich mal nach«, sagte sie.

Sie ging durch die Diele und klopfte im hinteren Bereich an eine Tür. Reitmeyer folgte ihr. Sie klopfte noch einmal, als wieder niemand antwortete, öffnete sie vorsichtig die Tür und bedeutete Reitmeyer zu warten.

Kurz darauf kam sie zurück. »Das ist jetzt ganz schlecht«, sagte sie. »Ich glaub nicht, dass Sie mit ihr sprechen können.«

»Wieso denn nicht? Ich hätte doch bloß ein paar Fragen. Und im Übrigen«, fügte er zunehmend ungeduldig hinzu, »wir sind keine Besucher, die man nach Belieben abweisen kann. Es handelt sich um eine polizeiliche Untersuchung und wir …«

»Da, bitte«, unterbrach ihn das Dienstmädchen und stieß die angelehnte Tür auf. »Dann sehen Sie halt selber!«

Reitmeyer trat in das Zimmer. Es war recht groß, aber ziemlich dunkel, weil die schweren Vorhänge zugezogen waren und nur eine kleine Schreibtischlampe brannte. In dem dämmrigen Licht erkannte er Kleiderberge, die achtlos über Stühle geworfen waren, auf einem Tisch stand schmutziges Geschirr mit den Resten einer Mahlzeit, und in der hinteren Ecke sah er ein Bett mit hochaufgetürmten Kissen, auf denen eine Gestalt ruhte.

»Ja, gehen S' nur hin«, sagte das Dienstmädchen schnippisch.

Er machte vorsichtig ein paar Schritte und stolperte über einen Schuh, was lautes Poltern auslöste. Die Person im Bett stöhnte auf. Er hielt einen Moment inne, bevor er näher ging und ins Gesicht der dort liegenden Frau blickte. Es wirkte aufgedunsen und verquollen, und auf der Stirn klebten feuchte Haarsträhnen. Sie schien Mühe zu haben beim Atmen, und jedes Mal wenn sie Luft holte, ging ein Zittern durch den mächtigen Körper. »Ist sie krank?«, fragte er.

»Ha«, sagte das Dienstmädchen und machte eine Geste, als leere sie ein Glas. »So liegt sie schon seit Mittag da. Ich schau manchmal zu ihr rein, ob sie noch schnauft.«

»Und warum holen Sie keinen Arzt?«

»Der Arzt war schon öfter da. Aber wenn sie nicht aufhört mit dem Saufen, hat der g'sagt, kann er auch nix machen.«

Reitmeyer trat wieder zurück und ging zu dem Schreibtisch hinüber, auf dem eine Reihe Fotografien in silbernen Rahmen aufgestellt war. »Sie haben gesagt, ihre Tochter sei verschwunden. Trinkt sie denn aus Kummer darüber?«

»Tja, kann schon sein, dass es noch mehr geworden ist, seitdem sich die Anna nicht meldet.«

»Hat die Tochter denn auch hier gewohnt?«

»Letztes Jahr noch. Da hinten in dem Alkoven.« Das

Dienstmädchen deutete auf einen Vorhang in einem Türrahmen. »Aber da hat's ihr nicht gefallen. Wo die dann hingezogen ist, weiß ich nicht.«

Reitmeyer nahm eines der Fotos. Es zeigte kleine Mädchen beim Spielen in einem Garten. »Gibt's hier auch ein Foto von der Tochter?«

Das Dienstmädchen sah sich um. »Da sind bloß die Kinderbilder von ihr. Keines im Erwachsenenalter.«

Die Frau stöhnte wieder laut auf. Ihre Hände fuhren ruhelos über die Decke.

»Wir sollten lieber rausgehen«, sagte Reitmeyer.

»Ach, die hört uns nicht.«

»Trotzdem.« Reitmeyer ging vor die Tür, das Dienstmädchen folgte ihm.

»Erinnern Sie sich, wann Ihnen Frau Kusnezowa von dem Detektiv erzählt hat?«

»Ich weiß nicht. Vielleicht Anfang der Woche.«

»Hat der Detektiv denn irgendwas rausgefunden?«

»Das hat sie mir nicht erzählt. Die wird ja bloß zutraulich, wenn's ihr schlechtgeht. Dann zeigt sie mir immer die Kinderbilder und redet von ihrem Haus in Russland. Und was für eine große Dame sie gewesen ist. Angeblich hat die Anna mit den Töchtern vom Zaren gespielt, und ihr Mann war Minister. Und letztes Jahr war sie angeblich noch bei einer Großfürstin eingeladen, die auch hier in München lebt. Aber ...« Das Dienstmädchen machte eine wegwerfende Geste. »Bei uns wohnen viel Russen und die erzählen viel, wenn der Tag lang ist. Da ist jeder was ganz Großes gewesen. Aber wir geben da nix drauf. In die Ferne ist gut lügen, sagt meine Mutter.«

»Wie war denn das Verhältnis zwischen Frau Kusnezowa und ihrer Tochter?«

Das Dienstmädchen zuckte die Achseln. »Die ham oft gestritten. Über was, weiß ich nicht. Ich versteh ja kein Russisch.«

Reitmeyer blickte zu Rattler hinüber, der an der Tür des Lesezimmers stand und mit einer Zeitschrift wedelte. »Kommen Sie her, Herr Kommissär«, rief er aufgeregt.

Er zog Reitmeyer nach drinnen, legte die Zeitschrift auf den Tisch und klappte sie auf. »Jetzt schauen Sie sich das einmal an«, sagte er und deutete auf ein Bild. »Schauen S' mal, wer da sitzt.«

Reitmeyer beugte sich näher. Das Foto schien bei einer Art Bankett aufgenommen worden zu sein. Man sah elegant gekleidete Leute an einer Tafel sitzen, Männer in Uniform und Frack und Damen in Abendkleidern. Rattler deutete auf eine Frau in der Mitte der Tafel. »Fällt Ihnen was auf?«

»Tatsächlich. Das ist doch die Frau von dem Foto, das du in Hofbauers Jackett gefunden hast.«

»Genau. Neben einem General Biskupski, wie die Bildunterschrift sagt.«

»Aber ihr Name steht nicht da.«

Das Dienstmädchen beugte sich ebenfalls über den Tisch. »Das ist die Anna«, sagte sie.

»Die Tochter?« Reitmeyer schlug die Titelseite des Blattes auf. *Wirtschaftliche Aufbaukorrespondenz* las er. Er setzte sich, blätterte die Zeitschrift durch, las die Überschriften und überflog ein paar Artikel. Wie es aussah, handelte es sich bei der Zeitschrift um das Sprachrohr einer deutsch-russischen Vereinigung, die sich zum Ziel gesetzt hatte, die vorrevolutionären Verhältnisse in Russland wiederherzustellen. Reitmeyer hatte von solchen Absichten gehört, sich aber nie für die Organisationen der Monarchisten interessiert. Er wunderte sich allerdings nicht, als er die Namen von bekannten, stramm konservativen Münchner Persönlichkeiten las, die sich auf die Seite der reaktionären Emigranten gestellt hatten, um eine Sowjetregierung zu vertreiben, die als »jüdische Diktatur« bezeichnet wurde. Zum Schluss warf er schnell noch einen Blick auf die anderen Fotos, die in dem Blatt abgedruckt waren. Er sah den

Großfürsten Kyrill, den in Coburg lebenden Neffen des letzten Zaren, der Anspruch auf den russischen Thron erhob, daneben ein paar Generäle der ehemaligen »Weißen Armee« und den Freiherrn von Cramer-Klett, den schwerreichen Nachfahren des bekannten Industriellen, der als Präsident dieser deutsch-russischen Vereinigung fungierte. Das waren also die Kreise, in denen sich die Tochter von Frau Kusnezowa bewegte. Kein Wunder, dass sie keine Lust mehr hatte, im Alkoven eines schäbigen Pensionszimmers zu wohnen. Offensichtlich hatte sie es geschafft, in eine andere Liga aufzusteigen – eine schöne Frau konnte gut als Tischdekoration bei Festlichkeiten dienen. Oder diente sie vielleicht auch für die Stunden nach dem Souper? War es möglich, dass sie vor der Revolution mit den Zarentöchtern gespielt hatte und jetzt zur Gespielin von zaristischen Verschwörern geworden war?

Reitmeyer sah auf die Uhr. »Ich muss los«, sagte er zu Rattler. »Die Zeitschrift nehmen wir mit. Sag dem Pensionswirt, dass wir sie zurückbringen, falls er sie wiederhaben möchte.«

»Meinen Sie, der Detektiv ist irgendeiner Sache zu nahe gekommen?«, fragte Rattler im Hinausgehen. »Vielleicht irgendwas, was diese feinen Herrschaften verbergen möchten?«

»Keine Ahnung. Das müssen wir versuchen rauszukriegen.«

Rattler nickte. »Hoffentlich schießt keiner auf unsere Vorderreifen.«

6

Es war sehr still in der Wohnung, als Rattler die Tür aufsperrte. In der Küche fand er den üblichen Zettel von seiner Kusine Rosa auf dem Tisch. Sein Essen stehe auf dem Herd, das solle er sich schmecken lassen, aber er solle nicht wieder »so wild trainieren«, weil ihm das nicht guttue. »Denk an deine Lunge!«, endete die Nachricht. Ebenfalls wie immer.

Mindestens hundert Mal hatte er ihr erklärt, dass sie nicht immer für ihn kochen müsse, nachdem sie den ganzen Tag in einer Handschuhfabrik genäht hatte und abends noch in den Arbeiterbildungsverein ging. Aber vergeblich. Seit Rosas Eltern während der Grippewelle 18 erkrankt und kurz hintereinander gestorben waren, hatte sie keine Familienangehörigen mehr. Er sei das Einzige, was sie noch habe, hieß es ständig, und sie würde alles daransetzen, damit wenigstens er ihr bliebe. Es war nervenaufreibend, aber inzwischen hatte er eingesehen, dass er gegen ihre Ängste und ihre übertriebene Fürsorge nichts ausrichten konnte, und sich weitgehend gefügt, weil Rosa ansonsten schwer in Ordnung war. Dass er trotz ihrer Bedenken noch mit dem Rad fuhr, nahm sie jetzt hin. Doch ein Bereich blieb der Gegenstand ständiger Auseinandersetzung, den er aber entschlossen verteidigte: sein Hanteltraining. So eine Anstrengung könne seiner Lunge nur schaden, behauptete sie hartnäckig, obwohl die Ärzte meinten, dass mäßige Übungen durchaus von Vorteil sein könnten, um wieder zu Kräften zu kommen.

Er trainierte allerdings nicht nur, um sein Lungenvolumen zu steigern, auch wenn er Rosa in dem Glauben ließ. Ihm ging es in erster Linie darum, seinen Körper zu stählen und seine Muskeln aufzubauen, damit er nicht mehr so schmächtig und »krischpelig« aussah, wie seine Kollegen im Präsidium fanden. Mit gezielten Übungen könne man den Pectoralis und den Latissimus entscheidend verändern, meinte sein Freund Lothar, dann stünde er ganz anders da, dann hätte er eine ganz andere Haltung und eine viel männlichere Ausstrahlung. Er dürfe bloß die Geduld nicht verlieren, weil so ein Muskelaufbau eben seine Zeit brauche.

Er ging in sein Zimmer, zog Hemd und Unterhemd aus, nahm seine Hanteln und stellte sich mit nacktem Oberkörper vor den Spiegel. Eine grundsätzliche Einschätzung seiner Möglichkeiten, die Lothar als Voraussetzung für jedes Training bezeichnete, hatten sie bereits vor Wochen vorgenommen. Diese Einschätzung war natürlich vollkommen schonungslos erfolgt, da man sich sonst nur Illusionen machte und nicht an seinen wahren Potentialen arbeitete. Dazu gehörte auch die Einsicht, dass sich manches weder wegtrainieren noch wegschminken ließe, die Segelohren und die Höckernase etwa, und wenn man seinen Körperbau einordnen wollte, so musste er sich eingestehen, dass er weniger zum athletischen als zum leptosomen Typus neigte. Oder zum hühnerbrüstigen, wie seine Mitschüler in der Polizeischule gesagt hätten. Er drehte das Licht an und trat noch einen Schritt näher zum Spiegel. Irgendwelche Veränderungen aufgrund des Trainings konnte er nicht feststellen. Zumindest noch nicht. Außer vielleicht am Bizeps, wenn er ihn anspannte. Wesentlich männlicher wirkte er deshalb jedoch nicht. Aber er würde nicht aufgeben. Er hob die Arme und stemmte die Hanteln nach oben. Das war anstrengend, doch er machte weiter, bis die Muskeln brannten. Nach dreißig Wiederholungen legte er eine Pause ein und verrenkte sich fast den Hals, als er seine Rückseite inspizierte. Von einem gestählten Latissimus konnte noch immer keine Rede sein. Vielleicht war Lothar doch zu optimistisch gewesen. Und überhaupt hatte der gut reden, nachdem er jahrelang Mitglied im Turnverein war und die Frauen ohnehin auf ihn flogen. Wie neulich diese Lernschwester aus dem Schwabinger Krankenhaus, für die *er* sich eigentlich interessiert hatte. Doch kaum hatte die seinen Freund gesehen, war er Luft für sie geworden. Derlei war schon öfter passiert und nicht immer leicht zu verwinden gewesen. Doch Lothar und er hatten sich schon vor Längerem geschworen, dass niemals eine Frau zwischen ihnen stünde, dass sie sich niemals von Eifersucht die Freundschaft zerstören lassen würden. Wegen so einer »Schnepfe«, hatte Lothar gesagt, entstünde jedenfalls kein Bruch zwischen ihnen. Sie interessiere ihn gar nicht. Rattler winkelte die Arme an und führte sie vor der Brust zusammen, um den Pectoralis zu trainieren. Nach dreimal zwanzig Wiederholungen machte er wieder eine Pause.

Lothar hatte ihm geraten, sich auf einen ganz anderen Typus von Frau zu verlegen. Es gebe nämlich so etwas wie eine »Erotik des Geistes«. Charme, Witz und Intelligenz seien mindestens genauso wichtig wie körperliche Vorzüge, aber das wüssten eben nur gebildete und intelligente Frauen, also eine ganz andere Art als diese Lernschwester. Und was Unterhaltung und Witz angehe, so habe er durchaus einiges zu bieten bei seinen vielfältigen Interessen und Kenntnissen. Er müsse vielleicht an der Auswahl der Themen noch feilen, auf jeden Fall würde er ihm raten, nicht gleich die Sache mit den Schmeißfliegen aufs Tapet zu bringen.

Rattler begann zu frösteln. Er legte die Hanteln weg und zog sein Hemd wieder an. Wo sollte er solche Frauen kennenlernen, dachte er auf dem Weg zur Küche. Wo hätte er Gelegenheit, eine geistreiche und gebildete Frau zu treffen? Er drehte das Gas an, stellte den Topf mit der Linsensuppe auf die Flamme und schöpfte sich, als sie warm war, einen Teller voll. Dann nahm er seinen Roman vom Buffet und setzte sich an den Tisch. Es sei ganz wesentlich, hatte Lothar gesagt, dass er sich auch literarisch bilde. Das sei die Grundvoraussetzung für eine Unterhaltung mit einer gebildeten Frau. Eine solche Frau würde erwarten, dass er die großen Werke der Weltliteratur wenigstens oberflächlich kenne. Mit seinen üblichen Lektüren, wie etwa dem Vergleich von Gallertmassen auf den Streifen zum Abnehmen der Fingerabdrücke, könne er da nicht punkten. Und zudem erfahre man in Romanen auch ganz Grundsätzliches über die Psyche der Frauen. Das könne nie schaden.

Während er mit der Linken löffelte und »schlang«, was in Rosas Abwesenheit niemand tadelte, schlug er *Anna Karenina* auf und blätterte zu der Stelle, wo er das letzte Mal mit dem Lesen aufgehört hatte. Leider handelte das Buch nicht durchweg von den Empfindungen der Frauen, sondern sehr oft von Landwirtschaft. Während er die Ausführungen über die Verwaltung von Gutshöfen überblätterte, dachte er daran, dass er bislang sehr wenig gelernt hatte. Wie auch? Es war einfach nicht seine Lebenswelt. Er wurde weder zu Bällen eingeladen, hatte keine Loge in der Oper und besuchte auch keine Salons, wo man auf junge Schönheiten traf. Nur eine Stelle in dem Roman hatte sich ihm eingebrannt. Da wurde geschildert, wie eine Frau zusehen musste, während der Mann, in den sie schwer verliebt war, keinerlei Notiz mehr von ihr nahm, nachdem er Anna Karenina gesehen hatte. Das war sehr gut beschrieben. Aber das war nichts Neues für ihn. Er wusste bereits, wie sich das anfühlte, wenn man erkennen musste, dass man absolut keine Chance hatte.

Rattler klappte das Buch zu und sah auf die Uhr. Es war erst halb acht, Rosa käme nicht vor zehn nach Hause. Sie hatten ausgemacht, dass sie ihm von dem Vortrag über die Ilias erzählen würde, den ein Gymnasialprofessor heute Abend im Bildungsverein hielt. Das interessierte ihn natürlich sehr. In der Zwischenzeit könnte er aber leicht in die Au fahren und nochmal ein paar Lokale abklappern, um die Zeichnung von dem Opfer an der Isar herumzuzeigen. Vielleicht hätte er zu späterer Stunde ohnehin mehr Glück als um sieben wie beim letzten Mal.

In der Harmonie am Mariahilfplatz ging die Befragung sehr schnell, besser gesagt, er wurde sehr schnell abgefertigt. Als Rattler darauf hinwies, dass der Mann auf der Zeichnung ein ehemaliger »Epp-Mann« gewesen sein könnte, meinte der Wirt, dass es doch noch eine Gerechtigkeit gebe, wenn der »Sauhund« umgebracht worden sei. Sie seien ein Gewerkschaftslokal, und »so einer« würde sich überhaupt nicht trauen, zu ihnen reinzukommen.

In den anderen Gaststätten war es nicht viel anders. Diese Seite der Polizeiarbeit war grundsätzlich recht unangenehm. Man blickte in glasige Augen, musste sich abfällige Bemerkungen über die Polizei als solche anhören, und zudem gab es immer den bärenstarken und sehr beschränkten Hohlkopf, der bezweifelte, dass dieses »Krischperl, dieses windige«, überhaupt Polizist sei. Jetzt würde er es nur noch in der großen Gaststätte an der Brücke probieren, und wenn das wieder nichts brachte, musste man eben abwarten, ob die Aushänge in den Revieren zum Erfolg führten.

Als er die Tür der Kanne öffnete, war es so voll, dass er gleich wieder kehrtmachen wollte. Nicht nur die Tische waren dicht besetzt, auch am Tresen drängten sich Trauben von Gästen, und außerdem war es so laut, dass man das eigene Wort kaum verstand. Das Schlimmste aber waren die dampfige Hitze und die Rauchschwaden, die wie ein grauer Nebel über dem Raum hingen. Doch die Theke war nicht weit entfernt, und er beschloss, einen letzten Versuch zu wagen. Und tatsächlich, als er sich zum Schankkellner durchgekämpft hatte, sah es so aus, als wäre er endlich einen Schritt vorangekommen.

Der Mann war sehr freundlich. Obwohl er ungemein unter Druck stand und ständig Bier zapfen musste, nahm er die Zeichnung, betrachtete sie eingehend und reichte sie schließlich einem Gast am Tresen weiter. »Ist das nicht der … Ding?«, fragte er. »Du weißt doch … Wie heißt der denn?« Der Gast glaubte, den Mann auf der Zeichnung schon gesehen zu haben, wusste aber ebenfalls den Namen nicht. Daraufhin wanderte das Bild an den Tischen herum. Manche glaubten, sie hätten den Mann auch schon gesehen, aber wie er hieß, wusste niemand. Rattler vermied es, ihrer Erinnerung auf die Sprünge zu helfen, indem er das Freikorps Epp erwähnte. Nach den Erfahrungen in der Harmonie war es durchaus möglich, dass sich auch hier eingefleischte Gegner der früheren »weißen Truppen« befanden, und man konnte nie wissen, wie diese stark alkoholisierten Burschen auf die Erwähnung ihres politischen Feindes reagierten. Aber nach einer Weile landete die Zeichnung wieder bei ihm, ohne dass sich etwas ergeben hätte.

»Tja, tut mir leid«, sagte der Schankkellner. »Obwohl ich mir sicher bin, dass der schon mal bei uns war. Wollen S' vielleicht ein Bier?«

Noch bevor Rattler antworten konnte, beugte sich jemand von hinten über seine Schulter, und eine weibliche Stimme fragte, ob sie das Bild auch einmal sehen könne. Er drehte sich um. Als Erstes fiel ihm die ungewöhnliche Frisur der jungen Frau auf. Sie trug das leuchtend kastanienbraune Haar wie ein Bauernmädchen zu einem dicken Zopf geflochten, der seitlich über die Schulter fiel. Ansonsten hatte sie rein gar nichts Bäuerliches an sich. Sie trug eine Art Matrosenbluse und war sehr zart, fast fragil. Vor allem war sie ausnehmend hübsch.

»Ja, sicher«, sagte Rattler und reichte ihr das Blatt. »Kennen Sie den Mann?«

»Nein. Ich wollte bloß die Zeichnung genauer sehen. Die ist sehr gut. Haben Sie die gemacht?«

Rattler schluckte, als er in ihre braunen Augen sah, wo in der Iris goldene Glanzlichter tanzten. »Also ... ich ...« Sie lächelte ihn an. Erwartungsvoll, wie er fand. »Ja, die stammt von mir«, sagte er.

»Dann sind Sie sehr begabt. Sind Sie Künstler?«

»Nein ... ich bin bei der Kriminalpolizei.«

»Ach wirklich? Wer hätte gedacht, dass es bei der Polizei solche Talente gibt.«

Sie hatte sich etwas näher gebeugt, weil die Verständigung in dem Lärm schwierig war, und Rattler nahm einen Duft wahr, der ihn an sommerliche Blumenwiesen erinnerte. Sie durfte nicht weggehen, dachte er. Sie durfte auf keinen Fall weggehen. Er musste sie festhalten, in ein Gespräch verstricken. »Sind Sie eine Künstlerin?«, fragte er forsch. »Weil Sie so gut Bescheid wissen?«

Sie lachte. »Nein, leider nicht. Ich bin bloß Amateurin. Aber ich zeichne gern. Wenn auch nicht so gut wie Sie.«

Immer Fragen stellen, hatte Lothar gesagt, wenn man eine Frau festhalten wollte. Aber keine, die nur mit ja oder nein beantwortet werden konnten. »Und was machen Sie sonst so?«

»Im Moment warte ich auf eine Freundin, die sich wohl verspätet hat.« Sie reckte den Hals, sah sich um und schickte sich an, vom Tresen wegzugehen.

Was konnte er noch fragen? Fragen seien das »Bindemittel«, hatte Lothar gesagt. Nichts Zudringliches allerdings, nichts Intimes. Aber ihm fiel nichts ein. »Darf ich Ihnen vielleicht Gesellschaft leisten«, platzte er heraus. »Bis Ihre Freundin kommt?«

Sie hob den Kopf und musterte ihn kurz. War er zu direkt gewesen? Rattler richtete sich auf. Wenn sie ihn schon abblitzen ließ, dann nähme er den Schlag zumindest erhobenen Hauptes entgegen.

»Ja, warum nicht?«, sagte sie. »Ich sitze da drüben auf der Bank am Fenster. Wenn Sie sich dazuquetschen wollen?« Sie lächelte wieder und entblößte eine Reihe makelloser Zähne.

Er folgte ihr durchs Lokal zu der Bank hinüber. Es war tatsächlich sehr eng zwischen den vielen Gästen, und er hoffte inständig, dass er nicht rot wurde, als er sich neben sie zwängte und ihren Schenkel spürte. Wie sollte er weitermachen? Sich vorstellen? Wenn man sich vorgestellt hatte, konnte der ande-

64

re nicht einfach ohne Erklärung weggehen. »Ich bin übrigens der Korbinian«, sagte er.

»Korbinian?«, sagte sie. »Sehr originell. Ist das ein bayerischer Name?«

»Ja, schon. Ich bin Münchner.«

»Sie sind also Münchner und bei der Münchner Polizei.« Sie hörte sich nicht sonderlich begeistert an.

»Und Sie sind nicht von hier?«

»Ach, das ist schwierig.« Sie trank einen Schluck aus ihrem Bierglas, und er winkte der Kellnerin, ihm ebenfalls ein Bier zu bringen. »Eigentlich bin ich aus Berlin«, sagte sie nach einer Weile, »und nur zu Besuch hier. Aber ich überlege, vielleicht länger hierzubleiben.«

»Und wovon hängt das ab?«

»Tja …« Sie spielte mit ihrem Zopf und sah ihn an. »Ich heiße übrigens Larissa«, sagte sie unvermittelt.

»Das ist eindeutig kein bayerischer Name. Aber ein sehr schöner. Woher stammt der denn?«

»Aus Russland.«

»Sie sind aber keine Russin. Das schließe ich aus Ihrer Sprache.«

»Ach, das schließen Sie? Aber Sie sind ja auch bei der Kriminalpolizei. Das gehört zu Ihrem Beruf.« War das spöttisch gemeint? Gleichzeitig bemerkte er, dass ihn die Blicke anderer Männer streiften. Blicke, wie er sie noch nie abbekommen hatte. Missgünstige, neidische Blicke. Es fühlte sich gut an.

»Ich bin überhaupt nicht auf meinen Beruf reduziert, wenn Sie das meinen«, erwiderte er nun schon selbstbewusster. »Ich interessiere mich für viele Dinge. Ich lese zum Beispiel Romane. Weltliteratur.«

»Ach wirklich?«

Sie hörte sich zweifelnd an. Doch auf einen Test wollte er es lieber nicht ankommen lassen. »Ich muss allerdings zugeben«, sagte er schnell, »dass mich das Wissenschaftliche doch immer noch mehr interessiert hat als das … das Schöngeistige.« Sie sah ihn aufmerksam an, was ihn zu größerer Kühnheit anspornte. »Obwohl das natürlich mit meinem Beruf zusammenhängt. Ein Kriminalist muss über viele Dinge Bescheid wissen, verstehen Sie. In meiner Jugend hab ich viel Sherlock Holmes gelesen, von dem man viel lernen kann. Das findet übrigens auch der Dr. Roscher, der ein berühmtes Polizeihandbuch geschrieben hat, aber jetzt, nach Abschluss meiner Ausbildung, beschäftige ich mich natürlich gezielter mit bestimmten Fragen …«

»Wenn Sie nicht gerade zeichnen?«

»Ach, die Zeichnung war halt nötig, weil man ein Foto von dem Mann schlecht zeigen kann.«

»Warum?«

»Tja, der hat halt … schlecht ausgesehen …«

»Sie meinen, er war verwest.«

Rattler sah die Frau verblüfft an. Sie erwiderte seinen Blick vollkommen ungerührt. »Nein, nicht so sehr … verwest …« Er ließ sie nicht aus den Augen. »Aber wenn Leichen länger liegen … kommen Insekten … und legen Eier ab …«

»Sie meinen, dann bilden sich Maden?«, fragte sie nüchtern.

»Ja …« Rattler nahm das Bierglas, das ihm die Kellnerin reichte. Er trank einen Schluck. »Also, ich will Ihnen keine … ekligen … Sachen erzählen …«

»Wieso eklig? Das ist der Lauf der Natur.«

Er stellte sein Bier ab. Sie wich seinem Blick nicht aus. »Ja, eigentlich geht's da auch gar nicht um ekelhafte Sachen, sondern in Wirklichkeit um was Hochinteressantes, weil …«

»Weil?« Sie stützte den Ellbogen auf und legte den Kopf auf die Hand wie jemand, der eine spannende Geschichte erwartete, und sah ihn von der Seite an.

»Weil man aus dem Insektenbefall und den Entwicklungsstadien, die sie durchmachen, auf den Todeszeitpunkt des Menschen schließen könnte …«

»Sind Sie auf diese Idee gekommen?«

»Nein. Das war ein französischer Arzt noch im letzten Jahrhundert. Ich kenn mich damit auch nicht wirklich aus. Aber es wär gut, wenn wir bei der Polizei einen Biologen hätten, der so was kann. Bis jetzt gehen wir immer von der Leichenstarre und den Livores aus ...«

»Und das ist ziemlich ungenau, zumindest wenn es sich um ältere Leichen handelt.«

»Interessieren Sie sich für forensische Probleme? Für Gerichtsmedizin?«, fragte Rattler perplex.

»Ach, Sie wundern sich?«

»Ja, irgendwie schon. Normalerweise wollen ... Frauen ... davon nix wissen.«

»Na ja, das mag schon sein.« Sie lächelte wieder. »Es soll ja auch Frauen geben, die sich auf Stühle flüchten, wenn eine Maus durchs Zimmer rennt.«

»Ach, dann sind Sie vielleicht Ärztin? Ich kenne da nämlich eine, die seziert Leichen in der Gerichtsmedizin und die ... die graust sich auch vor nix.«

»Als Kriminalbeamter scheint man interessante Damen kennenzulernen.« Ihr Lächeln spielte jetzt doch mehr ins Spöttische. »Aber nein, ich bin keine Ärztin.«

Er hatte einen Fehler gemacht, den er unbedingt vermeiden wollte: eine Frage gestellt, die nur mit ja oder nein beantwortet werden musste. Gleichzeitig gab es ihm einen Stich, als er sah, dass sie ihren Geldbeutel auf den Tisch legte, der Kellnerin winkte und bezahlte. »Ich glaube, meine Freundin kommt nicht mehr. Ich geh jetzt heim«, sagte sie und stand auf.

Rattler fiel nichts ein, womit er sie aufhalten könnte, und er bezahlte ebenfalls. »Ich geh dann auch«, sagte er und trank noch einen Schluck aus seinem Glas, bevor er sich rudernd durch die Gästeschar zwängte, um ihr zur Tür hinaus zu folgen. »Wohnen Sie in der Nähe«, fragte er.

»Gleich über die Brücke. Ich hab's nicht weit.«

»Ich muss auch in die Richtung. Darf ich Sie ein Stück begleiten?«

»Wenn Sie wollen.«

Rattler nahm sein Rad, schob es neben ihr her und filzte sein Hirn auf interessante Themen. Doch sie legte ein Tempo vor, dass er fast ins Keuchen kam, und so hätte er ohnehin Mühe gehabt, ein Wort rauszukriegen. Die Brücke hatten sie im Nu überquert, schweigend marschierte sie weiter und bog in der Corneliusstraße in einen Hinterhof, der von den Straßenlaternen nur mäßig beleuchtet wurde. Vor der Tür eines Anbaus blieb sie stehen und drehte sich zu ihm um. »So, hier wohne ich«, sagte sie. »Danke für die Begleitung.«

Rattler sah auf das Schild an der Tür. *Anatol Frank. Übersetzungsbüro und Künstleragentur.* »Dann sind Sie …«

»Nein«, sagte sie lachend. »Ich bin weder Übersetzerin noch vermittle ich Künstler. Ich bin im Moment nur zu Besuch hier. Aber ich überlege mir tatsächlich, ganz nach München zu ziehen. Und, um den quälenden Fragen ein Ende zu bereiten, ich stamme aus dem Baltikum, habe Mathematik und Physik studiert, muss aber Nachhilfestunden und Sprachunterricht geben, um meinen Lebensunterhalt zu verdienen. Es könnte sein, dass die Bedingungen in Ihrer Stadt für mich besser sind als in Berlin.«

Rattler holte Luft. Er hatte eine intelligente, gebildete Frau kennengelernt. Eine *Naturwissenschaftlerin*! Eine Frau, die ihn verstehen, die seine Interessen teilen würde. Das Herz schlug ihm bis zum Hals. »Welche Sprache unterrichten Sie denn?«, fragte er schnell.

»Russisch.«

Es war seine letzte Chance. Wenn er die vermasselte, wäre alles aus. Dann hätte er sie zum letzten Mal gesehen. »Ich würde gern Russisch bei Ihnen lernen«, stieß er hervor.

7

Reitmeyer trat in die Pedale und hetzte die Barerstraße entlang. Er war spät dran, weil er sich nach dem Besuch bei Frau Kusnezowa noch hatte umziehen müssen, aber Caroline würde vor dem Haus der Bruckmanns auf ihn warten, damit sie zusammen hineingehen konnten. Ob er denn ohne sie nicht vorgelassen würde in den berühmten Salon, hatte er im Scherz gefragt. Doch Caroline war nicht zu Scherzen aufgelegt gewesen. Der Abend sei sehr schwierig für sie, hatte sie bloß erwidert. Es sei das erste Mal nach Lukas' Tod, dass sie dort wieder hinging, und da brauche sie Beistand.

Es schlug schon acht, als er auf den Karolinenplatz einbog und seine Freundin, aufgeregt winkend, am Randstein stehen sah. Reitmeyer stellte sein Fahrrad ab.

»Mach schnell«, drängte Caroline, »sonst kommen wir zu spät zum Musikprogramm. Für den Vortrag hab ich uns schon entschuldigt, weil wir das ohnehin nicht geschafft hätten.«

»Was für ein Vortrag?«

»Über die Arbeit des Neffen von Elsa Bruckmann. Der war doch Hölderlin-Spezialist und hat vor dem Krieg eine Gesamtausgabe von dem Dichter rausgebracht.«

Reitmeyer zuckte die Achseln.

»Ich weiß ja«, sagte Caroline, als sie zum Hauseingang liefen und die Treppe hinaufeilten, »dass du von dir aus nicht hergekommen wärst …«

»Ich wär ja auch kaum eingeladen worden ins Haus Byzanz.«

Caroline hielt einen Moment inne. »Jetzt lass mich bloß zufrieden. Mir reichen schon die Lästereien von Sepp zu dem Thema.«

Reitmeyer grinste bei dem Gedanken an die Spötteleien seines Freundes über die berühmte Salonière Elsa Bruckmann, die sich sehr viel darauf einbildete, von einem byzantinischen Fürstengeschlecht abzustammen. Es sei ja wirklich »tragisch«, meinte er, dass die hochgeborene Dame jetzt zwar die Vorzüge genieße, mit einem reichen Verleger verheiratet zu sein, aber mit dem Verlust eines glänzenden Titels habe dafür bezahlen müssen. Obwohl Sepp das Geschlecht der Kantakuzenos eher dem »abgewirtschafteten Balkan-Adel« zurechnete als einer Kaiserdynastie aus Byzanz.

»Jetzt komm doch«, sagte Caroline, die ihm vorausgeeilt war und an der geöffneten Tür wartete. Gemeinsam traten sie in die Diele der hochherrschaftlichen Wohnung im ehemaligen Prinz-Georg-Palais. Dort blieb Reitmeyer stehen, während seine Freundin von ein paar Leuten begrüßt wurde, die in Grüppchen zusammenstanden. Caroline drehte sich um und machte ihm Zeichen, sich ihr anzuschließen. Doch Reitmeyer zögerte und warf einen Blick in den großen Salon mit den niederländischen Landschaftsbildern, wo bereits viele Gäste in den Stuhlreihen Platz genommen hatten. Nach rechts ging es in einen anderen Raum, in dem ein Buffet aufgebaut war. An einem Tisch mit Gläsern und Flaschen stand Herr Alfons, der ehemalige Oberkellner aus dem Bayerischen Hof, der früher bei Gesellschaften von Carolines Eltern oft als Servierkraft gedient hatte. Reitmeyer ging hinüber und begrüßte ihn. Im selben Moment trat jemand ins Speisezimmer, den er ebenfalls kannte. Karl Leonhard, der Pianist, der vor dem Krieg oft mit Carolines Bruder Lukas, aufgetreten war.

»Spielst *du* heute Abend?«, fragte Reitmeyer überrascht.

»Mit ein paar jungen Leuten, die dringend Geld brauchen.«

»Und ich hab gedacht, ich kenn hier niemanden.«

»Bild dir nix ein, du kennst bloß Leute vom Personal«, erwiderte Karl und ließ sich von Herrn Alfons ein Glas Wasser einschenken. »Wir sehen uns später.« Er klopfte ihm auf die Schulter, bevor er sich abwandte. »Ich muss gleich anfangen.«

Inzwischen waren zwei Herren an den Tisch getreten und

baten Herrn Alfons um ein Glas Wein. Der ältere der beiden, ein Mann von etwa Anfang vierzig mit kahlem Schädel und scharf blitzenden Brillengläsern, sprach mit stark östlichem Akzent. Der jüngere, ein blasser Mensch in einem Anzug, den seine Leibesfülle fast sprengte, gab sich in Haltung und Gebaren servil und unterwürfig dem Älteren gegenüber.

»Und warum dauert das so lange«, fragte der Kahlkopf ungehalten.

Der Blasse versuchte, ihn zu beschwichtigen. »Wir sind ja dran«, versicherte er mehrmals. »Aber bis jetzt hat sich einfach noch nichts Eindeutiges ergeben. Wir können einfach noch nicht sagen, ob …«

Der Kahlkopf machte eine ärgerliche Handbewegung. »Wieso schalten Sie dann nicht …«

Reitmeyer verstand das letzte Wort nicht, weil ein paar Leute hereinkamen, die ebenfalls nach Wein verlangten. Aber er glaubte, »Berlin« gehört zu haben. Die beiden Herren traten zurück, um Platz zu machen, im gleichen Moment kam aus der Diele mit großen Schritten ein weiterer Mann auf die beiden zu. »Und wo ist die schöne Anna heute?«, fragte er.

Reitmeyer horchte auf. Der Blasse warf schnell einen Blick auf den Kahlen, als wollte er sich versichern, dass er antworten durfte. »Sie ist in … Baden-Baden«, sagte er. Bevor der Mann etwas antworten konnte, zog ihn der Kahlkopf am Arm zu den Fenstern hinter dem Buffet, wo er auf ihn einzureden begann.

Reitmeyer schlenderte zum Buffet hinüber und tat, als würde er die angerichteten Speisen begutachten. »Sehr schlicht«, sagte eine Dame neben ihm und deutete auf die Platten, »aber sehr edel und erlesen.« Reitmeyer brummte etwas und ging noch etwas näher in Richtung der Fenster. Doch die drei hatten den potentiellen Lauscher bemerkt und wechselten demonstrativ das Thema.

»Da unten ist es also gewesen? Im Mai 19«, sagte der Blasse in dem engen Anzug und deutete auf das Fenster.

»In diesem Hof hier?«

Der Kahlkopf nickte. »Es war aber bloß ein Versehen. Man hat die Kerle für Revoluzzer gehalten, für Spartakisten.«

Damit entfernte er sich Richtung Salon. Die beiden anderen folgten ihm.

Eine schöne Gesellschaft, in der diese Anna Kusnezowa verkehrte – denn nur um diese konnte es sich bei der »schönen Anna« handeln. Der dandyhafte Glatzkopf in seiner makellosen Abendgarderobe hatte das Massaker an den einundzwanzig Handwerksgesellen, das nach der Niederschlagung der Revolution im Hof des vornehmen Palais stattgefunden hatte, doch tatsächlich als »Versehen« abgetan. So durften die »Befreier« Münchens also mit Menschen umgehen, die sie für den politischen Gegner hielten. Diese Leute durften gefoltert, erschossen und verstümmelt werden.

Reitmeyer ging zu dem Tisch hinüber und stürzte ein Glas Wein hinunter. »Kennen Sie die drei Herrn, die eben rausgegangen sind?«, fragte er Herrn Alfons.

»Kennen wäre zu viel gesagt. Ich weiß, wer der Herr mit der Brille ist. Den hab ich schon bei vielen Einladungen gesehen. Er heißt von Scheubner-Richter und ist ein wichtiger Mann. Er gibt eine Wirtschaftszeitung heraus, glaub ich.«

»Heißt die *Wirtschaftliche Aufbaukorrespondenz* oder so ähnlich?«

Herr Alfons zuckte die Achseln. »Ich hab bloß gehört, dass er mit dem bayerischen Prinzen befreundet ist und Geld sammelt für die Russen, aber ...«

»Ach, da bist du«, rief Caroline von der Diele aus. »Komm her, ich möchte dich vorstellen.«

Reitmeyer stellte sein Glas ab, und Caroline führte ihn zu einer zierlichen weißhaarigen Dame in einer langen, altmodischen Robe, die neben dem Eingang zum Salon stand und diesem Scheubner-Richter einen schönen Abend wünschte, bevor er weiterging.

»Frau Bruckmann, darf ich Ihnen meinen Begleiter Sebastian Reitmeyer vorstellen«, sagte Caroline. »Er war ein sehr enger Freund meines Bruders Lukas.«

»Das freut mich«, sagte Elsa Bruckmann und reichte ihm die Hand. »Sind Sie auch Musiker?«

»Nur Freizeitgeiger.«

Sie sah ihn etwas argwöhnisch an. »Lukas von Dohmberg hat oft bei Soireen in unserem Haus gespielt«, sagte sie dann. »Er war ein wirklich begnadeter Künstler, den wir sehr vermissen. Er war auch meinem Neffen Norbert von Hellingrath freundschaftlich verbunden. Sie wissen ja sicher, dass die beiden im gleichen Jahr gefallen sind. Eine Tragödie.«

Reitmeyer nickte und schüttelte der Dame die Hand. »Ja, sicher«, sagte er. »Ich weiß.« Dass Lukas dem Neffen »freundschaftlich verbunden« gewesen sein sollte, war ihm allerdings neu. Er konnte sich nur erinnern, welch beißenden Spott seine Freunde Lukas und Sepp über den jungen Philologen ausgegossen hatten. Nicht wegen seiner Hölderlin-Studien, sondern wegen seines Gehabes, mit dem er sich als eine Art Hyperion gerierte. Ständig lief er in einem langen, grauen Mantel herum, der wohl als Mönchskutte erscheinen sollte – allerdings nicht aus härenem Stoff war, wie Sepp lästerte, sondern aus feinstem Kaschmir.

»Ah, unsere Musiker wollen anfangen«, sagte Frau Bruckmann mit Blick auf die Bühne. »Nehmen Sie doch Platz. Wir haben sicher später noch Zeit, uns zu unterhalten.«

Reitmeyer und Caroline gingen in eine der letzten Reihen, wo noch Stühle frei waren. »Komisch«, sagte Caroline und sah sich um. »Die früheren Musikbegeisterten sind nicht hier. Ich kenne fast überhaupt niemanden mehr.«

»Ja, stimmt«, antwortete Reitmeyer. »Ich sehe weder Rilke noch Hugo von Hofmannsthal oder Stefan George. Nicht einmal Thomas Mann ist da.«

»Tja«, sagte Caroline. »Da könnte ich noch eine ganze

Phalanx anderer Geistesgrößen aufzählen, die ich früher hier getroffen habe.« Sie blickte auf die Skulptur auf einem Podest neben ihnen. »Die vielen Kunstwerke sind noch die gleichen …« Sie legte die Hand auf die Brust und seufzte leise. »Aber nachdem der Krieg …«

»Ja, der Krieg«, sagte Reitmeyer plötzlich aufgebracht. »Jedenfalls war Lukas mit Vielem nicht einverstanden, was dieser Neffe verzapft hat. Seine pathetischen Schwurbeleien vom ›heiligen Krieg‹ und der ›Reinigung im Stahlbad‹, mit dem er unserem ›erschlafften Volk‹ einen kraftvollen Neubeginn versprochen hat …«

»War das nicht Rilke?«

»Ja, der auch. Mit seinem ›Schlachtengott‹, der eine neue Gesellschaft schmieden sollte. Mir wird's jetzt noch schlecht, wenn ich an diesen Schwulst denke. Aus dem Dreck der Schützengräben sollte eine neue Kultur entstehen! Ein neuer Mensch! Aus dem Gemetzel der Hochindustrie! Und dieser Hellingrath soll mit dem Lukas *befreundet* gewesen sein? Ich find nicht, dass man das so stehen lassen kann.«

»Jetzt reg dich doch nicht so auf. Die meisten waren doch schon bald nach Kriegsbeginn kuriert. Und dieser Hellingrath hat vor Verdun mit dem Leben bezahlt.«

»Ja, aber der Lukas auch. Und der hat nicht von Heldentum und Erlösung geträumt.«

Caroline legte beschwichtigend die Hand auf Reitmeyers Arm. Ihr Blick war so gequält, dass er verstummte. Er hätte nicht von Lukas' Tod anfangen dürfen. Die beiden hatten sich so nahegestanden, dass sein Verlust noch immer eine offene Wunde für sie war. Und das war sicherlich auch der Grund, weshalb sie zugestimmt hatte, hier zu erscheinen. Elsa Bruckmann musste an ihren Bruder erinnert haben, an seine Auftritte in ihrem Haus, und Caroline wäre es wie ein Verrat an Lukas vorgekommen, wenn sie die Einladung ausgeschlagen hätte. Er nahm ihre Hand und drückte sie.

Inzwischen hatten das Gehüstel und das Stühlerücken aufgehört, es wurde still, und alle blickten auf die Bühne. Das Piano setzte ein. Sehr zart und perlend. Reitmeyer und Caroline sahen sich an. »Der spielt *Mendelssohn*?«, flüsterten sie unisono. Sie lehnten sich zurück und lauschten dem gewohnt perfekten Spiel von Karl Leonhard.

Das war bestimmt nicht abgesprochen mit den Gastgebern, dachte Reitmeyer. Die Bruckmanns seien militante Wagner-Anhänger, hatte Lukas gesagt. In ihrem Haus würde kein jüdischer Komponist aufgeführt werden. Reitmeyer beobachtete das Publikum. Es zeigte keinerlei Reaktion. Wahrscheinlich kannten viele die »Lieder ohne Worte« gar nicht. Nur zwei oder drei reckten den Hals und tauschten verwunderte Blicke aus. Der anschließende Beifall war höflich. Dann trat ein junger Mann auf die Bühne, und Karl glitt ohne viel Übergang zu einer neuen, sehr schlichten Melodie über.

»Jetzt spielt er Schubert«, sagte Reitmeyer. »Das ist ihnen hoffentlich deutsch genug.« Und gleich darauf setzte der junge Mann mit einem schlanken, hellen Tenor ein und sang »Im Abendrot«. Ein relativ kurzes Lied. Er sang es schlicht. »Wie man das singen muss«, sagte Caroline. Die Gäste waren begeistert, man hörte Bravo-Rufe, und viele wollten gar nicht aufhören mit dem Klatschen. Der junge Sänger ließ sich trotzdem zu keiner Zugabe bewegen und ging ab. Dafür traten ein Geiger und eine Cellistin auf die Bühne. Die Musiker besprachen sich kurz. Nicht einvernehmlich, wie man der düsteren Miene von Karl Leonhard ansehen konnte. Er schüttelte den Kopf und tauschte die Blätter auf seinem Notenpult aus. Die beiden anderen wirkten angespannt. Dann setzte Karl mit einer liedhaften Melodie ein.

Caroline sah Reitmeyer an. »Das Erzherzogtrio?«, fragte sie leise.

Reitmeyer nickte. »Mit Beethoven kann man nix falsch machen.«

Sie hörten eine Weile zu.

»Ich finde, sie spielen etwas hastig«, flüsterte Caroline. »Als wollten sie schnell fertig werden.«

Nach etwa zehn Minuten war es vorbei. Die Musiker erhoben und verbeugten sich. Der Applaus war kurz. Als wären sie froh, dass es vollbracht war, standen die Leute auf, gingen in den Speiseraum hinüber und stellten sich am Buffet an. Reitmeyer lief nach vorn zur Bühne.

Karl Leonhard hob die Hand, als Reitmeyer auf ihn zukam. »Sag nichts«, wehrte er ab. »Ich hab was anderes geplant gehabt.«

»Was denn?«

»Ich wollte das d-Moll-Trio von Mendelssohn spielen. Doch das ist abgelehnt, besser gesagt, verboten worden.«

»Wundert dich das?«

Karl lachte matt. »So weit ist es gekommen, dass man mit einem Mendelssohn-Trio Skandal machen möchte. Aber meine Mitstreiter haben bei dem Aufstand ohnehin nicht mitgezogen. Vielleicht aus Angst, dass sie dann keine Gage kriegen. Aber mich hätt's halt gejuckt, diesen arischen Musikfreunden mal was *unangenehm Fremdartiges* auf die Ohren zu geben.«

Reitmeyer sah Karl fragend an.

»Na, du weißt doch, was Wagner über Mendelssohn gesagt hat. Du kennst doch seine Schrift über Judentum in der Musik.« Karl legte seine Notenblätter zusammen. »Aber was soll's. Es war heut sowieso mein letzter Auftritt in dem Haus. Ich bin hier ohnehin fehl am Platz. Unsere feinnervige Gastgeberin besucht ja neuerdings Bierhallen und sucht Erleuchtung bei den Völkischen.« Er lachte wieder. »Wenn sie wüssten, dass ich später in einem Nachtlokal *Negermusik* spiele, hätten sie mich sowieso nie engagiert.« Er nahm seine Tasche und sprang von der Bühne. »Komm doch mal vorbei. In der Bonbonnière gibt's jeden Abend Jazz.«

Reitmeyer blickte ihm nach, wie er grußlos an Elsa Bruckmann vorbeistürmte und in die Diele verschwand. Am liebsten wäre er auch gegangen, aber er konnte Caroline nicht im Stich lassen. Er sah sich um nach ihr. Im Salon war sie nicht mehr, also ging er in den Speiseraum hinüber. Hier herrschte vor dem Buffet jetzt dichtes Gedränge, und die Leute luden sich Dinge auf die Teller, die er schon lange Zeit nicht mehr zu Gesicht bekommen hatte. Rosa gebratenes Roastbeef und Wildpasteten, mit Kalbsragout gefüllte Blätterteiggebilde und feine Salate. Aber er hatte keinen Hunger. Ihm war der Appetit vergangen. Er schlenderte durch die angrenzenden Räume und blieb ab und zu stehen, um die Gemälde und Gobelins, die Plastiken und die massiven Möbel anzuschauen, die sich das Ehepaar Bruckmann von einem Architekten hatte anfertigen lassen, der die Schiffe des Norddeutschen Lloyd ausstattete. Das hatte Lukas ihm damals erzählt, der von den pompösen Interieurs nicht sonderlich beeindruckt gewesen war und meinte, der »Dampferstil« dieses Herrn Troost sei allenfalls auf dem Atlantik bei schwerem Seegang erträglich. Reitmeyer bog in einen Gang, wo ihm plötzlich ein höchst verführerischer Duft in die Nase stieg. Kaffee! Echter Bohnenkaffee! Er folgte der Geruchsspur in die Bibliothek.

In dem weitläufigen, nur von ein paar Stehlampen erleuchteten Raum, der mit hohen Bücherregalen und weiteren Kunstgegenständen gefüllt war, hatte sich eine Gruppe von Gästen versammelt, die offensichtlich zum intimeren Kreis zählten. Ein massiger Mann, der Hausherr wahrscheinlich, saß Zigarre rauchend in einem Sessel und unterhielt sich angeregt mit Scheubner-Richter. Caroline saß mit zwei Damen auf einem Sofa. Reitmeyer ging zu einem Tisch mit Kaffeegeschirr und bediente sich. Caroline hatte ihn nicht bemerkt, weil sie zu Boden sah, während auf sie eingeredet wurde. Gleichzeitig fiel ihm auf, dass einige der Herren sie nicht aus den Augen ließen. Aber sie zog überall die Blicke der Männer auf sich. Selbst heute, da sie nach einer Doppelschicht in der Klinik ein bisschen blass und angegriffen wirkte. Ihre angestrengte Miene verdankte sich wahrscheinlich der Tatsache, dass ihr die Frauen von irgendwelchen Krankheiten erzählten, was oft vorkam, wenn Leute erfuhren, dass sie es mit einer Ärztin zu tun hatten. Er beobachtete, wie sie sich ungeduldig das Haar zurückstrich.

Er setzte sich auf einen Stuhl in einer Ecke, trank seinen Kaffee und sah zum Sofa hinüber. Caroline war nicht nur attraktiv, sie fiel auch wegen ihrer ungekünstelten Art und ihrer betont schlichten Kleidung auf. Im Gegensatz zu den herausgeputzten Damen trug sie keinerlei Schmuck und machte nichts mit ihrem Haar, das ihr ganz einfach glatt auf die Schultern fiel. Doch diese Schlichtheit war nicht ohne Raffinesse. Wer genau hinsah, erkannte, dass ihr Kostüm aus edlem Seidenrips und ihre Schuhe aus feinem Saffianleder waren. Sepp hatte neulich gemeint, dass ihr Hang zum *understatement* auf die aristokratische Herkunft ihrer Mutter, der englischen Baroness, zurückzuführen sei. Das seien Leute, die sich nicht Wind unter die Federn zu pumpen brauchten, um größer zu wirken. Die hätten schon von Haus aus immer gewusst, wer sie sind.

Reitmeyer rückte etwas zur Seite, als sich ein Herr und zwei Damen auf den Stühlen vor ihm niederließen.

Die eine mit dem üppigen Perlencollier auf dem wogenden Busen nahm sich ein Stück Gebäck aus einer Silberschale und lehnte sich schnaufend zurück. »Ich bin wirklich sehr froh, dass sich die Elsa so gut erholt hat und wieder ganz hergestellt ist«, sagte sie zu der anderen mit dem verzierten Stirnband. »Sie war ja vollkommen am Boden zerstört nach dem Tod ihres Neffen.«

»Aber es waren nicht die Sanatorien, die ihr geholfen haben. Das hat sie mir selbst gestanden. Es ist tatsächlich seine Stimme gewesen, die sie aufgerichtet hat«, erwiderte ihre Nachbarin. »Die hat sie im wahrsten Sinn des Wortes *aufgeweckt*.« Darauf wandte sie sich dem Mann zu und bat ihn, etwas zu trinken zu holen. »Ich hab mich erst ja gar nicht hingetraut«, fuhr sie fort. »Man hat doch immer wieder von Schlägereien und dergleichen gehört. Aber es war ganz anders. Obwohl es keinen einzigen freien Platz mehr gab im ganzen Circus, war es sehr feierlich, fast sakral. Und wir alle hatten das Gefühl, dass hier jemand redet, der für etwas steht. Der Haltung und Gesinnung zeigt.«

Wovon redeten die beiden, dachte Reitmeyer. Besuchten jetzt etwa auch Damen der Gesellschaft die Massenveranstaltungen der NSDAP im Circus Krone? Die Plakate zu der Veranstaltung waren ihm nicht entgangen, auch nicht die Aufschrift, dass Juden der Zutritt untersagt sei. Doch selbst wenn Leute aus den besseren Schichten von nationaler Erneuerung und Erhebung träumten, hätte er doch angenommen, dass sie diesen Hitler zu plebejisch fänden. Dass sie vor allem von seinem entfesselten Geschrei abgestoßen wären. Ihm jedenfalls war es so gegangen, als er den Menschen einmal gehört hatte.

Immer mehr Gäste kamen in die Bibliothek, einige mit Kunstbüchern aus dem Verlag des Hausherrn in der Hand, die auf den Tischen in den anderen Räumen auslagen. Die Damen vor ihm unterhielten sich jetzt über ein Theaterstück in den Kammerspielen, das ihnen nicht gefallen hatte, weil sie die Sprache »zu grob« fanden. Vor allem verstanden sie nicht, was die Plakate im Zuschauerraum sollten, auf denen das Publikum aufgefordert wurde, nicht so »romantisch zu glotzen«. Wieso der Autor für dieses Stück den Kleistpreis bekommen habe, war ihnen ein Rätsel.

Reitmeyer überlegte, ob er sich Kaffee nachschenken oder gleich in einen der anderen Räume gehen sollte, wo es weniger eng war. Er kannte hier ohnehin niemanden oder eben nur »Leute vom Personal«. Er sah zu Caroline hinüber. Wie immer, wenn sie sich nicht wohl fühlte, zupfte sie an den Nagelrändern herum und strich sich nervös das Haar zurück. Vielleicht sollte er sie erlösen? Er stand auf und ging zum Sofa hinüber.

»Ah, Sebastian«, sagte Caroline aufblickend, ohne ihn vorzustellen. »Wir sehen uns sicher später noch«, fügte sie zu den beiden Damen gewandt hinzu und machte ihm mit dem Kopf ein Zeichen in Richtung Tür.

Er folgte ihr nach draußen.

»Ich muss jetzt sofort weg. Ich halt's hier keine Minute mehr aus.« Sie lief zur Garderobe, griff ihren Mantel und eilte schon die Treppe hinunter.

Reitmeyer hatte Mühe, mit ihr Schritt zu halten. »Was war denn los?«, fragte er unten vor der Haustür.

»Das glaubst du nicht«, sagte sie atemlos, als sie in ihren Mantel schlüpfte. »Ich setz mich völlig arglos zu diesen beiden Frauen, weil sie angeblich Lukas gekannt und ihn früher oft spielen gehört haben. Und dann fangen sie plötzlich an, dass sie nachfühlen könnten, wie sehr ich unter seinem Verlust leide. Weil sie auch Angehörige verloren hätten. Aber jetzt wüssten sie, dass deren *Opfertod* nicht umsonst gewesen sei.«

»Ach? Und woher wissen sie das?«

Caroline setzte sich mit schnellen Schritten in Richtung Straßenbahn in Bewegung. »Das hätten sie *gespürt*, als sie bei einer der erhebenden Veranstaltungen von diesem Hitler gewesen seien. Der sei nämlich ganz anders, als viele glaubten. Der sei kein üblicher Politiker, kein Mann, der sich in Parteien hochgedient hat. Sondern aufrichtig und ehrlich. Vollkommen schlicht und natürlich.«

»Der Schreihals?«

»Ja, seine Größe liegt angeblich darin, dass er eben *kein* Weltmann ist, kein Ästhet, der Verstellung und Maskenspiel liebt. Sondern ein Mensch, aus dem der einfache Frontsoldat spricht, ein Mann von ›gewachsener Echtheit‹, den die ›Aura des Wahrhaftigen‹ umgibt, wie sie es ausdrückten. Und das schaffe Vertrauen. Vertrauen, dass da einer ist, der wieder Hoffnung gibt. Und das Gefühl vermittelt, dass nicht alles sinnlos gewesen ist.«

»Vielleicht hättest du sagen sollen, dass Lukas Anarchist war?«

Caroline blieb stehen und lächelte sogar ein bisschen. »Es war mein Fehler. Ich hätte nicht hingehen sollen. Aber ich hab nicht geglaubt, was ich bereits gehört hatte. Ich konnte mir einfach nicht vorstellen, dass Leute aus dem Salon Bruckmann, dass *Bildungsbürger* diesem Hetzredner verfallen. Und ehrlich gesagt, fällt es mir sogar jetzt noch schwer, das zu glauben.«

»Na ja. Der Lukas hat kein so großes Vertrauen ins Bildungsbürgertum gehabt.«

Caroline ging eine Weile schweigend weiter. Als die Straßenbahn kam, blieb sie stehen. »Wir gehen jetzt zu mir und essen dort etwas. Ist dir das recht?«

»Ja, sicher. Mein Rad lass ich stehen und hol es später.«

Als sie in der Giselastraße in den Hof des Dohmberg'schen Hauses einbogen, hörte man laute Klaviermusik aus den Fenstern dröhnen.

Reitmeyer blieb stehen. »Wer spielt denn Wagner bei euch?«, fragte er verblüfft.

Caroline ging weiter. »Ach frag nicht«, antwortete sie düster. »Das nervt uns schon seit Wochen.«

Reitmeyer folgte ihr ins Haus, wo sie sofort die Treppe zum Küchentrakt hinabeilte. Er selbst warf schnell noch einen Blick in den Salon, bevor er hinunterging. Den Mann, der auf die Tasten des Flügels einschlug, kannte er nicht persönlich, aber er hatte das Narbengesicht schon öfter gesehen. Dass dieser Mensch Klavier spielen konnte, verwunderte ihn einigermaßen. Bislang hatte er sich nur als Organisator der Reichswehr hervorgetan, der die Geheimlager rechtsradikaler Verbände mit illegalen Waffen versorgte. Auf dem Weg zur Küchentreppe hörte er, dass es auch im Speisezimmer hoch herging. Durch die angelehnte Tür sah er mehrere Offiziere um den Tisch sitzen, der mit Flaschen und schmutzigem Geschirr bestückt war.

Als einer der Uniformierten ihn bemerkte, schwenkte er eine leere Flasche. »Sagen Sie unten, dass wir Wein brauchen«, befahl er im Kommisston.

»Ich bin nicht der Hausbursch«, erwiderte Reitmeyer und entfernte sich.

Als er unten den Vorraum zur Küche durchquerte, hörte er die erregte Stimme von Mathilde, der Haushälterin. »Jetzt wird gar nix mehr serviert!«, rief sie. »Es war überhaupt das letzte Mal, dass ich für diesen Sauhaufen gekocht hab. Jetzt ist Schluss! Und zwar endgültig!«

Durch die Glastür sah er Caroline am Tisch sitzen, die sich die Ohren zuhielt. Neben ihr stand Sepp, der ihr beruhigend über die Schultern strich.

»Die Gäste im Speisezimmer sind sehr ungehalten über die schlechte Bedienung«, sagte Reitmeyer, als er die Tür öffnete. »Sie möchten noch Wein.«

Mathilde drehte sich um. »Ah, Sebastian«, sagte sie und zog Liesl, das Hausmädchen, beiseite, um ihn eintreten zu lassen. »Aber da können's lang warten. Ich hab's dem Franz heut schon g'sagt. Die sollen in ihr Offizierskasino, wenn's feiern wollen. Und den Schlüssel zum Weinkeller rückt sein Vater auch nicht mehr raus.«

Caroline wischte Sepps Hand weg und stand abrupt auf. »Ich geh jetzt rauf und stell als Erstes die Klavierspielerei von diesem Hauptmann Röhm ab. Und dann essen wir.«

»Brauchst du Schützenhilfe?«, fragte Sepp.

Caroline schüttelte den Kopf und verließ mit entschlossenem Schritt die Küche.

»Setz dich«, sagte Sepp und winkte Reitmeyer zum Tisch. »Nachdem du gesagt hast, du gehst mit Caroline zu den Bruckmanns, hab ich gedacht, es wär doch schön, wenn wir uns alle hier treffen würden. Verabredungen sind ja schwierig. Und seitdem Caroline auch so viel arbeitet, klappt's so gut wie gar nicht mehr.«

»Liesl, deck jetzt auf und hol den kalten Braten aus der Speisekammer«, sagte Mathilde, bevor sie sich ächzend auf einen Stuhl fallen ließ. »Wie das hier weitergehen soll, ist mir schleierhaft. Jeden Tag kommt die Caroline nach einem anstrengenden Arbeitstag heim und findet bloß Streit und Unfrieden.«

»Was sagt denn ihr Vater dazu?«, fragte Reitmeyer.

»Ach der.« Mathilde machte eine wegwerfende Handbewegung. »Der kommt doch gegen den Franz und seine Kumpane nicht an. Die meiste Zeit ist er eh bei seiner Mutter, der alten Rätin.«

»Das Haus ist jetzt dreigeteilt«, sagte Liesl. »Wir und die Caroline sind in der Küche, der Franz belegt den Salon und das Speisezimmer, und der alte Herr von Dohmberg hat die Bibliothek.«

Alle blickten zur Decke, als das Klavierspiel plötzlich abbrach. »Na, immerhin«, sagte Mathilde und stemmte den schweren Leib vom Tisch hoch. »Ich hol uns jetzt mal was zu trinken.«

»Tja«, sagte Sepp und sah Mathilde nach, die mit Liesl in die hinteren Räume verschwand. »Wir haben das schon öfter besprochen. Aber da ist wenig zu machen. Du weißt ja, wie die Rechtslage ist.«

»Ja, sicher …« Reitmeyer wusste, wie die Besitzverhältnisse waren. Dem alten Dohmberg gehörte nichts, die alleinigen Eigentümer des Hauses waren die Geschwister. Das hatte ihr Großvater, der englische Baronet, so eingerichtet, als er das Haus für seine Tochter erworben hatte. Caroline könnte zwar ihre Hälfte an ihren Bruder Franz verkaufen, aber der hatte kein Geld. Und selbst wenn sie ihn auszahlen könnte, würde er sich nicht darauf einlassen. Er würde nie ausziehen, hatte er schon letztes Jahr erklärt. Die Lage war wirklich verfahren. Und dass sich das Verhältnis zu ihrem Bruder je bessern würde, stand nicht zu hoffen. Die beiden hatten schon immer

Welten getrennt. Und nach dem verlorenen Krieg war es noch schlimmer geworden, weil sich Franz auf die Seite von Kräften gestellt hatte, die nicht bereit waren, sich mit der Schmach der Niederlage abzufinden.

»Gibt's vielleicht noch einen anderen Grund, weshalb du mich hier treffen wolltest?«, fragte Reitmeyer. Sepp antwortete nicht, weil Caroline gerade in die Küche zurückkam und die Tür schmetternd hinter sich zuwarf. Man sah ihr an, dass die Unterredung mit den Militärs und ihrem Bruder nicht angenehm verlaufen war. Sie rang sich jedoch ein Lächeln ab. »Alles in Ordnung so weit«, sagte sie und setzte sich an den Tisch. »Reden wir nicht mehr davon.«

Liesl trug das Essen auf und Mathilde brachte Getränke.

»Wie war's bei den Bruckmanns?«, fragte Sepp.

»Ach ...« Caroline goss sich ein Glas Wein ein. »Nix Besonderes.«

»Waren auch Russen da?«

Caroline sah Sepp irritiert an. »Russen? Wieso Russen? Ich hab keine gesehen.«

»Na ja«, sagte Reitmeyer. »Ich hab den Herausgeber einer deutsch-russischen Zeitung gesehen. Einen gewissen von Scheubner-Richter. Den Namen hab ich vom Herrn Alfons, der dort serviert hat.«

»Ach, der Herr Alfons«, sagte Mathilde. »Der arme Mann muss immer noch arbeiten, weil ihm die Inflation seine Rente wegfrisst. Dabei ist er schon Mitte siebzig.«

»Der Scheubner-Richter?«, sagte Sepp. »Das ist interessant.«

»Wieso?«, fragte Caroline.

Sepp legte Messer und Gabel ab. »Dieser Mensch vertritt die abstrusen Interessen von zaristischen Adligen, die die Sowjetregierung stürzen wollen. Und dafür haben sie sich mit allen rechtsradikalen Gruppierungen zusammengetan. Aber dass der jetzt in einen Salon eingeladen wird, in dem früher unser Außenminister Rathenau verkehrt hat, ist schon ein starkes Stück. Das heißt ja, dass man dort freundlichen Umgang pflegt mit Leuten, die zum Umkreis seiner Attentäter gezählt werden können.«

»Ach, ich glaube nicht, dass sich die Bruckmanns je für die Politik von dem Rathenau interessiert haben«, sagte Reitmeyer. »Die waren doch noch nie Republikaner. Mir hat der Lukas einmal erzählt, sie hätten sich bloß Börsentipps von ihm geben lassen.«

»Ach, dann findest du also nichts dabei?«

Reitmeyer bedeutete Sepp mit einem Blick, das Thema nicht weiter zu vertiefen. Caroline beugte sich über ihren Teller, worauf alle anderen schweigend weiteraßen. Eine lastende Stille breitete sich aus, die nur vom Klappern des Bestecks unterbrochen wurde. Liesl versuchte, die gespannte Atmosphäre aufzulockern, indem sie von ihrem Sekretärinnenkurs anfing, den ihr Caroline bezahlte. Als niemand darauf einging, verstummte sie wieder. Plötzlich hörte man oben Türen schlagen. Kurz darauf knallte auch die Eingangstür krachend ins Schloss.

»Ja endlich«, sagte Mathilde und wischte sich mit der Serviette übers gerötete Gesicht. »So machen wir's jetzt immer. Wenn die Kerle nix mehr zum Saufen kriegen, hauen's irgendwann ab.«

Caroline leerte ihr Weinglas. »Tut mir leid«, sagte sie. »Ich muss morgen wieder früh raus. Ich leg mich jetzt hin.« Sie stand auf. »Aber lasst euch nicht stören.«

»Ich geh mit rauf«, sagte Liesl. »Ich muss ja noch aufräumen.«

»Ich komm gleich nach und helf dir«, rief Mathilde dem Hausmädchen nach, das mit Caroline hinausging. »Die hinterlassen immer einen Verhau, dass es der Sau graust. Überall sind Brandflecken auf den Tischen und im Parkett. Wenn das die Mutter von der Caroline wüsste.« Ihre gestärkte Küchentracht knirschte, als sie schwer atmend aufstand. »Aber bleibt nur sitzen und trinkt in Ruhe aus.«

Sepp wartete, bis Mathilde die Tür hinter sich geschlossen hatte, dann holte er einen Umschlag aus der Innentasche seines Jacketts. »Ich wollte vor den anderen nicht damit anfangen, aber ich muss dir was zeigen.« Er zog ein Foto heraus und legte es vor seinen Freund auf den Tisch.

»Wieso hast du ein Foto von Anna Kusnezowa?«

Sepp sah Reitmeyer verblüfft an. »Woher kennst du die Frau?«

»Ich kenne sie nicht. Genau das gleiche Foto ist uns im Rahmen von Ermittlungen in die Hände gefallen. Aber was hast du mit ihr zu tun?«

»Ihre Mutter hat mich beauftragt, sie zu suchen.«

»Ach, sie ist die reiche Person, die dich mit Devisen ausgestattet hat? Die Tochter ist übrigens in Baden-Baden. Das hab ich heute Abend zufällig bei den Bruckmanns gehört. Zumindest hat das ein Begleiter von diesem Scheubner-Richter gesagt.«

»Das stimmt wahrscheinlich nicht. Ihre Mutter hat dort überall nachgefragt. Deshalb hab ich auch einen Detektiv engagiert, der mir bei der Suche helfen soll.«

»Dann war das also dein Detektiv? Heißt er Hofbauer?«

»Woher weißt du das?«

»Weil an der Maximiliansbrücke ein tödlicher Anschlag auf ihn verübt wurde. In dem Zusammenhang interessiert uns natürlich auch diese Anna Kusnezowa.«

Sepp stand auf und holte sich am Hahn ein Glas Wasser, das er in großen Schlucken austrank. »Der ist tot?«, sagte er. »Das gibt's doch nicht.« Er schüttelte den Kopf und lehnte sich eine Weile an den Rand des Beckens, bevor er sich wieder umdrehte. »Gibt's denn schon irgendwelche Hinweise, wer das war? Oder warum?«

»Nein. Aber was weißt du über den Detektiv?«

»So gut wie nichts. Er hat mir bloß in einem Lokal seine Karte gegeben.«

»Er hatte eine größere Geldsumme in seiner Wohnung versteckt. Dollars.«

»Was?«

»Kannst du dir vorstellen, woher die stammen?«

»Keine Ahnung. Die Frau Kusnezowa scheint zwar Geld zu haben. Mir hat sie hundert Dollar als Anzahlung gegeben. Aber sie hätte *ihm* doch nichts gegeben. Schließlich bin ich es, der den Auftrag für die Suche bekommen hat.«

»Dieser Detektiv war ehemaliges Mitglied im Freikorps Oberland. Meinst du, er hatte auch mit jetzigen rechten Gruppen zu tun? Mit Leuten, die einen Putsch planen. Und das Geld stammt aus einem solchen Hintergrund?«

»Ich weiß nicht. Ich müsste mich mal umhören. Aber das ist nicht so einfach, wie du dir vorstellen kannst.« Sepp setzte sich wieder an den Tisch. »Aber was hat Anna Kusnezowa mit diesem Scheubner-Richter zu tun?«

»Sie ist auf einem Foto in seiner Zeitung abgebildet. Bei einem Bankett. Und als bei den Bruckmanns die Rede auf sie kam, wurde sehr auffällig abgelenkt, sobald die Herrn bemerkten, dass ich lausche. Was soll man daraus schließen?«

»Tja, was soll man daraus schließen?« Sepp lächelte vage und goss sich Wein nach. »Wenn eine schöne Frau im Spiel ist, denkt man als Erstes an ein Eifersuchtsdrama. Als Zweites an Geld. Sie hat einem der Herrn Geld gestohlen und ist damit abgehauen. Oder beides. Sie hat einen betrogen und bestohlen. Und dann gibt's noch die spannende Variante: Sie ist eine Nachkriegs-Mata-Hari. Sie spioniert für eine ausländische Macht und musste schnell untertauchen.«

»Du liest zu viele Groschenromane.«

»Sag's keinem weiter. Das könnte meinen Ruf als Anwalt schädigen.« Sepp nahm einen tiefen Schluck und stellte sein Glas ab. »Aber im Ernst …« Er hob den Kopf, als Schritte die Küchentreppe herunterkamen, und steckte das Foto rasch wieder ein. »Ich finde, wir sollten uns zusammentun«, sagte er schnell. »Jetzt haben wir ein gemeinsames Interesse und könnten uns gegenseitig nützlich sein.«

»Schon möglich. Aber vergiss nicht, du suchst eine verschwundene Tochter. Und ich eine Person …«

»Die auch als Täterin in Frage kommt?«

8

Reitmeyer ging durch den Hof des Präsidiums und drückte vor dem Eingang seine Zigarette aus. Das Kraut, das seine Tante von ihren Verwandten in Freising mitgebracht hatte, schmeckte genauso fürchterlich wie die »Kriegsmischung«, die an der Front verteilt worden war. »Marke Handgranate« nannten sie diese Glimmstengel damals: anzünden und wegwerfen. Aber jetzt, vier Jahre nach Kriegsende, gab's wieder guten Tabak, bloß konnte sich den keiner mehr leisten. Zumindest kein Beamter.

Er lief die Treppe zu seinem Büro hinauf. Als er die Tür öffnete, kam ihm ein älterer Mann in einem grauen Kittel entgegen, der gerade den Raum verlassen wollte. »Das ist der Hausmeister aus der Sckellstraße, der Herr Fischer«, sagte sein Kollege Steiger. »Leider hat er uns nicht viel Neues sagen können.«

Der Mann nickte. »Ich muss auch gleich weiter. Verstehen S', ich hab's eilig. Deswegen bin ich schon so früh her'kommen.«

»Wissen Sie denn gar nichts über die Tätigkeiten des Herrn Hofbauer?«, fragte Reitmeyer. »Was er tagsüber so gemacht hat oder wo er gearbeitet hat?«

Der Mann machte eine bedauernde Geste. »Das hab ich alles schon dem Herrn Steiger g'sagt. Ich hab ihn bloß öfter am Abend mit seinem Motorrad wegfahren sehen.«

»Zu einer bestimmten Zeit?«

»Immer so gegen neun, glaub ich. Und einmal hat mir der Sohn von seiner Nachbarin g'sagt, dass er irgendwo einen Werkschutz organisiert.«

»Einen Werkschutz?«

Fischer zuckte die Achseln. »Ich denk, der war irgendwo als Wachmann beschäftigt. Und das war ihm peinlich.«

»Warum glauben Sie das?«

»Sie ham doch seine Wohnung g'sehen. Der hat doch nix verdient. Aber er hat ja auch nix g'lernt g'habt. Jedenfalls nix, was man brauchen kann.« Fischer setzte seine Mütze auf und öffnete die Tür. »Aber es schad' ja nix«, fügte er hinzu, »wenn Offiziere mal Wache schieben müssen. Uns ham's lang genug schikaniert.«

»Tja«, sagte Steiger grinsend, nachdem der Mann draußen war. »Da ist was Wahres dran.«

Reitmeyer stellte seine Tasche ab. »Immerhin wissen wir jetzt, dass er zu festen Zeiten das Haus verlassen hat. Das muss auch sein Mörder rausgekriegt haben.«

»Aber warum nimmt jemand eine so miese Arbeit an, wenn er fünfhundert Dollar in der Tasche hat?«

»Wer weiß, wofür die waren? Vielleicht haben sie ihm gar nicht gehört. Oder er hat sie irgendwo abgezweigt und durfte nicht auffallen mit seinem plötzlichen Reichtum. Da gibt's mehrere Möglichkeiten.«

»Kannst du mir mal verraten, wo man sich fünfhundert Dollar abzweigen kann?«

Reitmeyer lachte. »Noch nicht.«

»Mir wär mit fünf Dollar schon geholfen. Dann könnt meine Frau mal wieder was Ordentliches auf den Tisch bringen. Aber bei den Preisen …« Steiger zog eine Zeitung aus seiner Tasche und klopfte auf einen Artikel. »In Fürstenfeldbruck ist wieder ein Bauernhof angezündet worden. Die Anteilnahme der Bevölkerung hält sich in Grenzen. Sie finden, dass es besser ist, wenn man die Sachen verbrennt, als dass sie zu Wucherpreisen verkauft werden.«

»Ja, der Hass auf die Bauern …«

»Richtig ist jedenfalls, dass die ganzen Wuchergerichte nix bringen. Die verhängen doch bloß Geldstrafen. Das juckt die Saubande doch nicht.«

»Bist du auch dafür, die öffentliche Prügelstrafe wieder einzuführen, wie manche fordern?«

Steiger zuckte die Achseln. »Andere wären schon mit einem öffentlichen Pranger zufrieden. Die Namen in der Zeitung veröffentlichen. Auf alle Fälle irgendwas, was Eindruck macht. So kann's doch nicht weitergehen. Ein Pfund Butter sechzig Mark! Das macht doch keine Teuerungszulage auf unser Gehalt wett! Aber das Schlimmste ist«, er warf die Zeitung auf den Tisch, »dass man letztes Jahr gemeint hat, es kommt alles wieder ins Lot. Dass man sich Hoffnungen gemacht hat. Dass man gedacht hat, es wird alles besser. Und was ist jetzt? Jetzt gibt's praktisch alles, aber keiner kann's mehr zahlen.«

»Tja, wem sagst du das?« Reitmeyer ging zu seinem Schreibtisch und nahm ein Blatt, das dort lag. »Hast du mir das hergelegt?«

»Nein, das ist vom Rattler. Der wuselt schon seit aller Herrgottsfrüh hier rum und grinst die ganze Zeit, als hätt er in der Lotterie gewonnen.«

»Das ist ein Auszug aus dem Melderegister. Der Hofbauer war vor der Sckellstraße nur in Ingolstadt bei seiner Mutter gemeldet.« Reitmeyer setzte sich. »Es ist doch wie verhext. Nirgends ein Anhaltspunkt, was dieser Mensch getrieben hat. Dabei bin ich mir sicher, dass der nicht die ganze Zeit in Ingolstadt war oder ...«

Die Tür ging auf, und Rattler stürzte herein. »Herr Kommissär, Herr Kommissär«, keuchte er. »Ich war gerad unten an der Pforte ...« Er stemmte die Hände auf die Knie und rang nach Luft. »Und da hat einer angerufen ...«

»Ja und?« Reitmeyer wartete, bis sich Rattler verschnauft hatte.

»Das war der Radlerwirt von der Lilienstraße.« Rattler richtete sich auf und schnappte nach Luft. »Er teilt mit, dass seine Küchenhilfe den Mann auf meiner Zeichnung erkannt hat. Sie war verlobt mit ihm.«

»Können wir mit der Küchenhilfe sprechen?«

»Ja, sie ist jetzt in der Wirtschaft. Wir können gleich hinfahren.«

»Bist du nicht in der Spurensicherung eingeteilt?«

»Der Herr Kofler braucht mich im Moment nicht.«

»Nimm nur den Rattler mit«, sagte Steiger. »Ich hab noch mit den Anzeigen wegen dem Einschlagen von Fensterscheiben in zwei Läden zu tun.«

Rattler reckte den Kopf. »Das ist ziemlich blöd von den Kunden, die Scheiben einzuschlagen. Rein ökonomisch bringt das gar nichts.«

»Was du nicht sagst.« Reitmeyer nahm seine Mappe.

»Ja, wirklich. Mein Freund Lothar, der Ökonom, findet, dass man entweder eine rabiate Zwangswirtschaft einführen und die gesamte Erzeugerkette kontrollieren muss, oder man vertraut auf die Preisfindung des Marktes. Dann müssen eben die Löhne und Gehälter rauf. Auf jeden Fall sollten nicht die Kleinhändler für die Machenschaften der Industrie und der Großhändler büßen. Die brauchen nämlich Preise, die ihnen die Wiederbeschaffung von Waren garantieren und …«

»Wenn dein Herr Ökonom eine Zwangswirtschaft durchsetzen will«, unterbrach ihn Steiger, »soll er als Erstes mein Gehalt aufs Zehnfache anheben, dann bin ich einverstanden.«

Die Putzfrau im Radlerwirt, die den Boden mit einer stechend riechenden Lauge scheuerte, deutete auf den Gang neben dem Tresen, als Reitmeyer fragte, wo die Küchenhilfe zu finden sei. »Die Berta ist hinten«, sagte sie. Dann machte sie eine Geste auf die nassen Dielen, wo sich an den unebenen Stellen dunkle Pfützen gesammelt hatten. »Aber passen S' auf, dass Sie nicht ausrutschen.«

Vorsichtig, auf den Hacken balancierend, durchquerten Reitmeyer und Rattler den Gastraum, bogen in den Gang und blickten durch eine offene Tür in die Küche. Eine stämmige, junge Frau stand an einem Tisch und drehte laut quietschend die Kurbel eines Fleischwolfs. Immer wieder griff sie in eine Schüssel und füllte undefinierbare Fleischbrocken in den Trichter, darunter auch Knorpel und Schwarten, an denen noch die Borsten prangten, das andere schienen Reste von Mahlzeiten zu sein, die auf Tellern übrig geblieben waren. Reitmeyer wandte sich ab. Er wusste, warum er keine Fleischpflanzl mehr bestellte.

»Sind Sie Fräulein Berta Stuntz?«, fragte Rattler. »Sie haben die Person in dem Aushang am Mariahilfplatz erkannt. Ihren Verlobten.«

Die junge Frau blickte nur kurz auf, dann kniff sie die tiefliegenden Augen zusammen und holte tief Luft. Ohne zu antworten, griff sie nach einem Tuch und wischte sich über das rundliche Gesicht.

»Unser Beileid«, sagte Reitmeyer schnell, weil es aussah, als wäre sie überwältigt vor Schmerz. Doch als sie das Tuch auf den Tisch zurückwarf, machte es eher den Eindruck, als wäre sie zornig. Hektische Flecken standen auf ihren Wangen.

»Das hat ja so kommen müssen«, stieß sie hervor und nahm ihre Arbeit wieder auf. »Ich hab's ihm prophezeit, dass es einmal so kommen muss.« Die Kurbel quietschte jetzt noch lauter bei dem heftigen Drehen.

»Was hat so kommen müssen?«, fragte Rattler.

»Könnten wir uns vielleicht einen Moment setzen, Fräulein Stuntz?«, sagte Reitmeyer und deutete auf die Stühle am Ende des Tischs.

Berta Stuntz verpasste dem Gerät einen so wütenden Stoß, dass die Kurbel aus der Verankerung sprang und krachend zu Boden knallte. »Scheiß, verreckter«, murmelte sie und kickte das Ding durch die Küche, bevor sie mit klappernden Holzschuhen ans Ende des Tischs ging und sich auf einen Stuhl fallen ließ. Reitmeyer und Rattler nahmen ebenfalls Platz. Die Frau verschränkte die Arme vor der Brust.

»Wann haben Sie Ihren Verlobten ...« Reitmeyer blickte auf den Zettel, den Rattler ihm reichte. »Wann haben Sie Manfred Sturm denn zum letzten Mal gesehen?«

»Mein Verlobter?«, fragte sie höhnisch. »Das war nicht mehr mein Verlobter. Der hat mich bloß ausnehmen wollen. Aber was ist jetzt mit dem Geld, das er mir schuldet?« Sie beugte sich vor und funkelte ihr Gegenüber an. »Wie krieg ich jetzt mein Geld zurück?«

»Wollen Sie sagen, dass Sie die Verlobung gelöst haben?«

»Gelöst?«, zischte sie. »Nausg'schmissen hab ich den Kerl, den verlogenen.«

»Hat er denn bei Ihnen gewohnt?«

»Bei mir oder sonst irgendwo. Wo er halt Unterschlupf g'funden hat. Bei einem ehemaligen Kameraden. Oder bei einer von seinen Schnallen.«

»Schnallen?«, fragte Reitmeyer. »Bezogen sich darauf die Prophezeiungen, von denen Sie vorhin gesprochen haben?«

Bertas Gesicht verzog sich zu einem bitteren Lächeln. »Ja, der hat öfter mal eins aufs Maul g'kriegt, wenn er sich an der Frau von einem anderen vergriffen hat. Da waren manche ziemlich sauer auf ihn.«

»Ach, tatsächlich? Wissen Sie Näheres über solche Auseinandersetzungen? Kennen Sie Namen von Männern, die darin verwickelt waren?«

»Ha, Namen!« Sie schob das Kopftuch zurück und knotete es im Nacken fester. »Ich war nicht dabei, wenn die ihm eine Abreibung verpasst haben. Ich hab's halt erfahren, wenn's wieder eine Wirtshausschlägerei geben hat.«

»In welchem Wirtshaus?«

»›In welchem Wirtshaus?‹«, äffte sie ihn nach. »Was weiß denn ich.«

»Wann haben Sie Herrn Sturm zum letzten Mal gesehen?«

Sie zuckte die Achseln. »Ich weiß nicht. Vor zwei Wochen vielleicht. Ich hab schon über einen Monat vorher Schluss mit ihm g'macht. Aber er hat ja nicht lockerlassen wollen. Ist immer wieder herg'kommen. Wahrscheinlich hätt ich ihm wieder was geben sollen.«

»Ist er denn keiner Arbeit nachgegangen?«

»*Arbeit*?«, wiederholte sie verächtlich. »Das Wort hat der doch nicht mal buchstabieren können. Der hat doch seit dem Krieg keine Arbeit mehr g'habt. Mir hat er weismachen wollen, dass er bei einer Reifenfabrik in Sendling beschäftigt ist, aber das war genauso verlogen wie alles andere auch.«

»Wovon hat er dann gelebt?«

Sie zuckte die Achseln. »Wenn ich das wüsst. Vom Schnorren wahrscheinlich. Oder er hat …« Ihre Augen füllten sich plötzlich mit Tränen. »Oder er hat die Weiber ausg'nommen, die genauso blöd waren …« Sie stand auf, ging zur Spüle und spritzte sich Wasser ins Gesicht.

Reitmeyer blickte auf den bebenden Rücken der Frau in der dunkel gemusterten Schürze, bevor er zu ihren Füßen hinabsah, die in groben Wollsocken und Holzpantinen steckten. Das Geld, das der Mann ihr abgeluchst hatte, war sicher sauer erspart gewesen. Kein Wunder, dass sie die Fassung verlor, wenn die Sprache darauf kam. Und zugleich schämte sie sich, weil sie auf ihn hereingefallen war.

»Hatte Herr Sturm denn Verwandte?«, fragte er nach einer Weile.

»Bloß eine Schwester«, antwortete sie. »Aber die hat auch nix mehr von ihm wissen wollen.«

»Haben Sie den Namen und die Adresse?«, fragte Rattler.

Sie drehte sich um und wischte sich über die Augen. »Die wohnt gleich hier in Nummer 14. Rieger heißt sie.«

»Sie haben vorhin ehemalige Kameraden erwähnt, mit denen Herr Sturm Kontakt gehabt hatte. Kennen Sie denn irgendeinen dieser Leute?«

Sie schüttelte den Kopf. »Das waren doch genauso nixnutzige Hallodri wie der Manfred«, sagte sie resigniert. »Ich hab mit denen nix zum Tun g'habt. Ich kenn die nicht.«

»Wie lange hat Ihre Beziehung zu dem Herrn Sturm denn gedauert?«, fragte Rattler. »Ich meine, wenn Sie über sein Leben und seine Freunde so gut wie nichts wissen.«

»Ha, *Beziehung*«, sagte sie abfällig. »Ja, meinen Sie vielleicht, der hat mich ins Odeon ausg'führt? Oder ist mit mir an den Tegernsee g'fahren? Und bei seinen Sauftouren hat er mich auch nicht brauchen können.« Sie hob die Kurbel auf und steckte sie wieder in den Fleischwolf. »Ich hab ja immer arbeiten müssen.« Sie sah auf die Wanduhr. »Und jetzt muss ich weitermachen, die Köchin kommt gleich.«

Reitmeyer klappte sein Notizbuch zu und stand auf. »Ja, dann … wollen wir Sie nicht länger aufhalten, Fräulein Stuntz. Wenn Ihnen noch was einfallen sollte, können Sie mich jederzeit anrufen.« Er legte seine Karte auf den Tisch.

Berta nickte und setzte den Fleischwolf wieder in Gang. Reitmeyer und Rattler verabschiedeten sich. Das durchdringende Quietschen verfolgte sie bis zur Lokaltür hinaus.

»Das muss ja ein reizender Mensch gewesen sein, dieser Sturm«, sagte Rattler draußen.

»Tja.« Reitmeyer ging mit schnellem Schritt die Lilienstraße hinauf. »Da gibt's viele, die Frauen ausnehmen. Für einen Gigolo in einem großen Hotel hat's halt nicht gereicht bei ihm.«

»Stimmt. Da müsst man schon ein Offizier gewesen sein.«

»Jetzt gehen wir noch bei der Schwester vorbei, wenn das gleich hier ist«, sagte Reitmeyer. »Und du musst nochmal die Wirtshäuser abklappern, ob sich jemand an eine Schlägerei mit dem Menschen erinnert. Vielleicht hat's sogar eine Anzeige gegeben.«

»Ja, sicher. Aber, ob das was bringt? Ich meine, wenn's da um Eifersucht gegangen ist, dann wär das eine ›Affekttat‹ gewesen, wie es in der Fachliteratur heißt. Dann wär der Sturm erschlagen, erstochen oder direkt vor dem Lokal erschossen worden.«

»Trotzdem könnte einer den Plan gefasst haben, ihn umzubringen. Ohne sich dabei erwischen zu lassen.«

»Aber was ich an Burschen in den Wirtshäusern gesehen hab ...« Rattler holte Luft.

Reitmeyer blieb stehen. »Entschuldige, ich bin zu schnell gegangen.«

»... dann sind das meiner Meinung nach eher Schläger.«

»Wir wissen ja nicht, ob's einer von diesen Burschen war.«

Sie waren vor dem Haus Nummer 14 angelangt. Nach einem Blick auf das Klingelschild ging Reitmeyer in den dritten Stock voraus. Als er bei Rieger klopfte, hörte man von drinnen einen heftigen Wortwechsel. Er klopfte noch einmal, stärker diesmal. Kurz darauf ging die Tür ein Stückchen auf, und in dem Spalt tauchte das Gesicht eines kleinen Mädchens auf, das ihn mit aufgerissenen Augen ansah. »Ich hab's Ihnen doch schon g'sagt, hier is nix von ihm!«, sagte eine Frau gerade nachdrücklich. Reitmeyer schob das Kind zur Seite und drückte die Tür ganz auf. Über einen schmalen Flur sah er in eine ärmliche Küche. Eine Frau mit einem kleinen Kind auf dem Arm stand vor dem Tisch und blickte auf einen großgewachsenen Mann, der sich umdrehte, als Reitmeyer und Rattler eintraten. Mit seinem blonden Haar und dem kantigen, wie gemeißelt wirkenden Gesicht, hätte er sofort als Siegfried auftreten können, wenn er den Wollmantel gegen eine Rüstung ausgetauscht hätte.

»Ah, Sie bekommen Besuch«, sagte er leichthin. Das Lächeln, das er dabei aufsetzte, entblößte nur die Zahnreihen, erreichte aber die stahlblauen Augen nicht. »Da will ich nicht länger stören.« Er ging zur Tür und strich im Vorbeigehen dem kleinen Mädchen über den Kopf. »Und achten Sie auf ihre lieben Kinder«, fügte er hinzu, bevor das Schloss hinter ihm zufiel.

»Frau Rieger?«, sagte Reitmeyer zu der Frau, die sich auf einen Stuhl fallen ließ, als würden ihre Beine den Dienst versagen. »Wir sind von der Kriminalpolizei.«

Sie nickte und schluckte schwer. Erst jetzt bemerkte er, dass die Frau am ganzen Körper zitterte. Das kleine Mädchen war neben sie getreten und streichelte beruhigend ihren Arm.

»Wer war der Mann? Ist das ein Bekannter von Ihnen?«

Sie schüttelte den Kopf und richtete sich auf. »Den hab ich noch nie g'sehen«, sagte sie tonlos.

Rattler lief in den Flur hinaus und sah durchs Fenster auf die Straße hinab. »Der ist schon weg«, sagte er. »Mit einem Fahrrad.«

»Was wollte er denn von Ihnen?«

»Wenn ich das wüsst. Mein Bruder soll angeblich was von ihm haben. Wo sein Schrank is, hat er wissen wollen. Aber hier is nix von ihm. Das hab ich ihm immer wieder g'sagt. Aber ...« Sie rang nach Luft. »Wenn ich die Sachen nicht hergeb ... geht's meinen Kindern schlecht, hat er g'sagt.« Sie klopfte dem Kleinen auf den Rücken, das leise vor sich hin weinte. »Ich hab den Manfred schon seit Wochen nicht mehr g'sehen. Und erst heut früh hab ich von der Berta vom Lilienwirt drüben erfahren, dass er ...« Tränen liefen ihr übers Gesicht, die sie mit dem Handrücken abwischte.

»Hat Ihr Bruder denn bei Ihnen gewohnt?«

»Bloß ab und zu übernachtet.« Sie blickte in den Flur hinaus, wo eine Katze auf das Schuhregal sprang. »Bei uns war ja kein Platz.«

Reitmeyer sah sich um. Von der Küche ging eine Tür in den angrenzenden Raum, wahrscheinlich das Schlafzimmer. Sonst gab es keine weiteren Räume.

»Wo ist denn Ihr Mann, Frau Rieger? Bei der Arbeit?«

»Der ist tot«, sagte das kleine Mädchen, das an der Spüle eine Saugflasche mit einer Flüssigkeit füllte.

Frau Rieger zog ein Tuch aus der Schürzentasche und drückte es auf die Augen. »Im ... im Juni ...«, stammelte sie schnaufend. »Er war lungenkrank.«

Das kleine Mädchen kam zum Tisch und reichte seiner

Mutter die Flasche. Dann verschwand es in den angrenzenden Raum. Frau Rieger drückte die Flasche an die Wange, bevor sie dem Kind zu trinken gab, und eine Weile hörte man nur das schmatzende Saugen des Kleinen.

Reitmeyer ging zu der Wand neben der Tür, wo ein paar gerahmte Fotos hingen. Ein Hochzeitsbild, Fotos von älteren Leuten, die starr in die Kamera blickten, und zwei Bilder, auf denen er Manfred Sturm erkannte. Auf einem trug er Uniform, und das andere zeigte ihn mit offenem Hemd auf Stufen sitzend. Reitmeyer schätzte, dass es vorn an der Mariahilfkirche aufgenommen worden war. Er nahm es ab.

»Dürften wir uns das Foto ein paar Tage ausleihen?«, fragte er. »Wir machen einen Abzug und bringen es Ihnen wieder zurück.«

Die Frau nickte. »Er war kein schlechter Mensch, wissen S'«, sagte sie, ohne aufzublicken.

Reitmeyer blickte auf die Frau hinab. Sie war dünn und abgezehrt, das braune Haar stumpf und glanzlos, und unterhalb das Halses traten die Knochen des Schlüsselbeins spitz hervor. Wenn die drei von der Witwenrente leben mussten, dachte er, hatten sie sicher nicht genug, um sich satt zu essen.

»Wissen Sie denn, wo Ihr Bruder gearbeitet hat? Oder kannten Sie Leute aus seinem Bekannten- oder Freundeskreis?«

Reitmeyer drehte sich um, weil die Tür zu dem anderen Raum knarrend aufging, und das kleine Mädchen mit einer abgewetzten Aktentasche herauskam.

»Da is doch noch was, was dem Onkel Manfred g'hört hat«, sagte es.

»Wo hast du das her?«, fragte Frau Rieger überrascht.

»Das war unter meinem Bett.« Das Mädchen hievte die Tasche auf den Tisch.

Rattler kam aus dem Flur herein. »Darf ich sie aufmachen?«, fragte er.

Frau Rieger nickte.

»Vielleicht ham Sie ja Glück«, fügte er hinzu. »Und es ist was Wertvolles drin.«

»Ich hab noch nie Glück g'habt«, sagte Frau Rieger.

Rattler ließ die Schlösser aufspringen, griff hinein und förderte ein Paar abgetretener Herrenschuhe zutage, die er auf den Boden stellte. Dann griff er erneut hinein und zog ein paar Zeitschriften und lose Blätter heraus, die sich als Werbematerial erwiesen. Handzettel, wie sie von Lokalen oder von Firmen verteilt wurden. Einer warb für das Apollotheater, die »Pflegestätte des Münchner Humors«, ein anderer für eine Lastkraftwagen-Gesellschaft in der Landwehrstraße, wo die Vermietung »erstklassiger Personenautos« angeboten wurde, und ein dritter für die Merkur-Kartonagenfabrik, die »prompte Lieferung von Verpackungen aller Art« versprach.

»Bringen Sie irgendwas davon mit Ihrem Bruder in Verbindung?«, fragte Reitmeyer.

Frau Rieger zuckte die Achseln. »Vielleicht hat er da nach Arbeit g'sucht.«

»Die kann man verkaufen«, sagte das kleine Mädchen und begutachtete die alten Schuhe. »Die Sohlen sind noch gut. Vorn am Eck is ein Laden, die kaufen so was.«

»Du kennst dich aus«, sagte Rattler. »Du bist sicher eine große Hilfe für deine Mama.« Das kleine Mädchen nickte ernst.

Reitmeyer griff nach einer der Zeitschriften. *Der Wikinger.* Er kannte das Blatt nicht, aber sowohl Titel wie Artikelüberschriften verwiesen auf eine der vielen rechtsradikalen Gruppierungen, die sich nach der Auflösung der Einwohnerwehr gebildet hatten. Das Interesse an derlei Gedankengut wurde allerdings von Tausenden geteilt und grenzte die Suche nach dem Umfeld des Menschen kaum ein.

»Wissen Sie, ob Ihr Bruder Mitglied bei einem Wehrverband war, Frau Rieger?«

Die Frau schüttelte den Kopf. »Über so was hat der mit mir

nicht g'redet. Und letztes Jahr hab ich ihn praktisch gar nicht g'sehen. Da war mein Mann sehr krank, da is er nicht gern her'kommen.«

»Hier ist noch was«, sagte Rattler und zog einen Stapel Karten aus einem Seitenfach. Es war Werbematerial von Bars in großen Hotels oder in der Nähe der Oper, wie es beim ersten Durchblättern aussah. Frau Rieger warf einen Blick darauf, als Rattler sie vor ihr ausbreitete.

»Ich kenn die nicht«, sagte sie. »Ich bin noch nie in einer Bar gewesen. Und ich kenn auch keine Bekannten von meinem Bruder.« Der Säugling auf ihrem Arm begann zu strampeln, gluckste ein paar Mal und brach in ohrenbetäubendes Gebrüll aus. »Der hat Fieber«, sagte Frau Rieger und stand auf.

Reitmeyer schob die Papiere schnell zusammen und steckte sie in seine Tasche. »Wir gehen jetzt«, sagte er mit erhobener Stimme, um das Geschrei zu übertönen.

»Und wenn der Mann wieder auftaucht?«, fragte Frau Rieger.

»Das glaub ich nicht«, sagte Rattler. »Der hat gesehen, dass sich jemand um Sie kümmert. Der traut sich sicher nicht mehr her.«

»Und wenn noch was sein sollte«, rief Reitmeyer, der schon die Klinke der Wohnungstür herunterdrückte, »dann gehen S' in den Radlerwirt rüber und rufen mich im Präsidium an. Die Berta hat meine Nummer.«

»Schlimmer als Sirenenalarm«, sagte Rattler und rieb sich die Ohren, als sie die Treppe hinuntereilten. »Aber wer der Kerl war, tät mich schon interessieren. Und was der gesucht hat. Blöd nur, dass wir nicht gleich reagiert haben.«

»Ja, das ist ärgerlich. Das scheinbar höfliche Benehmen hat uns einen Moment lang irritiert. Aber möglicherweise war der Sturm in einem der Wehrverbände. Da gibt's viele Streitigkeiten, wie man hört. Aber als Erstes rufst du die Nummern an, die auf den Zetteln stehen. Ob jemand den Sturm kennt.«

»Aber in den Bars brauch ich nicht anrufen. So einer wie der Sturm hat sich solche Lokale nicht leisten können«, sagte Rattler und ließ sich auf den Rücksitz des Polizeiautos fallen.

»Wieso sammelt dann einer wie er solche Karten?«

Auf dem Weg ins Zentrum ging es plötzlich nicht mehr weiter. In der Müllerstraße versperrten Brauereigespanne die Fahrbahn, Bierfahrer luden Fässer ab, die über Holzplanken in Keller von Gaststätten gerollt wurden.

»Ja können die nicht in der Früh ausliefern«, fluchte der Fahrer. »Wenn's den Verkehr nicht aufhalten?«

»Können S' nicht umkehren?«, fragte Rattler.

»Ja, wenn die nicht wären«, sagte der Fahrer und deutete auf eine Kolonne von Militärfahrzeugen, die sich auf der Gegenseite an den Bierwagen vorbeischlängelte.

Reitmeyer sah aus dem Fenster. »Ach, dann warten wir halt einen Moment.« Plötzlich setzte er sich auf und schlug gegen die Scheibe. »Da ist der Kerl doch wieder! Der große Blonde«, rief er. »Der aus der Wohnung vorhin. Da drüben auf dem Gehsteig!«

Ein Militärlaster hupte, als er die Tür aufmachte, sich aus dem Wagen quetschte und über die Straße rennen wollte. Der Blonde auf dem Gehsteig hatte ihn auch bemerkt. Zwischen den Lastwagen sah Reitmeyer gerade noch, wie er losrannte und durch die offen stehende Tür eines Lokals verschwand. »Elysium« las Reitmeyer auf dem Schild über dem Eingang und winkte Rattler, ihm zu folgen. Doch es verging wertvolle Zeit, bis die Militärautos endlich vorbei waren und sie in das Lokal hinübereilen konnten.

Durch einen Vorraum, wo eingerollte Läufer und Putzzeug auf dem Boden lagen, gelangten sie durch ebenfalls weit offen stehende Flügeltüren zum Gastraum. Im trüben Licht von ein paar Wandleuchten sahen sie Tische mit hochgestellten Stühlen und an der Stirnseite eine Bühne mit hochgezogenem Vorhang. Aus einer hinteren Ecke ertönte leises Klappern. Jemand hantierte dort mit einer Schaufel und einem Besen.

»Wo ist der Mann, der gerad hier reingelaufen ist?«, rief Reitmeyer, während Rattler die Stufen zur Bühne hinauflief und durch eine Seitentür verschwand.

»Was? Was ist?« Ein älterer Mann in einem grauen Kittel schlurfte auf Reitmeyer zu. »Ich hab niemand g'sehen.«

»Das gibt's doch nicht, dass Sie den nicht bemerkt haben.«

Der Mann trat in den Lichtkegel, der von draußen einfiel, blinzelte und sah sein Gegenüber mit stumpfer Miene an.

»Ist sonst noch jemand hier?«

Der Mensch tat eindeutig zu viel des Guten, den Ahnungslosen zu mimen. Jetzt blickte er Reitmeyer an, als hätte man ihn aus dem Tiefschlaf gerissen. »Um die Zeit nicht«, sagte er. »Ich muss hier aufräumen und lüften, bevor die Putzfrauen kommen.«

Er drehte den Kopf, als Rattler durch die Seitentür der Bühne wieder zurück und polternd über die Stufen heruntergelaufen kam.

»Da ist ein Gang mit vielen Türen, die alle abgesperrt sind. Aber der hintere Ausgang ist offen.«

»So ein Mist. Dann ist er durch die Hintertür raus.«

»Da ist noch eine Tür«, sagte Rattler und lief zur Wand links neben der Bühne. »Aber die ist auch zugesperrt. Wo führt die hin?«

»Da is die Getränkeausgabe. Und die Küche«, sagte der Mann.

Reitmeyer warf einen Blick durch den Raum. Vor dem Krieg war hier einmal eine kleine Volksbühne gewesen, ein »Brettl«, wo Sänger auftraten und Schwänke gespielt wurden. Doch von Theatern dieser Art gab's nicht mehr viele, weil die Leute heutzutage lieber ins Kino gingen. Also hatte ein findiger Unternehmer eine Nachtbar daraus gemacht. Mit wenigen Mitteln, wie es schien. Die Wände waren ziemlich nachlässig mit einer silbrig schimmernden Tapete beklebt und auch nur die untere Hälfte, weil durch geschickte Lichtführung der obere Teil im Dunkeln bleiben konnte. Das Ganze war bloß Talmi. Reiner Schwindel. Doch wer sich ein »Elysium« erhoffte, war nicht so kleinlich, was die Einrichtung betraf, wenn dafür andere Genüsse geboten wurden. Und davon gab es reichlich, wie Reitmeyer feststellte, als er in den Vorraum hinaustrat und die Bilder in den Schaukästen inspizierte. Viel frisches Fleisch, von Schleiern kaum verhüllt, auf Kissen angerichtet, mit langen Perlenschnüren umschlungen oder neckisch zwischen Straußenfedern drapiert. »Schönheitstänze« stand darunter. »Ab 22 Uhr.«

»Wir gehen«, sagte Reitmeyer und stieß seinen jungen Mitarbeiter an, der mit der Nase fast die Scheiben berührte. »Der Mensch muss sich hier ausgekannt haben. Der hat gewusst, dass er durch den Hinterausgang abhauen kann.«

»Wir wissen aber nicht, ob er die Örtlichkeiten bloß kennt oder mit dem Lokal was zu tun hat. Dafür müssten wir am Abend nochmal herkommen, Herr Kommissär, wenn jemand da ist. Also nicht vor zehn.«

Reitmeyer lief zum Auto, stieg ein und zog die Karten aus der Tasche, die sie aus Manfred Sturms Mappe mitgenommen hatten. Schnell blätterte er den Stapel noch einmal durch, bis er stutzte und eine blaue Karte hochhielt. »Da schau her.«

»Elysium«, las Rattler grinsend. »Kein Weinzwang.«

»Das heißt, wir können uns den Abend im Paradies leisten.«

9

Es herrschte kaum Betrieb im Café Iris, als Sepp kurz vor der Mittagszeit das Lokal betrat. An einem Tisch saßen zwei Herren und spielten Schach, an einem anderen ein paar Damen, die sich leise unterhielten. Rechts an der Theke polierte Reiser, der Cafébesitzer, einen Samowar.

»Ah, Herr Rechtsanwalt«, sagte er aufblickend. »Das ist aber schön, dass Sie uns auch mal wieder beehren. Sie waren ja schon lang nicht mehr da.«

Sepp deutete auf das große, messingglänzende Gerät. »Schon so lang nicht mehr, dass ich das Prachtstück noch gar nicht kenne. Kann ich da gleich ein Glas echt russischen Tee bestellen?«

»Der wird erst nachmittags angeworfen. Einer von unseren Gästen heizt ihn mit Holzkohle im Hinterhof an, dann wird er reingetragen. Weil man im Gastraum kein offenes Feuer haben darf.«

»Gibt's nicht elektrische Samowars?«

»Doch, schon. Aber die waren mir zu teuer.« Reiser legte den Lappen weg. »Darf ich Ihnen was anderes bringen?«

»Eigentlich bin ich auf dem Sprung und wollte Sie bloß schnell was fragen.« Sepp warf einen Blick auf das Plakat neben der Theke, auf dem drei Balalaikaspieler abgebildet waren. »Gibt's jetzt auch russische Musik bei Ihnen?«, fragte er überrascht.

»Nein, nein«, sagte der Wirt. »Das ist bloß Reklame. Und nach ihrem Auftritt sind die noch bei uns gewesen. Allerdings nicht zum Spielen. Aber was wollten Sie denn wissen?«

»Es ginge um die Frau Kusnezowa.«

Reiser warf einen Blick durchs Lokal und machte dann mit dem Kopf ein Zeichen in Richtung der hinteren Räume. »Da gehen wir lieber in mein Büro.«

Sepp folgte dem Wirt nach hinten, wo er die Tür zu einem engen, vollgestopften Raum öffnete und auf einen Stuhl vor einem Tisch deutete. »Ich hab gehört, dass die Frau Kusnezowa ins Krankenhaus gekommen sein soll. Die Buschtrommeln zwischen den Pensionen funktionieren ja prompt.«

»Ja, das hat man mir am Telefon auch mitgeteilt«, sagte Sepp.

Reiser zwängte sich hinter den Schreibtisch und setzte sich. »Und dass Sie ihr Anwalt sind, hab ich so auch erfahren. Oder ...« Er sah ihn besorgt an. »Hat's irgendwelche Probleme gegeben? Sie ist ja manchmal ein bisschen speziell. Aber zumindest hab ich mich überzeugt, dass sie bezahlen kann, bevor ich Sie empfohlen hab. Sie hat nämlich Geld von Verwandten aus Amerika überwiesen bekommen und ...«

Sepp hob abwehrend die Hand. »Darum geht's nicht, Herr Reiser. Ich wollte mich über die Tochter erkundigen, die ich ja finden soll, wie Sie sicher auch wissen.«

Reiser beugte sich vor, blickte zur Seite und senkte die Stimme, als befürchtete er, jemand könnte ihn belauschen. »Da sind Sie jetzt schon der Dritte, der nach ihr fragt.«

»Ach. Und wer waren die beiden anderen?«

»Tja, der Erste ist vor ein paar Tagen gekommen. Ein Mann, den meine Gäste erkannt haben. Er soll bei der Konferenz der Russen in Bad Reichenhall dabei gewesen sein. Also einer von den Leuten, die diesen Kyrill, der in Coburg sitzt, wieder auf den Thron bringen wollen, wenn die Sowjets vertrieben worden sind. Und das zweite Mal«, er senkte die Stimme zum Flüsterton, »waren es Leute von der Polizei.«

»Und was wollten die?«

»Alle wollten wissen, wo die Anna ist. Die von der Polizei haben behauptet, sie müssten die Aufenthaltsgenehmigungen überprüfen. Weil manchmal Leute, die keine haben, bei Leuten Unterschlupf finden, die eine haben.«

Sepp schüttelte den Kopf.

»Ich hab ihnen gesagt, dann sollen sie halt zu den Wohnungen gehen, wo sie illegale Flüchtlinge vermuten. Ich weiß ohnehin nicht, wo die Anna ist. Aber, verstehen Sie, ich möchte auf keinen Fall irgendwelche Probleme bekommen. Ich weiß ja oft auch nicht, was ich von den Sachen halten soll, die mir meine Gäste erzählen. Sie sind halt recht misstrauisch und vermuten überall Spitzel und Spione, entweder von dem Konkurrenten von diesem Kyrill, der auch den Thron beansprucht und in Paris sitzt, oder von Seiten der neuen Sowjetregierung.«

»Und wieso?«

»Ja, manche haben gesagt, sie hätten von Bekannten erfahren, dass Mitglieder der Sowjetregierung in Bad Kissingen zur Kur gewesen sind und dass sie Tür an Tür mit den Mördern ihrer Verwandten hätten leben müssen.«

»Ach wirklich? Die machen Kur bei uns? Und ich spende für die Hungerhilfe in Russland?«

»Ja, sehen Sie, da gibt's haufenweis Probleme, und wie gesagt, ich will mich da nicht einmischen und keinesfalls irgendwo reingezogen werden.«

Sepp sah den Kaffeehauswirt an. Alles war rund an ihm, der Kopf, der Körper und die Glieder, nirgendwo scharfe Kanten, als säßen keine Knochen unterm Fleisch. Er wirkte äußerlich schon so, als wollte er nirgendwo anecken oder sich verhaken. »Ich versteh Sie schon, Herr Reiser«, sagte Sepp. »Als Geschäftsmann hat man's nicht leicht in diesen Zeiten. Aber, ich meine, wir kennen uns doch schließlich. Mir können Sie's doch sagen, wenn Sie irgendwas über die Anna wissen.«

Reiser nickte bedächtig. »Ich weiß bloß, dass die Frau Kusnezowa eigentlich nach Nizza wollte, weil sie dort Verwandte oder Freunde hat. Aber die Anna wollte partout nicht mit. Da hat's oft Streit gegeben. Und ich hab die Anna schon lang nicht mehr gesehen. Ich glaub, das letzte Mal war sie hier, als die russischen Musiker da waren. Die Balalaikaspieler, mit ihrem Berliner Agenten. Mit denen hat sie sich unterhalten.«

»Hat sich die Anna denn mal mit jemandem getroffen in Ihrem Lokal, oder haben Sie sonst was in dieser Richtung mitgekriegt?«

Reiser dachte einen Moment nach. »Wissen Sie, ich hab vor einiger Zeit zu einem Menschen gesagt, dass er besser nicht mehr in mein Lokal kommen soll. Ich hab's nicht genau rausgekriegt, aber ich hab den Eindruck gehabt, dass er Geschäfte mit meinen Gästen machen wollt. Manche haben ja ausländische Währungen oder andere Wertsachen, vielleicht wollt er sie aber auch bloß aushorchen, ich weiß nicht. Und mir haben meine Russen nix gesagt, weil sie ja recht zugeknöpft sind, wenn man sie fragt. Die Anna hat immer so getan als würd sie den Mann nicht kennen, wenn sie da war. Aber einmal hab ich gesehen, wie sie vorn an der Theresienstraße zu ihm ins Auto gestiegen ist.«

»Haben Sie das Kennzeichen gesehen?«

»Da hab ich damals nicht darauf geachtet.«

»Wissen Sie denn, wo sie überhaupt gewohnt hat, nachdem sie aus der Pension ausgezogen ist?«

»Mal hier, mal da«, hat die Frau Kusnezowa gesagt. »Immer bei irgendwelchen vornehmen, reichen Leuten. Sie hat ja offenbar exzellente Verbindungen gehabt. Sie soll sogar zu dem Großfürsten Kyrill nach Coburg mitgenommen worden sein.«

»Von wem?«

»Von einem Zeitungsherausgeber, der auch in Reichenhall war.« Es klopfte. Jemand bat den Wirt, in die Küche zu kommen. Reiser stand auf. »Ich muss jetzt leider wieder ...«, sagte er und deutete auf die Tür.

»Hieß der Mann Scheubner-Richter?«

Reiser zuckte die Achseln. »Kann sein.«

10

Reitmeyer las den Zettel, den ihm Steiger auf den Schreibtisch gelegt hatte. Die Gerichtsmedizin ließ ausrichten, dass der Befund zu Norbert Hofbauer abgeholt werden könne und dass Fräulein Doktor von Dohmberg um einen Rückruf bitte. Mittags sei ihr recht.

Reitmeyer setzte sich und zog die Sachen, die er bei Manfred Sturms Schwester eingesteckt hatte, aus seiner Mappe. Die Zeitschriften, die Werbeblätter und Karten legte er beiseite, nur das gerahmte Bild behielt er in der Hand und sah es eine Zeitlang an.

»Hast du deine Lupe in der Tasche?«, fragte er Rattler.

»Warum?«

»Weil wir die Sammlung unseres Kollegen Brunner nochmal anschauen. Deine Zeichnung war ja sehr gut, aber ein Foto ist doch noch was anderes. Vielleicht ist dieser Sturm ja wirklich beim Freikorps Epp gewesen, und das Abzeichen mit dem Löwenkopf hat tatsächlich ihm gehört. Dann läge es doch auf der Hand, dass er auch bei der Niederschlagung der Räterepublik dabei gewesen ist.«

»Stimmt«, sagte Rattler. »Ich hol sie.« Er lief nach gegenüber und kam gleich darauf mit dem Packen Fotos zurück.

»Du nimmst die Hälfte«, sagte Reitmeyer, »und setzt dich da drüben an den Tisch. Ich nehm die andere.« Er schaltete die Schreibtischlampe ein. »Hol dir die Lampe von Steigers Platz, damit du besser siehst.«

»Und was machen wir, wenn wir ihn irgendwo auf den Bildern finden?«

»Dann haben wir zumindest einen Anhaltspunkt über sein Umfeld. Meistens ist doch angegeben, um welches Regiment oder um welche Einheit es sich handelt. Im Zweifelsfall müssen wir wieder auf die Expertise von Brunner zurückgreifen.«

Rattler stöhnte auf.

Reitmeyer lachte. »Ich hab eigentlich eher daran gedacht, mich dann bei der Reichswehr zu erkundigen. Vielleicht gibt's ehemalige Kameraden, mit denen er Kontakt gehalten hat.«

»Das klingt nach viel Arbeit.«

»Ja, du hast Kriminaler werden wollen.«

Sie schwiegen eine Weile, und jeder beugte sich mit der Lupe in der Hand über die Fotos.

»Ah, da schau her«, sagte Reitmeyer plötzlich. »Da ist der Hofbauer, wie er mit zwei anderen einen Gefangenen abführt. Das ist in der Residenzstraße, glaub ich.«

Rattler stand auf und nahm das Bild, das Reitmeyer ihm reichte. »Ja, tatsächlich. Ihn erkennt man genau, im Gegensatz zu den zwei anderen.« Er warf einen kurzen Blick auf das gerahmte Bild von Sturm, dann hielt er die Lupe über das Foto. »Meinen Sie nicht, dass der in der Mitte ... dem Sturm ähnlich sieht.«

Reitmeyer griff nach dem Foto und betrachtete es erneut. »Schwer zu sagen. Ich find's überhaupt schwierig, diese jungen Burschen voneinander zu unterscheiden, weil alle ähnlich aussehen. Die gleichen unausgeprägten Gesichter, die gleichen ausgebeulten Jacken, und meistens sind die Mützen tief in die Stirn gezogen.« Er lehnte sich zurück. Es war überhaupt merkwürdig. Diese jungen Kerle hatten Stahlgewitter überlebt und selbst oft schreckliche Gräueltaten verübt, dennoch sahen sie aus wie Schulbuben, die Schlachten mit Zinnsoldaten nachstellten.

Rattler zuckte die Achseln. »Eigentlich müsst man alles nochmal abfotografieren und vergrößern. Aber das wär zu aufwändig ...«

»Und zu teuer.«

Es klopfte, die Tür ging auf, und Brunner kam mit einem Zettel in der Hand herein. »Heut Vormittag, wie Sie weg waren, hat der Wirt von der Pension Modern ang'rufen und ...«

Er brach ab und deutete auf seine Fotosammlung, die auf zwei Tischen ausgebreitet war. »Ham Sie die …«

»Ja, die haben wir uns nochmal ausgeliehen«, sagte Rattler. »Ich hab sie von Ihrem Tisch genommen.«

»Warum?«

»Das erklär ich Ihnen später«, erwiderte Reitmeyer. »Jetzt sagen Sie mir erst mal, was der Mann gewollt hat.«

»Da ist eine Frau«, er sah auf den Zettel. »Da ist eine Frau Kusnezowa ins Krankenhaus eingeliefert worden. Und sie hat sich furchtbar aufgeregt wegen Wertsachen in ihrem Zimmer. Die wollt sie anscheinend mitnehmen. Aber der Wirt weiß nix von Wertsachen. Und die Frau hat auch nicht richtig sagen können, wo sie sind, weil sie schon ziemlich wirr gewesen ist. Da hat der Arzt gemeint, der Pensionsinhaber soll die Polizei verständigen. Nicht dass er am Schluss verantwortlich ist, wenn was fehlt.«

»Wann war der Anruf?«

Brunner sah auf den Zettel. »Um Viertel nach neun.«

»Hat der Mann sonst noch was gesagt?«

»Bloß, dass der Kommissär kommen soll, der wo schon da gewesen ist.«

»Also eigentlich geht uns das ja nichts an. Aber …« Er dachte an Sepp, dem er damit vielleicht behilflich sein konnte. »Hast du dein Rad dabei, Rattler? Dann fahren wir schnell rüber.«

Als sie in die Pension Modern traten, saß der Pensionswirt zusammengesunken und grau im Gesicht hinter seinem Empfangstresen und rappelte sich mühsam hoch, um sie zu begrüßen. »Gott sei Dank, dass Sie da sind, Herr Kommissär«, sagte er mit matter Stimme.

»Was war denn los?«, fragte Reitmeyer.

»Ach …« Der Mann ließ sich wie erschöpft auf seinen Stuhl zurücksinken.

»Ja, einen Aufstand hat sie g'macht«, rief das Hausmädchen von weiter hinten und schob einen Rollwagen mit Wäsche auf sie zu. »Als wären wir alle Diebe und Verbrecher, die sie um ihre Sachen bringen wollen. So eine Unverschämtheit, so eine elende!« Sie hob ein Wäschestück auf, das heruntergefallen war, und warf es wütend wieder auf den Wagen. »Dabei hab ich mich immer gekümmert um sie, hab immer nach ihr g'schaut. Und dafür muss man sich dann beschimpfen lassen von der alten Schnapsdrossel, der versoffenen …«

»Jetzt mal langsam«, sagte Reitmeyer. »Mir wurde ausgerichtet, dass Frau Kusnezowa ihre Wertsachen mit ins Krankenhaus nehmen wollte, aber sie konnte nicht sagen, wo die sich befanden. Stimmt das?«

»Ich hab so was noch nicht erlebt«, sagte der Pensionswirt. »Sie hat sich furchtbar aufgeregt, obwohl sie gar nicht mehr richtig hat reden können.«

»Aber uns bezichtigen schon!«, keifte das Mädchen.

»Wir wissen aber gar nix von Wertsachen, Herr Kommissär, oder wo die sein sollen. Angeblich waren sie im Schrank, aber da war nix. Ich hab gleich ihr Zimmer abgesperrt, und da war niemand mehr drin, seit sie fort ist.«

Reitmeyer überlegte einen Moment. »Kann ich mal ihr Telefon benutzen?« Der Mann nickte. »Ich ruf jetzt ihren Anwalt, Dr. Leitner, an. Wenn sich tatsächlich Wertgegenstände in ihrem Zimmer befinden sollten, muss der sich darum kümmern. Die Polizei kann nicht einfach irgendwelche Dinge aus Frau Kusnezowas Besitz an sich nehmen.«

Aber Sepps Nummer war besetzt. Er legte wieder auf. »Sie probieren jetzt, den Dr. Leitner zu erreichen, ich schreib Ihnen die Nummer auf den Block, und Sie sagen ihm, dass er gleich herkommen soll. Und ich und mein Kollege gehen in das Zimmer und sehen nach, ob es dort Wertsachen gibt. Kann ich den Schlüssel haben?«

Der Mann zog den Schlüssel aus der Tasche und schob ihn

über den Tresen. »Bei uns ist so was noch nie vorgekommen, noch nie hat mich jemand bezichtigt …«

»Das klärt sich jetzt alles auf«, unterbrach Reitmeyer den Mann und nahm den Schlüssel.

»Seit wann hat die einen Anwalt?«, fragte Rattler auf dem Weg in den hinteren Bereich.

»Ich hab auch erst gestern erfahren, dass mein alter Freund Dr. Leitner ihr Anwalt ist. Er sollte ihr bei der Suche nach ihrer Tochter helfen.«

Das Hausmädchen folgte ihnen auf den Fersen. »Ich kann Ihnen helfen beim Suchen.«

»Nein, wir brauchen Sie nicht«, sagte Rattler. »Wir kommen allein zurecht.«

»Jetzt mach ich erst mal die Vorhänge und die Fenster auf«, sagte Reitmeyer, nachdem er die Tür aufgesperrt hatte. »In dem Mief kommt man ja um.«

Im hereinfallenden Tageslicht wirkte das Zimmer noch schäbiger als am Abend. Noch immer stand schmutziges Geschirr herum, die Kleiderberge auf den Stühlen waren nicht weggeräumt, und in den Ecken drängte sich ein Sammelsurium leerer Flaschen. Das Schlimmste aber war der süßliche Parfümgeruch, der dem offenen Schrank entströmte.

Rattler schüttelte den Kopf. »So sieht es also aus, wenn sich dieses Hausmädchen kümmert.«

»Also, wo heben die meisten alten Leute ihre Wertsachen auf?«, fragte Reitmeyer.

»Im Bett?«

»Ganz richtig.« Reitmeyer ging zu dem Bett am anderen Ende des Zimmers, warf Kissen und Decken auf den Boden, riss das Laken herunter und hob die Matratze an. Nichts.

»Tja, dann …« Rattler ging zu dem Alkoven und zog den Vorhang beiseite. Er blickte auf ein Durcheinander aus Koffern, Schachteln und Taschen. »Das kann ja ewig dauern, bis wir das alles durchsucht haben.«

Reitmeyer warf das Bettzeug wieder auf die Matratze. »So ein Mist. Dabei war ich mir sicher ….« Er wollte sich gerade den Sekretär vornehmen, als sein Blick auf eines der Kissen fiel. Er zögerte. Unter dem Überzug zeichnete sich etwas ab. Er schob die Hand hinein und zog zwei flache, braune Schatullen heraus. »Na also, was hab ich gesagt.«

Rattler fuhr herum. Er griff nach der größeren, ließ den Deckel aufspringen und pfiff durch die Zähne. »Ein Smaragdcollier. Das muss ja ein Vermögen wert sein.«

Reitmeyer machte die kleinere Schachtel auf. Sie enthielt ein Saphirarmband. Beide blickten eine Weile auf den prächtigen Schmuck. Dann deutete Rattler auf den eingeprägten Firmennamen auf der Innenseite des Deckels. »Da steht Juwelier Weishaupt, München. Dann ist das in München gekauft worden.«

»Das wär aber merkwürdig«, sagte Reitmeyer.

Rattler nahm das Smaragdcollier und ging damit zum Fenster. »Ich schau mal, ob ich die Stempel erkennen kann«, sagte er. »Das sind russische Punzen, soweit ich sehe.«

Reitmeyer ging zu dem Sekretär und sah auf die Reihe der gerahmten Familienfotos. Eines der Bilder zeigte eine würdevolle ältere Dame im Abendkleid mit einem großen Collier um den Hals. »Das ist doch der gleiche Schmuck wie der in der Schatulle«, sagte er und ging mit dem Foto zu Rattler hinüber. »Familienbesitz.«

»Wieso wohnt jemand, der einen so wertvollen Schmuck hat, in einer solchen Bude?«, fragte Rattler. »Und nicht im Grandhotel?«

»Vielleicht ist es das Einzige, was sie noch hat, und sie wollte sparen. Oder sie hat einen anderen Plan und will nach Amerika wie viele Russen.«

»Wollen wir jetzt auf den Anwalt warten? Ich meine, wir können so wertvolle Juwelen doch nicht einfach bei dem Pensionswirt lassen?«

»Wir nehmen sie mit und bringen sie selbst in der Kanzlei vorbei. Das ist ja praktisch auf dem Weg.«

Als sie das Zimmer verließen, kam der Pensionswirt auf sie zugelaufen. »Ich hab den Herrn Dr. Leitner erreicht«, rief er atemlos. »Der kann erst später kommen. Im Moment kann er nicht weg.«

»Rufen Sie nochmal bei ihm an und richten Sie aus, dass wir die Wertsachen bei ihm vorbeibringen«, sagte Reitmeyer. »Er braucht nicht mehr herzukommen.«

Der Mann sah ihn verständnislos an. »Aber wo ...«

»Sie waren im Bett.«

Reitmeyer ging zur Tür und drückte die Klinke herunter.

»Da ist noch was, Herr Kommissär.« Der Pensionswirt lief zur Empfangstheke und wedelte mit einem Brief. »Der ist für die Frau Kusnezowa gekommen, und wir haben ihn nicht mehr übergeben können.«

»Ja gut. Geben Sie ihn her.« Reitmeyer steckte den Brief ein, den der Mann ihm reichte, und eilte mit Rattler die Treppe hinunter. Vor seinem Rad blieb er einen Moment stehen und überlegte. Dass die Schatullen von einem Münchner Juwelier stammten, musste doch etwas bedeuten. Vielleicht sollte er dort kurz nachfragen, bevor er den Schmuck in die Kanzlei brachte. »Wir machen einen kleinen Umweg«, sagte er.

Ein zartes Glockenspiel ertönte, als sie die Tür des Juwelierladens öffneten, und es dauerte einen Moment, bis sich ihre Augen an das Halbdunkel im Innern des Geschäfts gewöhnt hatten. Es herrschte vornehme Stille. Tiefhängende Lampen beleuchteten die in den Tischen eingelassenen Vitrinen, in denen Preziosen blinkten. Vor einem der Tische saß ein junges Paar, das sich Trauringe zeigen ließ. Sie sprachen sehr leise wie in einer Kirche, und die Verkäuferin, eine ältere Frau in einem dunklen Kleid, platzierte Goldreife auf ein schwarzes Tuch, als vollzöge sie eine liturgische Handlung.

»Ich bin gleich bei Ihnen«, sagte sie mit gedämpfter Stimme. »Nehmen Sie einstweilen doch Platz.«

»Wir möchten Herrn Weishaupt sprechen«, sagte Reitmeyer, ohne den Flüsterton aufzunehmen, und zückte seine Marke.

Die Frau starrte mit zusammengekniffenen Augen auf die Polizeimarke und schüttelte den Kopf.

»Kriminalpolizei«, sagte Rattler.

Das junge Paar fuhr herum. Die Verkäuferin legte erschrocken die Hand an den Hals, bevor sie hinter einer Samtportiere verschwand. Gleich darauf erschien sie wieder und bat »die Herren« in das Büro ihres Chefs, das sich in einem Raum hinter der Portiere befand.

Der Juwelier, ein kleiner, grauhaariger Mann in einem schwarzen Anzug, erhob sich hinter seinem Schreibtisch. Womit er dienen könne, fragte er überrascht.

Reitmeyer legte die Schatullen auf den Tisch. »Herr Weishaupt, wir würden gern wissen, ob Sie diesen Schmuck verkauft haben.« Er ließ den Deckel aufspringen.

Weishaupt setzte sich wieder, deutete auf zwei Stühle vor seinem Schreibtisch und warf einen Blick auf das Halsband. »Ich hab das nicht verkauft, aber ich kenne das Collier. Vor ein paar Wochen war eine Dame in meinem Geschäft und wollte es schätzen lassen.«

»Kennen Sie den Namen dieser Dame?«

»Nein. Sie hat nur angedeutet, dass sie Deutschbaltin sei und der Schmuck aus ihrem Familienbesitz stammt.«

»Und auf welchen Wert haben Sie die Sachen geschätzt?«

Weishaupt lehnte sich zurück. Ein feines Lächeln strich über sein Gesicht. »Wissen Sie, das ist ein Problem. Wenn so ein Schmuck vor dem Krieg viele Tausende wert gewesen sein mag, lässt sich sein Verkaufswert heute schlecht beziffern. In München jedenfalls gibt es im Moment kaum einen Markt dafür. Vielleicht unter reichen, amerikanischen Touristen, aber die sind auf Schnäppchen aus und drücken die Preise, weil sie die Notlage der Verkäufer ausnutzen wollen. Aber auch im Ausland ist es jetzt schwierig, wie man hört. Durch die vielen russischen Flüchtlinge ist der Markt geradezu überschwemmt mit teurem Schmuck. Ich jedenfalls hab mich damals nicht festgelegt mit einer Schätzung.« Er nahm das Collier aus der Schachtel und ließ es unter der Lampe durch die Finger gleiten. »Die Schatullen hat sie übrigens bei mir gekauft, weil die ihren ziemlich ramponiert waren.« Plötzlich hielt er inne, nahm eine Lupe und untersuchte die Steine. »Das ist … das ist aber nicht mehr das Collier, das mir die Dame damals gezeigt hat.«

»Was meinen Sie damit?«

»Das sind keine Smaragde. Das ist Glas. Noch nicht mal eine sonderlich raffinierte Fälschung. Und das Einsetzen wurde von keinem Fachmann vorgenommen, wenn ich mir die Fassung ansehe. Der ganze Schmuck ist so verhunzt, dass nur noch der Goldwert übrig bleibt. Und der ist nicht sehr groß.«

Reitmeyer schob ihm die Schachtel mit dem Armband hin, das Weishaupt ebenfalls untersuchte. »Hier gilt das Gleiche. Das sind keine Saphire.«

Reitmeyer und Rattler sahen sich an. »Der Ring von dem Detektiv«, flüsterte Rattler. »Der war doch auch nicht echt.«

»Wo könnte man die echten Steine denn verkaufen?«

Weishaupt zuckte die Achseln. »Entweder privat, wenn man jemanden findet. Dann gibt es natürlich noch Idar-Oberstein, die größte Edelsteinbörse in Deutschland, oder in Amsterdam oder Antwerpen. Ich würde solche Steine allerdings nicht kaufen, wenn sich die Herkunft nicht eindeutig nachweisen lässt. Aber es gibt natürlich auch andere Juweliere, die es nicht so genau nehmen. Und die Smaragde waren wirklich prachtvoll.«

»Erinnern Sie sich noch, wie diese Dame ausgesehen hat, die den Schmuck schätzen lassen wollte?«

»Tja, gut gekleidet. Vielleicht Ende zwanzig. Dunkles Haar, schlank. Und sehr hübsch.«

Weishaupt legte den Schmuck wieder in die Schatullen. Reitmeyer nahm sie und stand auf. »Danke Ihnen sehr für Ihre Mühe«, sagte er und verabschiedete sich.

»Jetzt geb ich den Schmuck schnell bei der Sekretärin in der Kanzlei ab«, sagte er draußen, »und dann machen wir uns wieder an die Arbeit mit den Fotos.«

»Das war doch sicher die Anna Kusnezowa«, sagte Rattler. »Die hat falsche Steine einsetzen lassen, damit ihre Mutter nix merkt. Und dann ist sie mit dem Geld aus dem Verkauf abgehauen.«

»Schon möglich. Aber wohin ist sie abgehauen. Und warum?«

Die Tür stand offen, als sie ins Büro zurückkamen. Steiger blickte nicht auf. Mit finsterer Miene saß er über eine Akte gebeugt, während Brunner an Reitmeyers Schreibtisch lehnte und das gerahmte Foto von Manfred Sturm betrachtete.

»Komisch ist das schon«, sagte er. »Wenn das der Tote von der Isar sein soll.«

Steiger schnaufte genervt auf. »Herrschaftszeiten, ich hab hier zu tun …«

»Ja, aber es ist doch komisch«, beharrte Brunner und drehte sich um. »Finden Sie nicht auch, Herr Kommissär?«

»Was?«

»Dass die zwei in der gleichen Einheit waren.«

Reitmeyer und Rattler sahen sich an.

Brunner nahm das Foto, das die ganze Zeit auf der Schreibgarnitur gelegen hatte. Es war das Bild aus Hofbauers Wohnung, das ihn mit einer Maschinengewehreinheit an der Maximiliansbrücke zeigte. »Da steht der Mann, der an der Isar ermordet worden ist, hinter dem Hofbauer, wo an der Brücke abgestürzt ist.«

»Ja, das ist wirklich komisch«, sagte Reitmeyer.

Rattler grinste.

»Brauchen Sie meine Sammlung noch, Herr Kommissär?«

»Nicht mehr lang«, sagte Rattler. »Ich bring sie Ihnen wieder rüber.«

Reitmeyer sah Brunner nach, der aus dem Raum humpelte. Rattler machte die Tür hinter ihm zu. »Wir sagen's ihm lieber nicht«, flüsterte Rattler. »Sonst müssen wir uns tagelang sein Triumphgeheul anhören.«

»So was Blödes«, sagte Reitmeyer. »Da liegt dieses Bild direkt vor uns ...« Er ging zum Fenster und sah in den Himmel hinauf. Mit dem Ärger über den dummen Fehler stieg noch ein anderes Gefühl in ihm auf. Ein beklemmendes. Wenn diese zwei sich gekannt hatten, gut gekannt hatten, und wenn sie beide aus politischen Gründen beiseitegeräumt worden waren – vielleicht sogar von ein und derselben Person, wenn Koflers Annahme mit der Waffe stimmte –, dann würde er im Sumpf von rechten Organisationen oder Geheimbünden herumstochern müssen.

»Und was heißt das jetzt?«, fragte Steiger. »Wenn die sich gekannt haben?«

»Viel unangenehme Arbeit«, sagte Reitmeyer. »Wir müssen diese Oberländer durchleuchten und ...«

»Die ham sich mehrfach gespalten seit 21«, unterbrach ihn Steiger, »In alle möglichen Bünde, da blickt kein Mensch mehr durch.«

»Ich geh jetzt rüber in die Spurensicherung und frag, ob der Herr Kofler den Bericht über die Waffe fertig hat. Aber dann bleibt immer noch die Frage, warum es jemand auf die zwei abgesehen gehabt hat«, sagte Rattler. »Ich mein, das ist doch komisch. Was soll ein Offizier mit einem einfachen Mannschaftsmitglied zu tun gehabt haben?«

»Weiß man's?« Reitmeyer griff in die Tasche und zog eine der Zigaretten von seiner Tante heraus. Nach einem kurzen Blick darauf steckte er sie wieder ein. Anstelle dieses Krauts brauchte er jetzt unbedingt was anderes. Auch wenn's teuer war. »Jetzt verfolgen wir erst mal die Spur von dem Sturm«, sagte er. »Da haben wir die Anhaltspunkte mit den Werbezetteln. Und ich informier mich über die Oberländer, bevor ich im alten Kriegsministerium drüben was rauszukriegen versuch.« Er ging zur Tür.

Rattler trat ungeduldig von einem Fuß auf den anderen. »Herr Kommissär …?«

»Was ist?«

»Könnten wir nicht den Brief aufmachen, den Sie in der Pension mitgenommen haben?«

Reitmeyer ließ die Klinke los, griff in die Brusttasche und zog den Brief heraus. Er stammte von einer Irina Iwanowna Solokowa aus Berlin. »Eigentlich nicht«, sagte er. »Und was hätten wir davon? Wir könnten ihn ohnehin nicht lesen, weil er sicher auf Russisch geschrieben ist.«

Rattler streckte die Hand aus. »Ich könnt ihn meiner Russischlehrerin geben. Die könnt ihn übersetzen.«

»Du lernst Russisch?«, fragte Steiger entgeistert. »Wieso denn das?«

»Ja, das liegt doch auf der Hand«, erwiderte Rattler. »Das weiß doch jeder, wie wichtig das in Zukunft ist. Deutschland hat als erstes Land den neuen Sowjetstaat anerkannt, und die deutsche Wirtschaft will da ganz groß einsteigen. Die erhoffen sich immense Gewinne beim Neuaufbau. Da kommt's zu riesigen Investitionen, sagt mein Freund Lothar. ›Mit Deutschland die Sowjetunion elektrifizieren‹, hat Lenin gesagt.«

»Bist du Elektriker?«, fragte Steiger.

Rattler holte Luft und gestikulierte empört in Richtung seines Chefs. Doch der war schon zur Tür hinaus.

Reitmeyer lief aus dem Hof des Präsidiums und eilte mit schnellen Schritten in Richtung Stachus. Es war merkwürdig. Trotz der strahlenden Sonne fegten Windböen durch die Gassen, die teilweise so heftig waren, dass am Karlstor die Blumenkübel einer Landfrau umgerissen wurden. Er hastete weiter zum Kiosk in der Mitte des Platzes und stellte sich hinter den Wartenden an. Amerikaner versorgen griechische Flüchtlinge aus der Türkei, las er die Schlagzeile einer ausgehängten Zeitung. Darunter sah man ein Bild von Kindern, die mit ausgestreckten Händen nach Bechern griffen, die von weißgekleideten Frauen verteilt wurden.

»Furchtbar«, sagte eine Frau vor ihm. »Immer sind's die Kinder, die am meisten leiden.« Der Mann neben ihr meinte, dass sie von Glück sagen könnten, wenn sie überhaupt noch rausgekommen seien. »Ham Sie die Bilder von dem brennenden Smyrna gesehen? Die Türken haben das reinste Inferno veranstaltet bei der Vertreibung der Griechen.«

»Ja, *nett* ist das türkische Militär nicht«, sagte jemand hinter Reitmeyer. Er drehte sich um. Ein jüngerer Mensch mit einem blonden, wie eine Zahnbürste geschnittenen Bart im fleischigen Gesicht sah ihn an. »Aber die lassen sich wenigstens nix gefallen, die Türken. Denen ist scheißegal, was ihnen die Siegermächte diktieren.« Seine Stimme klang zunehmend aggressiver. »Die lassen sich nix vorschreiben. Die nicht!«

Reitmeyer kannte den Typus. Wenn man auch nur ein Wort erwiderte, bekam man diese Kerle nicht mehr los. Manchmal genügte schon ein Blickkontakt. Er trat zur Seite und gab vor, eine Zeitung von dem äußeren Ständer zu holen. Als er sich hinter zwei neuen Kunden erneut einreihen wollte, hörte er plötzlich die gellenden Rufe einer bekannten Stimme und drehte sich um. Rupertus, der Wanderprediger, beschwor wieder einmal die Höllenfeuer auf die verderbte Menschheit herab. Offenbar sollte er festgenommen werden – vor und hinter ihm standen zwei Polizisten, umringt von einer Menge Schaulustiger, die sich das Spektakel nicht entgehen lassen wollten. Doch wie es aussah, war Rupertus nicht bereit, sich ohne Widerstand zu fügen. Mit seinen Zeitschriften an die Brust gedrückt, sprang er herum, brüllte und rempelte die Beamten an, die allerdings so wenig wankten wie eine Mauer. Reitmeyer ging hinüber.

»Was ist denn los?«, fragte er Kommissär Sänger von der Sitte, der mit finsterem Gesicht am Rand der Menge stand. »Warum soll er denn arretiert werden? Der ist doch harmlos.«

»Ah, Reitmeyer«, sagte Sänger. »Wir müssen seine Zeitschriften beschlagnahmen. Mitnehmen will ich den Kerl möglichst nicht, weil der mir bloß mein Büro vollschreit mit seinem Schmarrn. Wir ham's im Guten probiert, aber wenn er ums Verrecken nicht nachgibt ...« Er warf sich in Positur, zog mit einem Ruck sein Jackett glatt und machte den Beamten ein Zeichen. Zwei Polizisten packten Rupertus jetzt von hinten, die anderen rissen ihm die Zeitschriften weg. Worauf ein kleineres Gerangel folgte. Dabei biss Rupertus einem Beamten in die Hand, der ihm darauf einen Schwinger versetzte, der das Wutgeheul des Inflationsheiligen verstummen ließ. Dann führten sie ihn ab.

»Und warum muss sein Blättchen beschlagnahmt werden?«

»Anordnung. Wegen Blasphemie und Aufforderung zur Gruppenunzucht.«

Reitmeyer sah seinen Kollegen fragend an.

»Ach, was weiß ich«, erwiderte Sänger gereizt. »Angeblich soll der Oberinflationsheilige schamlose Angebote machen. Er kann den Erlöser zeugen, behauptet er, und viele Frauen zur Gottesmutter machen.«

»Klingt irgendwie unlogisch.«

»Ach, ein Krampf ist das, ein elender.« Sänger wandte sich zum Gehen.

»Warten Sie, ich wollt Sie noch was fragen.« Sänger blieb stehen. »Mir ist bei meinen Ermittlungen die Karte von einer Bar untergekommen. Elysium. Wissen Sie irgendwas über das Lokal?«

»Die Nachtbar beim Sendlinger Tor? Wir wissen, dass dort

›Schönheitstänze‹ aufgeführt werden, die wir in unserer Stadt nicht erlauben, weil wir nicht in Berlin sind. Und dass diese Tänzerinnen wahrscheinlich nicht bloß tanzen. Aber wenn wir hinkommen, ist immer alles im Rahmen der Gesetze. Offenbar gibt's ein Vorwarnsystem vom Türsteher.«

»Und wer verkehrt da?«

»Die üblichen Nachtschwärmer und andere trübe Elemente, aber auch ›bessere Herrn‹, die sich solche Damen leisten wollen.«

»Die Karte war im Nachlass eines Menschen, der nicht viel Geld gehabt hat.«

»Tja, keine Ahnung«, erwiderte Sänger kurzangebunden und wandte sich wieder zum Gehen. »Verstehen S', ich hab's eilig. Ich weiß sowieso kaum mehr, wo mir der Kopf steht.«

Reitmeyer sah ihm nach. Vom anderen Ende des Platzes ertönten wieder laute Rufe. »Ich bin die Wahrheit«, brüllte Rupertus. »Neben mir läuft die Lüge.«

Sänger blieb kurz stehen und strich sich ärgerlich das windzerzauste Haar zurück, bevor er weitereilte. Wenn Reitmeyer von ihm genauere Informationen über die Bar haben wollte, müsste er ihn in einer ruhigeren Minute in seinem Büro aufsuchen. Möglicherweise wusste er tatsächlich mehr, als er ihm auf die Schnelle sagen wollte. Aber er musste sich, abgesehen vom Inflationsheiligen, noch mit ganz anderen Problemen herumschlagen im Moment. In seiner Abteilung waren gerade zwei Leute rausgeschmissen worden, weil sie gemeinsam mit der SA an der brutalen Störung einer Versammlung der Bayerischen Volkspartei teilgenommen hatten. Der neue Polizeipräsident wollte scharf durchgreifen, doch dafür war es wahrscheinlich schon zu spät. Die radikalen Rechten hatten sich bereits überall festgesetzt in ihrer Behörde, und manche betrieben sogar offene Propaganda für die Hitlerpartei. Reitmeyer seufzte. Das waren keine günstigen Aussichten für ihn, falls er im Kreis von ehemaligen Freikorpskämpfern ermitteln müsste. Er konnte davon ausgehen, dass ihm von allen Seiten Knüppel zwischen die Beine geworfen würden.

Er lief zum Kiosk und kaufte ein kleines Päckchen Zigarillos. Zum Anzünden drückte er sich in eine Ecke, aber der starke Wind, der an dem Vordach rüttelte, blies ihm das Streichholz immer wieder aus. Fluchend steckte er den Zigarillo wieder ein und eilte ins Präsidium zurück.

Er öffnete gerade die Tür des Haupteingangs, als vor dem Eisenzaun ein Fahrrad quietschend bremste und Rattler gleich darauf durchs Tor gelaufen kam. »Herr Kommissär, Herr Kommissär!«, rief er. »Ein Durchbruch!«

»Aha. Und wo?«

»Ich hab die Nummern von den Werbezetteln angerufen, aber nix. Und dann plötzlich bei der Autovermietung hat sich jemand erinnert. Dann bin ich gleich in die Landwehrstraße rüber.« Er schnappte nach Luft. »Der Manfred Sturm hat dort öfter einen Wagen abgeholt für einen Herrn Rudolf Schäfer.«

»Und wer ist das?«

»Tja, das ist ein Problem. Als Adresse war ein Hotel Fürst am Bahnhof angegeben, sonst gibt's nichts Näheres, weil immer bar bezahlt worden ist. Die Vermietung war auch nur im August. Immer sehr teure, elegante Wagen. Und beim letzten Mal, kann sich der Mann von der Firma erinnern, hat der Sturm gesagt, dass sich der Herr Schäfer jetzt selber ein Auto kauft.«

Reitmeyer ging die Treppe zum Büro hinauf. »Also ist dieser Schäfer wahrscheinlich keiner von den reichen Touristen, die sich Autos für Spazierfahrten mieten, sondern eher ein Geschäftsmann, der sich hier niederlassen will.«

»Ich ruf im Hotel Fürst an. Die wissen das vielleicht.«

»Genau. Und dann fragst du bei der Post nach, ob's einen Neuanschluss unter dem Namen gibt. Im Telefonbuch kann ja noch ein Eintrag sein. Und das machst du drüben im Büro vom Brunner, weil ich hier selber ein paar Anrufe machen muss und Ruhe brauch.«

Das Telefon auf Reitmeyers Schreibtisch klingelte. Er lief schnell hin und nahm ab. »Ah, Caroline. Gerade wollte ich dich anrufen.« Er nickte Rattler zu, die Tür zu schließen.

»Ich hab nicht viel Zeit und muss gleich weg, deshalb hab ich's selber probiert«, sagte Caroline. »Hör zu, ich wollt dir einen Vorschlag machen. Ich fahr übers Wochenende nach Feldafing ins Haus von einer Freundin, die im Moment in Berlin ist, und ich wollte dich fragen, ob du nicht Lust hättest, mitzukommen? Ich muss unbedingt mal weg von daheim, und dir könnte das auch guttun. Das Haus liegt sehr schön, mit Blick auf den See. Und du könntest deine Geige mitnehmen und ganz ungestört üben, wenn du willst.«

»Ja ... ja, das klingt nicht schlecht.« Er überlegte einen Moment. Die Rechnung aus dem Hotel fiel ihm ein, die sie bei dem Detektiv Hofbauer gefunden hatten. »Ich könnte aber erst am Samstag, am frühen Abend. Und wenn ich schon in Feldafing bin, würde ich gern im Kaiserin Elisabeth vorbeigehen, um eine Sache zu überprüfen.«

»Ja, prima. Ich lad dich dort zum Abendessen ein. Als Wiedergutmachung für den schaurigen Bruckmann-Salon.«

»Ach, so weit kommt's noch, dass du mich einlädst ...«

»Ist dir das etwa peinlich, wenn ich zahle? Hast du dann Angst, dass man dich für einen Gigolo hält?«

»In deinem Fall wär mir das eine Ehre. Aber wie steht's mit dir?«

»Für mich ist es zumindest keine Schande, mich mit einem gutaussehenden, jüngeren Mann zu zeigen.«

»Danke für den jüngeren Mann.«

»Und für den ›gutaussehenden‹ gibt's keinen Dank?«

»Nein. Weil ich mich nicht auf bloße Äußerlichkeiten reduzieren lasse.«

»Hätte ich lieber von deiner schönen Seele sprechen sollen.«

»Genau.«

Caroline lachte. »Also abgemacht. Du nimmst den Zug um halb sieben. Wir treffen uns dann im Kaiserin Elisabeth.« Sie legte auf.

Reitmeyer hielt noch eine Weile den Hörer in der Hand, bevor er selbst auflegte. Dann zog er die Zigarillos aus der Tasche und zündete einen an. Der Rauch, den er tief einzog, dämpfte das merkwürdig zwiespältige Gefühl nicht, das ihn befiel. Sie war so ungewohnt aufgekratzt gewesen. So unbeschwert. Und hatte sie etwa geflirtet mit ihm? Oder waren es nur wieder die üblichen lockeren Scherze gewesen? Das kumpelhaft ironische Geplänkel, das sie seit ihrer Jugend pflegten? Darunter hatte er früher einmal sehr gelitten. Weil es wie eine Mauer war, die ihn auf Abstand hielt und absolut verhinderte, ihr zu gestehen, was er tatsächlich empfand für sie. Er sah dem Rauch nach, der sich vor ihm kräuselte. Und heute? Was hatte sich verändert? Vor allem in den letzten beiden Jahren, als sie ihm half, die düstere Zeit der Angst- und Panikanfälle zu überwinden, die ihn nach den entsetzlichen Erlebnissen an der Front gepeinigt hatten? Sie waren sich sehr nahgekommen. Doch seltsamerweise schien es nun genau diese Nähe zu sein, die sie trennte. Weil ein gewisser Abstand fehlte, vielleicht sogar eine gewisse *Fremdheit*, die es gebraucht hätte, um mehr zu sein als enge Freunde.

Die Tür ging auf. »Es gibt keinen Neuanschluss auf den Namen Rudolf Schäfer«, sagte Rattler. »Und im Hotel Fürst hat er nur kurz gewohnt. Dann sei er in den Königshof gezogen, glaubt der Portier.«

»Dann rufst du eben im Königshof an.«

»Da geh ich lieber persönlich hin. Die Portiers von solchen Nobelschuppen sind immer ziemlich hochnäsig und geben keine Auskunft. Da ist es schon besser, wenn man jemand vom einfachen Personal erwischt ...« Er stockte und sah in den Gang hinaus. »Der Oberinspektor geht gerad in sein Büro. Das hab ich ganz vergessen, Ihnen zu sagen. Ich hab heut Vormittag schon erfahren, dass er im Haus ist.« Rattler verdrehte die Augen. »Eigentlich wollt er doch irgendwelche Nachlassdinge in Regensburg regeln und erst nächste Woche zurückkommen. Aber wegen der ›Vorkommnisse‹ wollte er seine Abteilung angeblich nicht sich selbst überlassen. Nicht ›ohne Lenkung‹.«

»Was meint er mit ›Vorkommnisse‹?«

Rattler machte die Tür zu. »Ja, die Morde. Aber vielleicht auch«, er senkte die Stimme zum Flüsterton. »Wegen dem Rausschmiss von den zwei Beamtenanwärtern …«

Reitmeyer nickte. Das konnte er sich vorstellen, dass dies für Oberinspektor Klotz so alarmierend war, dass er auf schnellstem Weg zurückmusste. Um zu klären, wer in der Ettstraße eigentlich noch das Sagen hatte: Nortz, der neue Polizeipräsident, der zwei Leute wegen rechtsradikaler Umtriebe entlassen hatte, oder der scharfe Dr. Frick von der politischen Polizei, der solche Vorgehensweisen duldete oder vielleicht sogar unterstützte. Für einen Mann wie Klotz, der es sein Leben lang gewohnt war, sich ungefragt an seiner »Obrigkeit« zu orientieren, war dies genauso, als hätte man ihn innerlich zerrissen. Wie sollte er sich positionieren, worauf den Kompass ausrichten, wenn seine Oberen gegeneinander agierten?

»Wie hat er denn davon erfahren?«

»Angeblich hat er ständig ›Kontakt gehalten‹.« Rattler machte mit dem Kopf ein Zeichen nach gegenüber zu Brunners Büro. »Und er hat auch wieder einen Packen Zeitungen unterm Arm gehabt. Wahrscheinlich filzt er jetzt die Blätter durch, um rauszukriegen, was an die Presse gelangt ist.«

»Ja, das ist eine seiner Lieblingsbeschäftigungen.« Reitmeyer sah auf die Uhr. »Aber wir machen jetzt erst mal Mittag.« Er stand auf und griff seine Tasche und seinen Mantel. »Und wenn du vom Königshof zurück bist, gehst du in die Spurensicherung rüber und gibst mir telefonisch Bescheid, falls du was rausgekriegt hast. Ich möchte jedenfalls auf keinen Fall, dass dich der Oberinspektor abfängt und nach dem Stand der Ermittlungen ausfragt, bevor ich selbst mit ihm gesprochen hab.«

Rattler grinste. »Schon klar, Herr Kommissär.«

»Und falls wir uns nicht mehr sehen sollten, treffen wir uns um zehn Uhr abends im Elysium.«

»Da wär's vielleicht nicht schlecht, wenn wir dort nicht gemeinsam auftreten würden. Das wär unter Umständen ein Vorteil.«

Reitmeyer sah seinen sehr jugendlich wirkenden Kollegen an. Er würde womöglich Schwierigkeiten haben, ohne ihn eingelassen zu werden.

Rattler fing den Blick seines Vorgesetzten auf. »Keine Sorge, Herr Kommissär. Ich hab einen prima dunklen Anzug. Den zieh ich heut Abend an.«

11

Rosa hatte wieder gekocht für ihn, das roch er schon, als er die Wohnungstür aufsperrte. Ein Blick auf den Küchentisch zeigte, dass der übliche Zettel heute auf eine Epistel von beträchtlicher Länge angeschwollen war. Er solle bei der Erbsensuppe kräftig zulangen, hieß es am Anfang, dann folgte eine längere Abhandlung über sein weißes Hemd, das gestärkt und gebügelt an seinem Schrank hänge. In seinem Zimmer finde er zudem drei Krawatten, die sie von einer Kollegin »organisiert« habe und die für seinen abendlichen Ausgang mit seinem Kommissär besser geeignet seien als seine alten, weil sie »mehr hermachten«. Die anschließende Ermahnung, dass er sich seinen Winterschal umbinden solle, überflog er nur, weil sie ihn auf die Gefahren des herbstlichen Wetters schon sehr oft und auch sehr ausführlich hingewiesen hatte. In ihrer Darstellung hörte es sich allerdings an, als fahre er nicht in die Isarvorstadt, sondern ins Innere eines unbekannten Kontinents. Auf keinen Fall dürfe er sich von der tückischen Wärme des Föhneinbruchs zu Leichtsinn verleiten lassen, da solcher Übermut schon so manchem den Tod gebracht habe. »Denk an deine Lunge«, lautete der letzte Satz. Wie immer.

Rattler sah auf die Uhr. Ihm blieb nur noch gut eine halbe Stunde bis zur Verabredung mit Larissa. Wäre er vorher nicht noch bei Lothar vorbeigegangen, müsste er jetzt nicht so hetzen, aber er hatte unbedingt noch ein paar Tipps gebraucht, was er als Aufmerksamkeit mitbringen sollte. Die Astern jedenfalls, die er am Karlstor gekauft hatte, waren von Lothar sofort als unpassend verworfen worden. Die könne er aufs Grab seiner Großmutter legen, aber keiner Dame schenken. Leider sei jetzt nicht die Zeit für Veilchen oder Maiglöckchen, also Blumen, die Frauen »rühren« würden. Erst nach längerem Hin und Her fand Lothar die Lösung und riet ihm, von einem überhängenden Strauch am Nachbarhaus ein paar Zweige abzuschneiden. Er könne ruhig sagen, »die letzten Rosen aus meinem Garten«, das mache sich gut. Das wirke »empfindsam«. Dass er überhaupt keinen Garten habe, könne sie ja nicht wissen. Leider hatte auch dies wertvolle Zeit gekostet, weil er warten musste, bis zwei Frauen in ihre Häuser verschwunden waren, bevor er die Blumen klauen konnte.

Er stellte schnell die Astern in eine Vase – Rosa würde sich freuen – und wickelte die Rosen in ein Papier. Dann ging er in sein Zimmer und zog sich um. Unter den drei Krawatten wählte er die mit den rot-blauen Streifen. Er sah gut aus, fand er.

Es schlug schon sieben, als er über den Viktualienmarkt radelte, und er trat noch kräftiger in die Pedale. Beim Einbiegen in die Corneliusstraße sah er vor der Einfahrt zu Larissas Haus ein dunkles Auto mit laufendem Motor stehen, und beim Näherkommen bemerkte er, dass sie durchs Seitenfenster mit dem Fahrer sprach. Er stieg ab und wartete, bis der Wagen abgefahren war. Larissa drehte sich um und winkte ihm zu. Sie sah sogar noch hübscher aus, als er sie in Erinnerung hatte.

»Ich bin gerade erst heimgekommen«, rief sie. »Ich hatte schon Angst, ich wäre zu spät.«

»Schönes Auto, das Ihr Bekannter da hat«, erwiderte er mit einer Geste auf den Wagen, der sich Richtung Isar entfernte.

Sie lief mit schnellem Schritt durch den Hinterhof und sperrte die Tür des Anbaus auf. »Das war kein Bekannter«, sagte sie. »Der Herr hat mich bloß nach dem Weg gefragt.«

So hatte das aber nicht ausgesehen, dachte er, als er sein Rad abstellte. Aber das ging ihn ja nichts an. Er folgte ihr nach drinnen. Sie standen in einem schmalen Flur, von dem ein paar Zimmer abgingen. Larissa deutete auf einen Raum, in dem ein Schreibtisch vor einer leeren Bücherwand stand. »Nehmen Sie doch schon mal im Büro Platz. Ich geh rasch in die Küche und mach uns Tee. Sie trinken doch Tee, oder?«

130

Er nickte und wickelte die Blumen aus. »Und die … hab ich Ihnen mitgebracht … aus meinem Garten.«

Ihr Gesicht leuchtete förmlich auf, als sie den kleinen Strauß entgegennahm. »Die letzten Rosen«, seufzte sie. »Das ist wirklich ganz reizend von Ihnen. Gerade diese Farbe mag ich besonders gern.« Sie schnupperte an den Blüten. »Dieses ganz blasse Rosé.« Dann deutete sie wieder auf das offen stehende Büro. »Legen Sie doch ab und machen Sie Licht. Ich bin gleich wieder bei Ihnen.«

Er zog den Mantel aus und knipste die Stehlampe hinter einem kleinen Tisch mit zwei Sesseln an. Auf dem Tischchen stand eine mit gelbem Samt bezogene Schachtel, der Deckel lag daneben. Die Schachtel war mit dunkel glänzenden Pralinen gefüllt, von denen jede in einer kleinen Schale aus plissiertem Papier ruhte. Es kostete ihn einige Überwindung, nicht einfach zuzugreifen. Vielleicht würde sie ihm davon anbieten, hoffte er. Dann ging er zum Schreibtisch hinüber, wo er ebenfalls die Lampe anknipste. Ein großes Heft lag aufgeschlagen auf der grünen Unterlage. Die Seiten waren mit mathematischen Gleichungen beschrieben, dazwischen Korrekturen mit roter Tinte. Offenbar die Übungen von einem ihrer Nachhilfeschüler. Er wanderte noch etwas herum und ließ sich schließlich auf den Stuhl vor dem Schreibtisch nieder. Das Büro gehörte wahrscheinlich dem Künstleragenten, der es noch nicht in Betrieb genommen hatte. Es wirkte kahl, selbst die paar Ordner auf dem Regal schienen leer zu sein. Aus der Küche am Ende des Flurs drang immer lauteres Klappern, und nach einer Weile kam sie mit einem Tablett zurück. Sie stutzte ein bisschen. »Haben Sie sich für mich so fein gemacht?«

»Nein … nicht direkt.« Ein wenig verlegen zog er seine Manschetten zurecht. »Ich hab später noch einen Termin in einem Lokal.«

»Das muss ja ein elegantes Lokal sein.« Sie stellte Tassen und ein Schälchen mit Kandiszucker auf den Tisch. »Bitte, bedienen Sie sich«, sagte sie und setzte sich auf den Stuhl ihm gegenüber. »War denn Ihre Suche nach dem Mann erfolgreich? Dem auf der Zeichnung, meine ich.«

Er nahm ein Stück Kandiszucker und rührte es in seinen Tee. »Ja, schon. Jemand hat ihn auf dem Aushang in einem Revier erkannt.«

»Und haben Sie den Täter schon gefasst?«

»Noch nicht. Aber wir verfolgen eine Spur.«

»In dem Lokal? Ach …« Sie winkte ab. »Entschuldigen Sie meine Neugier. Aber ich finde die Arbeit von Kriminalisten einfach spannend. Die hat mich schon immer interessiert.« Sie lachte. »Leider gibt's noch keine Kriminalistinnen.«

»Sie wären sicher gut geeignet. Ich meine, mit Ihrer naturwissenschaftlichen Bildung. Da fehlt's bei den meisten Männern ganz gewaltig.«

»Tja …« Sie spielte mit den Enden ihres Zopfs auf ihrer Schulter und deutete auf das Heft vor sich. »Leider muss ich meine Zeit mit weniger interessanten Dingen verbringen. Mathe-Aufgaben korrigieren. Der Schüler, den ich aufs Abitur vorbereiten soll, ist nicht mal sonderlich begabt.«

»Haben Sie denn viele Schüler?«

»Einige. Im Moment geht's noch ganz gut, weil ich das Büro hier benutzen kann. Aber wenn der Agent hier eingezogen ist, muss ich zu meinen Schülern nach Hause.« Sie seufzte. »Dann wird's noch anstrengender … und irgendwie noch langweiliger.« Ein bitteres Lächeln huschte über ihr Gesicht. »Ich habe leider keinen so aufregenden Beruf wie Sie. Verbrecher jagen in elegant verruchten Etablissements …«

Rattler studierte ihre Miene. War das spöttisch gemeint gewesen? Aber sie sah ihn vollkommen aufrichtig an.

»Haben Sie denn schon einen Anhaltspunkt, nach wem Sie suchen?« Sie lachte wieder ein bisschen. »Ich frag Sie da aus, dabei weiß ich gar nicht, ob Sie darüber reden dürfen.«

»Nein, nein … kein Problem ….«

Langweilig, dachte er. Wie konnte eine so schöne Frau ein langweiliges Leben führen? Sie hatte doch Möglichkeiten, von denen andere nur träumen konnten. Er räusperte sich.

»Es ist ja kein Geheimnis«, fuhr er fort, »wir suchen nach einem Mann, der mit dem Opfer an der Isar in Kontakt gestanden hat.«

»Ach wirklich?«

»Ja, der ist bei der Schwester des Opfers aufgetaucht. Leider ist er uns entwischt.«

»Das muss sehr ärgerlich sein, wenn so etwas passiert.«

»Tja, da darf man sich nicht entmutigen lassen. Polizeidienst heißt in erster Linie Beharrlichkeit. Und Kleinarbeit. Wenn ich Ihnen das beschreiben würde, würden Sie es vielleicht auch ... langweilig finden.«

»Das glaube ich nicht. Geben Sie mir doch ein Beispiel.«

Sie schien sich wirklich für seine Arbeit zu interessieren. Das hatten die Frauen, die er bislang kennengelernt hatte, nie getan. »Also, ein Beispiel ...«, begann er. »Das Opfer von der Isar, er heißt übrigens Manfred Sturm, hat öfter einen Wagen abgeholt in einer Autovermietung, und zwar für einen bestimmten Herrn. Der hat in einem großen Hotel gewohnt. Und heute bin ich in das Hotel gegangen, um Näheres rauszukriegen.«

Sie sah ihn gespannt an.

»Und dabei bin ich mit einem Hausdiener ins Gespräch gekommen. Und der hat mir gesagt, dass dieser Herr oft mit Tänzerinnen unterwegs war. Nicht von der Oper, wenn Sie verstehen. Es könnte also gut sein, dass es Damen aus dem Lokal gewesen sind, in das ich später gehe. Allerdings nicht als Polizist, sondern als Gast. So was nennt man verdeckte Ermittlung.«

»Aha.« In ihren Augen schien ein Funke aufzuglimmen. Sie beugte sich etwas vor. »Wäre es da nicht hilfreich, wenn Sie Ihre Rolle als Gast noch etwas glaubwürdiger gestalten würden?«

»Wie meinen Sie das?«

»Wenn Sie in Begleitung auftauchen würden?«

»Ja ...« Von Reitmeyer wollte er eigentlich nichts sagen, weil er dann bloß als Untergebener, als Hilfskraft erscheinen würde.

»Ich meine, wenn *ich* Sie begleiten würde?«

»Sie würden mich begleiten?«, fragte er perplex.

»Für mich wäre das spannend. Eine Abwechslung in meinem trüben Alltag. Und für Sie könnte es vielleicht von Vorteil sein, wenn wir als Paar auftreten würden?«

Rattler starrte Larissa an. Als *Paar*? Das Wort hatte etwas Magisches an sich, es wirkte geradezu elektrisierend. Reitmeyer würden die Augen herausfallen, wenn er sähe, mit was für einer Frau er unterwegs war. Und sie hatte natürlich recht. Es würde viel normaler aussehen, wenn er nicht bloß allein herumstand, sondern eine Frau ausführte. Er spürte, wie sich ein heißer Strom in seinem Innern ausbreitete. Er hoffte nur, dass er nicht rot wurde. »Ja ... ja, vielleicht kein schlechter Vorschlag ... aber ich geh erst um zehn dorthin.«

»Das macht doch nichts.« Sie strahlte ihn an. »Ich muss für morgen noch das Heft fertig korrigieren, und Sie könnten sich währenddessen mit dem russischen Alphabet vertraut machen. Sie wollten doch Russisch lernen.«

»Ja, ja ... sicher.«

Sie öffnete die Schreibtischschublade und zog ein paar Blätter heraus, die sie ihm reichte. »Auf dem oberen Blatt sind die Buchstaben des russischen Alphabets. Die schreiben Sie erst mal ab. Und übrigens ...« Sie schob ihm einen Stift zu und sah auf die Uhr an der Wand. »Um acht wollte ich eigentlich ins Kino am Sendlinger Tor gehen. Da könnten Sie *mich* ja begleiten, wenn Sie Lust haben.«

»Ins Kino ...?«, fragte er verwirrt.

»Ja. Da gibt's einen sehr interessanten historischen Film. *Anna Boleyn*. Man weiß natürlich, wie die Geschichte ausgeht, aber die Szenen am englischen Hof sollen sehr packend sein. Oder mögen Sie keine Historienfilme?«

»Doch ... schon ... ich begleite Sie gern.« Er hatte keine Ahnung, wer Anna Boleyn sein sollte. Geschichte hatte bislang nicht zu seinen Themen gehört. Am besten, wenn er überhaupt nicht darauf einging, sondern gleich begann, die Buchstaben nachzumalen. Es handle sich um die Druckbuchstaben, erklärte sie, die ihm sicher keine Mühe bereiten würden, da er ja ein exzellenter Zeichner sei und ein Gefühl für Formen habe. Die Schreibschrift würden sie dann später behandeln. Er nickte und beugte sich über das Blatt. Danach trat Schweigen ein, weil sich jeder auf seine Arbeit konzentrierte.

Er war fast fertig, als sie ihr Heft zuklappte. »Ich muss mich jetzt umziehen. Das dauert nicht allzu lange«, sagte sie und stand auf.

»Ja, gut«, erwiderte er und malte die letzten Zeichen, während sie den Raum verließ. In seiner Magengrube war ein Ziehen wie früher auf der Schiffschaukel, wenn es von oben rasant nach unten und wieder hoch ging. Er hatte es nicht nur geschafft, dass sie ihm Unterricht gab, jetzt wollte sie sogar den ganzen Abend mit ihm verbringen. Zuerst ins Kino und dann ins Elysium. Als Paar! Hatte er überhaupt genügend Geld, um sie einzuladen? Er sprang auf und lief zu seinem Mantel, der auf dem Sessel neben dem Tischchen lag. Erleichtert stellte er nach einem Blick in seine Brieftasche fest, dass es reichen würde. Für Kinokarten und Getränke in der Nachtbar. Als er sich wieder aufrichtete, sah er im Augenwinkel die Schachtel mit den Pralinen und in dem Hochgefühl, das ihn überschwemmte, griff er hinein und steckte sich eine in den Mund. Erschrocken über die unwillkürliche Tat, spuckte er sie wieder aus, aber es war zu spät. Die winzige Verzierung aus Schokolade und der makellose Glanz waren weg. Schnell rückte er die restlichen Pralinen zusammen, damit die fehlende nicht auffiel, dann schob er das angelutschte Konfekt in den

Mund zurück und ließ es langsam auf der Zunge zergehen. Es schmeckte wunderbar. Im Innern der Praline schien ein Kern zu sein. Eine Nuss? Doch das Ding war hart wie Stein und ließ sich nicht zerbeißen. Als er es vorsichtig aus dem Mund fallen ließ, lag schimmernd eine kleine weiße Kugel in seiner Hand. Eine Perle.

Er fuhr herum. Aus Larissas Zimmer drang das Knarren einer Schranktür und das Klacken ihrer Schritte. Sie würde gleich zurückkommen. Er ließ die Perle in die Jackentasche gleiten und setzte sich wieder auf den Stuhl vor dem Schreibtisch. Wie sollte er ihr gestehen, dass er eine Praline geklaut hatte? Das wäre nicht bloß peinlich, es würde sich absolut kindisch anhören. Zudem diente das Konfekt ganz offenkundig als Versteck. Und er hätte das Geheimnis gelüftet. Dann wäre sie böse mit ihm, und es wäre vorbei mit ihrer Freundlichkeit. Schnell nahm er den Stift und begann erneut, die Buchstaben abzuschreiben. Das konzentrierte Schreiben dämpfte das wilde Pochen in seiner Brust, und bald hatte er wieder eine Seite gefüllt. Dann ging die Tür von ihrem Zimmer auf. Er wandte sich um. Sie trug ein dunkles, schmal geschnittenes Kleid, ihr Haar war zu einem Knoten geschlungen und mit einem Schmuckkamm festgesteckt, der wie ein kleiner Fächer am Hinterkopf aufragte. Sie sah sehr elegant und fast ein bisschen exotisch aus. Was sollte er sagen?

»Es ist schon ziemlich spät«, platzte er heraus und deutete auf die Uhr.

»Stimmt eigentlich«, sagte sie. »Dann könnten wir den Anfang versäumen, was wirklich schade wäre. Und in den Schuhen«, sie deutete auf ihre hochhackigen Pumps, »kann ich schlecht rennen.«

»In den Film können wir ja ein anderes Mal gehen«, schlug er vor. Er hatte eh keine Lust auf diesen Historienschinken. Vielleicht könnte er sie beim nächsten Mal zu einem Detektivfilm mit Sherlock Holmes oder Stuart Webbs überreden.

»Also gut«, sagte sie. »Dann gehen wir eben ein bisschen früher in Ihr Lokal. Es kann ja nicht schaden, wenn Sie sich mit der Örtlichkeit eingehend vertraut machen?«

Im Gegenteil dachte er. Dann hab ich Zeit mit ihr, bevor Reitmeyer auftaucht.

Auf dem Weg zum Elysium, wo sie wegen des eleganten Schuhwerks nicht in ihren üblichen Sturmschritt verfallen konnte und er nicht ins Keuchen kam, während er sein Rad neben ihr herschob, dachte er wieder über die Perle nach. Weshalb hatte sie in der Praline gesteckt? Er spielte alle nur denkbaren Möglichkeiten durch und machte auch vor der bizarren Option nicht Halt, dass sie der Kopf einer internationalen Hehlerbande sein könnte. Aber das war natürlich Unsinn. Und überhaupt müsste er die Sache erst mit Lothar besprechen, bevor er irgendwelche Schlussfolgerungen anstellte. Merkwürdig fand er nur, dass er schon wieder mit russischem Schmuck in Berührung kam.

Vor dem Lokal stellte er sein Fahrrad ab. »Ich bin schon wahnsinnig gespannt«, sagte Larissa und nahm seinen Arm. Der Türsteher begrüßte »die Herrschaften« und wünschte einen schönen Abend. Verschiedene Herrn vor dem Elysium drehten die Köpfe, und Rattler registrierte neidvolle Blicke, als er mit Larissa vorbeiging. Es fühlte sich sehr gut an.

Im Innern des Lokals jedoch herrschte starkes Gedränge, und es war wesentlich schwieriger, die umwerfende Frau an seiner Seite auszustellen. Sie wurden sogar durch nachdrängende Gäste getrennt, und er musste zusehen, wie Larissa mit einem Kellner redete, der auf einen Tisch vor der Bühne zeigte. Das sei der einzig noch freie, raunte sie ihm zu, als er wieder neben ihr war. Dort herrsche allerdings »Weinzwang«. Wenn sie den Tisch nicht nähmen, müssten sie irgendwo in den Gängen stehen und sich die Getränke an der Theke holen. Das komme natürlich gar nicht in Frage, erklärte er. Nachdem er den Eintritt schon vermasselt hatte, durfte er sich jetzt nicht als kleinlicher Geizhals erweisen und steuerte hoch erhobenen Hauptes auf den Tisch vor der Bühne zu. Doch als er ihr einen Stuhl zurechtrücken wollte, grätschte ein Kerl vom Nebentisch mit dem Bein dazwischen. »Hallo, schöne Frau!«, rief er unverschämt grinsend. »Wir hätten auch Platz!« Seine drei Spießgesellen, die ihm an Hirnlosigkeit nicht nachstanden, meinten, sie solle den »Schulbuben« heimschicken, mit dem »Krischperl« sei ohnehin nichts anzufangen.

»Gar nicht beachten«, sagte Larissa und ließ sich nieder.

Was natürlich leichter gesagt als getan war, da die Schwachköpfe ihre Zwischenrufe nicht einstellten und mit ihren Belästigungen nicht aufhörten. Einer stand sogar auf und strich Larissa über den Rücken, bevor er sich, begleitet vom Johlen der anderen, wieder setzte. Rattler spürte, wie ihm der Schweiß ausbrach. Noch heißer wurde ihm allerdings, als er einen Blick auf die Karte warf, die ihm der Kellner reichte. Er rechnete panisch und kam zu dem Schluss, dass seine Barschaft allenfalls für zwei Gläser »Deidesheimer Hofstück« reichte, nachbestellen durfte Larissa nichts. Ihn packte regelrechte Verzweiflung, und er war nur froh, dass mit dem Auftritt von ein paar Hupfdohlen auf der Bühne die Attacken vom Nebentisch etwas nachließen. Es war nichts so geworden, wie er es sich ausgemalt hatte. Auf dem Weg ins Elysium hatte er noch gehofft, Reitmeyer würde sich verspäten, damit er möglichst viel Zeit mit Larissa allein verbringen könnte. Inzwischen betete er inständig, dass sein Kommissär bald auftauchte.

12

Reitmeyer stand auf der anderen Straßenseite und blickte zum Eingang des Lokals hinüber. Der Barbesitzer hatte sich offenbar vom Vorbild der eleganten Etablissements in Berlin inspirieren lassen und leistete sich einen Türsteher in goldbetresster Uniform. Doch während die Bars in der Hauptstadt mit echten Generälen der ehemaligen russischen Armee aufwarten konnten, zuweilen sogar mit Großfürsten, wie man hörte, hatte sich dieser Mensch seine Montur in einem billigen Kostümverleih besorgen müssen. Er sah erbarmungswürdig aus in dem viel zu großen Jackett mit den Faschingsorden, die jedes Mal blechern klapperten, wenn er sich verbeugte. »Wünsche einen guten Abend«, krächzte er und öffnete die Tür oder eilte zum Randstein, wenn sich ein Auto näherte, um mit zackigem Salut den Wagenschlag aufzureißen. Er hatte viel zu tun. Das Elysium schien ein voller Erfolg zu sein. Unter den Gästen sah man viel junges Volk, jedoch auch ältere Herren in Begleitung hübscher Damen, die sicher nicht die Gattinnen waren.

Bevor Reitmeyer selbst hineinging, beschloss er, die Örtlichkeit genauer in Augenschein zu nehmen, und lief schnell nach gegenüber in die Holzstraße, wo sich der Hinterhof des früheren Theaters befinden musste. Tatsächlich gab es ein großes Tor, das leider verschlossen war. Doch das daneben ließ sich öffnen. Er schlüpfte hindurch und kam in einen Hof, den eine Mauer vom Grundstück des Elysiums abtrennte. Rechts in der Ecke, unter den Ästen eines Baums, der jenseits der Mauer stand und noch genügend Laub trug, um Schutz zu bieten, stieg er auf eine Kiste, die dort lehnte. Von hier aus hatte er gute Sicht auf den Hinterausgang des Lokals. Die Tür stand weit offen, und man sah in einen hell erleuchteten Gang, von dem ein breiter Lichtkegel nach draußen fiel. Nichts rührte sich. Bis kurz darauf ein Mann mit einem Kübel herauskam, den er in eine Tonne leerte. Gleich danach erschien eine Frau, die sich in einen voluminösen Mantel gehüllt hatte. Trotzdem schien sie zu frösteln und zog den Kragen enger um sich. Wahrscheinlich eine der Tänzerinnen, die sich noch eine Pause gönnte vor dem Auftritt. Sie zündete sich eine Zigarette an und blickte paffend in den Himmel.

Reitmeyer wollte gerade wieder gehen, als plötzlich zwei Männer aus dem Gang auftauchten. Zwei große Kerle in dunklen Anzügen, einer mit einem weißen Schal um den Hals. Trotz der feinen Garderobe wirkten die beiden nicht wie Salonlöwen, sondern eher wie zwei Schläger, die sich verkleidet hatten. »Ah, Susie«, sagte der Blonde mit dem Schal. »Pass auf, dass du dich nicht erkältest.«

Der andere, ein Kerl mit rundem Schädel und dunklem, raspelkurzem Haar, trat auf sie zu und riss ihr mit einem Ruck den Mantel von den Schultern. »Ja, ja, das ist gefährlich, wenn man nix anhat.«

Der Blonde lachte, als Susi ihren Mantel über die nackte Schulter hinaufzog. »Ich schrei um Hilfe!«, zischte sie und wich zurück.

»Nach deinem Luden? Den hätten wir gern gesprochen. Aber der macht sich rar. Vielleicht kannst du ihm ausrichten, dass er sich bei uns melden soll.«

Die Frau wich noch ein paar Schritte zurück.

»Du brauchst doch keine Angst haben, Susie«, sagte der Dunkle scheinbar freundlich und ging auf sie zu. »Wir tun dir doch nix.«

Aus dem Gang drangen plötzlich Fetzen einer hämmernden Musik, und der Mann von eben kam wieder heraus, diesmal mit einem Karton, den er bei den Tonnen abstellte.

»Sie sehen doch, dass wir der Susie nix tun«, sagte der Blonde mit dem Schal und gestikulierte in Richtung der Frau. Der Mann brummte bloß etwas und ging wieder hinein. Die beiden Kerle machten sich ebenfalls auf den Rückweg. »Bis später dann«, rief der Blonde über die Schulter.

Susie blieb noch einen Moment stehen, dann ging sie zu der Hintertür und spähte in den Gang, als wollte sie sich überzeugen, dass die beiden tatsächlich fort waren. Plötzlich hörte Reitmeyer einen leisen Pfiff. Die Frau reckte den Kopf und ging langsam in Richtung des Baums. Kurz davor blieb sie stehen. »In der Pause«, sagte sie flüsternd. Dann eilte sie ins Haus zurück.

So geräuschlos wie möglich stieg Reitmeyer von der Kiste und rannte zum Vordereingang.

»Ham Sie reserviert?«, fragte der General. Und nach Reitmeyers Verneinen: »Dann kriegen S' keinen Tisch mehr.«

»Tja, Pech«, sagte Reitmeyer. Er trat in den Vorraum, zwängte sich an den Leuten vor der Garderobe vorbei und kam in das Lokal, das er am Morgen noch im Rohzustand gesehen hatte. Die Veränderung war tatsächlich verblüffend. An weißgedeckten Tischen verschiedener Größe saß eine Menge Publikum, das sich von Kellnern bedienen ließ, die Sektkübel und Tabletts mit Gläsern herbeischleppten. Rechts an der Wand, neben der Küchentür, war eine Art Theke aufgebaut, wo sich die Gäste, die keinen Platz gefunden hatten, Getränke holten. Überall, sowohl im hinteren Bereich wie in den Seitengängen, drängten sich Leute oder versuchten, zu der Tanzfläche durchzukommen, die schon hoffnungslos überfüllt war. Als Reitmeyer sich zu der Theke durchgekämpft hatte, musste er sein Bier in Zeichensprache bestellen, weil die Kapelle auf der Bühne oder die »Band«, wie man heute sagte, solch infernalischen Lärm machte, dass man sich nicht verständigen konnte. Was die Stimmung unter den Leuten ohne Sitzplatz jedoch nur anzuheizen schien. Alles wippte und wogte im Rhythmus des Schlagzeugs, des hämmernden Klaviers und der schrillen Bläser. Es trat auch keine Beruhigung ein, als Lichter ausgingen und ein paar »Girls« in kurzen Fransenkleidchen auf die Bühne sprangen, um eine fulminante Step-Nummer hinzulegen. Das Publikum tobte, und Reitmeyer ließ sich von der Menge entlang der Seitenwand nach vorn schieben. Vielleicht hätte er von dort bessere Sicht über das Lokal, denn bislang war es ihm nicht gelungen, seinen jungen Kollegen in dem Treiben zu entdecken.

Erst nach dem Trommelwirbel, als Susie auftrat und sich zu den Klängen eines Saxophons lasziv über die Bretter bewegte, trat etwas Ruhe ein. Offenbar fürchtete man keine Beamten der Sitte, denn die Künstlerin ließ keinerlei Zweifel darüber aufkommen, dass ihr außer den zwei großen, mit Straußenfedern besetzten Fächern nichts zur Verfügung stand, um sich zu bedecken. Während Susie mit ihren Federn hantierte und sich abwechselnd geschickt verhüllte und entblößte, begann sich das Gedränge auf der Tanzfläche zu lichten, weil die meisten wieder in Richtung Theke strebten.

Plötzlich sah er ihn. Rattler saß an einem kleinen Tisch. Mit einer Frau, die nicht nur durch den ungewöhnlichen Schmuckkamm im Haar auffiel, sondern vor allem, weil sie ausnehmend hübsch war. Wo hatte Rattler so eine Frau her? Im Elysium konnte er sie nicht kennengelernt haben. Dafür wirkten sie zu vertraut. Reitmeyer bemerkte, dass die Frau auch das Interesse anderer Gäste auf sich zog. Vor allem das einer Runde am Nebentisch. Die Männer gestikulierten und prosteten zu ihr hinüber. Als Rattler und seine Begleiterin nicht reagierten, wurde dem Kellner bedeutet, der Dame ein Glas Sekt an den Tisch zu bringen. Das sie sofort wieder zurückgehen ließ. Darauf stand einer der Kerle auf, trat an den Tisch und flüsterte ihr etwas ins Ohr. Sie wehrte ihn ab und wies auf Rattler. Der Kerl grinste bloß und sagte etwas, das Rattler aufspringen ließ. Den anschließenden Wortwechsel bekam Reitmeyer nicht mit, doch es war ziemlich klar, worum es ging. Sein junger Kollege, der in dem dunklen Anzug etwas konfirmandenhaft wirkte, wurde als Begleiter dieser Frau nicht ernst genommen. Die

Runde am Nebentisch quittierte seinen Protest mit wiehern-
dem Gelächter. Rattler setzte sich wieder und rückte näher an
seine Partnerin heran. Dann stand ein anderer Kerl auf und
machte sich mit einem Glas in der Hand auf den Weg zu Rattlers Tisch. Während sich Reitmeyer durch die Scharen drängte,
sah er, dass der Kerl das Glas vor der Frau abstellte und ihr die
Hand auf die Schulter legte. Sie schlug die Hand weg, doch als
er wieder zupacken wollte, war Reitmeyer schon neben ihm,
schob ihn mit einem Ruck zur Seite und schnappte sich einen
Stuhl vom Nebentisch. »Tut mir leid, wenn ich störe«, sagte er.
»Aber sonst war nichts frei.«

»Herr Kommissär ...?«, sagte Rattler verdattert.

»Willst du mich nicht vorstellen?«

Susie war inzwischen abgegangen, und nur noch der Klavierspieler drosch auf die Tasten ein. Rattler warf einen Blick
auf den Kerl, der es offenbar vorzog, sich mit einem Kommissär nicht anzulegen. »Das ... das ist ... Larissa ...«, stammelte
er.

»Larissa Beck«, sagte die Frau und reichte Reitmeyer die
Hand.

»Meine Russischlehrerin«, fügte Rattler hinzu.

»Ist dir nichts Besseres eingefallen, als deine Lehrerin ins
Elysium auszuführen?«

»Er konnte ja nicht wissen, dass sich die Herrn hier so fle-
gelhaft benehmen«, verteidigte Larissa ihren Begleiter.

»Dass es in der Spelunke nicht zugeht wie beim Hofball,
aber schon. Ganz abgesehen davon sind wir dienstlich hier.
Ich brauche meinen Kollegen nachher. Dann wären Sie allein
am Tisch, Fräulein Beck. Also ist es wohl am besten, wenn
ich Ihnen ein Taxi rufe, weil Sie nach diesem Vorfall hier auf
keinen Fall allein heimgehen können. Gut möglich, dass einer
dieser ›Herrn‹ auf die Idee kommt, Sie zu verfolgen.«

»Das ist sehr freundlich von Ihnen, Herr Kommissär«,
erwiderte sie. »Aber ich komme sehr gut zurecht, wenn ich

allein bin. Sie brauchen sich keine Sorgen zu machen um mich.«

Ihr Lächeln wirkte ein bisschen gezwungen, fand Reitmeyer. Und was hieß »allein«? Dass sie sich mühelos einen anderen Beschützer suchen konnte, wenn sie auf Rattler keine Rücksicht mehr nehmen musste? Der entschiedene Unterton in ihrer Stimme machte zudem klar, dass sie sich ohnehin nichts ausreden lassen würde, was sie sich in den Kopf gesetzt hatte.

»Ich find das aber nicht gut, wenn Sie allein …«

Larissa legte die Hand auf Rattlers Arm. »Ich sagte, es ist gut.«

»Aber …« Rattler wollte nicht gleich nachgeben.

Worauf sie nachdrücklich nickte und hinzufügte: »Wirklich, Korbinian. Keine Sorge.« Diesmal mit Honigseim in der Stimme. Rattler schwieg.

»Sind Sie Russin?«, fragte Reitmeyer. »Ihr Name klingt so deutsch.«

»Ich stamme aus Riga und habe einen russischen Pass. Aber ich bin zweisprachig aufgewachsen. Meine Vorfahren waren deutsch, ursprünglich.«

Reitmeyer musterte sie. Das dunkle, schlicht geschnittene Kleid betonte den schimmernden Elfenbeinton ihrer Haut, und im Kastanienrot ihres Haars schienen Goldlichter zu blitzen. Sie war feingliedrig und zart, ohne zerbrechlich zu wirken. Kein Wunder, dass sie Aufmerksam erregte. Warum begleitete eine solche Frau den jungen Rattler in diese Kaschemme? Was versprach sie sich davon?

Rattler sagte wieder etwas, doch das ging unter in dem Lärm, als die »Band« erneut einsetzte und eine noch größere Gruppe »Girls« auf die Bühne hüpfte. Reitmeyer stand auf und sah sich nach den Kerlen aus dem Hinterhof um. Es dauerte nicht lange, bis er sie weiter hinten in einer Runde mit recht aufgetakelten Damen entdeckte. Den Vorsitz an dem Tisch schien ein sehr elegant gekleideter Herr von etwa fünfzig

Jahren zu führen, der Kellner dirigierte und teure Getränke auffahren ließ. Was wollten diese Leute von Susies Zuhälter? Wieso suchten sie ihn? Und war es möglich, dass es sich bei dem »Luden« um denselben Mann handelte, der ihnen hier entwischt war. Aber das würde er rauskriegen, wenn er Susie in die Mangel nahm.

Er setzte sich wieder. Larissa sah mit ausdrucksloser Miene auf das Gehopse spärlich bekleideter Mädchen auf der Bühne. Rattler starrte in sein Glas. Ein Schild neben der Theke klärte darüber auf, dass an Tischen »Weinzwang« herrsche. Das auch noch, dachte Reitmeyer. Er klopfte Rattler auf die Schulter und machte ihm durch Zeichen klar, dass er in die Küche gehen würde, sobald die Nummer auf der Bühne vorbei war.

Die Tanzfläche hatte sich inzwischen wieder gefüllt, und die Einlage der »Girls« schien ihrem Ende zuzugehen. Reitmeyer stand auf. Sollte er die »Herrn« am Nebentisch noch ermahnen, die Frau an seinem Tisch nicht zu belästigen, wenn er weg war? Nach einem Blick auf diese Burschen entschied er sich dagegen. Das würde sie bloß noch mehr anspornen, genau das Gegenteil zu tun. Er steuerte auf die Küchentür zu. Rattler flüsterte seiner Lehrerin noch etwas ins Ohr, bevor er ihm folgte.

Als er die Tür aufmachte, standen zwei Männer in blauen Schürzen an einem langen Tisch und entkorkten Weinflaschen. »Kein Zutritt für Gäste«, rief der bärtige. »Beim Kellner bestellen!«

»Wir wollen zu den Garderoben«, sagte Reitmeyer und zückte seine Marke. Der Mann ließ den Korkenzieher fallen und rannte zu einer offenen Bodenluke im hinteren Bereich. »Herr Sauer! Polizei!«, schrie er gellend.

Reitmeyer ging zur Tür, die in den Gang hinausführte. »Wir brauchen keine Hilfe«, sagte er. »Danke.« Von draußen hörte man das Getrappel der Tänzerinnen, die über die Bühnentreppe zu den Garderoben liefen. »Vorsicht!«, rief eine Stimme draußen im Gang aufgeregt. Reitmeyer riss die Tür auf. Und stand vor einer Mauer aus halbnackten Leibern. Gleichzeitig gingen Garderobentüren auf, und noch mehr Mädchen füllten den schmalen Gang. »Lassen Sie mich sofort durch«, befahl Reitmeyer barsch. Die »Mauer« wankte nicht. Rattler versuchte, sich durchzuzwängen, aber ohne Erfolg. Mit einem kräftigen Ruck schob Reitmeyer schließlich eine der Tänzerinnen zur Seite und blickte auf den hinteren Ausgang. In dem Moment trat Susie in einer Art Morgenmantel aus der Tür am Ende des Gangs und klappte schwungvoll einen ihrer großen Fächer auf. Wie Schneegeriesel umwehten weiße Straußenfedern ihre Gestalt. »Gleich ist mein Auftritt«, flötete sie. Doch trotz der Ablenkung konnte sie nicht verbergen, dass jemand hinter ihr durch den Hinterausgang hinauswischte.

»Was ist da los?«, rief eine Männerstimme aus der Küche. Ein massiger, grauhaariger Kerl tauchte auf. »Wenn Sie von der Polizei sind, bitt ich mir aus, dass Sie sich zuerst bei mir melden, bevor Sie meine Künstlerinnen belästigen!«

»Sind Sie Herr Sauer? Der Besitzer?« Reitmeyer machte ein paar Schritte vorwärts, nachdem die »Mauer« sich aufgelöst hatte. »Wir melden uns nicht an, wenn wir einen Verdächtigen verfolgen. Wobei wir von Ihren Künstlerinnen behindert wurden, während der Mann aus einer Garderobe entkommen ist.«

»War dieser Kerl wieder in meinem Haus?«, brüllte Sauer und stürmte an den Mädchen vorbei. »Ich hab's dir g'sagt«, herrschte er Susie an, »wenn dieser Lump noch einmal hier auftaucht, schmeiß ich dich hochkant raus! Mitsamt deinen Federbüscheln!« Er riss ihr den Fächer aus der Hand und schleuderte ihn zu Boden.

»Kennen Sie den Mann?«, fragte Rattler.

»Was heißt hier kennen?«, schrie Sauer außer sich. »Ich weiß, dass das ein Lump und ein Galgenstrick ist. Von so einem Ganoven lass ich mir mein Geschäft doch nicht kaputtmachen! Meinen Ruf schädigen! Von so einem Zuhälter, so einem elenden! Das duld ich nicht in meinem Haus!«

»Bei mir war niemand«, sagte Susie, ohne die Miene zu verziehen. »Oder habt ihr jemand gesehen?«, fragte sie in Richtung ihrer Kolleginnen.

»Nein«, erwiderten die im Chor.

»Ich würde mich gern mal allein mit Ihnen unterhalten«, sagte Reitmeyer, schob den Wirt zur Seite und öffnete die Tür von Susies Garderobe. Sie warf die blonden Locken zurück und sah ihn trotzig an. Dann hob sie den Fächer auf und folgte ihm widerstrebend in den engen Raum. Dort setzte sie sich vor einen Spiegel, nahm eine Bürste und begann, ihr Haar zu bürsten. »Kann ich mal Ihren Ausweis sehen?«, fragte Reitmeyer.

Sie kramte in einer Tasche auf der Ablage vor dem Spiegel und reichte ihm wortlos das Dokument. »Susanne Wilflinger, geboren am 24.8.1898 in Grafing. Stimmt die Adresse noch? München, Reitmorstraße 5?«

Sie nickte.

»Wer war der Mann, der aus Ihrer Garderobe geflüchtet ist?«

Susie zuckte die Achseln. »Hier war niemand.«

»Sie scheinen nicht zu begreifen, Fräulein Wilflinger, worum es hier geht. Ich bin nicht von der Sitte. Ob dieser Mann Ihr Zuhälter ist, interessiert mich nicht. Wir ermitteln hier im Rahmen eines Mordfalls. Und wenn Sie diese lächerliche Farce nicht aufgeben, lass ich Sie wegen Begünstigung festnehmen.«

Susie hob das Kinn und starrte ihn an. »Ich weiß nicht, was Sie meinen.«

»Jetzt hören Sie doch auf, mit diesem Blödsinn. Ich hab den Mann schließlich gesehen, wie er rausgerannt ist.«

»Ich hab auch Zeugen«, erwiderte sie schnippisch und legte die Bürste weg.

Ein zäher Brocken, dachte Reitmeyer. Wahrscheinlich hatte

sie nicht zum ersten Mal mit der Polizei zu tun. In ihrem geschminkten Gesicht zeigte sich keinerlei Regung, kein Flattern der Lider, kein Zucken um den Mund. Allein das Wippen ihres Fußes, an dem ein kleiner Slipper hing, verriet, dass sie nicht so gelassen war, wie sie tat. Aber sie würde nicht nachgeben. Zumindest jetzt nicht. »Na schön, Fräulein Wilflinger«, sagte er. »Es wird sich zeigen, was Ihre Zeugen wert sind, wenn sie hören, dass Sie einen Mann schützen, der wegen Mordes gesucht wird. Dann bis zum nächsten Mal.«

Sie erwiderte nichts, als er hinausging.

Die Mädchen im Gang wandten sich ab, als er in die Küche zurückeilte. Keine wollte Blickkontakt mit ihm aufnehmen. Als er die Küchentür öffnete, stand Rattler mit dem Besitzer des Lokals am Tisch. »Der Herr Sauer und die beiden anderen Herrn kennen den Namen von dem Mann nicht, der abgehauen ist«, sagte er. »Aber man gibt uns gleich Bescheid, wenn der sich hier nochmal blicken lässt.«

»Tja, das Fräulein Susanne Wilflinger bleibt dabei, dass niemand bei ihr war.«

»Die Susie ist ein dummes Stück«, sagte ein bärtiger Küchenmann. »Lässt sich von so einem Gauner ausnehmen.«

»Ja, ja, die Liebe!«, lachte der andere.

»Wir gehen dann«, sagte Reitmeyer. Rattler öffnete die Tür zum Gastraum. An dem Tisch, an dem sie gesessen hatten, saßen jetzt andere Leute. »Wo ist die Frau, die hier gesessen hat?«, brüllte Rattler einem Mann ins Ohr. Der zuckte die Achseln und machte eine bedauernde Geste. Reitmeyer kämpfte sich durch die Scharen vor der Theke nach hinten, um besseren Überblick zu haben. »Vielleicht ist sie doch allein nach Haus, weil sie nicht warten wollte«, sagte er, als Rattler schnaufend bei ihm ankam.

»Vielleicht hat sie sich bloß woanders hingesetzt, weil diese Kerle wieder zudringlich geworden sind. Ich schau mal von der anderen Seite.«

Reitmeyer sah zu, wie Rattler sich durch die Menge im linken Seitengang wühlte. Wenn er die Frau nicht fand, würde der Junge darauf dringen, den Weg abzusuchen, den sie nach Hause gegangen war. Dabei würde er ihn nicht allein lassen können. Ärger stieg in ihm auf. Wer war diese Person überhaupt? Und was wollte sie von dem Jungen? Noch während er darüber nachdachte, sah er Rattler mit hocherhobenen Armen winken und auf einen Tisch deuten. Und tatsächlich, da war sie. Ausgerechnet in der Runde mit den beiden Schlägertypen, die er im Hinterhof beobachtet hatte, und unterhielt sich angeregt mit dem elegant gekleideten älteren Herrn. Reitmeyer sah zu, wie sie sich von dem Mann verabschiedete, nachdem ihr Rattler bedeutet hatte, dass er gehen wollte. Der Mann küsste ihr die Hand und reichte ihr eine Karte. Reitmeyer machte sich auf den Weg zum Ausgang. Um diese Frau brauchte man sich keine Sorgen machen, dachte er. Die fand überall einen Beschützer.

»Wollen Sie schon gehen?«, fragte der General. »Dann verpassen S' aber den indischen Tanz mit der lebenden Schlange.«

»Ich hab heut schon genug Schlangen gesehen«, sagte Reitmeyer und gab dem Mann ein kleines Trinkgeld. Der machte Bücklinge, dass seine Orden klirrten. »Ich hoffe, Sie beehren uns wieder ...«

Im gleichen Moment ging die Tür auf, und Rattler kam mit seiner Begleiterin heraus. »Die Herrn an dem Tisch haben sie gerettet«, sagte er atemlos.

»Na ja«, sagte Larissa mit einem kleinen Lächeln, »sie haben mir geholfen, mich aus einer unangenehmen Situation zu befreien, als die Männer am Nebentisch sehr unverschämt wurden.«

»Aha.«

»Es ist ein bisschen zu Tumult gekommen, nachdem ich einem Wein ins Gesicht schütten musste, um mich loszureißen. Dann sind mir zwei Herrn von dem Tisch zu Hilfe gekommen, zwei sehr kräftige Herrn, die sich schnell Respekt verschaffen konnten.«

»Es gibt halt noch echte Kavaliere«, sagte Reitmeyer.

Der sarkastische Unterton schien ihr nicht zu gefallen, sie wandte sich ab und sagte zu Rattler: »Der Dr. Schäfer war dann ganz reizend und hat mich an seinen Tisch eingeladen.«

»Der hieß Schäfer?«, fragte Rattler und sah Reitmeyer an.

»Ja.« Sie gab ihm die Karte. »Er hat mir angeboten, mich in seinem Wagen nach Hause zu bringen, aber ich wollte doch lieber mit Ihnen heimgehen, Korbinian.«

Rattler sah noch immer auf die Visitenkarte.

»Nach dem ›Tumult‹ da drinnen, halt ich's für besser, wenn Sie sich ein Taxi nehmen, Fräulein Beck. Diese Kerle könnten noch ziemlich sauer sein, und wahrscheinlich haben sie gesehen, wie Sie gegangen sind. Was meinst du, Korbinian?«

Rattler gab ihr die Karte zurück. »Na ja«, sagte er. »Die sind mindestens zu viert. Vielleicht ist es wirklich sicherer, wenn wir Sie zum Taxistand da vorn bringen.«

»Ich hol bloß noch schnell mein Rad«, sagte Reitmeyer.

»Sie haben beide Räder?«, fragte Larissa, als Reitmeyer wiederkam. »Dann könnte ich doch bei einem von Ihnen mitfahren? Es ist ja nicht weit in die Corneliusstraße.«

Reitmeyer fing Rattlers panischen Blick auf.

»Ja, wenn Ihnen das nicht zu unbequem ist«, sagte Reitmeyer. »Aber dann setzen Sie sich lieber bei mir drauf. Mein Rad ist stabiler.«

Sie schwang sich anmutig auf seinen Gepäckträger. »Wozu Geld ausgeben für ein Taxi«, sagte sie. »Und außerdem ist es so viel lustiger.«

»Stimmt«, erwiderte Reitmeyer beim Losfahren. »Man hat nicht oft so viel Spaß.«

Rattler fuhr voraus und legte ein ziemliches Tempo vor. Es dauerte nicht lange, und sie erreichten die Corneliusstraße, wo Rattler in den Hinterhof einbog.

»Danke«, sagte Larissa und sprang ab. »Das ging jetzt schneller, als wenn ich ein Taxi genommen hätte.«

Rattler begleitete sie zur Tür. »Tut mir leid«, sagte er, »dass … dass der Abend für Sie so …«

»Ach nicht doch.« Sie tätschelte seinen Arm. »Für mich war's sehr interessant. Aber war Ihr Abend erfolgreich? Oder ist Ihnen der Verdächtige wieder entwischt?«

»Ähm …« Rattler sah schnell zu Reitmeyer hinüber. »Wir haben Fortschritte gemacht.«

»Schön.« Sie sperrte die Tür auf. »Und wann sollen wir mit unserem Unterricht weitermachen? Sagen wir am Freitag? Um halb acht?«

»Passt mir sehr gut«, sagte Rattler.

Bevor sie im Haus verschwand, drehte sie sich zu Reitmeyer um. »Nochmals vielen Dank für den Transport, Herr Kommissär. Gute Nacht.«

Reitmeyer schob sein Rad zur Ausfahrt. »Ist sie Künstleragentin?«, fragte er.

»Sie meinen wegen dem Schild? Nein. Sie ist Naturwissenschaftlerin.«

»Und was ist das dann für eine Agentur?«

»Da wohnt sie bloß.«

»Und du erzählst ihr von unserer Arbeit?«

»Nein … oder nur ganz allgemein. Weil sie sich für Kriminalistik interessiert.«

»Ach wirklich? Tut sie das?«

Rattler gab keine Antwort und stieg auf sein Rad. »Ich hab mir übrigens die Nummer und die Adresse auf der Visitenkarte gemerkt. Sie haben doch auch gleich gedacht, dass das dieser Schäfer sein könnte, für den der Sturm immer die Autos bei der Vermietung abgeholt hat?«

»Stimmt.«

»Dann war's doch ein unverhofftes Glück, dass wir durch die Larissa an den Mann gekommen sind.«

»Stimmt auch.« Reitmeyer lachte. »Uns beide hätte der Dr. Schäfer wahrscheinlich nicht von zwei kräftigen Herrn retten lassen.«

13

Mattes Licht fiel durch die Scheiben, und ein kalter Windstoß blähte den dünnen Vorhang. Von draußen hörte man das knirschende Geräusch eines Reisigbesens, mit dem Laub vom Gehsteig gefegt wurde. Reitmeyer zog sich rasch an und blickte auf die nebelverhangene Straße hinab. Aus dem Haus gegenüber trat eine Frau und sah einem rumpelnden, mit schwarzen Kohlensäcken beladenen Karren nach. »Die hätt man im Sommer kaufen müssen«, rief die Hausmeisterin und lehnte sich auf ihren Besen. »Da hätt man viel Geld sparen können.« Die Frau ging schnell weiter und zog ihr Tuch enger um die Schultern. »Was hätt ich da sparen können?«, rief sie zurück. »Ich hab nix, egal ob's Sommer oder Winter is.«

Reitmeyer schloss das Fenster. Hatten sie Kohlen gekauft? Er wusste es nicht. Um derlei Dinge kümmerte sich seine Tante. Wenn er sie fragte, ob sie zurechtkam oder Hilfe brauchte, wehrte sie ab. Sie habe schon immer einen Haushalt geführt, dazu brauche sie keinen Mann. Aber vermutlich wollte sie sich bloß nicht in die Karten schauen lassen bei ihren Tauschgeschäften, die sie mit Lebensmitteln vom Hof ihrer Verwandten in Freising betrieb. Es waren nur sehr kleine Transaktionen, aber vielleicht hatte sie Angst, sie könnte ihn damit in Verlegenheit bringen. Und es stimmte ja auch ein Stück weit. Der Umstand, dass es zum Frühstück echten Kaffee gab, löste bei ihm immer einen gewissen Zwiespalt aus, weil er nie wusste, ob dabei alles ganz legal ablief. Sepp meinte neulich allerdings, dass er sich seine moralischen Bedenken ruhig sparen könne. Seine Tante sei keine Großschieberin, und außerdem sei von Moral noch keiner satt geworden.

Gerade als er die Tür aufmachte, klingelte das Telefon. Er lief zurück und nahm ab.

»Entschuldige«, sagte Sepp. »Ich ruf so früh an, weil ich

gleich einen Termin hab und den ganzen Tag bei Gericht bin. Ich wollte dich bitten, doch mal im Büro von diesem Scheubner-Richter vorbeizugehen und ihm wegen der Anna Kusnezowa auf den Zahn zu fühlen. Ich würde das ja selber tun, aber mir sagt der nix. Einen Kommissär hingegen kann er nicht so leicht abwimmeln.«

»Da bin ich mir nicht so sicher.«

»Probier's halt. Die Sache wird immer mysteriöser. Es kann doch nur die Anna gewesen sein, die Glassteine in den Schmuck setzen ließ und die echten verscherbelt hat.«

»Ich hab eigentlich gedacht, dass sie über andere Möglichkeiten verfügt, an Geld zu kommen.«

»Ich eigentlich auch. Bei ihren Beziehungen. Aber ich komm einfach nicht weiter. Niemand weiß, wo sie vor der Pension gewohnt hat ...«

»Hör zu, Sepp. Ich hab jetzt nicht viel Zeit. Aber ich versuch, im Lauf des Tages bei diesem Scheubner vorbeizugehen, und geb dir am Abend Bescheid. Bis dann.« Er legte auf.

In der Küche duftete es nach Kaffee, und auf einem Teller lag ein Stück Kuchen.

»Den kannst ruhig essen«, sagte seine Tante. »Ohne schlechtes Gewissen.« Sie hielt ein Paket hoch. »Die Hälfte von dem Guglhupf hab ich für deine Kollegen eingepackt.«

»Das ist sehr nett von dir, Tante Theres.« Er trank seinen Kaffee im Stehen und biss ein Stück von dem Kuchen ab. »Ich bin spät dran und muss gleich los.« Sie steckte den halben Guglhupf in seine Mappe. »Ich fahr übers Wochenende nach Freising«, sagte sie. »Aber ich koch was vor, damit ...«

»Das ist nicht nötig. Ich bin übers Wochenende in Feldafing mit der Caroline.«

Ihr Gesicht leuchtete auf. »Mit der Caroline?«

Er schlüpfte schnell in seinen Mantel und eilte hinaus, bevor sie ihn damit löchern konnte, ob ihr Lebenstraum in Erfüllung ginge.

»Jetzt wart halt ...«, rief sie, obwohl er schon halb die Treppe hinunter war.

»Ham wir Kohlen gekauft?«, rief er zurück.

»Ja doch, schon im Sommer, aber ...«

Reitmeyer hängte gerade seinen Mantel auf, als Brunner die Bürotür aufriss. »Herr Kommissär, heut Nacht ist ein'brochen worden. Bei dem Detektiv, Sie wissen schon, der wo auf meine Bilder g'wesen is.«

»Wer hat dort eingebrochen?«

»Der sitzt drunten in Haft.«

Von draußen ertönten eilige Schritte, im nächsten Moment tauchte Rattler auf und schob sich an Brunner vorbei durch die Tür. »Jetzt ham wir ihn!«, rief er atemlos und wedelte mit einer Akte.

»Wen?«

Rattler ließ sich schnaufend auf einen Stuhl sinken. »Gott sei Dank bin ich heut schon früher hergekommen.« Er rang nach Luft. »Und hab erfahren, dass heut Nacht jemand festgenommen worden ist nach einem Einbruch in die Wohnung von Norbert Hofbauer. Der Hausmeister hat was gehört, und seine Frau hat die Polizei alarmiert.«

»Und wie ...«

»Durchs Küchenfenster, das sich angeblich leicht hat aufdrücken lassen. Wie er dann wieder abhauen wollte, haben ihn die Polizisten am Hoftor geschnappt. Er heißt Fritz Meixner. Wir haben auch eine Akte über ihn. Ich hab sie schon rausgesucht.«

Reitmeyer nahm die Akte und sah auf das Foto. »Das ist doch der Kerl, der bei der Schwester von Manfred Sturm war. Und später durchs Elysium abgehauen ist.«

»Wahrscheinlich auch der gleiche, der hinter den Federn von Susie Wilflinger entwischt ist.«

Reitmeyer blätterte durch die Seiten. »Der ist schon mal

festgenommen worden wegen Verdacht auf Zuhälterei …« Er schüttelte den Kopf. »Merkwürdig. Der war Student vor dem Krieg. Elektrotechnik. Wieso verlegt sich so jemand auf Zuhälterei?«

Rattler zuckte die Achseln. »Soll ich ihn raufbringen lassen?«

»Ja, den Herrn schau ich mir mal an.«

»Ich hab auch schon bei dem Dr. Schäfer angerufen. Da meldet sich das Büro vom Bund Treu-Oberland. Der Dr. Schäfer war noch nicht da, aber ich ruf nochmal an und mach einen Termin.«

Reitmeyer stutzte einen Moment, als er die Tür des Vernehmungsraums öffnete. Normalerweise saßen die Delinquenten zusammengesunken auf ihrem Stuhl, hielten die Arme vor der Brust verschränkt, den Kopf gesenkt und vermieden jeden Blickkontakt. Dieser jedoch hatte die Beine lässig übereinandergeschlagen und blickte Reitmeyer freundlich entgegen, wie jemand in einem Lokal, der einen Bekannten erwartet. Den Typus kannte er allerdings auch. Meist gaben sie den Ehrenmann, der nur aufgrund von »Missverständnissen« in diese Situation geraten war. Zudem ging Meixner vermutlich davon aus, dass ihm sein Äußeres helfen würde, die Farce zu unterstützen. Er war der »deutsche Mann«, wie man ihn von Plakaten der Völkischen kannte: Groß, blond und trutzig, mit leuchtend blauen Augen in dem markant geschnittenen Gesicht. Und »deutsch« war synonym mit »ehrlich«.

»Guten Morgen, Herr Meixner«, sagte Reitmeyer und legte die Akte auf den Vernehmungstisch.

»Guten Morgen, Herr Kommissär.«

Er rückte den Stuhl näher heran, faltete die Hände auf dem Tisch und sah ihn an, als hätten sie sich zu einem Geschäftstermin verabredet und er wäre gespannt, was für ein Angebot ihm unterbreitet würde.

»Sie wurden heute Nacht nach dem Einbruch in die Wohnung von Norbert Hofbauer festgenommen«, begann Reitmeyer betont sachlich. »Nach Ihrer Festnahme wurde kein Diebesgut bei Ihnen gefunden. Es waren also keine Gegenstände in der Wohnung, die Sie für wert befunden hätten mitzunehmen?«

Meixner setzte sich aufrechter. Wahrscheinlich war er davon ausgegangen, dass Reitmeyer mit ihrer Begegnung in der Wohnung von Manfred Sturms Schwester beginnen würde. Doch falls ihn dies irritierte, ließ er sich nichts anmerken.

»Ich hatte auch nicht vor, mir ›Diebesgut‹ anzueignen. Ich wollte etwas abholen, was mir gehört. Einen Koffer.«

»Einen Koffer? Was war in dem Koffer?«

»Kleidungsstücke. Anzüge und Hemden. Die wurden mir auf dem Gut geschenkt, wo ich nach 1920 gearbeitet habe. Gemeinsam mit vielen anderen aus meiner Einheit.«

»Ist Ihnen die Stelle von der Einwohnerwehr vermittelt worden?«

Er nickte.

Reitmeyer machte sich Notizen. Es war bekannt, dass nach dem Kapp-Putsch 1920 viele der ehemaligen Kämpfer nach Bayern gekommen waren und mangels anderer Beschäftigungsmöglichkeiten zur Landarbeit geschickt wurden. Wo sie nicht lange blieben, weil sie nicht einsahen, dass sie für wenig Geld schwer schuften sollten.

»Und wer hat Ihnen diese Kleidungsstücke geschenkt?«

»Die Frau des Gutsbesitzers. Sie stammten von ihrem gefallenen Sohn. Sehr gute Stücke, die ich mir schwer neu beschaffen kann, bei den exorbitanten Preisen heutzutage. Jedenfalls könnte ich die gut gebrauchen, nachdem ich mich bei mehreren Firmen beworben habe und zu Vorstellungsgesprächen eingeladen bin.«

»Bei welchen?«

Er nannte die Namen von ein paar Firmen. Die Adressen

wusste er »nicht auswendig«, weil die Termine telefonisch vereinbart worden seien. Das war auch typisch. Elemente, die vielleicht der Wahrheit entsprachen, wurden mit Lügen vermischt, auf die man mit Ausflüchten reagierte, wenn es brenzlig wurde. Aber der Mann durfte ruhig noch ein bisschen »erzählen«. Oft bekam man so nützliche Informationen, oder die Leute verwickelten sich in Widersprüche.

»Wie kam es denn dazu, dass dieser Koffer in der Wohnung von Norbert Hofbauer gelandet ist?«

»Ich kannte Norbert Hofbauer von meinem Einsatz in Schlesien letztes Jahr. Nach meiner Rückkehr hatte ich keine Wohnung und bat ihn, die Sachen bei ihm unterstellen zu dürfen.«

»Sie meinen, Sie waren gemeinsam an den Grenzkämpfen in Oberschlesien beteiligt. Mit dem Freikorps Oberland?«

»Mit dem *Bund* Oberland. Wir waren beim oberschlesischen Selbstschutz. Und ich wurde für meinen Einsatz mehrfach ausgezeichnet.«

»Herr Meixner, ich muss Sie leider darauf hinweisen, dass sich auch heldenhafte Kämpfer an die Gesetze halten müssen. Sie können nicht einfach in eine Wohnung eindringen, um Gegenstände ›abzuholen‹, die angeblich Ihnen gehören. In dem Fall hätten Sie sich an die Polizei wenden müssen, um …«

»Ja, ja, ich weiß«, unterbrach er Reitmeyer. »Das war ein Fehler. Aber ich habe die Sachen eben gleich gebraucht … für meine Vorstellungstermine.« Er setzte ein entschuldigendes Lächeln auf und machte eine bedauernde Geste.

»Jetzt stellt sich natürlich die Frage, was aus dem Koffer geworden ist. Wir haben jedenfalls keinen gefunden, als wir nach dem Tod von Norbert Hofbauer die Wohnung durchsucht haben. Wenn wir uns weiter um den Verbleib des Koffers kümmern sollen, müssten wir Ihre Angaben überprüfen, bei der Gutsbesitzerin anrufen et cetera …«

Meixner nickte.

»Aber vielleicht können wir uns die Umstände auch sparen?«
Meixner sah ihn interessiert an.

»Weil Sie etwas ganz anderes gesucht haben. Geld zum Beispiel.«

»Geld?«, fragte er verständnislos. »Wieso hätte ich dort nach Geld suchen sollen?«

»Sagen Sie es mir.«

Er strich die blonde Haartolle zurück. »Ich weiß nicht, was Sie meinen.«

»Was wollten Sie eigentlich in der Wohnung von Frau Rieger, die Sie so überstürzt verlassen haben? Hatte der Bruder von Frau Rieger vielleicht auch einen Koffer von Ihnen?«

»Nein. Er hat was anderes von mir gehabt. Ein Bajonett.«

»Ein Bajonett?«, fragte Reitmeyer erstaunt.

»Ja. Ich habe vor dem Krieg Bajonettfechten geübt. Mit Langbajonetten. Und das haben wir in Schlesien weiterbetrieben. Allerdings mehr aus sportlichen Gründen.«

»Und im Rahmen dieser sportlichen Kämpfe ist Ihr Instrument dann an Manfred Sturm gekommen, der ebenfalls beim oberschlesischen Selbstschutz war?«

»Ich hatte es ihm geliehen.«

»Warum sind Sie dann so schnell aus der Wohnung weggegangen?«

Er versuchte wieder ein Lächeln. »Ja, das war unüberlegt von mir. Aber der Grund dafür ist ein Missverständnis. Man hat mich fälschlicherweise bezichtigt ... oder anders gesagt, meine Beziehung zu einer Frau wurde falsch interpretiert, und die Sittenpolizei hat uns belästigt ... Ich dachte in dem Moment, Sie wären von der Sitte, und man wollte mich wieder beschuldigen ...«

»Sie meinen, man hat Sie verdächtigt, der Zuhälter von Fräulein Wilflinger zu sein?«

Er machte eine vage Geste und wich Reitmeyers Blick aus. »Wie gesagt, es war eine vollkommen falsche Annahme ...«

»Könnte es sein, dass Ihnen Manfred Sturm nicht nur ein Bajonett weggenommen hat, sondern versucht hat, Ihnen auch die Frau wegzunehmen?«

»Unsinn!« Mit einem Ruck schob er den Stuhl zurück, der quietschend über den Boden scharrte.

»Und darüber kam es zum Streit. Und Sie haben ihn erschossen.«

»Wie kommen Sie auf eine so abstruse Idee?«, rief er. »Ich hatte mit diesem Sturm überhaupt nichts zu tun! Er war nicht mehr als ein ... als ein Bekannter ...«

»Wo waren Sie zwischen dem 9. und dem 13. Oktober?«

»Was fragen Sie mich das?«, brüllte er.

»Weil Manfred Sturm in diesem Zeitraum ermordet wurde.«

Jetzt verlor Meixner vollkommen die Beherrschung. Er warf die Arme in die Luft, sein Gesicht färbte sich rot. »Sie sind ja absolut verrückt!«, schrie er und sprang auf. »Wie können Sie behaupten, ich hätte diesen Sturm umgebracht?« Vollkommen außer sich, begann er, hin und her zu laufen.

Reitmeyer sah ihm gelassen zu. Nun hatte er ihn genau da, wo er ihn haben wollte. »Es ist sogar noch unangenehmer, Herr Meixner«, sagte er ruhig. »Wir gehen davon aus, dass Manfred Sturm und Norbert Hofbauer vom selben Täter ermordet wurden. Das schließen wir aus den ungewöhnlichen Projektilen, die wir in der Nähe der Opfer gefunden haben.«

Meixner blieb stehen und starrte ihn an. »Was für Projektile?«, fragte er verständnislos.

»Die kriminaltechnische Untersuchung legen wir Ihnen gerne vor. Zuerst möchte ich allerdings wissen, was Sie tatsächlich in der Wohnung gesucht haben.«

Meixner ließ sich auf seinen Stuhl fallen und verbarg das Gesicht in den Händen. »Ich sag jetzt gar nichts mehr«, stieß er hervor.

»Wie Sie wollen. Damit ist die Sache aber nicht erledigt.«

Reitmeyer ließ ihn in die Zelle zurückbringen. Von der Pose des trutzigen deutschen Kämpfers war nichts mehr übrig, als er sich abführen ließ. Reitmeyer nahm die Akte und ging in sein Büro.

»Und?«, fragten Steiger und Rattler, als er eintrat.

»Jetzt war erst mal nur Märchenstunde. Aber ich hab ihm ein bisschen Angst eingejagt. Wenn er erst mal glaubt, wir wollten ihm zwei Morde anhängen, rückt er womöglich mit Informationen über das Geld raus, das er in Hofbauers Wohnung gesucht hat. Der braucht bloß noch eine Weile zum Nachdenken.«

»Hast du gesagt, dass wir das Geld haben?«, fragte Steiger.

»Noch nicht.«

»Ich hab mich mal erkundigt, was aus dem Freikorps Oberland geworden ist«, sagte Steiger. »Die müssen bei den Grenzkämpfen gegen die Polen in Oberschlesien ziemlich wüst gehaust haben. Angeblich hat ihre Brutalität sogar für Aufsehen in der internationalen Presse gesorgt. Danach soll's diesen Sommer zu schweren Zerwürfnissen und einer Spaltung gekommen sein. Und die Abspaltung, die sich ›Bund Treu-Oberland‹ nennt, tritt für eine größere Unabhängigkeit Bayerns vom Reich ein.«

»Das sind Separatisten?«, fragte Reitmeyer.

Steiger zuckte die Achseln. »Wer weiß schon wirklich was Genaueres bei diesen Sauhaufen.«

»Das können wir gleich rauskriegen, wenn wir zu ihnen hinfahren«, sagte Rattler. Das Büro ist in der Isabellastraße. Ich hab nochmal angerufen, der Dr. Schäfer ist jetzt da.«

Reitmeyer ließ den Wagen ein Stück vor dem Haus anhalten, in dem sich das Büro befand. »Ich geh allein rein«, sagte er zu Rattler. »Und du passt auf, was sich hier draußen tut.« Er deutete auf eine Gruppe junger Männer, die vor dem Haus neben einer eleganten Daimler-Limousine standen. »Außerdem kennt man dich aus dem Elysium, und ich find's besser, wenn man dich nicht mit unseren Ermittlungen in Verbindung bringt.«

Die jungen Kerle reckten die Köpfe und verfolgten Reitmeyer mit interessierten Blicken, als er durch die offene Haustür ging. Die Tür zu dem Büro im Erdgeschoss stand ebenfalls offen, weil gerade zwei Männer Kisten ins Innere trugen. »Ich möchte zu Dr. Schäfer«, sagte er.

»Gehen S' da vorn in den Besprechungsraum«, erwiderte einer. »Der Dr. Schäfer kommt gleich.«

Reitmeyer ging durch die geräumige Diele und trat in einen großen, kahlen Raum, in dem nichts stand außer einem langen Tisch und Stühlen. Als Schmuck dienten nur einige sehr martialisch wirkende Plakate, die zum Kampf gegen Bolschewismus, Polen und Heimatverlust aufriefen. Auf einem der Plakate schwang ein riesiger Kerl seinen Gewehrkolben gegen eine am Boden kauernde Gestalt, die nach einer Stadt mit Kohlezechen greifen wollte. »Oberland in Oberschlesien!« stand darunter. »Schützt die Heimat!« Was allerdings ein großes Plakat des »Alten Fritz« bedeuten sollte, der dazu aufrief, »die Ohren steif« zu halten, war ihm anfangs nicht recht klar. Bis ihm einfiel, dass es Preußen gewesen war, das im 18. Jahrhundert Schlesien den Österreichern weggenommen hatte. An derlei Ruhmestaten wollte man offensichtlich anknüpfen. Nur dass es jetzt nicht mehr gegen Österreich, sondern gegen Polen ging.

Kurz darauf schwang die Tür auf, und Schäfer kam herein. Er wirkte jünger, als Reitmeyer ihn im Elysium geschätzt hatte. Der Mann war allenfalls Mitte vierzig, seine Züge kantiger und das Haar dunkler, als er in Erinnerung hatte. Er trug einen makellos sitzenden grauen Anzug über einem perfekt gebügelten Hemd mit dezent gemusterter Krawatte. So stellte man sich den Chef eines seriösen Unternehmens vor.

»Sie wollten mich sprechen, Herr Kommissär?«, fragte er

verbindlich lächelnd und deutete auf einen Stuhl. »Wie kann ich der Polizei helfen?«

Reitmeyer setzte sich. Schäfer zog eine blaue Schachtel aus der Tasche und bot ihm eine Zigarette an. Reitmeyer lehnte ab, obwohl es schwerfiel, bei einer NIL nicht zuzugreifen.

»Wir untersuchen den tödlichen Anschlag auf Norbert Hofbauer. Sie haben sicher davon erfahren. War er denn Mitglied in Ihrer Organisation?«

Schäfer zündete mit einem edlen Feuerzeug seine Zigarette an und inhalierte tief. »Das war ein schwerer Schlag für uns«, sagte er nur. »Hofbauer war ein tadelloser Offizier und eine wichtige Stütze unseres Verbands. Gerade jetzt, wo wir einen Neuanfang versuchen.«

»Einen Neuanfang?«

»Es würde im Moment zu weit führen, Ihnen die Unterschiede zwischen unserem alten Verband und unserer Neugründung zu erklären. Vielleicht nur so viel: Wir kämpfen für die nationale Sache, aber nicht für die national*sozialistische.*«

Man wollte sich also von der Hitlerpartei abgrenzen, die bei bayerisch-separatistischen Tenden nicht mitmachte, weil sie das ganze Reich wollte. »Und Norbert Hofbauer hat diese Ziele mitgetragen?«

»Absolut.«

»Haben Sie denn irgendeinen Verdacht, wer den Anschlag auf Norbert Hofbauer an der Maximiliansbrücke verübt haben könnte?«

»Ehrlich gesagt, ist uns das vollkommen unerklärlich. Er galt überall als guter Kamerad und hatte mit nicmandem Differenzen. Das würden sicher auch alle seiner ehemaligen Kameraden bestätigen. Es gibt natürlich noch die andere Seite. Die Linke. Trotzdem weiß ich nicht, was diese Leute ausgerechnet gegen ihn gehabt haben sollten.«

»War Manfred Sturm auch Mitglied bei Ihnen?«

»Ja. Er ist erschossen worden, wie Sie ja wissen.« Schäfers

Blick wanderte zu den Fenstern hinüber. »Er war allerdings kein Offizier«, sagte er nach kurzem Schweigen. »Und auch nicht sonderlich verlässlich.«

»Was heißt das?«

»Er war bei uns als Fahrer eingesetzt, aber nicht fest angestellt. Ich glaube auch nicht, dass ihm unsere Mission wirklich am Herzen lag. Er suchte einfach eine Beschäftigung, nachdem der Einsatz in Schlesien beendet war. Er war eine eher haltlose Natur, es gab immer wieder Probleme mit Alkohol und Schlägereien wegen Weibergeschichten. Ich denke, wir hätten uns auf längere Sicht ohnehin von ihm getrennt.«

Die Tür ging auf, und ein jüngerer Mann steckte den Kopf herein. Er hatte rotes Haar und auffallend blasse Haut. »Ah, entschuldigen Sie«, sagte er. »Ich wusste nicht …«

»Schon gut«, sagte Schäfer. »Ich bin hier gleich fertig. Dann können wir los.«

Der Mann nickte und schloss die Tür.

»Haben Sie denn irgendeinen Verdacht, wer Manfred Sturm nach dem Leben getrachtet haben könnte?«

Schäfer machte eine Geste, die wohl ausdrücken sollte, dass dafür viele in Frage kämen. »Ach wissen Sie, er hatte Auseinandersetzungen in Lokalen und ist in dieser Hinsicht auch in Schlesien unangenehm aufgefallen. Ein jähzorniger Mensch, dem es grundsätzlich an soldatischer Beherrschung fehlte.«

Reitmeyer warf einen Blick auf die Plakate, wo Formen der »soldatischen Beherrschung« dargestellt waren, und nickte. Von Koflers Vermutung, dass beide Opfer wahrscheinlich mit derselben Waffe getötet worden waren, sagte er erst mal nichts. Genauso wenig fragte er nach Meixner.

»Wohnen Sie auch hier?«, fragte er stattdessen.

»Nein, wo denken Sie hin. Das ist eine reine Geschäftsstelle. Ich wohne in Schließheim, bin aber noch nicht ganz eingerichtet in meiner neuen Bleibe.«

»Das wäre im Moment alles, Herr Dr. Schäfer. Es könnte

allerdings sein, dass wir noch einmal auf Sie zurückkommen müssen.« Er stand auf.

Schäfer zog einen Aschenbecher heran und drückte seine Zigarette aus. »Sie wissen ja, wie Sie mich erreichen können. Übers Wochenende bin ich allerdings nicht da.«

»Ah, Sie verreisen? Mit diesem prächtigen Auto, das vor dem Haus steht?«

Schäfer konnte sich ein geschmeicheltes Lächeln nicht verkneifen. »Nicht weit. Nur in die Berge. Man muss schließlich auch mal ausspannen. Und wenn das Wetter hält, das heißt, wenn sich der Nebel verzieht ...«

»Das wünsche ich Ihnen.«

Schäfer begleitete ihn zur Tür und verabschiedete sich schnell, weil ihm der rothaarige Mann vom Ende der Diele aus zuwinkte. Reitmeyer eilte zum Wagen zurück.

»Die Burschen sind in das Wirtshaus gegenüber gegangen«, sagte Rattler. »Sonst war hier draußen nix los.«

»Drinnen auch noch nicht viel. Ich hab die wichtigen Aspekte allerdings auch noch nicht angesprochen, weil ich erst abwarten will, was Meixner sagt. Das Einzige, was mir ständig durch den Kopf geht, ist die Frage, wo dieser Schäfer und sein Splitterverein so viel Geld herhaben. Teure Autos, teure Klamotten, kostspielige Runden in Nachtbars, Ausflüge in die Berge ... von den Beiträgen der Mitglieder kann so was doch nicht finanziert werden.«

»Tja, vielleicht gibt's reiche Gönner. Da gibt's oft Unterstützung von Seiten, auf die man nicht ohne weiteres kommen würde.«

»Aha?«

»Also mein Freund Lothar ist einmal in der Geschäftsstelle von den Nazis gewesen. Da hängt ein großes Bild von Henry Ford, dem amerikanischen Autokönig. Und wie es heißt, soll der denen riesige Geldbeträge spenden.«

»Der sucht wahrscheinlich nach Verbündeten, um die bolschewistische Gefahr in Europa zu bekämpfen, weil er hier sonst nicht genug Autos verkauft kriegt. Außerdem soll er notorischer Antisemit sein. Aber die Nazis sind eine große Partei inzwischen, und dieser Hitler lockt Tausende an mit seinen Reden. Der Bund Treu-Oberland ist doch bei Weitem nicht so einflussreich und hat nicht ansatzweise so viele Mitglieder. Also, wer soll denen Geld spenden? Und warum?«

Reitmeyer lehnte sich zurück und dachte einen Augenblick nach, dann beugte er sich zum Fahrer vor. »Wir machen noch einen kurzen Umweg über die Georgenstraße. Lassen Sie mich bei Nummer 16 raus.«

Rattler sah ihn fragend an.

»Ich will bei der Redaktion von diesem deutsch-russischen Wirtschaftsblatt vorbeischauen und mich nach Anna Kusnezowa erkundigen. Vielleicht weiß man dort was über ihren Aufenthaltsort.«

»Wie geht's denn der alten Frau Kusnezowa?«

»Ich weiß nicht. Da muss ich erst ihren Anwalt fragen.«

Die Fahrt zur Georgenstraße dauerte nicht lange, und Reitmeyer stieg bei der angegebenen Adresse aus. Es handelte sich um ein großes, mit aufwändigen Ornamenten verziertes Bürgerhaus, das Wohlstand signalisierte. Er eilte die glänzende Eichentreppe hinauf und klingelte an einer mit prunkvollen Schnitzereien versehenen Tür. Eine Sekretärin öffnete. Sie wirkte etwas ratlos, als er sich vorstellte und seine Marke zeigte. Ob er denn angemeldet sei bei Herrn von Scheubner-Richter? Es gehe nur um eine Auskunft, erklärte er. Sie führte ihn in einen Raum, wo eine andere Sekretärin auf der Schreibmaschine tippte. Er solle doch kurz Platz nehmen, sie wolle nachfragen, ob ihr Chef Zeit habe. Reitmeyer setzte sich und sah sich in dem hohen, mit wuchtigen Möbeln ausgestatteten Raum um.

Eine offene Tür gab den Blick in ein angrenzendes Büro frei. Dort saßen zwei Männer am Schreibtisch und telefonierten. Aus den Gesprächsfetzen entnahm Reitmeyer, dass es um Handelsgeschäfte mit dem Ausland ging. Offenbar agierte Scheubner-Richter nicht nur als Zeitungsherausgeber, sondern war auch selbst mit eigenen Unternehmen tätig. Das Büro wirkte auch eher wie ein Firmenkontor als eine Redaktion.

Von draußen ertönten Schritte, und die Sekretärin kam zurück. In ihrem Schlepptau der blasse dickliche Mensch, den Reitmeyer im Salon Bruckmann gesehen hatte. Ein überraschtes Aufglimmen in seinen Augen verriet, dass er sich an die Begegnung erinnerte. »Herr von Scheubner-Richter ist im Moment sehr beschäftigt«, sagte er kühl. »Er lässt Ihnen ausrichten, dass er sich selbst an Dr. Frick wendet, falls die Polizei etwas von ihm wissen möchte.«

Reitmeyer erhob sich. »Ich bin von der Kriminalpolizei. Herr Dr. Frick ist bei der politischen Polizei und mit der Sache nicht befasst, die ich bearbeite.«

»Um welche Sache geht es denn?«

»Um eine Auskunft über Fräulein Anna Kusnezowa.«

Der Mann spitzte die Lippen, als ob er pfeifen wollte, zog aber nur die Luft ein. »In dem Fall muss ich Sie bitten«, er machte eine fahrige Handbewegung, »telefonisch einen Termin zu vereinbaren.«

»Könnte ich das nicht gleich machen?«

Der Mann versuchte ein Lächeln, bleckte aber nur die Zähne. »Herr von Scheubner-Richter ist viel unterwegs, und im Moment lässt sich nicht absehen, wann er in der Stadt ist.« Er wandte sich an die Sekretärin. »Geben Sie dem Herrn Kommissär doch unsere Nummer.« Er nickte Reitmeyer kurz zu. »Ich darf mich verabschieden«, sagte er hastig und eilte hinaus.

Reitmeyer wartete nicht, bis ihm die Sekretärin eine Karte gab, sondern ging ebenfalls hinaus. Dass man ihm hier keine bereitwilligen Auskünfte geben würde, hatte er schon vermutet. Es überraschte ihn auch nicht sehr, dass ihm bedeutet wurde, man gebe sich hier mit den unteren Chargen des polizeilichen Dienstbetriebs überhaupt nicht ab. Auffällig war allerdings die fast panische Reaktion, als er den Namen Anna Kusnezowa erwähnte. Was hatte die Frau nur getan, dass diese Herrn so heftig reagierten?

»Das hat dir der Kofler hingelegt«, sagte Steiger und deutete auf ein Papier auf seinem Schreibtisch, als Reitmeyer zur Tür hereinkam. »Da geht's um die Munition von der Waffe, die bei dem Sturm und dem Hofbauer verwendet worden ist.«

»Ist er denn sicher, dass sie von einem Nagant-Revolver stammt?«

»Er glaubt's zumindest.«

Reitmeyer überflog Koflers Ausführungen zu den Besonderheiten der russischen Waffe. »Das ist interessant«, sagte er. »Angeblich wird beim Abfeuern der Spalt zwischen Trommel und Laufansatz geschlossen. Das heißt, der Revolver ist schallgedämpft.«

»Dafür ist er angeblich nicht sonderlich treffsicher. Trotzdem war er unter zaristischen Offizieren sehr beliebt, sagt der Kofler. Weil er klein und zierlich ist und an der Uniform besser ausgesehen hat als eine schwerere Waffe.«

Reitmeyer lachte. »Und ich hab gedacht, die Eitelkeit unserer Militärs wär nicht zu übertreffen. Doch die hätten ihre Parabellum wahrscheinlich nicht gegen eine Nagant eingetauscht. Aber egal.«

»Ich hab mir schon überlegt«, sagte Steiger, »wenn's da um eine Abrechnung zwischen irgendwelchen Rechten gegangen ist, ob der Täter nicht eine falsche Spur hat legen wollen mit der Waffe. Und bewusst keine Parabellum benutzt hat.«

»Tja, möglich. Aber wir wissen praktisch noch gar nichts über die Motive.«

Das Telefon klingelte. Steiger nahm ab und hörte eine Weile zu. »Da ist die Pforte und fragt, ob du einen Anruf von einer Frau entgegennehmen willst, die ihren Namen nicht nennt?«

»Sie sollen durchstellen«, sagte Reitmeyer und nahm den Hörer.

Eine atemlose weibliche Stimme meldete sich. »Herr ... Herr Kommissär, ich muss Ihnen was sagen, weil ... weil wir jetzt alle Angst haben ... und ...«

»Warum haben Sie Angst?«

»Weil eine Tänzerin ... in ihrer Garderobe überfallen worden ist ... alles ist demoliert ...« Sie schnappte nach Luft. »Wir waren am Vormittag da ... weil wir Probe gehabt ham ...«

»Handelt es sich bei der Tänzerin um Susie Wilflinger?«

»Ja, aber die ... die will keine Anzeige machen ...«

»Sind Sie noch im Elysium?«

»Ja ... doch, weil wir noch Probe ham ...«

»Wir kommen gleich vorbei.« Reitmeyer legte auf. »Komm mit! Wir fahren schnell ins Elysium rüber, da ist eine Tänzerin überfallen worden.«

Steiger stand sofort auf und holte seinen Mantel. Reitmeyer kramte in seinem Schreibtisch herum.

»Was suchst du denn?«, fragte Steiger.

»Ich will meine Kamera mitnehmen«, sagte er und zog ein braunes, flaches Gehäuse aus der Schublade.

»Du hast eine *Bubi*?«, fragte Steiger überrascht.

»Ja, ja, ›mit Bubi in den Krieg‹, hat die Reklame damals geheißen. Aber für mich war die damals zu teuer. Ich hab sie von jemandem im Lazarett bekommen, der sie dann nicht mehr gebraucht hat, weil er ...«

Steiger nickte. Sie liefen die Treppe hinunter.

Die Eingangstür zum Elysium war nicht versperrt, und Reitmeyer und Steiger eilten durch den Vorraum ins Innere des Lokals. Es war kein Mensch zu sehen, obwohl die Bühnenlichter brannten und jemand hier gearbeitet haben musste – auf der improvisierten Theke lagen Putzzeug und schmutzige Tischwäsche. Reitmeyer probierte die Küchentür, und da sie sich nicht öffnen ließ, machte er seinem Kollegen ein Zeichen und lief über die Bühne zu der Seitentür, die zu den Garderoben führte. Unten an der schmalen Treppe standen die Tänzerinnen des Etablissements aufgeregt tuschelnd zusammen, verstummten aber schlagartig bei ihrem Erscheinen.

»Ist der Herr Sauer da?«, fragte Reitmeyer.

»Nein«, antworteten ein paar im Chor. Die jungen Frauen, die sich für die Probe in deutlich mehr Stoff gehüllt hatten als für die Auftritte, machten Platz, um die Männer zum Ende des Gangs durchzulassen.

Reitmeyer klopfte an Susies Garderobentür. Nichts rührte sich. »Fräulein Wilflinger«, rief er. »Machen Sie bitte auf!« Als sich wieder nichts rührte, drückte er die Klinke herunter und öffnete die Tür.

Als Erstes sah er den zerbrochenen Spiegel, dann die Scherben am Boden und die zerrissenen Pfauenfedern, die sich wie frisch gefallener Schnee über dem Chaos aus umgestürzten Möbeln und Kleidungsstücken ausgebreitet hatten. Susie saß zusammengesunken auf einer Liege und hielt sich einen Lappen ans Gesicht.

»Sind Sie verletzt?«, fragte Reitmeyer.

Sie schüttelte den Kopf.

»Ich hab erfahren, dass Sie überfallen worden sind. Haben Sie den oder die Täter gekannt?«

Susie richtete sich mühsam auf. Als sie den Lappen vom Gesicht nahm, entblößte sie eine lange, blutige Schramme auf ihrer Wange. »Die hintere Tür ist immer auf«, sagte sie flüsternd. »Da sind die reingekommen … weil sie was klauen wollten.«

»So sieht das meiner Ansicht nach aber nicht aus«, sagte Steiger und deutete auf die Zerstörung im Raum. »Leute, die klauen wollen, schlagen doch nicht alles kurz und klein.«

»Fräulein Wilflinger«, sagte Reitmeyer ruhig. »Warum haben Sie denn nicht die Polizei gerufen und Anzeige erstattet?«

Susie setzte sich wieder und verbarg das Gesicht in den Händen. »Weil ... weil die mir bloß wieder was angehängt hätten ... die von der Sitte.«

»Wieso die von der Sitte?«, fragte Steiger.

Susie schluckte ein paar Mal. »Die hätten doch bloß wieder behauptet«, sie schluchzte auf, »das wären Streitigkeiten unter ... Zuhältern.«

Steiger sah seinen Kollegen an und schüttelte den Kopf.

»Also wir sind jedenfalls nicht von der Sitte«, sagte Reitmeyer. »Und um die Sache abzukürzen, sag ich Ihnen jetzt mal, was ich denke: Der Überfall war eine letzte Warnung. Und zwar von Leuten, die Ihren Freund Fritz Meixner suchen. Also, wer waren diese Leute?«

Sie schluchzte wieder. »Ich ... ich kenn die doch nicht!«, rief sie verzweifelt. »Ich weiß doch nicht, wie die heißen.«

»Aber sie waren schon öfter im Lokal und haben Sie belästigt?«

Sie nickte stumm.

»Handelt es sich um zwei Männer, die zur Begleitung von einem Gast, von Dr. Schäfer, gehören?«

Sie blickte auf. »Ich kenn keinen Dr. Schäfer.«

»Das wird sich alles klären«, sagte Reitmeyer. Er klappte seine Taschenkamera auf. »Ich fotografier jetzt mal die Zerstörung hier. Und wenn Sie sich ans Fenster stellen würden, mach ich noch eine Aufnahme von Ihnen.«

»Aber ... warum?«, fragte sie abwehrend.

»Weil wir ein so brutales Vorgehen gegen eine wehrlose Frau nicht durchgehen lassen.«

Etwas verwirrt, fügte sich Susie schließlich. Sie stellte sich ans Fenster und ließ sich ablichten, nachdem Reitmeyer ein paar Bilder von der Garderobe geknipst hatte.

»Und wenn Sie sich erholt haben«, fügte er hinzu, »dann kommen Sie zu mir ins Präsidium und erstatten Anzeige. Gegen Unbekannt, wenn Sie die Namen nicht wissen.« Er klappte seine Kamera wieder zu. »Falls sich die beiden Herrn, die Sie geschlagen und Ihre Garderobe verwüstet haben, nochmal bei Ihnen melden sollten, richten Sie ihnen von mir aus, dass sie sich gern an mich wenden können. Fritz Meixner sitzt nämlich in Haft.« Er nickte Steiger zu, und sie verließen den Raum. Die Tänzerinnen standen noch immer im Gang und starrten sie wortlos an, als sie zur Treppe gingen. »Sagen Sie Ihrem Chef, er soll mich anrufen. Die Nummer hab ich ihm schon letztes Mal gegeben.«

Steiger eilte seinem Kollegen hinterher. »Wieso hast du eigentlich die Fotos gemacht?«, fragte er, als sie draußen im Lokal von der Bühne stiegen. »Normalerweise nimmt man einen Überfall doch bloß schriftlich auf.«

»Ich brauch die Fotos nicht für die Anzeige. Ich hab was anderes damit vor.«

14

Es war schon dunkel, als Rattler vor dem Anbau in der Corne-liusstraße stand. Im Innern brannte Licht, er hörte ihre Schrit-te, und im Hintergrund spielte Musik. Offenbar ein russisches Lied, das ziemlich traurig klang. Er würde lieber warten, bis es zu Ende war, bevor er klingelte. Vorsichtig zog er den Kuchen aus der Tasche, der ein Geschenk von Reitmeyers Tante gewe-sen war. Davon würde er natürlich nichts sagen, weil Larissa auf seinen Kommissär wahrscheinlich nicht gut zu sprechen war, nachdem er sie im Elysium so frostig behandelt hatte. Er hielt das Ohr an die Tür. Die Schallplatte war aus, er drückte auf die Klingel.

Fast im gleichen Moment machte Larissa auf. »Ah, Kor-binian«, sagte sie lächelnd. »Ich bin gerade erst nach Hause gekommen. Ich würde mich gern schnell noch umziehen und Tee für uns machen.«

Er reichte ihr das Päckchen. »Dafür hab ich Kuchen mitge-bracht. Den hat meine Kusine gebacken.«

»Das ist aber nett. Nehmen Sie doch schon mal im Büro Platz, ich komme dann gleich.«

Rattler ging ins Büro und knipste Licht an. Die Pralinen-schachtel war vom Tischchen verschwunden. Er befühlte kurz die Perle, die immer noch in seiner Jackentasche steckte, und spürte ein Ziehen in der Magengrube. Gäbe es je eine Mög-lichkeit, sie Larissa zurückzugeben, ohne allzu große Peinlich-keiten? Er setzte sich an den Schreibtisch und blätterte gedan-kenverloren ein paar der großen Hefte durch, die aufgestapelt am Rand lagen. Es handelte sich wieder um Übungshefte ihrer Schüler, die mit Korrekturen versehen waren. Ein drittes Heft jedoch schien eine Art Tagebuch zu sein. Offenbar beschrieb sie eine Einladung im Haus eines Schülers.

»Nach dem Tee wurde über Generalmajor Biskupski ge-

sprochen. Trotz seines Ansehens, das er immer noch bei großen Teilen der Emigranten genießt, wird ihm von anderer Seite
übersteigerter Ehrgeiz und Draufgängertum vorgeworfen. Seiner Meinung nach solle das zukünftige ›nationale Deutschland‹ den Zaristen helfen, eine Armee aus Freiwilligen und
ehemaligen Kriegsgefangenen aufzustellen. Finanziert werden soll die Unternehmung durch das Drucken von Rubeln
in Deutschland. Als Gegenleistung würde man den Deutschen
versprechen, an ihrer Seite gegen Frankreich zu marschieren.«

Schnell klappte er das Heft wieder zu. Jetzt hatte er es
schon wieder getan: In ihren Sachen herumgewühlt – auch
wenn es bloß ein bisschen Blättern war in diesem Fall. Er lehnte sich zurück und lauschte auf das Klappern aus der Küche.
Dann sah er eine Art Notizbuch neben den Heften. Der ge-
zackte Rand eines Fotos ragte heraus. Eine Weile blickte er
darauf, bis ihn die Neugier doch übermannte. Er schlug das
Notizbuch auf und betrachtete das Foto. Es war das Bild eines
sehr gut aussehenden jungen Mannes, der in die Kamera lachte. Offensichtlich ein Schnappschuss beim Baden an einem See.
Die Berge im Hintergrund zeigten an, dass es sich wahrscheinlich um einen oberbayerischen See handelte. Auf die Rückseite
hatte sie etwas geschrieben:

Du bist ein Schatten am Tage
Und in der Nacht ein Licht
Du lebst in meiner Klage
Und stirbst im Herzen nicht

Also war er tot. Wer war der junge Mann? Ihr Bruder, ihr
Freund, ihr Geliebter? Die Küchentür ging auf. Rasch schlug
er das Notizbuch zu und stand auf.

»Ich habe mir überlegt«, sagte Larissa beim Hereinkom-
men, »dass wir den Tee in meinem Zimmer trinken könnten.«

Er sah sie an. Sie hatte sich umgezogen und trug jetzt einen
langen Rock, eine Wolljacke und dicke Wollsocken an den Füßen. »Ja, sicher … wenn Sie meinen …«

»Mein Zimmer ist zwar noch nicht eingerichtet, aber ich habe das Grammophon des Agenten zu mir hineingestellt, und wir könnten ein bisschen Musik hören zum Tee.«

Er folgte ihr durch den Gang, und sie öffnete ihre Zimmertür. Außer einem Schrank enthielt der Raum tatsächlich kaum Möbel. Ihr Bett bestand aus einer Matratze am Boden, davor lag ein Schaffell, und unter dem Fenster stand ein Hocker mit dem Grammophon. Ein wuchtiges, teures Gerät mit einem großen goldfarbenen Tontrichter.

»Wenn es Ihnen nichts ausmacht, auf dem Fell Platz zu nehmen, bringe ich gleich den Tee. Sie müssen sich nur vorstellen, es sei ein Picknick. Sogar die Sonne fehlt uns nicht.« Sie deutete auf die Lampe neben dem Bett, über deren Schirm ein rötliches Tuch gebreitet war. »Und am besten ziehen Sie Ihre Schuhe aus, dann ist es bequemer«, fügte sie beim Hinausgehen hinzu.

Ein wenig befangen, streifte Rattler seine Schuhe ab und ließ sich im Schneidersitz auf dem Fell nieder. Gleich darauf kam sie mit einem Tablett zurück und stellte es auf den Boden. »Bitte bedienen Sie sich.« Sie selbst griff nach einem Stück Kuchen und biss herzhaft davon ab. »Der schmeckt ja köstlich. Ihre Kusine ist wirklich eine ganz ausgezeichnete Bäckerin.«

»Ja … wir wohnen zusammen, seit unsere Eltern tot sind.«

»Ach, dann sind Sie eine Waise? Genau wie ich.«

Er wusste nicht recht, was er darauf sagen sollte. Er trank einen Schluck Tee und nahm ebenfalls ein Stück Kuchen.

»Wissen Sie …« Sie beugte sich vor und griff nach einer der Schallplatten, die neben dem Hocker lehnten. »Ich wollte Ihnen ein bisschen russische Oper vorspielen, nicht nur wegen der Musik, die natürlich sehr schön ist, sondern vor allem wegen der Sprache. Damit Sie hören, wie wunderbar Russisch klingen kann. Und das hier sind Arien, von Leonid Sobinow gesungen, einem der ganz großen Tenöre Russlands. Und eines meiner absoluten Lieblingsstücke ist die Arie des Lenski aus *Eugen Onegin*.«

»Ja, sehr gern«, sagte Rattler. »Obwohl ich sagen muss, dass ich mich nicht so gut auskenne. Mit russischen Opern, meine ich.«

»Ja, sicher«, sagte sie und winkte ab. »In Deutschland hört man in erster Linie deutsche Musik, Wagner und dergleichen, oder italienische Komponisten.«

Er nickte. Dass er noch überhaupt keine Oper gehört hatte, musste sie ja nicht wissen.

Sie erhob sich und legte die Platte aufs Grammophon. Nach einigem Anfangsrauschen erklang eine ziemlich düstere Musik. Der Sänger hatte eine gute Stimme, aber es war wohl tief traurig, worüber er sang. Die Russen hätten überhaupt einen Hang zu Schwermut, hatte er einmal jemand sagen hören. Das liege an ihrer slawischen Seele.

»Ich verstehe ja leider noch nichts«, sagte er nach einer Weile. »Wovon singt der Mann denn?«

»Er steht vor einem Duell und fragt sich, ob er sterben wird.« Sie nahm einen Block, der auf dem Bett lag, und schrieb schnell etwas auf. »Probieren Sie, das zu lesen. Sie haben doch die Buchstaben geübt, oder?«

Rattler nahm das Blatt und studierte die Zeile. »Kuda … kuda … vi … ?«

»Es wird kudá, kudá vi udalilis gesprochen.«

»Und was heißt das?«

»Man könnte vielleicht sagen, ›wohin seid ihr entschwunden‹. Er meint die goldenen Tage seiner Jugend.«

»Ist er denn alt?«

»Nein«, erwiderte sie etwas gedehnt. »Man kann doch auch als junger Mensch auf sein Leben zurückblicken.«

Es klang ein wenig tadelnd, fand Rattler und sagte lieber nichts darauf. Der Mann musste allerdings ein sehr schweres Leben gehabt haben, wenn er sich so beklagte. Aber es stimmte, die Sprache klang wirklich schön. Ganz anders als das Russisch, das er bei den Kriegsgefangenen gehört hatte, die in der Nähe von München interniert gewesen waren. Ein wenig irritierend fand er nur, dass in Larissas Augen Tränen standen, als sie nach Ende des Stücks aufstand und die Nadel von der Platte hob. Dann setzte sie sich wieder, zog die Beine an die Brust und starrte einen Moment lang vor sich hin, bevor sie nach ihrem Teeglas griff.

»Ach, entschuldigen Sie«, sagte sie schließlich. »Ich musste gerade an ein paar Dinge denken, die nicht so gut gelaufen sind in letzter Zeit.«

Er sah sie fragend an.

»Es ist einfach sehr schwer, bestimmte Dinge hinzunehmen, besser gesagt, man kann sich schwer damit abfinden, wenn einem Unrecht geschehen ist.«

»Unrecht?«

»Tja, vermutlich passiert das vielen Menschen in einer ähnlichen Lage. Verstehen Sie, ich bin mit einer Freundin nach München gekommen, und wir wollten uns eine Wohnung mieten. Meine Freundin hat auch sehr schnell jemanden gefunden, der seine Wohnung für eine gewisse Zeit abgeben wollte. Wir hatten ihm Geld gegeben, aber dann ... als ich mich mit ihm getroffen habe, um den Schlüssel abzuholen ...« Sie legte das Kinn auf die Knie und sah zu Boden. »Na ja, schließlich hat sich herausgestellt, dass es die Wohnung gar nicht gab.«

»Er hat Sie betrogen? Haben Sie den Menschen angezeigt?«

Sie schüttelte den Kopf. »Das kann ich nicht, weil ich noch keine Aufenthaltserlaubnis in Bayern habe. Dafür braucht man Bürgen. Die Leute, für die ich arbeite, wollten das für mich tun. Aber bislang ist noch nichts passiert. Entweder, weil sie mich noch nicht lange genug kennen, oder, weil sie nicht wollen. Ich weiß nicht.«

»War es denn viel Geld, das Sie eingebüßt haben?«

»Na ja, für uns schon. Meine Freundin hat dann eine Einladung angenommen und ist nach Frankreich gegangen ...«

Rattler dachte kurz nach. »Aber, ich meine, wenn Sie die Aufenthaltserlaubnis irgendwann bekommen, können Sie den Mann immer noch anzeigen. Haben Sie denn seinen Namen und die Adresse?«

»Nur den Namen. Adler. Einen Vornamen habe ich nicht.«

»Ohne Vornamen ist es natürlich schwierig, wenn man im Melderegister nachschaut. Sonst haben Sie keinen Anhaltspunkt?«

»Meine Freundin sagte nur, sie glaube, dass er früher in einem Freikorps gewesen sei. In welchem, wusste sie nicht.«

»Das ist natürlich nicht besonders aussagekräftig. In Freikorps waren viele. Da bräuchte man schon etwas genauere Angaben, wenn man jemand finden wollte.«

»Ja, ja, ich weiß«, sagte sie resigniert. Dann senkte sie den Kopf und hielt die Hände vors Gesicht. Rattler setzte sich etwas unbehaglich auf. Was sollte er tun? Er beschloss, lieber abzuwarten, bevor er weiterfragte.

»Ach, eigentlich«, sagte sie nach einer Weile flüsternd, »ist alles noch viel schlimmer.«

»Was ... was meinen Sie damit?«

»Als ich ihn getroffen habe ... oben in Giesing ...«

Er beugte sich vor, um sie besser zu verstehen.

»In einer Gaststätte bei der Kirche ... hat er ... hat er mich ...« Sie rang nach Luft und schluchzte trocken auf.

»Er hat Sie ... angefallen?«

Sie antwortete nicht, sondern legte die Hände wieder vors Gesicht.

Eine heiße Woge stieg in Rattler auf. »Das gibt's doch nicht!«, rief er empört, beherrschte sich aber sofort wieder, als er sah, wie sie zusammenzuckte. Am liebsten hätte er ihre Hand genommen oder sie in die Arme geschlossen, traute sich aber nicht, weil sie dies möglicherweise als zudringlich empfunden hätte nach allem, was passiert war. Und außerdem musste er einen kühlen Kopf bewahren, wenn er die Sache kriminalistisch angehen wollte. Er wartete ab, bis sie die Hände wieder senkte. »Sind Sie denn sicher, dass er seinen richtigen Namen genannt hat?«, fragte er vorsichtig.

Sie wischte sich über die Augen. »Meine Freundin meinte, so habe ihn auch jemand in dem Lokal genannt, wo sie ihn kennengelernt hat.«

»Und das war auch in der Gaststätte in Giesing?«

»Ich glaube schon.«

»Ja, dann fragen wir dort halt mal nach. Ich meine, ich frag nach.« Er setzte sich gerade auf. »Ich habe schließlich Erfahrung im Aufspüren von Menschen.«

Ihre Miene schien sich aufzuhellen. »Das … das würden Sie tun?«

»Ja sicher.«

Sie atmete tief aus. »Sie wissen gar nicht, was mir das bedeutet. Wenn man immer so ganz allein ist mit seinen Gedanken, wenn alles völlig unerträglich ist … wenn man sich ständig vorstellt, dass dieser Mensch einfach davonkommt, dass er so einfach weiterlebt …«

Rattler schwieg eine Weile. »Trotzdem«, begann er wieder, »ist so ein Fall recht schwierig. Auch wenn auf …« Er zögerte, weil er sich scheute, das Wort auszusprechen. »… auf Vergewaltigung bis zu zehn Jahre Zuchthaus stehen, muss ihm die Tat erst nachgewiesen werden. Falls man ihn überhaupt findet. Und da es keine Zeugen gibt …«

»Das ist mir klar«, erwiderte sie jetzt schon gefasster. »Aber mir ist wichtig, dass überhaupt etwas geschieht.« Sie stand auf und nahm das Tablett. Sie wolle frischen Tee holen, erklärte sie. Als sie zurückkam, standen nicht nur Tee, sondern zwei kleine Gläser und eine Flasche auf dem Tablett. Gleichzeitig stellte Rattler fest, dass sie mit einem Mal ganz anders wirkte. Ihr Schritt war leichter, als wäre Ballast von ihr abgefallen, als drückten Schmerz und Trübsinn sie nicht mehr nieder. Auch ihre Stimme klang gelöster, als sie verkündete: »Wissen Sie was? Ich habe eine Idee!«

»Ja?«

»Ich habe mir gedacht, wir sollten Du zueinander sagen. Nachdem wir jetzt doch Freunde sind.«

Ein wenig verblüfft blickte Rattler zu ihr auf. Sein Angebot, ihr beizustehen, schien eine enorme Erleichterung für sie zu sein. »Ja, gern«, sagte er und nahm das Glas mit dem Schnaps, das sie ihm reichte. Ob es auch russische Sitte war, sich zu küssen, wenn man Brüderschaft trank, schoss ihm durch den Kopf. Doch dazu machte sie keine Anstalten. Sie setzte sich einfach und hob ihr Glas, bevor sie den Inhalt hinunterstürzte. Er machte es genauso.

»Und damit du nicht denkst, die Russen könnten nur traurige Lieder singen, leg ich jetzt mal was anderes auf.« Sie griff nach einer Platte und zeigte ihm die Hülle, auf der Mädchen in Tracht abgebildet waren. »Da gibt es zum Beispiel ein berühmtes Volkslied. ›Kalinka‹.«

»Was heißt das?«

»*Kalina* ist eine bestimmte Beere. Und *kalinka* ist die Verkleinerungsform. Das ist übrigens ein Thema, das dir noch oft begegnen wird. Unser Hang zu Verkleinerungen. Vor allem bei Namen.«

»Bei Namen? Könnte man dann zum Beispiel Larisska sagen?«

»Sieh an«, sagte sie lachend. »Du hast das Wesentliche bereits verstanden.« Sie legte die Platte auf, und ein Chor sang ein schmissiges, heiteres Lied, das allmählich immer schneller wurde. Larissa schenkte aus der Flasche nach. »Und das ist *woda*«, erklärte sie. »Das heißt Wasser.«

»Und wir trinken Wodka? Also Wässerchen?«

»Richtig!« Sie klatschte in die Hände. »Du bist wirklich schnell im Kopf. Das gefällt mir.«

180

Ein warmes Gefühl breitete sich in ihm aus, und ihrem Vorbild folgend, stürzte er den Schnaps mit einem Schluck hinunter. Obwohl ihm fast die Luft wegblieb und er sich unwillkürlich schütteln musste, schien sich ein Knoten in seinem Innern zu lösen. Er sah auf ihren Fuß, der im Takt mitwippte, er hörte ihre Stimme, die fröhlich mitsang. »*Kaa-linka, kalinka, kalinka moya* ...« Jetzt oder nie, dachte er.

»Ich muss dir etwas sagen.«

Sie lächelte. Ein rosiger Hauch lag auf ihren vorher blassen Wangen. »Was denn?«

»Ich hab ... ich hab beim ersten Mal im Büro ... da stand eine Schachtel mit Pralinen, und ich hab ... eine gegessen.«

Ihr Fuß wippte nicht mehr.

»Tut mir leid«, sagte er mit betont fester Stimme, um bei dem Geständnis der kindischen Tat nicht allzu unmännlich zu wirken. »Ich hab einfach eine in den Mund gesteckt, ohne nachzudenken ...« Damit griff er in die Tasche und legte die Perle auf den Teller neben den Kuchen.

Sie sagte nichts, blickte ihn nur mit großen Augen an. Dann stand sie auf, ging zum Schrank und nahm die samtbezogene Pralinenschachtel heraus. Mit unbewegter Miene stellte sie sie vor ihn. »Du kannst auch die übrigen essen.«

»Wie meinst du das?«

»Greif zu. Du bist ein Naschkater. Also nimm dir.« Sie sah ihn an. »Oder hast du gedacht, es handelt sich um Diebesgut?«, fragte sie lachend. »Die Perlen sind von den Verwandten meiner Freundin. Auch Emigranten, aber in Berlin. Sie sind das Einzige, was sie noch für sie hatten.«

»Und warum stecken sie in Pralinen?«

»Wie hätten sie sie sonst schicken sollen? Als Collier mit der Post ist es zu unsicher, weil da schon viel weggekommen ist, wie man hört. Und wenn man keinen Deutschen hat, dem man sie mitgeben kann, ist es auch schwierig. Denn alle russischen Emigranten, die nicht zur hiesigen Gemeinde der

Zaristen gehören, sind für die bayerische Polizei verdächtig. Letztes Jahr wurden sogar Angehörige der neuen Moskauer Regierung in Bad Kissingen festgenommen und vernommen. Jedenfalls reist niemand gern mit Wertgegenständen, die ihm vielleicht abgenommen werden könnten.«

»Sind die Perlen denn sehr wertvoll?«

»Nicht so sehr, wie die Verwandten meinen. Ihnen fehlt's an Lüster, sagte ein Juwelier. Das heißt an Glanz. Aber sie hofften halt, in München wäre ein besserer Markt als in Berlin. Wegen der amerikanischen Touristen.« Sie nahm den Deckel von der Schachtel ab. »Also, nimm dir«, sagte sie und steckte sich selbst eine in den Mund. »Aber pass auf, dass du die Perlen nicht verschluckst.«

Rattler ließ sich nicht zweimal bitten. »Wie viele sind das denn?«, fragte er und lehnte sich zurück, während das köstliche Konfekt in seinem Mund zerging.

»Das hier waren zwanzig. Aber ich hab noch eine Schachtel.« Sie schenkte wieder nach. »Auf einem Bein kann man nicht stehen! So sagt ihr doch?«

»Aber nicht beim dritten Glas.«

»Ein Stuhl steht besser auf drei Beinen«, sagte sie.

»Genau. Und dann kommt der Tisch mit vier.«

Sie lachte und hob ihr Glas. »*Za vashe zdorovie!*«, rief sie und kippte es in einem Zug. »Das nächste Mal muss ich dir unbedingt russische Trinksprüche beibringen. Die sind sehr wichtig in unserem Land. Da sollte man nichts falsch machen.«

»Ja, das wär was«, sagte er, während wieder eine Praline in seinem Mund zerschmolz und er sich wohlig auf das Fell zurücksinken ließ. »Das neue Russland zu besuchen …« Er blieb eine Weile liegen und lauschte der fröhlichen Musik.

»Und ich begleite dich, als deine Beraterin.«

Ihm war ein bisschen schwindlig, als er sich wieder aufsetzte und sie anblickte. So unbeschwert hatte er sie noch nie gesehen, und das war sicher nicht allein auf die Wirkung des Alkohols zurückzuführen. Sondern in erster Linie auf die Erleichterung, weil sie eine Stütze in ihm gefunden hatte. Weil er ihr neuen Mut einflößte. Ihr Hoffnung schenkte. Als sie jedoch erneut nachgoss und kichernd von dem Tisch sprach, der vier Beine brauchte, begann er um die Standfestigkeit auf seinen zweien zu fürchten. Er rappelte sich hoch. »Tut mir leid, aber ich muss morgen früh raus«, sagte er. »Die restlichen Pralinen können wir uns ja das nächste Mal vornehmen.« Er griff nach seinem Mantel.

»Ach, weißt du, ich finde, du solltest zur Erinnerung an diesen Abend eine davon behalten.« Sie griff nach einer Perle auf dem Teller und ließ sie in seine Tasche gleiten. Dann hakte sie sich bei ihm unter und brachte ihn zur Tür, wo er ihr noch einmal versicherte, sich um »die Angelegenheit« zu kümmern. Bevor die Tür hinter ihm zufiel, hauchte sie ein Danke und gab ihm einen Kuss auf die Wange.

Ein wenig schwankend schob er sein Rad zum Hof hinaus, obwohl er hätte fliegen können. Sie waren Freunde. Sie lachten, scherzten, teilten Interessen und hatten Spaß zusammen. Und wenn es ihr mit seiner Hilfe gelänge, die düsteren Erlebnisse zu vergessen, war keineswegs gesagt, ob aus der Freundschaft nicht eines Tages doch noch mehr werden würde. Er griff in seine Tasche und spielte mit der Perle.

15

Ein starker Wind blies durch die Ludwigstraße, der trockenes Laub und morsche Zweige von den Bäumen fegte. Reitmeyer blieb stehen und stopfte seine Mütze in die Tasche, bevor sie ihm vom Kopf gerissen wurde. Dann stieg er eilig wieder auf und trat in die Pedale, weil er Sänger von der Sitte noch erwischen wollte, der sonst bis mittags nicht im Haus wäre, wie er erfahren hatte.

Es schlug schon acht, als er im Hof des Präsidiums sein Rad abstellte und gerade noch rechtzeitig bemerkte, dass er lieber das Hauptportal nehmen sollte, wenn er bestimmten Leuten nicht begegnen wollte. In erster Linie Oberinspektor Klotz, der neben einem Wagen stand, in den der Leiter der politischen Polizei und Sallinger, sein Kettenhund, soeben einstiegen. An Klotz' devoter Miene und der servilen, fast kniefälligen Art, mit der er diesen beiden Intriganten den Schlag aufhielt, war deutlich abzulesen, auf welche Seite er sich geschlagen hatte bei den Querelen um die Vorherrschaft in ihrer Behörde. Reitmeyer hetzte durch die Einfahrt und fuhr ums Eck zum Haupteingang. Ich muss auf der Hut sein, dachte er, aber zumindest wusste er jetzt Bescheid.

Er rannte durchs Portal und lief die Treppen zur Sitte hinauf. Sänger war noch nicht fort, seine Bürotür stand offen. »Hätten Sie einen Moment, Herr Kollege?«, fragte er und trat ein.

Sänger stand mit Fräulein Rübsam, der Fürsorgerin, am Schreibtisch und packte Unterlagen in seine Tasche. »Viel Zeit hab ich gerade nicht«, sagte er mit einem Blick auf die Uhr. »Und wir«, fügte er in Richtung der Fürsorgerin hinzu. »Wir sehen uns um fünf im Café Weinstein. Dann gehen wir noch einmal alles durch.«

Fräulein Rübsam, die sehr blass wirkte in ihrem grauen,

nonnenhaften Kleid, nestelte nervös an ihrem Haarknoten und blickte zu dem hochgewachsenen Sänger auf. »Ja, sicher …«, murmelte sie ergeben und ging zur Tür.

»Das wird schon!«, rief ihr Sänger nach, bevor er auf den fragenden Blick Reitmeyers erklärte, dass es am Abend eine kleine Feier zur Verabschiedung eines Kollegen gebe.

»Und Fräulein Rübsam betätigt sich ebenfalls künstlerisch?«

»Ich hab sie endlich zu einem Duett überreden können«, erwiderte Sänger mit Verschwörermiene. »Dabei singt sie schon seit Jahren in einem Chor und hat einen recht passablen Alt. Sie ist halt schüchtern und hat Lampenfieber.«

Reitmeyer nickte. Mit Schüchternheit und Lampenfieber hatte der »Sittensänger«, wie man ihn allgemein nannte, noch nie zu kämpfen gehabt, denn anscheinend fühlte er sich nirgends wohler als auf der Bühne, wo er, umrahmt vom Polizeichor, mit seinen Solo-Einlagen glänzte.

»Da wünsche ich natürlich gutes Gelingen«, sagte Reitmeyer. »Leider bin ich heute Abend nicht in München, sonst hätte ich mir diese Premiere auf keinen Fall entgehen lassen. Aber ich hoffe, es gibt bald wieder mal eine Gelegenheit?«

»Das würde mich sehr freuen«, erwiderte Sänger und deutete auf den Besucherstuhl vor seinem Schreibtisch. Auf einmal schien er es gar nicht mehr so eilig zu haben. »Was wollten Sie denn von mir?«, fragte er interessiert.

»Es ginge nochmal ums Elysium. Sie sind dort doch einem Fall wegen Zuhälterei nachgegangen. Fritz Meixner hieß der Mann, und ich würde gern wissen, ob sich der Verdacht gegen ihn tatsächlich als gegenstandslos erwiesen hat.«

»Ah, das Elysium«, sagte Sänger, als hätte man ihn auf eine peinliche Krankheit angesprochen. Er setzte sich und fuhr mit einem Finger an der Innenseite seines Kragens entlang. »Verstehen Sie, der Paragraf 181a ist so eine Sache. Wir müssen nachweisen, dass der Beschuldigte den größten Teil seines

Lebensunterhalts aus Mitteln finanziert, die mit Prostitution erworben wurden. Gelegentliche Zuwendungen fallen nicht unter Zuhälterei.«

»Ja, ja, die Rechtslage ist mir klar.«

»Voraussetzung dafür ist natürlich, dass der Beschuldigte von jemandem profitiert, der gewerbsmäßiger Unzucht nachgeht. Wir kontrollieren ständig, ob sich Tänzerinnen im Zuschauerraum aufhalten, um derlei anzuleiern, aber was die Damen außerhalb des Lokals tun, entzieht sich leider meistens unserer Kenntnis.«

Reitmeyer sah den Sittensänger an. »Ja, nun …«, erwiderte er und fragte sich, warum der Mann so ausgiebig um den heißen Brei herumredete. »Ich gehe aber trotzdem davon aus, dass Sie einen triftigen Grund hatten, der Sache nachzugehen?«

»Ja, Hinweise. Wir sind verpflichtet, Hinweisen nachzugehen …«

Reitmeyer fixierte seinen Kollegen, der seinem Blick auswich. Dann stand Sänger plötzlich auf, lief durchs Büro und schloss die Tür. Bevor er wieder Platz nahm, strich er ein paar Mal sein Jackett glatt. Er fühlte sich sichtlich unwohl.

»Verstehen Sie«, begann er. »Dieser Meixner ist sicherlich kein unbeschriebenes Blatt, und seine Freundin, diese Tänzerin, ist auch kein Mitglied im Konvent der Herz-Jesu-Schwestern. Aber sie verdient nicht schlecht mit ihren gewagten Auftritten, und es gibt keinerlei Anhaltspunkte, dass sie hauptamtlich der gewerbsmäßigen Unzucht nachgeht.«

»Dann wollte man dem Meixner etwas anhängen? Von wem stammten denn die Hinweise?«

»Die waren anonym. Obwohl ich den Eindruck hatte, dass der Besitzer des Elysiums, dieser Sauer, eine Rolle dabei gespielt hat. Jedenfalls hat er sich furchtbar aufgeplustert und ständig betont, dass er keinerlei ›Unregelmäßigkeiten‹ in seinem Lokal duldet.« Sänger verdrehte die Augen. »Gerade er, dieser Spelunkenwirt, dieser zwielichtige.«

»Das heißt, der Sauer wurde benutzt, um Meixner dranzu-
kriegen? Aber warum?«

»Ich glaube ...« Sänger senkte die Stimme. »Um ihn mit
unserer Hilfe unter Druck zu setzen.«

»Und was sollte damit bezweckt werden?«

»Keine Ahnung. Vielleicht wollte ihm jemand Angst einja-
gen? Ihm zeigen, wer am längeren Hebel sitzt? Ich weiß es
nicht.« Sänger nahm seine Tasche und ordnete die Papiere
darin, Reitmeyer hatte den Eindruck, dass er überlegte. Doch
im nächsten Moment ging die Tür auf und einer seiner Leute
fragte, ob man jetzt gehen könne. Sänger stand schnell auf.
»Schade«, sagte er, »dass Sie heute Abend keine Zeit für unseren Auftritt haben, Herr Kollege. Aber das nächste Mal geb
ich Ihnen rechtzeitig Bescheid.« Damit ging er hinaus.

Was hatte er ihm sagen wollen?, dachte Reitmeyer auf dem
Weg in seine Abteilung. Worüber wollte er in Gegenwart anderer nicht reden? Als er den Gang zu seinem Büro entlangeilte, lief ihm Brunner mit fuchtelnden Armen entgegen. »Ja,
wo waren S' denn, Herr Kommissär?«, rief er aufgeregt. »Ich
such Sie schon überall.«

»Warum?«

»Der Inspektor Sallinger will Sie sprechen. Dringend. Er
hat schon zwei Mal bei mir ang'rufen.«

»Ich dachte, der ist weggefahren?«

»Ja, schon. Aber wie's scheint, hat ihn sein Chef gleich wieder zurückbeordert. Sie sollen sofort zu ihm kommen.«

»Ja, gut«, erwiderte Reitmeyer und ging an Brunner vorbei.

»Sofort, hat er ausdrücklich gesagt!«

Reitmeyer trat in sein Büro und schloss die Tür hinter sich.
»Gibt's schon was Neues von unserem Häftling unten?«, fragte er Steiger.

»Noch nicht. Aber der Oberinspektor will einen detaillier-
ten Bericht über die beiden Mordfälle. Schriftlich. Und übrigens, der Sallinger will dich sprechen.«

»Weißt du, was der von mir will?«

Steiger zuckte die Achseln. »Keine Ahnung. Aber einen Ton hat der drauf. Als ob wir seine Lakeien wären.«

Genau, als Lakeien versuchte man, ihn zu behandeln, dachte Reitmeyer, nachdem er in die Räume der »Politischen« getreten war. Er solle im Büro des Inspektors warten, hieß es, als wäre Sallinger sein Vorgesetzter und er sein Untergebener. Reitmeyer überlegte kurz, ob er dem überheblichen Polizeianwärter genauso arrogant erklären sollte, dass er fürs Warten keine Zeit habe, entschied sich aber anders. Er ging in Sallingers Büro und ließ den Blick über den Schreibtisch und die Ablagen schweifen. Auf einem Regal unter dem Fenster entdeckte er die Wirtschaftszeitschrift von Scheubner-Richter, und zwar genau die Ausgabe, die er in der Pension gesehen hatte. Ein Einmerkzettel steckte in der Mitte. Reitmeyer schlug die Zeitschrift auf. Es war die Seite mit dem Foto von Anna Kusenezowa, das sie bei einem Bankett neben einem russischen General zeigte. Schnell klappte er das Blatt wieder zu und setzte sich. Jetzt konnte er sich denken, warum ihn dieser Mensch so dringend herzitiert hatte. Der Aktenstapel auf dem Schreibtisch enthielt ganz zweifellos auch interessante Dinge. Doch da die Tür weit offen stand, bestand keinerlei Möglichkeit, einen Blick hineinzuwerfen. Er wartete noch einen Moment, dann stand er auf. »Ich hab jetzt keine Zeit mehr«, erklärte er dem Schnösel im Vorraum, als plötzlich der Inspektor vor ihm stand.

»Ah, Herr Reitmeyer«, sagte er und machte eine Geste auf sein Büro zurück. »Ich bin nur kurz aufgehalten worden.«

»Was gibt's denn so Dringendes?«, fragte Reitmeyer ungehalten, als er sich wieder setzte.

Sallinger schloss die Tür. »Tja, leider«, sagte er ohne ihn anzusehen, »muss ich Ihnen mitteilen, dass es eine massive Beschwerde gegen Sie gegeben hat.«

»Aha. Und von wem?«

Reitmeyers Blick folgte dem korpulenten, untersetzten Mann, der umständlich einen Schrank verschloss, bevor er ebenfalls Platz nahm. Ein lauernder Ausdruck lag auf Sallingers feistem Gesicht, und um die Nase zuckten Muskeln, als wollte er Witterung aufnehmen.

»Herr von Scheubner-Richter fand es sehr deplatziert und ungehörig von Ihnen, unangemeldet in seiner Redaktion aufzutauchen und Auskünfte über seine privaten Bekanntschaften einzufordern.«

»Seit wann ist es ungehörig, wenn die Polizei im Rahmen von Ermittlungen um eine Auskunft bittet?«

»Ich sagte *unangemeldet*!«

»Ich habe mich bei seiner Sekretärin angemeldet.«

»Es wurde eine *telefonische* Anmeldung erwartet. Nach Aussage von Herrn von Scheubner-Richter ging es um eine Dame aus seinem privaten Bekanntenkreis, die keinerlei Verbindung zu seinem geschäftlichen Umfeld hat. Also betrachtet er Ihr Vorgehen als Einbruch in seine Privatsphäre.«

»Wir können bei Ermittlungen nicht wissen, ob unter Umständen nicht auch persönliche Bereiche berührt werden.«

»Sie wollen mich wohl nicht verstehen«, sagte Sallinger aufgebracht.

Reitmeyer verstand ihn nur zu gut. »Tut mir leid, wenn ich uneinsichtig wirken sollte«, sagte er gelassen. »Ich ermittle im Mordfall an einem Detektiv namens Hofbauer. Die Dame, um die es geht, sollte im Auftrag ihrer Mutter von diesem Detektiv gesucht werden. Ich wollte mich also bloß erkundigen, ob etwas über den Aufenthaltsort der Dame bekannt ist.«

»Wollen Sie etwa unterstellen, dass Herr von Scheubner-Richter in einen Mordfall verwickelt ist?«, fragte Sallinger entrüstet. »Ist Ihnen denn bewusst, mit wem Sie es zu tun haben? Der Mann ist eine hochgeschätzte Persönlichkeit in Politik und Wirtschaft und pflegt Verbindungen zu den allerhöchsten Kreisen.«

»Herr Sallinger, ich unterstelle gar nichts. Ich wollte bloß ...«

»Sie wollten bloß einen Ehrenmann angehen, der ganz naturgemäß empfindlich reagiert, wenn es um seinen guten Ruf geht!«

»Ich wollte ihn nicht *angehen*, was auch immer Sie darunter verstehen mögen. Nochmals: Es ging um eine Auskunft!«

Sallinger beugte sich vor. Reitmeyer fand, dass er jetzt aussah, als zerrte er an einer zu kurzen Leine und würde sich gleich auf ihn stürzen, falls diese nachließe. »Sie scheinen gar nichts zu begreifen!«, bellte Sallinger. »Herr von Scheubner-Richter ist nicht nur ein angesehenes Mitglied unserer Gesellschaft, von seinen wirtschaftlichen Kontakten im In- und Ausland profitieren die Unternehmen unseres ganzen Landes! Auch wenn es hier um größere Zusammenhänge geht, die den Horizont eines kleinen Kommissärs vielleicht übersteigen mögen, muss ich Sie bitten, den Herrn nicht mehr mit überfallartigen Besuchen zu belästigen.«

Jetzt musste sich Reitmeyer Zügel anlegen, um nicht auf sein Gegenüber loszugehen. »Und wie raten Sie mir dann, an die nötigen Informationen zu kommen?«, fragte er mühsam beherrscht.

»Die kann ich Ihnen übermitteln. Herr von Scheubner-Richter hat Dr. Frick mitgeteilt, dass er über den Aufenthaltsort der Dame nichts weiß.«

Reitmeyer stand abrupt auf. »Vielen Dank für die Ankunft«, sagte er und ging hinaus.

»Keine Ursache«, rief ihm Sallinger nach.

Reitmeyer eilte den Gang hinunter. In seinem Innern herrschte solcher Aufruhr, dass er momentelang glaubte, einer der Anfälle kehrte zurück, die ihn als Folge seiner Kriegserlebnisse gequält hatten. Wie damals lehnte er sich an die Wand und spielte zur Beruhigung auf einem imaginären Griffbrett. Aber das »Trockenspielen« half nichts. Denn es war keine Panik, die ihn zu übermannen drohte, sondern Wut. Eine rotglühende, vollkommen überwältigende Wut. Er wollte Handgranaten und Bomben schmeißen, mit Feuerwerfern diese Schlangengrube ausräuchern, das ganze widerliche Geschmeiß der Intriganten ausrotten ... vernichten ... ein paar Mal schlugen seine Fäuste gegen die Wand. Dann holte er tief Luft und atmete durch. Das Gewitter in seinem Kopf ließ langsam nach. Dafür stieg eine andere Welle auf. »So nicht!«, hämmerte es nun. »So nicht!« Er ging rasch weiter. Die ganze Brut von Heuchlern, Kriechern und servilen Speichelleckern hatte sich schwer geschnitten, wenn sie glaubten, sie wären imstand, ihn einzuschüchtern, ihn aufzuhalten und ihm den Schneid abzukaufen. Ihm nicht!

»Es hat funktioniert!«, rief Steiger strahlend, als Reitmeyer die Bürotür öffnete. »Gerad vorhin hat man uns Bescheid gegeben. Der Meixner will eine Aussage machen. Das war ein guter Einfall mit den Fotos, obwohl ich's anfangs nicht kapiert hab.«

»Tja, ich hab gehofft, dass er reagiert, wenn er die Bilder von seiner übel zugerichteten Freundin sieht. Aber leicht scheint's ihm nicht gefallen zu sein. Immerhin hat er eine Nacht gebraucht, bevor er sich entschlossen hat.«

»Blöd ist jetzt bloß«, erwiderte Steiger, »dass im Moment kein Protokollführer verfügbar ist. Ich hab schon nachgefragt. Sollen wir die Sache bis Montagmorgen verschieben?«

»Auf keinen Fall. Wer weiß, ob er sich's in der Zwischenzeit nicht wieder anders überlegt. Dann gehst halt du mit.«

»Ich kann jetzt nicht. Ich muss gleich in den Augustiner rüber. Da sind zwei amerikanische Touristen beklaut worden, die einen Riesenaufstand machen. Die beiden Wachleute sind anscheinend überfordert.«

»Dann nehm ich den Rattler mit. Ruf in der Spurensicherung an, dass er gleich rüberkommen soll.«

Diesmal blickte ihm Meixner nicht entspannt entgegen, als Reitmeyer in den Vernehmungsraum kam. Mit hängenden Schultern und gebeugtem Kopf saß er am Tisch und stierte auf die beiden Fotos, die man ihm in die Zelle geschickt hatte.

»Herr Meixner, guten Morgen«, sagte Reitmeyer. »Das hier ist Kriminalassistent Rattler, der Ihre Aussage aufnehmen wird.«

Meixner blickte auf. Er wirkte ziemlich ramponiert nach einer Nacht in Haft. Sein Haar war wirr, der Hemdkragen zerdrückt, und unter seinen Augen lagen dunkle Ringe, als hätte er nicht viel Schlaf gefunden. Reitmeyer und Rattler nahmen ihm gegenüber Platz.

»Können Sie mir garantieren, dass so was nicht nochmal passiert?«, fragte er mit belegter Stimme und deutete auf die Bilder.

»Wenn Sie mir sagen, wer Ihrer Freundin das angetan hat, lass ich den oder die Täter festnehmen.«

»Aber ich weiß doch nicht, wer das war!«

»Vielleicht stellen wir die Frage erst mal zurück. Ich habe Fräulein Wilflinger gesagt, dass Sie in Haft genommen wurden. Also nehme ich nicht an, dass weiterhin Druck auf sie ausgeübt wird, um Ihren Aufenthaltsort zu erfahren. Ich schlage vor, wir beginnen mit Ihrer Aussage. Und zwar damit, was Sie wirklich in der Wohnung von Norbert Hofbauer gesucht haben.«

Meixner richtete sich unbehaglich auf und rechte ein paar Mal mit den Fingern durch die Haare. »Ich hab nach dem Geld gesucht«, sagte er leise.

»Nach welchem Geld?«

»Ich hab das nicht genommen, das hat man mir unterstellt und …«

»Herr Meixner, jetzt mal ganz langsam«, unterbrach ihn Reitmeyer. »Woher stammt das Geld, wie kam es in Ihre Hände, und was unterstellt man ihnen?«

Meixner nickte und räusperte sich. »Ich habe vor ungefähr zwei Wochen von Treu-Oberland, genauer gesagt, von Norbert Hofbauer, den Auftrag bekommen, ein Kuvert in die Wohnung von Dr. Schäfer nach Schleißheim zu bringen. Manfred Sturm sollte mich fahren. Er war als Fahrer bei Treu-Oberland eingesetzt. Und wir haben das Kuvert abgegeben.«

»An wen?«

»An eine Angestellte, die es Dr. Schäfer geben sollte.«

»Was war in dem Kuvert?«

»Das wusste ich nicht. Wichtige Papiere hat es geheißen. Danach sind wir wieder zurückgefahren. Am Nachmittag ist Dr. Schäfer ins Büro gekommen, und es hat ein Riesentheater gegeben, weil er behauptet hat, in dem Kuvert seien nur leere Seiten gewesen. Aber nicht die fünfhundert Dollar, die ich hätte überbringen sollen. Von denen ich allerdings gar nichts wusste.«

»Wissen Sie, woher die Dollars stammten?«

»Darüber kann ich nichts sagen. Angeblich waren es Spendengelder. Ich weiß es nicht. Ich hatte nie mit Geld zu tun, weil ich für andere Bereiche zuständig war. Zu dem Zeitpunkt habe ich mich mit der Organisation eines Aufmarsches beschäftigt, an dem auch andere Bünde teilnehmen sollten.«

»Kam es denn öfter vor, dass Dinge in Dr. Schäfers Wohnung gebracht werden mussten?«

Meixner überlegte. »Ich denke schon. Aber ich wurde damit eigentlich nicht beauftragt.«

»Dann könnte man Ihrer Darstellung nach vermuten, dass Norbert Hofbauer das Geld genommen hat und Ihnen den Diebstahl in die Schuhe schieben wollte.«

»Genau dasselbe habe ich auch gedacht.«

»War sonst noch jemand dieser Meinung bei Treu-Oberland?«

»Ja, das ist kompliziert …« Meixner starrte auf seine Hände, als wüsste er nicht, wo er anfangen sollte.

»Beginnen wir doch mit Ihrem Verhältnis zu Norbert Hofbauer.«

»Ja, wie gesagt, das war kompliziert. Hofbauer gehörte zu einem Zirkel in unserem Bund, zu dem ich keinen Zutritt hatte. Ich hatte öfter Auseinandersetzungen mit ihm über die grundsätzliche Ausrichtung des Bundes. Ich war nicht einverstanden mit der inneren Struktur, da zunehmend alles von Dr. Schäfer und seinem ideologischem Berater Arnold Ruge bestimmt wurde, und die immer striktere monarchische Ausrichtung hat mir auch nicht gefallen, weil ich an einer Wiedererrichtung des Königtums nicht interessiert bin. Mir wurde vorgeworfen, ich hätte Neigungen in Richtung Jungdeutscher Orden, weil ich aus Frontzeiten noch Freunde dort habe. Jedenfalls wurde ich verdächtigt, dass ich austreten und Mitglieder abwerben wollte. Und es stimmt, ich fühlte mich angezogen vom Jungdo, weil man dort den alten Geist der Opferwilligkeit hochhält, gegen jüdischen Materialismus, Selbstsucht und Schachertum ...«

Reitmeyer unterbrach ihn entschieden. »Die Ideologie des Jungdeutschen Ordens steht hier nicht zur Debatte, Herr Meixner. Kehren wir zu Ihrem Verhältnis zu Norbert Hofbauer zurück. Sie nehmen also an, man hat Ihnen den Diebstahl unterstellt, weil man Sie kaltstellen wollte?«

»Ja, Hofbauer wollte mich auf eine Weise loswerden, die meinen Ruf ruiniert hätte, und gleichzeitig bin ich überzeugt, dass er das Geld für sich entwendet hat. Er hatte finanzielle Schwierigkeiten, weil ihm der Sold nicht gereicht hat. Ich habe immer wieder mitbekommen, dass es zwischen ihm und Schäfer Differenzen gab, wobei es um dessen Lebensstil ging. Dass Schäfer zu viel Geld für sich abzweigt, aber an den Leuten spart, die wirklich die Arbeit machen. Hofbauer musste angeblich noch andere Arbeiten annehmen, um über die Runden zu kommen.«

»Wie sah es denn bei Ihnen aus?«

»Ich bekam auch nur unregelmäßig Geld. Wir wurden immer wieder vertröstet, dass nach dem Sieg der nationalen Sache alles besser werden würde. Ich komme nur deswegen zurecht, weil ich bei Fräulein Wilflinger wohne und keine Miete bezahlen muss.«

»Warum ist eigentlich kein Verdacht auf Manfred Sturm gefallen? Er hat doch mit Ihnen gemeinsam das Kuvert abgegeben.«

»Den Verdacht hat es schon gegeben. Es wurde behauptet, wir hätten die Beute geteilt.« Meixner lachte auf. »Ich selbst hatte irgendwann den Gedanken, dass er das Kuvert hätte austauschen können, nachdem ich ihn auf der Fahrt einmal kurz anhalten ließ, um in einem Gasthaus Zigaretten zu kaufen. Deshalb war ich auch bei seiner Schwester, als ich mir überhaupt keinen Rat mehr wusste. Aber eigentlich hat mir das nie wirklich eingeleuchtet. Woher hätte er denn wissen sollen, dass Geld in dem Umschlag war.«

»Kehren wir noch einmal zu dem Moment zurück, als man Ihnen das Ultimatum gestellt hat. Was ist danach passiert?«

»Tja, was sollte ich machen? Als ich nach Ablauf der Frist das Geld nicht zurückbringen konnte, habe ich noch einmal versucht, mit Hofbauer und Schäfer zu reden. Telefonisch. Aber sie sind nicht abgerückt von ihrer Forderung. Und dann hab ich erfahren, dass Manfred Sturm erschossen wurde. Das habe ich als Warnung aufgefasst und bin untergetaucht. Anfangs in Grafing, wo meine Freundin Verwandte hat. Und nachdem ich gehört hatte, dass Hofbauer getötet worden war, habe ich das auch mit dem Geld in Verbindung gebracht, obwohl mir nicht klar ist, seit wann bei Treu-Oberland Hinrichtungen durchgeführt werden. Ich bin aber nach München zurückgekommen, in der Hoffnung, ich würde über die Hintergründe etwas herausfinden, und außerdem brauchte ich Geld, das mir meine Freundin leihen wollte.«

»Und in München mussten Sie feststellen, dass man die Suche nach Ihnen nicht aufgegeben hat. Das ist aber doch merkwürdig. Warum suchte man weiter nach Ihnen, wenn der Verdacht doch zwischenzeitlich auf Hofbauer gefallen war. Und warum hat man Hofbauer das Geld nicht abgenommen, bevor er ›hingerichtet‹ wurde, wie Sie es ausdrücken.«

Meixner zuckte die Achseln. »Ich habe keine Ahnung. Ich bin jedenfalls davon ausgegangen, dass man die beiden wegen dem Geld liquidiert hat. Und das hat mir ziemlich Angst gemacht.«

Reitmeyer sah zu Rattler hinüber, der in rasender Geschwindigkeit die Seiten mit unlesbaren Zeichen vollkritzelte. Der Bub war immer wieder für eine Überraschung gut. Wer außer ihm hätte die Zeit im Lazarett genutzt, um Kurzschrift zu lernen?

»Sie sagten, dass Sie mit Finanzdingen nichts zu tun hatten bei Treu-Oberland«, wandte er sich wieder an Meixner. »Aber haben Sie sich denn überhaupt keine Gedanken gemacht, woher das Geld stammen könnte?«

»Doch schon. Aber es gibt aber immer wieder Unterstützer, die nicht genannt werden wollen. Und Schäfer und Hofbauer haben immer besonders geheimnisvoll getan, wenn es um die Identität von Spendern ging. Da wussten nur ein paar Leute wirklich Bescheid.«

»Waren das die Leute, die Sie als ›inneren Zirkel‹ bezeichnen?«

»Das nehme ich an.«

»Und warum, glauben Sie, hatten Sie keinen Zugang dazu?«

»Wahrscheinlich wegen meiner Entfremdung in ideologischer Hinsicht. Und, wie gesagt, weil man bestimmte Unterstützer nicht publik machen wollte. Ich weiß allerdings nicht, um wen es sich dabei gehandelt haben könnte.«

Reitmeyer schwieg einen Moment. »Wir waren übrigens anwesend«, begann er wieder, »als Sie hinter Fräulein Wilflinger aus dem Elysium geflüchtet sind.«

Meixner strich sich übers Gesicht. »Ja … ja … das ist mir peinlich. Aber ich hatte keine andere Wahl, als mich in Sicherheit zu bringen vor meinen Verfolgern.«

»Das ist mir klar. Aber wer waren die beiden Männer, die vor der Vorstellung Ihre Freundin im Hof belästigt haben?«

»Welche Männer?«

»Das frage ich Sie. Weil Sie ebenfalls im Hof waren. Genau wie ich. Nur auf der anderen Seite der Mauer.«

Meixner sah auf die Tischplatte und griff nach den beiden Fotos, die ihm aus der Hand fielen, bevor er sie umständlich in die Tasche steckte. Er will Zeit gewinnen, dachte Reitmeyer. Zugleich entgingen ihm die feinen Schweißperlen nicht, die sich auf Meixners Oberlippe gebildet hatten, genauso wenig wie die pochende Ader an seiner Schläfe.

»Ich weiß nicht, wer die waren«, erwiderte Meixner mit betont fester Stimme. »Ich hatte keine gute Sicht in meinem Versteck.«

»Merkwürdig, dass Sie zwei Männer Ihres Bundes nicht erkennen, die offenbar als Schutztruppe für Dr. Schäfer dienen.«

Meixner entschied sich, darauf zu schweigen.

»Ja nun«, sagte Reitmeyer. »Wir werden Ihre Angaben überprüfen.« Er sah zu Rattler hinüber. Der nickte. »Ich hab alles, Herr Kommissär.«

»Möchten Sie Ihrer Aussage noch etwas hinzufügen, Herr Meixner?«, fragte Reitmeyer.

Meixner schüttelte den Kopf. »Ich hoffe bloß, dass Sie das Geld finden. Damit ich entlastet bin.«

»Was meinst du?«, fragte Reitmeyer, nachdem der Häftling wieder abgeführt worden war.

»Ich find's auffällig, dass der Meixner immer bloß den Hofbauer beschuldigt, und gegen den Schäfer nur Sachen vorbringt, die von dem Hofbauer stammen sollen«, erwiderte Rattler. »Aber der Hofbauer ist tot, und man kann alles

Mögliche über ihn sagen, nachdem er sich nicht mehr wehren kann.«

»Das hab ich mir auch gedacht. Schließlich könnte alles auch ganz anders gewesen sein. Wer weiß, wo die Wahrheit aufhört und die Märchen anfangen bei diesem Meixner. Dass er sehr kreativ ist in dieser Hinsicht, hat er bei der ersten Vernehmung bewiesen. Ich meine, wir haben das Geld zwar bei Hofbauer gefunden, dennoch könnte er gemeinsame Sache mit dem Sturm gemacht haben. Die beiden waren immerhin alte Bekannte. Vielleicht ging's noch um andere Dinge. Es könnte neue Machtkämpfe gegeben haben in dem obskuren Verein. Jedenfalls muss es irgendwas gewesen sein, was man beiden vorgeworfen hat. Schließlich sind sie mit derselben Waffe erschossen worden.«

»Das Problem ist, dass wir praktisch so gut wie nix über den Hofbauer wissen.«

»Und dass es sehr schwierig werden dürfte, noch was rauszukriegen über ihn. Diese Burschen sprechen sich doch ab, bevor sie was sagen.«

»Aber wenigstens kriegen wir raus, woher das Geld stammt. Wenn der Schäfer die fünfhundert Dollar wiederhaben will, muss er beweisen, dass sie ihm gehören. Dann muss er seine Spender offenlegen.«

»Am Montagmorgen fühlen wir diesem Schäfer mal gehörig auf den Zahn.«

16

»Wollen S' noch einen Nachschlag?«, fragte die Wirtin und sah ihm zu, wie er die Kartoffelsuppe löffelte.

»Na, na, ich bin wirklich satt«, bedankte sich Rattler und griff nach dem Bier, das ihm ebenfalls kostenlos serviert worden war. »Das war sehr gut. Vielen Dank.« Er lehnte sich zurück und atmete durch. Diese Erfahrung hatte er schon öfter gemacht, dass es bei Ermittlungen besser war, sich als Zivilperson auszugeben. Vor allem in einer Gegend wie hier oben in Giesing, dem alten Arbeiterviertel, wo die Vertreter der Staatsmacht grundsätzlich kein allzu großes Ansehen genossen. Aber die Wirtin des Bergsteig war nicht nur freundlich zu dem vermeintlichen Bürogehilfen, sie hatte ihn geradezu ins Herz geschlossen. Das lag natürlich an der Geschichte, die er ihr erzählt hatte und die vielleicht ein bisschen arg rührselig geraten war. Aber er hatte etwas erfinden müssen, wenn er nach einer Person suchte, von der er gar nichts wusste und nicht einmal den Vornamen kannte. Die Wirtin jedenfalls fand es »hochanständig« von ihm, dass er sich so selbstlos für seinen Hausbesitzer einsetzte. Diesen alten Mann, dessen Sohn an den Spätfolgen seiner Kriegsverletzung gestorben sei und der einem ehemaligen Kameraden seine Uhr hinterlassen wollte. Der alte Vater, der in sehr schlechtem Zustand im Krankenhaus liege, könne nicht mehr richtig sprechen und sage immer nur, dass man »den Adler« finden müsse, um den letzten Wunsch seines Sohnes zu erfüllen.

»Und an was is sein Bub dann gestorben?«, fragte die Wirtin anteilnehmend.

»An einer Gasvergiftung, glaub ich. Seine Lunge hat irgendwann nicht mehr mitg'macht.«

»Ja so ein Lungenschaden is was Furchtbares. Wissen S', mein Neffe ...« Sie winkte ab und wischte sich über die Augen. »Ah dieser Krieg, dieser elende«, sagte sie schließlich und setzte sich. »Aber warum meinen S', dass dieser Adler bei uns gewesen sein soll?«

»Das hat der Vater gesagt. Er hat von einem Lokal in der Nähe der Giesinger Kirche gesprochen. So hab ich ihn jedenfalls verstanden.«

Die Wirtin sah ihn etwas besorgt an. »Das ham S' aber schon g'sehen, dass es hier mehrere Wirtschaften gibt?«

»Ja, sicher. Gut ein halbes Dutzend.« Larissas Angaben waren leider sehr ungenau gewesen. Er hatte noch versucht, sie zu einer genaueren Beschreibung zu bewegen, bevor er hier heraufgefahren war, aber es war nicht möglich gewesen, mehr aus ihr rauszukriegen. Es schien ihr sehr schwerzufallen, über die Angelegenheit zu sprechen, und er wollte sie nicht noch mehr quälen. Deshalb hatte er auch den Plan aufgegeben, eine Zeichnung von dem Vergewaltiger anzufertigen, mit dem Effekt, dass er sich mit einer äußerst vagen Beschreibung des Kerls begnügen musste. Er sei etwa Ende zwanzig bis Anfang dreißig, groß und *wahrscheinlich* blond.

»Tja, wie gesagt, der alte Vater ist halt sehr schlecht beieinander ...«

Die Wirtin tätschelte seine Hand. »Also wenn dieser Kamerad von dem Sohn hier aus der Gegend is oder hier in die Wirtschaften geht, dann finden wir ihn auch. Bei uns hier droben kennen sich die Leut.« Sie winkte der Bedienung. »Kennst du einen Adler hier in der Umgebung?«

Die Bedienung stellte ihr Tablett ab. »Ja, den Schreiner Adler, vorn am Zugspitzplatz.«

Die Wirtin schüttelte den Kopf. »Der kann's nicht sein. Der ist zu alt. Und seine Buben sind zu jung.«

»Dann kenn ich noch einen Adler, der drunten in der Lederfabrik arbeitet. Aber der ist auch schon Mitte Vierzig.«

Die Wirtin erhob sich seufzend. »Dann frag ich jetzt einmal die Gäst'«, sagte sie und ging von Tisch zu Tisch. Rattler trank sein Bier und beobachtete, wie Leute kopfschüttelnd verneinten, über Tische hinweg andere Gäste fragten, bis an dem Tisch in der hinteren Ecke ein Mann nickte und Richtung Fensterfront gestikulierte, worauf die Wirtin schnellen Schritts zurückkam. Auf ihrem Gesicht lag ein triumphierendes Lächeln. »Ich denk, wir ham ihn!«, sagte sie.

»Echt?«, fragte Rattler wie elektrisiert.

»Im Haus von dem Mann«, sie deutete mit dem Daumen nach hinten. »Da ist vor ungefähr einem Monat ein Adler als Untermieter eingezogen. Der Mann kennt ihn bloß vom Sehen. Aber die Beschreibung könnte passen. Gleich hier bei uns in der Gietlstraß, drei Häuser vor der Tegernseer. Am Klingelschild klebt ein Zettel mit seinem Namen.«

Rattler sprang auf und nahm seinen Mantel. »Da schau ich gleich vorbei.«

»Sie sagen mir doch Bescheid, wenn S' ihn g'funden ham?«, rief ihm die Wirtin nach, während er zur Tür lief.

»Ja sicher. Und nochmal vielen Dank.«

Rattler ließ sein Rad stehen und eilte im Sturmschritt zu dem Haus kurz vor der nächsten Straßenecke, wo er innehielt und zur Fassade hinaufsah. In allen Stockwerken brannte Licht. Die Bewohner waren zu Hause. Und am Klingelschild klebte tatsächlich ein Zettel, auf dem handgeschrieben »Adler« stand. Er bräuchte bloß zu klingeln und stünde in der nächsten Minute diesem Verbrecher gegenüber. Aber was sollte er sagen? Er ging ein paar Schritte auf und ab und überlegte. Warum nicht die gleiche Geschichte, die er der Wirtin erzählt hatte? Wenn die Beschreibung auf ihn zutraf, war er mit größter Wahrscheinlichkeit im Krieg gewesen. Jetzt brauchte er allerdings einen Namen für den angeblichen Kameraden, dessen Uhr er kriegen sollte. Er entschied sich für Bauer. Ein Allerweltsname mit hoher Trefferquote. Und da diesem Kerl etwas geschenkt werden sollte, würde er nicht weiter nachbohren. Abgesehen davon schien er ohnehin nicht besonders schlau zu sein, wenn er die Untat in unmittelbarer Umgebung seiner Wohnung begangen hatte, wo man ihn kannte und sofort finden würde. Allerdings hatte seine Kusine Rosa einmal gesagt, dass sich Vergewaltiger ziemlich sicher fühlten, weil sie von ihren Opfern aus Scham so gut wie nie belangt würden. Rattler holte noch einmal tief Luft und drückte auf den Klingelknopf.

Im Hochparterre ging ein Fenster auf, und eine Frau beugte sich heraus. Er würde gern Herrn Adler sprechen, sagte Rattler. Der sei noch nicht daheim, erklärte die Frau. Er arbeite im Schichtdienst bei der Bahn, und sie wisse nicht genau, wann er nach Hause komme. Doch ihrer Erfahrung nach könne es nicht mehr lange dauern. Was er denn von ihm wolle?

»Ach, nicht so wichtig«, versuchte Rattler die neugierige Vermieterin abzuwimmeln. »Dann komm ich morgen halt nochmal vorbei. Wann geht er denn am Samstag zur Arbeit?«

»Um die Mittagszeit, glaub ich. Aber ich könnt ihm ja was ausrichten.«

»Nein, nein, nicht nötig«, sagte er. Jetzt hatte er den Mann ja gefunden und brauchte mit dem Kerl eigentlich gar nicht zu reden, bevor er morgen mit Larissa herkäme. »Also dann, bis morgen.« Er wandte sich zum Gehen.

»Warten S'«, sagte die Frau. »Ich seh grad, dass er da vorne kommt.« Sie beugte sich noch weiter aus dem Fenster und winkte einer Gestalt, die aus der Tegernseer eingebogen war, mit großen Armbewegungen zu. »Da is jemand für Sie!«, rief sie laut und deutete mit dem Finger auf Rattler.

Rattler spürte, wie eine heiße Woge in ihm aufstieg. Gleich würde er dem Vergewaltiger von Larissa gegenüberstehen. Er durfte sich nichts anmerken lassen. Er hob das Kinn und blickte dem großen, kräftigen Menschen entgegen, der eilig auf ihn zugelaufen kam. Er trug noch Arbeitskleidung und hatte einen Schal umgebunden und seine Mütze tief in die Stirn gezogen. »Dich schickt der Zipplinger, gell?«, sagte der Kerl, als er neben ihm angekommen war, und zog ihn gleichzeitig ein Stück beiseite. »Die Alte ist furchtbar naseweis«, raunte er. »Besser, die kriegt nix mit.«

Rattler wusste nicht, was er darauf antworten sollte, und nickte stumm. Adler zog ihn noch ein Stück weiter von der Vermieterin weg. »Geh da vorn in das Lokal am Eck«, sagte er leise. »Ich zieh mich bloß schnell um und komm dann nach.«

Das Licht der Straßenlaterne war trüb, und Rattler konnte die Miene des Mannes nicht genau erkennen. Doch soweit er sehen konnte, lächelte er ihn verschwörerisch an, und wenn er sich nicht täuschte, hatte er ihm sogar zugezwinkert. Plötzlich schoss ihm ein Gedanke durch den Kopf. Der Kerl arbeitete bei der Bahn. Vielleicht gehörte er zu den Banden, die ständig Güterzüge ausraubten. Es war schon lange angenommen worden, dass Angestellte mit den Dieben gemeinsame Sache machten. Wenn er seinen Kollegen im Nachbarkommissariat die Namen der Verbrecher liefern könnte, wäre ihm ganz nebenbei noch ein ganz besonderer Coup gelungen. »Ja, gut«, sagte er schnell und machte sich sofort auf den Weg zu dem Lokal.

Es ging hoch her in der überfüllten und stark verräucherten Kneipe. Ein Mann spielte Akkordeon, und ein bejahrter Invalide sang mit zwei kleinen Mädchen Lieder aus dem Siebzigerkrieg. »Fern bei Sedan auf den Höhen«, krächzte der Alte, der aussah, als hätte er an dem Feldzug noch persönlich teilgenommen, und die hellen Stimmchen der zwei Mädchen zirpten von einem »armen Mütterchen«, das sich zu Hause grämte. Das Publikum war begeistert und verlangte Zugaben. Rattler zwängte sich zur Theke durch und bestellte ein Bier. Die kleinen Mädchen stimmten das Lied von der Regennacht an, in der ein Soldat »auf einsamer Wacht« ausharrte. Jetzt kannte die Begeisterung keine Grenzen mehr, und die Refrains wurden lauthals mitgesungen. In dem Moment trat Adler ein. Der hünenhafte Mensch hatte kein Problem, über die Gästeschar hinwegzublicken, und entdeckte Rattler sofort. Er winkte ihm zu und schob sich zu der Theke durch. »Ja, Lieder aus dem Siebz'gerkrieg, die singen's heut gern«, sagte er lachend. »Den ham wir halt auch noch gewonnen.« Er klopfte ihm auf die Schulter. »Sing mit!«, fügte er aufmunternd hinzu. »Singen macht die Muskeln hart.« Rattler trank einen Schluck Bier und ging auf den blöden Spruch des Kerls nicht ein, der ihn breit angrinste. Er trug inzwischen ein Jackett, das über Brust und Oberarmen spannte, und ohne Schal und Mütze traten sein kantiger Schädel und das grobschlächtig Dumpfe seines Ausdrucks noch deutlicher hervor. Besonders unangenehm fand Rattler, dass seine Zunge in kurzen Abständen über die fleischigen Lippen schleckte. Er fiel ihm schwer, dem Widerling überhaupt ins Gesicht zu schauen.

»Und?«, fragte Adler, nachdem er sich ebenfalls ein Bier bestellt hatte. »Was hat der Zipplinger g'sagt?«

»Na ja, nicht viel. Er hat sich ziemlich ... bedeckt gehalten.«

Adler lachte. »Ja, an die große Glock'n wird er's nicht gleich hängen. Man muss ja vorsichtig sein. Wie heißt'n du eigentlich?«

»Schorsch«, sagte Rattler.

Adler taxierte sein Gegenüber von oben bis unten. »Na, allzu kräftig bist aber nicht, Schorschi.« Er legte eine seiner schaufelartigen Pranken um Rattlers Bizeps und drückte zu. »Ist da ein Schmalz drin?«

Klar, dachte Rattler, sie suchten möglichst starke Typen zum schnellen Wegschaffen der Beute. Er schüttelte mit einem Ruck die Hand des Kerls ab. »Das täuscht«, erklärte er selbstbewusst. »Ich kann schon hinlangen, wenn's drauf ankommt. Und zupacken beim Ausladen ...«

Adler riss die Augen auf, bevor er losprustete vor Lachen. »*Hinlangen* kann er«, wieherte er haltlos. »Und zupacken beim *Ausladen*.« Er kriegte sich überhaupt nicht mehr ein vor Heiterkeit. Rattler beschloss, die Toilette aufzusuchen, bis sich der Trottel wieder gefangen hatte. Zumindest wollte er nicht abwarten, bis wieder altbekannte Sprüche über sein »krischperlhaftes« Aussehen kamen. Er kämpfte sich durch das Gedränge zum hinteren Bereich hindurch. Ich muss dem tumben Kerl klarmachen, dachte er, dass nicht bloß Kraft, sondern auch Flinkheit ein Plus bei solchen Unternehmungen ist. »Jetzt wart doch!«, rief Adler, der ihm gefolgt war. »Und sei nicht eing'schnappt.« Rattler blieb stehen. Ein widerliches Grinsen hat der Kerl, dachte er noch. Da wurde er auch schon gepackt und gegen die Wand gepresst. Eine von Adlers groben Pranken umschloss seinen Kiefer, die harte Zunge dieses Menschen stieß zwischen seinen Zähnen hervor und wühlte sich in Rattlers Mund. Sein Magen revoltierte, als er das scheußliche Gemisch von Zwiebeln und Tabak schmeckte. Er rang nach Atem, als Adler von ihm abließ. »Wir gehen in den Hof da hinten«, flüsterte er heiser in sein Ohr. »Da kann man abhauen durchs Tor, wenn's nötig is.«

»Ich geh voraus«, stieß Rattler hervor und rannte durch den Gang zur Hintertür. Er rannte weiter durch den Hof, durchs Tor hinaus und bis zum Bergsteig, wo sein Rad stand. Auch hier wagte er nicht, sich zu verschnaufen, auch wenn er glaubte, in seinen Lungen brenne Feuer. Er schwang sich auf den Sattel und jagte den Berg hinunter. In seinem Kopf hämmerte der immer gleiche Satz: Das darf kein Mensch erfahren. Nie darf ein Mensch erfahren, was mir passiert ist.

17

Reitmeyer ließ die Zeitung sinken, während der Zug in den Starnberger Bahnhof einfuhr, und erhob sich, um auf den See und die Berge hinauszublicken, die in der Ferne bläulich schimmerten. Der Anblick war ihm wohlvertraut. Seit seiner Kindheit kannte er die Gegend von Ausflügen mit Eltern und Verwandten und später dann von ganzen Sommern, die er mit seinen Freunden hier verbracht hatte. Mit Sepp und Caroline und ihrem Bruder Lukas beim Baden oder auf Lukas' Segelboot. Das waren schöne, aber auch sehr schmerzliche Erinnerungen, seit Lukas nach den Schlachten an der Somme als vermisst gemeldet worden war. Doch Caroline, die dort als Ärztin in einem Lazarett gearbeitet hatte, wusste, dass man sich keine Hoffnungen zu machen brauchte. »Vermisst« war nur ein anderer Ausdruck dafür, dass auch von seiner Leiche nichts mehr übrig war nach den Höllenfeuern der wochenlangen Kämpfe. Reitmeyer sah zum Dampfersteg hinüber, wo junge Burschen saßen, die ihre Angel ins Wasser warfen, entlang des Ufers spazierten Leute im Abendlicht. Es sah so schön und friedlich aus. Hier waren sie auch entlanggegangen, zum Wellenbad oder zu den Cafés und Lokalen auf der Promenade. Doch über all den Plätzen, wo sie geschwommen, gezeltet und gefeiert hatten, lag nun ein dunkler Schatten, den keine Sonne mehr vertreiben konnte, und jedes Mal, wenn er hierherkam, schienen es gerade die Schönheit und der Frieden der Landschaft zu sein, die den Verlust des Freundes nur umso bitterer machten. Vermutlich empfanden Sepp und Caroline ganz ähnlich, auch wenn sie nie wirklich darüber gesprochen hatten. Während der Zug wieder anfuhr, schloss er für einen Moment die Augen und sah Lukas vor sich, wie er am Ruder seines Segelboots stand, das lautlos in die Bucht glitt. Es tat weh, trotzdem versuchte er, das Bild auszuhalten. Wenn er die Bilder zuließ, sich nicht mehr wehrte gegen den Schmerz, dann nahm dieser ab, bis schließlich auch das Bild von selbst verblasste. Das hatte er gelernt. Das hatte ihm geholfen, die Kriegserinnerungen zu überwinden, die ihn noch jahrelang gepeinigt hatten.

In Feldafing stieg er aus und machte sich auf den Weg zum Hotel Kaiserin Elisabeth. Der flotte Fußmarsch den Berg hinunter tat ihm gut, die schmerzlichen Gefühle verflogen, und Vorfreude trat an ihre Stelle. Er würde Caroline treffen und den Abend und das ganze restliche Wochenende mit ihr verbringen. Möglicherweise fand er sogar ein paar Hinweise, die ihn im Fall Norbert Hofbauer weiterbrachten. Inzwischen fast beschwingt, lief er die letzten Meter zum Hotel und warf am Eingang rasch noch einen Blick auf die Rechnung, die sie in Hofbauers Jacke gefunden hatten. Sie stammte vom 8. Oktober. Genau eine Woche vor seinem Tod war Hofbauer zu Kaffee und Kuchen hier gewesen. Reitmeyer war überzeugt, dass er zu einem bestimmten Zweck hergekommen war. Das Kaiserin Elisabeth, in dem die Namensgeberin sich einzuquartieren pflegte, wenn sie ihre Verwandten im nahen Possenhofen besuchte, wurde von betuchten Leuten frequentiert. Es war kein Ort für ausgemusterte Leutnants, die mit dem kargen Sold eines obskuren Verbands kaum über die Runden kamen. Außer, sie trafen hier jemanden, von dem sie sich möglicherweise etwas versprachen.

Reitmeyer ging durch die Tür ins Foyer und sah sich nach Caroline um. Im Speisesaal, wo an den weißgedeckten Tischen schon einige Gäste Platz genommen hatten, war sie nicht. Auch in den kleinen Salons und in der Bibliothek fand er sie nicht. Erst als er einen Blick durch die hohen Glastüren warf, entdeckte er sie draußen auf der Terrasse. Sie stand an der Treppe zum Garten und sah auf den See hinab, der sich glänzend im schwindenden Licht ausbreitete.

»Herrlich, nicht?«, sagte sie, als er neben sie trat. »Ich würde gern noch ein bisschen hier draußen bleiben, bevor es ganz dunkel wird.«

»Ja, gern. Soll ich uns was zu trinken bringen lassen?« Reitmeyer legte seine Tasche und seinen Geigenkoffer ab.

»Ich hab uns schon was bestellt.« Caroline setzte sich an einen Terrassentisch und rückte Reitmeyer einen Stuhl zurecht. »Das letzte Mal bin ich mit Lukas hier gesessen. Im Juli 14. In diesem sagenhaft schönen Sommer.«

»Als alle dachten, die Krise auf dem Balkan sei bald vorbei?«

Sie lachte ein bisschen. »Tja, damals hat man sich einfach nicht vorstellen können, was dann gekommen ist.«

Die Terrassentür ging auf, und ein Kellner brachte ein Tablett mit zwei Gläsern. Sie tranken Wein und blickten gemeinsam auf den See hinab. Reitmeyer sah Caroline von der Seite an. Die Erinnerung an Lukas schien sie nicht zu bedrücken, stellte er erleichtert fest. Unten im Garten gingen Angestellte herum, die die Kissen von den Liegestühlen einsammelten und auf die Terrassenstufen legten.

Plötzlich stand Caroline auf. »Da ist doch die Traudl«, sagte sie. »Die Freundin von unserem Hausmädchen.«

»Von der Liesl?«, fragte Reitmeyer, während sie schon die Treppe hinunterging. Er stand ebenfalls auf. »Ich geh schnell nach drinnen, um was nachzufragen«, rief er ihr nach.

Er ging zur Rezeption und zeigte dem Portier Hofbauers Rechnung. Wer von den Kellnern am 8. Oktober Dienst gehabt habe, fragte er und legte seine Polizeimarke auf den Tresen. Mit dem Mann würde er gern sprechen. Die anfangs freundliche Miene des Portiers wurde verschlossen. Er müsse auf den Dienstplänen nachsehen, erwiderte er knapp, und gebe ihm dann Bescheid. »Ich bin draußen auf der Terrasse«, sagte Reitmeyer verwundert über die schroffe Reaktion, bevor er durch den Speisesaal zurückging.

Durch die Glastüren sah er, dass Caroline mit Liesls Freundin redete. Vielleicht sollte er das Mädchen fragen, ob sie Hofbauer schon einmal gesehen hatte. Auch wenn sie nicht zur Riege der Kellner gehörte, bekam sie wahrscheinlich doch Vieles mit. Rasch ging er zu den beiden hinaus. Caroline stellte ihn vor. Traudl habe gemeinsam mit Liesl den Schreibmaschinenkurs in München besucht, erklärte sie ihm. Als ihr jedoch die Stelle in dem Hotel angeboten wurde, habe sie natürlich zugegriffen.

»Das war eine einmalige Chance«, sagte Traudl. »Und ich komm ja auch aus Feldafing.«

»Bedienen Sie auch hier?«, fragte Reitmeyer.

»Nur im Stüberl«, sagte Traudl.

Reitmeyer klappte seine Brieftasche auf und zog das Bild von Hofbauer heraus, das hinter dem Foto von Anna Kusnezowa steckte. »Haben Sie den Mann schon einmal gesehen?«

Traudl warf einen ängstlichen Blick zur Terrasse hinauf. »Wir dürfen keine Auskünfte geben«, sagte sie flüsternd. »Das hat man uns verboten.«

»Aber Sie haben den Mann schon einmal gesehen?«

Sie nickte. »Ich darf nix sagen, verstehen S'. Aber um halb neun ist meine Schicht vorbei. Ich wart dann vorn neben der Hofeinfahrt auf Sie.« Traudl griff einen Stapel Kissen von der Treppe und entfernte sich schnell durch den Garten.

Caroline sah ihr kopfschüttelnd nach. »Das ist aber merkwürdig«, sagte sie. »Was ist denn hier los?«

Die Glastür ging auf, und ein Kellner kam heraus. »Sie wollten mich sprechen, Herr Kommissär?« Bevor Reitmeyer antworten konnte, leierte er schnell herunter, was man ihm aufgetragen hatte. »Wegen dem 8. Oktober? Das war ein Sonntagnachmittag. Da ist hier immer viel los. An einzelne Gäste kann ich mich nicht erinnern.«

»Würden Sie trotzdem einen Blick auf das Foto werfen?«

Der Kellner sah es an und reichte es wieder zurück. »Wie gesagt, ich kann mich nicht erinnern.«

»Es hätte ja sein können, dass der Herr öfter hier war?«

Der Kellner machte eine bedauernde Geste. »Darf ich Ihnen jetzt Ihr Essen servieren lassen?«, fragte er höflich.

»Ja, wir kommen gleich rein«, sagte Caroline zu dem Mann, der wieder nach drinnen verschwand. »Offenbar stimmt, was die Traudl gesagt hat. Das Personal gibt keinerlei Auskunft.« Sie nahm seinen Arm. »Ich hab uns übrigens Fisch aus dem See bestellt. Eine Renke. Das ist dir doch hoffentlich recht?«

»Ich hab schon seit Ewigkeiten keine Renke mehr gegessen.«

Reitmeyer nahm seine Tasche und seinen Geigenkoffer, und sie gingen ebenfalls nach drinnen. Im Speisesaal brannten jetzt die prunkvollen Kristalllüster, alle Tische waren besetzt, und das gedämpfte Summen der Gespräche, begleitet vom Klappern der Bestecke, erfüllte den Raum. Befrackte Kellner eilten umher, servierten Speisen und lüpften schwungvoll silberne Hauben von den Platten.

Reitmeyer ließ den Blick durch den Saal wandern. »Schon erstaunlich«, sagte er. »Ein Landgasthof mit ionischen Säulen. Im bayerischen Oberland.«

»Die wurden sicher zu Ehren von der Sisi eingebaut«, erwiderte Caroline. »Die hatte doch so einen Griechenlandfimmel.«

»Wahrscheinlich sind die Preise auch kaiserlich.«

Caroline nahm seine Hand. »Du bist mein Gast, und über Geld zu sprechen, ist sehr deplatziert und ungehörig.«

»Komisch. Das hat mir heut schon jemand gesagt. Dass mein Verhalten deplatziert und ungehörig gewesen sei.«

»Und? Stimmt's?«

»Den Vorwurf hat ein ›von‹ gemacht. Was mein bürgerliches Gewissen ohnehin in Aufruhr gebracht hat.«

»Dann müssen wir uns sehr bemühen, die Klassenschranken aufzuheben.«

»Und wie soll das gehen?«

»Indem du mir was vorspielst und ich mich aus Bewunderung für deine Kunst zu dir herablasse.«

»Ach, so stellst du dir das vor? Der Bürger schuftet, die Aristokratin lehnt sich zurück? Hast du vergessen, dass Revolution war?«

»Ach, Revolution«, sagte Caroline lachend. »Wir sind hier im Luxushotel, und in der Gastronomie hat's noch nie eine Revolution gegeben. Außer in Sowjetrussland vielleicht.«

Der Ober trat an ihren Tisch. »Darf ich den Herrschaften den Fisch auslösen?«, fragte er und stellte die Platte mit den Renken auf einen Beistelltisch.

»Sie dürfen«, sagte Reitmeyer.

Caroline grinste ein bisschen, während sie zusahen, wie der Mann die Fische zerteilte und vorlegte. Als er fort war, hoben sie ihre Gläser. »Auf uns«, sagte Caroline. »Dass wir nach der langen Zeit wieder zusammen hier draußen sind.«

Reitmeyer nickte.

Während sie aßen, erzählte Caroline von dem Haus ihrer Freundin, einer Villa weiter oben am Berg, wo sie später auf der Terrasse noch ein Glas trinken und den Blick auf die Lichter am See genießen könnten. Reitmeyer fand, dass sie heute Abend besonders hübsch aussah. Sie wirkte animiert, auf ihren Wangen lag ein rosiger Schimmer, und all das Angestrengte und Gehetzte, das sie in letzter Zeit umgeben hatte, war wie verflogen. Es tat ihr gut, aus der bedrückenden Atmosphäre in der Giselastraße und den ewigen Streitigkeiten mit ihrem Bruder Franz entkommen zu sein. Gleichzeitig fiel ihm auf, dass sie immer wieder zu einem Tisch hinübersah, wo eine Herrenrunde ausgiebig tafelte.

»Kennst du die Leute?«, fragte er.

»Zwei von denen waren bei den Gelagen, die der Franz in unserem Haus veranstaltet hat. Die sind bei der Reichswehr, obwohl ich sie in Zivil kaum erkannt habe. Und den älteren in der Mitte kenn ich irgendwoher von früher. Der war Kulturredakteur, glaube ich, bei den Münchner Nachrichten. Aber sein Name fällt mir nicht mehr ein.«

»Die Reichswehr trifft sich mit Kulturredakteuren? Seit wann gibt's denn so was?«

»Der soll inzwischen beim *Völkischen Beobachter* sein.«

»Woher weißt du das?«

»Das hat der Karl Leonhard, der Pianist, mal erwähnt, wenn ich mich recht erinnere. Weil er sich wegen irgendwas über ihn geärgert hat. Einer Musikkritik, glaube ich.«

Reitmeyer sah ebenfalls zu dem Tisch hinüber. An Geld jedenfalls schien es den Herren nicht zu mangeln, denn die Kellner schleppten inzwischen Champagnerkübel heran. Woher diese Leute bloß so viel Geld hatten, dachte er. Ein mieses Hetzblatt wie der *Völkische Beobachter* zahlte den Redakteuren doch sicher keine exorbitanten Gehälter. Trotzdem schien er der Gastgeber zu sein, wie es aussah. Er beugte sich wieder über seinen Teller.

»Und? Wie findest du die Renke?«, fragte Caroline nach einer Weile.

»Hervorragend. Wirklich prima diese Sisi-Küche. Da könnte man glatt zum Monarchisten werden.«

Caroline sah auf ihre Uhr. »Mit deiner Konversion musst du warten, bis wir zu Hause sind. Wir sollten uns beeilen mit dem Essen, damit wir die Traudl vor dem Hotel nicht verpassen.«

Der Kellner kam mit der Dessertkarte an ihren Tisch, nachdem sie das Besteck abgelegt hatten, und zeigte sich verwundert, dass sie schon aufbrechen wollten. Ob »die Herrschaften« nicht zufrieden gewesen seien, fragte er besorgt. Sie hätten noch eine Verabredung, erklärte Caroline und folgte dem Mann zum Tresen, um die Rechnung zu begleichen.

»Vielen Dank für die Einladung«, sagte Reitmeyer, als sie zurückkam. »Und für die diskrete Bezahlung.«

»Ja, ja«, sagt Caroline. »Ich hab mich inzwischen erkundigt. Wenn man mit einem Gigolo ausgeht, steckt man ihm eigentlich vorher Geld zu. Aber dafür war jetzt eben keine Zeit. Ich hoffe, du siehst es mir nach.«

»Ich denke, dies eine Mal kann ich das durchgehen lassen, Fräulein Doktor.« Reitmeyer half ihr in den Mantel, und sie gingen hinaus. Als sie vor die Tür traten, winkte ihnen Traudl von der Hofeinfahrt aus zu, bevor sie schnell wieder im Schatten eines Baums neben der Einfahrt verschwand. Caroline und Reitmeyer warteten einen Moment, weil gerade ein Auto in den Hof fuhr, und liefen dann schnell zu dem Mädchen hinüber, bevor die Leute aus dem Wagen stiegen.

»Wir machen Ihnen doch hoffentlich keine Schwierigkeiten«, sagte Caroline. »Aber was ist denn hier los, dass Sie mit niemandem sprechen dürfen?«

Traudl zupfte nervös an ihrem Schal. »Ich weiß es ja auch nicht«, sagte sie flüsternd. »Vor ein paar Wochen hat man uns strikt verboten, irgendwelche Auskünfte über unsere Gäste zu geben. Wir wissen alle nicht, warum.«

»Aber Sie haben den Mann hier gesehen, den ich Ihnen auf dem Foto gezeigt habe«, fragte Reitmeyer.

Traudl machte schnell einen Schritt aus dem Schatten und sah zum Hoteleingang hinüber, bevor sie wieder zurücktrat. »Ja, der war öfter hier. Und hat sich mit anderen Herrn getroffen. Meistens am Sonntag, am Nachmittag.«

»Waren das immer die gleichen Leute?«

»Das kann ich nicht sagen. Die haben oft im Garten gesessen, wenn schönes Wetter war. Und da bedien ich nicht.«

»Heute Abend saß im Speisesaal eine Herrenrunde. Darunter ein älterer, grauhaariger Herr, ein bisschen untersetzt, mit buschigen Augenbrauen. Kennen Sie den?«

»Das ist der Herr Fuchs aus München. Ein Schriftsteller. Der ist auch öfter hier. Ich hab ihn beim Reinkommen gesehen.«

»Hat sich der Mann auf dem Foto mit ihm getroffen?«

»Das weiß ich nicht. Aber manchmal ist er auch im kleinen

Salon gesessen, wo sich der Herr Fuchs mit anderen Herrn zu Kaffee und Kuchen getroffen hat. Wissen S', ich krieg ja nicht alles mit, weil ich doch im Stüberl bedien.«

»Ist Ihnen sonst noch was aufgefallen?«, fragte Reitmeyer.

Sie überlegte einen Moment. »Also, da ist öfter ein jüngerer Mensch hier, der sich auch mit dem Herrn Fuchs trifft. Und einmal, wie ich im Foyer an der Telefonkabine vorbei bin, hab ich gehört, dass er mit jemand französisch geredet hat.«

»Können Sie Französisch?«

»Ja, nicht richtig. Ein paar Brocken halt. Aber wenn ich's hör, kann ich sagen, dass es Französisch ist.«

»Und was haben Sie sich dabei gedacht?«

Sie zuckte die Achseln. »Dass er vielleicht ein Spion ist?«

»Haben Sie irgendjemandem davon erzählt?«

Sie schüttelte den Kopf. »Ich halt mich lieber aus allem raus. Ich hab eine gute Stelle hier, und die will ich mir nicht kaputtmachen.«

»Da haben Sie absolut recht«, sagte Caroline.

»Aber neulich hab ich gesehen, dass dieser jüngere Mann öfter in einem Haus hier wohnt. Oben, in der Nähe vom Bahnhof. Das hab ich gesehen, weil ich oft mit dem Rad da vorbeifahr. Ich weiß nicht, wem das Haus gehört. Aber da ist der öfter.«

»Das wäre ja gar nicht so weit entfernt von dem Haus meiner Freundin«, sagte Caroline.

»Ja, genau. Da können S' leicht vorbeigehen auf dem Heimweg.« Sie gab Caroline eine genaue Beschreibung der Lage und betonte, dass an der Fassade ein Spaliergewächs sei und davor ein kleiner Vorgarten. Es stünden auch oft Autos davor. Also sei oft Besuch dort. »Und der jüngere Mann, den ich meine, hat rotes Haar. Aber nicht karottenrot, sondern dunkelrot. Schön eigentlich.«

»Kennen Sie sonst noch jemanden von den Leuten, die sich mit dem Herrn Fuchs hier treffen?«

»Nur vom Sehen. Vielleicht stehen im Reservierungsbuch die Namen. Aber an das komm ich schlecht hin. Ich könnt's ja mal probieren, wenn die Luft rein ist. Und Sie anrufen, wenn wieder so ein Treffen stattfindet.«

»Aber nur, wenn Sie sich damit nicht in Gefahr bringen«, sagte Reitmeyer. »Ich meine, wenn Sie Ihre Stelle damit nicht gefährden.«

»Na, na, ich pass schon auf. Die Nummer von der Giselastraße hab ich ja. Die hat mir die Liesl gegeben.«

»Ja, das ist vielleicht besser, als wenn ich Ihnen meine Nummer im Präsidium gebe. Wenn man Sie je irgendwas fragen sollte, können Sie immer sagen, dass Ihre Freundin im Haus von den Dohmbergs wohnt.«

»Und das stimmt ja auch«, sagte Traudl. »Aber ich muss jetzt heim. Da wartet man schon auf mich.« Sie nahm ihr Rad, das an dem Baumstamm lehnte. »Suchen Sie den Mann auf dem Foto eigentlich, weil er was verbrochen hat?«

»Der Mann ist tot. Ich versuche, den Todesfall aufzuklären.«

Traudl nickte. »Suchen Sie deswegen auch die Frau. Die auf dem Foto in Ihrer Brieftasche?«

»Wie kommen Sie darauf?«

»Weil die auch hier war.«

»Wann?«

»Vor drei Wochen vielleicht. Aber nicht bloß zum Essen, die hat im Hotel gewohnt. An die erinnere ich mich, weil sie so elegante Sachen angehabt hat. Aber wie sie heißt, das weiß nicht.«

»Anna Kusnezowa.«

»Nein, nein, so hat die nicht geheißen. Die hat keinen russischen Namen gehabt. Ich frag die Zimmermädchen, dann kann ich's Ihnen sagen. Aber jetzt muss ich wirklich los.« Sie nahm ihr Fahrrad. »Drunten am See ist mir auch was aufgefallen«, sagte sie im Weggehen. »Aber da bin ich mir nicht sicher. Das sag ich Ihnen dann beim nächsten Mal.«

»Hoffentlich ist sie nicht zu übereifrig mit ihrer Hilfe«, sagte Caroline, als Traudl fort war. »Und bringt sich damit in die Bredouille. Aber was hat diese schöne Frau auf dem Foto mit der ganzen Sache zu tun?«

»Das weiß ich nicht. Wir würden gern mit ihr sprechen, weil Hofbauer den Auftrag von ihrer Mutter hatte, sie zu suchen. Er war Detektiv. Aber sie ist verschwunden. Kein Mensch weiß, wo sie sich aufhält.«

»Und was meinst du zu der Sache mit dem angeblichen Spion?«

»Das erinnert mich an die Paranoia damals vor Kriegsausbruch. Da war jeder ein Spion, der eine andere Sprache gesprochen hat. Aber wer weiß, was die Traudl gehört hat? Vielleicht hat der Mann bloß ein paar französische Ausdrücke benutzt.«

Sie machten sich langsam auf den Weg den Berg hinauf. »Aber dieses strikte Auskunftsverbot des Personals ist doch merkwürdig«, sagte Caroline.

»Wir wissen ja nicht, was vorgefallen ist? Vielleicht gab's irgendeine Indiskretion, und die Geschäftsleitung wollte das ein für alle Mal abstellen.«

»Aber irgendwas muss doch im Gange sein, wenn dieser Fuchs sich ständig mit Leuten aus München hier trifft.«

»Solang wir nicht wissen, wer diese Leute sind, können wir bloß spekulieren. Dieser Hofbauer war beim Bund Treu-Oberland, möglicherweise hat er irgendwelche Kontakte hier geknüpft.«

»Meinst du, die planen einen Putsch?«

Reitmeyer lachte. »Das denkt heute jeder, sobald drei Rechte zusammenstehen.«

Eine Weile gingen sie schweigend weiter. »Ich hab übrigens oben noch einen Nachtisch für dich«, sagte Caroline. »Nachdem wir unser Essen so abrupt beenden mussten.«

Reitmeyer blieb stehen. »Also wenn dieses Haus, in dem

sich dieser junge Mann öfter aufhält, auf dem Weg liegt«, sagte er, »dann würde ich doch gern einen Blick darauf werfen.«

»Ja, gut. Ich bring dich hin.« Caroline nahm seine Hand.

Sie gingen etwas schneller, und nach einem flotten Fußmarsch deutete Caroline in der Nähe des Bahnhofs auf ein Haus, das Traudls Beschreibung entsprach. In den unteren Fenstern brannte Licht, und bei einem war der Vorhang nicht ganz vorgezogen. Über den Vorgarten hinweg sah man in eine Art Bauernstube, wo Männer um einen Tisch saßen.

Reitmeyer prüfte schnell, ob Passanten in der Nähe waren. »Kannst du mal kurz meine Sachen halten?«, sagte er und drückte Caroline den Geigenkasten und die Tasche in den Arm. Dann ging er links vom Haus zur Längsseite des Zauns, schwang sich über die Holzlatten und schob sich mit dem Rücken zur Wand an der Fassade entlang. Vor dem Fenster hielt er inne. Der Sichtwinkel war nicht günstig, doch als er vorsichtig einen Blick riskierte, sah er einen Mann, der sich gerade vom Tisch erhob. Als er sich umdrehte, erkannte Reitmeyer ihn. Es war der gleiche junge, rothaarige Mann, der in Schäfers Büro den Kopf durch die Tür gesteckt hatte. Reitmeyer fuhr schnell wieder zurück. Doch als er sich vorsichtig wieder in Richtung Zaun schieben wollte, zerbrach etwas unter seinem Fuß. Er hielt inne und drückte sich an das Spalier. Im nächsten Moment ging das Fenster auf.

»Wer ist da?«, rief jemand.

»Flocki!«, rief Caroline gellend und rannte auf das Haus zu. »Flocki, komm sofort her!« Im Laufen hob sie einen Stock auf, mit dem sie klappernd an den Zaunlatten entlangstrich. »Mein Dackel ist mir entwischt«, rief sie aufgeregt. »Er muss zu Ihnen reingelaufen sein.« Sie riss die Gartentür auf, stocherte mit dem Stock im Gebüsch herum und rief immer wieder den Namen des Hundes. In dem Lärm, den sie veranstaltete, gelang es Reitmeyer, über den Zaun zu entkommen.

»Wo soll der sein?«, fragte ein Mann, der die Haustür aufmachte. Er hielt einen Schäferhund an der Leine.

»Ich weiß nicht«, rief Caroline und rannte auf die linke Seite, wo Reitmeyer unter einem großen Holunderbusch Deckung gesucht hatte. »Ich geh allein voraus«, zischte sie, bevor sie wieder zur Gartentür zurücklief. Der Mann war inzwischen herausgetreten und sah sie argwöhnisch an.

»Vielleicht ist er auch hier wieder raus«, rief Caroline und deutete nach rechts. »Er ist ja so klein. Ein Zwergdackel, verstehen Sie.«

Reitmeyer beobachtete, wie der Mann an der Gartentür stehen blieb und ihr nachblickte, während sie die Straße hinauflief. Er wartete noch eine Weile, bis der Mann wieder reingegangen war, dann folgte er ihr. An der nächsten Straßenecke holte er sie ein. »Sehr geistesgegenwärtig von dir«, sagte er. »Die Sache mit den Hund. Aber der Mensch hat dir kein Wort geglaubt.« Er zog sie schnell um die Ecke und warf einen Blick zurück.

»Geh du schnell hier weiter bis zur Höhenbergstraße und warte auf mich«, sagte Caroline. »Ich geh zum Haus der Putzfrau hier in der Straße und sag, ich hätte meinen Schlüssel vergessen. Wir treffen uns später.«

»Ich lass dich auf keinen Fall allein zurückgehen. Der Mann ist misstrauisch geworden und geht dir vielleicht nach. Sag der Putzfrau, dir sei ein aufdringlicher Verehrer nachgestiegen, und du möchtest erst prüfen, ob er weg ist. Bleib eine Weile dort, ich warte hier auf dich. Auf jeden Fall ist es besser, wenn er nicht rauskriegt, wo wir wohnen.«

Caroline nickte und ging auf die Straße zurück, wo sie immer wieder den Namen des Hundes rief und sich duckte, um ab und zu unter Autos zu sehen. Als sie sich aufrichtete, sah Reitmeyer, dass ihr der Mann mit dem Schäferhund plötzlich entgegenkam. Er musste durch einen Hinterausgang gelangt sein.

»Haben Sie ihn immer noch nicht gefunden?«, fragte er mit einem hämischen Unterton. »Und wo ist denn die Leine für Ihren Dackel?«

Warum läuft sie denn nicht zu dem Haus von der Putzfrau, dachte Reitmeyer panisch. Warum bleibt sie denn auch noch stehen? Er musste eingreifen.

»Hallo, Liebling«, rief er und rannte auf sie zu. »Ich hab hier oben alles abgesucht.«

Zum Glück hatte sie noch immer seine Tasche und den Geigenkasten, sonst hätten sie die Farce gar nicht anfangen können. Der Kerl mit dem Schäferhund blieb stehen. Reitmeyer legte den Arm um Carolines Taille. Sie schmiegte sich an ihn, als sie sich bei ihm einhängte.

»Vielleicht ist er auch wieder heimgelaufen. Das hat er doch schon oft gemacht nach seinen Touren.« Eng umschlungen gingen sie Richtung Bahnhof. Ihre Schritte fielen mühelos in den gleichen Rhythmus. Durch den leichten Mantel spürte er das Schlagen ihres Herzens und roch den zarten Duft ihres Parfums. Wie schade, dachte er, dass wir das Liebespaar nur spielen. Als er sie von der Seite anblickte und sie ihm das Gesicht zuwandte, glaubte er plötzlich ein Aufglimmen in ihren Augen zu sehen.

Er hätte immer so mit ihr weitergehen können. Durch alle Nächte.

»Da vorn am Bahnhof steht ein Taxi«, sagte sie »Das nehmen wir und fahren auf einem anderen Weg zum Haus.«

Der Zauber war gebrochen. Er ließ sie los.

Caroline glitt neben ihn auf den Rücksitz des Taxis und nannte dem Fahrer die Adresse. Die Fahrt dauerte nicht lang, und sie stiegen vor einer eleganten Villa aus.

»Das war ganz schön knapp«, sagte Caroline, als sie die Tür aufsperrte. »Der Kerl hätte sicher seinen Schäferhund auf dich gehetzt, wenn er dich im Vorgarten entdeckt hätte.«

»Wahrscheinlich. Wenn du mich nicht gerettet hättest.«

»Mir ist jetzt ziemlich kalt«, sagte Caroline. »Ich schlag vor, dass wir im Wohnzimmer den Kamin anzünden, und ich hol einen Cognac aus der Küche.«

Sie ging voraus und öffnete die Tür zu einem weitläufigen Raum, wo helles Mondlicht durch die Terrassenfenster fiel. Vor dem Kamin kniete sie sich nieder und hielt ein Streichholz an das trockene Reisig unter dem Holzstoß, das sofort Feuer fing. Während die Flammen hochschlugen und Holz knisternd zu brennen begann, rückte sie zwei Sessel heran. »Setz dich«, sagte sie. »Ich komm gleich wieder.«

»Wo ist das Bad?«, fragte er. »Ich muss mir die Hände waschen. Die sind ganz schwarz von dem Zaun.«

»Im Gang, die erste Tür links. Daneben ist dein Zimmer.«

Als er kurz darauf zurückkam, hatte sie neben die Sessel ein Tischchen gerückt, auf dem ein Teller mit kleinen Törtchen stand.

»Die hab ich in München gekauft. Die magst du doch gern«, sagte sie und reichte ihm ein Glas Cognac. »Auf unser Abenteuer«, fügte sie hinzu. »Hat's denn eigentlich was gebracht?«

»Ich hab einen von den Männern schon mal bei Treu-Oberland gesehen. Wenn der sich mit diesem Fuchs im Kaiserin Elisabeth trifft, komm ich vielleicht drauf, was sich dort abspielt. Jedenfalls ist das eine Spur, der ich am Montag nachgehen werde.«

Sie deutete auf die Süßigkeiten und ließ sich im Sessel neben ihm nieder. »Machst du eigentlich öfter solche Sachen? Dich anschleichen und rumspionieren?«

Er zuckte die Achseln und biss in ein Törtchen.

»Und was ist, wenn ich nicht da bin, um dich rauszuhauen?«

»Dann bin ich schlecht dran.«

Sie nahm einen Schluck aus ihrem Glas und sah eine Weile ins Feuer. Dann kniete sie sich nieder, um Holz nachzulegen. Als sie sich umdrehte, legte sie die Arme auf seine Knie.

»Weißt du eigentlich, dass du versprochen hast, mir was vorzuspielen?«, fragte sie lächelnd.

»Ich hab nichts versprochen. Du hast es mir befohlen«, antwortete er kauend und fragte sich, ob dies bloß wieder eine der freundschaftlichen Gesten war, die er »neutral« auffassen sollte.

»Macht das einen Unterschied?«

»Nein.«

»Würdest du ›Last Rose of Summer‹ spielen?«

Reitmeyer lachte. »Aber nur, wenn du singst.«

Er stand auf und nahm seine Geige aus dem Kasten. Nachdem er sie gestimmt hatte, improvisierte er eine Weile, bevor er in die Melodie hinüberglitt. Als ihre Stimme einsetzte, gab es ihm einen Stich. Er hatte sie lange nicht mehr singen hören, aber ihr heller, fast knabenhaft klarer Sopran traf ihn genauso wie vor Jahren. Gleichzeitig löste ihre Stimme eine Kaskade von Erinnerungen aus. An die Momente, als sie gemeinsam mit Lukas Musik gemacht hatten, bei Festen oder hier draußen am See, und mit den Erinnerungen stiegen die alten Gefühle wieder auf. Und genauso wie früher war es ihm plötzlich, als sei der Text des Liedes an ihn gerichtet, als sprächen die Worte direkt ihn an, als wollte sie ihm sagen, dass sie ihn liebte, wenn sie »*I'll not leave thee, thou lone one*« sang. Doch das waren damals seine Träume gewesen, und die waren heute nicht plötzlich wahr geworden. Und nachdem sie geendet hatte, fügte er rasch noch ein paar schmalzige Verzierungen an, um sie zum Lachen zu bringen oder zumindest um keine rührselige Stimmung aufkommen zu lassen.

Aber sie lachte nicht. »Das war sehr schön«, sagte sie. »Das sollten wir öfter wieder mal machen.«

Er setzte sich in den Sessel und griff nach den restlichen Törtchen. »Du hast ziemlich eingeheizt«, sagte er mit Blick auf das prasselnde Feuer und zog seine Jacke aus.

»Ich könnte ein bisschen frische Luft reinlassen«, erwiderte

Caroline und ging zu den Fenstertüren, um einen Flügel zu öffnen. »Ich könnte uns auch Kaffee machen. Den könnten wir auf der Terrasse trinken.«

»Gute Idee.«

»Und dann musst du noch was für mich spielen.«

»Was willst du denn hören?«

»Bach. Die a-Moll-Sonate. Du weißt schon, die du damals bei der verunglückten Gedenkfeier für Lukas gespielt hast. Oder brauchst du dafür Noten?«

»Nein, eigentlich nicht.« Er sah ihr nach, wie sie in die Küche ging. Zumindest den ersten Satz konnte er auswendig. Den hatte er monatelang gespielt, als es ihm damals so schlechtging. Als er glaubte, das Stück würde ihn »halten«, wenn ihn die Angst vor einer Panikattacke zu überwältigen drohte. Wahrscheinlich wäre er nie davon losgekommen, wenn Caroline ihm nicht auf den Kopf zu gesagt hätte, dass sie wusste, wie es um ihn stand. Dass er ihr nichts vorzumachen brauchte, weil sie sich aufgrund ihrer Erfahrungen in Frontlazaretten mit solchen Nervenschäden auskannte. Und sie hatte ihm geholfen zu lernen, dass es nichts nützte, die Bilder wegzudrängen, die ihn auf die schrecklichste Art und Weise zwangen, seine Erlebnisse immer und immer wieder aufs Neue zu erleben. Bis er gelernt hatte, über all das Furchtbare zu sprechen und es als einen Teil seiner Vergangenheit anzunehmen. Aber das Schlimmste war eigentlich, dass er sich damals so »unmännlich« gefühlt und sich oft gefragt hatte, ob sie jemanden mit einem solchen Gebrechen überhaupt noch attraktiv finden könnte. Doch darüber hatten sie trotz aller Offenheit nie gesprochen.

»Setz dich in den Liegestuhl«, sagte sie, als sie nach einer Weile zurückkam. »Und deck dich zu.« Sie stellte die Tassen auf ein Tischchen und schlang eine Decke um sich, bevor sie sich in dem Stuhl neben ihm niederließ. »Du kannst auch etwas anderes spielen, wenn das Stück für dich zu belastet ist.«

»Das wäre doch ein Grund, es gerade zu spielen.«

Sie lachte. »Du hast deine Lektion gelernt. Aber man ist halt nicht immer so stark. Ich schaffe es auch nicht immer, mich meinen Dämonen zu stellen.«

»Deinen Dämonen?«

»Ich bin zwar kein Kriegszitterer geworden, weil ich nicht tagelang im Trommelfeuer ausharren musste, aber ich hab bei meiner Arbeit an der Front trotzdem viel Schreckliches erlebt und gesehen, das mich manchmal nicht loslässt.« Sie schwieg eine Zeitlang und sah auf die Lichter auf der anderen Seite des Sees hinab. »Du kannst dich doch an den jungen Ohlendorf erinnern«, begann sie wieder. »Diesen jungen Feldunterarzt, der dir damals ein Päckchen von mir überbracht hat? Der hatte zwar noch nicht die sieben Semester, die man für den Feldunterarzt brauchte, aber eine ganz ungewöhnliche Begabung für den Beruf und vor allem unglaublichen Mut, wenn es darum ging, Verwundete aus dem Niemandsland zwischen den Gräben zu holen. Aber am Ende des Kriegs, bei einer der Offensiven, als der Stellungskrieg wieder in Bewegung kam, hat es ihn erwischt. Als er nicht ins Feldlazarett zurückkam, haben wir ihn gesucht. Zwei Sanitäter mit einem Fuhrwerk und ich und Dr. Salomon, mein Kollege, der nicht nur ein ausgezeichneter Chirurg war, sondern auch ein sehr feiner«, sie machte eine Pause und schluckte, »ein sehr liebenswerter Mensch.«

Reitmeyer trank einen Schluck Kaffee und sah sie an, doch sie erwiderte seinen Blick nicht.

»Er hatte Granatsplitter in der Brust, was schlimmer ist als eine Schussverletzung, und wir konnten ihm eigentlich nur die Schmerzen nehmen, weil wir genügend Morphium dabeihatten. Trotzdem haben wir versucht, ihn rauszuschaffen. Aber das Wetter war sehr schlecht, es hat in Strömen geregnet, und als es dunkel wurde, wussten wir plötzlich nicht mehr, wo wir waren, und hatten die Befürchtung, zwischen die Fronten geraten zu sein. Also haben wir in einem völlig zerstörten Dorf, wo nur noch ein Haus halbwegs bewohnbar war, Unterschlupf gesucht und abgewartet. Der Regen hat am nächsten Tag nachgelassen, und es wurde tatsächlich richtig schön. Aber weil wir unsere Lage nicht einschätzen konnten, blieben wir noch zwei Tage in dem Haus mit dem kleinen Garten, und es fühlte sich seltsamerweise an, als wären wir in den Ferien, obwohl die Idylle natürlich jeden Moment hätte zu Ende sein können.«

»Und was ist dann passiert?«

»Wir wurden rausgeholt. Der junge Ohlendorf ist natürlich gestorben, und kurz darauf sind auch die beiden Sanitäter und Dr. Salomon umgekommen.« Sie griff nach ihrer Tasse. »Das Seltsame ist, dass es mir bis heute unheimlich ist, wenn strahlender Sonnenschein herrscht und die Stimmung eigentlich vollkommen friedlich ist. Dann habe ich immer das Gefühl, als könnte mir jeden Moment alles entrissen werden.« Sie lehnte sich zurück und schloss die Augen.

Reitmeyer sah sie eine Weile an, dann stand er auf und ging nach drinnen. In der Küche ließ er sich ein Glas Wasser ein, das er schnell hinunterstürzte. Jetzt wurde ihm alles klar, jetzt verstand er, was mit ihr los war. Er ging nach nebenan in sein Zimmer und legte sich aufs Bett. Sie hatte diesen Arzt geliebt. Deshalb verhielt sie sich ihm gegenüber immer so zwiespältig. Weil sie diesen Mann nicht vergessen konnte. Ständig vom Tod bedroht, hatte sie angstvolle Stunden mit ihm durchlebt, und dann war auch noch ein junger Mensch vor ihren Augen gestorben, der ihnen beiden ans Herz gewachsen war. Solche Erlebnisse fraßen sich fest. Umso mehr, als dieser Arzt dann selbst gefallen war.

Als er Luft holte, brannte es bis in die Lungen hinab. Gegen einen Toten kam er nicht an. Der würde immer zwischen ihnen stehen. Da hatte er keine Chance. Er schloss die Augen und blieb reglos liegen. Aus dem Wohnzimmer klangen scharrende Geräusche. Caroline hantierte mit dem Schürhaken und legte Holz nach. Dann war es wieder still.

Plötzlich hatte er das Gefühl, dass sie neben ihm stand, obwohl er keine Schritte gehört hatte. Er spürte, wie sie nach seiner Hand griff. »Es ist nicht so, wie du denkst«, sagte sie leise. »Ich wollte dir sagen, dass auch ich Schaden genommen habe, dass wir beide nicht ohne Blessuren davongekommen sind. Aber versprich mir, dass du mich in Zukunft fragst, bevor du irgendwelche Schlüsse ziehst.«

»Was soll ich fragen?«

»Ob ich Dr. Salomon geliebt habe.«

Er richtete sich auf. »Und? Hast du?«

»Wir hatten eine kurze Beziehung. Aber die ist aus der Situation entstanden. Als wir dachten, dass es jeden Moment zu Ende sein könnte.« Caroline glitt neben ihn aufs Bett und legte den Kopf auf seine Brust. »Ich brauche dich«, sagte sie.

»Wofür?«

»Für alles.«

18

Am nächsten Morgen fiel graues Licht durch die Scheiben, über dem See hingen feine Nebelschleier. Sie standen in der Küche, jeder mit einer Kaffeetasse in der Hand, mit der anderen hielten sie einander fest. Dann nickte er, und sie eilten gemeinsam zum Bahnhof hinunter, am Schluss fast rennend, weil der Zug schon eingefahren war. Er stieg schnell ein, machte ein Fenster auf und griff nach ihrer ausgestreckten Hand. Der Zug fuhr wieder an, und sie lief neben ihm her, bis sie am Ende des Bahnsteigs schließlich loslassen musste. »Ich ruf dich an!«, rief sie. »Ich ruf dich an am Abend!«

Als er sich setzte, fing er die Blicke der anderen Passagiere auf. Die einen lächelten nachsichtig, die anderen schüttelten den Kopf. Er blickte auf den See hinaus. Die Sonne brach an manchen Stellen durch die Wolkendecke und ließ die glatte Wasserfläche erstrahlen. In seinen Augen lag ein Glanz auf allen Dingen, für ihn sah alles kostbar aus.

Er eilte durch das Eisentor am Haupteingang und lief die Treppe hoch, als jemand hinter ihm laut seinen Namen rief. Er blieb stehen und drehte sich um.

Mit großen Schritten kam der Sittensänger auf ihn zu und deutete auf den Geigenkoffer. »Gibt's heut ein Ständchen für die Kriminaler?«, fragte er gutgelaunt.

»Heut nicht.« Reitmeyer schüttelte Sängers Hand. »Ich komm direkt vom Bahnhof, weil ich übers Wochenende aufm Land war und keine Zeit mehr hatte, heimzugehen.«

»Und wo sind Sie aufgetreten?«

»Mein lieber Herr Kollege«, sagte Reitmeyer lachend. »Ich hab nicht so oft Gelegenheit aufzutreten. Bei mir gab's bloß ein bisschen Hausmusik. Aber wie war Ihr Auftritt im Café Weinstein? Ich nehme an, genauso erfolgreich wie immer?«

Der Sittensänger reckte den Kopf und strich sich ein paar Mal über die Brust, wie jemand, der ein Mahl mit vielen Leckerbissen genossen hatte. »Recht gelungen, muss ich sagen. Vor allem das Duett mit Fräulein Rübsam ist sehr gut angekommen. Schade, dass Sie nicht dabei sein konnten.«

»Wie gesagt, ich hoffe auf ein nächstes Mal.«

»Vielleicht hätten Sie ja Lust, bei uns mitzumachen? Wir haben eine sehr gute Pianistin und könnten unser Repertoire erweitern mit einem Geiger.« Er riss die Tür auf und ließ mit einer Geste Reitmeyer den Vortritt. »Das müssen Sie ja nicht gleich entscheiden. Aber ich versichere Ihnen, es ist wirklich eine große Freude.«

Reitmeyer blickte ihm nach, wie er mit locker federnden Schritten in seine Abteilung hinauflief. So sah ein glücklicher, zufriedener Mensch aus, dachte er. Ob er jetzt auch so aussah? Ob man ihm ansah, dass er glücklich war? Wahrscheinlich nicht. Für ihn war alles neu und ungewohnt. Er hatte noch nicht Zeit gehabt, sich in dem Zustand einzurichten. Falls man sich überhaupt einrichten konnte im Glück. Caroline meinte, sie sollten erst mal alles so belassen, wie es war. Ihm war das recht. Er hatte keine Pläne. Er wollte bloß mit ihr zusammen sein. Alle Tage. Immer.

Als er auf sein Büro zuging, flog die Tür auf und Oberinspektor Klotz trat heraus. Er wirkte gereizt und aufgebracht. »Sie haben mir den Bericht noch immer nicht abgeliefert«, dröhnte er und warf einen verächtlichen Blick auf den Geigenkoffer. »Ich kann die Arbeit in meiner Abteilung nicht organisieren, wenn mir die nötigen Informationen fehlen! Von einem Grünschnabel muss ich mich grob ins Bild setzen lassen, während Sie«, er fuchtelte in Richtung des Geigenkoffers, »während Sie sich Ihre Zeit mit Fiedeln vertreiben!«

»Ich wollte Sie am Samstag informieren«, erwiderte Reitmeyer gelassen. »Leider hab ich Sie nicht erreicht, weil Sie nie an Ihrem Platz waren. Im Übrigen kann ich den Bericht erst fertigstellen, nachdem eine anstehende Vernehmung abgeschlossen ist. Die hoffentlich mehr Klarheit bringt.«

»Sie meinen die Sache mit dem Geld?«

»Ich informiere Sie heute Nachmittag«, sagte Reitmeyer knapp und ging an ihm vorbei.

»Punkt vierzehn Uhr!«

Reitmeyer schloss die Tür hinter sich. Von Klotz ließ er sich schon lange nicht mehr provozieren. Ganz abgesehen davon war er überzeugt, dass Klotz von Sallinger unter Druck gesetzt wurde. Die »Sache mit dem Geld« schien große Unruhe auszulösen. Wahrscheinlich war der Oberinspektor angewiesen worden, den Kommissär scharf ranzunehmen. Reitmeyer unterdrückte ein Grinsen.

»Der ist vielleicht geladen«, sagte Steiger. »Was ist denn bloß in den gefahren?«

»Ich hab ihn heut früh aus der politischen Abteilung kommen sehen«, sagte Rattler. »Da war er schon ziemlich missgestimmt.«

»Hat er am Samstag eigentlich noch mitgekriegt, dass wir den Meixner vernommen haben?«

»Ich glaub nicht. Sonst hätte er das Protokoll sehen wollen«, sagte Rattler.

»Ich wollte unbedingt vermeiden, dass die Leute von Treu-Oberland den Inhalt der Aussage kennen, bevor ich sie selbst befrage.«

»Meinen Sie, die Politischen würden so was machen?«, fragte Rattler ungläubig. »Ermittlungsergebnisse weiterleiten?«

»Wer weiß? Die Vergangenheit hat allerdings gezeigt, dass sie den Leuten gegenüber, die ihre Einstellungen teilen, sehr loyal sind.«

»Ich hab übrigens schon nachgefragt, wann der Dr. Schäfer im Büro ist«, sagte Rattler. »Zwischen neun und halb zehn, hat's geheißen.«

»Dann fahren wir vorher noch in der Gerichtsmedizin vorbei. Wir haben den Hofbauer-Bericht immer noch nicht abgeholt. Den brauch ich für die Akte.«

Rattlers Gesicht leuchtete auf. »Ich darf Sie doch begleiten zu Professor Riedl?«

Steiger lachte. »Was Schöneres kann der sich nicht denken als einen Ausflug in den Leichenkeller.«

»Tja«, sagte Rattler. »Meine Interessen sind eben breit gefächert.«

»Weil wir gerade von deinen Interessen reden. Wie läuft eigentlich dein Russischunterricht?«, fragte Reitmeyer. »Kannst du schon was sagen?«

Rattler stellte sich in Positur. »*Kudá, kudá vi udalilis.*«

»Aha. Und was heißt das?«

»Wohin seid ihr entschwunden.«

»Wer?«

»Die goldenen Tage der Jugend.«

Reitmeyer nickte. »Tja, das ist natürlich ein wichtiger Satz. Den würde ich an deiner Stelle auch als Erstes lernen.«

Auf der Fahrt zur Gerichtsmedizin erzählte Rattler ausführlich von den ungewöhnlichen Methoden seiner Lehrerin. Dass sie ihm über Musik die Schönheit der russischen Sprache nahebringe und er über das Anhören von Arien die Aussprache lerne. Deshalb habe er jetzt auch angefangen, sich für die Oper zu interessieren.

»Dann eröffnet dir deine Lehrerin also ganz neue Gebiete? Sind die Lektionen denn teuer?«

Rattler schüttelte den Kopf und erklärte, dass sie über Geld noch nicht gesprochen hätten. Und seiner Miene war anzusehen, dass er mit seinem Kommissär dies auch nicht erörtern wollte. Reitmeyer bohrte nicht weiter nach. Obwohl ihm nach wie vor unerklärlich war, was diese Frau von dem Jungen wollte.

Nachdem sie ausgestiegen waren, folgte er Rattler in die Gerichtsmedizin hinunter, wenn auch mit deutlich weniger Begeisterung beflügelt als sein Mitarbeiter. Ihn kostete der Besuch noch immer Überwindung, hauptsächlich wegen der Gerüche, aber genauso scheute er Professor Riedls Erklärungen, die oft von drastischen Demonstrationen begleitet wurden. Der Mediziner konnte ihm tagelang den Appetit verderben, wenn er ihm beispielsweise vorführte, was »Waschhaut« bei Ertrunkenen bedeutete. Es würgte ihn immer noch, wenn er nur daran dachte. In Gegenwart von Rattler bemühte sich Reitmeyer jedoch um Haltung. Er drückte kein Taschentuch auf die Nase und zögerte auch nicht, als der ihm forsch die Tür aufhielt.

»Ah, Herr Kommissär«, rief Riedl und trat von einem Sektionstisch zurück, auf dem ein Körper mit aufgeklapptem Brustkorb lag. »Und Ihren jungen Kriminaler bringen S' auch mit. Sehr schön.« Er griff unter seine Wachsschürze, zog eine Virginia heraus und zündete sie an. »Wenn S' den mal nicht mehr brauchen, kann er sofort bei mir anfangen«, fügte er schmunzelnd hinzu. »Der hat das Zeug für einen echten Forensiker.«

Rattler strahlte übers ganze Gesicht, ging zu dem Tisch und beugte sich über die aufgeschnittene Leiche. Reitmeyer blieb nahe der Tür stehen. »Wir wollen Sie gar nicht lang aufhalten, Herr Professor. Ich wollte mir bloß den Bericht über Norbert Hofbauer abholen.«

»Den hab ich Ihnen schon hergerichtet.« Er ging zu einer Ablage neben dem Waschbecken und wedelte mit einer Akte. »Den Befund hab ich Ihnen ja bereits telefonisch mitgeteilt. Genickbruch nach einem Sturz aus größerer Höhe. Ein Unfall, nehme ich an?«

Reitmeyer folgte dem Professor zum Waschbecken hinüber. »Inzwischen hat sich rausgestellt, dass es ein Anschlag war. Es wurde auf den Reifen seines Motorrads geschossen.«

»Dann war es Mord? Wissen Sie denn schon was Näheres über den Mann?«

»Inzwischen schon. Er war ehemaliger Offizier und zuletzt bei einer Organisation namens Bund Treu-Oberland.«

»Ach? Ein Oberländer?«, sagte Riedl. »Das waren doch die Kerle, die damals von Osten her München eingenommen und die Aufständischen bekämpft haben – aber was heißt ›bekämpft‹. Mordend und marodierend sind die im Mai 19 durch die Stadt gezogen. Und der war einer von denen?«

»Wir haben ein Foto, das ihn mit einer Maschinengewehreinheit an der Ludwigsbrücke zeigt.«

Riedl setzte sich auf einen Stuhl neben dem Waschbecken. »Ein Foto, sagen Sie? Ich hab auch Fotos hier. Von Leichenbergen in unserem Keller. Von nackten, grauenvoll verstümmelten Leichen. Die wir eigentlich begutachten sollten.«

»Und was ist daraus geworden?«

»Ja, gar nix. Die sind dann wieder abtransportiert worden. Diese Verbrechen hat kein Mensch verfolgt. Und keiner der Verbrecher ist je angeklagt worden.« Er zog ein Tuch aus seiner Schürze und wischte sich übers Gesicht. »Wissen S', mich trifft das ganz persönlich. Der Sohn von einem guten Freund ist auf die Art umgekommen. Er hat studiert, Medizin, und war der Führer einer Studentenvereinigung. Keiner Burschenschaft natürlich, sondern von einem liberalen Verein.« Riedls Gesicht verschwand hinter den Rauchwolken seines Zigarillos. »Die Eltern konnten später auf der Straße Fotos kaufen, auf denen man gesehen hat, wie er von Oberländern abgeführt worden ist.«

»Ich weiß. Von diesen Kerlen ist so gut wie keiner zur Verantwortung gezogen worden.«

»Mein Freund hat's probiert. Aber bloß einen Brief gekriegt, dass sich die Täter nicht ermitteln lassen. Dabei hätte man bloß in eines der Lokale gehen müssen, wo die sich treffen. Bis heut noch.« Riedl schüttelte den Kopf. »Die Eltern haben ihr einziges Kind am Ostbahnhof gefunden. Unter den Haufen entstellter Leichen, die man dort abgeladen hat.«

Reitmeyer sah zu Rattler hinüber, der neben dem Sektionsdiener stand und interessiert verfolgte, wie irgendwelche Innereien gewogen wurden. Er machte ihm ein Zeichen, dass sie gleich gehen würden.

»Wissen Sie denn schon, warum auf diesen Hofbauer geschossen wurde?«, fragte Riedl.

»Noch nicht. Die Ermittlungen gestalten sich ziemlich schwierig.«

Riedl reichte Reitmeyer die Akte. »Dann viel Erfolg, Herr Kommissär. Man wird ja wohl nicht davon ausgehen können, dass sich schwer leidgeprüfte Eltern an den Mördern ihrer Kinder gerächt haben.«

»Wohl eher nicht.«

Reitmeyer sah sich um, als er mit Rattler in die Geschäftsstelle des Bunds Treu-Oberland trat. Man schien sich eingerichtet zu haben übers Wochenende. Es standen keine Kisten mehr in der geräumigen Diele, und Mitarbeiter schleppten keine Kartons mehr durch die Räume. Statt in den großen, kahlen Versammlungsraum wurden sie jetzt in ein Vorzimmer geführt, wo sich ein junger Mann erhob und auf die offene Tür zum Nebenzimmer wies. Sie sollten doch schon Platz nehmen, bat er höflich. Herr Dr. Schäfer sei kurz aufgehalten worden, werde jedoch gleich bei ihnen sein.

Reitmeyer ging voraus und ließ sich vor dem überdimensionierten Schreibtisch nieder, während Rattler herumspazierte und die Einrichtung in Augenschein nahm. Die schweren, dunklen Eichenmöbel, die Bronzefiguren auf dem Vertiko, die Landschaftsbilder mit den Bergpanoramen und den erlesenen Perserteppich vor den Ledersesseln in der Ecke. Dann hob er kurz die Hand und rieb Zeige- und Mittelfinger am Daumen. Reitmeyer nickte. Der Protz war teuer. Doch der Leiter dieses dubiosen Vereins aus stellungslosen Militärs, versprengten Freikorpskämpfern und rohen Schlägern wollte sich unbedingt den Anschein geben, Chef eines seriösen Unternehmens zu sein. Eine Fassade, die schnell ins Bröckeln käme, wenn er ihn mit der Aussage des Mannes konfrontierte, der im Präsidium in einer Zelle saß.

Aus dem Nebenraum ertönten Schritte. Schäfer trat ein, entschuldigte sich für die Verspätung und schüttelte Reitmeyer die Hand. Reitmeyer stellte seinen Kollegen vor, dem Schäfer kurz zunickte, bevor er hinter seinem Schreibtisch Platz nahm.

»Was führt Sie zu mir, Herr Kommissär?«, fragte er freundlich. »Gibt's irgendwelche Neuigkeiten?«

»Das kann man sagen. Ihr ehemaliges Mitglied Fritz Meixner ist festgenommen worden, nachdem er in die Wohnung von Norbert Hofbauer eingebrochen ist.«

Schäfer gab sich keine Mühe, Überraschung zu mimen. »Ach wirklich?«, sagte er bloß. »Was hat er dort gewollt?«

»Er hat dort Geld gesucht. Einen Betrag von fünfhundert Dollar.«

Schäfer zog die Augenbrauen hoch.

»Nach seiner Aussage wurde er von Norbert Hofbauer beauftragt, einen Umschlag in Ihre Wohnung nach Schleißheim zu bringen. Er habe nicht gewusst, was in dem Umschlag war. Kurz darauf sei er von Ihnen beschuldigt worden, das Geld an sich genommen zu haben, da in dem Umschlag anstatt der Dollars nur leere Seiten gewesen seien.«

Schäfer schüttelte den Kopf, als hätte ihm jemand einen schlechten Witz erzählt. »Das hat er Ihnen gesagt? Bei einer Vernehmung?«

»Er hat noch mehr gesagt. Dass Sie ihm ein Ultimatum für die Rückgabe gestellt hätten, das er nicht einhalten konnte, weil er das Geld ja nie gehabt habe. Sie hätten jedoch massiven Druck ausgeübt, und er habe aus Angst vor Vergeltungsmaßnahmen untertauchen müssen.«

Schäfer runzelte die Brauen und kniff die Augen zusammen, wie jemand, der sich stark konzentrieren muss. »Ich weiß beim besten Willen nicht, was ich darauf erwidern soll, Herr Kommissär. Meixner soll uns Geld unterschlagen haben? Das er im Auftrag von Hofbauer überbringen sollte?«

»Ich denke, ich habe mich klar ausgedrückt.«

Ein Lächeln strich über Schäfers Gesicht. »Wir vermissen aber kein Geld, Herr Kommissär.«

»Vielleicht sollte ich Ihnen sagen, dass wir in Hofbauers Wohnung einen Betrag von fünfhundert Dollar sichergestellt haben, bevor Meixner dort eingebrochen ist. Woher sollte ein Mann wie Hofbauer so viel Geld gehabt haben?«

»Das weiß ich nicht.« Er machte eine bedauernde Geste und sah hilfesuchend zu Rattler hinüber, der neben einem halbhohen Aktenschrank stehen geblieben war. Als Rattler stumm blieb, lehnte sich Schäfer zurück und fügte in verständnisvollem Tonfall hinzu, dass ihm natürlich klar sei, dass die Polizei auch Anschuldigungen nachgehen müsse, selbst wenn sie vollkommen aus der Luft gegriffen seien. Er habe allerdings nicht die geringste Ahnung, was Meixner mit einer solchen Aussage bezwecken wolle. Was Hofbauer betreffe, so habe er gewusst, dass der sich nebenbei als Detektiv versucht habe. Und soweit er sich erinnern könne, habe er tatsächlich einen Auftrag von einer wohlhabenden russischen Dame erhalten. »Zumindest hat er das einem unserer Mitglieder gesagt. Vielleicht hat Meixner davon erfahren. Vielleicht hat er von Geld gewusst, das möglicherweise von dieser Seite geflossen ist. Aber ...« Er hob die Hände. »Das sind natürlich reine Vermutungen, ich persönlich weiß davon gar nichts«, er lächelte sein Gegenüber freundlich an, »und möchte damit Ihrer Arbeit keinesfalls vorgreifen.«

Reitmeyer musste sich beherrschen, dem Kerl in seinem feinen Anzug nicht an die Gurgel zu gehen. Aber es half nichts. Hier käme er nicht weiter. Die Runde hatte er verloren. Um Schäfer nicht weitere Gelegenheit zu geben, sich an seiner Niederlage zu weiden, stand er auf und bedankte sich höflich für die Auskunft.

Schäfer stand ebenfalls auf und brachte ihn zur Tür. »Und wie geht's jetzt weiter mit Meixner?«, fragte er beiläufig.

»Der bleibt vorläufig in Haft.«

»Tja«, erwiderte Schäfer scheinbar versonnen. »Wer hätte wohl gedacht, dass es ein solches Ende mit ihm nimmt. Mit einem Offizier, der für seine Tapferkeit ausgezeichnet wurde. Aber leider gibt es eine ganze Reihe, die nach dem Krieg den Halt verloren haben. Und das waren nicht unbedingt die Schlechtesten.«

Reitmeyer machte Rattler mit dem Kopf ein Zeichen, ihm zu folgen, und eilte rasch durch Vorzimmer und Diele auf die Straße hinaus. »Noch einen Augenblick länger«, zischte er, »und ich hätt dem Kerl die verlogene Visage poliert.«

»Ja, das war unerwartet«, sagte Rattler und hetzte seinem Kommissär nach, der im Sturmschritt zum Wagen eilte. »Für mich hat Meixners Geschichte ziemlich glaubwürdig geklungen. Und dass dieser Schäfer auf die fünfhundert Dollar verzichtet ...« Schnaufend glitt er neben Reitmeyer auf den Rücksitz.

»Warum gibt er sie lieber dran, als aufzudecken, woher das Geld stammt?«, fragte Reitmeyer. »Was könnte denn so furchtbar sein, dass es auf keinen Fall rauskommen darf? Ich meine, die könnten doch ganz sicher jemanden finden, der sich als Spender dieser Dollars ausgibt. Aber irgendwie macht es den Eindruck, als sollte unbedingt vermieden werden, dass das Geld überhaupt mit dem Verein in Verbindung gebracht wird.«

»Wenn es zutrifft, dass zwei Leute liquidiert worden sind, aus welchem Grund auch immer, möchte man vielleicht grundsätzlich jedes Aufsehen vermeiden. Für den Fall, dass sie Sturm und Hofbauer tatsächlich umgebracht haben, wollen sie sich auf keinerlei Auseinandersetzungen einlassen.«

»Ja, möglich. Und streuen stattdessen die Vermutung, dass Hofbauer das Geld von seiner russischen Auftraggeberin bekommen haben könnte. Schon interessant, dass Schäfer darüber Bescheid gewusst hat. Vielleicht weiß er auch, dass sie einen Schlaganfall hatte und keine verwertbaren Aussagen mehr machen kann?«

Rattler zuckte die Achseln. »Ich hab übrigens was eingesteckt, während sich Schäfer so rührende Gedanken über seinen ehemaligen Mitstreiter gemacht hat.« Er grinste und zog einen kleinen Stapel Fotos aus der Tasche. »Die lagen auf dem Aktenschrank. Als Beweismittel sind sie jetzt wahrscheinlich nutzlos, aber mit legalen Mitteln kommen wir beim Bund Treu-Oberland halt nicht weiter. Und vielleicht ist ja irgendwas drauf, was uns weiterhilft.«

»Lass sehen.«

Reitmeyer blätterte die Bilder durch. Es waren Gruppenaufnahmen. Von Freizeiten und Ausflügen ins Voralpenland und an die Seen. In gleicher Manier hatten sich Soldaten an der Front ablichten lassen. In der ersten Reihe lagen ein paar mit aufgestütztem Kopf am Boden, die dahinter saßen und in der letzten Reihe stand man aufrecht. Wahrscheinlich Material, das in dem Blättchen des Verbands Verwendung finden sollte. Er wollte die Fotos Rattler schon zurückgeben, als er plötzlich stutzte. Eines war anders. Es war eindeutig am Starnberger See aufgenommen, und zwar vom Wasser aus. Man sah zwei Bootshäuser mit einer Verzierung am Dachfirst, die ihm bekannt vorkamen. Die hatte er mehrmals gesehen. Als er im Segelboot von Lukas daran vorbeifuhr. Aber wo war das gewesen? Es fiel ihm nicht ein.

»Ein Anruf für dich«, rief Steiger, als sie die Tür des Büros öffneten. Reitmeyer nahm den Hörer.

Caroline meldete sich. »Nur ganz kurz«, sagte sie atemlos. »Ich bin gerade in einem Café. Die Traudl hat sich bei mir zu

Hause gemeldet, und sie haben mich in Feldafing benachrichtigt. Dann bin ich gleich zu ihr ins Hotel gegangen. Sie hat rausgekriegt, dass schon morgen Abend ein Treffen stattfinden soll. Sie wollte noch sagen, was sie unten am See gesehen hat, aber dazu ist es nicht mehr gekommen, weil sie weggerufen wurde. Aber morgen reden wir ja ohnehin mit ihr. Du kommst doch?«

»Ja sicher.«

»Ich warte dann im Haus auf dich.«

»So gegen sieben, schätze ich.«

»Ja, gut. Ich freu mich. Ach, übrigens, die schöne Dame auf dem Foto, die du Kusnezowa genannt hast, heißt Frau von Wallstett.«

Reitmeyer legte auf, nachdem sich Caroline schnell verabschiedet hatte. Er hätte gerne länger mit ihr gesprochen und vor allem anders, aber das ging nicht im Büro. Er musste sich gedulden. Der Spruch an der Küchenwand seiner Tante fiel ihm ein: *Die Liebe hat eine Tochter namens Geduld.* Blödsinn, dachte er. Seine Liebe war eindeutig kinderlos.

Steiger stand auf. »Ich muss schnell weg. Aber nachher erzählst du mir, wie's bei den Oberländern war.«

»Ein Schlag ins Wasser. Da gibt's nicht viel zu erzählen.«

Steiger ging kopfschüttelnd hinaus, und Reitmeyer setzte sich an den Schreibtisch, wo er die Fotos ausbreitete, die Rattler hatte mitgehen lassen. Diesmal sah er sich die Gruppenfotos genauer an. Besonders eines, auf dem die jungen Männer auf einer Wiese lagerten. Hinter einem Wassertrog stand jemand an der Pumpe, der nicht genau zu erkennen war, weil er zu weit weg von den anderen war. Er nahm die Lupe aus der Ablage.

»Das ist der Mann, den ich beim ersten Mal in Schäfers Büro gesehen habe«, sagte er zu Rattler. »Und dann nochmal in Feldafing.« Er hob das Bild hoch. »Wenn ich eine Vergrößerung von seinem Kopf hätte, wär's natürlich besser. Dann könnte ich mich umhören, wer das ist.«

»Das kann ich in der Mittagspause machen. Ich bin oft in der Fotografierstelle, schon seit meiner Zeit als Polizeischüler. Der Herr Brenner hätt mich sogar gern behalten, und in meiner Freizeit helf ich ihm manchmal aus. Wenn ich dem sag, dass ich was ausprobieren will, lässt er mich machen.« Er senkte die Stimme. »Und dann kriegt auch keiner mit, was für ein Material das ist.«

»Aber pass auf.«

»Da ist jemand an der Pforte, der Sie sprechen will, Herr Kommissär«, rief Brunner durch die Tür. »Ein Dr. Leitner. Soll ich ihn raufschicken?«

»Nein, ich geh runter.«

Sepp winkte ihm von unten zu, als er die Treppe hinunterlief. »Ich hab wegen der Frau Kusnezowa einen Termin in der Bank um die Ecke und dachte, ich schau schnell bei dir rein.«

»Gibt's denn was Neues?«

»Ich hab mich mit der Bank in Verbindung gesetzt, weil ich vom Besitzer des Café Iris erfahren habe, dass sie dort einmal Geld abgeholt hat. Eine Anweisung von ihren Verwandten in Amerika. Ich kenne den Sohn des Bankiers, man war also sehr hilfsbereit und hat ein Telegramm an die Verwandten geschickt. Der armen Frau geht's nicht besser, und das Krankenhaus hat mir Rechnungen vorgelegt. Das ist allerdings kein Problem, weil die Verwandten sofort eine größere Summe überwiesen haben. Und sie wollen natürlich, dass die Anna gefunden wird. Aber da komme ich keinen Deut weiter. Du hast auch nichts erfahren von diesem Scheubner-Richter?«

»Gar nichts. Außer dass er sich über mich beschwert hat, weil ich überhaupt nachgefragt hab.«

»Was ist da bloß los, dass kein Mensch ein Wort über die Frau sagen will?«

»Zufällig hab ich erfahren, dass sie im Hotel Kaiserin Elisabeth in Feldafing war. Aber unter dem Namen Frau von Wallstett.«

Sepp schüttelte den Kopf. »Was hat sie da gemacht?«

»Keine Ahnung. Aber du kannst morgen Abend mit mir rausfahren, weil ich wegen einer anderen Sache wieder hinmuss. Vielleicht ergibt sich ja was.«

»Wir können meinen Wagen nehmen. Ich hol dich um sechs hier ab.« Sepp sah auf die Uhr. »Ich bin spät dran und muss gleich weiter. Die Einzelheiten besprechen wir dann auf der Fahrt.«

Reitmeyer ging wieder die Treppe hinauf. Bevor er nach Feldafing fuhr, sollte er sich ein paar Informationen über diesen Fuchs beschaffen, den Schriftsteller, wie Traudl gesagt hatte, der an dem Tisch im Kaiserin Elisabeth offenbar den Vorsitz geführt hatte. Doch wo könnte er sich erkundigen? Er hatte keinerlei Verbindungen zum rechten Lager. Aber er kannte Leute im gegnerischen Spektrum. Hans Burkstaller etwa, den Journalisten vom *Kampf*, den er noch vor dem Krieg kennengelernt hatte, bevor er sich der äußersten Linken angeschlossen hatte. Der wüsste sicher über die Hintermänner diverser »nationaler« Verbände Bescheid. Und Reitmeyer gegenüber machte er vielleicht eine Ausnahme und rückte mit Informationen heraus, die er Beamten aus der Ettstraße normalerweise nicht geben würde. Vor zwei Jahren hatte er Burkstaller geholfen, nachdem er von einem rechten Schlägertrupp überfallen worden war. Der Journalist war zwar bereit, ihm einige Auskünfte zu geben, wollte dies aber nicht zur Regel werden lassen. Vor allem wollte er keinesfalls in seiner Redaktion angerufen werden, weil man in seinem Umfeld sehr misstrauisch sei und schnell der Verdacht aufkommen könnte, dass er ein Zuträger für die Ordnungsmacht sei. Er konnte sich also nicht einfach verabreden mit ihm. Er musste ihm scheinbar zufällig über den Weg laufen. Am besten in dem Lokal hinter dem Sendlinger Tor, wo er und seine Redaktionskollegen früher immer zu Mittag aßen. Er hoffte nur, dass sich an dieser Gewohnheit nichts geändert hatte.

In seinem Büro schob er gerade die Fotos auf seinem Schreibtisch zusammen, als die Tür aufgerissen wurde und Klotz hereinstürmte. »Wir müssen unseren Termin verschieben, Reitmeyer. Um zwei habe ich eine dringende Besprechung.«

»Ist gut, Herr Oberinspektor.«

»Aber sagen Sie mir kurz, was die Befragung ergeben hat. Wem gehört nun dieses Geld?«

»Jedenfalls nicht dem Bund Treu-Oberland. Sie sagen, sie wüssten von keiner Unterschlagung.«

»Ach? Und woher soll es dieser Hofbauer dann gehabt haben?«

»Der Chef des Bundes, Dr. Schäfer, vermutet, dass er es von der Frau bekommen haben könnte, die ihn mit der Suche nach ihrer Tochter beauftragt hat.«

»Ach so?«, sagte Klotz. Der Gedanke schien ihm zu gefallen. »Ist sie denn vermögend?«

»Sie scheint vermögende Verwandte in Amerika zu haben. Trotzdem ist keineswegs sicher, dass die Vermutung von Dr. Schäfer zutrifft.«

»Ja, nun … Sie halten mich auf dem Laufenden, Reitmeyer.« Klotz ging zur Tür, blieb aber mit der Klinke in der Hand noch einmal stehen. »Haben Sie eigentlich diese unsägliche Broschüre gesehen? *Vier Jahre politischer Mord*? Dieses üble Machwerk mit den ungeheuerlichsten Anschuldigungen gegenüber Militär und Polizei?«

»Ich habe nur davon gehört.«

»Und was meinen Sie dazu?«

»Wie gesagt, ich hab's nicht gelesen. Ich hab nur gehört, dass sich manche fragen, warum es nicht verboten wird.«

Klotz sah ihn düster an, erwiderte jedoch nichts und ging. Reitmeyer wusste, dass er einen Nerv getroffen hatte. Das »üble Machwerk« mit der akribischen Auflistung von über dreihundert politischen Morden, die nachweislich von »nationalen« Rechten begangen worden waren, ließ sich ganz offensichtlich nicht verbieten. Oder zumindest nicht, ohne einen Rechtsstreit zu riskieren, den man verloren hätte. Das nagte natürlich an Dr. Frick und seinen Kumpanen von der politischen Polizei. Für ein Verbot würde man Verhältnisse brauchen, wie sie in Bayern noch nicht herrschten. Und daran arbeiteten die Herren. Vielleicht sogar gemeinsam mit bestimmten Kreisen, die sich an bayerischen Seen in Hotels trafen? Reitmeyer sah auf die Uhr. Da der Termin um zwei nun nicht mehr stattfand, hätte er Zeit, den Journalisten in der Mittagszeit abzupassen. Irgendwas braute sich zusammen, das sagte ihm sein Gefühl.

Warum sprach Klotz ihn plötzlich und aus heiterem Himmel auf diese Broschüre an, dachte Reitmeyer, als er die Sonnenstraße hinaufradelte. Das konnte doch nur heißen, dass sie ein Thema bei der »dringenden Besprechung« war, die zweifelsohne im Referat 6a bei Dr. Frick stattfand. Doch diese Broschüre war nicht neu, sondern kursierte schon seit mindestens zwei Monaten. Was wurde plötzlich als so gefährlich empfunden, dass man Besprechungen anberaumte? Er selbst hatte das »üble Machwerk« natürlich gelesen, doch keine Lust gehabt, mit Klotz darüber zu diskutieren.

Sehr merkwürdig fand er außerdem, dass Klotz ihn nicht erneut aufgefordert hatte, seinen Bericht endlich abzuliefern, der über Meixners Einbruch und Verhaftung Aufschluss geben sollte. Ihn interessierte offensichtlich bloß, wer als Eigentümer des Geldes in Frage kam. Dass Schäfer auf die Dollars verzichtet und gleichzeitig die vermögende Auftraggeberin ins Spiel gebracht hatte, schien für den Oberinspektor eine große Erleichterung zu sein. Was hieß, dass der politischen Abteilung daran gelegen war, den Bund Treu-Oberland aus der Schusslinie zu bringen. Aber warum? Dahinter musste mehr stecken als nur die übliche Unterstützung, die man den Rechten grundsätzlich entgegenbrachte.

Reitmeyer stellte sein Fahrrad ab und warf einen Blick durch die Fenster des Gasthauses. Tatsächlich entdeckte er den Journalisten, der mit Kollegen an einem der hinteren Tische saß. Sie waren bereits fertig mit dem Essen. Reitmeyer trat rasch ein, wählte einen Platz in der Nähe der Tür, bestellte ein Bier und blätterte die Zeitung durch, die auf dem Tisch lag. Die immer gleichen Nachrichten über den Kampf der bayerischen Regierung gegen das »rote Berlin« überflog er nur ansatzweise, obwohl es anscheinend zu einer Verschärfung des Konflikts gekommen war und Lerchenfeld, der bayerische Ministerpräsident, wegen seiner angeblich zu laschen Haltung massiv angegriffen wurde. An dieser Hetzjagd beteiligten sich vermutlich auch die Oberen seiner Behörde, wobei sich schwer abschätzen ließ, welche Bedeutung ein Sturz des jetzigen Kabinetts für seine Arbeit hätte. Noch mehr Druck? Er blätterte zur nächsten Seite und blickte auf ein Bild von Münchner Geschäftsleuten, die eine »Gesellschaft für drahtlose Belehrung und Unterhaltung« gegründet hatten. Per Funk sollten Musik- und andere Aufführungen gleichzeitig an mehrere Orte übertragen werden. Während er nachdachte, wie sich das anhören würde, klopfte jemand auf seinen Tisch.

»Ja, Sebastian, so ein Zufall. Dich hab ich ja seit Ewigkeiten nicht mehr gesehen.« Burkstaller stand vor ihm und schien sich tatsächlich zu freuen über die unerwartete Begegnung.

Reitmeyer deutete auf einen Stuhl. »Setz dich doch einen Moment. Ich hab gerad in der Nähe zu tun gehabt und wollte bloß schnell einen Bissen essen.«

»Ja, unsere Ordnungsmacht. Immer im Einsatz.« Er zog den Stuhl heraus und setzte sich. »Geht's denn jetzt flotter mit der Jagd auf Bolschewiken und andere Verbrecher, seitdem ihr einen neuen Justizminister habt?«

»Die Bolschewiken sind sehr schlau. Da braucht's schon sehr gewitzte Leute, um die zu stellen. Ich bin nur einfacher Kriminaler, mir bleiben bloß die schlichten Gauner.«

Burkstaller lachte. »Dann bist du schwer beschäftigt. Das sogenannte schlichte Gaunertum soll sich ja bis in die höheren und höchsten Kreisen ausgebreitet haben.«

»Ja, ja, das hört man. Und manchmal ist es wirklich schwierig, die Sache richtig einzuschätzen.«

»Wieso?«

»Wenn einer beispielsweise was zugibt, was er nach Aussage der Betroffenen gar nicht getan haben kann.«

»Das ist doch sicher nicht dein täglich Brot, dass sich die Leute selbst beschuldigen?«

»Eher nicht. Aber bei uns sitzt einer in Haft, der steif und fest behauptet, dass er in eine Wohnung eingebrochen ist, um dort die fünfhundert Dollar zu holen, die seinem Verband unterschlagen worden sind.« Reitmeyer beobachtete das aufglimmende Interesse bei seinem Gegenüber. »Aber die Leute von seinem Verband sagen, dass sie von keiner Unterschlagung wissen. Das ist doch komisch, oder?«

»Sehr komisch. Was sind denn das für Witzbolde, die so was machen? Aber nein.« Er winkte ab. »Das darfst du ja nicht sagen.«

»Aber ich darf Erkundigungen einziehen, ob etwas bekannt ist über größere Geldzuwendungen oder Spenden, mit denen neue Geschäftsstellen eingerichtet und teure Limousinen gekauft werden.«

Burkstallers Miene war deutlich anzusehen, dass er begriffen hatte, von wem die Rede war. »Ja, da musst du dich halt umhören«, sagte er mit einem schiefen Lächeln. »An ganz verschiedenen Stellen. Zu solchen Zwecken besuch ich oft Versammlungen und Vorträge, um mich zu informieren und weiterzubilden.« Er stand auf, als er sah, dass seine Kollegen bezahlt hatten und auf ihn zukamen. »Zum Beispiel heute Abend in der Weißen Lilie im Tal«, fügte er scheinbar beiläufig hinzu.

»Ich bin ein großer Befürworter der Weiterbildung«, sagte

Reitmeyer, während der Journalist die Hand hob und mit seinen Kollegen das Lokal verließ. Burkstaller hatte angebissen. Wahrscheinlich hoffte er, dem Polizisten ein paar Informationen zu entlocken, die seiner Zeitung von Nutzen wären.

19

Warum sich Larissa ausgerechnet in der Kanne mit ihm treffen wollte, verstand Rattler nicht. Selbst wenn sie von einem Schüler kam, der oben am Gasteig wohnte, wäre es doch nur noch ein kurzes Stück bis zu ihr nach Hause gewesen. Aber sie bestand darauf, als er am Nachmittag mit ihr telefoniert hatte. Er konnte sich nur denken, dass der Agent überraschend eingetroffen war und sie nicht zeigen wollte, dass Besucher in seinen Räumen empfangen wurden.

Doch unter der Woche war es erträglich in dem Gasthaus. Es herrschte kein Gedränge und auch die Luft war nicht von dichtem Qualm erfüllt, die ihm das Atmen erschwerte. Der nette Schankkellner hob die Hand und begrüßte ihn wie einen alten Bekannten. Ob er den Namen von dem Mann auf der Zeichnung inzwischen rausgekriegt habe, wollte er wissen. Als Rattler ihm den Namen sagte, schlug er sich an die Stirn.

»Ja, richtig, Sturm. Jetzt wo Sie's sagen, fällt's mir wieder ein.«

Ob ihm sonst noch etwas einfalle, fragte Rattler.

Der Kellner zuckte die Achseln. »Ich kann mich bloß erinnern, dass der den Weibern nachgestiegen ist. Und ein paar dumme Luder von der Lederfabrik ham sich eingelassen auf den Hallodri. Aber er hat schon ein paar Mal was aufs Maul gekriegt, wenn er sich allzu frech an eine angewanzt hat, die schon vergeben war. Sonst weiß ich nix.«

Rattler bestellte ein Bier und sagte, dass er noch auf jemanden warte, bevor er sich an einen Tisch setzte. Hier hatte er beim ersten Mal mit ihr gesessen, dachte er. Und damals hätte er sich nicht träumen lassen, dass er mit dieser Frau einmal so eng befreundet wäre. Ganz sicher nicht in dem Moment, als er sich neben sie auf die dicht besetzte Bank quetschte und sein Gehirn verrenkte, um etwas anzubieten, das diese Schönheit fesseln könnte. Er dachte oft an die Momente des ersten Kennenlernens zurück, an die Bedrückung und die bittere Enttäuschung, als sie trotz aller Mühe, die er sich gegeben hatte, nach einer Weile aufstand und das Lokal verließ. Doch wenn er jetzt daran zurückdachte, kam es ihm vor, als hätten all die Sorgen und Ängste den späteren Erfolg nur umso köstlicher gemacht. Ein Sieg war schließlich umso wertvoller, wenn er nach einer Niederlage errungen wurde.

Im gleichen Augenblick jedoch schwappten die Bilder hoch, die er mit größter Mühe in den hintersten Winkel seines Gedächtnisses verbannt hatte. Er durfte sich nichts anmerken lassen von der erlittenen Schande, dachte er panisch. Er müsste nüchtern und gelassen reagieren, wenn sie nach Adler fragte. Nie dürfte sie erfahren, was ihm geschehen war. Schnell stürzte er mit ein paar Schlucken die Hälfte seines Biers hinunter und tat sein Bestes, die widerlichen Bilder mit anderen, erfreulicheren Gedanken zu verscheuchen. Er würde in die Oper mit ihr gehen. Es gab auch günstige Karten, wie er herausgefunden hatte. Und bei der Vorstellung, wie sich die Köpfe drehten und alle ihn beneideten, wenn er mit dieser schönen Frau durchs Nationaltheater flanierte, ließ die Beklemmung langsam nach. Er lehnte sich zurück. Es war doch alles gut, sagte er sich immer wieder. Er konnte sich problemlos verabreden mit ihr, sie anrufen und sich jederzeit mit ihr treffen. Sie waren Freunde. Sehr enge Freunde, wenn man in Rechnung stellte, was sie ihm anvertraut hatte. Er griff erneut nach seinem Bier und atmete tief aus, nachdem er sein Glas abgestellt hatte. Und wenn er's recht bedachte, war es sogar besonders schön, auf sie zu warten.

Nach einer Weile packte ihn dennoch Unruhe. Sie hätte längst hier sein müssen. Er stand auf und ging hinaus, um draußen nach ihr Ausschau zu halten. Nervös lief er zur Ecke, wo er erleichtert feststellte, dass sie mit schnellen Schritten auf ihn zugerannt kam.

»Entschuldige«, sagte sie atemlos. »Ich bin einfach nicht

früher weggekommen.« Sie riss die Mütze ab und strich sich übers Haar. »Ich hab auch wahnsinnigen Hunger. Seit heute in der Früh hab ich nichts mehr gegessen. Wir sollten eine Erbsensuppe bestellen, die ist nicht schlecht hier.«

Er führte sie zu seinem Tisch und gab beim Kellner die Bestellung auf.

»Und jetzt sag, was hast du rausgekriegt?«, fragte sie ungeduldig, als er sich setzte. »Am Telefon hast du ja furchtbar geheimnisvoll getan. Hast du den Mann gefunden?«

»Ich hab dort oben tatsächlich einen Mann gefunden, der Adler heißt. Aber der kann's nicht gewesen sein.«

»Warum nicht?«

»Weil der sich nicht für Frauen interessiert.«

»Was soll das heißen?«

»Dass er sich mehr für Männer ... ich meine, ich hab ihn *gesehen*, wie er einen Mann ... geküsst hat.«

»Du meinst, er ist homosexuell?«

Rattler nickte. »Wie der mit diesem anderen Mann ... umgegangen ist, halt ich's für ausgeschlossen, dass er über eine Frau herfällt.«

»Wer sagt, dass sich ein homosexueller Mann nicht auch für Frauen interessieren kann? Schließlich sind viele verheiratet und haben Kinder. Denk an den Fürsten Eulenburg. Der hat acht gehabt.«

»Aber das ist doch was ganz anderes. Das war mit seiner Ehefrau. Von Gewalttaten gegenüber anderen Frauen ist nichts bekannt. Und überhaupt, ich lese seit Jahren das Archiv für Kriminalanthropologie. Dort werden alle Perversionen untersucht, aber so ein Fall ist noch kein einziges Mal vorgekommen. Und wenn sich die Psychiatrie einig ist ...«

»Die Psycha*trie*?«, sagte Larissa, die letzte Silbe dehnend, als wollte sie schon damit ihre Missbilligung ausdrücken. »Dass ich nicht lache. Die sind sich ja noch nicht mal einig, was Homosexualität überhaupt ist. Was soll denn das für eine

Wissenschaft sein, wenn sie noch nicht mal ihren Gegenstand eindeutig beschreiben kann?«

»Trotzdem«, erwiderte Rattler. »Wenn's aber noch nie vorgekommen ist.«

Larissa zog ihren Mantel aus, als die Bedienung die Suppe brachte. »Ich will mir diesen Kerl auf jeden Fall selbst anschauen. Wie ist die Adresse?«

»Das ist nicht so einfach. Ich hab mir eine abstruse Lügengeschichte ausdenken müssen, um überhaupt an diesen Kerl ranzukommen, und wenn jetzt nochmal jemand bei der Vermieterin auftaucht …«

»Der hat eine Vermieterin? Dann könnte ich ganz einfach nach einem Zimmer fragen. Also, wie heißt die Adresse. Und die Vermieterin?«

Ohne aufzublicken, begann Rattler seine Suppe zu löffeln.

Larissa trommelte mit den Fingern auf den Tisch.

»Gietlstraße 3«, sagte er eingeschnappt. »An der Klingel steht Adler.«

Er hörte ihren Löffel gegen den Teller ticken. Es ist unglaublich, dachte er düster. Da hatte er den ganzen Samstagabend hingegeben, sich zum Idioten gemacht und wäre beinahe selbst vergewaltigt worden, aber kein Wort des Dankes. Als wäre all sein Einsatz keiner Erwähnung wert. Er sollte einfach die Adresse rauszurücken, wie er es angestellt hatte, die zu kriegen, war ihr egal. Doch plötzlich hielt sie inne mit dem Löffeln, griff über den Tisch und nahm seine Hand.

»Das war übrigens sehr lieb von dir, dass du dich so gekümmert hast. Ich bin dir wirklich sehr dankbar.«

Der Ärger und die Enttäuschung waren sofort wie weggeblasen, als er in ihre Augen blickte, wo goldene Sprenkel in der Iris funkelten. Und wenn sie lächelte, sah sie sogar noch schöner aus. »Hab ich gern getan«, erwiderte er knapp.

Sie drückte noch einmal seine Hand, bevor sie beide schweigend ihre Teller leerten.

»Ich hab mir allerdings gedacht«, sagte er, »dass ich in Zukunft meine Suche auf andere Gegenden ausdehnen sollte. Wenn dieser Kerl tatsächlich bei einem Freikorps war, sollte ich mir die Lokale vornehmen, wo sich diese Leute treffen. Das ist wahrscheinlich ein überschaubarer Bereich.«

»Du gibst so leicht nicht auf«, sagte sie anerkennend. »Das gefällt mir an dir.«

»Das lernt man bei der Polizeiarbeit. Da muss man auch dranbleiben.«

Sie nickte. »Hör zu, ich bin heute ziemlich fertig und möchte bald gehen. Für morgen hab ich noch was vorzubereiten und bin schon jetzt furchtbar müde.«

»Ja, sicher«, antwortete er und versuchte, die Enttäuschung über das abrupte Ende ihres Treffens zu verbergen. »Ich geh zur Bedienung und bezahle.«

Auf dem Weg durchs Lokal überlegte er, ob er ihr Vorhaben, in die Gietlstraße zu gehen, noch einmal ansprechen sollte. Aber das wäre sinnlos. Wenn sie entschlossen war, sich diesen Kerl anzusehen, dann würde sie es tun. Wenn er sie noch einmal davon abzuhalten versuchte, würde sie bloß ärgerlich werden. Doch eigentlich konnte es ihm egal sein. Der Widerling würde ganz sicher nichts ausplaudern von der Attacke.

Als er zurückkam, zog sie bereits ihren Mantel an und stopfte ihre Haare unter die Mütze.

»Ruf mich doch morgen oder übermorgen an«, sagte sie auf dem Weg zur Tür. »Dann können wir ausmachen, wie es mit deinem Unterricht weitergeht. Du hast doch sicher fleißig geübt?«

»Das Alphabet hab ich inzwischen drauf«, sagte er und hielt ihr die Tür auf.

Im gleichen Moment trat ein Mann ein. Er blieb stehen und starrte Larissa an. Sie schlug den Mantelkragen hoch, als bliese ihr ein kalter Wind entgegen.

»Kennen wir uns nicht?«, fragte der Mann.

»Nicht, dass ich wüsste«, erwiderte sie schroff und eilte hinaus.

Rattler drehte sich noch einmal um und fing den irritierten Blick des Mannes auf.

»Sag mal, könnte es sein, dass du schon vor dem Krieg einmal in München gewesen bist?«, fragte er und versuchte mitzuhalten, während sie in ihrem üblichen Sturmschritt auf die Brücke zueilte.

»Ich hab mir mal überlegt, vielleicht für ein Semester an die Uni hier zu gehen. Aber daraus ist dann nichts geworden, weil ich bei Kriegsbeginn das Land ohnehin verlassen musste.« Ihr Tonfall machte ihm deutlich, dass er nicht weiter nachzubohren brauchte.

Nach einem schnellen Abschied rannte sie praktisch zu ihrem Haus, blieb an der Einfahrt jedoch kurz stehen und redete mit einem Mann, der ihr entgegenkam. Der Agent vermutlich, dachte Rattler und wartete noch etwas. Dann ging der Mann in Richtung Gärtnerplatz. Als Rattler ebenfalls in diese Richtung fuhr, bog ein Taxi in die Corneliusstraße ein. Er blieb noch einmal stehen und drehte sich um. Larissa stand am Straßenrand und hielt den Wagen an.

Das war der Grund, weshalb sie ihn so schnell loswerden wollte. Sie konnte es nicht erwarten, sich diesen Adler anzusehen.

20

Reitmeyer stand vor der Weißen Lilie und beobachtete den Eingang. Es herrschte nicht gerade Andrang, die Besucher trafen allenfalls tröpfchenweise ein. Im Saal des Wirtshauses fanden höchstens hundertfünfzig Leute Platz, und wie es aussah, war der Ort passend gewählt. Ihm selbst war der Redner, ein Dr. Arnold Ruge, vollkommen unbekannt, und er erwartete auch keinerlei Überraschung, wenn dieser Mann zu einem Thema wie »Deutschlands Weg ins Verderben« sprach. Bemerkenswert war allenfalls, dass er sich dabei eines Ausdrucks bediente, der an die Titel bestimmter Filme erinnerte, die nach der Aufhebung der Zensur in die Kinos gekommen waren. Wenn dort die Schicksale »gefallener« Mädchen behandelt wurden, dann ging es hier wohl um die Schande der Nation, die sich von gewissenlosen Politikern in Berlin und von jüdischen Geschäftemachern in den Abgrund treiben ließ.

Da Burkstaller ganz sicher keine Nachhilfe in nationalistischem Geifer und Antisemitismus brauchte, war Reitmeyer gespannt, was er ihm hier zeigen wollte. Er trat in das Lokal und blickte sich zuerst in der Gaststube um, wo er den Journalisten nirgendwo sah, bis er ihn schließlich halbverdeckt hinter einer Säule mit ausgehängten Zeitungen entdeckte. Reitmeyer ging hinüber, nahm eine von den Zeitungen und blätterte darin herum.

»Geh rauf, wenn es angefangen hat«, sagte Burkstaller leise. »Ich komm dann nach und setz mich hinter dich.«

Reitmeyer nickte und ging hinaus. Ein paar Besucher liefen eilig nach oben, von wo bereits Beifall ertönte. Er stieg ebenfalls hinauf. Gleich hinter dem Eingang sah er die Schnüffler aus Sallingers Abteilung, die keine politische Versammlung versäumten. Am Pult vorn stand ein schmächtiges Männchen im dunklen Anzug, das sich verbeugte. Reitmeyer setzte sich in die vorletzte Reihe.

Der Saal war höchstens zu drei Vierteln gefüllt, und es fiel auf, dass sich im Gegensatz zu den Veranstaltungen der NSDAP so gut wie keine Frauen im Publikum befanden. Der Redner, der nun mit fisteliger Stimme anhob, hatte eindeutig nicht den »Schlag bei den Weibern«, der Hitler nachgesagt wurde. Inhaltlich jedoch bestand kein großer Unterschied zwischen den beiden. Ruge benutzte die gleichen Schlagwörter und erging sich in den gleichen Tiraden wie alle Hetzredner der Völkischen. Es war das übliche geifernde Gewäsch gegen die »linken Verräter«, die einem angeblich »ungeschlagenen Heer« in den Rücken gefallen seien, was zu dem »Schandvertrag« von Versailles und zu der »Knechtung durch das internationale Judentum« geführt habe.

Reitmeyer reckte den Kopf und versuchte, die Leute in der ersten Reihe zu erkennen, wo offenbar die Ehrengäste versammelt waren. Dort saß tatsächlich dieser Fuchs, den er im Kaiserin Elisabeth so üppig hatte tafeln sehen, neben ihm einige Herren, die Reitmeyer nicht kannte.

Inzwischen hatte sich Burkstaller hinter ihm niedergelassen. Während eines besonders frenetischen Zwischenbeifalls tippte der Journalist ihm auf die Schulter. »Da vorn sitzt der Georg Fuchs und neben ihm der Hugo Machhaus. Die beiden zeigen seit geraumer Zeit großes Interesse für Treu-Oberland. Kennst du den jüngeren Mann in der ersten Reihe ganz rechts?«

Reitmeyer erhob sich halb und nickte, als er sich wieder setzte. Es war der Rothaarige, den er in Schäfers Büro und in dem Haus in Feldafing gesehen hatte.

»Wer ist das?«

Reitmeyer zuckte die Achseln.

»Dann können wir gehen«, flüsterte Burkstaller. »Außer, du möchtest dich noch weiterbilden.«

Reitmeyer schüttelte den Kopf.

»Ich geh voraus und warte um die Ecke im Raben auf dich.«

Doch Burkstaller kam offenbar nicht weit. Reitmeyer fuhr herum, als er von hinten Stimmengewirr hörte. Zwei sogenannte Saalordner waren auf den Journalisten losgegangen und prügelten auf ihn ein. »Was hat die linke Sau bei uns verloren?«, brüllte ein Fettwanst, der am Rand gestanden hatte und weitere Schläger alarmierte. Burkstaller jedoch schaffte es gerade noch, sich loszureißen und durch die Tür zu entkommen.

»Und ihr schaut zu, wie Gäste hier zusammengeprügelt werden!«, schrie Reitmeyer die beiden von der politischen Polizei an. Die Schläger stutzten einen Moment, doch angesichts der Lage entschied sich Reitmeyer, den Ort ebenfalls so schnell wie möglich zu verlassen. »Vernichtung den Verrätern!«, hörte er Ruge in den Saal brüllen, während er die Stufen hinuntereilte. »Mit denen machen wir kurzen Prozess!«

Reitmeyer rannte um die Ecke zu der Kneipe. Als er die Tür aufmachte, stand Burkstaller an der Theke, wo ihm der Wirt ein Tuch reichte, das er sich auf die blutende Lippe drückte.

»Nicht schlimm«, sagte er. »Bloß ein Kratzer.«

»Woher kennen dich diese Ganoven?«, fragte Reitmeyer.

»Wahrscheinlich von den Überfällen auf unsere Redaktion. Dass diese Schläger jetzt bei dem Verein sind, hab ich nicht wissen können. Trotzdem, es war ein Risiko für mich, dort überhaupt hinzugehen. Komm, setzen wir uns.«

Der Wirt servierte ihnen Getränke und stellte neben jedes Bier ein Glas Schnaps. »Das geht aufs Haus«, sagte er. »Meinst du, ich soll zusperren?«, fragte er Burkstaller. »Falls die dir nachkommen?«

»Das glaub ich nicht«, sagte Reitmeyer. »Ein Überfall ist dann doch noch was anderes als eine Wirtshausschlägerei.«

»Tja«, sagte Burkstaller. »Als Journalist sollte man heutzutag Boxen trainieren. Zumindest wenn man nicht für die nationale Presse schreibt.« Sie stießen an. »Aber jetzt sag doch, wer ist der Kerl, den ich dir gezeigt hab.«

»Der Rothaarige? Wie der heißt, würde ich selber gern wissen.« Reitmeyer kippte seinen Schnaps. »Und wer ist dieser Hetzredner? Dieser Ruge?«

»Ein ehemaliger Privatdozent von der Heidelberger Universität, der neuerdings zum Chefideologen bei Treu-Oberland aufgestiegen ist. Er soll wohl für die größtmögliche Radikalisierung sorgen, damit es möglichst bald zu einem gewaltsamen Umsturz kommt. Danach soll eine ›Tscheka‹ aufgestellt werden, die jeden umlegt, der sich der nationalen Sache widersetzt. ›Umlegen‹ ist überhaupt ein Lieblingswort von ihm. Bei einer Rede vor Gymnasiasten kürzlich hat er geraten, dass sich ein jeder ganz persönlich einen Juden zum Umlegen aussuchen soll.«

»Tscheka?«, fragte Reitmeyer. »Die deutsche Rechte orientiert sich an sowjetischen Vorbildern?«

Burkstaller zuckte die Achseln.

»Und dieser Ruge ist von Schäfer eingestellt worden?«

»Der Schäfer hat den früheren Vorstand weggedrängt. Schon beim Bund Oberland hat es Auseinandersetzungen über die Ausrichtung gegeben, und das hat schließlich zur Abspaltung von Treu-Oberland geführt. Dort haben jetzt Leute das Sagen, die keine ehemaligen Offiziere sind. Im Gegensatz zu der ›soldatischen Fraktion‹ sollen die sogenannten ›Zivilisten‹ die Separation Bayerns vom Reich anstreben. Die Soldatenfraktion ist gegen Separatismus und damit einig mit der Reichswehr und anderen völkischen Gruppierungen.«

»Und wer sind dieser Fuchs und dieser Machhaus?«

»Georg Fuchs hat vor dem Krieg ein paar unsägliche Theaterstücke geschrieben und ist später Journalist geworden, zuerst bei den *Münchner Nachrichten* und dann beim *Völkischen Beobachter*. Und Hugo Machhaus war Kapellmeister, bevor er bis 21 der Chefredakteur bei diesem Schmierblatt war.«

»Erstaunlich, welche Karrieren heute Musikern offenstehen.«

»Machst du dir Hoffnungen?«, fragte Burkstaller spöttisch. »Wie bist du eigentlich auf den Fuchs aufmerksam geworden?«

Reitmeyer erzählte ihm kurz, was er in dem Hotel in Feldafing mitbekommen hatte, und kam am Schluss noch einmal auf die fünfhundert Dollar zu sprechen.

Burkstaller hatte interessiert zugehört. »Wir beobachten schon länger, dass diese Kerle nur so um sich schmeißen mit Geld. Hast du denn eine Ahnung, woher das stammen könnte?«

»Ich dachte, das könntest du mir sagen. Aber wenn diese Abspaltung tatsächlich einen Putsch planen sollte, kann es doch nur von einem Spender kommen, der sich davon etwas verspricht.«

»Ja, so weit waren wir in meiner Zeitung auch schon«, sagte Burkstaller. »Aber wer? Und warum unternimmt die Reichswehr nichts dagegen? Oder dein Dr. Frick mit seiner politischen Polizei? Die plötzliche Geldflut kann ihnen doch nicht entgangen sein.«

»Also *mein* Dr. Frick ist das bestimmt nicht. Seine Abteilung ist mir alles andere als wohlgesinnt. Da fällt mir ein, könnte dieser Scheubner-Richter in die Sache verwickelt sein? Seinetwegen hab ich mir neulich einen Anschiss eingehandelt, bloß weil ich wegen einer anderen Sache eine Auskunft haben wollte.«

»Den hatten wir bei den Gedankenspielen in der Redaktion auch auf der Liste, ganz einfach weil er an allen möglichen Mauscheleien im Hintergrund beteiligt ist. Aber die Sache passt nicht dazu, dass er Leute unterstützt, die unbedingt die Monarchie in Russland wiederherstellen wollen. Die Zaristen sollen zwar große Summen lockermachen, um ihre Träume umzusetzen, aber warum sollten sie Geld an diese Spinner von einer Splittergruppe geben? Die halten sich lieber an die großen Verbände und Leute von der Reichswehr.«

»Tja, wir kommen immer wieder an den gleichen Punkt. Wer spendiert diesen Spinnern, wie du sie nennst, so viel Geld? Warum hast du mich übrigens nach dem rothaarigen Mann in der ersten Reihe gefragt?«

»Weil er uns aufgefallen ist. Er scheint ganz eng in die Planungen eingebunden zu sein. Aber niemand weiß was Näheres über ihn.«

»Wer ist ›niemand‹?«

Burkstaller lächelte. »Wir haben vielfältige Verbindungen, sonst ließe sich ein Blatt wie unseres gar nicht machen. Das alles unterliegt natürlich größter Vertraulichkeit.«

Er trank einen Schluck Bier und sah zum Nebentisch hinüber, wo eine junge Frau saß, die allein gegessen hatte. In ihrem grauen Kostüm und der weißen Bluse wirkte sie wie eine Sekretärin. Das stark geschminkte Gesicht passte jedoch nicht zu einer Büroangestellten. Burkstaller warf seinem Gegenüber einen fragenden Blick zu. Reitmeyer zuckte die Achseln.

»Also nochmal zu dem jungen Mann. Den hast du in Feldafing gesehen?«, fuhr Burkstaller fort.

»In einem Haus links vom Bahnhof, auf einer kleinen Anhöhe. Eine von *meinen* vielfältigen Verbindungen hat mich auf diesen Mann und dieses Haus aufmerksam gemacht. Worauf ich heimlich einen Blick durchs Fenster riskiert habe. Jetzt würde ich natürlich gerne wissen, wem dieses Haus gehört und wer dort sonst noch wohnt.«

»Das müsste rauszukriegen sein. Wir haben auch dort draußen Verbindungsleute.« Er lachte. »Aus den ganz unteren Schichten. Die kriegen alles Mögliche raus, weil diese Leute keiner wahrnimmt, weshalb sie praktisch unsichtbar sind.«

»Dann rufst du mich an?«, fragte Reitmeyer. »Oder soll ich mich bei dir melden? Morgen Abend bin ich wieder in Feldafing.«

Burkstaller trank sein Bier aus. »Ich melde mich bei dir. Und du erzählst mir, wenn du was Neues erfahren hast.«

Reitmeyer nickte und stand auf. »Ich denke, wir sollten uns gegenseitig helfen.« Er grinste ein bisschen.« Immerhin könnten wir beide umgelegt werden, wenn dieser Dr. Ruge seine Tscheka einführt.«

Burkstaller lachte. »Mir wär's allerdings recht, wenn diese gegenseitige Unterstützung erst mal unter uns bliebe.«

Die Frau am Nebentisch stand ebenfalls auf, nahm ihren Mantel und ihre Tasche und ging zur Theke.

»Ah, Brigitte«, sagte der Wirt und sah auf die Uhr. »Du gehst schon? Ich schreib's an.«

Die junge Frau blickte auf Reitmeyer und Burkstaller. »Ich zahl heut alles«, sagte sie und legte ein Bündel Scheine auf den Tresen, bevor sie ihren Mantel anzog.

»Ja, Donnerwetter, da hast aber mal einen sauberen Stich g'macht«, sagte der Wirt und blätterte die Scheine durch.

»Ich hab das große Los gezogen«, sagte sie und ging hinaus.

»Ja, die Brigitte«, sagte der Wirt lächelnd, während sie bezahlten. »Ich gönn's ihr. Die hat's nicht immer leichtg'habt.«

Burkstaller verabschiedete sich schnell, weil er noch in seine Redaktion wollte, und Reitmeyer ging Richtung Weiße Lilie zurück, wo sein Rad stand. Als er um die Ecke bog und die Straße hinaufstieg, sah er ein Stück entfernt die junge Frau vor einem Schaufenster auf und ab gehen. Sie wartete auf jemanden. Etwa auf Kundschaft, schoss ihm durch den Kopf. Hatte der Wirt das gemeint, als er von einem »guten Stich« gesprochen hatte? Er blieb stehen. Ein Auto kam die Straße entlanggefahren und hielt an. Brigitte ging zum Randstein und redete mit dem Fahrer. Also doch, dachte Reitmeyer. Sie bot ihre Dienste an. Aus dem Geschäft schien aber nichts zu werden, weil der Wagen wieder abfuhr, und sie zu ihrem Platz vor dem Schaufenster zurückkehrte. Er ging ein paar Schritte weiter und bückte sich, um vorgeblich seine Schnürsenkel zu binden, als von der anderen Seite ein Mann auf sie zukam. Sie hob die Hand und winkte ihm kurz zu. Der Mann durchquerte den hellen Lichtkegel einer Laterne. Reitmeyer hob den Kopf und sah ganz deutlich das rote Haar. Schnell duckte er sich wieder. Es war tatsächlich derselbe Mensch, den er zuvor in der Lilie gesehen hatte. Die Frau hängte sich bei ihm ein, und beide entfernten sich Richtung Sendlinger Tor.

Reitmeyer folgte ihnen, wobei er darauf achtete, genügend Abstand einzuhalten, damit der Mann sein Gesicht nicht sehen konnte, falls er sich umdrehte. Plötzlich blieben die beiden stehen und umarmten sich. Reitmeyer wandte sich schnell ab und gab vor, die ausgehängte Speisekarte eines Lokals zu studieren. Nutzte der Mann die Umarmung, um unauffällig einen Blick zurück zu werfen? Reitmeyer wartete. Das Paar ging weiter. Er ließ den Abstand etwas größer werden. Am Sendlinger Tor nahmen die beiden den schmalen Durchgang durch den rechten Turm. Nach einer Weile nahm er den breiten Durchgang in der Mitte und hoffte, sie vorn am Platz erneut zu sehen. Doch er sah sie nicht. Der Kerl hatte ihn bemerkt, dachte Reitmeyer. Wahrscheinlich wartete er im Durchgang ab, was sein Verfolger tun würde. Reitmeyer beschloss aufzugeben. Er machte kehrt. Gerade, als er durch den schlecht beleuchteten Bereich jenseits des Tores kam, nahm er ein Knacken wahr, als streifte jemand das Gebüsch in der Mauerecke. Er wollte sich noch umdrehen, doch es war schon zu spät. Der Kerl sprang ihn von hinten an und legte einen Arm um seinen Hals.

»Was willst du?«, flüsterte er in sein Ohr. »Warum verfolgst du mich?«

Reitmeyer reagierte, ohne nachzudenken, wie er es in der Nahkampfausbildung gelernt hatte. Er machte sich ganz schlaff und ließ sich fallen. Gleichzeitig packte er den Arm des Angreifers, der aus Verblüffung den Griff für einen winzigen Moment lockerte, was Reitmeyer ermöglichte, sich aus der Umklammerung herauszuwinden. Jetzt hatte er die Wahl, den Arm des Mannes nach hinten zu reißen und schmerzhaft zu verdrehen, oder dem Kerl sein Knie an eine Stelle zu rammen, die ihm besonders wehtun würde. Er entschied sich für Letzteres. Das Ganze war nur eine Angelegenheit von Sekunden gewesen. Sein Angreifer jaulte laut auf, bevor er sich zusammenkrümmte und zu Boden ging. Reitmeyer entfernte sich mit großen Sätzen. Als er sich noch einmal kurz umdrehte, sah er Brigitte, die sich über ihren hilflos wimmernden Begleiter beugte.

Warum war dieser Kerl ein solches Risiko eingegangen? Warum hatte er ihn angefallen? Reitmeyer fuhr die Sonnenstraße hinunter und überlegte angestrengt. So schnell bekäme er nichts raus über den Rothaarigen. Doch über seine Begleiterin, über diese Brigitte, vielleicht. Den Rabenwirt konnte er schlecht fragen. Der würde sie warnen, wenn sich jemand nach ihr erkundigte. Aber er hatte eine andere Idee.

21

Es war noch fast eine halbe Stunde bis zum Dienstbeginn, doch um den Sittensänger ungestört anzutreffen, war dies genau die Zeit dafür. Jetzt trank er seinen mitgebrachten Tee und las Zeitung, weil er den Arbeitstag ganz ohne Hast anfangen wollte. Das hatte er Reitmeyer oft erklärt. Die Tür seines Büros stand offen, und Sänger blickte überrascht auf, als Reitmeyer ihm einen guten Morgen wünschte.

»Ah, Kollege Reitmeyer«, rief er erfreut. »Sie möchten mir bestimmt mitteilen, dass Sie bei unserem Musikprogramm mitmachen wollen?« Er lachte gutgelaunt und deutete auf den Stuhl vor seinem Schreibtisch.

Reitmeyer hatte schon etwas in dieser Richtung erwartet und sich damit abgefunden, dass er für den Gefallen bezahlen müsste – der allerdings teuer erkauft wäre. Er seufzte innerlich und ließ sich nieder. »Ich hab mir tatsächlich überlegt, ob ich es mal probieren sollte. Ich meine, Sie müssten natürlich entscheiden, ob ich in das Ensemble passe.«

Der Sittensänger lehnte sich zurück. Ein wahres Leuchten tief empfundener Freude erhellte sein Gesicht, und er strich über den Schnurrbart, als wäre ihm ein Mahl von ganz besonderer Köstlichkeit serviert worden. »Da hab ich nicht die geringste Sorge«, erklärte er. »Seit Sie damals dem Oberkommissär Löffler zu seinem Abschied ein Ständchen gespielt haben, weiß ich genau Bescheid über Ihr geigerisches Können.«

»Ach, das ist ewig her. Der Oberkommissär ist ja schon Jahre vor dem Krieg gestorben. Er hat mich ausgebildet. Ich hab ihn sehr verehrt.«

Sänger nickte bedächtig. »Ein Mann von seiner Qualität ist nicht mehr nachgekommen. Ein brillanter Kopf und doch das Herz am rechten Fleck. Wenn ich mich heute so in bestimmten Abteilungen umschaue …« Er winkte ab.

Reitmeyer machte eine vage zustimmende Geste. Es folgte ein Moment des Schweigens. »Weil Sie gerade bestimmte Abteilungen ansprechen«, begann Reitmeyer vorsichtig. »In meinem Fall ist es da kürzlich zu einem bedauerlichen Missverständnis gekommen …«

»Ach, Sie meinen mit Sallinger aus dem 6a?« Sänger stand auf und schloss die Tür. »Ich hab davon gehört«, sagte er und setzte sich wieder. »Da kann ich Ihnen nur verraten …« Er senkte die Stimme und sah sich um, als könnten sie belauscht werden. »Der behandelt uns alle, als wären wir seine Untergebenen. Und zudem hat er noch die Frechheit, sich ungefragt in meine Arbeit einzumischen.«

Reitmeyer rückte näher. Einem zukünftigen Musikerfreund gegenüber war Sänger offenbar sogar zu solch vertraulichen Geständnissen bereit.

»Bei der Sache im Elysium haben wir bloß auf Druck von den Politischen diesen Meixner wegen Zuhälterei verfolgt. Es hat keine anonymen Anzeigen gegeben, das war bloß Sallinger, der diesen Mann in die Finger kriegen wollte.«

»Und warum?«

»Ja meinen Sie, der weiht mich in die Absichten seiner Abteilung ein? Wir sollen bloß nach seiner Pfeife tanzen, und wenn man aufbegehrt, heißt's gleich, man stellt sich höheren Interessen in den Weg.«

»Tja«, sagte Reitmeyer. »Eigentlich wollte ich Sie um einen Gefallen bitten, aber …« Er hob die Hände. »Wenn Sie selbst solche Schwierigkeiten haben und aufpassen müssen …«

»Glauben Sie bloß nicht, ich lass mich einschüchtern von diesem Sallinger«, fuhr Sänger auf. »Von diesem Kläffer! Der ist doch bloß der Schoßhund von seinem Herrn!« Er nahm die Zeitung und warf sie ärgerlich auf den Tisch zurück. »Von diesem Windbeutel, diesem elendigen, lass ich mir doch nicht sagen, wie ich meine Arbeit zu tun hab? So weit kommt's noch.« Er reckte den Hals und lockerte die Schultern, als wollte er etwas abschütteln. »Also, was kann ich für Sie tun?«

»Sie wissen doch, dass ich in diesen beiden Mordfällen ermittle, aber das Umfeld ist ziemlich undurchsichtig. Ich will Sie jetzt nicht mit Einzelheiten aufhalten, ich möchte bloß die Identität eines Mannes feststellen, den ich gestern Abend in Gesellschaft einer Dame gesehen habe. Also vielleicht weniger einer Dame als einer Person, die sich möglicherweise in Ihrer Kartei befindet, falls sie schon einmal festgenommen wurde.«

»Wissen Sie den Namen?«

»Nein, ich müsste sie aufgrund der Fotos erkennen.« Dann senkte er ebenfalls die Stimme. »Die Sache müsste allerdings unter uns bleiben, weil ich wahrscheinlich Bereiche berühre, in die ich meine Nase nicht stecken sollte. Nach Meinung gewisser Leute.«

Sänger lächelte verschwörerisch. »Ich hol die Unterlagen«, sagte er und stand auf. Er ging hinaus und kam gleich darauf mit einem Kasten zurück, den er vor Reitmeyer auf den Tisch stellte. »Bitte. Bedienen Sie sich.«

Reitmeyer blätterte die Karten mit den erkennungsdienstlich behandelten Frauen durch. Nachdem er etwa zwanzig angesehen hatte, glaubte er, die Frau auf einer erkannt zu haben. Obwohl sie auf dem Foto eine andere Frisur trug und ungeschminkt war. »Das könnte sie sein«, sagte er. »Brigitte Leupold.«

Sänger warf einen Blick darauf. »Ah, die Brigitte«, sagte er. »Die kenn ich. Die arbeitet als Bedienung und muss sich nebenbei was dazuverdienen. Wie so viele. Aber was wollen Sie jetzt machen?«

»Ich würde gern wissen, was sie mir über ihren Begleiter von gestern Abend sagen kann. Allerdings kann ich sie schlecht selber fragen.«

Sänger setzte sich wieder. »Ich verstehe«, sagte er und klopfte mit einem Stift auf die Schreibtischplatte. »Aber wenn ich zu ihr gehen würde, wäre das auch nicht günstig.« Er kippte seinen Stuhl nach hinten, blickte zur Decke und schaukelte eine Weile hin und her.

Reitmeyer wartete ab.

»Sie hat ein Kind, wenn ich mich recht erinnere«, fuhr Sänger fort. »Ich glaube sogar, unser Fräulein Rübsam hat ihr damals geholfen, eine gute Pflegestelle zu finden. Sie nimmt ihre Arbeit als Fürsorgerin ja sehr ernst und setzt sich oft für Kinder von solchen Frauen ein.« Mit einem Ruck kippte er seinen Stuhl wieder zurück. »Das ist es! Wir schicken Fräulein Rübsam hin. Sie soll sich nach ihrem Kind und ihren Lebensumständen erkundigen.«

»Meinen Sie, die würde das machen?«

Sänger lächelte überlegen. »Wenn ich sie darum bitte, dann macht sie das. Und behandelt die Angelegenheit vertraulich.«

»Das wäre natürlich …«

Sänger stand auf. »Ich geh gleich zu ihr runter. Es ist am besten, wenn sie sofort hingeht. In der Früh hat man die größte Chance, die Brigitte anzutreffen. Vielleicht hält sich dieser Mann sogar bei ihr auf.«

Reitmeyer zog eines der Bilder aus der Tasche, die Rattler vergrößert hatte. »Könnten Sie ihr das Foto zeigen? Das ist er. Aber bloß zeigen. Ich möchte nicht, dass das Bild in falsche Hände gerät, verstehen Sie.«

Sänger nickte. Er nahm das Bild, steckte es in die Brusttasche seines Jacketts und klopfte mit der Hand darauf. »Bei mir ist das sicher. Keine Sorge. Und wenn Fräulein Rübsam zurück ist, geb ich Ihnen Bescheid. Das kann natürlich etwas dauern, weil sie tagsüber meistens noch andere Außentermine hat.«

Reitmeyer sah auf die Uhr. Schon kurz vor sechs. Er musste sich beeilen, wenn er Sepp nicht warten lassen wollte. Er räumte schnell die Akten auf seinem Schreibtisch in den Schrank. Dass er vor seiner Abfahrt nicht mit der Fürsorgerin sprechen konnte, war ärgerlich. Sie sei noch immer nicht zurückgekommen, hatte ihm Sänger mitgeteilt. Er würde jedoch dafür sorgen, dass sie sich morgen gleich bei ihm melde. Reitmeyer zog seinen Mantel an und nahm seine Tasche. Als er hinausging, kam ihm Steiger von der anderen Seite des Gangs entgegengelaufen und wedelte mit einem Blatt Papier. »Das sollst du lesen!«, rief er. »Das hat mir gerad der Oberinspektor gegeben.«

Reitmeyer nahm den Zettel und folgte Steiger zurück ins Büro. »Ich hab jetzt wirklich keine Zeit, auf mich wartet unten jemand, mit dem ich nach Feldafing fahren kann. Ich möchte in der Hofbauer-Sache dort was überprüfen.« Er nahm das Blatt. »Was ist das denn?«

»Du sollst das lesen, weil er für die Besprechung der Abteilungsleiter nächste Woche irgendwas zusammenstellen will.«

Reitmeyer überflog den Text. »Was geht das mich an? Da geht's um die Verstärkung von Polizeitruppen, weil sich die Massen angeblich immer ›reizbarer‹ gebärden.«

»Wahrscheinlich meinen die das Chaos letzte Woche vor der Fleischbank …«

»Ja, ja«, unterbrach ihn Reitmeyer ungeduldig. »Aber hier geht's auch um die Spaltung von Stadt und Land, um Feld- und Flurschäden, wegen der ›Diebesreisen‹ aus der Stadt, um Brandstiftung und Überfälle auf Bauernhöfe …«

»Ach, du kennst den Klotz doch. Er will halt irgendwas verfassen, irgendwas schreiben. Und da kommst du ins Spiel. Weil du das besser kannst.«

»Und was soll ich dazu sagen?«, erwiderte Reitmeyer genervt. »›Schluss mit Hunger und Inflation‹? Wie's auf den Transparenten bei den Demonstrationen steht? Mehr fällt mir dazu auch nicht ein. Es ist doch alles durchgespielt. Preise einfrieren, dann liefern die Bauern nix mehr, Preise freigeben, dann kann sich keiner mehr was kaufen. Vielleicht sollten sie das Militär aufs Land schicken und die Höfe stürmen lassen.«

Steiger lachte. »Da möcht ich sehen, was unsere Bauernverbände dazu sagen.«

»Ach, Schmarrn«, sagte Reitmeyer ärgerlich. »Der soll sein Papier selber zusammenmurksen, wenn er bei der Versammlung angeben will. Ich muss jetzt weg.« Er ging zur Tür. »Es könnte sein, dass ich morgen Vormittag später komm, falls sich da draußen was ergibt.«

»Und was soll ich dem Oberinspektor sagen?«

»Was *ich* ihm sagen möchte, richtest du besser nicht aus. Aber ich meld mich morgen bei ihm.«

22

Sepp stand neben seinem Auto und deutete auf die dicht besetzten Mannschaftswagen, die in die Löwengrube einbogen. »Was ist los bei euch? Zieht ihr in den Krieg?«

Reitmeyer öffnete die Wagentür und stieg ein. »Keine Ahnung. Auf jeden Fall ohne mich.«

»Bist du sicher? Man hört doch ständig …«

»Du meinst die Putschgerüchte?«, unterbrach ihn Reitmeyer.

»Die scheinen ziemlich handfeste Hintergründe zu haben. Ich hab mit Presseleuten gesprochen, die über gute Quellen im Innenministerium verfügen.«

»Du bist wie immer besser informiert als ich.«

Sepp lachte unfroh und steuerte den Wagen in Richtung Stachus. »Schön wär's. In meiner Sache komm ich keinen Schritt weiter. Ich war nochmal im Café Iris und hab mich mit den russischen Gästen unterhalten. Aber mit diesen Leuten hat die schöne Anna wohl nur oberflächlichen Kontakt gehabt. Und in den sogenannten besseren Kreisen der russischen Kolonie, bei diesem General Biskupski und den Großfürstinnen, hat man mich überhaupt nicht vorgelassen. Die gleiche Abwehr ist mir bei meinem alten Informanten im Hotel Vierjahreszeiten begegnet. Was könnte da bloß vorgefallen sein, dass man sich überall so absolut zugeknöpft gibt? Und was hat sie im Kaiserin Elisabeth in Feldafing gewollt? Noch dazu unter falschem Namen?«

»Vielleicht war sie mit einem Herrn von Wallstett unterwegs, der seine richtige Gattin zu Hause gelassen hat.«

»So was in der Richtung hab ich mir auch schon gedacht. Falls das Hotel keine Informationen rausrücken sollte, will der Bankier, der mit den amerikanischen Verwandten von Frau Kusnezowa in Verbindung steht, selbst nachfragen. Seine Familie zählt seit Jahren zu den Stammgästen dort draußen.«

»Falls sich die schöne Anna tatsächlich mit Ehemännern eingelassen haben sollte, könnte das Anlass für allerhand Verstimmungen gewesen sein. Da kann eine Frau sehr schnell zur persona non grata werden, mit der man nichts mehr zu tun haben will.«

»Ja schon. Aber wieso verkauft sie dann die Steine aus dem Collier ihrer Mutter? Wenn sie genügend reiche Gönner hat, die sie ausnehmen kann?«

»Sepp, ich hab keine Ahnung. Vielleicht waren die Gönner nicht zahlreich genug, vielleicht ist eine Lücke eingetreten und sie hat Geld gebraucht, vielleicht hat sie sich Unabhängigkeit erhofft von dem Verkauf. Wie gesagt, ich hab nicht die geringste Ahnung.«

»Ja, ja, ich weiß«, sagte Sepp resigniert. »Obwohl mich schon interessieren würde, weshalb die Polizei nach ihr gesucht hat. Das hab ich vom Wirt des Café Iris erfahren. Angeblich überprüfen sie die Wohnorte von Russen, weil bei Leuten mit gültiger Aufenthaltserlaubnis auch solche Unterschlupf fänden, die keine hätten.«

»Ach, tatsächlich? Das klingt für mich nach einem Vorwand. Ich bin mir natürlich nicht sicher, aber mal angenommen, irgendjemand möchte die Anna loshaben, dann wäre dies das Mittel der Wahl. Ausweisung aus Bayern.« Er lachte. »Das erinnert mich an die Zeit vor dem Krieg. Die bayerische Polizei hat damals schon mit dem zaristischen Geheimdienst zusammengearbeitet. Denk nur an die Überwachung der damaligen Russen in München.«

»Aber da ging's doch um politische Angelegenheiten. In dem Fall würde das jedoch heißen, die Anna ist jemandem privat in die Quere gekommen, und Scheubner-Richter benutzt seine Kontakte zur politischen Polizei, um sie ausweisen zu lassen. Damit wäre immer noch nicht geklärt, warum sie absolut von der Bildfläche verschwunden ist.«

»Na ja, erinnere dich mal, was du mir damals in der Küche

der Dohmbergs gesagt hast. Sie könnte einen reichen Verehrer reingelegt und beklaut haben, und der möchte das nicht an die große Glocke hängen. Dann würde man versuchen, die Sache diskret zu lösen. Und ihr selbst könnte auch daran gelegen sein, unterzutauchen. Aber das sind alles reine Spekulationen.«

Sepp seufzte. »Tja, man kann halt bloß spekulieren, wenn einem jegliche Anhaltspunkte fehlen.«

Sie schwiegen eine Weile. Reitmeyer sah zum Fenster hinaus. Als sie den Stadtrand passierten, schien das Wetter umzuschlagen. Ein dickes Wolkenband schob sich vor die Sonne, und gleichzeitig kam ein Wind auf, der die Passanten ihre Hüte festhalten und die Mäntel enger zusammenziehen ließ.

»Wenn ich schon mal Zeit hab, an den See rauszufahren, wird prompt das Wetter schlecht«, sagte Sepp düster.

»Vielleicht wird's draußen wieder besser. Das war schon oft so.«

Doch danach sah es nicht aus. Als sie in Richtung Starnberg weiterfuhren, begann es regelrecht zu stürmen, die Bäume bogen sich unter den heftigen Böen, und am Himmel türmten sich Berge schwarzer Wolken. An eine Unterhaltung war nicht mehr zu denken, weil das Verdeck von Sepps Wagen so laut klapperte, dass sie sich nur noch kurze Sätze zuwarfen. »Ich wollt ihn in die Werkstatt bringen«, rief Sepp. »Bin aber nicht mehr dazu gekommen.«

»Mach die Scheinwerfer an!«, rief Reitmeyer, als plötzlich starker Regen einsetzte.

In Starnberg hielten sie kurz an und überlegten, ob sie eine Pause einlegen sollten. Da allerdings keine Besserung zu erwarten war, beschlossen sie, bis Feldafing durchzufahren.

»Wir machen langsam«, sagte Sepp. »Falls Bäume auf die Straße gekracht sein sollten.«

Als sie endlich ohne Zwischenfall vor Carolines Haus angelangt waren, warf Sepp ein Lodencape über, und beide rannten durch den Vorgarten zur Tür.

»Ich hab mir Sorgen gemacht«, rief Caroline, als sie öffnete. »Und schon befürchtet, ihr kommt nicht mehr. Jetzt sind wir ziemlich spät dran. Aber von mir aus können wir gleich los, ich bin fertig. Hier ist ein Umhang für dich«, sagte sie zu Reitmeyer. »Der ist vom Vater meiner Freundin, der war Jäger und für solche Unwetter ausgerüstet. Ich nehm mir auch einen.« Sie liefen zum Auto. »Ich hab einen Tisch bestellt«, sagte Caroline. »Ich hoffe nur, der ist nicht weg, wenn wir so viel später kommen.«

»Ach, bei dem Wetter sind die doch auf Verspätungen vorbereitet«, sagte Sepp. »Man kann ja bloß im Schritt fahren bei dem Wolkenbruch.«

Unter dem Vordach des Hotels schüttelten sie ihre Umhänge aus, die nach dem kurzen Spurt vom Parkplatz zum Eingang vor Nässe trieften. Ein höflicher Bediensteter eilte herbei und führte sie zur Garderobe, wo ihnen Capes und Mäntel abgenommen wurden. Dann brachte man sie an den Tisch im Stüberl, den Caroline reserviert hatte.

»Ich lad euch ein«, sagte Sepp. »Die wohlhabenden Verwandten von Frau Kusnezowa haben mich reichlich mit Spesen ausgestattet. Also bestellt euch, was ihr wollt. Und für mich eine Renke. Ich will jetzt gleich mal an die Rezeption, um mich nach Frau von Wallstett zu erkundigen.«

»Und ich mach schnell einen Rundgang«, sagte Reitmeyer. »Und seh mal nach, ob diese Herrn da sind. Du kannst in der Zwischenzeit ja bestellen, Caroline. »Ich nehm auch Renke.«

Er schlenderte durch die Halle in den Speisesaal und stellte sich vor die Terrassentüren, als wollte er das Unwetter draußen beobachten.

»Man hätte meinen können, die Welt geht unter«, sagte ein Kellner, der bei ihm stehen blieb. »Der Sturm hat unsere Liegestühle so rumgewirbelt, dass einige nur noch als Brennholz verwendbar sind.«

»Ja, unsere Fahrt war auch nicht angenehm«, sagte Reitmeyer. Die Unterhaltung mit dem Kellner gab ihm Gelegenheit, den Blick unauffällig über den Speisesaal schweifen zu lassen, der heute nur zur Hälfte besetzt war. Aber die Herrenrunde, die ihn interessierte, entdeckte er nicht. »Es könnte gut sein«, fuhr er fort, »dass sich mein Freund deswegen verspätet hat. Außer er wartet schon in der Bibliothek auf mich.«

»Das glaube ich nicht«, sagte der Kellner. »In der Bibliothek ist heute Abend eine geschlossene Gesellschaft.«

»Ach wirklich?«, sagte Reitmeyer. »Dann ist er vielleicht gar nicht losgefahren bei dem Wetter.« Er schlenderte ins Stüberl zurück und sah, dass Caroline mit einer Bedienung redete. Sie winkte ihn heran.

»Stell dir vor«, sagte sie. »Die Traudl ist nicht da.«

»Ich bin vor einer Stunde für sie eingesprungen«, sagte die Bedienung. »Kann sein, dass sie plötzlich krank geworden ist, und bei dem Unwetter hat ihre Mutter das Hotel nicht verständigen können. Die ham ja kein Telefon.«

»Ja, schade«, sagte Caroline. »Ich wollte ihr was ausrichten von ihrer Freundin Liesl, die bei mir im Haus angestellt ist.«

»Dann sind Sie Fräulein Dr. von Dohmberg?«, sagte die Bedienung überrascht und strahlte übers ganze Gesicht. »Ich kenn die Liesl auch. Und die hat mir gesagt, was für ein Glück sie hat, dass sie bei Ihnen arbeiten kann. Ich war sogar schon mal in Ihrem Haus in München. Nur in der Küche unten natürlich, bei der Frau Hildegard ...« Sie brach ab, als einer der Kellner den Raum betrat. »Darf ich Ihnen schon etwas zu trinken bringen?«, fragte sie schnell. »Bis Sie gewählt haben?«

Caroline bestellte Weißwein. »Vielleicht haben Sie später mal eine ruhige Minute«, sagte sie zu dem Mädchen. »Dann können wir uns ein bisschen unterhalten.«

Das Mädchen warf wieder einen unsicheren Blick auf den Kellner. »Ja, vielleicht«, sagte sie leise.

Sepp kehrte wieder an den Tisch zurück und setzte sich. Reitmeyer sah ihn fragend an. »Und?«

»Man hat mir bereitwillig Auskunft gegeben. Dass ich mich auf den Bankier berufen konnte, hat offenbar gewirkt. Frau von Wallstett war am 6. Oktober hier. Sie ist allein gekommen. Sie hat auf ihren Gatten gewartet, der aus München eintreffen sollte. Aber irgendwas hat ihn aufgehalten, und er ist nicht erschienen. Am Tag darauf ist Frau von Wallstett am späten Nachmittag abgereist. Das heißt, sie ist weggegangen und hat telefonisch mitgeteilt, dass sie ganz dringend zu ihrem Gatten müsse. Und dass sie jemanden schicken will, der die Rechnung bezahlt und ihren Koffer abholt.«

»Und was steht auf dem Meldezettel des Hotels?«, fragte Reitmeyer.

»Es gibt keinen. Bei ihrer Ankunft hat sie gesagt, ihr Mann würde sich darum kümmern, und am nächsten Tag war sie weg. Das Zimmer ist von einem Hotel in Baden-Baden gebucht worden, was öfter vorkommt, sagt der Portier. Und den Mann, der ihre Sachen abgeholt und bezahlt hat, hat man nicht weiter gefragt.«

Reitmeyer schüttelte den Kopf. »Merkwürdig.«

»Der Portier meinte, es sei gerade viel los gewesen, als dieser Mann da war, und man habe nicht an Pässe und Meldezettel gedacht. Außerdem sei Frau von Wallstett eine sehr elegante und vornehme Dame gewesen ...«

»Die man nicht näher überprüfen musste.«

»Ja, so ungefähr.«

Die Bedienung brachte den Wein, und Sepp bestellte das Essen. »Lasst uns trotzdem anstoßen«, sagte er. »Auch wenn mein Ausflug im Hinblick auf neue Erkenntnisse eine ziemliche Pleite ist, freut es mich sehr, mit euch zusammen zu sein.«

»Für mich sieht's auch nicht viel besser aus«, sagte Reitmeyer, nachdem sie die Gläser abgestellt hatten. »Die Informantin, von der ich mir einiges erhofft habe, ist heute Abend nicht da. Aber ...« Er zog eines der Fotos heraus, die Rattler bei Treu-Oberland hatte mitgehen lassen. »Vielleicht könntest du das Bild mal ansehen. Mir kommt der Ort bekannt vor. Weißt du vielleicht, wo das ist?« Er schob das Foto zu Sepp hinüber.

Sepp sah es eine Weile an. »Die Bootshäuser könnten überall am See stehen. Aber die Bäume dahinter, diese drei Bäume, die so eng zusammenstehen, die fast so aussehen wie ein Dreizack, an die kann ich mich erinnern. Und ich bin mir ziemlich sicher, dass es hier unten in Feldafing ist. Ein Stückchen weiter rechts davon gibt's eine Fischerhütte. Da hab ich mit Lukas ein paar Mal Fische gekauft. Er hat immer gesagt, die seien dort am besten.«

Reitmeyer nahm das Foto und zeigte es Caroline. »Wenn das stimmt«, sagte sie, »dann ist dieser kleine Biergarten nicht weit entfernt, wo wir im Sommer manchmal gesessen sind.«

»Genau«, sagte Reitmeyer lachend. »Jetzt fällt's mir wieder ein. Das war der Ort, wo man den Sepp fast verprügelt hätte, weil er sich einer Dorfschönheit genähert hat.«

»Ich?«, sagte Sepp grinsend. »Daran kann ich mich nicht erinnern.«

Der Kellner brachte die Platten mit den Renken. Als er fragte, ob er die Fische für die Herrschaften filettieren solle, hob Sepp die Hand. »Das übernehme ich, wenn's euch recht ist? Ich bin ein Meister im Fischauslösen.«

»Könntest du mir noch einen Gefallen tun?«, fragte Reitmeyer.

»Sicher.«

»Die Leute, deren Treffen ich hier beobachten wollte, sitzen in der Bibliothek. Geschlossene Gesellschaft, hat der Kellner gesagt. Weil ich nicht weiß, ob der Chef von Treu-Oberland darunter ist, möchte ich nicht selber nachsehen. Könntest du das für mich übernehmen? Nur einen Blick reinwerfen unter dem Vorwand, du würdest einen Bekannten suchen oder dergleichen. Und mir dann sagen, wer dort versammelt ist. Möglicherweise kennst du ja sogar ein paar der Herrn.«

»Darf ich vorher noch essen?«

»Mir wär's lieber, wenn du das gleich machen könntest.« Er zog ein weiteres Foto aus der Tasche. »Mich würde auch interessieren, ob dieser Mann dabei ist.«

Sepp unterbrach seine Filettierarbeit und sah das Foto an. »Ich nehme mal an, es ist für eine gute Sache. Sonst wär's sehr ärgerlich, wenn ich deswegen mein Essen kalt werden ließe.«

»Du bist doch gleich wieder zurück«, sagte Caroline.

Reitmeyer und Caroline sahen Sepp nach, der zur Tür ging. »Hast du ihm schon gesagt, dass wir ...«, fragte Caroline.

Reitmeyer schüttelte den Kopf. »Auf der Fahrt war keine Gelegenheit.«

»Wir sollten es ihm aber sagen.«

Reitmeyer drückte ihre Hand. »Sicher. Das machen wir.«

»Ist dir das etwa peinlich? Ich meine, ist es dir unangenehm, ihm zu sagen, dass wir nach all der langen Zeit, die wir uns kennen, plötzlich ein ... Liebespaar sind?«

»Nein, peinlich nicht. Er wird sich halt ziemlich wundern. Aber was soll's? Der einzige Mensch, vor dem ich mich in dieser Hinsicht fürchte, ist meine Tante.«

»Wieso? Die mag mich doch. Und würde sich bestimmt freuen.«

»Genau deswegen.« Er ließ Carolines Hand los, als Sepp zurückkam.

»Was ist denn das für eine Truppe, die da zusammensitzt?«, fragte Sepp. »Der unsägliche Fuchs mit einem anderen Kerl, an dessen Namen ich mich nicht erinnere. Aber die beiden waren beim *Völkischen Beobachter*. Dazu ein paar Gestalten von der Reichswehr und ein Ex-Major, der schon seit Jahren in alle möglichen Kungeleien verwickelt ist. Mayr heißt der, glaub ich. Die anderen kenne ich nicht. Ob der von dem Foto dabei ist, hab ich in dem dicken Zigarrendampf nicht richtig sehen können. Obwohl ich mich ausgiebig nach einer Zeitung umgesehen habe, die angeblich in der Bibliothek sein sollte.«

Er grinste und machte sich wieder an die Filettierarbeit. »Die treffen sich doch nicht, um Jugenderinnerungen auszutauschen. Die haben doch was vor. Bist du jetzt etwa bei der politischen Polizei, Sebastian?«

»Wohl kaum. Ich untersuche zwei Morde im Umfeld von Treu-Oberland. Und betreibe meine Ermittlungen möglichst hinter dem Rücken der Politischen. Aber wenn die beiden Mordopfer vielleicht liquidiert worden sind, brauch ich so viele Informationen wie möglich über den Verband. Das heißt, wenn ich verstehen will, warum die beiden den feinen Herrn plötzlich gefährlich geworden sind.«

»Und deine politische Polizei steckt mit den feinen Herrn unter einer Decke? Dann pass nur auf, dass du nicht plötzlich in der schönen Oberpfalz auf Streife gehen darfst.«

»Das wär ja furchtbar«, sagte Caroline. »Geht das denn so einfach?«

»Du solltest über Staatsdiener Bescheid wissen«, sagte Sepp. »Dein Vater ist doch selber einer. Im gehobenen Dienst natürlich.«

»Ach, mein Vater«, sagte Caroline genervt. »Der hat sich noch nie was getraut. Wieso hätte dem jemand mit Versetzung drohen sollen.«

Sie begannen mit dem Essen. Sepp lobte die köstlichen Fische, Caroline nickte nur schweigend. Sie wirkt bedrückt, dachte Reitmeyer. Die Möglichkeit, dass er versetzt und sie getrennt werden könnten, beunruhigte sie. Aber sie würde nicht versuchen, ihm sein Vorhaben auszureden, so harsch, wie sie über ihren Vater geurteilt hatte. Trotzdem würde er später ihre Sorgen zerstreuen müssen.

»Und was willst du jetzt tun?«, fragte Sepp nach einer Weile.

»Die Traudl hat doch erwähnt, dass sie unten am See etwas gesehen hat, oder Caroline?«

»Als sie mir das heute Morgen sagen wollte, wurde sie weggerufen. Außerdem hatte ich das Gefühl, dass sie sich von dem

Mann beobachtet fühlte, der den Hof gekehrt hat. Das war zumindest mein Eindruck. Aber ich bin natürlich davon ausgegangen, dass wir sie heute Abend sprechen, und wollte sie nicht weiter drängen.«

»Was kann sie denn da unten gesehen haben?«, fragte Sepp. »Da fällt mir ein, wieso hast du mir eigentlich das Foto von den Bootshäusern gezeigt? Wer hat das aufgenommen?«

»Jemand von Treu-Oberland.«

»Hast du das konfisziert?«

»Nein. Nur ausgeliehen.«

Sepp trank einen Schluck Wein. »Lass mich mal raten. Nachdem du jetzt weißt, wo diese Bootshäuser stehen, möchtest du hinfahren. Bloß, um mal einen Blick darauf zu werfen. Und dass die Traudl da unten was gesehen haben soll, bestärkt dich noch in deiner Absicht?«

»Ich gehe mal davon aus, dass das Foto nicht zum Spaß aufgenommen wurde.«

»Auf jeden Fall können wir sicher sein, dass dort bei dem Wetter keine Spaziergänger unterwegs sind«, sagte Sepp. Er erhob sich, um aus dem Fenster zu schauen. »Es regnet immer noch, auch wenn's nicht mehr schüttet wie aus Kübeln.«

Die Bedienung kam an den Tisch und fragte, ob sie noch etwas wünschten. Sepp verneinte. »Sie können uns die Rechnung bringen.«

Das Mädchen stellte die Teller zusammen. »Ich kann mich heute Abend leider nicht mehr mit Ihnen unterhalten«, sagte sie zu Caroline. »Ich darf ein bisschen früher gehen, weil keine Gäste mehr gekommen sind, und kann mit jemandem im Auto heimfahren.«

»Ja, schade«, erwiderte Caroline. »Dann halt beim nächsten Mal. Soll ich die Liesl von Ihnen grüßen? Allerdings weiß ich Ihren Namen noch gar nicht.«

»Gerlinde«, sagte das Mädchen.

»Ach, Gerlinde«, sagte Caroline. »Das wollte ich eigentlich

die Traudl fragen. Bekannte von mir wollten sich nach Frau von Wallstett erkundigen. War sie denn in der Zwischenzeit nochmal hier? Sie kennen die Dame doch?«

»Ja sicher«, erwiderte Gerlinde. »Aber sie war bloß einmal da. Eigentlich wollte sie uns Abzüge von den Fotos schicken, die sie im Garten unten gemacht hat. Aber seitdem haben wir nichts mehr von ihr gehört.«

»Davon haben mir meine Bekannten gar nichts gesagt. Dass sie Fotografin ist.«

»Sie fotografiert nur so zum Spaß. Hauptsächlich Naturaufnahmen, hat sie gesagt. Aber die Traudl und mich hat sie auch fotografiert.« Sie lachte verhalten. »Weil wir den schönen Hintergrund lebendiger gemacht hätten.«

»Hübsche Mädchen machen Hintergründe immer lebendiger«, sagte Sepp. Gerlinde lächelte verlegen.

»Meine Bekannten meinen, dass sie wegen einer dringenden Familienangelegenheit ganz plötzlich wegmusste. Ich weiß auch nicht, was da passiert ist. Aber vielleicht meldet sie sich ja noch.«

Gerlinde zuckte die Achseln und räumte das Geschirr auf ein Tablett. »Falls die Traudl länger krank ist«, sagte sie, ohne aufzublicken, »hab ich morgen Frühstücksdienst.«

»Ah ja?«, sagte Caroline. »Dann würde ich morgen früh vielleicht gern bei der Traudl vorbeigehen, bevor wir zurückfahren. Können Sie mir sagen, wo sie wohnt?« Gerlinde nannte ihr die Adresse und beschrieb den Weg.

Caroline und Reitmeyer sahen dem Mädchen nach, das mit dem Tablett hinausging. »Die Traudl hat ihr irgendwas erzählt«, sagte Caroline.

»Das würde mich auch interessieren«, sagte Sepp. »Vor allem was sie über unsere Naturfotografin weiß.«

»Das werden wir morgen beim Frühstück rausfinden.«

»Ihr könnt schon mal zur Garderobe gehen«, sagte Sepp. »Ich bezahle und komm nach.«

Reitmeyer und Caroline warteten am Ausgang, wo sie schnell ihre Lodenumhänge überwarfen, bevor sie zum Parkplatz rannten. Im Hof war es dunkel, bis auf den Lichtkegel, der aus einer Seitentür des Gebäudes fiel. In dem Gang dahinter sah man zwei Leute, die sich offenbar erregt unterhielten. Sepp wendete den Wagen. Als sich die Scheinwerfer kurz auf die Männer richteten, sagte er, dass er einen der beiden in der Bibliothek gesehen habe. Caroline reckte den Kopf. »Und den anderen hab ich heute morgen hier mit einem Besen gesehen.«

»Als du mit der Traudl gesprochen hast?«

»Ja.«

Die Straßen wirkten verlassen, als sie zum See hinunterfuhren. Der Sturm hatte noch immer nicht nachgelassen und riss morsche Zweige von den Bäumen, die über die Straße trieben. Sepp kam nur langsam voran, weil außerhalb des Ortes alles finster war und seine Autolichter die schwarze Nacht kaum durchdrangen. Unten beim See blieb Sepp in einiger Entfernung vom Ufer stehen, um nicht Gefahr zu laufen, in dem aufgeweichten Boden stecken zu bleiben. »Du bleibst im Wagen«, sagte er zu Caroline und nahm eine Taschenlampe aus dem Seitenfach in der Fahrertür, bevor er Reitmeyer folgte, der bereits ausgestiegen war und im Licht der Scheinwerfer auf die Bootshäuser zulief.

»Gib mir die Taschenlampe«, rief Reitmeyer. »Ich probier zu dem Fenster an der Seite zu kommen.«

Sepp ermahnte ihn, vorsichtig zu sein, weil das Brett entlang der Holzwand nicht nur schmal, sondern gewiss auch glitschig war, da ständig Wellen hochschlugen und gegen das Bootshaus schwappten. Aber Reitmeyer schob sich bereits zu dem Fenster voran und krallte sich mit den Fingern in Spalten und Astlöchern fest, um nicht den Halt zu verlieren.

»Und? Hast du was gesehen?«, fragte Sepp, nachdem sich sein Freund auf die gleiche Weise wieder zurückgearbeitet hatte. »Im Auto«, rief Reitmeyer und lief zum Wagen. Sepp rannte ihm nach, stieg ebenfalls ein und schaltete die Scheinwerfer aus.

»Da stehen ein paar Kisten. Große, längliche, wie Särge.«

»Vielleicht hat die Traudl gesehen, wie die dort reingeschafft wurden«, sagte Sepp.

»Und hat sich gewundert«, fügte Reitmeyer hinzu. »Weil möglicherweise Leute an den Bootshäusern waren, die sie dort nicht erwartet hätte. Es muss jemand vom Hotel darunter gewesen sein, sonst hätte sie uns nicht davon erzählen wollen.«

»Glaubst du etwa …?«, fragte Caroline.

»Dass Waffen in den Kisten sind?« Reitmeyer drehte sich zu ihr um. »Schon möglich. Die geheimen Waffenlager waren schon immer irgendwo auf dem Land. Und bloß weil die Einwohnerwehr letztes Jahr aufgelöst worden ist, heißt das noch lange nicht, dass sie ihre illegalen Bestände abgeliefert haben müssen. Wenn also diese Herrenrunde da droben irgendwas plant, könnte es gut sein, dass man bestimmte Waffen näher an die Stadt rangeschafft hat.«

»Maschinengewehre?«, fragte Sepp.

»Dann müsste man doch die Polizei informieren«, sagte Caroline.

Sepp lachte bitter. »Das kann man wagen, wenn man die Leute bei der jeweiligen Polizeistation kennt. Hast du vergessen, was mit aufrechten Bürgern passiert ist, die illegale Waffenlager angezeigt haben? Die hat man erdrosselt im Perlacher Forst gefunden.«

»Deswegen machen wir das auch anders«, sagte Reitmeyer. Er drehte sich wieder zu Caroline um. »Du hast mich doch gestern aus einem Lokal hier in der Nähe angerufen. Hatten die eine Telefonkabine?«

»Ja, schon.«

»Dann fahren wir dort hin, und ich ruf bei der Polizeistation an. Anonym natürlich. Und dann schauen wir aus sicherer Entfernung zu, was passiert.«

»Erwartest du wirklich, dass deine ländlichen Kollegen anrücken und die Kisten prüfen?«

»Darauf würde ich nicht wetten. Jedenfalls nicht darauf, dass die Polizei anrückt.«

Es war sehr ungemütlich, als sie durch das Waldstück zum See hinuntergingen. Auch wenn die Bäume vor dem prasselnden Regen schützten, sanken sie knöcheltief in dem nassen Boden ein. Vor allem Caroline hatte Mühe. Obwohl sie ihre eleganten Pumps gegen ein Paar Stiefel von Sepp, die sich in seinem Kofferraum gefunden hatten, ausgetauscht und diese mit Zeitungspapier ausgestopft hatte, konnte sie schlecht darin gehen und kämpfte sich ungelenk durch das unwegsame Gelände voran. Genau dies hatte ihr Reitmeyer prophezeit. Doch Caroline wollte weder im Wagen warten, den sie weiter oben in einer Seitenstraße stehen lassen mussten, geschweige denn ins Haus zurückgefahren werden. Als sie jedoch ein paar Mal ausgeglitten und über Wurzeln gestolpert war, weil eine Taschenlampe nicht genügte, um den Weg ausreichend zu beleuchten, sprach Sepp ein Machtwort. »Ich bring dich jetzt nach Hause, bevor wir dich am Schluss zum Auto tragen dürfen.«

Caroline gab schließlich nach. Reitmeyer schlug vor, dass Sepp nicht wiederzukommen brauche. Er könne ja später zu dem Lokal zurückgehen und von dort ein Taxi rufen. Doch davon wollte Sepp nichts hören. Es würde nicht lange dauern, meinte er, und danach würden sie gemeinsam ihren Beobachtungsposten beziehen.

Reitmeyer setzte sich auf einen Baumstumpf unter den tiefhängenden Ästen einer Fichte und hüllte sich in seinen Umhang. Der Lodenstoff hielt die Nässe ab und wärmte sogar einigermaßen. Er hatte es schon wesentlich unbehaglicher gehabt, dachte er. Damals in den Gräben an der Westfront, wo sie tagelang knietief im Wasser gestanden hatten.

Es dauerte tatsächlich nicht allzu lange, bis Sepp zurückkam. »Ich hab uns was zur Stärkung mitgebracht«, sagte er und reichte Reitmeyer einen Flachmann.

»War sie sauer?«, fragte er, nachdem er einen Schluck getrunken hatte.

»Im Gegenteil«, sagte Sepp. »Es tut ihr leid, dass sie nicht gleich auf dich gehört hat. Die Caroline ist eine vernünftige Frau.« Er genehmigte sich noch einen Schluck aus dem Flachmann. »Vernünftiger jedenfalls als mancher andere«, fügte er hinzu.

Reitmeyer konnte in der Dunkelheit die Miene seines Freundes nicht sehen und fragte deshalb nicht nach, wen er damit gemeint hatte. »Wir sollten schnell zum Waldrand runtergehen«, sagte er. »Wir hören in dem Rauschen vielleicht nicht, wenn sich ein Wagen nähert, und ich möchte vermeiden, dass man das Licht unserer Taschenlampe sieht.«

Sie liefen schnell nach unten und setzten sich auf einen Stamm, von wo sie guten Blick auf die Bootshäuser hatten.

»Was hast du eigentlich am Telefon gesagt?«, fragte Sepp.

»Nicht viel. Bloß dass ich beobachtet hätte, wie dort Kisten reingeschafft wurden. Und dass ich glaubte, dass MGs drin seien.«

»Und was hat der Polizist darauf gesagt?«

»Dass ich Namen und Adresse nennen soll.«

»Meinst du, der hat dich ernst genommen?«

»Bei MGs werden sie meistens hellhörig.«

Doch es geschah nichts. Sie überlegten, dass der Polizist abends wahrscheinlich allein Dienst tat und sicher Zeit brauchen würde, um Leute aufzutreiben, die hier herunterfuhren. Natürlich gab es auch die Möglichkeit, dass die Aktion auf den nächsten Morgen verschoben wurde. Was Reitmeyer nicht hoffte, denn wenn sie morgen früh wiederkämen, konnten sie genau den Leuten in die Arme laufen, die diese Kisten wegtransportieren wollten.

»Was machst du eigentlich, falls wir beobachten sollten, dass sie beiseitegeschafft werden?«

»Dann bin ich sicher, dass Waffen drin sind. Und gehe davon aus, dass die Leute in der Bibliothek damit zu tun haben. Das würde die beiden Mordfälle in einem bestimmten Licht erscheinen lassen. Dann könnte es gut sein, dass man die beiden liquidiert hat, weil sie aus irgendeinem Grund die Putschpläne gestört haben. Oder weil sie Geld unterschlagen haben, das meiner Ansicht nach für die Finanzierung des Putsches benutzt werden soll. Es ist alles ziemlich kompliziert, und ich stochere bislang eigentlich bloß blind herum. Ich hab noch keine Ahnung, wie ich meinen Verdacht beweisen soll. Das heißt, der wirklich schwierige Teil meiner Arbeit fängt eigentlich erst an, wenn klar ist, dass in den Kisten Waffen sind.«

»Vorausgesetzt, man lässt dich die Arbeit überhaupt machen.«

Reitmeyer seufzte und nahm wieder einen Schluck aus dem Flachmann. »Ich hab nicht vor, ins Präsidium reinzumarschieren und meinen Verdacht lautstark zu verkünden. Ich muss mir Rückversicherung verschaffen, Verbündete, wenn du so willst. Vielleicht die Presse einspannen …«

»Dann pass nur auf, wem du vertrauen kannst. Sei bloß nicht unvernünftig.«

Reitmeyer lachte. »Wie ›mancher andere‹?«

Sein Freund gab darauf keine Antwort. Was Reitmeyer in seiner Vermutung bestärkte, dass Sepp auf seine Beziehung mit Gerti Blumfeld angespielt hatte, die ganz und gar nicht so verlaufen war, wie Sepp es sich gewünscht haben mochte. Noch bis zum Sommer war er ständig nach Berlin gefahren und hatte immer wieder davon gesprochen, dass er nach einer Wohnung suchen wolle, die ihm und Gerti genügend Platz bieten würde. Doch wenn man ihn in letzter Zeit danach fragte, lenkte er jedes Mal ab und erging sich in weitschweifigen Erklärungen über die schwierige Lage seiner Kanzlei.

»Wir haben uns getrennt, die Gerti und ich«, sagte Sepp plötzlich. »Es hat einfach keinen Sinn mehr gehabt. Sie wird nie aus Berlin weggehen, und seit sie eine Stelle an der Uni hat, schon gar nicht mehr. Aber ich kann meine Arbeit nicht einfach in die Hauptstadt verlagern.«

»Das tut mir leid, Sepp. Aber …«

»Ja, ja, ich weiß«, unterbrach er ihn ungeduldig. »Wahrscheinlich habt ihr alle gewusst, dass ich mich da in was verrannt hab. Sie war nie wirklich verliebt in mich. Doch es ist alles meine Schuld. Ich war total verblendet.« Er lachte auf. »Und ja, es stimmt. Ich war extrem unvernünftig.«

»Möchtest du darüber reden?«, fragte Reitmeyer vorsichtig.

»Lieber nicht.«

Sie schwiegen eine Weile. Sepp reichte Reitmeyer den Flachmann, und der trank einen Schluck, bevor er seinen Umhang wieder fest um sich zog. Seit sie ihren Posten am Rand des Waldes bezogen hatten, gab es kein Dickicht mehr, das sie schützte. Der Wind fuhr ungehindert zwischen die Äste und schüttelte die Bäume, die klagend ächzten, und Sepp stöhnte zuweilen auf, wenn eine scharfe Bö ihm die Kapuze vom Kopf fegte. »Schon recht ungemütlich«, sagte er. »Wie lange wollen wir denn noch hierbleiben?«

Reitmeyer räusperte sich. »Ich wollte dir was sagen.«

»Dass wir die ganze Nacht hierbleiben müssen?«

»Nein. Dass Caroline und ich zusammen sind.«

»Wie zusammen?«, fragte Sepp als hätte er nicht recht verstanden. »Meinst du, ihr seid … ein Paar?«

»Genau.«

»Seit wann?«

»Seit ein paar Tagen.«

»Ach.« Sepp scharrte mit den Füßen in dem welken Laub am Boden.

»Bist du jetzt überrascht?«, fragte Reitmeyer.

»Das kann man sagen. Nach all den Jahren.« Er lachte.
»Der Lukas hat früher oft gesagt, dass man es nicht mehr mitanzusehen kann, wie du sie anschmachtest.«

»Verliebte sind oft lächerlich«, unterbrach ihn Reitmeyer.
»Vor allem unglücklich Verliebte.«

»Und was hat den plötzlichen Umschwung herbeigeführt?«

»Tja, das ist eine längere ...« Er brach mitten im Satz ab und stand auf. »Ich glaub, ich hör was? Da kommen Autos.«

Scheinwerfer tauchten auf. Die Lichter fielen zuerst aufs Wasser, dann bogen die Wagen ab und fuhren auf die Bootshäuser zu. Es waren zwei Lieferwagen mit Firmenaufschriften, die sie jedoch nicht lesen konnten, weil die Seiten der Ladeflächen im Dunkeln lagen. Die Wagen hielten an, und vier Männer sprangen heraus. Einer lief zum Steg und sperrte das Tor des Bootshauses auf, zwei folgten ihm, während ein anderer die Ladeklappen herunterließ.

»Also doch«, sagte Reitmeyer. »Die Polizei hier ist mit den Rechten verbandelt und hat die entsprechenden Leute informiert.«

»Ich kann's nicht gut erkennen«, sagte Sepp. »Aber es könnte sein, dass auch der Mann dabei ist, den ich vorhin beim Vorbeifahren im Hotel oben gesehen habe.«

Sie sahen zu, wie die Leute sechs große Kisten einluden, das Bootshaus absperrten und schnell davonfuhren. Das Ganze hatte keine zehn Minuten gedauert. Sepp atmete erleichtert auf. »Jetzt können wir wohl endlich gehen? Ich spür schon meine Zehen nicht mehr. Sie sind wahrscheinlich abgefroren.«

»Aber wir gehen durch den Wald zurück. Ich möchte auf keinen Fall riskieren, diesen Kerlen zu begegnen.«

»Dann musst du mir aber auf dem Weg erzählen, wie's zu der plötzlichen Annäherung mit Caroline gekommen ist. Entschuldige die Neugier, aber als dein alter Freund hab ich das Elend schließlich jahrelang mitansehen müssen.«

Reitmeyer lief voraus. »Was soll ich sagen? Es hat wohl damit angefangen, dass sie mich gerettet hat. Sie hat mich davor bewahrt, von einem Schäferhund zerfleischt zu werden.«

»Jetzt warte doch«, rief Sepp. »Das will ich ganz genau wissen.«

Reitmeyer blieb stehen und berichtete kurz von dem Haus am Bahnhof, in das er heimlich einen Blick geworfen hatte, bevor ein Kerl mit einem Schäferhund auftauchte. »Und dieser Kerl hat uns dann verfolgt. Aber wir sind ihm entkommen.«

»Ein Mann mit einem Schäferhund?«, fragte Sepp. »Komisch, als ich vorhin die Caroline heimgefahren hab, ist mir auf dem Weg nach unten so jemand entgegengekommen. Ich hab mir noch gedacht, wieso geht der bei dem Wetter mit seinem Hund spazieren.«

23

Die Nachricht, die Rattler auf dem Küchentisch vorfand, war heute kürzer, doch dafür umso eindringlicher. *Zieh den Regenschutz von deinem Onkel an, wenn du rausgehst!*, stand mit Rotstift unterstrichen auf dem Zettel. *Sonst holst du dir eine Lungenentzündung! Nichts wäre schlimmer!!*

Rattler sah auf das Ungetüm aus schwarzem Gummi, das Rosa über einen Küchenstuhl gelegt hatte. Doch, dachte er, es gibt viel Schlimmeres. Zum Beispiel wie ein Volltrottel auszusehen.

Er nahm die nasse Mütze ab und hängte den ebenfalls triefenden Mantel auf einen Bügel. Der würde wohl kaum trocknen in einer halben Stunde. Was sollte er tun? Beim Blick aus dem Fenster machte es nicht den Eindruck, als würde sich das Unwetter, das ihn auf dem Heimweg überrascht hatte, so bald verziehen. Er könnte sich ausnahmsweise ein Taxi leisten, um rechtzeitig bei seinem Freund Lothar anzukommen. Aber wie käme er zum Taxistand?

Er ging in sein Zimmer, wo Rosa seinen dunklen Anzug und ein frisches Hemd bereitgelegt hatte. Sie wusste, dass er zu einer Einladung im Haus von Lothars Eltern gehen wollte, und sorgte natürlich dafür, dass er tadellos gekleidet wäre. Er war schon oft bei Lothar gewesen, aber nur ein oder zwei Mal zu einem Abendessen, bei dem auch andere Gäste anwesend gewesen waren. Erstens, weil er nicht wirklich mitreden konnte bei den Themen, die bei Tisch besprochen wurden, aber vor allem, weil Lothars Schwester nach dem Essen immer Klavier spielte. Und zwar ausschließlich irgendwelches langweiliges Zeug, bei dem man nie wusste, wann es zu Ende war, und daher Gefahr lief, sich zu blamieren, wenn man an den falschen Stellen klatschte. Meist zu früh natürlich, weil man hoffte, es sei endlich überstanden. Dass er heute dennoch bereit war, sich solchen Qualen auszusetzen, hatte einen besonderen Grund. Lothar hatte erwähnt, dass seine Schwester Besuch aus Berlin habe, eine Freundin, die inzwischen eine passable Pianistin geworden sei. Da hatten natürlich erst mal alle Alarmglocken bei ihm geschrillt. Aber dann hatte Lothar etwas hinzugefügt, was ihn elektrisierte: Die Freundin sei Russin und habe vor dem Krieg in München studiert. Mit dieser Frau musste er sprechen! Möglicherweise kannte sie Larissa. Vielleicht bekäme er auf die Weise Einblicke in ihr früheres Leben.

Er zog sich schnell um und griff schließlich nach dem Regenzeug seines verstorbenen Onkels. Der war mindestens einen Kopf größer und auch viel kräftiger gewesen, und Rattler sah absolut grotesk aus in dieser Gummihaut, die bei ihm bis zum Boden reichte. Aber er hatte keine Wahl.

Draußen auf der Straße jedoch, wo wahre Sturzfluten niedergingen und ein bösartiger Wind durch die Häuserschluchten fegte, war es ihm egal, wie er aussah. Es war ohnehin keiner unterwegs. Und wenn er beim Haus von Lothars Familie angekommen wäre, würde sich niemand lustig machen über ihn, weil sie dafür viel zu höflich waren. Es war überhaupt auffällig, wie freundlich und zuvorkommend er behandelt wurde, obwohl jemand wie er normalerweise nicht in einer Villa am Englischen Garten verkehrte. Aber zum einen schätzte man ihn als Kriegskameraden von Lothar, und zum anderen pflegte die Familie keine Standesdünkel. Herr Berghahn, der Vater, der ein ziemlich hohes Tier bei einer großen Versicherung war, unterhielt sich ab und zu mit ihm und ließ sich die neuesten Errungenschaften auf dem Gebiet der Kriminaltechnik erklären. Und einmal hatte er ihn sogar mit in sein Arbeitszimmer genommen und ihm die Fotos von dem Erdbeben in San Francisco gezeigt, für dessen Schäden seine Firma aufgekommen war. Er hatte zwar nicht alles verstanden, was Herr Berghahn über die weltweiten Verflechtungen seines Konzerns erzählte, aber dass Deutschland bald wieder »international mitspielen« würde, hatte er sich gemerkt.

Als ihm das Hausmädchen die Tür öffnete, riss sie bei seinem Anblick zwar die Augen auf, enthielt sich aber jeglichen Kommentars, und wenn Frau Berghahn ihn nicht beim Durchqueren der Diele entdeckt hätte, wäre er unbemerkt in den Garderobenraum geschlüpft. Doch Lothars Mutter begrüßte ihn erfreut und lobte seine »vernünftige« Regenkleidung.

»Da bist du ja!«, rief Lothar von der Salontür aus. »Zumindest nicht ersoffen. Komm rein, ich stell dich erst mal vor.« Er schob ihn vor sich her in den Raum, wo ein gutes Dutzend Gäste plaudernd beieinanderstanden. Ältere Herrschaften, aber auch jüngere Leute, die interessiert reagierten, als sie erfuhren, dass er Kriminalbeamter war.

»Dann sind Sie auch für Morde zuständig?«, fragte eine hübsche Brünette.

»Für Mord und alle anderen Arten von Verbrechen«, erwiderte er.

Endlich wurde er zu einem Sofa geführt, wo Lothar ihn der Russin vorstellte.

»Sonia«, sagte er zu der jungen Frau mit dem dunklen Pagenkopf. »Das ist mein Freund Korbinian. Er ist ein großer Bewunderer deiner Sprache, die er gerade selbst erlernt.«

Sonia blickte freundlich auf und sagte etwas auf Russisch, was er nicht verstand.

»So weit bin ich leider noch nicht«, erwiderte er verlegen. »Ich bin noch ganz am Anfang und kann gerade mal das Alphabet.«

»Was hat Sie denn bewogen, Russisch zu lernen?«, fragte Sonia und deutete auf den Platz neben sich.

Rattler setzte sich auf die Sofakante und musterte sein Gegenüber. Sie war recht hübsch mit ihren roten, aufgeworfenen Lippen und trug ein sehr kurzes Kleid, das ihre wohlgeformten Beine ausstellte. »Ja, wie soll ich das erklären«, begann er und überlegte, womit er ihr Interesse wecken könnte. »Genau genommen war es die Musik, die mich darauf gebracht hat. Ich wollte einfach verstehen, was die Leute singen.«

»Ach wirklich? Und was genau war es, das sie verstehen wollten?«

»Es war eine Arie, die mir gefallen hat.«

Sie beugte sich interessiert näher.

»Die Arie des Lenski. Kennen Sie die?«

Sie lachte. »Ja sicher. Die Arie kennt jeder Russe. Haben Sie eine Aufführung in München gesehen?«

»Nein, leider nicht. Bis jetzt habe ich sie nur auf Schallplatte gehört. Aber ich hoffe, die Oper demnächst einmal im Nationaltheater zu hören.«

»Leider wird *Eugen Onegin* hier meistens auf Deutsch gesungen.«

Darauf war er nicht vorbereitet. »Ja, dann ... dann muss ich eben nach St. Petersburg fahren«, erwiderte er forsch. »Aber wo haben Sie«, fügte er schnell hinzu, »so ein perfektes Deutsch gelernt?«

»Ich bin zweisprachig aufgewachsen, mein Vater stammte aus Russland und meine Mutter aus dem Baltikum. Und außerdem habe ich in München studiert.«

»Das ist unglaublich«, sagte er. »Die Freundin, die mir Russischunterricht gibt, hat ganz genau denselben Hintergrund. Sie stammt aus Riga und hat hier Mathematik und Physik studiert. Waren Sie denn bis Kriegsanfang in München? Vielleicht kennen Sie sie ja?«

Frau Berghahn bat die Gäste ins Speisezimmer und sagte, dass es heute keine Tischordnung gebe. Alle sollten sich hinsetzen, wo es ihnen beliebte. Rattler blieb Sonia dicht auf den Fersen und ergatterte tatsächlich einen Stuhl neben ihr.

»Ich habe bis zum Sommer 1914 Kunstgeschichte und Musik hier studiert«, nahm sie das Gespräch wieder auf. »Wie heißt Ihre Freundin denn?«

»Larissa Beck.«

Sie schüttelte den Kopf. »Der Name sagt mir im Moment nichts.« Dann rief sie zu ihrer Freundin hinüber, die auf der anderen Tischseite saß. »Sophie, kannst dich an eine Larissa Beck erinnern? Aus dem Russischen Leseverein vielleicht oder aus einem anderen Club? Korbinian sagt, sie hat bis Kriegsanfang in München studiert.«

Sophie schüttelte ebenfalls den Kopf. »Ich kann mich nicht erinnern. Kommt natürlich darauf an, zu welchen Kreisen sie gehört hat. Mit den revolutionären Zirkeln hatte ich wenig Kontakt, obwohl wir uns natürlich bei Festen und anderen Veranstaltungen begegnet sind. Aber ...« Sie lachte. »In deiner Behörde müssten eine Menge Akten über die russischen Studenten liegen. Schließlich hat man sie ständig überwacht.«

»Warum?«

»Als potentielle Umstürzler.«

»Ja, das stimmt«, sagte Sonia. »Darunter hatten wir alle zu leiden. Wir wurden schikaniert und mussten mehrmals unsere Vereine auflösen. Die bayerische Polizei war immer sehr gut informiert. Sie hat ja auch eng mit der zaristischen Geheimpolizei zusammengearbeitet.«

»Aber unter den politisch aktiven oder revolutionären Studenten waren eigentlich wenig Frauen«, sagte Sophie. »Weißt du noch einen anderen Namen, Korbinian? Von einem Mann vielleicht.«

Rattler verneinte und überlegte, dass er an die Observierungsakten aus der Kaiserzeit schlecht herankäme. Wahrscheinlich wäre es bereits ziemlich auffällig, wenn er nur fragte, wo die standen. Doch wenn Larissa nicht zufällig zu irgendwelchen Rädelsführern gezählt hatte, würde er auf die Art wahrscheinlich ohnehin nichts rausfinden. Er seufzte innerlich. Wieder ein Schlag ins Wasser, hätte sein Kommissär gesagt.

Die Gespräche schwirrten über ihn hinweg, die Leute unterhielten sich über Theater- und Musikaufführungen, über lauter Dinge, von denen er nichts verstand. Das Essen wurde aufgetragen, und Sonia redete inzwischen mit dem anderen Nebenmann.

»Ah, Korbinian«, sagte Lothars Schwester plötzlich. »Ich hab noch Fotoalben aus meiner Studentenzeit. Mit Bildern von Bällen und anderen Veranstaltungen. Vielleicht ist deine Freundin ja irgendwo drauf.«

»Das ist ja großartig! Dürfte ich die sehen? Ich meine, könntest du die holen?«

»Ja sicher«, sagte Sophie. »Nach dem Essen.«

Er schlang Vor- und Hauptspeise hinunter, als könnte er damit die Wartezeit verkürzen. Frau Berghahn nickte ihm freundlich zu und forderte ihn auf, nur nochmals zuzugreifen. Endlich ging's zum Kaffee in den Salon. Er lief sofort zu Sophie hinüber, bevor ihr einfallen konnte, sich an den Flügel zu setzen. »Könntest du jetzt die Alben holen?«, bat er sie eindringlich.

Sie hatte eindeutig keine Lust, das Gespräch mit einem Herrn zu unterbrechen, aber er sah sie so flehentlich an, dass sie nachgab. »Also in Gottes Namen, weil du's bist. Dann lauf ich halt schnell rauf und hol sie.«

»Und falls Sie Ihre Larissa finden, müssen Sie mir die Frau unbedingt zeigen. Vielleicht kenne ich sie ja doch, und wir könnten uns treffen«, sagte Sonia.

Rattler lief in die Diele hinaus, um an der Treppe auf Sophie zu warten. Als sie herunterkam, streckte er die Arme aus und griff ungeduldig nach den Alben.

»Was hast du's denn gar so eilig?«, fragte sie verwundert, ging aber gleich weiter, ohne seine Antwort abzuwarten.

Jetzt hatte er die Chance, einen Blick in Larissas früheres Leben zu werfen, dachte er. Sein Herz schlug schneller. Sie verbarg etwas, dessen war er sicher. Vielleicht hielt er den Schlüssel zu ihrem Geheimnis in der Hand.

Er setzte sich am Rand des Salons in einen Sessel neben einer Lampe und schlug das erste Album auf. Mit den Bildern, die nur wenige Personen zeigten, hielt er sich nicht lange auf, weil man auf einen Blick sah, dass sie nicht darunter war. Er konzentrierte sich auf die Fotos mit größeren Ansammlungen und untersuchte sie genau mit seiner Lupe, die er immer einstecken hatte. Doch nichts. Dann machte er sich über das zweite Album her. Auch hier war Larissa nirgendwo zu sehen. Doch auf einem Foto, das einen großen Saal mit vielen Menschen zeigte, erkannte er jemanden. Der gutaussehende junge Mann mit etwas längerem, hellem Haar stand vor der Bühne und blickte als Einziger in die Kamera. Es war derselbe, den er auf dem Foto in Larissas Notizbuch gesehen hatte. »Du bist ein Schatten am Tage«, begann das Gedicht, das auf die Rückseite geschrieben war. Sie hatte ihn geliebt. Aber der junge Mann war gestorben. Wahrscheinlich gefallen. Noch einmal suchte er mit der Lupe das restliche Publikum ab. Wenn er bei der Veranstaltung gewesen war, war sie vielleicht auch dort gewesen. Vielleicht erkannte er sie an der Frisur, die meisten Leute kehrten der Kamera ja den Rücken zu. Doch nichts. Er blickte auf.

»Und?«, fragte Sophie, die sich aus einer Gruppe löste und lächelnd auf ihn zukam. »Was gefunden?«

Er deutete auf das Bild. »Weißt du noch, bei welchem Anlass dieses Foto aufgenommen wurde?«

Sophie hielt das Album unter die Lampe. »Bei einer Veranstaltung im Schwabinger Bräu. Der Quidde, unser Friedensnobelpreisträger, hat gesprochen und ...«

»Und kennst du den hier?« Er tippte auf den jungen Mann, den er für Larissas Geliebten hielt.

»Warum?«

»Weil ich den kenne, aber nicht mehr weiß, woher. Ich kann dir meine Lupe geben.«

Sophie nahm kopfschüttelnd die Lupe und beugte sich

über das Bild. »Den kenne ich auch. Aber bloß vom Sehen. Wie der heißt, weiß ich nicht. Ach, Sonia«, rief sie nach hinten. »Komm doch mal schnell her!«

Sonia ließ ein paar Leute stehen und kam herüber.

»Kennst du den jungen Mann?«, fragte Sophie und reichte ihr die Lupe, die Sonia ganz selbstverständlich nahm, bevor sie sich ebenfalls über das Foto beugte.

»Ja, ja, den hab ich gekannt. Aber das war kein Russe. Der war Deutscher und hat nichts Geisteswissenschaftliches studiert. Eher Jura oder Medizin. Das Übliche eben. Wie hieß der bloß? Ich kann mich nicht erinnern. Aber ein schöner Mann«, fügte sie hinzu. Sie reichte Sophie die Lupe zurück. »Und? Haben Sie Ihre russische Freundin gefunden?«

»Leider nicht.«

»Bring sie doch mal mit«, sagte Sophie im Weggehen. »Vielleicht haben wir ja gemeinsame Bekannte.«

Schön wär's, dachte Rattler. Aber darauf würde sich Larissa nicht einlassen. Sie wollte über ihre Münchner Zeit weder reden noch alte Bekanntschaften auffrischen. Das hatte die Begegnung mit dem Mann in der Kanne deutlich gezeigt. Vielleicht hatte es damals Unannehmlichkeiten gegeben? Mit der Polizei? Oder mit der Familie des jungen Mannes? Russische Studentinnen hatten damals keinen guten Ruf. Sie galten als leichtfertig, und man sagte ihnen nach, es mit der Moral nicht so genau zu nehmen.

Lothar kam auf ihn zu und reichte ihm ein Glas Wein. »Wir hatten noch gar keine Gelegenheit, uns zu unterhalten. Aber du bleibst ja noch ein bisschen, und wenn das Musikprogramm vorbei ist ...«

»Das Musikprogramm?«, unterbrach ihn Rattler.

»Na klar. Wenn die Sonia schon hier ist, muss sie auch spielen. Sie ist eine echte Tastenlöwin, das kann ich dir versichern.«

»Ach, du«, sagte Rattler schnell. »Ich kann heut nicht so

292

lang bleiben, weil ich morgen Frühdienst hab. Und wenn das Programm erst mal angefangen hat, fällt's einem schwer … wenn man sich mittendrin losreißen muss.«

Der Regen hatte immer noch nicht aufgehört, als er das Haus verließ. Als Erstes musste er herausfinden, wie lange Larissa in München gewesen war, dachte er. Das war eigentlich ganz einfach. Wieso hatte er nicht gleich daran gedacht?

24

Reitmeyer hetzte durch den Wald zum Auto zurück, Sepp folgte ihm schnaufend. Dann fuhren sie, durch Kurven schlitternd, in halsbrecherischem Tempo zur Villa hinauf. Sie redeten nicht viel. Reitmeyer spürte, dass seinem Freund ganz ähnliche Gedanken durch den Kopf gingen wie ihm selbst: Caroline war bei dem Gespräch mit Traudl beobachtet worden. Jemandem war aufgefallen, wie das Mädchen an der Rezeption und bei den Bootshäusern herumgeschnüffelt hatte. Er hätte Traudl nie ermuntern dürfen, Spitzeldienste für ihn zu leisten. Auch wenn ihm damals die Brisanz der Sache noch nicht aufgegangen war, wusste man doch, was Leuten passierte, die Machenschaften rechter Gruppierungen in die Quere kamen. In der Broschüre, die Klotz angesprochen hatte, waren Hunderte solcher Fälle aufgeführt, die tödlich ausgegangen waren. Ihm wurde heiß. Angst und Sorge um Caroline brachen wie eine Flut über ihn herein. Nur mühsam gelang es ihm, Ruhe zu bewahren. Er ließ Sepp ein Stück vor der Villa halten. Falls dieser Kerl im Haus sein sollte, war es besser, wenn sie sich unbemerkt näherten.

»Du läufst hinten herum zur Terrasse«, sagte er. »Ich probier, durch den Keller reinzukommen. Gib mir die Taschenlampe.«

Sepp griff ins Handschuhfach und zog eine Waffe heraus. »Die nehm ich mit. Für alle Fälle.«

In der Villa war alles dunkel. Reitmeyer lief die Kellertreppe hinunter und probierte, ob sich eines der Fenster rausdrücken ließ. Aber sie waren fest verschlossen, und er wagte nicht, allzu großen Lärm zu machen, indem er daran rüttelte. Dann hörte er Schritte. Sepp kam zurückgelaufen. »Da liegt ein toter Hund im Garten«, sagte er flüsternd.

Reitmeyer überlief ein kalter Schauer. »Meinst du, der Kerl

ist tatsächlich im Haus?« Panik stieg in ihm auf. »Ich komm nicht rein hier. Aber ich hab hinten eine Leiter gesehen. Ich probier, durchs Fenster im Badezimmer oben reinzukommen. Das lässt sich vielleicht eher aufdrücken. Du beziehst Posten hinten an der Terrasse.«

Sepp lief wieder nach hinten. Reitmeyer holte die Leiter und lehnte sie an die Hauswand. Er hoffte, dass der immer noch heulende Wind und die rauschenden Bäume alle Geräusche verschluckten, die er machte. Er kletterte die Sprossen hinauf, und tatsächlich hielt das Fenster nicht stand, als er ein paar Mal mit aller Macht dagegen drückte. Es sprang auf. Vorsichtig zwängte er sich durch die schmale Öffnung. Im Innern verschnaufte er einen Moment, bevor er sich im Dunkeln zur Tür tastete. Mit angehaltenem Atem machte er sie einen Spalt breit auf. Im Gang dahinter war ebenfalls alles dunkel. Auf Zehenspitzen schlich er zur Treppe. Als er sich umwandte, um hinunterzuschleichen, fiel sein Blick durch die offen stehende Tür in Carolines Zimmer. Und da sah er sie. Sie stand auf dem Balkon und hielt eine Waffe in der Hand.

»Nicht schießen!«, rief er. »Das ist der Sepp!«

Sie fuhr herum.

Er rannte zu ihr, nahm ihr die Pistole weg und schloss sie in die Arme.

»Ich ... ich hab gedacht ... der ist zurückgekommen«, stammelte sie.

Reitmeyer ließ sie los. »Alles in Ordnung, Sepp!«, rief er nach unten. »Mein Gott, ich bin fast gestorben vor Angst um dich«, sagte er und legte wieder die Arme um Caroline. »Komm, wir gehen runter und lassen den Sepp rein.«

Caoline ließ seine Hand nicht los, als sie nach unten gingen.

»Was war denn los?«, fragte Sepp, nachdem ihm Reitmeyer geöffnet hatte.

Caroline ging in die Küche und ließ sich auf einen Stuhl sinken. »Der Kerl mit dem Schäferhund ... war da«, begann sie stockend. »Ich wollte die Kissen reinholen, die der Sturm herumgewirbelt hat. Da ... da stand er plötzlich an der Treppe zur Terrasse. Ob ich ... ob ich meinen kleinen Hund gefunden hätte, hat er hämisch gefragt. Und hat Anstalten gemacht, zur Terrasse raufzusteigen. Ich ... ich hab gesagt, dass er sofort verschwinden soll. Aber dann ...« Sie brach ab.

»Dann ist sein Hund auf dich losgegangen?«, fragte Reitmeyer.

Sie nickte. »Ich glaub, er hat ihm ein Zeichen gemacht, und dann ist der angesprungen ... hab ich jedenfalls gedacht, und dann hab ich ... abgedrückt.« Sie sank in sich zusammen. »Ich hab ganz automatisch reagiert ... in dem Moment.«

»Wo hast du die Parabellum her?«, fragte Sepp und deutete auf die Waffe, die Reitmeyer aufs Küchenbuffet gelegt hatte.

»Aus einer Schublade. Die soll ich nehmen, wenn was passiert, hat meine Freundin gesagt. Aber zu dem Zeitpunkt«, Caroline stöhnte auf, »war das nicht so ernst gemeint gewesen. Als ich dann die Kissen reinholen wollte, hab ich sie eingesteckt, bevor ich rausging. Mir war irgendwie unheimlich ...«

»Und der Kerl?«, fragte Reitmeyer.

»Der ist abgehauen.«

»Komm, wir gehen ins Wohnzimmer«, sagte Sepp. »Ich bin schon halb erfroren. Und dann trinken wir was Heißes.« Er ging hinaus.

Caroline richtete sich auf und atmete tief durch. »Habt ihr denn was gesehen unten am See?«

»Vier Männer haben die Kisten abgeholt«, sagte Reitmeyer. »Mein Gott, wir hätten dich nicht einfach zurückbringen dürfen. Der Kerl hat gesehen, dass du allein bist, nachdem dich Sepp hier abgesetzt hat. Wenn dir was zugestoßen wäre, das hätt ich nicht überlebt.«

»Es ist ja nochmal gut gegangen«, sagte Caroline, inzwischen schon gefasster. »Mir ist nichts passiert. Und jetzt geh ins Wohnzimmer. Ich mach Kaffee.«

»Das kommt ja überhaupt nicht in Frage, dass du uns bedienst, nach allem, was du durchgemacht hast.«

»Doch, doch. Es tut mir gut, wenn ich was tun kann. Ich bin schon wieder in Ordnung. Bestimmt. Und du kümmerst dich darum, dass das Feuer nicht ausgeht.«

Widerstrebend ließ Reitmeyer ihre Hand los und ging ins Wohnzimmer. Sepp hatte sich die Schuhe ausgezogen und hielt die Füße übers Feuer, während Reitmeyer Holz nachlegte.

»Was meinst du, was hat der Kerl mit dem Hund hier gewollt?«, fragte Sepp.

Caroline kam mit zwei Tassen zurück. »Die Leute in dem Haus am Bahnhof haben uns die Geschichte mit dem entlaufenen Hund nicht geglaubt. Sie wollten rauskriegen, wer wir sind und was wir vorhaben.«

»Ich gehe mal davon aus«, sagte Reitmeyer, »dass die inzwischen wissen, wer wir sind. Aber sie wollen vermutlich wissen, was du weißt. Was die Traudl dir gesagt hat.«

Caroline reichte den beiden den Kaffee und setzte sich an den Kamin. »Aber dann ...« Sie legte die Hand an den Hals und sah Reitmeyer an.

Reitmeyer nickte. »Es könnte sein, dass die Traudl beobachtet worden ist.« Er schwieg eine Weile und sah in die Flammen. »Ich finde, wir sollten feststellen, ob sie tatsächlich krank zu Hause liegt.«

»Um die Zeit?«, fragte Sepp.

»Hast du einen anderen Vorschlag?«

Caroline sprang auf. »Los, kommt«, rief sie und lief in den Gang, um ihr Regenzeug zu nehmen. »Wir sollten uns beeilen.«

»Jetzt bist du gerade erst einem Anschlag entkommen«, sagte Sepp. »Und willst schon wieder losziehen? Deine Nerven möcht ich haben.«

»Mir ist nichts passiert. Und mir fehlt nichts.«

»Und was machen wir mit dem Hund?«, fragte Sepp.

»Ich seh im Keller nach, ob ich eine alte Decke oder eine Plane finde«, sagte Reitmeyer. »Dann nehmen wir ihn mit und legen ihn oben im Wald ab. Damit es aussieht, als wär er beim Wildern erschossen worden. Außerdem mach ich unten noch alle Fensterläden zu und verräum die Leiter, damit wir keinen Besuch kriegen, während wir weg sind.«

Sepp zog seine Schuhe an, nahm seinen Mantel und wartete vor dem Haus auf Reitmeyer, der kurz darauf mit einer Decke erschien, in die sie den toten Hund einschlugen, bevor sie ihn zum Auto trugen und in den Kofferraum legten.

»Wenn wir bei Traudls Haus sind«, sagte Reitmeyer zu Caroline, »fragst du unter irgendeinem Vorwand, ob sie daheim ist. Irgendwas mit der Liesl vielleicht. Die kennt Traudls Mutter doch.«

Sie nickte stumm und griff nach Reitmeyers Hand, nachdem er eingestiegen war.

Es dauerte eine Weile, bis sie das Haus gefunden hatten. Caroline sprang aus dem Auto, und Sepp und Reitmeyer sahen ihr nach, wie sie durch den Vorgarten zur Tür lief. Im oberen Stockwerk des kleinen Hauses brannte Licht. Sie klopfte ein paar Mal, worauf oben ein Fenster aufging. Eine ältere Frau schaute heraus. Caroline rief etwas hinauf. Die Frau schüttelte den Kopf.

»Das war die Mutter«, sagte Caroline, als sie zurückkam. »Die Traudl sei noch bei der Arbeit. Sie nimmt an, dass sie wegen des schlechten Wetters bei einem der Mädchen übernachtet, die im Nebenhaus wohnen.«

Sepp drehte sich um und sah Reitmeyer an. Keiner sprach aus, was er dachte.

»Was jetzt?«, fragte Sepp.

»Wir müssen was tun«, sagte Caroline. »Wir müssen sie suchen.«

»Fahr die Straße zum See nochmal runter«, sagte Reitmeyer.

Sepp fuhr den Berg hinunter und dann im Schritttempo die Straße entlang. Reitmeyer öffnete das Wagenfenster und leuchtete mit der Taschenlampe die Straßengräben ab. Doch keine Spur von dem Mädchen.

»Das bringt nichts«, sagte Caroline. »Die Taschenlampe ist viel zu schwach. Wen könnte man hier draußen verständigen, der uns helfen könnte?«

»Tja, nicht die Polizei«, erwiderte Sepp düster. »Wahrscheinlich ist die Station in dem Kaff nachts ohnehin nicht besetzt.«

»Wie wär's mit der Feuerwehr?« sagte Caroline. »Die helfen doch auch bei Notfällen. Wir fahren nochmal zu dem Café und rufen die Feuerwehr an.«

Die Zweifel ihrer Freunde ließ sie nicht gelten, und auf ihr Drängen kehrte Sepp um und fuhr zurück. Reitmeyer stieg rasch aus und schaffte es gerade noch, vor Lokalschluss in das Café eingelassen zu werden. Das anschließende Gespräch mit dem Kommandanten der Freiwilligen Feuerwehr verlief genauso, wie er es vorausgesehen hatte. Er hatte den Mann vermutlich aus dem Tiefschlaf gerissen, was ihn nicht freundlicher stimmte. Wenn eine erwachsene Person ein paar Stunden vermisst werde, »eine Bedienung«, fügte er vielsagend hinzu, werde er keinen Suchtrupp zusammentrommeln. Noch dazu bei dem Wetter und in der Nacht, wo man selbst mit Laternen im Wald so gut wie nichts sehen könne. Da müsse man schon warten, bis es wieder hell sei und der Sturm nachgelassen habe. Ganz abgesehen davon tauchten so »junge Dinger« meistens von selber wieder auf. Seiner Erfahrung nach.

Caroline war außer sich, als sie das hörte. »Was heißt hier ›junge Dinger‹? Sie könnte Hilfe brauchen, und er nimmt an, sie sei bei einem Schäferstündchen?«

Aber es nützte nichts. Niemand würde ihnen um die Zeit und bei dem Wetter helfen. Sie mussten in die Villa zurück. Sepp machte noch einen Umweg über ein Waldstück weiter oben am Berg, wo sie den Hund ablegten. Als Sepp schließlich vor dem Hoftor der Villa anhielt, sah Reitmeyer weiter oben an der Straße ein Auto stehen, das vorher noch nicht da gestanden hatte. Er konnte nicht erkennen, wer in dem Wagen saß.

»Meinst du, die beobachten das Haus?«, fragte Sepp, nachdem Caroline vorausgegangen war und die Tür aufsperrte.

»Keine Ahnung. Aber sag Caroline nichts davon. Ich will ihr keine Angst machen. Trotzdem sollten wir aufpassen. Ich seh mir mal den Waffenschrank an, ob da zwei brauchbare Gewehre drin sind. Die wären auf jeden Fall präziser als die Pistolen. Und wir schlafen alle im oberen Stockwerk, damit wir nicht getrennt werden, wenn es doch zu einem Überfall kommt.«

»Und wir lassen die Außenbeleuchtung an. Das schreckt sie vielleicht ab.«

Sie bekamen nicht viel Schlaf in dieser Nacht. Reitmeyer stand immer wieder auf und ging durchs Haus, um Fenster und Türen zu kontrollieren und nachzusehen, ob sich im Garten etwas rührte. Die beiden Außenlampen reichten weder aus, um das Grundstück zu beleuchten, noch, alle dunklen Ecken rund ums Gebäude zu erhellen. Seine Besorgnis war nicht übertrieben, fand er. Falls diese Leute Caroline etwas antun wollten, könnten sie versuchen, den Anschlag als Einbruch zu tarnen. In Polizeiberichten hatte er von ganzen Serien brutaler Einbrüche gelesen und die Zeitungen waren voller Klagen, dass derartige Delikte inzwischen an der Tagesordnung seien. Jedenfalls würde sich kein Mensch wundern, dass eine solche Villa ausgeraubt werden sollte. Die hiesige Polizei würde über die mangelhafte Personalausstattung jammern und selbstverständlich keine Täter dingfest machen.

Doch es geschah nichts.

Am nächsten Morgen standen sie alle unausgeschlafen in

der Küche und tranken Kaffee, den Caroline gekocht hatte. Der Regen hatte aufgehört inzwischen, aber der Himmel war noch immer bleigrau, und von den Bäumen tropfte die Nässe.

»Wann macht das Hotel auf?«, fragte Reitmeyer. »Um sieben?«

»Wahrscheinlich«, sagte Caroline. »Ich denke, wir können los.«

Caroline ging voraus, als sie ins Kaiserin Elisabeth traten, und sah sich nach Gerlinde um. Aus dem Speisesaal tönte Geschirrklappern, doch dort bedienten Kellner. Sie setzten sich ins Stüberl. Nach ein paar Minuten erschien Gerlinde. Bei ihrem Anblick spürte Reitmeyer einen Knoten im Magen. Das Mädchen wirkte wie erstarrt. Als wären ihre Gelenke eingefroren, ging sie mit steifen Schritten auf Caroline zu und legte ihr die Hand auf die Schulter.

»Man hat sie gefunden«, sagte sie tonlos.

»Die Traudl?«, fragte Caroline.

Gerlinde nickte.

»Wo hat man sie gefunden?«, fragte Reitmeyer.

»Unten, nicht weit vom See. Der Fischer hat ihr Fahrrad gesehen unter den Bäumen. Der geht immer schon vor Tagesanbruch runter.« Sie schluchzte auf. »Ein Ast hat sie erschlagen.«

»Was kann sie gestern Abend bei dem Unwetter am See gewollt haben?«, fragte Reitmeyer.

Gerlinde zuckte die Achseln. »Das fragen wir uns alle. Ihre Tante wohnt in der Nähe. Vielleicht hat sie vor der Arbeit noch schnell bei ihr vorbeigehen wollen. Und wie der starke Regen eingesetzt hat, hat sie sich untergestellt.« Sie ließ sich auf den Stuhl neben Caroline sinken. Tränen liefen ihr übers Gesicht. Caroline strich ihr beruhigend über den Rücken. »Gestern früh ist geschimpft worden«, würgte das Mädchen heraus. »Weil sie an der Rezeption eine Lampe geputzt hat und alle Journal- und Reservierungsbücher runtergefallen sind.«

Reitmeyer sah Caroline an. Also hatte Traudl gestern noch

einmal versucht, die Reservierungen zu prüfen. Erneut packten ihn Schuldgefühle. Er hätte sie niemals dazu anstiften dürfen. Wahrscheinlich war sie nur deshalb an den See runtergegangen, weil sie noch einmal die Bootshäuser überprüfen wollte. Damit sie dem Kommissär aus München hieb- und stichfeste Beweise liefern konnte. Er trug zumindest eine Mitschuld an ihrem Tod.

Eine Weile sagte keiner etwas.

»Komisch ist bloß«, begann Caroline wieder, »dass mir die Traudl gestern früh sagen wollte, was sie am See unten gesehen hat.«

Reitmeyer beobachtete Gerlinde. Sie warf einen schnellen Blick zur Tür, zog die Luft ein und lehnte sich zurück. »Am See?«, fragte sie. Dann zog sie ein Taschentuch heraus und schnäuzte sich. »Ich weiß nicht.«

»Tja dann«, sagte Caroline unbestimmt. »Wissen Sie denn, wo man die Traudl hingebracht hat?«

»Ins Leichenhaus. Droben am Friedhof.« Sie wischte sich noch einmal über die Augen und stand auf. »Ich muss an meine Arbeit zurück«, sagte sie und ging mit schleppendem Schritt hinaus.

»Merkwürdig«, sagte Reitmeyer. »Gestern Abend hab ich noch den Eindruck gehabt, sie wollte uns was sagen.«

»Und ich hab den Eindruck«, sagte Caroline, »dass sie Angst hat.«

»Da hätte ich auch Angst an ihrer Stelle«, sagte Sepp. »Vielleicht denkt sie sogar, dass die Sache überhaupt kein Unfall war.«

Caroline stand auf. »Ich würde gern den Totenschein sehen. Da müsste draufstehen, welche Verletzungen zu ihrem Tod geführt haben.«

»Aber hier im Hotel fragen wir nicht nach, welcher Arzt den ausgestellt hat«, sagte Reitmeyer. »Das könnte Misstrauen erregen. Und wäre schlecht für Gerlinde.«

»Dann fahren wir nochmal bei der Mutter vorbei«, sagte Caroline. »Die müsste den haben.«

Sie hielten wieder vor dem kleinen Haus. Jetzt im Tageslicht sah man, welchen Schaden der Sturm angerichtet hatte. Dachziegel waren heruntergefallen, die Rosenstöcke am Zaun waren umgeknickt und auf den Gemüsebeeten lagen abgerissene Äste und altes Laub. Caroline holte tief Luft, bevor sie ausstieg. »Wartet auf mich. Ich rede mal kurz mit der Frau.«

Die Haustür stand offen, und Sepp und Reitmeyer blickten ihr nach, wie sie im Haus verschwand.

»Ich bin froh«, sagte Sepp, »dass ich da nicht reingehen muss. Die arme Frau ist sicher in einem schrecklichen Zustand.«

Reitmeyer stieg aus und zündete sich eine Zigarette an. Sepp schloss sich an, und sie gingen schweigend vor dem Wagen auf und ab. Nach etwa zehn Minuten kam Caroline zurück.

»Mein Gott«, sagte sie. »Die Frau sitzt in einer eiskalten Küche und redet bloß immer von ihrem zerstörten Garten. Aber das ist oft so bei Menschen unter Schock. Sie können über das, was passiert ist, noch nicht sprechen.«

»Hast du den Totenschein gesehen?«, fragte Reitmeyer.

»Der lag auf dem Tisch. ›Schädelfraktur‹ ist als Todesursache angegeben. Ziemlich unspezifisch, finde ich.« Sie ließ sich von Reitmeyer eine Zigarette geben und paffte ein paar Züge. »Ich hab die Mutter gefragt, ob es ihr recht wäre, wenn ich mich von ihrer Tochter verabschiede, oben im Leichenhaus. Darauf hat sie gesagt, dass sie der Traudl ihren Kommunionkranz aufgesetzt hat, damit sie schön aussieht.« Caroline warf die Zigarette weg. »Ach, es ist alles so furchtbar.«

»Dann fahren wir jetzt zum Friedhof. Findest du dorthin?«

»Ich denke schon«, sagte Caroline, und sie stiegen wieder ein.

Oben am Gallerberg stand der Friedhofswärter vor dem Tor und kehrte mit einem Reisigbesen abgerissene Zweige und Laub zusammen. Sie wollten ein Gebet an Traudls Sarg sprechen, erklärte Caroline, weil sie zur Beerdigung nicht kommen könnten. Der Mann nickte nur und deutete auf die Kapelle.

»Ich denke, hier sind wir ungestört«, sagte Caroline, als sie die Tür öffnete.

»Ich bleib lieber draußen«, sagte Sepp, nachdem er einen Blick auf das aufgebahrte Mädchen geworfen hatte. »Ich hab's nicht so mit den Toten.«

»Jetzt stell dich nicht so an«, sagte Caroline ungeduldig. »Ich brauch eure Hilfe.«

»Wobei denn?«, fragte Reitmeyer argwöhnisch und warf einen Blick auf das wie schlafend daliegende Mädchen.

Sepp drückte sich an die Wand, nachdem er die Tür hinter sich geschlossen hatte. Der Raum war jedoch so klein, dass er sich nicht wirklich abseits halten konnte.

Caroline trat zu der Toten und nahm ihr vorsichtig den Kranz aus weißen Seidenblumen ab. »Der *rigor mortis* hat sich noch nicht gelöst. Ihr müsst sie hochhalten, damit ich mit beiden Händen den Kopf abtasten kann.«

Reitmeyer machte Sepp ein Zeichen, auf die andere Seite des Sargs zu gehen. Nach einigem Zögern fügte sich Sepp schließlich, und sie hoben die Tote an den Schultern an.

Caroline trat ans Kopfende und befühlte den Schädel. »Merkwürdig«, sagte sie. »Wenn sie von einem Ast erschlagen wurde, würde man annehmen, dass das Schädeldach zertrümmert ist. Aber das ist vollkommen intakt. An der Seite ertaste ich allerdings einen Terrassenbruch.«

»Was heißt das?«, fragte Reitmeyer.

»Könnt ihr die Diskussion vielleicht draußen weiterführen?«, sagte Sepp.

Sie legten die Tote zurück, und Caroline platzierte den

Kranz wieder über ihrer Stirn. Sepp schnaufte auf, als sie hinausgegangen waren.

»Ich hab sie natürlich nur abgetastet«, sagte Caroline, »und den Bruch nicht gesehen. Aber trotzdem gehe ich davon aus, dass es ein Terrassenbruch ist, und der entsteht durch Einwirkung eines stumpfen Schlagwerkzeugs. Eines Hammers zum Beispiel. Meiner Meinung nach müsste sie rechtsmedizinisch untersucht werden.«

»Das müsste ein Staatsanwalt anordnen auf Empfehlung des Arztes«, sagte Sepp.

»Deshalb würde ich gern mit dem sprechen«, sagte Caroline entschieden. »Ich hab auf dem Totenschein den Namen und die Adresse des Arztes gelesen. Die Praxis ist ganz in der Nähe von der Villa.«

»Ich hoffe, das dauert nicht allzu lange«, sagte Sepp. »Ich müsste bald wieder nach München zurück.«

Der Blick, den Reitmeyer von ihm auffing, sagte deutlich, dass er sich nichts von dem Besuch bei dem Arzt versprach. Reitmeyer bewegten ganz ähnliche Gedanken. Aber er wusste, dass Caroline nicht lockerlassen würde.

»Also gut«, sagte er. »Ich hoffe nur, dass dich dein Kollege nicht warten lässt.«

Nachdem Caroline bei der Praxis ausgestiegen war, sah Sepp seinen Freund an. »Und was meinst du dazu?«

»Dass die Traudl keinem Unfall zum Opfer gefallen ist, haben wir alle doch angenommen. Aber auch wenn es so ist, wird wahrscheinlich keine Untersuchung zugelassen, die das beweist.«

»Das zu verhindern, ist jedenfalls nicht schwer.«

»Genau. Ohne jeglichen Anhaltspunkt für einen Mordanschlag.«

»Das wird die Caroline furchtbar aufregen«, sagte Sepp.

Sie schwiegen eine Weile, bis Sepp bitter auflachte. »Wenn ich mir vorstelle, wie sie dem Arzt ihr Anliegen unterbreitet.

Eine Gerichtsmedizinerin aus *München*, die in seine Praxis hineinspaziert und seine Diagnose in Frage stellt.«

»Außerdem hat sie bei Professor Riedl nicht gerade diplomatische Vorsicht gelernt, was den Umgang mit inkompetenten Kollegen anbelangt.«

»Das heißt, wir müssen nicht allzu lang warten.«

Tatsächlich kam Caroline kurz darauf die Treppe des Hauses heruntergelaufen. Die beiden Männer nickten sich zu, als sie ihre Miene sahen. Caroline riss die Wagentür auf und ließ sich auf den Rücksitz fallen.

»Und?«, fragte Reitmeyer.

»Der hat mich praktisch rausgeschmissen«, sagte sie empört. »Ich hab ihm nicht mal wirklich erklären können, warum die Traudl in die Gerichtsmedizin soll! Ich soll mich nicht in Dinge einmischen, die mich nichts angehen. Zum Schluss ist er sogar laut geworden. Ich daraufhin natürlich auch. Der dachte, er könnte mich einschüchtern, dieser Schwachkopf.« Sie holte Luft. »Aber das kann man doch nicht hinnehmen. Da muss man doch was tun!«

»Ehrlich gesagt hab ich nichts anderes erwartet.«

»Meinst du, der steckt mit diesen Verbrechern unter einer Decke?«

»Das weiß ich nicht. Aber darauf kommt es wahrscheinlich gar nicht an. Der Staatsanwalt würde bei der Sachlage ohnehin keine gerichtsmedizinische Untersuchung anordnen. Die kostet nämlich Geld. Er würde davon ausgehen, dass die Traudl im Wald bei dem Sturm umgekommen ist. Das hat der Arzt festgestellt, und es klingt plausibel. Ob der Arzt dies getan hat, weil er die Täter schützen will oder weil er inkompetent ist, spielt keine Rolle. Es gibt keinerlei Anhaltspunkte, dass ihr jemand nach dem Leben getrachtet haben könnte. Sie war eine junge Bedienung in einem Hotel und hatte keine Feinde. Und auf ein Sexualdelikt, das sonst noch in Frage käme, gibt es keinerlei Hinweise.«

»Dann sollen wir uns einfach damit abfinden?«, fragte Caroline entrüstet. »In was für einem Land leben wir eigentlich?«

»Das frag ich mich jeden Tag, Caroline. Trotzdem mach ich meine Arbeit gegen teils große Widerstände und versuch, so viel aufzuklären, wie ich kann. Und wenn ich dir jetzt sage, dass so gut wie nichts gewonnen wäre, wenn festgestellt würde, dass die Traudl einem Mord zum Opfer gefallen ist, heißt das nicht, dass ich das Vorgehen des Arztes oder die Haltung der Staatsanwaltschaft billige. Aber leider sind die Verhältnisse so, dass bei Ermittlungen mit Sicherheit nichts herauskäme. Oder glaubst du, der Polizist, der die Leute alarmiert hat, die illegalen Waffen beiseitezuschaffen, würde den gleichen Leuten einen Mord nachweisen wollen?«

»Ja aber was können wir dann tun?«

»Die Sache muss von München aus angegangen werden, dort ist schließlich die Zentrale von diesem Verbrecherverein. Schließlich ermittle ich in zwei Mordfällen, für die meines Erachtens auch Treu-Oberland verantwortlich ist.« Er nahm ihre Hand. »Und versteh mich nicht falsch, aber für die Mutter ist es immer noch erträglicher, wenn die Traudl bei einem Unwetter umgekommen ist, als wenn sie erleben müsste, dass man die Mörder ihrer Tochter nicht findet.«

25

Die Fahrt nach München verlief weitgehend schweigsam. Kurz bevor sie in die Ettstraße einbogen, um Reitmeyer am Präsidium abzusetzen, bat Sepp seinen Freund um einen Gefallen. Ob er ihm den Brief geben könne, der in der Pension von Frau Kusnezowa zurückgeblieben war. Er überlege sich, nach Berlin zu fahren, nachdem sich in Feldafing so gut wie nichts Neues ergeben habe. Vielleicht sollte er die Absenderin des Briefes aufsuchen, um auf die Weise eine Spur von der Frau zu finden.

»Ja, sicher«, sagte Reitmeyer. »Du bist der Anwalt von Frau Kusnezowa, also kann ich dir den Brief aushändigen. Er liegt oben in meinem Schreibtisch. Wenn du einen Moment wartest, hole ich ihn.«

Als er ausstieg, sah er, dass Fräulein Rübsam gerade aus dem Haupteingang kam. »Du, ich bring dir den Brief heut Abend vorbei. Ich muss gleich mit der Fürsorgerin sprechen, die einen Auftrag für mich erledigt hat. Sonst verpass ich sie wieder.« Er drückte noch einmal Carolines Hand und versprach ihr, am Abend anzurufen.

Fräulein Rübsam kam ihm entgegen, als er auf das Tor zulief.

»Gut, dass wir uns treffen«, sagte er. »Gestern Abend hat's nicht mehr geklappt, weil ich zu einem Termin nach Feldafing gefahren bin. Waren Sie denn bei der Brigitte Leupold?«

Fräulein Rübsam warf einen Blick auf den Eingang zurück und trat vor den Eisenzaun hinaus. Offenbar wollte sie nicht im Gespräch mit ihm gesehen werden.

»Darf ich Sie schnell zu einer Tasse Kaffee einladen? Ins Café Baumann? Ich bin seit aller Herrgottsfrüh auf den Beinen und könnte einen brauchen.«

»Ich hab nicht viel Zeit. Aber ein Viertelstündchen könnte

ich erübrigen.« Sie folgte ihm über die Straße in das Lokal und setzte sich, ohne den Mantel auszuziehen. »Also, der Mann auf dem Foto, das mir Kommissär Sänger gezeigt hat«, begann sie ohne Umschweife, »der war nicht da, als ich zu der Brigitte kam. Er heißt Hans Berger und stammt aus dem Saarland. Er wohnt nicht fest bei ihr, sondern nur ab und zu. Wo er sonst wohnt, weiß sie nicht, aber sie nimmt an, in verschiedenen Hotels.«

»Wie kommt sie darauf?«

»Weil sie ihm einmal nachgegangen ist, und da sei er ins Hotel Continental auf der Neuhauser Staße gegangen.« Auf Reitmeyers fragenden Blick fügte sie hinzu: »Sie wollte wissen, ob er vielleicht eine andere hat.«

»Diese Frau scheint Ihnen ja sehr zu vertrauen, wenn sie so offen mit Ihnen spricht.«

»Sie ist mir dankbar, weil ich eine gute Pflegestelle für ihren kleinen Sohn gefunden hab. Auf dem Land, bei einem Schreinerehepaar, die ganz vernarrt in den Buben sind. Wenn ich noch ein paar hundert solcher Stellen hätte, wäre das Elend hier geringer.«

»Hat sie denn irgendwas über ihre Beziehung zu diesem Berger gesagt?«

»Er bezahlt ihre Miete und gibt ihr auch sonst genügend Geld, so dass sie neben ihrer Arbeit als Bedienung nicht mehr anschaffen gehen muss. Darüber ist sie verständlicherweise sehr froh. Gleichzeitig scheint sie nicht recht schlau aus ihm zu werden. Er schreibt immer so viel, wenn er da ist, sagt sie, und soweit ich sie verstanden habe, scheint er in erotischer Hinsicht nicht sonderlich fordernd zu sein.«

»Aha.«

»Was sie nicht stört. Sie macht sich allerdings Sorgen, nachdem er eine Zeitlang nicht mehr aufgetaucht sei. Er sei überfallen worden, sagt sie. Und sie befürchtet, dass er München verlassen könnte.«

»Überfallen?«

»Darüber wollte sie nichts Näheres sagen.«

»Weiß sie denn, was er hier macht?«

»Er sei bei irgendeinem Verband. In leitender Position. Aber über seine Arbeit redet er nicht mit ihr.« Fräulein Rübsam trank den Kaffee, den der Wirt gebracht hatte.

»Was halten Sie von der Sache?«

»Ich finde das Verhalten dieses Menschen merkwürdig. Wieso nimmt ein Mann wie Berger, ein ehemaliger Offizier, bei einer Prostituierten Quartier, wenn er offenbar genügend Geld hat, in Hotels zu wohnen. Ich meine, Sie müssten ihre Wohnung einmal sehen. Zwei winzige Zimmer unterm Dach, zwei Löcher, besser gesagt, in denen man sich kaum umdrehen kann.«

»Das kommt mir allerdings auch seltsam vor. Meinen Sie, ich könnte einmal mit ihr sprechen?«

»Eine polizeiliche Befragung würde nichts bringen. Mit der Polizei haben diese Frauen meistens keine guten Erfahrungen gemacht. Aber wenn Sie sich auf mich berufen ...« Sie überlegte einen Moment. »Das heißt, wenn Sie sagen, Sie kämen auf meine Bitte, um ihr zu helfen. Zum Beispiel wegen der Sache mit dem Überfall. Sie scheint anzunehmen, dass sein Wegbleiben damit zu tun hat. Aber Sie müssten natürlich weniger als Polizist auftreten, sondern mehr ... als *Mensch*, verstehen Sie.«

Reitmeyer unterdrückte ein Lächeln. »Das könnte ich ja mal versuchen.«

Sie nahm einen Zettel aus der Tasche und schrieb die Adresse auf. »Und ich kann mich doch darauf verlassen, dass der Brigitte keine Nachteile daraus entstehen?«

»Das liegt vollkommen jenseits meiner Absichten. Ich interessiere mich bloß für diesen Berger.«

Sie stand auf. »Kommissär Sänger hat mir gesagt, dass Sie bei unserem Musikprogramm mitmachen wollen.«

Damit hatte der Sittensänger sie also gelockt, deswegen hatte sie sich so ins Zeug gelegt. »Ja … ja sicher«, erwiderte er. »Das hab ich vor.«

Ein rosiger Schimmer trat auf Fräulein Rübsams blasse Wangen. »Wir proben gerade das ›Heideröslein‹, das wir im Duett singen wollen.«

»Aha … sehr interessant … im Duett?«

Reitmeyer ließ sich auf seinen Stuhl zurücksinken, nachdem er die Frau verabschiedet hatte. Die Hilfe der beiden kostete ihn tatsächlich den Höchstpreis. Er schüttete schnell seinen Kaffee hinunter, während peinvolle Bilder des Sittensängers und der Fürsorgerin vor ihm auftauchten, die mit verteilten Rollen das Schubertlied intonierten, wobei er irgendwelche Verzierungen dazu spielen musste. Bei der Vorstellung gab es ihm einen Stich im Magen. Aber er käme nicht mehr aus der Sache raus, sie ließ sich allenfalls noch aufschieben. Wenigstens eine Weile. Er eilte in sein Büro hinauf.

»Herr Kommissär«, rief Rattler, als er durch die Tür trat. »Wissen Sie schon das Neueste? Der Meixner hat einen Anwalt.«

»Weißt du, wen?«

»Der heißt Gadmann.«

Reitmeyer setzte sich an seinen Schreibtisch. Der Mann war ihm nicht unbekannt. Seit Jahren schon wurde er von rechten Organisationen engagiert, wenn es darum ging, deren Leute rauszuhauen. Aber woher hatte Meixner die Mittel, sich einen namhaften Anwalt wie Gadmann zu leisten? Doch nicht von Treu-Oberland. Vielleicht hatte seine Freundin Susie Geld aufgetrieben.

»Hat sich in Feldafing was Neues ergeben?«

»Hofbauer hat sich jedenfalls dort draußen mit einem Kreis von Leuten getroffen, zu denen auch der Mann gehört hat, der auf den Bildern aus Schäfers Büro war.«

»Auf dem Foto, das ich vergrößert hab?«

»Genau. Er heißt Hans Berger, hab ich erfahren, und soll im Hotel Continental wohnen. Zumindest zeitweise. Ich möchte, dass du dort rübergehst und nachfragst. Aber nicht als Polizist. Am besten gibst du irgendwas ab für ihn. Wenn du noch rausfinden könntest, wo er sonst noch wohnt, wären wir einen guten Schritt weiter.«

Rattler stand auf und nahm seinen Mantel. »Alles klar, Herr Kommissär. Bin schon unterwegs.«

Nachdem Rattler draußen war, griff Reitmeyer zum Telefonbuch und suchte die Nummer von Burkstallers Zeitung heraus. Auf das Verbot des Journalisten, ihn in seiner Redaktion anzurufen, konnte er keine Rücksicht mehr nehmen. Er ließ sich verbinden.

»Hör zu«, sagte er, bevor Burkstaller sich beschweren konnte. »Es ist dringend. Wir müssen uns sofort treffen. Sagen wir im Donisl. Um eins? Da ist genügend Betrieb, dass wir nicht auffallen.«

»Ist was passiert?«

»Das kann man sagen.«

Er sah auf die Uhr. Kurz vor zwölf. Da bliebe noch Zeit, vorher bei Brigitte vorbeizugehen. Auf dem Weg nach unten sagte er Brunner, dass er eine Adresse überprüfen müsse, falls der Oberinspektor nach ihm fragen sollte.

»Der hat schon nach Ihnen gefragt.«

»Ich muss jetzt aber weg«, erwiderte er und lief die Treppe hinunter. Wenn Klotz glaubte, er könnte ihn wieder für Arbeiten einspannen, die ihn nichts angingen, dann hatte er sich geschnitten. Er würde keine wertvolle Zeit mehr vergeuden, um Papiere zu formulieren, mit denen der alte Schleimer vor seinen Kollegen angeben konnte.

Die Sonne war zaghaft herausgekommen, während er durch die Altstadt zur Kreuzstraße fuhr. Der Ausdruck Straße war vielleicht etwas hochgegriffen für die Gasse mit den schmalen, heruntergekommenen Häusern, und als er vor dem

Haus stand, wunderte er sich genauso wie Fräulein Rübsam, dass ein Mann wie Hans Berger dort Wohnung genommen haben sollte. Die Haustür war offen. Er kam in einen dunklen Gang, von dem eine Treppe nach oben führte, und da er keinen Lichtschalter fand, tastete er sich über die enge Stiege bis unters Dach hinauf, wo an einer Wohnungstür ein Zettel mit Brigittes Namen klebte. Er klopfte. Es dauerte eine Weile, bis die Tür einen Spaltbreit aufging.

»Fräulein Leupold?«, fragte er. »Mich hat die Fürsorgerin, Fräulein Rübsam, gebeten, bei Ihnen vorbeizuschauen.«

Die Tür ging ganz auf. Brigitte sah ihn mit großen Augen an. Sie trug eine Art Morgenrock, den sie über der Brust mit der Hand zusammenhielt, und ohne Schminke wirkte sie sehr blass und angegriffen. Offenbar hatte sie nicht viel Schlaf bekommen.

»Das Fräulein Rübsam?«, fragte sie verwundert. »Die war gestern bei mir ...«

»Ja, davon hat sie mir erzählt. Darf ich reinkommen?«

Brigitte musterte ihn zweifelnd. Wahrscheinlich erinnerte sie sich, dass sie ihn im Raben mit Burkstaller gesehen hatte. Aber sie sprach ihn nicht darauf an, sondern nickte nur und ließ ihn eintreten. Das Zimmer war winzig und diente zugleich als Küche und Wohnraum. Es gab nicht viele Möbel, bloß einen Tisch mit zwei Stühlen, in der Ecke ein wackliges Buffet und gegenüber einen kleinen Herd, auf dem ein Wasserkessel dampfte.

»Ich geh erst um fünf zur Arbeit«, sagte sie entschuldigend. »Deswegen bin ich noch nicht ...« Sie machte eine Geste auf ihren Morgenrock.

»Tut mir leid, dass ich so reinplatze bei Ihnen. Aber Fräulein Rübsam hat sich Sorgen gemacht. Sie meinte, es hat einen Überfall gegeben, und ich könnte Ihnen vielleicht helfen.«

Brigitte schien nicht recht zu wissen, was sie davon halten sollte, und deutete auf einen der Stühle.

»Ach, ich hab mich noch gar nicht vorgestellt. Mein Name ist Reitmeyer, ich bin Kriminalbeamter. Ich kenne Fräulein Rübsam schon seit Jahren, und sie wendet sich manchmal an mich, wenn einer ihrer Schützlinge Beistand braucht. Ich meine, wenn es darum geht, ganz unbürokratisch zu helfen. Fräulein Rübsam macht eine sehr gute Arbeit, und ich unterstütze sie natürlich, wo ich kann.«

Brigitte sah ihn noch immer mit einer Mischung aus Verwunderung und Misstrauen an. Der Namen der Fürsorgerin schien – mehrfach angebracht – aber Wirkung zu tun, jedenfalls warf sie ihn nicht raus, sondern nahm ebenfalls Platz.

»Wissen Sie, in letzter Zeit hat's vermehrt Überfälle auf Passanten gegeben, und wir würden diesen Gaunern gern das Handwerk legen. Aber die Opfer können ihre Angreifer oft nur schlecht beschreiben oder machen gar keine Anzeige, weil sie sich nichts davon versprechen. Was ist Ihnen denn gestohlen worden?«

»Da hat das Fräulein Rübsam was missverstanden. Ich bin nicht überfallen worden, sondern mein ...«

»Ah ja, richtig, der Herr Berger. Das hat sie ja gesagt. Entschuldigen Sie, aber als ich mit ihr gesprochen hab, war gerad so viel los in meinem Büro, dass ich jetzt selber was durcheinandergebracht hab.« Er blickte auf das Buffet, wo eine Reihe von Kinderbildern stand. Er beugte sich vor und griff nach einem Foto. »Ist das Ihr kleiner Sohn?«

Ein Anflug von Lächeln strich über ihr Gesicht. »Ja, das ist der Franzl. Der wohnt aufm Land.«

»Das hat mir Fräulein Rübsam gesagt. Es scheint ihm gutzugehen bei seiner Pflegefamilie? Er ist ja auch wirklich ein herziger kleiner Kerl.«

»Ja, dem geht's gut. Da hat er sogar einen Garten und is viel an der frischen Luft.«

»Das ist das Wichtigste, sagt Fräulein Rübsam immer. Dass die Kinder Sonne und frische Luft kriegen. Aber solche Pflegestellen muss man erst einmal finden.« Er stellte das Foto zurück.

»Ja, dafür bin ich auch sehr dankbar.« Sie zog den Wasserkessel, der zu pfeifen begann, an den Herdrand. »Vorher hat meine Nachbarin auf den Franzl aufpassen müssen, aber das war halt nix.«

Reitmeyer nickte. »Ja, so mitten in der Stadt …«

»Ich hab mich nie wirklich auf sie verlassen können und immer Sorgen g'habt …«

»Das kann ich mir vorstellen. Und sagen Sie, bei dem Überfall ist bloß der Herr Berger angegriffen worden? Und Sie haben gesehen, wie das passiert ist?«

»Direkt g'sehen hab ich das nicht. Ich bin im Durchgang vom Sendlinger Tor g'standen. Er hat g'sagt, ich soll warten, weil uns jemand verfolgt hat. Und dann hab ich bloß g'sehen, wie er am Boden g'legen is.«

»Ach so? Sie können den Täter gar nicht beschreiben? Aber der Herr Berger könnte das? Wo ist der denn?«

Sie zuckte die Achseln und starrte auf ihre Hände.

»Aber wenn er wiederkommt, könnten Sie ihm sagen, dass er mit mir sprechen kann. Wissen Sie, wir nehmen solche Sachen sehr ernst, weil wir nicht wollen, dass unsere Stadt ein so unsicheres Pflaster wird wie … wie Berlin.«

Sie senkte den Kopf. »Ich weiß nicht, wann der wiederkommt.«

»Ist der Herr Berger denn nicht aus München?«

Sie schüttelte den Kopf. »Er is aus 'm Saarland, hat er g'sagt. Aber …« Sie holte ein paar Mal Luft, ohne aufzublicken. »Ich weiß nicht, ob er überhaupt … ich weiß nicht, wo der hin sein könnt … ich weiß ja gar nix von ihm.« Sie wischte sich über die Augen. »Er hat immer so einen kleinen Koffer g'habt. Und der is … nimmer da.«

»Sie machen sich Sorgen? Das ist verständlich.«

Sie nickte stumm.

»Hat er denn gar nichts zurückgelassen, was Ihnen einen Anhaltspunkt geben könnte?«

Sie griff nach einem Zettel auf dem Tisch. »Das is alles. Der is ... einmal runterg'fallen.«

Reitmeyer warf einen Blick auf den Zettel. *Königin 2601* stand darauf. Der war natürlich nicht »runtergefallen«, sondern sie hatte seine Taschen durchwühlt. Er sah sie fragend an.

»Das is eine Telefonnummer, hab ich mir gedacht. Und dann hab ich da ang'rufen. Da hat sich jemand mit dem Namen von Ziebland g'meldet. Und ich hab wieder aufg'legt.«

»Und sonst haben Sie nichts weiter unternommen?«

Sie blickte immer noch nicht auf, sondern strich sich ein paar Mal das dunkle Haar hinter die Ohren. Sie wirkte verlegen, und die Worte kamen ihr nur mühsam über die Lippen. »Doch, schon. Ich hab ins Telefonbuch, g'schaut und den Namen g'funden. Und dann bin ich zu der Adresse hin. In die Königinstraß', verstehen S'. Und da hab ich ein Dienstmädchen g'fragt, wo aus dem Haus kommen is. Und die hat g'sagt, dass die Frau von Ziebland eine Generalswitwe is.«

»Aber sie haben mit dieser Frau nicht gesprochen?«

Sie schüttelte den Kopf. »Wer weiß, wer das is. Und es wär ihm sicher nicht recht, wenn ich da einfach ...«

»Ich verstehe.«

Ihre Schultern bebten, und sie bemühte sich, nicht in Tränen auszubrechen. Doch helfen konnte er ihr nicht. Es gab nur eine Erklärung, was Berger von ihr gewollt hatte – falls dies überhaupt sein richtiger Name war. Die Wohnung der Frau sollte ihm als Unterschlupf dienen, falls er schnell untertauchen müsste. Und damit rechnete er offenbar. Dazu passte auch, dass er abwechselnd in verschiedenen Hotels wohnte.

»Also im Moment, Fräulein Leupold«, sagte er, »kann ich nur eines tun. Ich geb Ihnen meine Nummer.« Er prägte sich die Nummer der Generalswitwe nochmals ein, bevor er einen Stift herauszog und seine eigene auf den Zettel schrieb.

»Da können Sie mich jederzeit anrufen, wenn Sie einen Rat brauchen. Oder wenn der Herr Berger doch wieder auftauchen sollte und vielleicht mit mir sprechen möchte.« Er stand auf. »Vielleicht hat er ja beruflich plötzlich wegmüssen und meldet sich in ein paar Tagen. Wenn ich mich recht erinnere, hat Fräulein Rübsam gesagt, er sei bei einer Organisation in leitender Stellung.«

Sie stand ebenfalls auf. »Ich weiß nix Genaues von seiner Arbeit. Über so was hat er nicht g'redet …«

»Jetzt hoffen wir halt mal das Beste, Fräulein Leupold. Und wie gesagt, meine Nummer haben Sie ja.«

Nachdem er sich verabschiedet hatte und die Treppe hinunterlief, fragte er sich, warum sich Berger gerade jetzt von Brigitte zurückgezogen hatte. Es musste mit dem »Überfall« zusammenhängen. Berger wusste vermutlich, dass Brigitte Kontakt zu der Fürsorgerin hatte und der Frau von dem Angriff berichten könnte. Und genauso war es ja tatsächlich auch geschehen.

Bevor er aufs Rad stieg, notierte er sich den Namen und die Telefonnummer der Generalswitwe, mit der Berger offenbar in Kontakt gestanden hatte. Möglicherweise hatte er unter dem verstorbenen General gedient und kannte die Familie. Doch in der Mittagszeit würde er die Dame nicht aufsuchen, da war sie wahrscheinlich gerade beim Essen. Also fuhr er ins Donisl, um Burkstaller zu treffen.

Reitmeyer sah sich in dem Lokal um, und es dauerte ein paar Minuten, bis er den Journalisten an einem Tisch unterhalb der Treppe entdeckte. Er saß vor einem Teller und aß bereits. Wahrscheinlich dachte er, das Treffen würde auf die Weise zufälliger wirken, falls sie beobachtet wurden. Reitmeyer verhielt sich entsprechend. Er ging zuerst an ihm vorbei und stutzte dann plötzlich überrascht.

»Ja, grüß dich«, sagte er. »Mit dir hätt ich hier nicht gerechnet. Ich bin hier eigentlich verabredet, aber mein Kollege ist offenbar nicht gekommen. Darf ich mich kurz zu dir setzen?«

Burkstaller grinste und bat ihn, Platz zu nehmen. »Bist du auch wegen dem sauren Lüngerl hier?«, fragte er und deutete auf seinen Teller mit der tiefbraunen Soße, in der undefinierbare Fleischstücke schwammen.

Reitmeyer schüttelte den Kopf. »Ich hab's nicht so mit den Innereien. Ich nehm bloß einen Kaffee.« Er winkte dem Kellner und gab seine Bestellung auf. Währenddessen beobachtete Burkstaller zwei Gäste, die durch die Tischreihen gingen, aber dann ganz woanders Platz nahmen. »Also, was gibt's so Dringendes?«, fragte er.

»Ich sag dir jetzt bloß die Fakten, wie ich zu denen gekommen bin, lass ich erst mal weg.«

Burkstaller nickte und aß weiter.

»Der rothaarige Mann, den du mir in der Weißen Lilie gezeigt hast, heißt Hans Berger, obwohl ich bezweifle, dass das sein richtiger Name ist. Er wohnt abwechselnd in Hotels oder bei Prostituierten, woraus ich schließe, dass er eine feste Bleibe vermeidet, um schnell unterzutauchen, falls nötig. Wenn ich sein Verhalten mit meinen Erkenntnissen aus Feldafing vergleiche, habe ich den Eindruck, dass bald losgeschlagen werden soll. Jedenfalls wurde dort draußen ein geheimes Waffenlager in Sicherheit gebracht, nachdem die Polizei durch einen anonymen Anruf informiert worden war.«

Burkstaller blickte auf. »Du meinst, die Polizei hat dafür gesorgt, dass die illegalen Waffen nicht beschlagnahmt werden konnten?«

»Genau. Sie wurden von ein paar Männern abtransportiert. Hast du irgendwelche Informationen über das Haus in Feldafing, von dem ich dir erzählt habe?«

Burkstaller schüttelte den Kopf. »Das gehört einem Forstrat, der inzwischen bei seiner Tochter in Garmisch wohnt. Wer der Mieter ist, ließ sich nicht feststellen. Auch nicht, wer die Besucher sind. Sie achten offenbar sehr darauf, möglichst unauffällig zu bleiben.« Der Kellner brachte den Kaffee. Nachdem er weg war, sagte Burkstaller leise: »Wir haben da einen Kanal ins rechte Lager, und daraus entnehmen wir, dass das Losschlagen immer wieder verschoben wird. Was angeblich für großen Unmut sorgt.«

»Bist du sicher, dass das stimmt? Dass nicht jemand gezielt falsche Informationen streut?«

Burkstaller zuckte die Achseln.

»Nachdem wir keine genaueren Informationen beschaffen können, dachte ich mir, es gäbe vielleicht eine andere Möglichkeit, um mehr Gewissheit zu kriegen.«

»Aha. Und welche?«

»Du könntest einen Artikel schreiben. In dem du dich auf Gerüchte berufst. Darin müsste die unerklärliche Geldflut zur Sprache kommen, mit der der angeblich anstehende Putsch finanziert werden soll.«

»Ach, was du nicht sagst? Dann riskieren wir, dass unsere Zeitung wieder monatelang verboten wird.«

»Du wirst ja wohl wissen, wie man so was formuliert, um dem zu entgehen.«

Burkstaller aß ungerührt weiter. »Das muss ich in meiner Redaktion besprechen.«

»Aber damit käme Bewegung in die Sache. Es wäre doch interessant, wie die Reichswehr reagiert. Von ihrem Verhalten hängt es schließlich ab, ob die Pläne von diesen Leuten überhaupt eine Chance haben.« Reitmeyer trank seinen Kaffee aus. Bevor er aufstand, fügte er noch hinzu: »Meine Informantin in Feldafing ist übrigens unter sehr merkwürdigen Umständen zu Tode gekommen. Angeblich war es ein Unfall, was ich stark bezweifle. Eine gerichtsmedizinische Untersuchung wurde von dem Arzt, der den Totenschein ausgestellt hat, abgelehnt.«

Burkstaller legte sein Besteck ab und sah ihn an. »Und wie

hängt deine politische Polizei mit der ganzen Sache zusammen?«

»Das würde sich vielleicht deutlicher zeigen, wenn dein Artikel rauskommt. Bis jetzt kann ich noch nicht sagen, welche Rolle *meine* politische Polizei dabei spielt. Ich nehme mal an, sie haben die Sache im Blick. Wie wohlwollend, weiß ich noch nicht. Und übrigens«, fügte er hinzu, bevor er hinausging. »Wenn du mich erreichen willst, ruf mich zu Hause an.«

Er beeilte sich, das Lokal schnell wieder zu verlassen, damit ihn niemand in Gesellschaft des Journalisten sah, falls der sich tatsächlich entschließen sollte, den Artikel zu schreiben. Und er war sicher, dass Burkstaller angebissen hatte. Natürlich war die Beweislage mager, aber trotzdem nicht zu vernachlässigen. Denn falls es tatsächlich zu einem Putsch käme, wäre es kein Vorteil für den *Kampf*, wenn er trotz besseren Wissens nicht rechtzeitig davor gewarnt hätte. Das würden Burkstallers Kollegen sicher ähnlich sehen. Er selbst konnte sich darauf gefasst machen, zum Oberinspektor zitiert zu werden, falls morgen früh der Artikel in dem Blatt erschien. Ob die »gerüchteweisen« Vermutungen des Blattes auch Auswirkungen auf das Vorgehen von Meixners Anwalt hätten, blieb abzuwarten. Ob der ihm raten würde, schon aus Selbstschutz noch rückhaltloser auszupacken gegen Treu-Oberland? Schließlich war keineswegs gesagt, dass Meixner nicht doch mehr über die geheimnisvollen »Spenden« wusste, als er zugab.

Reitmeyer sah auf die Uhr. Bevor er zu dieser Generalswitwe fuhr, würde er noch schnell den an Frau Kusnezowa gerichteten Brief zu Sepp an den Odeonsplatz bringen.

Der Herr Dr. Leitner sei noch bei Tisch, sagte seine Sekretärin, ob er warten wolle?

Reitmeyer bat sie, ihrem Chef den Brief zu geben, der warte schon darauf. »Und könnte ich kurz in Ihr Telefonbuch schauen. Ich müsste eine Adresse nachsehen.«

Fräulein Kupfmüller reichte ihm das Buch, und er stellte fest, dass Frau von Ziebland in der Königinstraße 35 wohnte.

Reitmeyer blickte auf die Fassade des prächtigen Gebäudes und dann aufs Klingelschild. Die Generalin residierte in der Beletage, und ihre Wohnung nahm offenbar das ganze Stockwerk ein. Kein Wunder, dass sich jemand wie Brigitte nicht getraut hatte, hier nachzufragen. In diesem Neorenaissance-Palast sah selbst der Dienstboteneingang herrschaftlich aus, verglichen mit der ärmlichen Behausung, aus der sie kam. Er trat durch das Portal in den mit Marmor ausgekleideten Flur und stieg die glänzende Treppe hinauf. Nachdem er geklingelt hatte, machte ein Mädchen in schwarzem Kleid und weißer Schürze auf.

»Sie wünschen?«, fragte sie kühl.

Reitmeyer reichte ihr seine Karte. »Ich möchte Frau von Ziebland sprechen. Es handelt sich um eine Auskunft.«

Sie las die Karte und bat ihn, einzutreten und einen Moment zu warten.

Er stand in einer geräumigen Diele und blickte auf die Ölgemälde an den Wänden, die hohe Militärpersonen in Uniformen längst vergangener Tage und würdevoll gebieterischer Haltung zeigten. Wie es aussah, hatten die Zieblands seit Generationen dem Herrscherhaus gedient und waren mit höchsten Orden und Ehrenzeichen dafür belohnt worden. Er war gespannt, womit sich ein Hans Berger ausgezeichnet hatte, um hier empfangen zu werden.

Das Mädchen kam zurück und führte ihn in einen Salon, wo sie ihn bat, Platz zu nehmen. Die gnädige Frau komme gleich.

Reitmeyer setzte sich nicht, sondern wanderte herum und studierte die gerahmten Fotos auf der Kommode. Die Galerie war offenbar dem verblichenen General gewidmet. Die Bilder zeigten einen großgewachsenen Mann in straffer Haltung mit weißem Backenbart, meist in Gesellschaft hochgestellter Persönlichkeiten. Mit Prinzregent Luitpold auf der Jagd, mit Ludwig III. bei Paraden, doch auch als jüngeren Mann mit einer hübschen und etwas hochmütig wirkenden Frau. Der Gattin vermutlich. Daneben gab es Bilder eines jungen, etwas kränklich wirkenden Mädchens, das eher schüchtern in die Kamera blickte. Die Tochter, schätzte er. Das Bild war ebenfalls lange vor dem Krieg aufgenommen worden, was man am Stil des Kleids und ihres Hutes erkannte. Dann schlenderte er zu den Vitrinen hinüber, in denen Porzellan und Silberzeug ausgestellt waren. Die Sammlung wirkte ausgedünnt, und manche Fächer waren sogar leer. Man hatte also Wertsachen verkaufen müssen.

Er hörte schnelle Schritte übers Parkett in der Diele klappern. Die Tür ging auf, und eine ältere Dame in einem braunen, altmodischen Kleid mit Spitzenkragen trat ein. Es war die gleiche Frau wie auf dem Foto, nur dass ihr welliges Haar jetzt grau und ihr Gesicht von einem Gitterwerk aus feinen Fältchen durchzogen war.

»Herr Kommissär?«, fragte sie hoheitsvoll. »Sie wollten eine Auskunft?«

»Ganz richtig, Frau von Ziebland.«

»Nehmen Sie Platz«, befahl sie und ließ sich ebenfalls auf einem Stuhl nieder.

»Ich wollte Sie fragen, ob Sie diesen Mann kennen.« Er zog das Foto von Berger aus der Tasche und reichte es ihr.

Sie warf nur einen kurzen Blick darauf, bevor sie es zurückgab. »Ja sicher. Den kenne ich. Obwohl ich mich an seinen Namen nicht erinnere.«

»Er heißt Hans Berger. Und woher kennen Sie ihn?«

»Er war ein paar Mal in dieser Wohnung. Ich hatte nichts mit ihm zu tun. Er hat Oberleutnant Hofbauer besucht.«

»Oberleutnant Hofbauer?«, fragte Reitmeyer verblüfft. »*Norbert* Hofbauer?«

»Ja sicher.«

»Wollen Sie sagen, Norbert Hofbauer hat bei Ihnen gewohnt?«

Ein leichtes Flattern ihrer Lider verriet, dass ihr die Frage unangenehm war. Sie richtete sich noch etwas weiter auf. »Oberleutnant Hofbauer war der Verlobte meiner Tochter.«

»Ach wirklich?«, fragte er immer noch perplex. »Er war aber nicht bei Ihnen gemeldet. Jedenfalls haben wir darüber keine Angaben gefunden nach seinem Tod.«

Sie räusperte sich kurz, was wie ein Tadel klang, weil er es wagte, in ihre Privatsphäre einzudringen, doch dann bemerkte er, dass sie eher peinlich berührt wirkte. Mit etwas starrem Blick nestelte sie an der Brosche an ihrem Kragen.

»Oberleutnant Hofbauer war schon vor dem Krieg mit meiner Tochter verlobt gewesen, und sie wollten natürlich heiraten. Doch als er von der Front heimkehrte, hatte er keine Wohnung mehr. Mir war natürlich klar, dass es höchst unpassend ist, wenn zwei Verlobte unter einem Dach zusammenwohnen, doch unter den gegebenen Umständen war ich der Ansicht, eine Ausnahme machen zu können, und habe ihn für einige Zeit bei uns aufgenommen.«

»Und wie lange hat er hier gewohnt?«

»Ein paar Monate. Obwohl ich natürlich darauf gedrängt habe, dass er sich etwas suchen sollte.«

»Na ja, das war sicher schwierig bei der Wohnungsnot.«

»Oberleutnant Hofbauer war ein sehr tüchtiger Soldat, ein Stabsoffizier, und absolut tadellos in jeder Hinsicht. Trotzdem ist er leider nicht in die Reichswehr übernommen worden. Sie wissen ja, das Offizierskorps wurde auf viertausend Mann beschränkt. Und unter diesen Umständen war an eine Ehe nicht zu denken.«

»Ich verstehe.«

Sie sah ihn etwas zweifelnd an und schien nicht sicher zu sein, ob er das Problem wirklich verstanden hatte. »Ich habe ihn wirklich sehr geschätzt«, erklärte sie mit einem nachdrücklichen Nicken. »Doch trotz der grundsätzlichen Übereinstimmung unserer Ansichten und seiner zweifellosen Verdienste als Soldat konnte ich einer Heirat nicht zustimmen, solange er keine feste Stellung und kein geregeltes Einkommen hatte. Er hat zwar immer behauptet, es würde sich bald alles ändern und seine Situation bessern, aber davon ist leider nichts eingetreten. Und als er dann durch Zufall an eine Wohnung in der Sckellstraße kam, habe ich ihn gebeten, bei uns auszuziehen.«

Reitmeyer beobachtete die Frau, der es offenbar vor allem darum ging, ihre Wohlanständigkeit herauszukehren. »Aber soweit ich weiß, hatte Herr Hofbauer doch eine Stelle bei einem Verband. Und aus einem anderen Zusammenhang ist mir bekannt, dass er bei einem Anwalt als Detektiv tätig war.«

»Als *Detektiv*?«, fragte sie ungläubig. Auf ihrem Gesicht zeichnete sich eine Mischung aus Abscheu und Entsetzen ab. »Das war mir nicht bekannt.«

»Ist Ihre Tochter da? Ich würde gern mit ihr sprechen.«

»Nein. Nach dem tödlichen Unfall ihres Verlobten ist sie zu Verwandten aufs Land.«

»Ich muss Ihnen leider sagen, dass der Tod von Herrn Hofbauer kein Unfall war. Jemand hat auf ihn geschossen, als er mit dem Motorrad über die Maximiliansbrücke fahren wollte.«

Sie griff sich an den Hals. »Er ist erschossen worden? Auf der Straße?« Es klang, als hätte er sich damit endgültig disqualifiziert. Ein Offizier starb auf dem Feld der Ehre, nicht »auf der Straße«.

»Haben Sie in der Zeit, als er hier wohnte, Streitigkeiten oder Auseinandersetzungen mitbekommen? Mit Angehörigen seines Verbands? Oder mit Hans Berger. Dem Mann auf dem Foto?«

Reitmeyer sah ihr an, wie es in ihrem Innern rumorte. Sie zupfte an den Fransen des Tischtuchs und setzte ein paar Mal zu einer Antwort an, bevor es förmlich aus ihr herausbrach.

»Jetzt will ich Ihnen mal was sagen«, stieß sie hervor. »Und zwar in aller Offenheit. Ich habe Hofbauer rausgeschmissen nach einem Vorfall in meiner Wohnung.«

»Ach wirklich?« Es musste sich um etwas wirklich Gravierendes gehandelt haben, nachdem der »Oberleutnant« zu einem bloßen »Hofbauer« geworden war. »Hatte der Vorfall mit Hans Berger zu tun?«

»Ach was.« Sie wischte unwirsch durch die Luft. »Den kannte ich ja kaum. Es hatte mit dem anderen, mit diesem schrecklichen Subjekt zu tun. Ich hatte Hofbauer schon mehrmals gesagt, dass ich diesen Kerl in meinem Haus nicht mehr sehen wollte, auch meine Mieter haben sich beschwert …«

»Sie haben *Mieter*?«

»Ja, wie glauben Sie denn, dass ich unser Zuhause halten kann?«, fragte sie aufgebracht. »Unsere Geldanlagen sind nichts mehr wert, ich hab nur noch die Witwenpension, die mir die Inflation wegfrisst, und …«

»Und bei dem Vorfall …«, sagte Reitmeyer.

»Da bin ich in sein Zimmer, weil eine Auseinandersetzung wieder mal laut geworden war. Verstehen Sie, Hofbauer war streng konservativ und national gesinnt, aber doch nicht so plebejisch radikal wie dieser Mensch, was sag ich, wie dieses Männchen, dieser Wicht! Mein Gatte, der verstorbene General, hat immer schon gesagt, dass das die Schlimmsten seien, diese selbsternannten Volkstribune, diese …«

»Um Himmels willen, von wem reden Sie?«, fuhr Reitmeyer dazwischen.

»Ja, von diesem Ruge natürlich, von diesem …«

»Sie meinen Arnold Ruge vom Bund Treu-Oberland?«

»Ach, dieser Bund, das war doch auch nichts. Ein Haufen verkrachter Existenzen.«

»Und worüber haben sie gestritten?«

»Was weiß denn ich? Über die Ausrichtung ihres schäbigen Vereins, über Geld und …«

»Über Geld?«

»Er hatte ja nie Geld. Damit er meiner Tochter zum Geburtstag Blumen kaufen konnte, musste ich ihm welches leihen. Ich hätte ihm eine Stelle auf dem Gutshof von Baron von Stetten beschaffen können, aber das wollte er ja nicht, lieber ist er ...«

»Was ist passiert, als Sie in das Zimmer von Herrn Hofbauer gekommen sind?«

»Da hat dieser Ruge vor ihm gestanden und mit einer Pistole auf ihn gezielt!«

»Und dann?«

»Ich habe diesem Subjekt sehr deutlich zu verstehen gegeben, dass ich in meiner Wohnung so etwas nicht dulde und dass er sofort das Haus verlassen soll.«

»Und wie hat sich Herr Hofbauer dazu verhalten?«

»Ach, nachdem der Kerl endlich fort war, wollte er mir einreden, dass ich etwas missverstanden hätte. Dass das alles gar nicht so gemeint gewesen sei. Aber ich sage Ihnen, der war leichenblass, und ich habe die Situation keineswegs missverstanden. Jedenfalls hat es mir danach endgültig gereicht, und ich habe ihm gesagt, dass er am nächsten Tag ausziehen muss.«

»Haben Sie gehört, dass sich die beiden über Geld gestritten haben?«

»Ach, ich weiß nicht mehr«, sagte sie ärgerlich. »Jedenfalls war Geld oft ein Thema.«

»Meinen Sie, Herr Hofbauer hat diesem Ruge Geld geschuldet?«

»Woher soll ich das wissen?«, erwiderte sie gereizt. »Wieso fragen Sie mich das alles überhaupt?«

»Ich will den Mörder von Norbert Hofbauer finden. Ich muss Ihnen diese Fragen stellen.«

»Ja, dann fragen Sie doch diesen Ruge!«, rief sie. »Wenn der ihn hier schon mit einer Waffe bedroht hat, dann hat er ihn wahrscheinlich auch erschossen.« Sie stand auf. »Und jetzt entschuldigen Sie mich. Ich habe mich um andere Dinge zu kümmern.«

Reitmeyer verließ die Wohnung nach dieser höchst ungnädigen Entlassung, und blieb einen Moment vor dem Haus stehen. Hofbauer hatte also nicht nur unter Geldschwierigkeiten gelitten, er war in einer geradezu verzweifelten Lage gewesen, und er hatte wohl keinen anderen Ausweg mehr gesehen, als die Dollars zu unterschlagen. Den plötzlich aufgetauchten Geldsegen hätte er dann als Honorar deklariert, das ihm die Suche nach der Tochter von Frau Kusnezowa eingebracht hatte. Dass er Meixner damit ans Messer lieferte, war ihm offenbar egal. Aber was hatte Ruge mit dieser Sache zu tun? Wusste er von der Unterschlagung?

Er stieg aufs Rad und fuhr zum nächsten Gasthaus, wo er im Telefonbuch nach der Adresse von Ruge suchte. Aber er fand keinen Eintrag. Doch bei Treu-Oberland würde man wissen, wo der Mann wohnte. Er hetzte in die Isabellastraße.

Der Sekretär in Schäfers Vorzimmer sah ihn entgeistert an, als er in sein Büro stürmte. Herr Dr. Schäfer sei nicht da, erklärte er verdattert. Ob er einen Termin bei ihm habe?

»Ich brauch die Adresse von Arnold Ruge«, erwiderte Reitmeyer barsch. »Die haben Sie doch.«

»Ja … ja sicher. Er wohnt im Haus. Im zweiten Stock. Bei Bäcker.«

»Gibt's da auch eine Telefonnummer?«

Der junge Mann nickte und schrieb die Nummer auf einen Zettel, den er ihm reichte. Reitmeyer eilte grußlos hinaus und rannte in den zweiten Stock hinauf. Auf sein Klingeln öffnete eine ältere Frau. Gleichzeitig ging hinter ihr eine Tür auf, und Ruge trat heraus.

»Mit Ihnen will ich sprechen«, sagte Reitmeyer und schob die Frau zur Seite.

Ruge wirkte einen Moment überrumpelt und sah ihn mit aufgerissenen Augen an. Doch er fasste sich schnell wieder.

»Was erlauben Sie sich?«, rief er empört. »Wer sind Sie überhaupt?«

Reitmeyer hielt ihm seine Polizeimarke vor die Nase. »Kriminalpolizei«, sagte er. »Reitmeyer mein Name.« Ohne das Gezeter des kleinen Mannes zu beachten, marschierte er an ihm vorbei in das geräumige Zimmer, wo er vor einem Schreibtisch stehen blieb. Schnaubend und hochrot im Gesicht funkelte Ruge ihn an, und einen Moment lang sah es aus, als wollte sich der Zwerg auf ihn stürzen. Was er dann doch bleiben ließ, nachdem er sich wohl klargemacht hatte, dass er gegen den hochgewachsenen Eindringling nichts ausrichten könnte. »Verlassen Sie sofort meine Räume!«, dröhnte er noch einmal und warf die Schultern zurück, um seinen Worten Nachdruck zu verleihen. Reitmeyer winkte bloß ab. »Ich schlag vor«, sagte er ruhig. »Sie kommen rein und machen die Tür hinter sich zu, Herr Ruge.«

»Für Sie immer noch Dr. Ruge«, krächzte er, auf den Zehen wippend.

»Meinetwegen«, sagte Reitmeyer.

Ruge zögerte, richtete sich kerzengerade auf und zog mit einem Ruck sein Hausjackett glatt. Dann schloss er die Tür, ging mit hocherhobenem Haupt zu seinem Schreibtisch und setzte sich. »In welcher Angelegenheit wollten Sie mich sprechen?«, fragte er herablassend.

Reitmeyer wanderte im Raum herum und sah durch die Glasscheibe des Bücherschranks, bevor er sich umdrehte. »Sie kannten doch Norbert Hofbauer und haben ihn mehrmals besucht.«

Ruges Brillengläser blitzten in einem einfallenden Sonnenstrahl auf. »Ja, und?«, erwiderte er angriffslustig. »Ist das verboten?«

»Dann erinnern Sie sich sicher an Ihren letzten Besuch in der Wohnung von Frau von Ziebland. Der ein abruptes Ende nahm.«

Ruge schüttelte den Kopf. »Was soll das heißen?«

»Das soll heißen, dass Sie rausgeschmissen wurden, weil Sie Norbert Hofbauer mit einer Waffe bedroht haben.«

»Ha«, lachte Ruge auf. »Und wer hat Ihnen das erzählt?«

»Frau von Ziebland.«

»Ja, die erzählt viel, wenn der Tag lang ist.« Auf seinem Gesicht lag ein bösartiges Grinsen, als er sich zurücklehnte. »Sicher hat sie Ihnen auch erzählt, was für eine maßgebliche Rolle ihr Gatte bei der Erstürmung von Sedan gespielt hat.« Er lachte gehässig. »Die Generäle von der Tann und Hartmann konnten praktisch einpacken dagegen. Und die Schlacht bei Wörth«, er lachte meckernd, »die hat er, glaub ich, auch gewonnen …« Seine Heiterkeit wollte gar kein Ende nehmen. »Wahrscheinlich hat er auch Napoleon III. entwaffnet. Wie gesagt, die alte Ziebland erzählt viel.«

»Tut mir leid«, sagte Reitmeyer kühl, »aber wir haben nicht über den Siebzigerkrieg gesprochen, sondern über Ihre lautstarken Auseinandersetzungen mit Norbert Hofbauer. Was hat Sie denn so aufgebracht, dass Sie eine Pistole auf ihn gerichtet haben?«

»Ich hab ihm sie ihm *gezeigt*, nichts weiter. Da ist wohl wieder mal die Fantasie mit der alten Hysterikerin durchgegangen.«

»Und worüber haben Sie mit Hofbauer gestritten?«

»Wir haben nicht gestritten, wir haben diskutiert. Vielleicht etwas hitzig …«

»Um welches Geld ging's dabei?«, unterbrach ihn Reitmeyer.

Ruges Frohsinn endete abrupt. Ein lauernder Ausdruck trat auf sein Habichtgesicht. »Stammt das auch von der alten Ziege?«, fragte er mit scharfem Tonfall.

»Hat Ihnen Hofbauer Geld geschuldet? Oder vielleicht … Ihrem Verband?«

»Was reden Sie da?«, fuhr Ruge auf. »Jetzt reicht's mir aber! Sie überfallen mich in meiner Wohnung und …«

»Wo bewahren Sie die Waffe auf, die Sie Hofbauer *gezeigt* haben?« Er deutete auf den Schrank hinter sich. »Vielleicht dort drin?« Er lief hinüber und riss eine breite Schublade auf. »Ah, da ist sie ja, Ihre Sammlung. Eine Parabellum und eine Nagant. Mit einer Nagant wurde auf Hofbauer geschossen. Und mit der gleichen Waffe hat man einen gewissen Manfred Sturm hingerichtet.« Er nahm die Pistole heraus und hielt sie hoch. »Schon merkwürdig, dass Sie zufällig eine Waffe des gleichen Typs besitzen.«

Ruge sprang auf. »Sind Sie verrückt geworden?«, schrie er. »Die Waffe hab ich jemandem abgekauft, der sie von der Ostfront mitgebracht hat. So eine russische Pistole haben viele. Legen Sie sie sofort wieder zurück!«

»Die stell ich erst mal sicher, bis unsere Ermittlungen zu den beiden Morden abgeschlossen sind. Nicht, dass sie noch wegkommt.«

Ruge griff nach dem Telefonhörer.

»Ihre Schlägertruppen brauchen Sie nicht zu mobilisieren«, sagte Reitmeyer gelassen. »Einen Kommissär der Kriminalpolizei anzugreifen, würde sich schlecht auszahlen für Ihre Radaubrüder.«

»Was erdreisten Sie sich!«, brüllte Ruge, während Reitmeyer seine Waffe einsteckte. »Sie können doch nicht einfach mein Eigentum konfiszieren!«

»Sie sehen doch, dass ich das kann«, erwiderte Reitmeyer und ging zur Tür. Ruge lief ihm nach, blieb aber in sicherem Abstand stehen. »Das hat ein Nachspiel«, keifte er. »Sie werden sich noch wundern.«

Reitmeyer lief die Treppe hinunter und jagte ins Präsidium zurück. Die Waffe einfach einzustecken war ein gewagtes Vorgehen, aber das Risiko nahm er bewusst in Kauf. Natürlich hätte Ruge nichts Eiligeres zu tun, als Schäfer zu alarmieren, und Schäfer würde sich bei der politischen Polizei beschweren. Doch wenn sie diese Waffe zurückforderten und auch noch dumm genug waren, dies unter viel Getöse und Drohungen zu tun, könnten im Gegenzug ein paar Fragen aufgeworfen werden, die Schäfer und Konsorten nicht angenehm wären. Und Ruge würde sich schwerer tun, die Aussagen der Generalswitwe als bloße Spinnerei einer »alten Ziege« abzutun, wenn dies im Rahmen einer Untersuchung geschähe. Natürlich war Reitmeyer nicht sicher, ob es ihm überhaupt gelingen würde, offiziell Ermittlungen gegen Ruge einzuleiten, dennoch war etwas in Bewegung gekommen im Mordfall Hofbauer. Zumindest gab es jetzt Anhaltspunkte für den Verdacht, dass sich Treu-Oberland eines oder gar zweier Mitstreiter entledigt haben könnte, die missliebig geworden waren.

Bevor er durchs Tor vor dem Hauptportal des Präsidiums fuhr, sah er den Leiter der Spurensicherung vor einem Plakat stehen, das an der Wand des gegenüberliegenden Gebäudes klebte. *Der Kampf um Bayerns Rechte, um Bayerns Staatlichkeit, muss auf dem Weg des Gesetzes und Rechts ausgefochten werden* stand dort in großen Lettern zu lesen und war von führenden Politikern der BVP, der Regierungspartei, unterschrieben.

»Jetzt fleht man die rechten Krawallmacher schon an, dass sie doch bitte keinen Putsch machen sollen«, sagte Kofler verächtlich. »Den Ministerpräsidenten hat man ja schon geopfert. Der muss zurücktreten.«

»Der Lerchenfeld tritt zurück?«, fragte Reitmeyer. »Steht das fest?«

Kofler zuckte die Achseln. »Die Bayerische Volkspartei braucht jetzt einen Mann, der sich entschlossen gegen das rote Berlin stellt. Der Lerchenfeld war ihnen viel zu lasch. Und seit man eine unappetitliche Geschichte über seine Gattin ausgegraben hat, die in einen Scheidungsprozess verwickelt gewesen sein soll, muss er gehen, wenn er seine Frau vor den Furien der rechten Presse schützen will.«

»Das ist ja ekelhaft, eine solche Erpressung.«

»Tja«, sagte Kofler und ging zum Eingang des Präsidiums hinüber. »Ich hab gehört, dass er um sein Leben fürchten muss, falls er nicht zurücktreten sollte.«

Reitmeyer folgte ihm. Er hätte Kofler gern gefragt, wie er die Lage in ihrer Behörde einschätzte. Doch der würde sich hüten, eindeutig Stellung zu beziehen, bevor nicht klar war, wer das Kräftemessen zwischen den konservativen und den radikalen Strömungen gewonnen hatte. Fest stand nur, dass die Verschärfung der Verhältnisse für Reitmeyer nicht zuträglich war, wenn er gegen Treu-Oberland ermitteln wollte. Vor einer Woche hätten ihn vielleicht noch Bedenken geplagt, welche Schwierigkeiten er sich mit seinem Vorgehen einhandeln könnte, doch nach den Vorkommnissen in Feldafing hatte er derlei Ängste weitgehend über Bord geworfen.

Als er in sein Büro trat, sprang Rattler auf. »Ich war im Hotel Continental. Der Hans Berger wohnt nicht mehr da. Aber sie schätzen, dass er wiederkommt. Weil er das schon öfter gemacht hat.« Dann fügte er hinzu: »Ach, und der Oberinspektor war da und hat das Vernehmungsprotokoll von Fritz Meixner haben wollen.«

»Und?«

»Ich hab's ihm gegeben. Ich glaub, das hängt mit dem Anwalt von Meixner zusammen. Der Herr Steiger hat gemeint, dass sich da was zusammenbraut. Und der Herr Kofler von der Spurensicherung meint das auch.«

»Das kann schon sein«, sagte Reitmeyer. »Umso wichtiger ist jetzt, dass wir uns selber ein Bild verschaffen. Ich würd mich gern mal umhören in dem Lokal gegenüber der Geschäftsstelle von Treu-Oberland. Da verkehren doch sicher viele Mitglieder von dem Verein. Ich würd gern rauskriegen, ob die was vorbereiten und demnächst tatsächlich losschlagen wollen. Vor allem mit *wem* das passieren soll. Jedenfalls kann dieser Splitterverein doch nicht allein ...« Reitmeyer brach ab, weil die Tür aufging und Klotz hereinkam.

»Ah, Reitmeyer«, sagte er beiläufig. »Nur kurz, weil ich gleich zur Versammlung der Abteilungsleiter muss, wir sprechen uns morgen in meinem Büro.«

Reitmeyer stand auf. »Ja, sicher, Herr Oberinspektor«, antwortete er verblüfft. Warum folgte kein Rüffel wegen des »Papiers«, das er hätte formulieren sollen? Und hatte sich Schäfer noch nicht beschwert? Oder war die Beschwerde bei Klotz noch nicht angekommen?

»Gleich in der Früh vor Dienstbeginn, damit wir uns nicht wieder verpassen«, fügte Klotz hinzu, bevor er wieder hinausging. »Und dann erklären Sie mir auch, was es mit dieser Pistole auf sich hat. Da scheint es zu einem ... Missverständnis gekommen zu sein?«

»Das glaube ich nicht. Dr. Arnold Ruge von Treu-Oberland hat nach Aussage von Frau von Ziebland Norbert Hofbauer damit bedroht.«

Klotz schüttelte irritiert den Kopf. »Frau von Ziebland? Die Gattin des Generals?«

»Ganz richtig. Norbert Hofbauer hat bei ihr gewohnt, weil er mit der Tochter des Generals verlobt war.«

»Mit General Zieblands Tochter?« Diese Information schien Klotz zu verwirren. Offenbar war bei der Beschwerde der Name der Generalswitwe nicht gefallen.

»Alles Nähere erkläre ich Ihnen morgen, Herr Oberinspektor.«

Immer noch kopfschüttelnd, ging Klotz hinaus. Reitmeyer setzte sich wieder. Es musste etwas anderes im Gange sein, wenn der Vorfall in Ruges Wohnung als »Missverständnis« abgetan wurde. Und das konnte nur mit Meixners Anwalt zu tun haben. Warum sonst hätte Klotz plötzlich das Vernehmungsprotokoll lesen wollen?

»Der Hofbauer hat beim General Ziebland gewohnt?«, fragte Rattler verwundert.

»Das erklär ich dir später. Ich muss jetzt ein paar Telefonate machen. Wir treffen uns heute Abend in dem Lokal. Ich komm etwas später. So gegen neun oder halb zehn.«

Reitmeyer ging in einen Vernehmungsraum, wo er ungestört telefonieren wollte. Als Erstes rief er Burkstaller an, aber der Journalist war nicht in der Redaktion. Er erreichte auch Sepp nicht, der einen Termin außerhalb seiner Kanzlei hatte.

Auf dem Weg zurück zu seinem Büro überfiel ihn mit einem Mal eine lähmende Müdigkeit. Die schlaflose Nacht in Feldafing machte sich bemerkbar. Er würde pünktlich Schluss machen und nach einem kurzen Besuch bei Caroline daheim zwei Stunden schlafen, bevor es in dieses Wirtshaus mit den Treu-Oberländern ging.

Es war das erste Mal, dass am frühen Abend im Küchentrakt der Dohmberg'schen Villa kein Licht brannte. Seit seiner Jugend besuchte er dieses Haus, und immer hatte Hildegard, die Köchin, um diese Zeit das Essen zubereitet. Daran hatten selbst der Krieg, der Zusammenbruch des Kaiserreichs und die Revolution nichts geändert. Plötzlich spürte er, wie beunruhigend es sich anfühlte, dass selbst Hildegards Regime untergehen könnte, das über alle Zeitläufte hinweg ein fester Pfeiler gewesen war. Im großen Salon war es ebenfalls dunkel, und ob Caroline zu Hause war, konnte er nur feststellen, wenn er nach hinten in den Garten ging, um zu ihrem Fenster hinaufzusehen.

Als er ums Hauseck bog, hörte er Stimmen aus dem Wintergarten, da die Terrassentür offen stand. Neben der Steinfigur, die den Treppenaufgang schmückte, blieb er stehen und spähte über die Balustrade. Carolines Bruder, wie immer in Uniform, stand an der Glastür und rauchte. Seine Freunde von der Reichswehr führten drinnen einen erregten Disput. Reitmeyer konnte nur Halbsätze verstehen. »Das lässt sich doch nicht endlos hinziehen«, sagte einer. Ein anderer meinte, dass »alles schon viel zu lang gegangen« sei. Franz winkte ab. Es sei »gefährlich«, sagte jemand, und man dürfe sich keinesfalls »hineinziehen« lassen. Als Franz sich anschickte, die Treppe hinunterzugehen, zog sich Reitmeyer schnell zurück und klingelte an der Eingangstür. Er hörte klappernde Schritte, und Caroline öffnete.

»Was ist denn los?«, fragte er. »Wo ist die Hildegard? Und die Liesl?«

»Die Hildegard ist furchtbar erkältet. Ich hab sie allerdings zwingen müssen, ins Bett zu gehen. Und damit sie auch liegen bleibt, hab ich ihr Laudanum eingeflößt. Na ja, du kennst sie ja. Für sie war Krankheit letztlich immer nur eine Form von Drückebergertum. Und der Liesl hab ich freigegeben, damit sie nach Feldafing zu Traudls Mutter fahren kann, die ja sonst niemanden mehr hat.«

»Du hast aber nichts von unserem Verdacht gesagt?«

»Natürlich nicht. Für sie war es ein Unfall.«

Caroline schloss die Tür hinter ihm, und Reitmeyer deutete auf den Eingang zum Wintergarten. Caroline nickte und verdrehte die Augen.

»Die sind schon seit fünf da«, sagte sie leise. »Offenbar gibt's Probleme.« Sie nahm seine Hand und zog ihn die Treppe hinauf. »Ich hab gerade Kaffee gemacht. Den trinken wir in meinem Zimmer. In der Küche ist es zu kalt, wenn der Herd aus ist.«

»Meinst du nicht, dass Hildegard die Arbeit langsam zu viel werden könnte?«, fragte Reitmeyer, als sie in Carolines Zimmer traten. »Sie ist schließlich auch nicht mehr die Jüngste.«

»Ach Gott, das haben wir schon oft besprochen. Aber sie weigert sich standhaft, zu ihrem Neffen zu ziehen, obwohl Sepp ihr das schon tausend Mal angeboten hat. Und irgendwie versteh ich das auch, weil sie es eben gewohnt ist, ein großes Haus zu führen.« Sie lachte bitter auf. »Obwohl das Haus inzwischen beträchtlich an Glanz verloren hat.«

Caroline setzte sich aufs Bett, und Reitmeyer ließ sich auf dem Sofa nieder. »Übrigens hab ich den Sepp vorhin angerufen«, fuhr Caroline fort, »weil ich wissen wollte, ob er sich das erklären kann.«

Reitmeyer sah sie fragend an.

»Die da unten im Wintergarten führen schon die ganze Zeit erregte Diskussionen. Als ich in der Diele stand, hab ich gehört, dass einer der Militärs Bedenken hat, weil es ›Hochverrat‹ sein könnte.«

»Was?«

»Das weiß ich nicht. Deshalb hab ich Sepp gefragt, ob er sich einen Reim drauf machen kann. Ich meine, bei Hochverrat müsste doch eine ausländische Macht im Spiel sein. Sepp meinte, in dem Zusammenhang falle ihm nur Sowjetrussland ein. Weil es da Kontakte gebe, um Deutschland illegal wieder aufzurüsten.«

»Davon hat man schon vor zwei Jahren gehört. Aber das muss man doch bestenfalls vor den Alliierten verheimlichen, ansonsten läuft das doch alles mit Billigung der höchsten deutschen Stellen, auch wenn man es nicht an die große Glocke hängt.«

»Das Gleiche hat Sepp auch gesagt. Aber irgendwas muss die Freunde von Franz beunruhigen.«

»Tja, leider können wir sie nicht fragen.«

Caroline schenkte Kaffee ein, den Reitmeyer mit ein paar Schlucken hinunterstützte. Dann streckte er sich auf dem Sofa aus. »Ich könnte sofort in Tiefschlaf fallen, noch bevor ich die Augen zumach.«

»Dann schlaf doch eine Weile im Bett.«

»Ich muss noch zu einem Termin in einem Lokal und mich vorher zu Hause umziehen.«

»Ich finde, wir brauchen einen Ort, wo wir zusammen sein können«, sagte Caroline. »Ich hab auch schon was an der Hand. Ein kleines Haus am Englischen Garten, das Freunden von mir gehört, die in Italien sind. Da könnten wir eine Weile wohnen. Wenn Hildegard wieder gesund ist.«

»Weiß denn die Hildegard über uns Bescheid?«

»Ich hab noch nichts gesagt. Ich hab im Moment einfach keine Lust auf Erklärungen.« Sie setzte sich auf den Boden und nahm seine Hand. »Ich möchte unsere Beziehung noch eine Weile in aller Heimlichkeit genießen.«

»Mir geht's genauso. Wenn ich an meine Tante denk …« Er lachte leise. »Wahrscheinlich würde sie als Erstes fragen, ob wir heiraten müssen.«

Caroline drückte seine Hand an ihre Wange. »Du wirst mich doch hoffentlich nicht entehrt sitzenlassen?«

»Bist du sicher, dass ich kein solcher Hallodri bin?«

»Sicher kann sich ein Mädchen nie sein. Das hat mir meine Großmutter, die Rätin, eingeschärft.«

Sie lachten.

Reitmeyer blieb noch eine Weile liegen, dann rappelte er sich mühsam hoch und hoffte, der Kaffee, den Caroline nachgeschenkt hatte, täte seine Wirkung. »Ich muss jetzt los«, seufzte er. »Ich ruf dich morgen an. Heut Abend wird's vielleicht spät.«

»Ich bin auch ziemlich fertig und leg mich hin. Ach, übrigens, der Sepp hat gesagt, dass er nach Berlin fahren will. Vielleicht heut Abend schon. Aber er meldet sich vorher noch bei dir.«

»Ja, gut.«

Sie küssten sich zum Abschied. Als Reitmeyer die Zimmertür aufmachte, stand Herr von Dohmberg auf dem Treppenabsatz und sah ihn entgeistert an. Seine Verblüffung ging allerdings sehr schnell in Entrüstung über. »Was suchen Sie im Schlafzimmer meiner Tochter?«, dröhnte er. »So ein Verhalten dulde ich nicht in meinem Haus!«

Reitmeyer drehte sich zu Caroline um, die an der offenen Tür stand. »Ähm …«

»Vater!«, rief Caroline aufgebracht. »Was soll der Blödsinn? Wir sind hier nicht in der Operette!«

»Ich verbitte mir diesen Ton!«, rief Herr von Dohmberg
und richtete sich auf, während seine Brillengläser gefährlich
blitzten.

»Und ich verbitte mir, von dir behandelt zu werden, als
wäre ich ein Schulmädchen«, erwiderte Caroline scharf. »Im
Übrigen darf ich dich darauf hinweisen, dass das nicht *dein*
Haus ist.«

Herr von Dohmberg zuckte zurück, als hätte ihn ein Schlag
getroffen. Reitmeyer hatte fast Mitleid mit ihm. Der lächerliche Angriff auf den Besucher seiner Tochter war wohl eher
Ausdruck seiner Empörung, dass er gegen die Freunde seines
Sohnes nichts ausrichten konnte, die sich im Haus breitge-
macht hatten. Aber dennoch hatte Caroline etwas ausge-
sprochen, was nicht gesagt werden durfte: Dass Ludwig von
Dohmberg noch nie »Herr« in seinem Haus gewesen war, weil
es von Rechts wegen nicht ihm, sondern seinen Kindern gehörte.

Reitmeyer sah ihm nach, wie er sich abrupt umdrehte und
mit eingezogenen Schultern die Treppe hinunterging. Das Verhältnis zu seiner Tochter, das schon seit Langem nicht mehr
das beste gewesen war, war nun vermutlich vollkommen zer-
rüttet.

»Vater!«, rief Caroline noch einmal. Aber Ludwig von
Dohmberg wandte sich nicht um, sondern verschwand im
Speisezimmer.

26

Rattler betrachtete die Schaukästen vor dem Kino am Sendlinger-Tor-Platz. Er selbst hätte sich diesen Film nicht ausgesucht, auch wenn die beiden Hauptdarsteller zu den absoluten Lieblingen des deutschen Kinopublikums zählten. Aber Larissa hatte sich zu keinem Detektivfilm überreden lassen, sondern wollte unbedingt *Anna Boleyn* sehen. Lothar hatte ihm geraten, die Sache einfach zu schlucken, da ihre Auswahl zeigte, dass selbst Naturwissenschaftlerinnen in Fragen des Filmgeschmacks eben auch nur Frauen seien, und die schwärmten für Henny Porten. Das müsse man so hinnehmen. Da könne man nichts machen.

Er drehte sich um und blickte zur Sonnenstraße hinüber, da sah er Larissa neben einem Auto stehen und durchs Fenster mit dem Fahrer reden. Als sie sich einen Augenblick später ebenfalls umdrehte und ihn vor dem Kino entdeckte, beendete sie die Unterhaltung sofort und kam auf ihn zu. Er würde sie nicht ansprechen darauf, weil er inzwischen wusste, dass sie zuweilen gar keine Antwort gab auf bestimmte Fragen oder schlichtweg die Unwahrheit sagte, wie damals, nachdem sie sich vor ihrem Haus mit einem Autofahrer unterhalten hatte. Und was ihren Aufenthalt in München vor dem Krieg anbelangte, hatte sie eindeutig gelogen. Sie war vor 1914 ganze zwei Jahre an der hiesigen Universität eingeschrieben gewesen, zumindest hatte er das nach einem Anruf bei der Immatrikulationsstelle erfahren. Aber warum machte sie so ein Geheimnis daraus? Was wollte sie unbedingt verbergen?

»Ich hab die Karten schon gekauft«, sagte er, als sie bei ihm angekommen war.

»Sehr gut«, erwiderte sie und schenkte ihm ihr unwiderstehliches Lächeln. »Dann gehen wir rein. Es fängt ohnehin gleich an.« Sie nahm seinen Arm.

Er sog ihren Duft ein, der ihn an sommerliche Wiesen erinnerte, und schob das unangenehme Gefühl beiseite, dass es mit ihrer Freundschaft nicht allzu weit her sein konnte, wenn sie ihm so wenig vertraute. Aber das würde sich ändern, sagte er sich, sobald sie sich noch besser kennenlernten. Als Erstes würde er ihr zeigen, dass er nicht kleinlich war, wenn sie sich verrannt hatte. Sie hatte sich diesen Adler in Giesing angesehen, aber er würde sie nicht zwingen zuzugeben, dass dieser Kerl niemals ihr Vergewaltiger gewesen sein konnte. Er würde über ihre Verbohrtheit einfach hinwegsehen. In dieser Haltung hatte ihn auch Lothar bestärkt, der meinte, dass es Frauen wenig einnehmend fänden, wenn man ihnen mit Sätzen wie »ich hab's dir ja gesagt« kam. Er solle sich lieber großzügig zeigen, das wirke auf jeden Fall attraktiver als Rechthaberei.

Die Lichter waren schon ausgegangen, als sie in den Kinosaal traten, und die Platzanweiserin ging mit der Taschenlampe voraus, um sie zu ihren Sitzen zu geleiten. Larissa lehnte sich zurück und schien von dem Geschehen auf der Leinwand sofort fasziniert zu sein. Ihn riss die Handlung weniger mit: Ein englischer König, ein fetter, alter Sack, ließ seine junge Frau enthaupten, weil sie ihn angeblich betrogen hatte. Larissa hingegen war so gefesselt, dass sie bei der Szene, in der Anna Boleyn ihren schwarz vermummten Henker erblickt, seine Hand nahm und fest drückte. Ihm selbst ging diese Henny Porten, die ständig händeringend und mit aufgerissenen Augen herumrannte, furchtbar auf die Nerven.

Als nach mehr als zwei geschlagenen Stunden das Licht endlich wieder anging, wurde es allerdings noch schwieriger, weil sie jetzt wissen wollte, wie ihm der Film gefallen habe. Er versuchte, sich herauszureden, und meinte, dass die Turnierszenen unglaubwürdig gewesen seien, weil echte Ritter mit ihren Lanzen nicht so ziellos in der Luft herumgestochert hätten beim Wettkampf. Aber das schien sie nicht zu interessieren. Viel interessanter fand sie die Sache mit dem Scharfrichter, den Heinrich VIII. extra aus Frankreich habe kommen lassen, damit er seine Gattin fachgerecht ins Jenseits beförderte. Das sei ein völlig »pervertierter« Liebesbeweis gewesen! Das habe überhaupt nichts zu tun mit Liebe. Er verstand nicht, warum sie sich darüber so aufregte. Für ihn war dieser ganze Historienschinken ein Graus gewesen. Ihm fiel dazu bloß ein, dass man von Glück sagen könne, dass solche Typen wie dieser Heinrich heutzutage nicht mehr vorkämen. Er merkte natürlich, dass sie die Antwort ziemlich matt fand und dass er nachlegen musste. Doch auf die Schnelle fiel ihm nichts Besseres ein als ein Satz, mit dem er früher ab und an Eindruck gemacht hatte.

»Tja«, sagte er. »Dennoch ist nichts belehrender in der Geschichte der Menschheit als die Annalen ihrer Verfehlungen.«

»Schön wär's«, erwiderte sie knapp. »Lernt man solche Weisheiten auf der Polizeischule?«

»Nein. Das ist Schiller.«

»Aha«, sagte sie. »Großweisheit von Großschriftsteller.«

Inzwischen standen sie vor dem Kino, und er wusste nicht, was er tun konnte, um die angespannte Stimmung aufzulösen. Er ging zu seinem Rad.

»Ach komm«, sagte sie plötzlich. »Lass uns noch was trinken irgendwo.«

Er sah sie an. Offenbar wollte sie wieder gut Wetter machen, obwohl ihr Lächeln etwas gezwungen wirkte. »Tut mir leid«, erwiderte er. »Aber heut Abend kann ich nicht, weil ich noch zu einem Termin in einem Lokal muss.«

»Dann begleite ich dich eben.«

»Das geht nicht, weil …«

»Weil du mit deinem Kommissär verabredet bist?« Auf ihrer Stirn stand eine steile Falte, die er noch nie gesehen hatte.

»Wir müssen was überprüfen. Aber ich kann dich vorher noch nach Haus begleiten.«

»Lass nur«, sagte sie scheinbar leichthin. Ihr Lächeln wirkte jetzt noch angestrengter. »Ich geh allein nach Hause.« Sie wandte sich halb ab. »Wir sehen uns dann morgen.«

»Ich geh da auch hin«, sagte er schnell, »weil sich in dem Lokal ehemalige Freikorpskämpfer treffen. Ich hab nicht vergessen, was ich dir versprochen hab.«

Sie drehte sich wieder um und sah ihn ernst an. »Ich kann mich wirklich auf dich verlassen?«, fragte sie.

»Na klar. Ich hab's dir doch versprochen. Ich find den Kerl.«

Sie nickte und sah plötzlich ganz verloren aus, wie sie vor dem Kino stand. Er hätte sie gern in die Arme geschlossen, um ihr zu zeigen, dass sie nicht allein war, dass er immer an ihrer Seite stehen und sie nie im Stich lassen würde. Aber er traute sich nicht. Zumindest jetzt noch nicht. Dennoch war er erleichtert, als er sich aufs Rad schwang. Die kleine Disharmonie hatte ihrer Freundschaft nichts anhaben können. Larissa litt an Stimmungsschwankungen, und das war nur verständlich, wenn man bedachte, was ihr widerfahren war. Und deshalb wich sie aus, wollte nicht sprechen über bestimmte Dinge oder sagte zuweilen auch die Unwahrheit. Es musste irgendwas geschehen sein während ihrer Studienzeit in München. Vielleicht etwas Beschämendes?

Plötzlich überschwemmten ihn wieder die Bilder des Vorfalls in diesem Giesinger Lokal. Darüber könnte er auch nie mit jemandem sprechen. Sein Leben lang nicht.

Es herrschte lautes Stimmengewirr in dem Lokal, als er eintrat. Durch die Schwaden aus grauem Rauch erkannte er, dass alle Tische dicht besetzt waren. Eine stämmige Bedienung brachte dampfende Teller zu den Gästen, eine andere schleppte Krüge mit Bier herbei. Reitmeyer stand neben der Theke und winkte ihm zu.

»Hier sieht's eher nach einer Feier als nach der Vorbereitung für einen Umsturz aus«, sagte Rattler.

»Tja, ich weiß nicht.« Reitmeyer zuckte die Achseln. »Ich

bin auch erst gerad gekommen. Wir müssen warten, bis alle bedient sind, dann wird's vielleicht ruhiger. Willst du ein Bier? Komm, wir setzen uns ans Ende der Theke.«

Rattler nickte. »Ich komm gerad aus dem Kino. Ein Historienfilm.«

»Ah, Emil Jannings und Henny Porten?«

»Haben Sie den Film auch gesehen?«, fragte Rattler überrascht. »*Anna Boleyn*?«

Reitmeyer schüttelte den Kopf. »*Das Weib des Pharao*. Das war ein Geschenk für meine Tante. Die schwärmt für Henny Porten.«

»Meine Kusine auch. Aber die ägyptischen Bauten sollen doch sehr beeindruckend gewesen sein, hab ich gelesen.«

»Die Bauten vielleicht schon.«

Als sie sich setzten, machte der Wirt eine Geste, dass er gleich bei ihnen wäre. Rattler sah den Bedienungen nach, die immer noch Teller zu den Tischen brachten. Er hatte seit dem Mittag nichts mehr gegessen und spürte ein Ziehen im Magen.

»Willst du was?«, fragte Reitmeyer. »Ich lad dich ein.«

»Möchten Sie nix?«

»Ich ess bloß Sachen, von denen ich weiß, was es ist. Bei dem Gulasch bin ich vorsichtig.«

»Mir ist bloß wichtig, dass es frisch ist«, erwiderte Rattler grinsend. »Egal ob Ratz oder Katz.«

Der Wirt entschuldigte sich, als er endlich vom Bierzapfen zu ihnen kam. »Sie sehen ja selber, was hier los ist.«

»Macht nix«, sagte Reitmeyer. »Sie sind wahrscheinlich froh, dass Sie ein gutes Geschäft machen. Das ist ja nicht überall so.«

»Ja, ich hab Glück, dass die Oberländer ihre Geschäftsstelle bei uns hier aufgemacht haben. Seitdem kann ich nicht klagen.«

»Gibt's denn was zu feiern?«, fragte Reitmeyer und machte mit dem Kopf ein Zeichen auf das vollbesetzte Lokal.

Der Wirt zuckte die Achseln. »Die mieten oft unser Nebenzimmer. Und heut hat einer über die Schwarzhemden in Italien geredet, glaub ich. Sie wissen schon, die einen Marsch auf Rom machen wollen.«

»Ach wirklich? Davon hab ich noch nichts gehört.«

»Ich kenn mich da auch nicht aus. Ich halt mich raus aus der Politik, verstehen S'. Ich servier Essen und Trinken und damit hat sich's.«

»Ja, wollen die vielleicht auch so einen Marsch machen? Auf Berlin?«

Der Wirt machte eine bedauernde Geste. »Keine Ahnung. Was darf ich Ihnen bringen?«

»Zwei Bier und einmal Essen.«

»Ich hab auch bloß noch eine kleine Portion Rindsgulasch.«

»Das ist Rind?«, fragte Rattler.

Der Wirt beugte sich näher und lächelte verschwörerisch. »1a Rindfleisch. Ich hab meine Verbindungen. Deswegen kann man's auch zahlen.«

»Bis mein Essen kommt, schau ich mir mal das Nebenzimmer an«, sagte Rattler und stand auf.

Reitmeyer nickte.

Im Nebenzimmer war niemand außer einem jüngeren Menschen, der Plakate von der Wand nahm und einrollte. Ein großes Plakat hing noch an der Stirnseite des Raumes, das einen blonden Mann zeigte. Sein Gesicht sah wie gemeißelt aus, und er blickte herrisch in die Ferne. An seinem Hemd prangte ein großer Orden. Ein Adler aus Metall, dessen Kopf nach rechts gewendet war. Über die Brust des Adlers zog sich ein Halbmond, von einem Kreuz gekrönt, und in den Fängen hielt er ein Band, auf dem »für Schlesien« stand.

»Für was hat man diese Auszeichnung bekommen?«, fragte Rattler den Mann, der die eingerollten Plakate in eine Kiste stellte. »Wissen Sie das?«

Der Mann drehte sich um. »Meinen Sie den schlesischen Adler? Zwischen 18 und 19 hat den jeder gekriegt, der an der

Verteidigung der schlesischen Heimat beteiligt war. Ab 1919 sollte damit Schluss sein.«

»Aha.«

»Aber 21, nach den polnischen Aufständen, wurde er wieder verliehen. Dann gab es auch Erweiterungen mit Schwertern und Eichenlaub, und so sind insgesamt acht Stufen entstanden.«

Rattler wusste nicht viel über die Kämpfe der Freikorps im Osten, die sich gegen die Abtrennung Oberschlesiens vom Reich wehrten. »Der Orden macht was her«, sagte er. »Auf jeden Fall mehr als mein Verwundetenabzeichen in Schwarz.«

»Du warst an der Front, Kamerad?«

»Westfront. An der Somme.«

Das Gesicht seines Gegenübers schien aufzuleuchten. »Dann solltest du bei uns mitmachen. Da gibt's bald wieder Gelegenheit, sich auszuzeichnen.«

»Ah, wirklich? Bald schon?«

Ein Lächeln strich über das Gesicht des Mannes. »Komm einfach in unsere Geschäftsstelle gegenüber. Da erfährst du alles Nähere.«

»Ich überleg's mir«, erwiderte Rattler und wandte sich ab. Der Kerl war natürlich nicht so blöd, ihm zu verraten, wann losgeschlagen werden sollte. Und in die Geschäftsstelle konnte er auch nicht gehen, weil man ihn dort als Polizisten kannte. Er spazierte zur Theke zurück, wo sein Essen bereits aufgetragen worden war. Reitmeyer unterhielt sich mit einem Gast, der sich ebenfalls an die Theke gesetzt hatte.

»Und?«, fragte Reitmeyer.

Rattler zuckte die Achseln. »Nix.«

Reitmeyer nahm einen Schluck Bier. »Ich hab auch nix erfahren. Es ist doch wirklich ärgerlich. Mir ist aus verschiedenen Quellen zu Ohren gekommen, dass die Sache angeblich immer wieder verschoben wird. Aber warum? Und stimmt das überhaupt?«

»Tja, die Kerle an den Tischen, die wüssten das vielleicht. Wir könnten sie ja fragen.«

»Ach, Schmarrn«, erwiderte Reitmeyer gereizt.

Rattler machte sich über sein Gulasch her. Der Wirt hatte es gut gemeint mit ihm, jedenfalls konnte man die Portion nicht als klein bezeichnen. »Schmeckt wirklich gut«, sagte er mit vollem Mund und zerdrückte die Kartoffeln in der Soße. »Wirklich empfehlenswert.«

»Dann lass es dir nur schmecken«, sagte Reitmeyer und trank sein Bier aus. »Sei mir nicht bös«, fügte er hinzu. »Aber ich bin total erledigt und muss mich endlich hinlegen. Ich zahl noch schnell und mach mich auf die Socken.«

»Ist gut. Ich geh dann auch, wenn ich fertig bin.«

Reitmeyer klopfte ihm auf die Schulter. »Also, bis morgen dann.«

Rattler lehnte sich zurück, nachdem er die letzten Reste seines Gulaschs mit einem Stück Brot aufgetrunken hatte. »Das war sehr gut«, sagte er zu dem Wirt, als der den Teller wegräumte.

»Was hab ich g'sagt?«, erwiderte der Wirt im Weggehen.

Rattler blieb noch einen Moment sitzen, um sein Bier auszutrinken, und ließ den Blick über die vollbesetzten Tische mit den lärmenden angetrunkenen Männern gleiten. Jetzt nachzufragen, ob jemand einen Menschen namens Adler kannte, war wenig aussichtsreich. Dafür müsste er morgen noch einmal herkommen. Aber er brauchte einen Erfolg. Wenn möglich einen schnellen. Larissa wirkte angeschlagen, war nervös und reizbar. Womöglich ging sie fort, wenn sich nichts tat. Bei dem Gedanken blieb ihm fast das Herz stehen. Das musste er verhindern. Unbedingt. Plötzlich stürzte eine ganze Flut von Ängsten auf ihn ein. Wenn er den Kerl gefunden hatte, wäre noch lange nichts gewonnen. Es war höchst fraglich, ob dieser Mensch dann auch verurteilt würde. Doch wie würde sie reagieren, wenn sie erkennen müsste, dass es keine Gerechtigkeit gab für sie? Was würde er dann tun? Wie könnte er sie dann zurückhalten, aus München wegzugehen? Er schaffte es kaum, die verzagten Gedanken einzudämmen. Schritt für Schritt, befahl er sich. Das Weitere würde sich dann zeigen.

Er stand auf. Bevor er das Lokal verließ, warf er noch einmal einen Blick ins Nebenzimmer. Das große Plakat hing noch immer an der Stirnwand. Als Rattler näher trat, begann es in seinem Hinterkopf zu arbeiten. Auch wenn praktisch alle Schlesienkämpfer diesen Orden bekommen hatten, waren es sicher nur wenige gewesen, denen mehrere »Stufen« dieser Auszeichnung verliehen worden waren. Das könnte er den Menschen fragen, der die Plakate abgenommen hatte. Der schien sich auszukennen. Er ging in den Gastraum zurück und sah sich um, doch der Mann war offenbar schon gegangen. Aber vielleicht wusste der Wirt Bescheid. Er ging zur Theke. Der Wirt war mit Bierzapfen beschäftigt und blickte nur kurz auf.

»Sagen Sie«, fragte Rattler. »Kennen Sie unter den Gästen hier Leute, die mehrfach den schlesischen Adler bekommen haben?«

»Da müssen S' jemand anderen fragen. Ich selber hab's nicht so mit Orden und Lametta. Aber es gibt schon Kerle, die sich furchtbar viel einbilden drauf. Zu einem hams sogar immer ›der Adler‹ g'sagt, glaub ich, weil der drei oder vier g'habt hat.«

Rattler war plötzlich wie elektrisiert. »Sie meinen ... das ist so eine Art ... Spitznamen gewesen?«

Der Wirt zuckte die Achseln. »Wie der wirklich g'heißen hat, ist mir unbekannt.«

Rattler drehte sich um und blickte auf die Tische mit den inzwischen stark alkoholisierten Männern. Er würde lieber morgen noch einmal herkommen. »Ist mittags auch was los bei Ihnen?«, fragte er den Wirt.

Der nickte. »Nicht so viel wie jetzt, aber ein paar von denen sind immer da.«

27

Reitmeyer hetzte über den Stachus, um sich vor Dienstbeginn noch schnell eine Ausgabe von Burkstallers Zeitung zu besorgen, bevor er den Oberinspektor traf. Falls der Journalist den Artikel tatsächlich geschrieben hatte, wollte er gewappnet sein für die anschließende Unterredung. Vor dem Kiosk nahm er nicht nur den *Kampf* aus dem Ständer, sondern auch eine *Münchner Neueste Nachrichten*, damit es weniger auffiel, wenn er das linksradikale Blatt kaufte. Noch dazu ausgerechnet heute.

»Und zwei Zigarillos, wie immer, Herr Kommissär?«, fragte der Kioskbesitzer, als er das Geld auf den Tresen legte.

»Nein, ich hab's gerad eilig«, erwiderte Reitmeyer und zog sich unter die Bäume neben dem Verkaufsstand zurück, wo er Burkstallers Blatt aufschlug.

Auf der Titelseite stand der Artikel nicht. Er blätterte die ganze Zeitung durch, bis er ihn schließlich auf der letzten fand. »Erneute Putschgefahr?« hieß die Überschrift. Burkstaller holte am Anfang etwas aus. Er beschrieb die Situation im letzten Sommer, als die rechten Verbände zu Tausenden am Königsplatz aufmarschiert waren und jeder geglaubt hatte, dies sei der Auftakt für den lang beschworenen Umsturz. Doch dann sei nichts passiert. Dass die gewaltige Truppenschau der Nationalen sich so vollkommen sang- und klanglos aufgelöst hatte, sei aber nicht nur für das staunende Publikum verwunderlich gewesen, sondern in erster Linie für die Teilnehmer, die ihrer Enttäuschung dadurch Luft gemacht hätten, dass sie am Bahnhof vor der Heimfahrt ins bayerische Oberland harmlose Passanten verprügelt hätten.

Danach sei scheinbar Ruhe eingetreten, obwohl die Gerüchte, es werde erneut zum Aufstand geblasen, nie abgerissen seien. Gleichzeitig beobachte man, dass die großen Verbände vom Spaltpilz zersetzt würden. Was dazu geführt habe, dass sich neuerdings selbst kleinste Gruppierungen zur Rettung Deutschlands berufen fühlten. Gingen sie etwa davon aus, die schwache Kampfstärke durch immense Geldmittel ausgleichen zu können? »Wer sind die nationalen Kräfte, die plötzlich die Spendierhosen angezogen haben? Wer versorgt einen unbedeutenden Splitterverein sogar mit Dollars, wie man hört?«

Den letzten Absatz, wo Burkstaller Reichswehr und Polizei daran erinnerte, sie hätten einen Eid auf die Verfassung geschworen und müssten derlei Umtrieben entgegentreten, überflog Reitmeyer nur noch. Er nahm sein Rad und fuhr ins Präsidium. Der Hinweis auf das Geld hätte seiner Meinung nach durchaus schärfer ausfallen können. Aber die Redakteure hatten wahrscheinlich keine Lust, sich noch mehr in die Nesseln zu setzen. Was man ihnen schlecht vorwerfen konnte, da ihre gesamte Existenz auf dem Spiel stand, wenn ihr Blatt erneut monatelang verboten wurde.

Reitmeyer stellte sein Rad vor dem Haupteingang ab und rannte die Treppe hinauf.

»Herr Kommissär!«, rief Brunner und humpelte aus seinem Büro. »Der Herr Oberinspektor lässt Ihnen ausrichten, dass er wegg'rufen worden ist. Er gibt Ihnen Bescheid, wenn er wieder zurück ist.«

»Wer hat ihn weggerufen?«

»Das hat er nicht g'sagt.«

Reitmeyer nickte. Er konnte sich schon denken, wer ihn plötzlich so dringend sprechen wollte. Wahrscheinlich herrschte nach Burkstallers Artikel ziemliche Aufregung bei den »Politischen«. Er lief schnell in sein Büro, weil dort das Telefon klingelte.

Als er abnahm, meldete sich Brigitte Leupold.

»Hat sich Herr Berger bei Ihnen gemeldet?«, fragte er überrascht.

»Nein«, antwortete Brigitte schniefend. »Aber er is g'sehen worden. Und ich hab mir gedacht …«

»Das war ganz richtig, dass Sie sich an mich gewendet haben«, beruhigte Reitmeyer die Frau. »Wer hat ihn denn gesehen?«

»Eine Bekannte von mir. Vorm Hofgarten-Café, nicht allein, sondern mit anderen Herrn. Und jetzt weiß ich nicht …« Sie schluchzte auf.

Reitmeyer schwieg einen Moment. Wie sollte er ihr erklären, dass sich Berger noch nie für sie interessiert hatte. »Tja, verstehen Sie, Fräulein Leupold«, sagte er bedauernd. »Ich weiß leider im Moment auch nicht, was das zu bedeuten hat. Aber rufen Sie mich jederzeit wieder an, wenn Sie etwas erfahren. Oder falls er sich bei Ihnen meldet.«

Sie bedankte sich niedergeschlagen und legte auf.

»Wo ist der Rattler?«, fragte er Steiger, der zur Tür hereinkam.

»In der Spurensicherung. Der Kofler hat ihn gebraucht.«

»Geht das schon wieder los? Ich hab gedacht, es war ausgemacht, dass er die Woche bei uns ist?«

»Es ist bloß eine Ausnahme, hat der Kofler gemeint. Ansonsten bleibt alles beim Alten.«

»Ja, Herrschaftszeiten!«, rief Reitmeyer ärgerlich. »Das ist doch genauso wie immer. Da hat's auch immer geheißen, es sei bloß eine Ausnahme, und wir haben nie richtig planen können …« Er brach ab, weil das Telefon klingelte.

Steiger nahm ab. »Ich richt's ihm aus, Herr Oberinspektor.« Er legte auf. »Du sollst zu ihm rüberkommen.«

Klotz saß an seinem Schreibtisch, als Reitmeyer eintrat. Er hatte die Arme aufgestützt und rieb sich die Schläfen mit den Fingerspitzen, als hätte er Kopfschmerzen. Oder überlegte er bloß angestrengt, dachte Reitmeyer, wie er seinem Kommissär die Anweisungen der politischen Polizei übersetzen sollte. Er setzte sich, nachdem Klotz ein Zeichen auf den Besucher-

stuhl gemacht hatte, und ließ den Blick über den Zeitungs-
stapel schweifen, den sein Vorgesetzter täglich durchforstete.
Burkstallers *Kampf* lag zuoberst. Reitmeyer spürte, wie sein
Puls schneller ging. Was war ihnen eingefallen, um ihn zu hindern, Treu-Oberland unter die Lupe zu nehmen?

Klotz nahm die Brille ab und putzte sie umständlich.
»Nochmal zu der Sache mit der Pistole«, begann er, ohne aufzublicken. »Herr Dr. Ruge hat sich bei mir beschwert und for-
dert die sofortige Rückgabe seiner Waffe, die sie ihm ›geraubt‹
haben, wie er sich ausgedrückt hat.«

»Ich habe sie sichergestellt. Dr. Ruge hat damit nach Aussage von Frau von Ziebland bei einem Streit Norbert Hofbauer
bedroht. Es sei schon vorher zu solchen Streitigkeiten gekommen, deshalb hat ihm die Dame auch Hausverbot erteilt.«

»Wäre Frau von Ziebland denn zu einer Gegenüberstellung
bereit und würde ihre Aussage wiederholen?«

»Davon gehe ich aus. Sie war sogar der Meinung, dass Dr.
Ruge für den Tod von Hofbauer verantwortlich sei.«

»Tja«, erwiderte Klotz und setzte seine Brille wieder auf.
»Das ist eine schwere Anschuldigung, die man nicht einfach
übergehen kann. Vor allem, nachdem es früher schon zu Ani-
mositäten zwischen Ruge und Hofbauer gekommen ist. Dann
müssen Sie der Sache natürlich nachgehen. Laden Sie die Frau
Generalin und Ruge eben vor, wenn Sie das für richtig halten.«

Reitmeyer glaubte im ersten Moment, nicht richtig gehört zu haben, begriff aber sofort, worauf Klotz hinauswollte.
Ruge hatte Streit mit Hofbauer gehabt. Der Mann war verdächtig. Deshalb würde man ermitteln. Rauskommen würde
dabei nichts. Die Frau hatte keinerlei Beweise, dass Ruge der
Attentäter war. Aber niemand könnte der Polizei vorwerfen,
gegen bestimmte Leute nicht vorzugehen und ihre Aufgaben
zu vernachlässigen.

»Frau von Ziebland hat zudem ausgesagt, dass Ruge Hofbauer massive Vorhaltungen gemacht habe. Wegen Geld.«

Klotz zog die Augenbrauen hoch. »Hat Hofbauer ihm Geld geschuldet?«

»Möglicherweise weniger ihm als seinem Verband.«

Ein wissendes Lächeln spielte um den Mund des Oberinspektors. Dann griff er nach der Zeitung, die auf dem Stapel lag. »Haben Sie zufällig den Artikel in diesem linksradikalen Schmierblatt gelesen?«

»Ein Mann hat heute Morgen vor dem Zeitungsstand darüber gesprochen. Allerdings ist mir die Sache mit dem Geld bereits durch die Aussage von Fritz Meixner bekannt. Auch wenn der Leiter von Treu-Oberland abgestritten hat, dass ihnen Dollars unterschlagen worden seien.«

Klotz hob abwehrend die Hände. »Jetzt mal langsam. Wir sollten uns in erster Linie vor Kurzschlüssen hüten und keine Zusammenhänge konstruieren, wo es keine gibt. Es ist eine Sache, wenn dieses bolschewistische Krawallblatt aufgrund von Gerüchten haltlose Vermutungen anstellt. Aber eine ganz andere, woher Hofbauer die fünfhundert Dollar hatte, die man bei ihm fand. Haben Sie nicht selbst gesagt, sie stammten von einer wohlhabenden Auftraggeberin?«

Als Reitmeyer widersprechen wollte, hob Klotz erneut die Hand.

»Und über welches Geld sich Ruge mit Hofbauer gestritten hat, wissen wir überhaupt nicht«, fuhr er fort. »Jedenfalls gilt es, diese drei Dinge sauber zu trennen.« Klotz lehnte sich zurück und lächelte befriedigt, als erwarte er, dass man ihm wegen so viel Scharfsinn applaudierte.

»Ihre Einschätzung der Sachlage«, begann Reitmeyer vorsichtig, »ist natürlich ... interessant.« Vor allem entsprach sie den Gepflogenheiten in ihrer Behörde, wollte er hinzufügen. Auf die Art wurde immer schon verhindert, Zusammenhänge aufzudecken, die unbedingt verschleiert werden sollten. »Dennoch möchte ich noch einmal auf die Aussage von Fritz Meixner zurückkommen. Er hat ...«

»Ich habe seine Aussage selbst gelesen«, unterbrach ihn Klotz. »Leider will er die nicht mehr aufrechterhalten.«

»Was soll das heißen?«

»Er hat sie zurückgezogen. Das habe ich gerade eben vom Staatsanwalt erfahren.«

Reitmeyer schüttelte den Kopf. »Aber wieso ...«

Klotz winkte ab. »Wie es aussieht, ist er von den Anschuldigungen gegenüber seinem Verband abgerückt. Wer weiß, vielleicht waren die Anwürfe auch nur seiner Enttäuschung geschuldet, dass er nicht die Position erreicht hat, die ihm seiner Meinung nach zugestanden hätte. Sie wissen ja von seinen Auszeichnungen. Das hat vermutlich an ihm genagt.«

»Ich versteh nicht, was seine Auszeichnungen damit zu tun haben sollen. Es gab Differenzen wegen der politischen Ausrichtung, das hat er ausführlich dargelegt. Aber im Kern ging's bei seiner Aussage doch um dieses Geld. Dass man behauptet hat, er habe es an sich genommen. Und dass man ihn deswegen bedroht hat.«

Erneut strich ein Lächeln über das Gesicht des Oberinspektors. Reitmeyer fand, dass er heute überhaupt mehr lächelte als sonst im ganzen Monat. Was irritierender wirkte als seine üblicherweise grimmige Miene.

»Ja nun, mein lieber Reitmeyer«, sagte Klotz. »An der Stelle wird's leider heikel für Sie. Und ich gebe jetzt nur wieder, was sein Anwalt zum Staatsanwalt gesagt hat. Meixner behauptet, ihm seien Dinge in den Mund gelegt worden, die er so nicht gemeint habe. Er habe sich von Ihnen unter Druck gesetzt gefühlt und sich diesem Druck schließlich gebeugt, nachdem er keinen Ausweg mehr gesehen hat.«

»Das ist ja absolut lächerlich!«, fuhr Reitmeyer auf. »Die Vernehmung ist von einem anderen Beamten protokolliert worden.«

Klotz nickte. »Von Ihrem ehemaligen Polizeischüler Rattler. Der Ihnen seit Jahren vollkommen ergeben ist. Und der sich niemals gegen Sie stellen würde, wenn Sie eine bestimmte Absicht verfolgen.«

Reitmeyer war versucht aufzuspringen, beherrschte sich aber. »Und was haben Sie darauf gesagt? Was haben Sie gesagt, als ein Beamter Ihrer Abteilung bezichtigt wurde, Vernehmungsprotokolle zu fälschen? Haben Sie den infamen Vorwurf mit aller Schärfe zurückgewiesen?«

Klotz richtete sich etwas unbehaglich auf. »Es handelt sich um die Meinung von Anwalt Gadmann. Der Staatsanwalt hat durchaus zum Ausdruck gebracht, dass er Sie für einen verlässlichen Polizisten hält. Andererseits sei es durchaus möglich, meinte er, dass Sie sich in dem Drang, einen komplexen Fall aufzuklären, in eine Idee verrannt haben könnten ...«

Jetzt konnte Reitmeyer doch nicht mehr an sich halten. »Ja, stimmt«, rief er und schlug auf den Tisch. »Ich hab mich total verrannt in die Idee, dass Treu-Oberland von irgendwoher beträchtliche Summen zugeschoben werden, aber von wem die stammen, soll unbedingt geheim bleiben. Bloß schmeißen die Herrn derart mit Geld um sich, dass es schon alle Spatzen von den Dächern pfeifen, dass bei dem Verein irgendwas nicht stimmen kann. Ach übrigens, wer zahlt den Gadmann eigentlich?«

Klotz zuckte leicht zurück bei Reitmeyers Ausbruch, fing sich jedoch gleich wieder. »Seine Verlobte«, sagte er gelassen. »Diese Person scheint durchaus über Mittel zu verfügen, die sie sich mit ihren schamlosen Tänzen und mit Prostitution verdient hat.«

»Und die kommt ausgerechnet auf den Gadmann, den Hausjuristen aller rechtsradikalen Banden in der Stadt? Das glauben Sie doch selber nicht!«

»Ihr Ton gefällt mir ganz und gar nicht, Reitmeyer!«, rief Klotz erregt. »Und außerdem fangen Sie schon wieder mit Ihren haltlosen Verdächtigungen an!«

»Hat denn der Staatsanwalt mal nachgefragt, woher die

Dollars stammen?« Reitmeyer lachte auf. »Ach, richtig! Von einer alten Dame, die Hofbauer beauftragt hat, ihre Tochter zu suchen. Und die hat so viel Vorschuss gegeben, dass damit teure Limousinen finanziert werden, die noble Einrichtung einer Geschäftsstelle, Ausflüge ins Oberland und Besuche in Nachtlokalen, bei denen der Leiter von diesem obskuren Splitterverein seine Kumpane und Schlägertruppen aushält. Das alles ist mit dem Geld einer alten russischen Mutter passiert ...«

»Schluss jetzt!«, rief Klotz und schlug mit der Faust auf den Schreibtisch. »Entweder Sie mäßigen sich jetzt ...«

»Oder Sie müssen mir den Fall entziehen?« Reitmeyer schob seinen Stuhl zurück. »Aber vorher werde ich noch mit dem Staatsanwalt sprechen.«

»Ich rate Ihnen dringend, sich nicht weiter in eine höchst unangenehme Lage zu bringen«, erwiderte Klotz mit drohendem Unterton. »Der Staatsanwalt ist jetzt bei Gericht und hat über den Antrag des Anwalts, Meixner aus der Haft zu entlassen, noch nicht entschieden.«

»Der soll entlassen werden?«

»Der Anwalt macht geltend, er sei nicht vorbestraft, habe einen festen Wohnsitz und bei dem Einbruch sei nichts entwendet worden. Er könne das Verfahren auch in Freiheit abwarten.«

Reitmeyer stand auf. »Ach, so ist das«, sagte er und ging ohne ein weiteres Wort hinaus. Er lief zu den Hafträumen hinunter und ließ sich Meixners Zelle aufsperren.

Meixner saß auf einem Stuhl, hatte die Ellbogen auf die Knie gestützt und starrte vor sich hin. Er hob nur kurz den Kopf, als Reitmeyer eintrat.

»Ich hab gerade erfahren, dass Sie Ihre Aussage zurückziehen. Angeblich hab ich massiven Druck auf Sie ausgeübt, Ihnen das Wort im Mund verdreht und alles verfälscht.«

Meixner gab darauf keine Antwort, sondern stand auf und wandte ihm den Rücken zu.

»Tja, Herr Meixner, ich kann verstehen, wie peinlich es Ihnen ist, mir ins Gesicht zu schauen. Anscheinend sind Sie doch nicht so abgebrüht, wie Sie vorgeben. Obwohl Sie für Ihren Mut und Ihre Tapferkeit mehrfach ausgezeichnet wurden, fehlt Ihnen die Courage, mir wie ein Mann gegenüberzutreten.«

Meixner schwieg, aber ein Zucken seiner Schultern verriet, dass es ihm schwerfiel, den Vorwurf hinzunehmen.

»Ich würde das als Feigheit bezeichnen.«

Meixner fuhr herum. »Verbot von meinem Anwalt«, zischte er.

»Ach wirklich? Dann war das also seine Idee? Dann hat er Ihnen geraten, mich als Fälscher hinzustellen? Aber warum? Vielleicht weil das Ihr ehemaliger Chef Dr. Schäfer so haben wollte? Weil unbedingt vemieden werden soll, dass bei einem Verfahren wegen Einbruchs die Sache mit dem Geld zur Sprache kommt?«

Meixner blieb halb abgewandt stehen und hielt die Arme vor der Brust verschränkt. Reitmeyer sah, wie seine Kiefermuskeln arbeiteten.

»Aber was versprechen Sie sich davon? Ich könnte mir vorstellen, dass Ihnen Dr. Schäfer die Aussage nicht verzeihen wird. Für ihn ist das Verrat. Und was in Ihren Kreisen mit Verrätern geschieht, muss ich Ihnen ja nicht erzählen.« Reitmeyer lehnte sich an die Zellentür. »Doch dafür muss man den Verräter natürlich zuerst aus der Haft befreien. Ich würde also nicht darauf wetten, dass Sie Ihre Freiheit lange genießen können.«

Meixner zog hörbar die Luft ein. Er schien zu einer Antwort anzusetzen, brachte dann aber doch nichts heraus. In dem Blick jedoch, den Reitmeyer von ihm auffing, stand nackte Angst.

»Es ist also Ihr Anwalt, der Sie unter Druck setzt? Was hat er gegen Sie in der Hand?«

Meixner machte eine abwehrende Geste, schüttelte den Kopf und ließ sich auf den Stuhl fallen. Reitmeyer sah auf den Mann hinab, der wie ein Häufchen Elend vor ihm saß und die Arme um sich schlang, als müsste er sich mühsam zusammenhalten. »Also, womit setzt er Sie unter Druck?«

Meixner schnaufte schwer, antwortete aber nicht.

»Ihre Verlobte, Fräulein Wilflinger, soll den Anwalt engagiert haben. Ist das auf Ihre Veranlassung geschehen? Ich meine, es ist doch merkwürdig, dass sie unter all den Juristen in der Stadt ausgerechnet auf Gadmann gekommen ist.«

Meixner krümmte sich zusammen, als hätte er einen Schlag in die Magengrube bekommen. Es stimmte also, dachte Reitmeyer, was er die ganze Zeit vermutet hatte. Nicht Susi hatte den Anwalt bestellt, sondern Treu-Oberland. Und plötzlich wurde ihm klar, womit man Meixner in der Hand hatte. Meixner musste tun, was man ihm diktierte, sonst würde die Tänzerin den Preis dafür bezahlen.

»Sie haben Angst um Susi Wilflinger?«, fragte er.

Meixner reagierte nicht, blickte nicht einmal auf.

Reitmeyer wartete noch einen Moment, dann ging er hinaus und stieg die Treppe hinauf. An einem Fenster blieb er stehen und sah in den Hof hinab. Ein zwiespältiges Gefühl stieg in ihm auf. Er selbst hatte Susi Wilflinger als Druckmittel benutzt. Allein die Fotos seiner übel zugerichteten Freundin hatten Meixner bewogen, mit der Wahrheit rauszurücken. Er wollte sie mit seiner Aussage aus der Schusslinie bringen, weil er glaubte, wenn er alles offenlegte, hätten seine »Freunde« keinen Grund mehr, auf Susi loszugehen. Ihm musste klar gewesen sein, in welche Lage er sich selbst damit brachte, doch wahrscheinlich hatte er gehofft, er könnte untertauchen nach einer Haftstrafe wegen Einbruchs. Mit einer so perfiden Wendung, wie sie sein Fall jetzt genommen hatte, hatte er sicher nicht gerechnet.

Doch was konnte Reitmeyer tun? Er hegte keine sonderlichen Sympathien für einen Menschen wie Meixner, dennoch konnte er keinesfalls zulassen, dass er liquidiert wurde. Wie ernst diese Gefahr war, ließ sich nicht nur an den Statuten rechter Verbände ablesen, die explizit damit drohten, dass »Verräter der Feme« verfielen, die Zahlen der »Hingerichteten« in der Broschüre *Vier Jahre politischer Mord* machten auch deutlich, dass diese Drohungen in die Tat umgesetzt wurden. Wie konnte er das verhindern? Als Erstes müsste er Zeit gewinnen, bevor Meixner freikam. Doch wie? Würde es etwas bringen, wenn Meixner seinem Anwalt das Mandat entzog? Er überlegte eine Weile. Er müsste Susi Wilflinger sofort aus der Stadt schaffen, um sie in Sicherheit zu bringen. Sie konnte zu ihren Verwandten aufs Land, bei denen Meixner sich versteckt gehalten hatte, als er verfolgt wurde.

Reitmeyer musste mit der Tänzerin sprechen. Um diese Tageszeit war sie sicher zu Hause. Ihre Adresse hatte er damals im Elysium in ihren Papieren gesehen. Er rannte die Treppe hinunter und zu seinem Rad.

So schnell er konnte, radelte er zum Isartor und legte dann noch einen Zahn zu bis zur Reitmorstraße. Vollkommen außer Atem kam er vor ihrem Haus an, stellte sein Rad ab und rannte durch die offene Tür und die Treppe hinauf. Sie wohnte im zweiten Stock, wie er unten am Namensschild gelesen hatte. An ihrer Wohnungtür drückte er auf die Klingel. Ein lautes Schnarren ertönte. Als niemand öffnete, klingelte er wieder und klopfte gleichzeitig. »Fräulein Wilflinger!«, rief er. »Machen Sie auf!« Nichts rührte sich. Er klingelte Sturm und klopfte erneut. »Ich komme von Ihrem Verlobten!«, rief er. »Von Fritz Meixner! Machen Sie auf!« Er legte das Ohr ans Türblatt und lauschte. Er glaubte ein Rascheln zu hören. »Fräulein Wilflinger!«, rief er eindringlich.

Aber die Tür ging nicht auf. Vielleicht war sie doch nicht zu Hause, sondern bei Proben im Elysium? Dann würde er es dort versuchen. Er rannte die Treppe hinunter.

Als er sein Rad nahm, fiel sein Blick auf ein Auto, das auf der gegenüberliegenden Straßenseite stand. Im gleichen Moment stieg ein Mann aus, den kannte er. Es war einer der Kerle, die Susi im Hinterhof des Elysiums belästigt hatten. Er lehnte sich demonstrativ an die Wagentür und zündete sich eine Zigarette an. Reitmeyer blickte zu den Fenstern hinauf. Stand Susi oben und beobachtete den Mann? Oder waren längst Mitglieder von Schäfers Schlägertruppe in ihrer Wohnung, um sie zu hindern, auch nur einen Schritt zu tun, bevor Meixner freigelassen wurde? Der Kerl, der rauchend an der Wagentür lehnte, schien zu grinsen, als Reitmeyer aufs Rad stieg.

Er war zu spät gekommen. Aber vermutlich hätte es auch nichts genützt, wenn er am frühen Morgen hergekommen wäre. Wahrscheinlich hatten sie die Frau nicht mehr aus den Augen gelassen, seit beschlossen worden war, sie als Faustpfand zu benutzen.

Reitmeyer fuhr zum Präsidium zurück.

»Die Treu-Oberländer haben Susi Wilflinger in ihrer Gewalt«, sagte er, als er in sein Büro trat. »Ich war gerad bei ihrer Wohnung.«

Steiger sah ihn verständnislos an. »Die Susi Wilflinger …?«

Reitmeyer erklärte ihm kurz, was er herausgefunden hatte. »Wenn ich sie bloß da rauskriegen könnte.«

»Wie wär's mit Verhaften?«

Reitmeyer lachte bitter. »Die machen nicht auf. Da bräuchten wir schon ein Kapitalverbrechen, um die Tür einzuschlagen. Raubmord zum Beispiel.«

»Tja, schwierig.« Steiger klappte die Akte zu, die er bearbeitet hatte, und legte sie auf einen Stapel. Dann zog er die Schublade seines Schreibtischs auf und kramte eine Weile darin herum. »Also, ich find«, sagte er schließlich, »dass uns das eigentlich gar nix angeht. Wieso rackerst du dich so ab wegen einem Kerl wie dem Meixner? Der war mit diesem Freikorpshaufen verbandelt und hätt wissen können, auf was er sich einlässt. Das sind doch alles Gauner und Ganoven, die sich vor jeder ehrlichen Arbeit drücken. Mein Mitleid mit dem Kerl hält sich in Grenzen.«

»Hier geht's doch nicht um Mitleid«, fuhr Reitmeyer auf. »Die Polizei muss schließlich alle Bürger schützen, auch wenn uns das Parteibuch von manchen nicht passt. Wo kommen wir denn hin, wenn es uns wurscht ist, dass so ein rechter Schmierenadvokat den Meixner raushaut, damit ihn die Oberländer liquidieren können!«

»Was heißt denn hier Bürger?«, fragte Steiger aufbrausend. »Sonst regst du dich über die Krawallbrüder auf, weil sie die bürgerliche Ordnung über den Haufen schmeißen wollen.« Sein Stuhl scharrte über den Boden, bevor er aufstand. »Und überhaupt, was hat das mit den zwei Mordfällen zu tun? Das wär doch unsere Arbeit, die aufzuklären. Wieso vertust du dann deine Zeit und willst diesen Kerl retten?«

»Ja, Herrschaftszeiten«, rief Reitmeyer. »Ich tu doch nix anderes, als die zwei Morde aufzuklären! Du hast die fünfhundert Dollar in der Wohnung von dem Hofbauer doch gesehen. Das *Geld* ist doch der Schlüssel zu dem Ganzen! Für diesen Meixner hat sich doch keine Sau von den Treu-Oberländern interessiert, solang er seine Märchen von einem Koffer erzählt hat, den er angeblich bei Hofbauer abgestellt hat. Aber sobald er von dem Geld hat was verlauten lassen, tritt dieser Gadmann auf den Plan, und er muss die Aussage zurückziehen.«

»Und der Hofbauer?«

»Daran laborier ich ja die ganze Zeit herum. Inzwischen spricht einiges dafür, dass er das Geld tatsächlich unterschlagen hat. Und wahrscheinlich hat er auch gewusst, woher der ganze Reichtum stammt. Ob er deswegen liquidiert worden ist, weil er gedroht hat, das auszuplaudern, weiß ich noch nicht. Oder ob man ihn umgebracht hat, weil er damit den Putschplänen in die Quere gekommen wäre? Dass mit dem

Geld ein Putsch finanziert werden soll, liegt für mich auf der Hand. Und wer weiß, wer mit den Dollars gekauft werden soll? Andere Verbände? Teile der Reichswehr? Meinst du, die Herrn geben mir auf Nachfrage höflich Auskunft? Ich muss buchstäblich jeden Stein umdrehen …«

»Und was ist mit Manfred Sturm?«, unterbrach ihn Steiger.

»Frag mich was Leichteres«, erwiderte Reitmeyer zornig. »Der war ein kleines Licht. Dass er erschossen worden ist, muss mit seiner Beziehung zu Hofbauer zusammenhängen.« Er riss seine Tasche auf und schleuderte den *Kampf* auf Steigers Schreibtisch. »Lies den Artikel auf der letzten Seite. Da ist offenbar auch noch ein paar anderen Leuten ein Licht aufgegangen. Die kommen zu dem gleichen Schluss, zu dem ich nach meinen Ermittlungen gekommen bin.«

Steiger warf einen Blick auf die Zeitung. »Putschgerüchte?«, sagte er abfällig. »Seit wann gibt's keine Putschgerüchte dieses Jahr?«

»Ja, ham wir uns denn schon alle so sehr daran gewöhnt, dass ständig irgendein Umsturz geplant wird?«, rief Reitmeyer außer sich. »Und wenn dabei ›Späne fallen‹, wenn dabei Leute umgelegt werden, schert uns das einen feuchten Dreck?«

»Wenn sich diese Lumpen gegenseitig umbringen«, schrie Steiger, »dann brauchen wir uns wenigstens nimmer d'rum kümmern. Das ist meine Meinung!«

Die Tür ging auf, und Rattler trat zögernd ein.

»Ah, da ist er ja unser Mitarbeiter«, sagte Reitmeyer sarkastisch. »Was hat's denn diesmal so Dringendes gegeben, dass sich der Chef von der Spurensicherung nicht an unsere Abmachung gehalten hat?« Er warf einen Stift so heftig auf den Schreibtisch, dass die Spitze abbrach.

Rattler zog den Kopf ein und blieb stehen. »Ich hab dem Herrn Kofler bloß zwei Stunden helfen müssen …«

»Bloß zwei Stunden? Was du nicht sagst.« Rattlers Unschuldsmiene heizte Reitmeyers Zorn noch mehr an. »Und wo hast du dich dann rumgetrieben?«

»Ich war noch einmal in dem Lokal von gestern Abend. Weil ich gestern nicht mit den Gästen hab reden können. Weil die schon so besoffen waren.«

»Fängst du jetzt wieder mit deinen Extratouren an? Machst eigenmächtige Ermittlungen, ohne dich vorher mit mir abzusprechen?«

»Sie waren ja nicht erreichbar. Sie waren doch beim Oberinspektor.« Rattler hob abwehrend die Hände, als Reitmeyer erneut die Wut packte. »Ich hab auch was rausgefunden.«

»Und was soll das sein?«, fragte Reitmeyer scharf.

»Dass der Meixner einen Spitznamen gehabt hat. Weil er so viele Orden gekriegt hat. Das haben mir zwei Leute bestätigt. Das steht ganz zweifelsfrei fest.«

Reitmeyer sah den Jungen an, der von einem Bein aufs andere trat. »Hast du noch alle Tassen im Schrank? Du fährst in diese Wirtschaft, um zu erfahren, dass der Meixner viele Orden gekriegt hat? Spinnst du?«

»Wenn Sie mich die Sache erklären lassen würden«, erwiderte Rattler eingeschnappt, »dann würden Sie verstehen, was für eine Bedeutung das hat. Dass das wichtig ist.«

»Dann sag's halt schnell, bevor ich die Geduld mit dir verlier!«

Rattler holte tief Luft. »Also das ist so. Meine Russischlehrerin, die Larissa Beck, ist gemeinsam mit ihrer Freundin von einem Menschen betrogen worden, der ihnen Geld abgenommen hat für eine Wohnung, die es gar nicht gegeben hat. Und der Mann hat Adler geheißen.«

»Und?«

»Ich hab nach einem Mann gesucht, der Adler heißt, bei einem Freikorps war und groß und blond ist. Und jetzt hab ich rausgefunden, dass der Mann bloß Adler geheißen hat, weil das ein Spitznamen war, wegen der Schlesische-Adler-Orden, auf die er sich so viel eingebildet hat. Und dass dieser Mann in Wirklichkeit der Meixner ist.«

»Ja, tatsächlich? Und deine Russischlehrerin hat dich eingespannt, den Betrüger zu finden? Jetzt wird mir klar, wieso sich diese Person für dich interessiert hat. Du bist bei der Polizei und kannst Aufträge für sie ausführen. Was will die schöne Larissa denn sonst noch von dir? Einblicke in Personenstandsregister, Auszüge aus vertraulichen Akten? Wofür will sie dich sonst noch benutzen?«

»Die will mich überhaupt nicht benutzen«, rief Rattler. »Wieso reden Sie so gehässig über die Frau? Weil Sie meinen, ich kann nicht befreundet sein mit einer Frau, die gut aussieht? Weil ich ein Versager bin? Ein Krischperl? Weil Sie meinen, das steht mir nicht zu?« Sein Kopf wurde ganz rot vor Aufregung, und er rang nach Atem.

Reitmeyer winkte ab. »Blödsinn. Ich hab bloß was dagegen, dass dir diese dubiose Person den Kopf verdreht, weil sie dich ausnutzen will«, erwiderte er ärgerlich.

Rattler schnappte nach Luft, als hätte man ihn aus dem Wasser gezogen. »Jetzt reicht's mir aber!«, keuchte er. »Sie stellen mich als Deppen hin! Als Volltrottel, für den sich keine Frau interessieren kann.« Er ließ sich auf einen Stuhl fallen und schnaufte schwer. »Dabei ist alles noch viel schlimmer! Der Meixner hat die Larissa nicht nur betrogen. Er hat sie auch vergewaltigt.«

»Das hat sie dir erzählt?«, fragte Reitmeyer spöttisch. »Und das glaubst du auch noch?« Er beugte sich zu ihm hinunter. »Jetzt will ich dir mal was sagen. Der Meixner mag ein krummer Hund sein. Aber für einen Vergewaltiger halte ich ihn nicht. Er hat eine Freundin. Und der ist er so ergeben, dass er sich lieber von den Oberländern liquidieren lässt, als sie in Gefahr zu bringen. So jemand fällt doch nicht einfach über eine andere Frau her. Der mag ja Vieles sein. Aber kein Vergewaltiger!«

»Er ist aber der Einzige, der in Frage kommt. Auf den alle Merkmale zutreffen«, beharrte Rattler.

Die verbockte Sturheit des Jungen brachte Reitmeyer erneut in Wallung. »Hörst du mir überhaupt zu? Was hab ich dir gerade erklärt? Der Meixner riskiert sein Leben, damit seiner Susi nix passiert!« Er wandte sich ab. »Ach was soll's. Ich hab jetzt was anderes zu tun, als mich mit den abstrusen Anschuldigungen deiner Russischlehrerin abzugeben.«

»Wenn's aber wahr ist!«, rief Rattler und richtete sich auf. »Sie sagen doch immer, dass man sich nicht von Vorurteilen blenden lassen soll. Warum kommt Ihnen die Larissa eigentlich so dubios vor? Weil sie Russin ist? Gilt ihre Aussage deswegen nix? Gibt's für Russen keine Gerechtigkeit?«

»Lass mich bloß mit deinen geschwollenen Tiraden in Ruh«, erwiderte Reitmeyer gereizt. »Du stehst hier nicht auf der Bühne vom Nationaltheater. Also lass den Schmarrn?«

»Das ist kein Schmarrn«, rief Rattler außer sich. »Ihr ist ein schlimmes Unrecht getan worden …« Ein übler Hustenanfall packte ihn.

»Jetzt hört doch auf«, rief Steiger. »Vielleicht hat der Rattler ja recht. Du willst doch einen Aufschub für den Meixner, oder?«, fragte er Reitmeyer. »Wenn man ihm eine Anzeige wegen Vergewaltigung anhängt, wird er vielleicht nicht aus der Haft entlassen, bevor das geklärt ist.«

Reitmeyer schwieg einen Moment. Da war tatsächlich etwas dran, dachte er. Wenn diese Person den Meixner anzeigte, könnte man zumindest versuchen, die Entlassung hinauszuzögern. Wenn auch nicht lange, weil diese Russin sicher log. Aber trotzdem.

»Wo ist die Larissa Beck jetzt?«, fragte er.

Rattler sprang auf. »Sie steht unten vor dem Haupteingang. Ich hab sie angerufen, dass sie herkommen soll.«

»Also gut. Du gehst mit dem Steiger zu ihr runter. Und der Steiger bringt sie zu den Haftzellen. Dort soll sie durchs Guckloch schauen und bestätigen, dass Meixner der Mann ist, der sie vergewaltigt hat. Dann setzen wir die Anzeige auf.«

»Danke, Herr Kommissär«, rief Rattler strahlend, bevor er mit Steiger das Büro verließ. »Sie werden sehen, das bringt einen Durchbruch.«

Reitmeyer setzte sich an den Schreibtisch. Er war total erschöpft nach diesem Vormittag. Zuerst die Anschuldigung, er hätte ein Vernehmungsprotokoll gefälscht, dann das Gespräch mit Meixner und die Hetzerei in die Reitmorstraße und am Schluss noch der Streit mit Steiger und Rattler. Er stützte den Kopf in die Hände. Doch wenn diese Russin bestätigte, dass Meixner sie angefallen hatte, würde er mit der Anzeige zum Staatsanwalt gehen. Vielleicht war das tatsächlich eine Möglichkeit, Zeit zu gewinnen.

Er stand auf, ging zum Fenster und sah in den Hof hinab. Er hatte Rattler wirklich grob abgebürstet. Am schlimmsten war natürlich, dass der Bub glaubte, er halte ihn für einen Versager. Dabei hatte es Rattler schwer genug mit seiner kaputten Lunge, und wahrscheinlich stimmte es auch, dass die Frauen nicht gerade auf ihn flogen. Aber die Gäule waren mit ihm durchgegangen, weil ihn der Bursche manchmal einfach zur Weißglut brachte. Und dieser Larissa Beck hatte er von Anfang an nicht über den Weg getraut. Wenn er bloß an den Abend im Elysium dachte, wo sie sofort ein paar neue Beschützer an Land gezogen hatte, nachdem der arme Rattler ausgefallen war. Den Typus Frau kannte er. Einer solchen Hexe war doch ein Bub wie sein ehemaliger Polizeischüler nicht gewachsen. Ein solches Weibsstück wickelte ihn doch um den Finger, ohne dass er es überhaupt merkte. Dass diese Russin keine ehrlichen Gefühle für den Jungen hegte, stand für ihn fest. Dennoch würde er sich in Zukunft vorsichtiger ausdrücken.

Er setzte sich wieder an den Schreibtisch und versank in dumpfes Brüten. Wie lange könnte der Aufschub durch die Anzeige anhalten? Den Anwalt Gadmann war er deswegen noch lange nicht los. Was würde diesem hinterhältigen Advokaten einfallen, wenn man ihm auf die Art die Tour zu vermasseln versuchte? Er richtete sich auf. Steiger und Rattler müssten doch längst zurück sein. Er sah auf die Uhr. Die Zeiger schienen stillzustehen.

Er nahm die Formulare aus dem Seitenfach des Schreibtischs, um die Vorladungen für Ruge und Frau von Ziebland zu schreiben. Plötzlich überkam ihn eine tiefe Niedergeschlagenheit. Was machte er hier überhaupt? Es war doch vollkommen zwecklos. Wieso lud er die zwei Leute überhaupt vor? Weil Klotz ihm freie Bahn gegeben hatte, eine Spur zu verfolgen, die mit Sicherheit ins Leere laufen würde. Er starrte vor sich hin.

Plötzlich flog die Tür auf.

»Also der Rattler ist manchmal schon ein narrischer Vogel«, sagte Steiger. »Der hat die Frau im Hof buchstäblich geschüttelt, so außer sich ist er gewesen.«

»Wieso?«

»Weil sie gesagt hat, dass es der Meixner nicht gewesen ist.«

28

Als Sepp aus der Halle des Anhalter Bahnhofs trat, lag eine graue Wolkenschicht über der Stadt, aus der ein trübseliger Nieselregen fiel. Was ihn nicht störte. Zumindest bildete das Wetter keinen Gegensatz zu seiner Stimmung. Mit raschem Schritt ging er zum Taxistand und nannte dem Fahrer die Adresse. Wenn er die Verwandte von Frau Kusnezowa noch heute sprechen konnte, am besten gleich am Vormittag, würde er sich nachmittags mit seinem ehemaligen Studienkollegen treffen und am Abend sofort wieder zurückfahren. Er wollte sich nicht länger in Berlin aufhalten, wo alles ihn an Gerti erinnerte. Schon dass sie nicht wie früher immer am Bahnsteig gestanden hatte, war schwer erträglich gewesen, und bei der Fahrt durch das Verkehrsgewühl hielt er den Kopf gesenkt, um all die Orte nicht zu sehen, wo sie zusammen Zeit verbracht hatten. Gleichzeitig kreisten wie ein Mantra die immer gleichen Sätze durch seinen Kopf: Es ist vorbei. Es ist vorbei …

Er durfte sich nicht niederdrücken lassen von den Erinnerungen. Und dafür musste er so schnell wie möglich wieder weg.

»Dort drüben müsste es sein«, sagte der Fahrer und deutete auf eines der hohen Gebäude an dem belebten Platz.

Sepp blickte auf den Zettel in seiner Hand. »Ist das der Prager Platz?«

Der Fahrer nickte. Sepp bezahlte und stieg aus.

Er ging das kurze Stück zu dem Haus und sah aufs Klingelschild. Den Namen Solokowa fand er nicht. War sie umgezogen? Er warf noch einen Blick auf das Gebäude und wandte sich dann ab. Wie konnte ihm ein solch blödsinniger Fehler passiert sein, dachte er ärgerlich. Wieso hatte er nicht überprüft, ob die Adresse noch stimmte, bevor er losgefahren war? Jetzt müsste er seinen Studienfreund bitten, ihm bei der Suche nach dem neuen Wohnort dieser Frau zu helfen. Das konnte dauern. Er ging ein paar Schritte weiter und blieb vor einer Buchhandlung stehen, die russische Literatur verkaufte. *Man spricht auch deutsch hier,* las er auf einem Zettel in der Auslage. Kurz entschlossen trat er ein.

Ein älterer Mann mit grauem Bart saß hinter einem Schreibtisch und sah ihn durch dicke Brillengläser an.

»Entschuldigen Sie, ich habe hier eine Adresse. Prager Platz 3. Aber die Person, eine Frau Solokowa, steht nicht am Klingelschild. Kennen Sie die Dame zufällig?«

Der Mann lächelte nachsichtig. »Ich kenne viele Russen in der Stadt. Aber nicht alle dreihunderttausend.«

Sepp kam sich wie ein Trottel vor. »Ja, dann … entschuldigen Sie nochmal.«

»Aber versuchen Sie es doch in den russischen Modegeschäften am Platz. Und auf jeden Fall bei der Pension Schmidt in der Trautenaustraße. Die wird ›Haus Moskau‹ genannt, weil praktisch ausschließlich ehemalige Landsleute von mir dort wohnen.«

Sepp bedankte sich und ging sofort ums Eck zu der Pension. Seine Stimmung hellte sich schlagartig auf, als er von der Pensionswirtin erfuhr, dass Frau Solokowa tatsächlich dort wohnte. Sie sei jedoch ausgegangen im Moment. Er gab der Frau seine Karte und erklärte, dass er der Anwalt einer Verwandten aus München sei und unbedingt mit der Dame sprechen müsse. Ob er sie antreffen würde, wenn er in etwa einer Stunde wiederkomme?

»Bis dahin ist sie sicher zurück. Sie macht morgens nur einen Spaziergang.«

Fast beschwingt lief Sepp die Treppe hinunter und auf den Platz zurück. Zum ersten Mal hatte er das Gefühl, einen Schritt weitergekommen zu sein. Diese Frau Solokowa kannte die schöne Anna jedenfalls, sie wurde in dem Brief erwähnt, den er von Reitmeyer bekommen und den er hatte übersetzen lassen. Hauptsächlich ging's um eine Einladung nach Nizza, die ihre »liebe Kusine« doch annehmen sollte, auch wenn ihre eigensinnige Tochter nicht mitkommen wollte. Aber sicher würde er bald mehr erfahren. Vielleicht war Anna sogar ebenfalls in Berlin?

Er sah sich nach einem Lokal um, wo er die Wartezeit verbringen konnte. Gleich gegenüber entdeckte er die Prager Diele, die Gertis Freunde einmal erwähnt hatten. Es sei *der* Treffpunkt aller russischen Dichter in der Stadt, in dem Café stellten sie ihre neuen Werke vor, und wenn man Glück habe, könne man dort sogar Berühmtheiten wie Maxim Gorki über den Weg laufen. Er überquerte den Platz.

Am frühen Morgen war allerdings nicht viel los in dem Lokal. Nur eine Handvoll Gäste saßen an den weißgedeckten Tischen, und er steuerte als Erstes auf den Ständer mit der Presse zu. Unter den vielen Zeitungen fand er jedoch nur zwei deutsche Blätter, mit denen er sich niederließ, bevor er Kaffee und Gebäck bestellte. Den Leitartikel in der *Vossischen Zeitung* überflog er bloß, weil er das Gleiche schon in München gelesen hatte. England und Frankreich machten sich Sorgen über die Auswirkungen des Vertrags, den Deutschland und die Sowjetrepublik in Rapallo geschlossen hatten. Man fragte sich, welche Gefahren politisch und ökonomisch entstehen könnten, wenn sich die beiden »Kriegsverlierer« enger zusammenschlossen? Würde sich Deutschland ebenfalls »bolschewisieren«?

Bei einem kleineren Artikel weiter unten blieb er hängen. Dort wurden die Erfahrungen von Leuten beschrieben, die im Sommer 21 staatenlos geworden waren, nachdem Lenin allen im Ausland lebenden russischen Flüchtlingen die Staatsbürgerschaft entzogen hatte. Der berühmte Polarforscher und Diplomat Fridtjof Nansen war daraufhin vom Völkerbund beauftragt worden, ein Dokument zu entwerfen, das den gestrandeten Menschen zu einem Ausweis verhelfen sollte. Dieser »Nansen-Pass« wurde von dem Land ausgestellt, in dem sich der Flüchtling aufhielt, und berechtigte ihn, dorthin zurückzukehren. Ein Mann beschrieb diesen Ausweis allerdings als ein sehr minderwertiges Dokument von »kränklich grüner Farbe«, dessen Inhaber sich wie »ein Verbrecher auf Freigang« fühle, der allergrößte Strapazen auf sich nehmen müsse, wenn er versuche, ins Ausland zu reisen.

Sepp ließ die Zeitung sinken und trank einen Schluck Kaffee. War das der Grund, weshalb Frau Kusnezowa keine Lust verspürte, nach Nizza zu fahren? Weil sie in ihrem Alter nicht mehr die Kraft aufbrachte, mit solchen Widrigkeiten umzugehen? Er musste grinsen bei dem Gedanken, wie sich die alte Dame wohl verhalten würde, wenn man sie ohne gehörigen Respekt behandelte? Vermutlich würde sie empört wieder die Fotos auspacken, die ihre Tochter beim Spiel mit den Zarensprösslingen zeigten. Vorausgesetzt sie erholte sich noch einmal, um überhaupt an irgendwelche Reisen denken zu können.

Dann griff er nach dem *Vorwärts*, wo ihm ein Artikel über die Drogenszene im Milieu der Obdachlosenasyle und Kneipen rund um den Alexanderplatz ins Auge sprang. Kokain sei die Droge der Bettler, Wohnungslosen und Kleinkriminellen, die als Folge der Kriegsarmut entwurzelt worden waren. Zum Hunger und der allgemeinen Hoffnungslosigkeit habe sich ein weiteres Übel gesellt: das Betäubungselend. Die Bilder einer Spelunke, einer »Kokainschwemme«, wie es hieß, fand er so deprimierend, dass er die Zeitung schließlich zuklappte. In der Hauptstadt war alles noch viel schlimmer als in München.

Er sah auf die Uhr. Wenn er ein bisschen früher in der Pension auftauchte, fand sich vielleicht Gelegenheit, mit dem Personal zu reden? Vielleicht käme er auf diese Weise an Informationen, die ihm die Dame selbst nicht auf die Nase binden würde. Er bezahlte und machte sich auf den Weg.

Ein Hausmädchen öffnete diesmal und sagte, dass Frau Solokowa noch nicht zurück sei, er aber gern auf sie warten könne. Sie führte ihn in den »Salon«, einen großen Aufenthaltsraum, wo niemand war außer einem jungen Mädchen, das am Klavier saß und auf die Notenblätter starrte. Ob Frau Solokowa schon länger hier wohne, fragte er die Bedienstete. Sie schüttelte den Kopf. Sie sei erst vor kurzem eingezogen, weil sie hätte warten müssen, bis etwas frei geworden sei. Ob ihre Nichte Anna auch hier wohne, versuchte er's aufs Geratewohl. Die Frau schien keine Zeit zum Plaudern zu haben und meinte nur, dass sie nichts wisse von einer Nichte.

Sepp setzte sich an einen Tisch und blätterte in den ausgelegten Illustrierten herum, während sein Blick durch den Raum wanderte. Ganz sicher war dieser Salon früher einmal Teil einer eleganten Wohnung gewesen, die man umfunktioniert hatte, als die Besitzer sie nicht mehr halten konnten. Vom ehemaligen Mobiliar waren ein paar gute Stücke übrig geblieben, der Rest wirkte zusammengewürfelt und abgewetzt. Wer hier wohnte, hatte nicht viel von seinem Vermögen retten können, dennoch ging es den Leuten in dieser Pension immer noch besser als den Russen, die in Tempelhof in Baracken und Kasernen hausen mussten.

Sepp schreckte auf, als plötzlich das Klavier einsetzte. Das junge Ding war allerdings kein Wunderkind und blieb an einer Stelle immer hängen, weshalb es jedes Mal erneut von vorn anfing.

»Willst du Konzertpianistin werden?«, fragte er, um das nervtötende Geklimper zu unterbrechen. Das Mädchen nickte stumm und spielte weiter. Er gab sich geschlagen. Nach einer Weile näherten sich Schritte von draußen, und die Tür ging auf. Eine Frau in einem dunklen Kostüm trat ein, die seine Karte in der Hand hielt.

»Herr Dr. Leitner?«, fragte sie. »Sie wollten mich sprechen?«

Sepp erhob sich. Das Mädchen am Klavier hielt inne. Frau Sokolowa warf einen Blick zu ihr hinüber und machte eine fast unmerkliche Handbewegung, worauf die Pianistin sofort aufstand und den Raum verließ. Sepp musterte die Frau. Es bestand eindeutig eine Familienähnlichkeit zwischen ihr und Frau Kusnezowa, obwohl sie im Gegensatz zu ihrer Kusine schlank und drahtig und eher jugendlich wirkte. In ihrem dunklen Haar, das sie zu einem losen Knoten geschlungen trug, fanden sich zwar ein paar silberne Strähnen, doch ihre Haut spannte sich glatt über die Wangenknochen. Am auffälligsten jedoch war ihre majestätische Haltung. Sie war es gewohnt zu befehlen, dachte er. Wahrscheinlich hatte sie ein großes Haus geführt, wo das Gesinde ihren Blicken und stummen Gesten hatte gehorchen müssen. Und das schien immer noch zu funktionieren, wenn man die Reaktion der Pianistin bedachte.

»Bringen Sie mir Nachricht von Maria Alexandrowa?«, fragte sie, nachdem sie ihm bedeutet hatte, sich wieder zu setzen. »Ich habe ihr gestern ein Telegramm geschickt, weil sie auf meinen Brief nicht geantwortet hat.«

»Ich muss Ihnen leider sagen, dass Ihre Kusine ins Krankenhaus eingeliefert worden ist. Die Ärzte vermuten, sie habe einen Schlaganfall gehabt.«

»Und wie geht es ihr?«

»Nicht besonders gut, fürchte ich.«

Sie nickte und sah an ihm vorbei zum Fenster hinaus.

»Bevor sie krank geworden ist, hat sie mich beauftragt, ihre Tochter Anna zu suchen, die seit einiger Zeit spurlos verschwunden ist. Wissen Sie etwas über den Aufenthaltsort Ihrer Nichte?«

Sie schüttelte den Kopf. »Nein.«

»Verstehen Sie, die Sache kommt mir zunehmend mysteriöser vor. Offenbar hatte sie in München Kontakt zu hohen gesellschaftlichen Kreisen der russischen Gemeinde. Aber wo ich auch nachfrage, an wen ich mich auch wende, kein Mensch kann mir etwas sagen – oder will mir etwas sagen. Das letzte Mal wurde sie Anfang Oktober in einem Hotel am Starnberger See gesehen, wo sie unter dem Namen von Wallstett abgestiegen war. Können Sie sich vorstellen, warum sie einen falschen Namen benutzt hat?«

Frau Sokolowa sah Sepp mit ruhigem Blick an. Ihre Finger jedoch drehten nervös an einem großen Aquamarinring an ihrer Hand.

»Was heißt ›falscher Name‹?«, sagte sie lächelnd. »Ist Ihnen nicht bekannt, dass Menschen zuweilen unter anderem Namen reisen? Das nennt man inkognito. Das war eine ganz übliche Sitte. Und sehr verbreitet bei bekannten Persönlichkeiten.«

»Das ist mir durchaus bekannt. Auch dass in Fürstenhäusern diese Sitte sehr verbreitet war. Aber ist Ihre Nichte eine bekannte Persönlichkeit?«

Sie sah ihn an, als spräche er in einer Sprache, der sie kaum folgen konnte, und strich wie abwesend ihren Rock glatt.

Sepp wartete. »Wann haben Sie Ihre Nichte denn zum letzten Mal gesehen?«, fragte er, nachdem sie nichts erwidert hatte.

Sie legte den Kopf schief und dachte nach. »Im Sommer, glaube ich, als sie in Berlin war.«

»Hat sie bei Ihnen gewohnt?«

»Nein, bei Freunden, die ich nicht kenne.«

Sepp schnaufte auf. »Wissen Sie, jetzt bin ich wieder am gleichen Punkt wie schon so viele Male. Keiner kann mir Namen oder Adressen von ihren Freunden nennen. Immer wird abgeblockt. Niemand will mit einer Information rausrücken. Was ist denn los mit Ihrer Nichte?«

Der Ring an ihrem Finger wurde heftiger gedreht. »Verstehen Sie, ich glaube, Anna hat unter dem Verlust ihres Zuhauses mehr gelitten, als es zunächst den Anschein hatte. Zuerst die Flucht im letzten Moment auf die Krim und dann auf Umwegen nach Deutschland. In St. Petersburg hat sie ein glänzendes und sorgloses Leben geführt, war umschwärmt ...«

Was redete die Frau, dachte Sepp ärgerlich. Das war doch

keine Erklärung für ihr Verschwinden. Aber vielleicht deckte sie ihre Nichte, schoss ihm durch den Kopf. Vielleicht pflegte die schöne Anna eine Beziehung, die man in ihren Kreisen als skandalös empfand und von der niemand etwas wissen sollte. Vor allem ihre Mutter nicht.

»Sie meinen also, Ihre Nichte hat sich aufgrund psychischer Schwierigkeiten eine Auszeit genommen?«, fragte er ironisch. »Und pflegt sich an irgendeinem Badeort oder an der Côte d'Azur? Frau Kusnezowa scheint allerdings so sehr darunter zu leiden, dass sie deswegen krank geworden ist. Vielleicht wär's nett, wenn sie ihr mal eine Postkarte schicken würde?«

Jetzt zupfte die Frau an den Manschetten ihrer Bluse, die aus dem Ärmel ihrer Jacke hervorstanden. »Ich sehe das ganz ähnlich«, sagte sie. »Und würde Ihnen sehr gern helfen, wenn ich könnte. Aber ich kann nicht.« Sie stand auf. »Auf jeden Fall habe ich Ihre Adresse und Ihre Telefonnummer«, fügte sie hinzu. »Und wende mich an Sie, falls ich etwas hören sollte.«

Sie wollte ihn loswerden, dachte Sepp und erhob sich ebenfalls. Aber sie wusste etwas, das spürte er ganz genau. Auffällig war außerdem, wie wenig sie sich für den Zustand ihrer Kusine interessierte. Entweder standen sie sich nicht nahe, oder es gab andere Dinge, die ihr wichtiger schienen im Moment. Ihre Nichte zu schützen etwa. Nun, das würde sie ihm nicht verraten, es hätte also keinen Zweck, weiter nachzubohren. Er verabschiedete sich. Als er sich noch einmal umdrehte, bevor er den Raum verließ, drückte sie ein Taschentuch an den Mund.

Aber so leicht gab er nicht auf. Man müsste die Frau beschatten, dachte er im Hinausgehen. Vielleicht führte sie einen dann direkt zu der schönen Anna. Er würde seinen Studienfreund fragen, ob er eine geeignete Person an der Hand hatte, um dies zu übernehmen. Dank der großzügigen Spesen der Verwandten aus Amerika sollte es kein Problem sein, einen Berliner Detektiv aufzutreiben.

Unten vor dem Haus blieb er stehen und beschloss, seinen Freund Ludwig sofort anzurufen, um einen Treffpunkt für den Nachmittag auszumachen. Er machte sich auf den Weg in die Prager Diele, wo er eine Telefonkabine gesehen hatte.

Als er die Straße überquerte, fiel sein Blick auf eine Litfaßsäule. Eines von den Plakaten stach ihm ins Auge. Er trat näher. Es zeigte eine Gruppe Balaleikaspieler vor einem roten Vorhang. Das gleiche Plakat hatte er im Café Iris in München gesehen. Anna habe sich mit diesen Musikern länger unterhalten, hatte der Besitzer gesagt. Er überlegte. Falls sie in Berlin war, besuchte sie vielleicht eines ihrer Konzerte – natürlich eine sehr vage Möglichkeit. Sie traten heute Abend in einem Kabarett namens Blauer Vogel auf, las er. Dann müsste er noch eine Nacht in Berlin bleiben. Vielleicht doch zu viel Aufwand für eine so unsichere Sache. Weiter unten auf dem Plakat stand die Adresse der Agentur dieser Musiker. Vielleicht könnte er mit Hilfe des Agenten die Balalaikaspieler tagsüber treffen. Vielleicht hatten sie Anna in der Zwischenzeit irgendwo getroffen, vielleicht kannten sie Lokale, in denen sie verkehrte. Er lief schnell zum Prager Platz und ließ sich von einem Taxi in die Oranienstraße bringen.

Die Agentur befand sich im Erdgeschoss eines großen Gebäudes, und er musste mehrmals klingeln, bevor endlich jemand öffnete.

»Ja?«, fragte ein jüngerer Mann in Hemdsärmeln, der die Tür aufgerissen hatte. Er wirkte gehetzt und strich sich das Haar aus der Stirn.

Bevor Sepp etwas sagen konnte, ertönte von hinten ein lautes Krachen, als sei etwas umgestürzt.

»Moment«, sagte der Mann. Er ließ Sepp stehen und rannte durch den Gang nach hinten.

Sepp trat in das Büro und sah sich um. Überall standen Kisten und Kartons herum, und die Räume, in die er vom Flur aus blickte, waren mehr oder weniger leer geräumt. Von hinten erklangen Stimmen, und der Mann kam zurückgelaufen.

»Entschuldigen Sie«, sagte er atemlos. »Wir ziehen gerade um. Was möchten Sie denn?«

»Ich interessiere mich für die Balaikagruppe, die ich auf einem Plakat gesehen habe, und …«

»Ja, ja«, unterbrach ihn der Mann. »Bloß im Moment …«, er wies mit bedauernder Geste auf die Unordnung. »Im Moment müssten Sie warten, wenn Sie die Gruppe engagieren wollen. Kommen Sie in den nächsten Tagen in unsere neuen Räume, in … in der Kochstraße. Da können wir dann alles besprechen.«

»Morgen bin ich leider nicht mehr in Berlin. Ich komme aus München, verstehen Sie …«

»Dann geben Sie mir Ihre Karte, und ich rufe Sie an. Wir erwarten jeden Moment einen Wagen, der unsere Sachen abtransportiert, und dafür muss alles bereit sein.« Er ging zum Ausgang und hielt die Tür auf. »Tut mir wirklich leid, aber Sie sehen ja selbst …«

»Ich würde gern mit einem der Musiker sprechen, verstehen Sie«, insistierte Sepp. »Die sind doch in Berlin, wenn sie heute Abend hier auftreten. Und Ihnen ist doch sicher bekannt, wo sie wohnen. Es handelt sich um eine russische Freundin, die diese Musiker kennen … Es ist vielleicht etwas kompliziert, das auf die Schnelle zu erklären, aber …«

»Ja, ja«, erwiderte der Mann ungeduldig. »Aber im Moment kann ich die Adresse von ihrem Hotel nicht raussuchen. Die Unterlagen dafür sind schon verpackt. Geben Sie mir doch eine Nummer in Berlin, unter der ich Sie erreichen kann, dann rufe ich Sie am Nachmittag an.«

»Das wäre sehr freundlich«, sagte Sepp und schrieb Ludwigs Kanzleinummer auf die Rückseite seiner Karte. Von hinten ertönte ein lautes, quietschendes Scharren, als würde ein Möbelstück über den Boden geschoben. Dann fluchte jemand.

»Ich muss jetzt leider …«, sagte der Mann und steckte die Karte in die Brusttasche seines Hemds, bevor er Sepp praktisch zur Tür hinausdrängte.

»Ich erwarte dann Ihren Anruf«, sagte Sepp noch, bevor das Schloss hinter ihm zufiel.

Als er aus dem Haus trat, hatte es zu regnen aufgehört und an manchen Stellen riss der Himmel sogar auf. Er beschloss, ein Stück zu Fuß zu gehen und die angenehm frische Luft zu genießen. Am Randstein hielt ein großer Kastenwagen, aus dem zwei Männer sprangen, die eilig zum Eingang der Agentur liefen. Das waren sicher die Leute, auf die der Agent wartete, dachte Sepp. Ob der Mann tatsächlich Zeit fand, die Adresse der Musiker herauszusuchen und ihn anzurufen? Vielleicht hatte er es auch nur gesagt, um den lästigen Besucher schnell loszuwerden. Aber das machte nichts. Er verfolgte jetzt ohnehin einen anderen Plan.

An der nächsten Ecke bog er in die Lindenstraße. Das flotte Gehen tat ihm gut, und er lief immer weiter, bis er schließlich vor dem alten Kammergericht stand. Das hatte er in seiner Studentenzeit einmal mit Ludwig besichtigt, weil sie den Arbeitsplatz von E. T. A. Hoffmann hatten sehen wollen. Er sah zur Fassade des kleinen Palais hinauf. Sie hatten damals darüber gesprochen, wie anständig Hoffmann sich bei den »Demagogenprozessen« als Richter verhalten habe, indem er sich geweigert hatte, anstelle von Taten »Gesinnungen« zu verurteilen – womit er sich dann selbst ein Disziplinarverfahren eingehandelt hatte. Und sie hatten Hoffmann zu ihrem Vorbild erkoren.

Sepp musste lächeln bei der Erinnerung. Sie hatten beide nicht nachgelassen, sich für die »gerechte Sache« einzusetzen, aber wie weit waren sie damit gekommen? Nicht allzu weit, wenn man an die Verhältnisse in München dachte.

Er überquerte die Straße und ging ein Stück zurück zu einem Café, um seinen Freund anzurufen. Er könne sich früher frei machen, sagte Ludwig am Telefon. »Schließlich bist du selten genug in Berlin.« Er könne in spätestens einer halben Stunde bei ihm sei.

Nach dem Telefonat setzte Sepp sich an einen Tisch am Fenster und bestellte ein Omelette. Aber er hatte kaum zu essen angefangen, als er seinen Freund die Straße entlanglaufen und gleich darauf ins Lokal stürmen sah.

»Mann, Sepp!«, rief Ludwig strahlend. »Wie schön, dass es endlich mal wieder geklappt hat!« Er schüttelte ihm die Hand und klopfte ihm auf die Schulter. »Wie geht's dir? Wo ist dein Gepäck? Wir können gleich zu mir fahren. Oder hast du noch was zu tun?«

»Nein, ich bin so weit fertig. Aber setz dich doch erst einmal«, versuchte er den Überschwang seines Freundes zu dämpfen.

»Ich hab einen Tisch bestellt für heut Abend. Da speisen wir zuerst ausgiebig und danach stürzen wir uns ins Nachtleben. Ich muss dem Provinzler doch schließlich was bieten«, fügte Ludwig lachend hinzu.

»Das geht leider nicht«, erwiderte Sepp, nachdem Ludwig sich gesetzt hatte. »Ich muss noch heut Abend zurück. Ich hab morgen Termine. Tut mir leid.«

Als er sah, wie enttäuscht sein Freund war, überlegte er einen Moment, ob er nicht doch noch eine Nacht bleiben sollte. Doch er verwarf den Gedanken schnell wieder, weil er wusste, wie sehr er dies am nächsten Morgen bereuen würde.

»Es ist ja bloß aufgeschoben«, sagte er beschwichtigend. »Wir holen das ganz sicher nach. Aber ich bin froh, dass du dir freigenommen hast, weil ich etwas mit dir besprechen möchte. Und deine Hilfe bräuchte.«

Ludwig bestellte ein Getränk und sah ihn interessiert an.

»Ich weiß ja nicht, wie's dir mit deiner Kanzlei geht, ich jedenfalls hab ziemliche Schwierigkeiten wegen der Inflation. Deshalb hab ich einen Auftrag angenommen, der nicht unbedingt juristischer Natur ist. Das heißt, ich helfe einer Frau bei der Suche nach ihrer Tochter. Und die zahlt in Dollars.«

»In Dollars?«, rief Ludwig. »Das ist allerdings ein starkes Argument. Aber wie kann ich dir dabei helfen?«

Sepp erklärte ihm kurz den Sachverhalt und dass er heute auf die Idee gekommen sei, die Tante von Anna Kusnezowa beschatten zu lassen, weil sie einen Beobachter möglicherweise zu ihrer Nichte führen könnte. Daher suche er einen vertrauenswürdigen Detektiv, um dies zu übernehmen. Ob er so jemanden kenne?

»Ich glaube schon. Ob der Mann in jeder Hinsicht vertrauenswürdig ist, sei mal dahingestellt. Aber auf alle Fälle ist er loyal zu seinem Auftraggeber.«

»Was meinst du damit?«

»Der Mann heißt Simon Levy. Ein Russe vom Baltikum, der sich nach dem Krieg ziemlich geschickt durchgeschlagen hat. Er betreibt alle möglichen Geschäfte, vielleicht auch nicht ganz koschere, und hat allerorten beste Kontakte, darunter sicher auch ein paar sehr zweifelhafte. Aber sein weitverzweigtes Netzwerk kann sehr nützlich sein. Jedenfalls hat unsere Kanzlei ihn schon einige Male eingesetzt, um Leute zu überprüfen. Erst kürzlich ist er für uns tätig gewesen, als es um eine Erpressung ging, die unser Mandant diskret behandeln, das heißt nicht anzeigen wollte, und …«

Sepp hörte nur mit halbem Ohr zu, weil auf der anderen Straßenseite, vor dem großen Gebäude, über dessen Portal »Victoria Versicherung« eingemeißelt war, der Kastenwagen gehalten hatte, den er zuvor bei der Agentur gesehen hatte. Der Fahrer und der Agent packten Kisten aus, die sie eilig in das Gebäude trugen. Der Fahrer kam gleich darauf wieder zurück. Der Agent nicht.

»Was ist?«, fragte Ludwig. »Hast du ein Gespenst gesehen?«

Sepp schüttelte den Kopf. »Ich hab mich bloß gewundert.

Ich war eben bei einer Konzertagentur, um mich nach Musikern zu erkundigen, die Kontakt mit Anna Kusnezowa hatten. Die Agentur war gerade mitten im Umzug. Und jetzt sehe ich, dass diese Leute Sachen in eine Versicherung bringen.«

»Das ist keine Versicherung mehr da drüben. Das ist die sowjetische Handelsmission.«

»Dieser ganze riesige Komplex? Treiben wir so viel Handel mit der jungen Sowjetunion?«

»Tja, darüber«, sagte Ludwig lächelnd, »kursieren die vielfältigsten Gerüchte. Allerdings scheint festzustehen, dass für die Abwicklung des Außenhandels kein so großes Gebäude nötig wäre, das für eine Million Mark pro Jahr von der Victoria gemietet worden ist. Also wird angenommen, dass die meisten der neunhundert Angestellten mit anderen Dingen beschäftigt sind.«

»Mit welchen anderen Dingen? Mit Spionage?«

»Ja, das hört man. Und das behaupten nicht bloß Leute aus dem rechten Spektrum. Ich gehe allerdings davon aus, dass hier auch Teile der Kommunistischen Internationale untergebracht sind, der Komintern. Und die hat große Aufgaben.« Er grinste. »Die Weltrevolution zum Beispiel.«

»Die meisten aber«, mischte sich jemand von hinten ein, »haben recht bescheiden angefangen.«

Sepp und Ludwig drehten sich um.

Der Wirt stand neben dem Tisch und deutete auf das Gebäude. »Wir haben Gäste von dort drüben«, erklärte er. »Eine Übersetzerin aus Moskau, die dort drüben arbeitet, hat mir erzählt, dass ihre Schuhe mit Gras ausgestopft waren, als sie hier angekommen ist. Zu Hause hat man ihr erzählt, dass sie ins absolute Elend fahren würde.« Er verzog das Gesicht. »Ins kapitalistische Ausland eben. In ein Land, das den Krieg verloren hatte. Nach ihrer Ankunft am Schlesischen Bahnhof hat sie sich dann ziemlich gewundert. Jedenfalls will sie um keinen Preis ins kommunistische Paradies zurück.« Er lachte.

»Das scheint überhaupt ein Problem zu sein dort drüben. Dass keiner mehr zurückwill ...«

Sepp hörte zu, während der Wirt von allerlei Vergünstigungen erzählte, die die Mitarbeiter dort genossen, gute Bezahlung, überschaubare Arbeitszeiten, was die deutschen Angstellten sehr schätzten, die als Kommunisten oft keine so günstigen Bedingungen kannten ... Die sowjetischen Mitarbeiter seien aber auch bei den Deutschen sehr bliebt, weil sie pünktlich bezahlten, und bei den Ladenbesitzern, weil sie viele Dinge kauften, die sie zu Hause nicht bekommen könnten ... In seinem Kopf jedoch begann eine ganz andere Gedankenkette loszurattern.

War es möglich, dass die schöne Anna ihre Reize nicht für schnöden Mammon einsetzte? Dass sie mit irgendwelchen Herren unterwegs war, nicht weil sie an deren Brieftasche, sondern weil sie an Informationen kommen wollte? Er ließ die Stationen Revue passieren, an denen sie gesehen worden war. Bei Großfürst Kyrill in Coburg, wo Scheubner-Richter sie hingebracht hatte, beim Kongress der russischen Monarchisten in Bad Reichenhall, wo die gesamte Crème des antibolschewistischen Widerstands versammelt war. Überall hatte sie Zugang zu den höchsten zaristischen Kreisen gehabt. Und im Hotel Kaiserin Elisabeth am Starnberger See war sie zufällig anwesend gewesen, als sich dort Leute trafen, die als Putschisten galten. Für die sich der sowjetische Geheimdienst interessierte, weil man über die politische Entwicklung in Deutschland Bescheid wissen wollte. Dort hatte sie »Naturaufnahmen« gemacht und Hausmädchen als Hintergrund benutzt. Um unauffällig die Herrenrunde im Garten zu knipsen.

Sepp holte tief Luft. Plötzlich schien alles einen Sinn zu ergeben. Dass niemand etwas mit ihr zu tun haben wollte. Dass niemand Auskunft über sie gab. Entweder hatte man Verdacht geschöpft, oder sie war enttarnt worden. Und jetzt empfand man es als furchtbar peinlich, dass eine sowjetische Spionin jahrelang im Schoß der zaristischen Gemeinde leben konnte, ohne dass jemand etwas gemerkt hatte. Eine Demütigung, die man nicht an die große Glocke hängen wollte. Vor allem Scheubner-Richter musste zutiefst beschämt sein, dass er eine Agentin der verhassten Sowjetmacht ins Allerheiligste geführt hatte, zu Kyrill, der Anspruch auf den Zarenthron erhob. Aber man hatte sie für eine der Ihren gehalten, man hatte ihr bedingungslos vertraut. Einer Frau, die mit den Zarentöchtern gespielt hatte! Sepp musste fast lachen. Er aß schnell sein Omelette auf und lehnte sich zurück. Das machte den Verrat in den Augen der russischen Monarchisten sicher noch schlimmer, dachte er. Und ihr war natürlich sehr bewusst, dass ihr Leben keinen Pfifferling mehr wert wäre, wenn diese Leute sie in die Finger kriegten. Deshalb war sie untergetaucht.

»Ludwig, wir sollten zahlen«, unterbrach er das Gespräch seines Freundes mit dem Wirt. »Und möglichst gleich zu diesem Levy fahren. Weißt du, wo der wohnt?«

»Ja sicher. Der hat ein Büro gleich hier in Kreuzberg. Aber was ist denn los? Wieso hast du es plötzlich so eilig?«

»Das erzähl ich dir im Auto.«

»Dich scheint das alles gar nicht groß zu wundern«, sagte Sepp, nachdem er ihm von seiner Vermutung erzählt hatte.

»Das liegt wahrscheinlich daran, dass man in Berlin an Spionagegeschichten gewöhnt ist. An deiner Geschichte ist nur ungewöhnlich, dass sie sich innerhalb der höchsten Zirkel der zaristischen Gesellschaft abgespielt haben soll. In diese Kreise jemanden einzuschleusen ist schon ein Treffer für die Bolschewiki.« Er lachte. »Die arme Mata Hari war ja das reinste Waisenkind dagegen.«

»Dieses Waisenkind hat man immerhin erschossen.«

»Das würden die Zaristen mit deiner Anna sicher auch gern tun. Und Attentäter habt ihr ja genug in München. Die reisen sogar nach Berlin, wenn nötig, wie beim Anschlag auf

Nabokov. Der wurde in der Philharmonie regelrecht hingerichtet.«

»Ja, stimmt schon. An rechtsradikalen Russen ist bei uns kein Mangel. Aber im Fall der Anna Kusnezowa würden sie ein solches Aufsehen lieber vermeiden.«

Nach kurzer Fahrt hielt Ludwig vor einem Ladengeschäft, über dessen Eingang in verblichener Schrift »Obst und Südfrüchte« stand.

»Da ist es«, sagte Ludwig und stieg aus.

»In einem Obstladen?«

Ludwig zuckte die Achseln. »Lass dich von Äußerlichkeiten nicht abschrecken. Die Miete hier ist günstig. Und wie ich Simon Levy kenne, residiert der bald an einer besseren Adresse.«

Sepp folgte seinem Freund in den Laden. Zielstrebig durchquerte Ludwig den leeren ehemaligen Verkaufsraum und stieg eine kleine Treppe hinauf, die in den rückwärtigen Bereich führte. Dort klopfte er an eine Tür. Es dauerte einen Moment, bis jemand »herein« rief. Als sie eintraten, legte der Mann am Schreibtisch, den Sepp auf etwa Ende dreißig schätzte, gerade den Hörer auf.

»Ah, Herr Rechtsanwalt«, sagte er erfreut und zog das Jackett an, das über der Stuhllehne hing, bevor er ihm die Hand schüttelte. »Was kann ich für Sie tun? Gibt's einen neuen Auftrag für mich?«

»So ist es, Herr Levy. Diesmal sollen Sie aber nicht für meine Kanzlei, sondern für meinen Freund Dr. Leitner aus München tätig werden.«

Sepp schüttelte ebenfalls Levys Hand. Schon beim Eintreten war ihm aufgefallen, dass ihn der Mensch an das Plakat einer Sektreklame erinnerte, wo ein ebenso gutaussehender Mann an einer Bar lehnte. Levy trug natürlich keinen Smoking, sondern einen Anzug, der aber sicher nicht von der Stange kam. Er war aus einem anthrazitfarbenen, glatten Material, das je nach Lichteinfall ins Grüne oder Bläuliche schillerte. Wie eine Schlangenhaut, dachte er. Der ist nicht leicht zu fassen, schoss ihm durch den Kopf. Der findet immer Lücken, um durchzuwischen.

»Nehmen Sie doch Platz«, forderte Levy seine Besucher auf, bevor er sich ebenfalls setzte. Ob er ihnen etwas anbieten dürfe?

Ludwig lehnte ab. »Ich komme am besten gleich zur Sache«, begann er. »Sie müssten jemanden suchen. Und dafür ist es wahrscheinlich nötig, eine Person zu beschatten. Eine Dame, die in der Pension Schmidt in der Trautenaustraße wohnt.«

»Dann gehe ich davon aus, dass es sich bei der Dame um eine Russin handelt?«

Sepp erklärte ihm die Hintergründe der Angelegenheit und welche Überlegungen er sich inzwischen gemacht hatte.

»Wird diese Anna Kusnezowa auch von staatlicher Seite verfolgt? Ich meine, sucht auch die Polizei nach ihr?«, fragte Levy.

»Das glaube ich nicht. Aber irgendwelche Münchner Zaristen sind wahrscheinlich hinter ihr her.«

Levy nickte. »Und Sie gehen davon aus, dass sie sich in Berlin aufhält.«

»Das ist eine Vermutung, auf die mich das Verhalten ihrer Tante gebracht hat. Sie wirkte ziemlich nervös, als ich bei ihr aufgetaucht bin. Aber wenn sie hier ist«, er zog das Foto von Anna heraus und legte es auf den Schreibtisch, »nehme ich an, dass eine so schöne und elegante Frau im Umfeld der sowjetischen Kreise eine recht auffällige Erscheinung sein dürfte.«

Ein kleines Lächeln spielte um Levys Mund, als er das Foto betrachtete. »Ich weiß ja nicht, wie Sie sich die ›sowjetischen Kreise‹ vorstellen. Aber nach der Neueinsetzung der sowjetischen Botschaft, die in das Gebäude der alten, zaristischen Vertretung eingezogen ist, sieht man dort Leute, die zumindest äußerlich nicht dem Bild entsprechen, das Sie sich vielleicht von den Repräsentanten eines proletarischen Staates machen.

Ich denke nicht, dass sie dort sonderlich auffallen würde. Bei den Empfängen Unter den Linden wird Kaviar gereicht und Champagner getrunken, und die Damen tragen Haute Couture.« Er griff hinter sich in ein Regal und zog eine aufgeschlagene Illustrierte heraus, die er zu Sepp hinüberschob. »Das ist Madame Lunatscharski, die Gattin des sowjetischen Volksbeauftragten für Bildung, die sehr oft in Berlin weilt.«

Sepp sah das Bild einer stark geschminkten Frau, die er aufgrund ihrer extravaganten Aufmachung für einen Filmstar gehalten hätte.

»Und ich hab gehört«, sagte Ludwig grinsend, »dass sich die deutschen Kommunistinnen bei einer Einladung ziemlich fehl am Platz gefühlt hätten in ihren schlichten Röcken und flachen Schuhen. Aber die Genossen von der KPD werden angeblich ohnehin nicht allzu oft eingeladen in den prächtigen Bau.«

Sepp blickte von einem zum anderen und schüttelte den Kopf. »Und ich spende für die Hungerhilfe in Russland?«

»Hungernde gibt's natürlich auch. Sogar mehrere Millionen«, sagte Levy gelassen. »Aber mit der Prachtentfaltung auf der diplomatischen Bühne verfolgt die sowjetische Regierung einen bestimmten Zweck. Man möchte nicht mehr der Paria sein in der Staatengemeinschaft. Die UdSSR wird nur von Deutschland anerkannt und kann sich nur in Berlin präsentieren. Und das soll offenbar anders geschehen als 1917 in Brest-Litowsk bei den Friedensverhandlungen. Sie haben diese Bilder doch sicher auch gesehen: Revolutionäre in Kampfmontur und Flintenweiber in wattierten Jacken.« Er lachte. »Die sich beim Essen nicht benehmen konnten. Oder nicht benehmen wollten, weil sie das für ein Relikt aus zaristischen Zeiten hielten.«

»Ach wirklich?«, fragte Sepp. »Und jetzt isst man Kaviar und schlürft Champagner, um beim kapitalistischen Klassenfeind Anklang zu finden?«

»Wenn Sie so wollen«, sagte Levy achselzuckend. »Die Partei ist allerdings sehr sparsam, wenn es um die Finanzierung ihrer Agenten geht. Die müssen oft eigene Geschäfte gründen, nicht nur zur Tarnung, sondern auch, um Geld zu verdienen.«

»Was Sie nicht sagen. Und diese Geschäfte müssen zuweilen schnell wieder aufgelöst werden, wenn es zu Komplikationen kommt? Wie diese Konzertagentur in der Oranienstraße, die gerade beim Umziehen war, als ich heute hinkam.«

»Eine gewisse Fluktuation liegt wahrscheinlich in der Natur der Sache.«

»Dann könnte es auch sein, dass Anna Kusnezowa die Smaragde aus dem Schmuck ihrer Mutter herausgebrochen hat, weil sie einen Beitrag zur Finanzierung ihres Lebensstils leisten musste?«

»Davon würde ich ausgehen«, sagte Levy schmunzelnd.

»Wie würden Sie denn vorgehen?«, fragte Ludwig. »Müssten Sie noch weitere Leute engagieren für die Beschattung?«

»Das kommt darauf an. Aber ich hätte noch eine andere Idee, die vielleicht schneller zum Ziel führt.« Er zündete sich eine Zigarette an und sah dem Rauch nach. »Diese Anna Kusnezowa hat dem sowjetischen Geheimdienst doch offenbar wertvolle Informationen geliefert, an die kein anderer ihrer Agenten herangekommen wäre. Und damit hat sie sich sicher Verdienste erworben. Wenn nun von deutscher Seite nichts vorliegt gegen sie, dann musste sie auch nicht abgezogen werden. Die Zaristen allerdings ...« Er lehnte sich zurück und blickte an die Decke. »Die Zaristen werden wahrscheinlich nicht nachgeben, weil sie ziemlich blamiert dastünden, wenn publik würde, dass sie sich jahrelang an der Nase haben herumführen lassen.«

»Ja, und?«, fragte Sepp ungeduldig. Dieser Kerl verzapfte Zeug, das ihm schon längst selbst aufgegangen war, und verkaufte es als Erkenntnis eines mit allen Wassern Gewaschenen. Aber er würde sich nicht blenden lassen von diesem glatten Schönling.

»Also könnte es sein«, fuhr Levy unbeirrt fort, »dass sie noch in Berlin ist und für weitere Einsätze vorbereitet wird. Im Ausland vielleicht. Mit neuer Identität und neuem Pass. Ach, wussten Sie übrigens, dass die sowjetische Botschaft über die besten Fälscherwerkstätten auf dem ganzen Kontinent verfügen soll?«

Sepp schnaufte auf.

»Also könnte ich mich in den sowjetischen Niederlassungen umhören. Es gibt ja nicht nur die Botschaft und die Handelsmission, sondern noch eine ganze Reihe weiterer Einrichtungen, man könnte sagen, einen ganzen Archipel ...«

»Und diese Leute geben Ihnen bereitwillig Auskunft?«, fragte Ludwig.

Levy lächelte nachsichtig. »Ich habe meine Verbindungen. Ich kenne Leute von früher. Ich habe sogar einen Bekannten, der zum Botschaftspersonal gehört. Jedenfalls bekomme ich so heraus, ob sie sich in einem der Gästehäuser aufhält.«

»Jetzt nur mal so aus Interesse«, sagte Ludwig. »Wäre es auf diese Weise nicht auch für die Zaristen ein Leichtes, an sie heranzukommen? Ich meine, wenn sie einfach so in einem dieser Häuser wohnt?«

»Das ist vielleicht der einzige Unterschied zu anderen diplomatischen Vertretungen und deren kulturellen oder wirtschaftlichen Einrichtungen. Bei den Sowjets ist das gesamte Personal bewaffnet. Also wäre sie ziemlich sicher. Von einsamen Spaziergängen an der Spree wird ihr sicher abgeraten ...«

»Und bis wann könnten Sie mir sagen«, unterbrach ihn Sepp, bevor der Kerl in seiner herablassenden Art weiterreden konnte, »ob Sie etwas herausgefunden haben?«

»Bis morgen, denke ich. Wo kann ich Sie erreichen?«

Sepp reichte ihm seine Karte und stand auf. Levy brachte ihn und Ludwig zur Tür. »Ich denke, die Sache lässt sich schnell aufklären«, sagte er mit einem gewinnenden Lächeln zum Abschied.

»Und? Was meinst du?«, fragte Ludwig auf dem Weg zum Auto.

»Es wird sich zeigen, ob das alles so problemlos geht. Aber entschuldige, mir ist der Kerl nicht sonderlich sympathisch mit seinem besserwisserischen Getue.«

»Das hat man gemerkt«, erwiderte Ludwig amüsiert. »Nachdem du die politische Dimension der sowjetischen Prachtentfaltung anscheinend nicht verstanden hast.«

»Das soll er mal den Arbeitern erklären, die für die Hungerhilfe spenden«, erwiderte Sepp ärgerlich. »Die geben ihre sauer ersparten Pfennige, und diese Lunatscharski kauft sich Pariser Klamotten. Hast du das Bild gesehen in der Zeitschrift?«

»Ich schon. Aber die Genossen wahrscheinlich nicht. Die lesen keine mondänen Magazine. Die sind zu teuer.«

29

Rattler schob die Mütze tiefer in die Stirn und den Schal übers Kinn hinauf, aber es half nichts. Nach mehr als einer Stunde an der zugigen Hausecke fror er bis auf die Knochen und begann, regelrecht zu schlottern. Es war aber nicht nur die kalte Zugluft, die ihm zu schaffen machte, er fühlte sich schon seit letztem Abend krank, weil er offenbar zu lange durch den feuchten Nebel geradelt war. Trotzdem würde er jetzt nicht aufgeben. Es konnte nicht mehr lange dauern, bis sich Larissa auf den Weg zu ihren Nachhilfeschülern machte, wie immer am späteren Nachmittag. Er befühlte den Schlüssel in seiner Tasche, den er gestern noch schnell von dem Haken neben der Tür gerissen hatte, bevor sie ihn praktisch rausgeschmissen hatte.

Schon während des heftigen Streits, der vorausgegangen war, hatte er beschlossen, sich mit ihren Erklärungen nicht abzufinden, sondern der Sache auf den Grund zu gehen. Schließlich hatte sie überhaupt nichts erklärt, sondern bloß unlogische bis vollkommen wirre Argumente aufgefahren, weshalb sie sicher sei, dass Meixner nicht ihr Vergewaltiger gewesen sein konnte. Er habe keinerlei Ähnlichkeit mit ihrem Peiniger, versuchte sie seine Fragen abzuschmettern. Worauf er meinte, dass sie den Mann doch gar nicht habe beschreiben können, weil es zu dem Zeitpunkt angeblich zu dunkel gewesen sei. Dieser Einwand brachte sie furchtbar auf die Palme, und sie hatte ihm ein paar sehr beleidigende Dinge an den Kopf geworfen, die er nie von ihr erwartet hätte. Er musste sogar jetzt noch schlucken, wenn er daran dachte. Ein »kleiner Kriminaler«, hatte sie verächtlich gesagt, mit »einem Hang zu Sherlock-Holmes-Geschichten«, solle sich nicht anmaßen, sie ins Kreuzverhör zu nehmen. Am Schluss schien sie vollkommen durchzudrehen und verstieg sich sogar zu der Aussage, dass der Mann schon deswegen der falsche sei, weil er gar nicht Adler heiße, sondern dies nur ein Spitzname sei, wie er selbst herausgefunden habe. Daraufhin hatte er die Beherrschung verloren und die Vermutungen wiederholt, die schon von seinem Kommissär angestellt worden waren. Ob es denn tatsächlich stimme, was sie ihm erzählt habe, oder ob nicht etwas ganz anderes dahinterstecke? Daraufhin war sie ganz bleich geworden und hatte bloß noch gezischt, dass er so schnell wie möglich verschwinden solle.

Als er beim Hinausgehen einen letzten Blick auf sie geworfen hatte, hatte er den Eindruck gehabt, dass ihr die verletzenden Dinge, die sie gesagt hatte, bereits leidtaten, aber in der aufgeheizten Stimmung fand keiner von ihnen eine Möglichkeit, wieder einzulenken. Danach war er jedenfalls so aufgewühlt gewesen, dass er nicht gleich nach Hause hatte fahren können. Also war er ziellos durch die Stadt geradelt und hatte sich wahrscheinlich verkühlt. Wenn auch nicht so schlimm, dass er das Bett hätte hüten müssen.

Als Steiger jedoch heute Morgen meinte, er sehe gar nicht gut aus, hatte er sehr demonstrativ gehustet und geschnieft, worauf ihn Steiger sofort nach Hause schickte. Er solle sich auskurieren, weil mit seiner Lunge nicht zu spaßen sei, und außerdem wolle man keine verrotzten Leute im Büro, die alle anstecken könnten. Das hatte er sich natürlich nicht zwei Mal sagen lassen. Denn nur auf die Weise war's möglich, an einem Nachmittag Larissas Wohnung zu beobachten. Und mehr: Wenn die Luft rein war, würde er dort nachsehen, ob sich vielleicht Dinge fanden, die ihr seltsames Verhalten erklärten. Er hatte zwar nicht die leiseste Ahnung, was das sein könnte, aber egal, was er dort finden würde, wenn es nur half, sie zu verstehen, ihr vielleicht sogar zu helfen. Ihre Differenzen ließen sich ausräumen, da war er sicher – schließlich war er nicht nachtragend. Nur durfte sie natürlich nie erfahren, dass er bei ihr eingedrungen war.

Er spähte wieder ums Hauseck und drückte sich gleich darauf enger hinter den Mauervorsprung. Sie kam gerade aus dem Hof und bog nach rechts in Richtung Brücke. Sie hielt den Kopf gesenkt beim Gehen und trug anscheinend schwer an ihrer Tasche. Also war sie auf dem Weg zu ihren Schülern in Haidhausen. Ihr Schritt war allerdings nicht so forsch wie sonst immer, wenn sie durch die Straßen eilte. Sie wirkte bedrückt. Also litt sie genauso wie er an den Auseinandersetzungen. Er blickte ihr nach, bis sie hinter der Brückenwölbung verschwunden war. Dann überquerte er die Straße.

Falls ihn jemand aus dem Vorderhaus beobachten sollte, würde man sich nicht wundern, weil er schon oft in Larissas Gesellschaft gesehen worden war. Trotzdem klopfte ihm das Herz bis zum Hals, als er in das Hinterhaus trat. Er lehnte sich einen Moment gegen die Wand, nachdem er hinter sich wieder abgesperrt hatte.

Wo sollte er beginnen? Als Erstes in der Küche, in der er noch nie gewesen war. Dort erkannte er schon beim Blick auf die spärliche Möblierung, dass er sich nicht lange aufhalten müsste. Er zog rasch die Schubladen und Türen eines kleinen Buffets auf und fand nur Besteck, Geschirr und ein paar Töpfe. Kochen schien keine Lieblingsbeschäftigung von ihr zu sein.

Dann ging er ins Büro und durchsuchte den Schreibtisch. Die Fächer hinter den Seitentüren waren bis auf ein paar mathematische Lehrbücher und Schreibpapier leer, aber die breite Schublade war mit schriftlichen Unterlagen gefüllt. Er nahm die Übungshefte von Schülern heraus und die graue Kladde, in der er schon einmal heimlich herumgeblättert hatte. Sie enthielt Aufzeichnungen, die er für eine Art Tagebuch hielt, weil sie darin Einladungen und Begegnungen bei den Familien ihrer Schüler beschrieb. Schon damals war ihm eigentlich merkwürdig vorgekommen, warum sie derlei festhalten wollte. Jetzt sah er, dass sich zwischen den Seiten auch lose Blätter befanden, die mit Maschine getippt waren. Nachdem er den Inhalt überflogen und mit dem Tagebuch verglichen hatte, stellte er fest, dass es Zusammenfassungen der handschriftlichen Aufzeichnungen waren. Wieso machte sie das? In der zweiten Kladde, die er aufschlug, war es ganz ähnlich. Auch hier fasste sie nochmals zusammen, was sie zuvor ausführlicher dargestellt hatte. Zudem fand er sehr seltsam, dass sie sich praktisch nur für die Meinung ihrer Gastgeber über bestimmte Leute interessierte. Warum war ihr das so wichtig? Er überlegte, kam aber zu keinem Schluss.

Das Notizbuch mit dem Foto des jungen Mannes, den er im Album von Lothars Schwester gesehen hatte, lag nicht in der Schublade. Er stand auf und sah sich um. Die Ordner, die im Regal standen, waren leer, und nach einem weiteren Blick fiel ihm nichts ins Auge, was er hätte überprüfen können.

Er ging ins Schlafzimmer. Es war unverändert, seitdem er hier mit ihr gesessen hatte. Die Schallplatten standen neben dem Hocker, das Schaffell lag auf dem Boden, nur über der Lampe hing kein Tuch mehr. Und neben dem Bett befand sich ein Bücherstapel, den er damals nicht gesehen hatte. Die Titel konnte er nicht lesen, weil sie auf Russisch waren. Warum schrieb sie ihr Tagebuch nicht auf Russisch, fragte er sich.

Er ging zum Schrank und öffnete die Türen. Als er die Kleiderbügel auseinanderschob, überkam ihn ein unangenehmes Gefühl. Anders als bei der Durchsuchung des Schreibtischs hatte er hier den Eindruck, in einen intimen Bereich einzudringen. Trotzdem drückte er den Ärmel einer Jacke an die Nase und sog ihren Duft ein. Schnell ließ er ihn wieder fallen und tastete den Boden des Schranks ab, doch er fühlte nur Laken und Überzüge und darauf ein paar Wolljacken. Er machte den Schrank wieder zu und zog die Schublade unterhalb der Türen auf. Sie enthielt Unterwäsche. Er zögerte einen Moment, bevor er die Hände in die feinen Gebilde aus weißem und rosafarbenem Batist tauchte. Ganz unten ertastete er etwas, das er vorsichtig herauszog. Zu seiner Verblüffung stellte er fest, dass es eine der Zeitschriften war, die er von Brunner kannte. Eine Art Illustrierte, die im Mai 19 von Fotografen zusammengestellt worden war und viele Bilder von der Erstürmung Münchens durch die gegenrevolutionären Truppen enthielt. Warum versteckte sie ein solches Heft in ihrer Unterwäsche?

Er richtete sich auf und ihm blieb fast das Herz stehen, als er von draußen Stimmen hörte. Jemand war an der Tür. Leise schob er die Lade wieder zu und spähte in den Gang hinaus. Durch den dünnen Vorhang vor dem Fenster sah er Larissa, die in ihrer Tasche nach dem Schlüssel suchte. Neben ihr stand ein junger Mann in dunklem Mantel.

Von Panik ergriffen, sah er sich um, aber er hätte sich nirgends verstecken können. Als einzige Möglichkeit blieb die Küche, wo er sich hinter der Tür an die Wand drücken und inständig hoffen würde, dass sie dem Besucher keinen Tee machen wollte. Mit zwei Sätzen war er dort und schnappte sich gerade noch die Postkarte vom Boden, die aus der Illustrierten gefallen war. Im gleichen Moment ging die Haustür auf, und Larissa kam herein. Er wagte kaum mehr zu atmen und hielt eine Hand auf den Mund gepresst, um einen Hustenreiz zu unterdrücken. Der Schweiß brach ihm aus, als er sich erinnerte, dass die Küchentür nicht weit offen gestanden hatte, als er eingetreten war. Das würde sie sofort misstrauisch machen.

»Ich weiß nicht, warum alles plötzlich so schnell gehen soll«, sagte Larissa ärgerlich. »Ich muss noch meine Schüler …«

»Das hab ich dir doch alles erklärt«, unterbrach sie der Mann ungeduldig. »Es muss alles ausgeräumt werden.«

Rattler hörte, dass die Schritte der beiden sich Richtung Büro entfernten. Der Küchentür schenkte Larissa offenbar keine Beachtung.

»Als ich letzte Woche mit ihm telefoniert habe«, sagte sie, »klang es nicht so brisant.«

»Mein Gott«, erwiderte der Mann ungehalten, »ich hab dir doch gesagt, was passiert ist. Es ist Eile geboten.«

»Die Möbel gehören doch dem Vermieter und außer dem Grammophon sind ohnehin alles meine Sachen.«

»Das Grammophon pack ich gleich in den Wagen. Und ich rate dir, auch gleich mitzukommen …«

»Ich kann noch nicht weg, ich hab noch was zu erledigen und …«

Rattler hörte, wie beide ins Schlafzimmer gingen. Der Mann redete auf sie ein, allerdings mit gedämpfter Stimme, so dass er nur einzelne Wörter und Satzfetzen verstand. Sie könne nicht »selbst entscheiden«, glaubte er zu hören, sondern müsse sich »an Vorgaben halten«. Der Agent wollte offenbar das Hinterhaus aufgeben. Dann hätte sie keine Bleibe mehr. Vielleicht konnte er ihr helfen, eine neue Wohnung zu finden. Vorübergehend könnte sie bei ihm und seiner Kusine unterkommen. Sie hatten ein Zimmer, das sie freiräumen könnten.

Jetzt hörte er wieder Schritte. Sie waren im Gang. Nur ein paar Meter entfernt von ihm. Ein kleines Rinnsal aus Schweiß lief ihm über die Stirn, und ein paar Tropfen brannten in seinen Augen. Es war unmöglich, sie abzuwischen. Er musste den juckenden Schmerz ertragen.

»Trotzdem«, sagte Larissa. »Fahr mich nach Haidhausen rauf, dann komme ich nur ein bisschen zu spät.«

»Was willst du jetzt noch bei deinen Schülern?«, sagte der Mann zornig. Die Haustür wurde geöffnet. »Wenn ich ihm das sage, wird er verdammt sauer sein.«

Larissa antwortete nichts darauf. Rattler hörte nur, wie die Tür geschlossen und abgesperrt wurde. Er nahm die Hand vom Mund und schnappte nach Luft, bevor er sich endlich den Schweiß abwischen konnte. Dann schlich er vorsichtig in den Gang und spähte durchs Fenster. Die beiden gingen zum Hof hinaus. Der Mann trug das Grammophon, Larissa folgte ihm.

Er wartete noch ein paar Minuten, bis er sicher war, dass sie nicht zurückkämen, dann sperrte er auf und verließ fluchtartig das Gebäude. Die Zeitschrift noch immer an sich gedrückt, rannte er zu seinem Rad und fuhr zum Viktualienmarkt, wo er hinter einem Stand verschnaufte.

Dann zog er die Karte heraus, die auf den Boden gefallen war. Fast hätte er sich damit verraten. Wer weiß, wie der Mann vorgegangen wäre, wenn er ihn für einen Einbrecher gehalten hätte. Und ob ihm Larissa zu Hilfe gekommen wäre, war keineswegs sicher.

Beim Blick auf das Foto erinnerte er sich, dass er ein ähnliches oder vielleicht sogar das gleiche in Brunners Sammlung gesehen hatte. Drei Männer führten einen Gefangenen ab, in der Residenzstraße, wie es aussah. Der Mann ganz links war eindeutig Hofbauer. Jetzt fiel ihm ein, dass er das Foto zusammen mit Reitmeyer angesehen hatte. Der meinte, man könne nicht mit Sicherheit sagen, dass es sich bei dem Mann neben Hofbauer um Sturm handle, weil das Bild zu unscharf sei und weil diese Freikorpsleute ohnehin alle ähnlich aussehen würden aufgrund ihrer Aufmachung und der tief in die Stirn gezogenen Mützen. Für den Mann ganz links hatten sie sich damals überhaupt nicht interessiert. Aber auch der war nicht klar zu erkennen. Genauso wenig wie der Gefangene.

Er schob sein Rad durch die Obst- und Gemüsestände auf dem Platz. Vielleicht hatte die Illustrierte mit der Karte bereits im Schrank gelegen, als Larissa eingezogen war. Schließlich wurde die Wohnung möbliert vermietet, wie er eben erfahren hatte. Er blieb stehen und sah sich das Heft genauer an. Er fand nichts Auffälliges. Doch auf der Rückseite entdeckte er es. Ein paar Worte, die darauf geschrieben waren. Auf Russisch. Er hielt einen Moment die Luft an. Also gab es eine Verbindung zwischen ihr und den Männern. Aber was hatte Larissa mit Hofbauer und Sturm zu tun?

Plötzlich überschlugen sich seine Gedanken. Er musste herausfinden, wer der dritte Mann war. Er sah auf die Kirchturmuhr. Kurz vor fünf. Er müsste warten, bis im Präsidium Dienstschluss war.

30

»Gibt's eine Nachricht für mich?«, fragte Reitmeyer.

Brunner griff nach einem Zettel auf seinem Schreibtisch. »Eine Frau von Ziebland hat ausrichten lassen, dass sie zu dem Termin nicht kommen kann. Außerdem sieht sie überhaupt nicht ein, warum sie herkommen soll und was man von ihr will, weil sie schon alles gesagt hat, was sie weiß.«

»Und sonst? Vom Haftrichter?«

»Sie meinen wegen dem Meixner? Nix.«

»Und wo ist der Oberinspektor?«

Brunner zuckte die Achseln.

Reitmeyer ging in sein Büro hinüber. Warum zog sich die Entlassung von Meixner so lange hin? Klotz schien ihm aus dem Weg zu gehen. Und als er selbst beim Haftrichter angerufen hatte, meldete sich ein Referendar, der nichts wusste.

»Darf ich kurz stören? Hätten Sie einen Moment?«

Reitmeyer drehte sich um. Fräulein Rübsam steckte den Kopf durch die Tür. »Ja, sicher. Kommen Sie rein.« Er deutete auf den Platz neben seinem Schreibtisch.

Fräulein Rübsam warf kurz einen Blick durch den Raum, als wollte sie sich überzeugen, dass er allein war, bevor sie sich auf der Stuhlkante niederließ. »Es geht nochmal um diesen Hans Berger«, sagte sie. »Sie wissen schon, der Bekannte von Brigitte Leupold.«

»Gibt's etwas Neues?«

»Tja, ich weiß nicht recht. Ich wollte Sie jedenfalls darüber informieren, nachdem Sie sich doch für den Mann interessiert haben.« Sie zupfte am Kragen ihrer Bluse herum und rückte eine Brosche zurecht. »Also, die Brigitte hat mir gesagt, dass Berger von ihren Freundinnen in einem Lokal gesehen worden ist. Dort hat er sich mit zwei Herrn getroffen, und die zwei hätten französisch gesprochen, bevor Berger aufgetaucht ist.«

»Ach ja? Und worüber er sich mit den Herrn unterhalten hat, haben sie das auch gehört?«

Fräulein Rübsam zuckte die Achseln. »Ich glaube nicht.«

»Aha.« Reitmeyer legte seinen Stift weg und sah Fräulein Rübsam an. »Die Brigitte hat mich auch schon angerufen, um mir mitzuteilen, dass Berger gesehen worden ist.«

»Wissen Sie, ich glaube«, sagte Fräulein Rübsam, »dass sie ihre sämtlichen Bekannten auf die Suche nach Berger geschickt hat. Und offenbar wird er immer wieder irgendwo gesehen. Ich dachte, Sie suchen ...«

Fräulein Rübsam brach mitten im Satz ab, als Steiger hereinkam. »Ach übrigens«, sagte er und nahm eine Akte aus seiner Schublade. »Der Haftbefehl gegen Meixner ist aufgehoben worden.«

»Wann?«, fragte Reitmeyer.

»Ich weiß nicht. Ich hab gerad den Rauchenberger unten getroffen, der hat's mir gesagt.«

»Und wieso erfahren wir das über einen Beamten aus dem Polizeigewahrsam ...«

»Keine Ahnung«, erwiderte Steiger, steckte die Akte in seine Tasche und ging zur Tür.

Fräulein Rübsam stand auf. »Ich kann auch ein anderes Mal kommen, wenn es besser passt.«

Reitmeyer bedeutete ihr, sich wieder zu setzen. »Wann bist du wieder zurück?«, fragte er Steiger. Der murmelte etwas von einer Stunde, bevor er verschwand. Reitmeyer schüttelte ärgerlich den Kopf.

Fräulein Rübsam sah ihn unsicher an.

»Ja, nun«, wandte er sich wieder an die Fürsorgerin. »Ich wollte damals wissen, wie der Mann heißt und was er außerhalb seiner Organisation treibt. Aber ich denke, die Brigitte hat ihre eigenen Gründe, ihn zu suchen.«

Fräulein Rübsam nickte. »Sie ist ziemlich verzweifelt, weil er sich nicht mehr bei ihr meldet. Wahrscheinlich nicht nur aus Liebeskummer, sondern weil sie eine gute Einnahmequelle verloren hat. Und ehrlich gesagt, hab ich den Eindruck, dass sie ihm eins auswischen will. Ich glaube, es würde ihr gefallen, wenn er als Spion enttarnt würde und hinter Gitter käme.«

»Das kann ich mir vorstellen«, erwiderte Reitmeyer lächelnd. »Aber wenn die Damen glauben, sie seien einem französischen Spion auf der Spur, dann wüssten Sie doch ganz genau, an wen Sie sich bei unserer Behörde wenden müssten.«

Die Fürsorgerin winkte ab. »Ich dachte, Sie suchen diesen Berger, und wollte behilflich sein.«

»Das ist sehr freundlich von Ihnen. Aber ich habe leider keinerlei Handhabe gegen diesen Mann.«

Fräulein Rübsam sah ihn verständnislos an.

»Verstehen Sie, ich untersuche zwei Mordfälle im Umkreis von Treu-Oberland, wo Berger Mitglied ist.« Plötzlich überkam ihn ein seltsames Gefühl, eine Mischung aus Zorn und Resignation, das sich schwer unterdrücken ließ. Er hatte es endgültig satt, ständig um den heißen Brei rumzureden und nicht zu sagen, wie die Sache wirklich stand. »Und dabei gehe ich davon aus, dass große Geldbeträge eine Rolle spielen, die dieser Organisation zugeflossen sind. Ich weiß nicht von wem, aber ich bin überzeugt, dass dieses Geld verwendet werden soll, um einen Umsturz zu finanzieren.«

Fräulein Rübsam wich zurück und griff sich erschrocken an den Hals.

»Keine Sorge, derlei Vermutungen kann man sogar in der Zeitung lesen. Wir haben auch berechtigte Annahme, dass es zu Unterschlagungen gekommen ist, die für die Morde relevant sind. Aber Treu-Oberland behauptet, dass ihnen kein Geld abhandengekommen sei. Also sind mir die Hände gebunden. Ich kann nichts tun.«

Fräulein Rübsam sah ihn mit aufgerissenen Augen an. »Das ist ... das ist ja ...« Sie stand auf. »Also, ich versichere

Ihnen, dass ich … dass ich die Angelegenheit streng vertraulich behandle. Mir kommt kein Wort über die Lippen.«

Das Telefon klingelte. Reitmeyer sah der Fürsorgerin nach, die rasch zur Tür hinausgegangen war. Er hatte sie überhaupt nicht um Stillschweigen gebeten. Aber das war typisch bei ihnen im Präsidium, dachte er. Sobald jemand glaubte, es handle sich um etwas Politisches, ging man auf Tauchstation. Damit wollte man nichts zu tun haben. Am besten, man hatte gar nichts davon gehört. Bevor man sich in die Nesseln setzte oder zwischen die Fronten geriet. Fürs »Politische« gab es ein eigenes Referat. Eigene Meinungen wurden nur geäußert, wenn man »unter sich« war. Ansonsten war man auf der Hut. Er nahm den Hörer ab. Sepp meldete sich.

»Rufst du aus Berlin an?«

»Nein, ich bin schon wieder da. Und hab sehr verblüffende Neuigkeiten.«

»Über die schöne Anna?«

»Ja. Aber nicht am Telefon. Komm doch bei mir vorbei, sobald du kannst.«

Reitmeyer fuhr eilig die Residenzstraße hinunter. Eigentlich hatte er noch auf Steiger warten wollen, aber der war nicht mehr aufgetaucht. Vielleicht ganz bewusst nicht, weil er befürchtete, es könnte wegen Meixners Entlassung erneut zu einer Auseinandersetzung kommen. Doch Reitmeyers Zorn auf seinen Kollegen war längst verraucht, obwohl das bittere Gefühl weiterhin an ihm nagte, dass er nichts tun konnte, um Meixner zu schützen. Vielleicht hatten ihn seine ehemaligen »Kameraden« bereits am Präsidium abgeholt, möglicherweise lebte er schon gar nicht mehr. Es gelang ihm nur mäßig, den Gedanken beiseitezuschieben, auch wenn er sich einredete, der Mann könnte es durchaus schaffen, seinen Verfolgern zu entkommen – seine Freundin Susi hatte vielfältige Verbindungen ins »Milieu«, und sie würde ihm helfen, einen Unterschlupf aufzutun. Mit derlei Gedanken im Kopf rannte er die Treppe zu Sepps Kanzlei hinauf, die Neugier, was ihm sein Freund über die schöne Anna berichten wollte, war dabei ziemlich gedämpft. Wahrscheinlich hatte man die Frau in Baden-Baden im Casino gesehen, wo sie das Geld eines reichen Gönners verspielte.

Fräulein Kupfmüller, die Sekretärin, wirkte sehr aufgewühlt, als sie ihn einließ. Er folgte ihr durch die Diele. »Mein Gott, die arme Frau Kusnezowa«, sagte sie. »Da weiß man gar nicht, ob man ihr wünschen soll, dass sie nochmal zu sich kommt.« Sie deutete durch die offene Tür auf das Büro ihres Chefs, wo Sepp am Schreibtisch saß und gerade den Hörer auflegte.

»Komm rein«, rief er und winkte seinen Freund heran. »Jetzt hat mich dieser Detektiv aus Berlin angerufen und gesagt, dass er morgen die Fotos losschickt, die er von ihr geschossen hat. Er ist wirklich …« Er schüttelte den Kopf, als könnte er nicht glauben, was er gehört hatte. »Ich hab diesem Kerl anfangs ziemlich misstraut, weil ich ihn für einen Aufschneider und Schaumschläger gehalten hab, aber wie es aussieht, hat er Recht behalten.«

»Was für ein Detektiv?«

»Den hat mir mein ehemaliger Studienfreund verschafft, der Ludwig Hirschgerber, den kennst du doch noch. Jedenfalls hat der Detektiv die Anna aufgespürt.«

»Über die Adresse auf dem Brief, den ich dir gegeben hab?«

Sepp winkte ab. »Diese Madame Solokowa hat sicher Bescheid gewusst, aber nix gesagt. Nein, nein, wir sind ihr auf ganz andere Weise auf die Schliche gekommen.«

Reitmeyer setzte sich und hörte zu, während Sepp von seinem Tag in Berlin berichtete. »Die Anna Kusnezowa arbeitet für den sowjetischen Geheimdienst?«, fragte er schließlich ungläubig. »Steht das wirklich fest?«

»Dieser Levy, der Detektiv, hat sogar noch rausgekriegt,

warum diese Konzertagentur so plötzlich aufgeben musste. Angeblich hat ein Überläufer ausgepackt.«

»Und woher weiß er das alles?«

»Der Mann hat Verbindungen zu Leuten, die für die neue Sowjetregierung arbeiten. Ach übrigens«, Sepp lachte. »Erinnerst du dich, was du damals in Carolines Küche zu mir gesagt hast? Als ich vorschlug, sie sei untergetaucht, weil sie für eine ausländische Macht arbeitet?«

»Sehr gut sogar. Ich hab dir geraten, nicht so viel Schundromane zu lesen.«

»Als guter Kriminalist sollte man aber nie voreilig Optionen ausschließen.«

»Das predige ich ständig meinen Mitarbeitern«, erwiderte Reitmeyer lachend. »Ich entschuldige mich. Und gratulier dir zu deinem Erfolg. Weiß der Detektiv auch, was die schöne Anna jetzt macht?«

»Sie wohnt in einem Gästehaus der sowjetischen Regierung am Kronprinzenufer und hat einen Diplomatenpass. Vermutlich bereitet sie sich auf einen anderen Einsatz vor, im Ausland nehme ich an.«

»Wir haben noch einen Ring, den wir in der Wohnung von Hofbauer gefunden haben. Den hatte er vermutlich von der alten Frau Kusnezowa. Vielleicht hat er tatsächlich angenommen, es sei ein echter Saphir.«

»Ach ja, der Schmuck. Das war wahrscheinlich eine Art Liebesbeweis ihrer Mutter gegenüber. Dass sie die Juwelen nicht einfach genommen hat, sondern Glassteine einsetzen und die alte Frau glauben ließ, sie sei noch im Besitz ihrer Preziosen.«

»Und wohin hat sich der Konzertagent abgesetzt?«

»Das weiß der allwissende Levy leider nicht, was dieser Frank jetzt macht. Aber es soll ein reger Pendelverkehr stattfinden zwischen Moskau und Berlin.«

»Wie heißt der Konzertagent?«

»Frank. Wenn das sein richtiger Name ist. Warum?«

Reitmeyer sprang auf und lief zu Fräulein Kupfmüller hinaus. »Kann ich Ihr Telefonbuch haben?«, fragte er aufgeregt.

Sie reichte es ihm. Reitmeyer blätterte es schnell durch und fuhr mit dem Finger eine Spalte entlang, bevor er bei *Anatol Frank, Konzertagentur, Corneliusstraße* innehielt.

»Was ist denn los?«, rief Sepp.

»Dieser Agent hat auch in München ein Büro gehabt. Der Rattler, ein junger Mitarbeiter von mir, ist mit einer Frau befreundet, die dort wohnt.« Er lief in Sepps Büro zurück und griff seinen Mantel. »Ich muss sofort weg und versuchen, ihn zu erreichen.«

Er rannte die Treppe hinunter, packte sein Rad und raste in die Theresienstraße. Wenn man dieser Agentur in Berlin auf der Spur war, wurde sie sicher auch in München hochgenommen. Er musste Rattler unbedingt davor warnen, sich dort nochmal sehen zu lassen. Falls er in eine Aktion der politischen Polizei geriete, wollte er sich nicht ausmalen, welche Folgen dies für ihn hätte. Immerhin hatte ihn diese Frau schon einmal für eine Suche eingespannt. Wer weiß, was er sonst noch für sie getan hatte.

Außer Atem rannte er zu Rattlers Wohnung hinauf und klingelte Sturm. »Ja, ja«, rief eine weibliche Stimme ärgerlich. »Ich komm ja schon.«

Es dauerte eine Weile, bis die Tür aufging. Eine junge Frau im Morgenrock stand vor ihm, um ihren Kopf war ein Handtuch geschlungen. »Was gibt's denn?«, fragte sie gereizt. »Ich hab nicht so schnell aufmachen können, weil …«

»Tut mir leid, Sie zu stören. Reitmeyer mein Name. Ich müsste schnell den Korbinian sprechen.«

Die abweisende Miene hellte sich schlagartig auf. »Ah, Herr Kommissär.« Sie streckte ihm die Hand entgegen. »Ich bin die Rosa. Seine Kusine.«

Er schüttelte ihre Hand und trat ein. »Wie geht's ihm denn?«

Sie sah ihn irritiert an. »Was meinen Sie? Der Korbinian ist nicht da.«

»Was? Er ist doch krank gemeldet.«

»Krank?«, rief Rosa. »Wieso krank? Er ist heut Morgen zum Dienst gegangen, und seitdem hab ich ihn nicht mehr gesehen.«

»Ja, wo könnte er dann sein?«

Rosa sah ihn mit aufgerissenen Augen an. »Wenn ihm was passiert ist? Wenn mit seiner Lunge was ist …« Sie riss das Handtuch vom Kopf, begann das nasse Haar zu rubbeln und lief wie von Sinnen im Gang auf und ab.

»Bitte beruhigen Sie sich doch«, sagte Reitmeyer und hielt sie am Arm fest. »Vielleicht ist er bei einem Freund.«

»Vielleicht beim Lothar. Da ist er oft. Lothar Berghahn. In der Seestraße.« Sie riss sich los. »Ich zieh mich gleich an und fahr hin.«

»Das brauchen Sie nicht.« Reitmeyer ging zur Tür. »Ich ruf dort an.«

»Aber wenn was ist? Sie wissen doch, seine Lunge!«

»Rufen Sie mich später im Präsidium an, dann sag ich Ihnen Bescheid.«

Reitmeyer stürzte förmlich hinaus. Dass Rattler vermutlich gar nicht so krank war, sondern sich bloß »freigenommen« hatte, um eine seiner Extratouren zu unternehmen, wollte er mit der verstörten Kusine nicht diskutieren. Er hetzte in die Ettstraße.

Die Nummer des Freundes in der Seestraße hatte er schnell gefunden. Nach kurzem Klingeln meldete sich eine Frau. Der Korbinian sei nicht bei ihnen, erklärte sie. Aber sie werde ihren Bruder fragen, ob der etwas wisse. Reitmeyer wartete und hörte Schritte eine Treppe heruntereilen. Dann kam Lothar ans Telefon. »Ich weiß nicht, wo der Korbinan ist, Herr Kommissär«, sagte er. »Ich hab ihn den ganzen Tag nicht gesehen und auch nichts von ihm gehört.«

Ob er denn eine Vermutung habe, wo Rattler sein könnte, fragte Reitmeyer.

Lothar überlegte einen Moment und nannte ihm ein paar Lokale, in denen er verkehrte. Aber er kenne auch noch ein paar andere Freunde, bei denen er sein könnte. »Ich schlage vor, Sie rufen in den Lokalen an, und ich fahr schnell bei den Leuten vorbei. Dann ruf ich Sie in Ihrem Büro an.«

»Guter Vorschlag.«

»Und dann gibt's natürlich noch die Möglichkeit, dass er bei seiner Russischlehrerin ist.«

»Dort ruf ich selber an. Falls Sie ihn irgendwo treffen sollten, schärfen Sie ihm bitte ein, dass er unter keinen Umständen zu dieser Larissa Beck gehen soll. Warum, kann ich Ihnen im Moment nicht erklären. Aber er darf auf keinen Fall dort hin. Er soll auf schnellstem Weg ins Präsidium kommen. Es ist wirklich wichtig.«

»Alles klar, Herr Kommissär. Ich melde mich.«

Reitmeyer legte auf. Bis Lothar bei den Freunden nachgefragt hatte, könnte er selbst schnell in die Corneliusstraße fahren und nachsehen, ob sich dort etwas tat. Anrufen würde er lieber nicht. Die Agentur war sicher aus Berlin vorgewarnt worden, und entweder meldete sich niemand, oder er bekäme keine ehrliche Auskunft.

Doch vorher würde er in den Lokalen nachfragen, die ihm Lothar genannt hatte. Innerlich fluchend suchte er die Nummern heraus. Was hatte dieser verdammte Sturkopf bloß wieder vor? Mit einer Mischung aus Zorn und Besorgnis telefonierte er die Wirtschaften ab, aber in keiner war Rattler heute gesehen worden. Er rannte wieder zu seinem Rad hinunter und hetzte in die Corneliusstraße.

Als er in den Hof einbog, sah er schon von Weitem, dass in dem Hinterhaus alles dunkel war. Trotzdem klingelte er und lauschte, ob von drinnen etwas zu hören war. Aber nichts schien sich zu rühren. Eilig fuhr er wieder ins Präsidium zurück.

Diesmal nahm er den Eingang in der Löwengrube und lief den hinteren Aufgang hinauf. Oben an der Treppe kam ihm Spittler, der Laborant aus der Fotografierstelle, entgegen.

»Ah, Herr Kommissär«, rief er. »Die Vergrößerung ist schon fertig. Möchten Sie die gleich mitnehmen?«

»Welche Vergrößerung?«

»Die Fotopostkarte, die der Rattler gebracht hat. Es sei dringend, hat er gesagt.«

»Der Rattler? Wann war der bei Ihnen?«

»So gegen sechs. Er hat die Vergrößerung selber machen wollen, aber das ist knifflig, hab ich g'sagt. Die Gesichter sollen ja besser rauskommen als auf der Postkarte.«

»Aha. Und wo ist der Rattler jetzt?«

»Der hat nicht warten wollen, bis die Abzüge trocken waren. Er hat bloß schnell einen Blick darauf geworfen und wollt sie morgen früh abholen.«

»Ja, wenn sie fertig sind, dann nehm ich das Material gleich mit. Können Sie nochmal mit mir raufgehen?«

»Ja sicher, Herr Kommissär. Auf die paar Minuten kommt's jetzt auch nimmer an. Ich hab sowieso länger machen müssen, weil's doch so dringend war.«

»Das ist sehr freundlich von Ihnen, Herr Spittler.«

Er folgte ihm die Treppe hinauf ins Labor und ließ sich zu einem Tisch führen, auf dem das Material ausgebreitet war. Spittler reichte ihm eine Postkarte, die er aus Brunners Sammlung kannte. Drei Leute, einer von ihnen Hofbauer, führten einen Gefangenen ab. Dann reichte er ihm die Vergrößerung.

»Gut, gell? Jetzt erkannt man auch die beiden anderen deutlich.«

Reitmeyer nickte. »Sehr gut. Gute Arbeit, Herr Spittler.«

»Tja«, sagte der Laborant stolz. »Gelernt ist eben gelernt. Aber sagen S', bloß so aus Interesse. Das ist doch ein Foto aus der Revolution. Suchen Sie die Freikorpsler aus irgendeinem Grund?«

Reitmeyer blickte auf das Foto, auf dem neben Hofbauer nun Sturm und Meixner genau zu erkennen waren. Warum glaubte Rattler, das sei jetzt noch wichtig? Sie wussten doch bereits, dass die drei sich kannten. Was sollte dieses Foto beweisen? »Ja, nun«, sagte er ausweichend. »Wir suchen die nicht. Es geht um … Verstehen Sie, das sind laufende Ermittlungen, ich kann dazu noch nichts sagen. Aber nochmal vielen Dank für die schnelle Arbeit.«

Er hastete in sein Büro zurück. Schon im Gang hörte er, dass sein Telefon klingelte, und rannte zu seinem Schreibtisch. Lothar meldete sich. Er habe Rattler nirgendwo finden können, würde aber sofort anrufen, falls er etwas hören sollte. Reitmeyer bedankte sich und legte auf.

Rattler war am frühen Abend noch in der Fotografierstelle gewesen. Aber wo war er hin, nachdem er die Vergrößerung gesehen hatte? Ruhelos marschierte Reitmeyer im Büro auf und ab und zermarterte sich das Hirn. Es konnte nur etwas mit Meixner zu tun haben, Hofbauer und Sturm waren ja bereits tot. Aber was würde es nützen, wenn er jetzt wusste, dass Meixner im Mai 19 an der Erschießung von gefangenen Revolutionären beteiligt gewesen war? Es ergab einfach keinen Sinn.

Er setzte sich an den Schreibtisch. Wenn Rattlers Verschwinden etwas mit Meixner zu tun hatte, hatte Rattler ihn dann nach seiner Entlassung etwa verfolgt? Wo könnte Meixner hingegangen sein? Er hatte kein Geld. Wahrscheinlich war er zu Susi gegangen, die sicher nicht mehr bewacht wurde.

Das Telefon klingelte wieder. Etwas zögernd hob er ab, weil er befürchtete, es könnte die besorgte Kusine sein. Aber zu seinem Erstaunen meldete sich seine Tante.

»Ja endlich«, rief sie ins Telefon. »Ich ruf jetzt schon zum dritten Mal an!«

»Was gibt's denn?«, fragte Reitmeyer genervt. »Es ist schließlich außerhalb der Dienstzeit.«

»Die Caroline hat angerufen. Sie wollt dir was sagen.«

»Was denn?«

»Ja, das weiß ich doch nicht. Sie hat gleich wieder aufgelegt, weil sie's eilig gehabt hat.«

»Hat zufällig mein Mitarbeiter Rattler bei dir angerufen?«

»Keine Ahnung. Ich bin gerad erst heimgekommen.«

»Falls der anrufen sollte, dann sag ihm, er soll sofort ins Büro kommen.«

»Aber ich muss nochmal weg.«

»Ja, kannst du das nicht aufschieben?«, rief Reitmeyer gereizt. »Es wär wirklich wichtig, dass jemand abnimmt bei mir zu Haus.«

»Das ist doch kein Grund, mich so anzuschreien«, erwiderte seine Tante und legte auf.

Er rief sofort in der Giselastraße an. Carolines Bruder nahm ab. Seine Schwester sei nicht zu Hause, erklärte er kurzangebunden.

Ob er die Liesl ans Telefon holen könne?

»Ich bin doch kein Laufbursche«, erwiderte Franz und hängte ein.

»Blödes Arschloch!«, schrie Reitmeyer, bevor er den Hörer aufknallte. Der Kerl war inzwischen vollkommen durchgedreht in seinem Hass auf seine Schwester.

Er kramte in seiner Jackentasche nach einer Zigarette. Nachdem er sie angezündet und den Rauch eingezogen hatte, beruhigte er sich etwas. Aber sofort stieg der Ärger auf Rattler wieder in ihm auf. Warum hatte er sich nicht an ihn gewendet, bevor er ins Labor gegangen war. Die ganze Aufregung und Herumhetzerei hätte man sich sparen können, wenn dieser sture, renitente Dickkopf nicht … Er horchte auf, als von der Treppe Schritte erklangen. Er lief zur Tür. Rohrmoser, ein Wachtmeister, kam die Treppe herauf.

»Haben Sie den Rattler gesehen?«, rief Reitmeyer.

Rohrmoser sah ihn begriffsstutzig an. »Nein. Wieso?«

»Warten Sie einen Moment.« Reitmeyer lief ins Büro zurück und riss seinen Mantel vom Haken. Nach einem Blick auf den Schreibtisch steckte er auch die dort liegenden Fotos ein.

»Wir nehmen einen Wagen aus der Bereitschaft, und Sie kommen mit«, sagte er zu dem Polizisten, der ihm zur Tür gefolgt war. »Es könnte sein, dass ich Verstärkung brauche.«

Auf der Fahrt ins Elysium erklärte Reitmeyer nur, dass möglicherweise ein Anschlag gegen einen entlassenen Häftling geplant sei. Über den Zeitpunkt wisse er nichts Genaues, aber zur Sicherheit wollte er die Lage überprüfen.

Reitmeyer ließ den Wagen ein Stück hinter dem Lokaleingang halten. »Sie beide«, sagte er zu dem Fahrer und dem Polizisten, »Sie gehen hinten herum und sichern den Hof des Lokals. Sie suchen alles ab und passen auf, dass keiner raus- oder reingeht.«

Die beiden Polizisten machten sich auf den Weg, er selbst lief ins Lokal. Es war noch nicht viel los. Der Klavierspieler klimperte herum, und die anderen Musiker schienen zu warten, bis mehr Gäste eingetroffen waren. Oben auf der Bühne, an der Tür, die zu den Garderoben führte, standen zwei aufgetakelte Tänzerinnen und tuschelten miteinander. Als sie ihn bemerkten, zogen sie sich schnell zurück. Er blickte sich um und suchte die Tischreihen ab. Rattler war nirgendwo zu sehen. Reitmeyer ging zur Küchentür.

»Halt!«, rief ein Kellner. »Das ist nur fürs Personal!«

Reitmeyer zückte seine Marke und riss die Tür auf.

An dem Arbeitstisch in der Mitte des Raums standen vier Leute vom Personal. In ihrer Mitte Rattler. Einer der Männer hielt ihn von hinten fest.

»Herr Kommissär«, rief Rattler. »Endlich!«

Der Mann ließ Rattler sofort los, die anderen traten zurück. Reitmeyer lief zu Rattler hinüber und zerrte ihn aus der Küche hinaus.

»Das Gleiche könnt ich auch sagen«, zischte er. »Ich such dich schon seit einer Ewigkeit und hab sogar deinen Freund Lothar eingespannt, um dich ausfindig zu machen, aber ...« Er brach seine Vorhaltungen ab, als er sah, wie leichenblass der Gescholtene war und dass ihm kalter Schweiß auf der Stirn stand. Schnell zog er einen Stuhl heran, auf den Rattler sich fallen ließ, während Reitmeyer eine Karaffe vom Nebentisch griff und ihm ein Glas Wasser einschenkte.

Rattler krümmte sich unter einem Hustenanfall und hielt sich die Seiten, bevor er gierig ein paar Schlucke trank. »Warum suchen Sie mich?«, würgte er heraus. »Weil Sie meinen, ich hätt blaugemacht?«

»Jedenfalls liegst du nicht im Bett.«

»Ich bin trotz meiner Erkältung ...« Er schnappte nach Luft. »Ich bin trotzdem einer Sache nachgegangen. Und wollt Sie zu Haus erreichen, aber da waren Sie ja nicht.«

»Ich hab dich gesucht, weil ich vermeiden wollte, dass du in einen furchtbaren Schlamassel kommst. Ich hab nämlich erfahren, dass diese Konzertagentur, in der deine Freundin Larissa wohnt, der Ableger einer Berliner Agentur ist, die als Spionagenest aufgeflogen ist.«

Rattler richtete sich auf. »Ach ja?«, sagte er. »Dann ergibt das alles Sinn.«

»Was ergibt Sinn?«, fragte Reitmeyer ungeduldig. »Dich scheint das ja nicht sonderlich zu wundern.«

Rattler trank das Glas aus und starrte zu Boden. »Ich bin heut in ihrer Wohnung gewesen. Mit einem Schlüssel, den ich gestern eingesteckt hab. Da hab ich Aufzeichnungen von ihr gefunden. Und die Beschreibungen von den Familien, wo sie Unterricht gegeben hat, ergeben jetzt einen Sinn. Ich hab mich gewundert, warum sie das aufschreibt. Aber das waren wahrscheinlich Dossiers. So nennt man das bei den Geheimdiensten, glaub ich.«

»Und hast du auch Aufträge für sie übernommen?«

Rattler schüttelte den Kopf. »Von mir hat sie was ganz anderes gewollt. Ich hab den Adler für sie finden sollen.«

»Jetzt kommst du schon wieder mit diesem Blödsinn. Sie ist doch bei uns gewesen und hat versichert, dass Meixner nicht der Mann ist, der sie vergewaltigt hat.«

Rattler nickte. »Warum sie das getan hat, ist mir heute auch aufgegangen. Das hab ich erst durch das Foto ...«

»Meinst du das hier?«, fragte Reitmeyer aufgebracht und zog die Vergrößerung aus der Tasche.

»Sie haben die schon abgeholt?«, fragte Rattler verblüfft.

»Ich hab den Laboranten auf der Treppe getroffen, der hat sie mir gegeben. Wieso hast du überhaupt Vergrößerungen machen lassen? Dass sich die drei gekannt haben, ist doch ein alter Hut.«

Rattler öffnete seine Jacke und zog ein Heft heraus. »Die Fotopostkarte war hier drin – das Heft hab ich in der Schublade von ihrem Schrank gefunden.«

Reitmeyer nahm das Heft und warf es auf den Tisch neben sich. »Das kenn ich doch auch schon. Was soll ich damit?«

Rattler deutete auf die Vergrößerung in Reitmeyers Hand. »Sie schauen immer bloß auf die drei Leute. Aber nie ...«

Reitmeyer hob die Hand und drehte sich um, als eine Gruppe von Gästen auf den Tisch nicht weit von ihnen zusteuerte. Drei Männer in dunklen Anzügen und zwei Frauen in kurzen Fransenkleidern. Einer der Männer kam ihm bekannt vor. Obwohl er ihn nur einmal aus der Ferne gesehen hatte, konnte es durchaus einer der Kerle sein, die damals im Hof Susi belästigt hatten. »Los komm«, sagte er und deutete auf die Küchentür. »Wir gehen da durch.«

»Aber ich wollt Ihnen noch ...«

»Ja, ja später«, erwiderte Reitmeyer und öffnete die Tür. Die Angestellten standen noch immer beisammen.

»Was wollen Sie hier?«, fragte einer aufmüpfig. »Ham Sie einen Durchsuchungsbefehl?«

Reitmeyer beachtete den Mann gar nicht, der Anstalten machte, sich in den Weg zu stellen, was er nach einem scharfen Blick des Kommissärs jedoch aufgab und die beiden ungehindert in den Gang hinausgehen ließ. Dort standen ein paar Tänzerinnen, die verschreckt aufblickten, bevor sie sich fluchtartig in ihre Garderoben verzogen.

»Ich geh jetzt zu der Susi und red erst mal mit ihr, und du bleibst hier stehen und passt auf«, raunte Reitmeyer Rattler zu. »Den Hof hab ich von zwei Polizisten sichern lassen.«

»Aber Herr Kommissär …« Er hielt Reitmeyer am Ärmel fest.

»Jetzt wart doch«, zischte der ungeduldig. »Wenn sich der Meixner hier irgendwo versteckt, muss er freiwillig rauskommen. Wir können doch nicht die Garderoben durchsuchen, es liegt doch nichts gegen ihn vor.« Er schüttelte Rattlers Hand ab und lief den Gang hinunter.

»Fräulein Wilflinger?«, rief er und klopfte an der Tür. Er hörte ein Rascheln. »Fräulein Wilflinger!«

»Herein.«

Als er die Tür öffnete, saß Susi vor dem Spiegel und stäubte sich mit einem Pinsel Rouge ins Gesicht. »Was wollen Sie hier?«, fragte sie schroff. Sie wirkte fahrig und schien nicht auf die Menge des roten Puders zu achten, den sie auf ihre bleichen Wangen strich. Als sie sich umdrehte, sah sie aus wie eine Fiebernde, die an an einer schwer behandelbaren Krankheit litt. »Der Fritz ist entlassen worden. Der geht Sie nix mehr an.«

»Fräulein Wilflinger, Sie brauchen mir nichts vorzumachen. Ich weiß Bescheid. Falls Herr Meixner hier ist, holen Sie ihn her. Ich könnte ihn mit unserem Wagen zum Bahnhof bringen. Dann wär er zumindest aus der Stadt.«

»Wieso … wieso soll der aus der Stadt?«, fragte sie mit schwankender Stimme.

»Jetzt stellen Sie keine so blöden Fragen. Sie wissen genau, was los ist«, erwiderte Reitmeyer barsch.

»Er ist nicht da.«

»Wo ist er dann?«

»Das ... das soll ich Ihnen sagen?«, kreischte sie. »Damit Sie ... damit Sie ihn ...«, schrie sie außer sich.

»Ich will ihm helfen, verdammt nochmal. Kapieren Sie das nicht?«

»Ich weiß, was Sie wollen!«, brüllte sie hysterisch.

Reitmeyer ging einen Schritt auf sie zu. Sie packte eine voluminöse Puderdose und schleuderte sie samt Quaste auf ihn. Er blieb stehen und versuchte, den weißen Staub abzuklopfen. Im gleichen Moment ertönte von draußen lautes Rumpeln und Stimmengewirr.

»Herr Kommissär!«, hörte er Rattler verzweifelt rufen.

Er riss die Tür auf. Rattler lag zusammengekrümmt auf dem Boden und deutete hinter sich. Zwei Männer standen ein Stück entfernt und hielten Meixner fest. Ein paar Mädchen mit Federschmuck auf dem Kopf drückten sich ängstlich an die Wand.

Reitmeyer half Rattler mit einer Hand auf die Beine, mit der anderen hielt er seine Polizeimarke hoch. Die beiden Männer ließen Meixner los und machten einen Schritt zurück. »Ich nehme Sie vorläufig fest wegen tätlichen Angriffs auf einen Polizeibeamten«, sagte er laut und packte Meixner am Arm.

Im gleichen Moment stürzte Susi aus ihrer Garderobe und rannte wie eine Furie auf Reitmeyer zu.

Er wehrte sie mühsam ab. »Kümmern Sie sich um Ihre Kollegin«, schrie er die Tänzerinnen an. »Sonst muss ich sie wegen Behinderung ebenfalls festnehmen!«

Zwei der Mädchen sprangen herbei und versuchten, Susi zu bändigen, die wie eine Wahnsinnige um sich schlug.

»Wenn Sie sich nicht beruhigen, Fräulein Wilflinger«, sagte Reitmeyer, »ruf ich die Beamten von draußen herein.«

Susi gab schließlich nach und ließ sich von einem dritten Mädchen in eine Garderobe zerren.

»Rattler, du gehst voraus zum Tor und sagst dem Rohrmoser, dass der Wagen hergebracht werden soll.« Dann fasste er Meixner am Oberarm und führte ihn zum Hinterausgang.

»Herr … Herr Kommissär«, stammelte Meixner, der bislang noch keinen Ton herausgebracht hatte. »Was machen Sie jetzt … mit mir?«

»Haben Sie Geld einstecken?«, fragte Reitmeyer, als sie aus der Tür traten. »Wir fahren Sie zum Bahnhof. Und dann sehen Sie zu, dass Sie so schnell wie möglich aus der Stadt verschwinden.«

Meixner sah ihn mit aufgerissenen Augen an und nickte. Sie machten ein paar Schritte in den Hof hinaus. Reitmeyer spürte, dass der Mann leicht schwankte, und fasste ihn noch fester, damit er nicht stolperte.

»Das Tor ist zugesperrt«, rief Rattler.

»Dann hol den Schlüssel!«, rief Reitmeyer zurück. Er blieb stehen. Plötzlich hatte er das Gefühl, als wehte ihn etwas Kaltes an. Sie haben den Hof nicht gesichert, dachte er noch. Dann krachte schon der Schuss. Meixner zuckte nach hinten, sank in die Knie und brach zusammen. Eine Sekunde lang herrschte absolute Stille.

Reitmeyer sah auf den dunklen Fleck auf Meixners Jacke, der schnell größer wurde. Er beugte sich hinunter und hielt einen Finger an seinen Hals. Kein Puls. Der Schuss hatte ihn mitten ins Herz getroffen. Reitmeyer richtete sich auf.

Aus den Schatten des Baumes in der Ecke löste sich eine Gestalt und kam langsam auf ihn zu.

»Sie …?«, sagte Reitmeyer fassungslos. Gleichzeitig ertönte von hinten ein durchdringender Schrei. Er drehte sich um.

Susi hatte sich losgerissen und rannte mit fliegenden Haaren in den Hof hinaus. »Nein! Nein!«, schrie sie, stürzte auf den leblosen Meixner zu und warf sich über ihn.

Im selben Moment kam Rattler angerannt. »Larissa!«, keuchte er. »Was hast du …?«

Sie lächelte ihn an und ließ die Pistole fallen.

Bei dem Geräusch fuhr Susi herum. Reitmeyer versuchte noch, nach der Waffe zu greifen, aber sie war schneller. »Du Dreckstück!«, schrie sie und feuerte ab.

Larissa drückte die Hände auf den Leib, machte eine halbe Drehung und sank stöhnend zu Boden. Reitmeyer machte einen Satz und entriss Susi die Waffe. Dann rannte er zum Hinterausgang, wo sich die Tänzerinnen und das Küchenpersonal zusammendrängten. »Den Schlüssel für das Tor!«, rief er. »Schnell!« Während jemand nach drinnen lief und eine Tür aufmachte, schwappte ein Fetzen schmissiger Musik nach draußen. Die Federn auf dem Kopfputz der Tänzerinnen schienen mitzuwippen. Er wandte sich ab und rannte zu Rattler zurück. Der zog sich gerade den Mantel aus und breitete ihn vorsichtig über die verkrümmt am Boden liegende Larissa aus. »Sie ist am Bauch getroffen worden«, sagte er tonlos. »Sie braucht sofort Hilfe.«

Erneut schallte Musik aus dem Lokal, bevor ein Mann in den Hof gelaufen kam und den Schlüssel hochhielt. Reitmeyer lief ihm entgegen, riss ihm den Schlüssel aus der Hand, hetzte damit zum Tor und sperrte auf.

Die beiden Polizisten sahen ihn ängstlich an. »Wir ham … nicht reinkönnen«, stammelte Rohrmoser. »Is was passiert?«

»Hätten Sie's nicht an dem anderen Tor probieren können?«, herrschte Reitmeyer die beiden an. »Oder mir wenigstens Bescheid …« Er brach ab. Es war sinnlos, den zwei hilflos glotzenden Idioten Vorhaltungen zu machen.

»Soll ich den Wagen holen?«, fragte der Fahrer vorsichtig.

»Ja, los. Machen Sie schon!«, rief er und rannte zu Rattler zurück. »Wir fahren sie mit unsrem Wagen. Das geht schneller, als auf einen Krankenwagen zu warten. Die Klinik in der Ziemssenstraße ist ja praktisch ums Eck.« Reitmeyer schlüpfte schnell aus seinem Mantel und breitete ihn am Boden aus. »Da legen wir sie drauf.«

Der Wagen kam rumpelnd in den Hof gefahren, Rohrmoser hastete daneben her. Reitmeyer befahl dem Polizisten, ihm zu helfen. Larissa stöhnte auf, als sie behutsam hochgehoben und auf den Mantel gelegt wurde. »Nehmen Sie die Enden auf Ihrer Seite«, sagte Reitmeyer. »Ich nehm die auf meiner. So transportieren wir sie am schonendsten.«

Der Fahrer hielt die Tür auf. »Aber wenn alles voller Blut …«, sagte er flüsternd.

»Dann putzen Sie's weg!«, zischte Reitmeyer. »Sie sind schließlich schuld an dem ganzen Schlamassel. Und jetzt gehen Sie auf die andere Seite und helfen uns, sie auf den Rücksitz zu legen.«

Larissa stieß einen spitzen Schrei aus, als sie in den Wagen gehievt wurde. Rattler deckte sie mit seinem Mantel zu. »Ich fahr mit«, sagte er.

Reitmeyer klopfte ihm auf die Schulter. »Wart dort auf mich. Ich komm nach. Den Wagen schickst du gleich wieder zu mir zurück.« Er schnaufte tief durch, als er dem Auto nachsah, das ratternd aus dem Hof hinausfuhr. Warum hatte sie Meixner erschossen, hämmerte es in seinem Kopf. Was hatte sie mit ihm zu tun gehabt? Als er sich umwandte, fiel sein Blick auf Susi. Sie kauerte neben ihrem toten Geliebten, hatte die Arme um die Knie geschlungen und wiegte sich hin und her wie ein Kind.

»Bewachen Sie die Frau«, sagte er zu Rohrmoser. »Ich muss den Abtransport der Leiche organisieren.«

Rohrmoser nahm Haltung an. »Jawoll, Herr Kommissär«, erwiderte er zackig und stellte sich breitbeinig, die Hände auf den Rücken gelegt, neben ihr auf. Es sah grotesk aus, dachte Reitmeyer, genauso grotesk wie die Tänzerinnen mit ihren bunten Federbüschen, die tuschelnd neben den männlichen Angestellten an der Hintertür des Lokals standen.

»Ich brauch ein Telefon«, sagte er, als er auf sie zuging.

»In der Küche«, sagte der Kerl, der Rattler festgehalten

hatte. »Wenn Sie mir folgen wollen«, fügte er höflich hinzu. »Und nix für ungut wegen vorhin.«

In der Küche nahm Reitmeyer den Telefonhörer von der Wand.

»Wir ham ja nicht wissen können«, fuhr der Mann fort, »dass das ein Polizist is. Der hat hier rumg'schnüffelt, verstehen S', und …«

Reitmeyer winkte ab und rief im Präsidium an. Man solle sofort einen Wagen schicken.

»Wir ham der Susi bloß helfen wollen, verstehen S' …«, fing der Mann wieder an.

»Und haben Sie die beiden Männer gekannt, die Meixner hier trotz Ihrer Hilfe aufgespürt haben?«, fragte Reitmeyer, nachdem er aufgelegt hatte.

Der Mann warf einen raschen Blick auf seine Kollegen, die ebenfalls zur Tür hereinkamen. »Na, na, die kennen wir nicht. Das waren Gäste …«

»Sie wollen also sagen, Sie haben der Susi helfen wollen, indem Sie das Versteck von Meixner geheim hielten. Aber bei den beiden Gästen war das nicht möglich? Und festhalten konnten Sie die auch nicht?«

»Ja, verstehen S', das war …«

»Das war schwierig, nicht wahr? Weil die beiden ganz besondere Gäste waren. Die Schlägertruppe von Treu-Oberland. Aber jetzt ist es zu spät. Die Arbeit ist ihnen von jemand anderem abgenommen worden.« Er ging hinaus.

Er zündete sich eine Zigarette an und sah zu Susi hinüber. Sie kauerte immer noch neben dem toten Meixner. Rohrmoser sagte etwas zu ihr, aber sie reagierte nicht. Nachdem er zu Ende geraucht hatte, ging er zu den beiden hinüber.

»Die Frau sollt' reingehen«, sagte Rohrmoser. »Sie hat ja bloß so einen dünnen Fetzen von einem Morgenrock an.«

Reitmeyer ging vor Susi in die Hocke. »Fräulein Wilflinger«, begann er ruhig. »Möchten Sie in Ihre Garderobe gehen und sich umziehen? Ihnen ist doch klar, dass wir sie mitnehmen müssen.«

Sie hob den Kopf und starrte ihn an. Mit ihren wirren blonden Locken und den brennend rot geschminkten Wangen sah sie wie eine ramponierte Puppe aus. Sie machte den Mund auf, sagte jedoch nichts.

Scheinwerfer leuchteten in den Hof, als ein Wagen durch die Toreinfahrt ratterte. Es war das Polizeifahrzeug, das Rattler zurückgeschickt hatte.

»Kann jemand einen Mantel für sie bringen?«, rief Reitmeyer zu den Tänzerinnen hinüber und legte die Hand auf Susis Schulter. »Fräulein Wilflinger, wir müssen jetzt gehen.«

Sobald er sie berührt hatte, schnellte Susi nach vorn und kratzte Reitmeyer übers Gesicht. Er kippte nach hinten und rappelte sich fluchend wieder hoch.

»Jetzt reicht's aber«, rief Rohrmoser und zog Handschellen aus seiner Jackentasche.

Susi schlug wie eine Wilde um sich, und erst mit vereinten Kräften schafften sie es, die tobende Frau zu fesseln. Fast im gleichen Moment fuhr ein weiterer Wagen in den Hof. Zwei Männer stiegen aus und zogen einen Sarg aus dem hinteren Teil des Fahrzeugs. Als die Männer den Sarg neben dem Toten abstellten und Meixner hochhoben, begann Susi zu schreien. Sie hörte damit auch nicht auf, als ihr eine der Tänzerinnen einen Mantel um die Schultern legte, und der Fahrer und Rohrmoser sie auf die Rückbank des Wagens setzten.

»Bringen Sie Fräulein Wilflinger ins Präsidium«, sagte Reitmeyer und drückte sich ein Taschentuch auf die Wange. »Hoffentlich beruhigt sie sich auf der Fahrt.«

Nachdem der Abtransport des Toten erledigt war, machte sich Reitmeyer schließlich auf den Weg in die Ziemssenstraße. Die Kratzer an seiner Wange bluteten nicht mehr, und auch das Brennen ließ langsam nach. Er ging schnell, obwohl er sich hundemüde fühlte, am meisten jedoch quälte ihn Susis Geschrei, das noch immer in seinem Kopf nachhallte. Gleichzeitig ließ ihn der Gedanke nicht los, dass alles vermeidbar gewesen wäre, wenn diese zwei Einfaltspinsel von Polizisten nicht so hirnlos gehandelt und stattdessen den Hof gesichert hätten. Dann hätten sie diese Russin entdeckt, und nichts wäre passiert. Er blieb stehen und zündete sich eine Zigarette an. Aber warum hatte die Frau überhaupt geschossen? Er rauchte ein paar Züge, während ihm plötzlich ein ganz anderer Gedanke kam. Er warf die Zigarette weg und rannte das letzte Stück zur Klinik.

An der Pforte wies er sich aus und fragte, wo man Larissa Beck hingebracht hatte. Der Pförtner führte ein kurzes Telefonat und schickte ihn in den ersten Stock, wo ihn eine Schwester erwarte. Als er oben den Gang entlangeilte, kam ihm diese schon entgegen.

»Sie wollen sicher zu dem jungen Polizisten«, sagte sie und ging mit forschem Schritt voraus. »Der sieht auch nicht gut aus«, fügte sie hinzu, während ihre Haubenflügel nachdrücklich wippten. »Er ist weiß wie ein Leichtuch und hustet sich die Seel' aus dem Leib. Der gehört in ein Bett, aber wie's scheint, lässt der sich nix sagen.«

»Da könnten Sie recht haben.«

Sie bogen um eine Ecke, und die Schwester deutete auf Rattler, der dort zusammengesunken auf einem der Stühle saß. Als sich Reitmeyer näherte, hob er den Kopf. Er sah tatsächlich erbarmungswürdig aus. Leichenblass mit dunklen Schatten unter den Augen.

»Hast du schon was erfahren?«, fragte Reitmeyer und setzte sich neben ihn.

»Sie ist sofort in den Operationssaal gekommen, aber ich hab noch nichts gehört.«

»Die Schwester meint, du seist nicht gut beinander und solltest besser heimgehen.«

»Ach, der alte Haubenvogel«, fuhr Rattler auf. »Die ist noch schlimmer als meine Kusine. Und das ist kaum möglich.« Durch seinen Körper ging ein Beben, als er einen Hustenanfall zu unterdrücken versuchte. Sie schwiegen eine Weile.

»Auf dem Herweg«, begann Reitmeyer, »ist mir ein Gedanke gekommen, warum sie den Meixner erschossen hat.«

Rattler sah ihn an.

»Ich hab mich wahrscheinlich getäuscht. Der Meixner ist wohl doch ihr Vergewaltiger gewesen. Aber sie hat behauptet, dass er's nicht war, weil sie wollte, dass er entlassen wird. Solange er in Haft saß, wäre sie nicht an ihn herangekommen.«

Rattler schnaufte auf. »Es hat nie eine Vergewaltigung gegeben.«

»Woher weißt du das?«

»Geben Sie mir die Fotos, die Sie eingesteckt haben, dann zeig ich's Ihnen.«

Reitmeyer zog die Bilder heraus.

»Ich hab Ihnen doch schon im Elysium gesagt, dass Sie immer bloß auf Hofbauer, Sturm und Meixner schauen. Aber nie auf den Mann, den sie abführen.«

Reitmeyer schüttelte den Kopf. »Und wer soll das sein?«

»Den Namen weiß ich nicht. Aber er war der Geliebte von Larissa. Ich hab einmal ein Foto von ihm gesehen. Das hat in ihrem Notizbuch gesteckt. Und hinten drauf war ein Gedicht geschrieben.« Er schnappte nach Luft, bevor er rezitierte: »Du bist ein Schatten am Tage / und in der Nacht ein Licht / Du lebst in meiner Klage / und stirbst im Herzen nicht.«

Reitmeyer starrte auf das Gesicht des Gefangenen. Ein gutaussehender junger Mann, in dessen Zügen sich aber deutlich Angst abzeichnete, weil er ahnte, was mit ihm geschehen würde.

»Die Schwester von Lothar, die Sophie … hat noch ein Album aus ihrer Studienzeit gehabt«, fuhr Rattler stockend fort. »Da drin hab ich ihn auch gefunden. Die Sophie hat gesagt, dass sie ihn gekannt hat. Er war ein Student aus München, kein Russe. Larissa muss ihn hier vor dem Krieg kennengelernt haben. Sie ist zwei Jahre an der hiesigen Universität eingeschrieben gewesen.«

Reitmeyer starrte noch immer auf das Bild. Die Gedanken in seinem Kopf begannen zu rasen. Die drei Männer führten ihren Geliebten ab. Nach der Erstürmung der Stadt wurden Leute, die man zu den Revolutionären zählte, nicht einfach festgenommen und inhaftiert. Sie wurden erschossen. Er sah zu Rattler hinüber. »Meinst du …?«

Rattler kniff die Augen zusammen. »Wissen Sie noch, was der Professor Riedl damals in der Gerichtsmedizin gesagt hat? Dass es für die Familien, die ihre toten Söhne gesucht haben, keine Gerechtigkeit …«

»Und sie hat selbst für Gerechtigkeit gesorgt?«

Rattler ließ den Kopf hängen und schwieg eine Weile. »Und ich hab ihr den Adler geliefert. Der eigentlich Meixner hieß. Und Sie haben recht, sie wollte, dass er entlassen wird. Weil sie sonst nicht an ihn herangekommen wäre.«

Reitmeyer stand auf, ging ein paar Schritte den Gang entlang und kam wieder zurück. »Aber …«

»Ich weiß, alles steht und fällt damit, dass dieses Heft und die Postkarte nicht zufällig in ihrem Schrank lagen. Von einem Vormieter vielleicht.« Er zog das Heft aus der Tasche und deutete auf die russische Schrift. »Sie hat es eindeutig in der Hand gehabt. Und ich werde sie danach fragen, sobald sie ansprechbar ist.«

»Auf der Fahrt hat sie nichts gesagt?«

»Da hat sie zu große Schmerzen gehabt. Ein Bauchschuss ist das Schmerzhafteste, was es gibt.«

Reitmeyer ließ sich wieder auf den Stuhl fallen.

»Sie haben die Pistole doch mitgenommen?«, fragte Rattler.

Reitmeyer zog sie aus der Tasche. »Eine Nagant. Das stimmt also auch.« Er drehte die Waffe in der Hand, bevor er sie wieder einsteckte. »Aber sie hat auch für den sowjetischen Geheimdienst gearbeitet«, sagte er nach einer Weile.

»Darüber hab ich lang nachgedacht«, erwiderte Rattler. »Wenn sie ihren Plan ausführen wollte, brauchte sie ein Einkommen in München. Mit Nachhilfestunden hätte sie doch nie eine Wohnung und ihren Lebensunterhalt finanzieren können. Ich glaube, sie hat bloß spioniert, um sich hier längere Zeit aufhalten zu können.«

Er sprang auf, als sie Schritte hörten. Die Schwester kam auf sie zu.

»Die Patientin ist auf ein Zimmer verlegt worden. Kommen Sie mit, ich bring Sie hin.«

Sie folgten ihr einen anderen Gang entlang.

»Bitte nehmen Sie hier Platz«, sagte sie und deutete auf zwei Stühle. »Der Arzt kommt gleich zu Ihnen.«

Nach etwas mehr als einer halben Stunde hielt es Rattler nicht mehr auf seinem Sitz. Er stand auf und lief nervös auf und ab. »Was man hier unter *gleich* versteht, tät mich schon mal interessieren«, murmelte er.

Kurz darauf erklangen wieder Schritte, und der Arzt bog uns Eck.

»Kann ich zu ihr rein?«, fragte Rattler und deutete auf die Tür.

Der Arzt nickte. »Wenn Sie wollen.«

Nachdem Rattler weg war, wandte sich der Arzt mit einer bedauernden Geste an Reitmeyer. »Wir haben sie operiert, aber ihre Niere ist stark geschädigt, der Darm perforiert, und sie hat viel Blut verloren. Wir haben getan, was wir konnten, aber ich fürchte …«

Reitmeyer nickte. »Ist sie ansprechbar?«

»Tja, versuchen Sie's. Die Narkose dürfte nachgelassen haben. Es tut mir leid, aber ich muss gleich wieder zurück. Wenn Sie noch Fragen haben sollten, stehe ich Ihnen später zur Verfügung.« Er drehte sich um und eilte davon.

Reitmeyer öffnete die Tür des Krankenzimmers. Rattler stand neben dem Bett und hielt Larissas Hand. Vorsichtig trat er etwas näher. Larissas Gesicht wirkte seltsam aufgedunsen, und ihr Atem ging schwer.

Rattler beugte sich über sie. »Larissa«, sagte er leise. »Ich bin da. Der Korbinian.«

Ihr Mund zuckte ein bisschen, als wollte sie lächeln. Nach einer Weile schlug sie die Augen auf.

»Larissa, ich bin da, verstehst du mich?«

Sie hauchte etwas, was nicht zu verstehen war. Rattler beugte sich noch tiefer hinab und streichelte über ihre Stirn. »Wenn du nicht sprechen kannst, dann gib mir einfach ein Zeichen. Schließ die Lider, wenn du ja sagen willst.«

Sie sah ihn mit glasigen Augen an.

»Hast du den Manfred Sturm in dem Gasthaus an der Brücke kennengelernt? In der Kanne?«

Sie schloss die Augen. Und macht sie wieder auf.

»Hat er dir die Namen von den beiden anderen gesagt?«

Ihre Lider schlossen sich und gingen wieder auf.

»Hast du ihm das Foto gezeigt, auf dem sie deinen Freund abführen?«

Ihre Augen gingen zu. Aber nicht wieder auf.

Rattler warf einen verzweifelten Blick zu Reitmeyer hinüber. Dann legte er vorsichtig die Hand auf ihre Brust. »Ihr Herz rast. Das kenn ich aus dem Lazarett. Das ist eine Sepsis.« Er zog einen Hocker zum Bett und griff wieder nach ihrer Hand. »Ich lass dich nicht allein«, sagte er. »Ich bleib bei dir.«

Reitmeyer blieb noch einen Moment stehen. »Ich wart draußen auf dich«, sagte er, bevor er leise hinausging und sich wieder setzte.

Vielleicht war es besser so, dachte er. Was würde mit ihr geschehen, wenn sie überlebte? Sie hatte drei Menschen erschossen. Es gab noch die Todesstrafe. Und wer würde sie begnadigen, nachdem sie vorsätzlich drei »Helden« umgebracht hatte? Er lehnte den Kopf an die Wand. Er hatte dieser Frau nie über den Weg getraut, aber dass ausgerechnet sie die Täterin war? Er hätte seine Hand ins Feuer gelegt, so sicher war er gewesen, dass die Mörder aus dem Umfeld von Treu-Oberland stammen mussten. In diese Überzeugung hatte er sich so verbissen, dass er jetzt Enttäuschung spürte. Vor allem, weil er nun der Sache mit dem Geld nicht auf den Grund gehen konnte. Und wenn er das nicht aufklärte, gingen letztlich auch diejenigen Leute straflos aus, die Traudl auf dem Gewissen hatten. Diese Verbrecher würden nun ungehindert an ihren Putschplänen weiterschmieden, und keiner würde ihnen Einhalt gebieten. Wenn er noch etwas Zeit gehabt hätte, wenn er noch … Alle Stationen seiner Ermittlungen liefen nochmals vor ihm ab. Und damit sollte es jetzt vorbei sein?

Er rappelte sich auf und ging in den Eingangsbereich hinunter, wo er am Brunnen ein paar Schlucke Wasser trank. Dann ging er in den Garten hinaus, setzte sich auf eine Bank und sah zu den erleuchteten Fenstern hinauf. Dort oben lag jetzt Larissa im Sterben. Er konnte Selbstjustiz nicht billigen, doch er verstand, dass jemand verzweifelt war und keinen anderen Ausweg sah. Er dachte an das Gedicht, das Rattler zitiert hatte. Vermutlich war die Situation für sie so unerträglich, dass sie auch selbst nicht mehr weiterleben wollte. Jedenfalls machte sie bei ihrem dritten Opfer keinen Versuch, sich selbst zu retten. Sie hatte ihr Ziel erreicht und war bereit, sich den Folgen zu stellen. Dass sie dann von einer anderen Frau aus einem ähnlichen Motiv erschossen wurde, war eine bemerkenswerte Ironie des Schicksals.

Nach einer Weile wurde ihm kalt, und er ging wieder nach oben. Ob er nach Rattler sehen sollte? Besser nicht. Er wollte ihn nicht stören in seinen letzten Stunden mit ihr. Aber er würde auf ihn warten. Der arme Junge würde ihn brauchen, wenn es zu Ende gegangen war.

Eine Zeitlang ging er vor dem Krankenzimmer auf und ab,

dann setzte er sich wieder auf den Stuhl. Eine bleierne Müdigkeit überkam ihn, und immer wieder döste er ein, bevor er verwirrt hochschreckte, wenn Personal vorbeihastete oder Wagen mit klirrenden Flaschen den Flur entlangschob. Er wusste nicht, wie lange er dort gesessen hatte, aber irgendwann bemerkte er, dass fahles Morgenlicht durch das Fenster am Ende des Gangs fiel. Als kurz darauf die Tür aufging und Rattler heraustrat, sah er, dass ihm Tränen übers Gesicht liefen.

Epilog

März 1923

Reitmeyer stand vor dem Café Weinstein und blickte auf die Schwaden dampfiger Luft, die aus dem überfüllten Lokal drangen. Der Applaus war etwas abgeflaut, brandete aber wieder auf, als der Sittensänger erneut auf die Bühne stieg, seinen Kragen lockerte und zum dritten Mal im Lauf des Abends den »Lindenbaum« anstimmte: den Renner seines Repertoires, mit dem er die Leute jedes Mal zu wahren Begeisterungsstürmen hinriss. Von den schmalzigen Verzierungen, mit denen Reitmeyer seinen Gesang umrahmt hatte, hatte Sänger gar nicht genug kriegen können und förmlich gebadet in den Hochrufen und dem Geprassel des Beifalls. Aber Reitmeyer hatte es schließlich – sehr zum Missfallen seines Kollegen – gereicht. Er hatte gemeinsam mit der Pianistin mehr Zugaben gespielt, als eigentlich abgemacht war, und das auch nur, weil er nicht kleinlich sein wollte, nachdem er den Auftritt immer wieder verschoben und so lange hinausgezögert hatte, bis ihm schließlich keine Ausrede mehr eingefallen war.

Inzwischen waren ein paar Passanten stehen geblieben und sahen durch das offene Fenster auf den Sittensänger, der seinen letzten Vortrag mit besonders viel Gefühl ausstattete und nun auch Gesten und Gebärden einsetzte, um den Text zu untermalen. »Der Hut flog mir vom Kopfe«, schmetterte sein Bariton, während seine Hände den fortgewehten Filz zu erhaschen versuchten. Es war schrecklich. Reitmeyer wandte sich ab und fuhr herum, als hinter ihm ein Fahrrad quietschend bremste.

»Herr Kommissär«, rief Rattler aufgeregt und wedelte mit einer Zeitung.

»Du hast dich ja gleich zu Anfang verdünnisiert«, sagte

Reitmeyer. »Und jetzt hast du auch noch den Schluss verpasst.«

Rattler setzte ein schiefes Lächeln auf. »Na, na, so kann man das nicht sagen. Ich hab Sie schon noch spielen hören. Aber dann ist mir eingefallen, dass ich eigentlich mit meinem Freund Lothar verabredet war, und der hat mir die Zeitung gegeben. Da steht ein Artikel drin, den müssen Sie lesen. Das haut Sie um.«

»Hier draußen kann ich nicht lesen, hier ist es zu dunkel.« Er blickte auf das Lokal zurück, wo erneut frenetischer Beifall ausgebrochen war. Fräulein Rübsam stand jetzt neben dem Sittensänger auf der Bühne und drückte einen Blumenstrauß an sich, den ihr ein Bewunderer überreicht hatte. »Kannst du schnell reingehen und meine Geige holen. Die liegt auf dem Tisch neben der Bühne. Wenn ich reingeh, werd ich wahrscheinlich aufgehalten. Dann gehen wir in den Raben ums Eck, da ist Ruhe.«

Reitmeyer hielt Rattlers Rad, während der schnell nach drinnen verschwand und gleich darauf mit dem Instrument zurückkam.

»Also, was wird mich angeblich umhauen?«, fragte Reitmeyer, während sie zu der Wirtschaft gingen.

»Wir haben uns doch letztes Jahr immer gefragt, woher Treu-Oberland das viele Geld gehabt hat, mit dem diese Kerle um sich geschmissen haben.«

»Das frag ich mich immer noch.«

»Jetzt ist es rausg'kommen.«

»Und woher?«

»Aus Frankreich.«

Reitmeyer blieb stehen. »Aus Frankreich?« Er riss Rattler die Zeitung aus der Hand, lief in das Lokal und breitete das Blatt auf einem Tisch aus. »Wo steht das?«

»Auf Seite drei.«

Reitmeyer schlug die Seite auf. *Separatistische Verschwö-*

rung las er und überflog rasch den Artikel. »Die sind gestern Nacht verhaftet worden? Der Fuchs und der Machhaus, gemeinsam mit einer ganzen Reihe Mitverschwörer.«

»Leute von der Reichswehr haben Anzeige erstattet. Der Hauptmann Röhm war darunter.«

»Die haben sich aber ziemlich Zeit gelassen. Hier steht, dass die Pläne für einen Putsch bis in den Juli 1922 zurückreichen.« Reitmeyer schüttelte den Kopf. »Dann hätten die von der Reichswehr doch auch verhaftet werden müssen. Die haben schließlich einen Eid auf die Verfassung geschworen, und dann halten die dicht, obwohl sie wissen, dass Frankreich einem Splitterverein hohe Geldsummen zahlt, um Bayern vom Reich wegzusprengen? Das ist doch Hochverrat!«

»Tja, der Prozess könnte interessant werden. Offenbar sind die Franzosen davon ausgegangen, dass Treu-Oberland andere nationalistische Verbände kauft, die bei dem Putsch mitmachen sollen. Allerdings ist mir nicht klar, was sich die Reichswehr von der Sache versprochen hat.«

Reitmeyer lehnte sich zurück. »Schwer zu sagen. Vielleicht wollten sie abwarten, wie sich alles entwickelt, um die Sache am Schluss für ihre Zwecke zu nutzen. Wenn zum großen antibolschewistischen Kampf gegen das ›rote Berlin‹ geblasen wird, ist ihnen die Verfassung doch scheißegal. Schließlich haben sie nie einen Zweifel aufkommen lassen, dass ihnen das ganze Weimarer System verhasst ist – selbst wenn sie keine Separatisten sind. Vielleicht sind sie bloß abgesprungen, weil ihnen Leute wie Schäfer und Ruge zu windig und unzuverlässig vorgekommen sind. Das Geld aber haben sie wahrscheinlich gern genommen. Wer weiß überhaupt, an wen das gegangen ist. Und wer alles eingeweiht war in die Vorgänge. Unsere politische Polizei jedenfalls ganz bestimmt.«

Rattler grinste verhalten. »Es hat schon eine Ironie, dass der Agent der französischen Regierung ständig vor unserer Nase rumgetanzt ist, wir aber nicht im Traum darauf gekommen wären, dass dieser Hans Berger in Wirklichkeit ein Colonel Richert vom französischen Geheimdienst war.«

»Ich hab sogar Hinweise gehabt, dass es sich bei dem Kerl um einen Franzosen handeln könnte, hab den Verdacht aber nicht ernst genommen. Wer hätte sich schon denken können, dass Frankreich eine solche Aktion betreibt?«

»Dieser Colonel hat aber auch eine prima Tarnung gehabt. Als Elsässer hat er perfekt deutsch gesprochen, und man hat ihn auch nicht erwischt, weil er sich rechtzeitig hat absetzen können.«

»Deswegen hat er auch ständig die Wohnung gewechselt.« Reitmeyer winkte dem Kellner und bestellte zwei Bier. »Aber letztlich ist das alles kalter Kaffee.« Er klappte die Zeitung zu und deutete auf die Frontseite mit dem Bild von einer großen Streikkundgebung in Essen. »Seit die Franzosen ins Ruhrgebiet einmarschiert sind, interessiert sich kein Mensch mehr für einen Putschversuch vom letzten Herbst. Damals hätte die Aufdeckung einer solchen Verschwörung noch alle Titelseiten gefüllt, aber jetzt geht's bloß noch um die Ausschreitungen der Besetzungstruppen und der französischen Militärgerichte.«

»Also mein Freund Lothar sagt, dass dieser Versuch, die Separatisten zu unterstützen, ziemlich hirnrissig gewesen ist, weil es gar nicht genug Separatisten gibt. Und das Gleiche denkt er über den Einmarsch ins Ruhrgebiet. Ja glauben die Franzosen denn, wir würden brav schuften, damit sie unsere Rohstoffe und Waren abtransportieren können, bloß weil wir mit den Reparationen im Rückstand sind. Jetzt machen wir passiven Widerstand und tun gar nix mehr. Da können's uns lang piesacken und Zuchthausstrafen verhängen, wenn wir nicht parieren, oder Tausende Bahnbeamte ausweisen, weil die sich weigern, mit den Besatzern zusammenzuarbeiten. Am Schluss bringt das gar nix.«

»Außer dass sie unsere Wirtschaft kaputtmachen und die Inflation weiter anheizen.«

Rattler trank einen kräftigen Schluck und nickte. »Der Dollar steht bei 23 000 Mark. Und wahrscheinlich geht die Entwertung weiter.«

»Das glaub ich auch. Vielleicht setzt aber bei den Briten ein Umdenken ein. Dort schreiben die Zeitungen, dass Frankreich mit dem Einmarsch den Versailler Vertrag gebrochen hat. Möglicherweise üben sie Druck aus auf die französische Regierung und machen dem Wahnsinn ein Ende.« Reitmeyer trank sein Bier aus. »Aber die Frage lösen wir heut nicht mehr. Es ist schon spät, ich geh jetzt heim. Der Abend war ziemlich anstrengend.«

»Wollen Sie jetzt öfter mit der Truppe vom Sittensänger auftreten?«

Reitmeyer lachte. »Das hab ich wirklich nicht vor.« Er stand auf, und Rattler folgte ihm zur Tür hinaus, nachdem sie bezahlt hatten.

»Wissen S'«, sagte Rattler, der sein Rad neben Reitmeyer herschob, während er ihn zur Straßenbahn begleitete. »Vorhin, wie ich den Artikel gelesen hab, da hab ich wieder an den Fall vom letzten Herbst denken müssen. An die Sache mit der Larissa und so. Und da ist mir ein englischer Ausdruck eingefallen, den ich kürzlich in meinem Englischkurs gelernt hab. *To be hidden in plain sight*. Sie können doch Englisch. Verstehen Sie das?«

»Ich denk schon. Etwas ist verborgen, obwohl es offen zutage liegt.«

»Und genauso ist's bei dem Fall gewesen. Alles hat eigentlich offen zutage gelegen, wenn wir bloß richtig hingeschaut hätten. Wenn wir nicht so blind gewesen wären.«

»Na ja, so kann man das, glaube ich, nicht sagen. Wir haben eben weitere Informationen gebraucht, um die Fotos richtig zu interpretieren. Aber in dem Zusammenhang fällt mir ein anderer englischer Ausdruck ein. *To be blinded by love*. Kennst du den?«

»Nein. Aber ich versteh, was das heißen soll und auf was Sie damit anspielen wollen. Bloß was ist dabei anders? Die Liebe ist eben so lang blind, bis man weitere Informationen hat. Ist das Ihnen nicht auch schon so gegangen?«

Reitmeyer sah auf die ankommende Straßenbahn und dann auf Rattler zurück. »Na ja, schon«, sagte er schließlich. »Vielleicht sogar mehr als ein Mal.«

Anmerkungen

Nach der Aufdeckung der sogenannten »Fuchs-Machhaus-Verschwörung« kam es im Juli 1923 zum Prozess vor dem Münchner Volksgericht. Es stellte sich heraus, dass der ehemalige Redakteur der *Münchner Neuesten Nachrichten* Georg Fuchs und der ehemalige Redakteur des *Völkischen Beobachters* Hugo Machhaus seit Mitte 1921 zu dem im Saargebiet tätigen französischen Oberst Augustin Richert Kontakt gehabt hatten. Das Saargebiet war im Versailler Vertrag dem Völkerbund unterstellt worden und dieser stützte sich zur Durchführung der Maßnahme auf das französische Militär.

Oberst Richert hatte den beiden Redakteuren französische Hilfe für den Aufbau einer gemeinsamen deutsch-französischen antibolschewistischen Front zugesagt. Ein erster Schritt sollte ein Putsch in Bayern und die Separation des Landes vom »roten« Berlin sein. Danach sollte in Bayern die Monarchie wiedereingeführt und eine Diktatur errichtet werden. Seit Mitte 1922 hatten Fuchs und Machhaus eine Reihe von Führern der vaterländischen Verbände sowie Mitglieder der bayerischen Reichswehr und der politischen Polizei eingeweiht und erhebliche Geldmittel verteilt, die aus Frankreich geflossen waren.

Fuchs und Machhaus galten als Drahtzieher, die Verwicklung offizieller bayerischer Stellen in die Verschwörung wurde aber nicht aufgeklärt. Genauso wenig wurde geklärt, an welche Organisationen die beträchtliche Summe von 90000 Goldmark geflossen war, da der vorsitzende Richter Georg Neidhardt diese Fragen aus »vaterländischem Interesse« nicht zuließ. Wahrscheinlich weil vermieden werden sollte, die Geheimbünde genauer zu durchleuchten.

Hugo Machhaus hatte bereits in der Untersuchungshaft Selbstmord begangen, es gab allerdings Gerüchte, dass er beiseitegeräumt worden sei, weil er zu viel gewusst habe. Georg Fuchs wurde zu zwölf Jahren Zuchthaus verurteilt, von denen er fünf absaß.

Rudolf Schäfer, der Führer von Treu-Oberland (später Blücherbund), schaffte es, den Kopf aus der Schlinge zu ziehen, indem er behauptete, er habe die Vorgänge nur »beobachtet«, genauso wie die Reichswehroffiziere, die angaben, nur zum Schein mitgemacht zu haben, um den vaterländischen Verbänden möglichst viel Geld zukommen zu lassen. An den Vorbereitungen für einen Putsch hätten sie aber nicht teilgenommen, sondern darauf gedrungen, dass der immer wieder verschoben wurde, bis sie schließlich Anzeige erstattet hätten.

Emil Julius Gumbel beschreibt in seinem Buch *Vier Jahre politischer Mord* den Prozess als eine Farce, bei dem die »Drahtzieher«, die von dem Geld nichts bekommen hätten, angeklagt wurden, diejenigen, die alles genommen hätten, jedoch frei ausgegangen seien.

Mit dieser Schrift zog sich Gumbel den anhaltenden Hass der nationalen Rechten zu, die offiziell nicht gegen ihn vorgehen konnte, weil seine Zahlen der politisch motivierten Morde – 354 von rechts, 22 von links – nicht zu widerlegen waren. Gumbel emigrierte 1933 im letzten Moment nach Frankreich und dann in die USA, wo er an namhaften Universitäten als Professor für Statistik tätig war. Als er nach dem Zweiten Weltkrieg nach Deutschland zurückkehren wollte, musste er feststellen, dass man seinen Kampf gegen die Rechten nicht vergessen hatte. Alle deutschen Universitäten weigerten sich, dem bekannten Statistiker eine Stelle zu geben.

Max Erwin von Scheubner-Richter (der im Buch mit der »schönen Anna« in Kontakt steht) war ein ehemaliger Diplomat, der während des Ersten Weltkriegs im türkischen Erzurum als Vizekonsul stationiert war und über den Völkermord an den Armeniern an die deutsche Botschaft berichtete.

Anfang der zwanziger Jahre unterstützte er zaristische Kreise, die die Sowjetregierung stürzen wollten, und beschaffte von dieser Seite erhebliche Geldmittel für die NSDAP. Beim Hitler-Putsch im November 1923 wurde er vor der Feldherrnhalle in München erschossen, als er sich schützend vor Hitler stellte.

Zaristische Exilrussen in München

Zu den Gästen in der Münchner Pension Modern zählten auch Sergej Taborickij und Petr Sabelskij, die 1922 in der Berliner Philharmonie Wladimir Nabokov erschossen, den Vater des gleichnamigen Schriftstellers. Als Anstifter für den Mord gilt Fedor Vinberg, ein ebenfalls in München wohnender Schriftsteller, dessen Hass sich gegen alle nichtzaristischen Politiker richtete (Nabokov war Abgeordneter der Liberalen gewesen) und der bei der Verbreitung der antisemitischen Hetzschrift *Die Protokolle der Weisen von Zion* eine große Rolle spielte.

Taborickij und Sabelskij wurden zu je vierzehn Jahren Zuchthaus verurteilt, aber 1927 begnadigt und vorzeitig entlassen. Als sich der Schriftsteller Nabokov 1937 bei der »Russischen Vertrauensstelle« in Berlin registrieren lassen musste, traf er dort ausgerechnet auf Taborickij, den Mörder seines Vaters, der als Leiter der Dienststelle fungierte. Dies veranlasste Nabokov, Deutschland fluchtartig zu verlassen.

Die Ruhrbesetzung 1923

Der Einmarsch französischer und belgischer Truppen ins Ruhrgebiet löste in Deutschland einen parteiübergreifenden Sturm der Entrüstung aus. Die Reichsregierung unter Wilhelm Cuno forderte die Bevölkerung zu passivem Widerstand auf und verbot den Beamten, den Befehlen der Besatzer zu folgen. Die Besatzungsbehörden wiesen daraufhin etwa 150000

Menschen ins »unbesetzte« Deutschland aus. Aber auch der aktive Widerstand nahm kontinuierlich zu. Nationalisten und Kommunisten verübten Sabotage- und Sprengstoffanschläge, worauf die Besatzer mit rücksichtsloser Gegengewalt reagierten. Saboteure wurden zum Tod verurteilt, Ende März 1923 wurden in Essen dreizehn streikende Krupp-Arbeiter erschossen und in Dortmund sieben Männer, die die Ausgangssperre überschritten hatten.

Die Streiks, die wirtschaftliche Absperrung des Ruhrgebiets und die Produktionsausfälle ruinierten die deutsche Wirtschaft. Die Kosten des passiven Widerstands überstiegen die Reichsfinanzen bei weitem, die Inflation und die Ernährungslage nahmen erschreckende Ausmaße an. Reichskanzler Stresemann sah sich im September 1923 gezwungen, den passiven Widerstand aufzugeben. Schließlich musste auch Frankreich auf Druck der Briten und Amerikaner die Besatzung aufgeben.

Die Bilder vom Ende der Münchner Räterepublik

Für den Filmemacher Peter Ostermayr und den Fotografen Heinrich Hoffmann wurde der Einmarsch der gegenrevolutionären Truppen zum großen Geschäft. Ostermayr versorgte die Wochenschauen der Kinos und Hoffmann die Illustrierten und Tageszeitungen und stellte zudem Bildpostkarten für den Straßenverkauf her. Bei der Bildauswahl achteten sie darauf, möglichst nicht die württembergischen und preußischen Truppen aufzunehmen, die das Hauptkontingent der antirevolutionären Verbände bildeten, und eine Legende vom tapferen Freiheitskampf der Bayern gegen Kommunisten, Spartakisten und Rote Armee zu stricken. Die Fotos zeigten vornehmlich das Freikorps Werdenfels in Lederhose, Janker und Trachtenhut, obwohl dieses Korps wahrscheinlich nie gekämpft hat, sondern allenfalls an Säuberungen in Arbeitervierteln teilgenommen hat. Aber es wurde zum Mittel der Geschichtsklitterung, dass die Bayern ihre Hauptstadt selbst befreit hätten.

Es gibt keine Bilder von Erschießungen, toten Arbeitern oder ermordeten Mitgliedern der Roten Armee. Amateuraufnahmen davon wurden erst nach dem Zweiten Weltkrieg veröffentlicht. Ein oftmals wiederkehrendes Motiv sind allerdings verhaftete Arbeiter und Revolutionäre, die von Soldaten abgeführt werden, als würden sie nicht standrechtlich erschossen, sondern in ein Gefängnis gebracht.

Hoffmann fotografierte auch weiterhin gerne Menschen in Tracht – Adolf Hitler in Lederhose etwa ist eines seiner bekanntesten Motive, das er als Leibfotograf des »Führers« aufnahm.

Angelika Felenda
Der eiserne Sommer
Reitmeyers erster Fall
Kriminalroman
suhrkamp taschenbuch 4713
435 Seiten
(978-3-518-46713-8)
Auch als eBook erhältlich

»**Eine filmreife Pathologie-Romanze.**«
Rudolf Neumaier, Süddeutsche Zeitung

Weil er per Gesetz nicht gegen das Militär ermitteln darf, drängt der Polizeipräsident persönlich Kommissär Reitmeyer, seine Ermittlungen in einem Mordfall einzuschränken. Da macht Reitmeyer eine ungeheuerliche Entdeckung, die nicht nur ihn selbst zum Abschuss freigibt – unmittelbar vor Kriegsausbruch könnte sie das ganze Land in den Untergang stürzen …

»*Der eiserne Sommer* **schafft ein Gefühl für
die Verklemmtheiten, das Obrigkeitsdenken und die
geistigen Zwänge. Spannend und lehrreich!**«
Christian Beisenherz, WDR

»**Prima Urlaubskrimi aus der ›Vor-Kutscher‹-Zeit.**«
Christian von Zittwitz, BuchMarkt

suhrkamp taschenbuch

Weitere Informationen erhalten Sie unter www.suhrkamp.de
oder in Ihrer Buchhandlung.

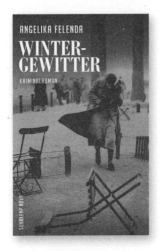

**Longlist
des Crime Cologne Award**

**Angelika Felenda
Wintergewitter**
Reitmeyers zweiter Fall
Kriminalroman
suhrkamp taschenbuch 4719
438 Seiten
(978-3-518-46719-0)
Auch als eBook erhältlich

»**Eine hervorragende Kombination aus
historischer Milieuschilderung und
spannendem Thriller.**«
FOCUS Online

Während die rechte Einwohnerwehr durch die Straßen Münchens marschiert, sucht Kommissär Reitmeyer – von seinen Vorgesetzten argwöhnisch beäugt – in illegalen Spielclubs, Bars und Geheimbordellen nach einem zweifachen Frauenmörder. Dabei begegnet er Gerti Blumfeld, die auf der Suche nach ihrer abgetauchten Schwester eines der Mordopfer kennengelernt hat und bald selbst auf die Todesliste des Täters gerät …

»**Voller überraschender Wendungen
und gespickt mit historischen Fakten, zieht einen
Wintergewitter von Anfang an in seinen Bann.**«
Freundin

suhrkamp taschenbuch

Weitere Informationen erhalten Sie unter www.suhrkamp.de
oder in Ihrer Buchhandlung.

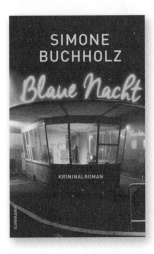

**Ausgezeichnet mit dem
Crime Cologne Award
und dem
Deutschen Krimi Preis**

Simone Buchholz
Blaue Nacht
Kriminalroman
st 4798. 235 Seiten
(978-3-518-46798-5)
Auch als eBook erhältlich

»Frech, witzig und ein wenig melancholisch.«

Tobias Gohlis, Die Zeit

Weil sie einen Vorgesetzten der Korruption überführt und einem Gangster die Kronjuwelen weggeschossen hat, ist Staatsanwältin Chastity Riley jetzt Opferschutzbeauftragte und damit offiziell kaltgestellt. Privat gibt es auch keinen Trost: Ihr ehemaliger Lieblingskollege setzt vor lauter Midlife-Crisis zum großen Rachefeldzug an, während ihr treuester Verbündeter bei der Kripo knietief im Liebeskummer versinkt. Da ist es fast ein Glück, dass zu jedem Opfer ein Täter gehört.

**»Staatsanwältin Chastity Riley gehört zu Deutschlands
vielschichtigsten Krimiheldinnen: eine einsame Wölfin,
die in die Abgründe der menschlichen Gesellschaft blickt.«**
Brigitte

suhrkamp taschenbuch

Weitere Informationen erhalten Sie unter www.suhrkamp.de
oder in Ihrer Buchhandlung.

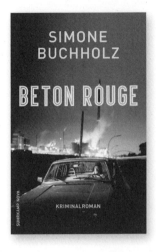

**Ausgezeichnet mit dem
EbnerStolz-Wirtschafts-
krimipreis 2018
und dem
Radio Bremen-Krimipreis 2017**

Simone Buchholz
Beton Rouge
Kriminalroman
st 4785. 227 Seiten
(978-3-518-46785-5)
Auch als eBook erhältlich

**»Simone Buchholz hat es
in die erste Liga der deutschen
Krimiautoren geschafft.«**
Andrea Müller, Welt am Sonntag

Ein scheinbar Irrer sperrt mitten in Hamburg Manager nackt in Käfige, und Staatsanwältin Chastity Riley, die von ihren Chefs hin und wieder von der Leine gelassen wird, muss ran. Ihre Ermittlungen führen sie in die Welt der Verlagshäuser und Kaderschmieden. Ihr Freundeskreis führt sie in den Wahnsinn, denn ausgerechnet die paar Menschen, die ihr im Leben Halt geben, erweisen sich plötzlich durch die Bank als wankelmütige Gesellen.

**»Chastity Rileys Blick ist so scharf und so böse
wie liebevoll und bildverliebt.«**
Elmar Krekeler, Die Welt

suhrkamp taschenbuch

Weitere Informationen erhalten Sie unter www.suhrkamp.de
oder in Ihrer Buchhandlung.

Simone Buchholz
Mexikoring
Kriminalroman
suhrkamp taschenbuch 4894
247 Seiten
(978-3-518-46894-4)
Auch als eBook erhältlich

»Bremen braucht nicht mehr Polizei – Bremen braucht Batman.«

In Hamburg brennen die Autos. Jede Nacht, wahllos angezündet. Aber in dieser einen Nacht am Mexikoring, einem Bürohochhäuserghetto im Norden der Stadt, sitzt noch jemand in seinem Fiat, als der anfängt zu brennen: Nouri Saroukhan, der verlorene Sohn eines Clans aus Bremen. War er es leid, vor seiner Familie davonzulaufen? Hat die ihn in Brand setzen lassen? Und was ist da los, wenn die Gangsterkinder von der Weser neuerdings an der Alster sterben?

»**Simone Buchholz arrangiert hartgesottene Dialoge, als wären sie ein lässiges Tischtennismatch – das ist hohe Schreibkunst.**« *Oliver Jungen, Die Zeit*

»**Simone Buchholz kann nicht nur spannend. Sie kann auch Liebe.**« *Stephan Bartels, Brigitte*

suhrkamp taschenbuch

Weitere Informationen erhalten Sie unter www.suhrkamp.de
oder in Ihrer Buchhandlung.